經學研究叢書・經學史研究叢刊

詩經纂箋

蔡宗陽　著

陳序

　　《詩經》研究者甚多，注釋詮證亦屢見不鮮，皆各有其特色；但以文法、修辭為主，文字、聲韻、訓詁為輔，加以詮釋者比較罕見。而本書作者蔡宗陽教授，有鑒於此，特憑藉其教學心得，不但以文法、修辭為主，文字、聲訓、訓詁為輔，更擷取各家之精英，闡析詩義章旨，詮釋字句，內容精闢，文辭簡明，俾讀者一目了然，這是他撰寫《詩經纂箋》的旨歸，亦是詮解《詩經》比較罕見的專著。

　　蔡教授曾任臺灣師大副校長、文學院院長、國文系所主任、中國經學研究會第三、四屆理事長、《孔孟月刊》總編輯，現任中國修辭學會榮譽理事長、國際儒學聯合會理事、《中國語文》月刊主編、臺灣師大國文系所兼任教授。是嘉義縣布袋鎮人，生於一九四五年，畢業於臺灣師大國文系學士、碩士、博士。他就讀師大時，除必修、選修課程外，其他囿於規定，不能選修太多學分，只好旁聽其他科目，因此國文系所開課程都研讀，甚至於文字、聲韻、訓詁、文法、修辭不同老師講授，他都去旁聽。大學時代，他雖已融會貫通這五科目，但認為「肯定自己」還不夠，必須再「超越自己」，於是賡續不斷地充實自己，提升自己，超越自己。他不止語言、文字精通，對儒道佛的義理亦能會通，文學理論更嫻熟，有《劉勰文心雕龍與經學》（博士論文）與《文心雕龍探賾》兩本專著。

　　他在師大講授文法、修辭，並有專著如《陳騤文則新論》、《應用修辭學》、《修辭學發微》、《國文文法》與《文法與修辭探驪》。他從文法與修辭論《詩經》，單篇論文有十數篇，其中六篇迻錄於《文法

與修辭探驪》、《詩經》的比興與修辭關係收錄《修辭學發微》。〈詩經·周南·關雎分章與詮詁的辨析〉、《詩經》倒裝的三觀、《詩經》比與興的辨析，移錄於《詩經纂箋》，尚有數篇未迻錄專著。

　　他研究甚勤，著作尤勤，出版有十六本書，因此曾榮獲教育部青年著作獎、木鐸獎，第二十五屆中興文藝理論獎。在未榮膺師大國文系所主任之前，已榮獲國科會專題研究獎助，爾後每年皆榮獲獎助，不論擔任國文系所主任、文學院院長、副校長亦榮獲國科會獎助。他以語言文字為經，鑽研《詩經》、《文心雕龍》、《老子》、《莊子》、《論語》等科目，賡續研究，未曾間斷。一九八五年伊始講授《文心雕龍》，一九九九年伊始講授《詩經》，迄今猶講授《詩經》、《文心雕龍》。在師大國文所尚講授「中國文學批評史專題研究」、「文心雕龍專題研究」、「修辭學專題研究」、「作文教學研究」等課程，可見他的專長所在。

　　他博通古今，學貫中外，著作等身，一通百通，不止儒道融會貫通，各科目亦多能會通。他住院六次，開刀五次，研究未嘗間斷，著述未曾懈怠。他不但是生命的鬥士，也是學術的勇士。他常說：「生命的學問，學問的生命。」生命與學問是共通的。他每週二登山、週日游泳、泡湯，每天騎單車、運動，以身體第一，學術至上為理念。他對人生的看法，是「看得開，想得透，放得下」。他認為有生命，才有學問，因此必須不斷鍛鍊身體。

　　本書《詩經纂箋》效學錢穆《莊子纂箋》。他效學錢穆的苦學精神、高強學術，期盼「取法乎上，僅得乎中」。《詩經纂箋》以文字、聲韻、訓詁、文法、修辭為經，《詩經》為緯，闡析《詩經》章句，並撮取各家精英，抒發己見，詮證義理，體現本書的特色。他至盼是空前，但並非絕後，冀望後生可畏，超越自己。他勤勉不懈的研究精神，令人欽佩。

　　在此出版《詩經纂箋》之前夕，忝為萬卷樓圖書公司董事長兼
《國文天地》總編輯，特此強力推介，並表慶賀之意。

　　　　　　陳　滿　銘　序於萬卷樓圖書公司董事長室

　　　　　　　　　　　　　　　　2013 年 5 月 21 日

研究中國文學必讀《詩經》（代序）

　　一九六八年就讀國立臺灣師範大學國文學系，必修「國學概論」，研究中國學術時，發現研究中國文學必讀《詩經》，研究中國哲學必讀《易經》，因此這兩部著名經典，產生濃厚的興趣，而深入鑽研。

　　一九九九年應銘傳大學應用中文系系主任陳德昭博士之邀，赴該校講授《詩經》、《文心雕龍》。爾後，在臺灣師大亦講授此兩科。《文心雕龍》著作有《劉勰文心雕龍與經學》、《文心雕龍探賾》兩本書，尚有十多篇單篇論文。《詩經》單篇論文十多篇，多是國際學術研討會論文、期刊論文，以文法、修辭為主，文字、聲韻、訓詁為輔闡論《詩經》。如今還在臺灣師大講授《詩經》、《文心雕龍》。講授《詩經》時，發現《詩經》押韻，主要有陳新雄、王力兩家之說。兩家韻目異同的比較，請教聲韻學專家，對兩家的異同，辨析瞭若指掌。《詩經纂箋》押韻的校訂，請郭乃禎老師鼎助，全書校對工作，請博士生劉楚荊、大學部孫毓襄、卓佳陵校對全書，她們欣然允諾，莫名感篆。

　　《詩經纂箋》，顧名思義，擷取各家之精英，擭發己見，引古注，附今釋，俾注釋詮證更簡明，如孔穎達《五經正義》詮釋鄭玄《五經注》。注釋必須言之有據，不游談無根。詩義章旨，眾說紛紜，見仁見智。鄙人以本身的體驗、經驗，暨古今社會狀況、古注今釋，博採眾議，集思廣益，抒發己見，必須言之有據，理無虛發。

　　古今中外注釋《詩經》綦多，各有特色。《詩經纂箋》的特色，係以文法、修辭為主，文字、聲韻、訓詁為輔，義理闡釋、章句訓詁，萃取合乎詩本義之說，再深入詮證。鄙人指導臺灣師大曾香綾博士論文《詩經成語研究》、東吳大學李麗文碩士論文《詩經修辭研究》，皆已榮獲學位。

　　鄙人之所以撰寫《詩經纂箋》，主要源於張潮《幽夢影》：「著得一部新書，便是千秋大業；注得一部古書，允為萬世宏功。」此句千古不渝的金科玉律，奉為終身力行的圭臬。《詩經纂箋》這本書能夠順遂葳其事，應該千恩萬謝的是陳滿銘老師、余培林老師、許錟輝老師、何淑貞老師、林素英老師、季旭昇老師、鍾宗憲老師、康世統老師、李添富老師、郭乃禎老師的鼓勵與指導，暨愛妻吳明足女士的「賢內助」、《國文天地》副總編輯張晏瑞、編輯吳家嘉、《中國語文》月刊編輯陳淑娟、師大國文系許文齡助教的鼎助。鄙人學殖譾陋，至盼同好，不吝匡正，曷勝銘感之至。

蔡宗陽於國立臺灣師範大學國文系

2013 年 5 月 16 日

例言

一 本書為使讀者易於洞悉《詩經》，每首詩先篇名、注釋、篇旨，
後每章原文、押韻、注釋、章旨，最後才是作法、研析（先敘述
每首詩的內容與古今社會狀況相關，並抒發己見）。

二 本書為集解性質，既不專主一家，亦無古今漢宋門戶之偏見，以
窺探詩本義為旨歸，並以求真、求善、求美、求是為理念，是以
名之曰《詩經纂箋》。

三 本書注釋，以簡明為主。凡採用舊說，屬於通訓性質，不注明出
處。屬於創見性質，注明出處。若古今之說不合詩本義，則抒發
鄙意，並加「按」字以別之。

四 本書凡標明出處時，標明人名書名，並標明以下簡稱，如：毛亨
《毛詩故訓傳》簡稱毛《傳》，馬瑞辰《毛詩傳箋通釋》簡稱馬
《傳箋通釋》，余培林《詩經正詁》簡稱余《正詁》，屈萬里《詩
經詮釋》（原名《詩經釋義》）簡稱屈《詮釋》、朱守亮《詩釋評
釋》簡稱朱《評釋》，王靜芝《詩經通釋》簡稱王《通釋》，旨在
撙節篇幅。

五 《詩經》既是文學瑰寶，又是經典名著。本書每篇撮取前人之
言、今人之語，不止闡明詩義章旨，又研析詩義與古今社會攸
關，更闡析寫作技巧，以欣賞藝術之美，洞悉哲學之善，翫味情
感之真。

六 本書詩韻以陳新雄古音三十二部為主，王力古韻二十九部為輔，
詳見附錄「《詩經》倒裝的三觀」一文。

七 本書行文，內容力求深入，文字力求淺出，俾讀者能夠深淺易
懂。

八　鄙人學殖譾陋，紕繆之處綦多，敬盼博雅同好，匡我不逮，曷勝
　　銘感。

目　次

附錄

周南

注釋 周南，王朝所管轄南方之國。屈萬里《詩經詮釋》（以下簡稱屈《詮釋》：「周南，王朝所直轄南方之國也」。〈周南〉凡十一篇，皆採自周南之地。

一 關雎

> 關關雎鳩，在河之洲。窈窕淑女，君子好逑。
> 參差荇菜，左右流之。窈窕淑女，寤寐求之。
> 求之不得，寤寐思服。悠哉悠哉，輾轉反側。
> 參差荇菜，左右采之。窈窕淑女，琴瑟友之。
> 參差荇菜，左右芼之。窈窕淑女，鍾鼓樂之。

注釋 〈關雎〉，是首章首句「關關雎鳩」的節縮（指修辭學），一般認為是簡稱或省稱。

篇旨 這是吟詠君子追求窈窕淑女，終成結婚的詩歌。

原文 關關雎鳩[1]，在河[2]之洲[3]。窈窕淑女[4]，君子好逑[5]。

---

1 關關雎鳩，是「雎鳩關關」的倒裝。關關，就文法言，是狀聲詞；就修辭言，是聽覺摹寫。朱熹《詩集傳》（以下簡稱朱《集傳》）：「關關，雌雄相應之和聲也。」雎，音居，ㄐㄩ。關雎，魚鷹。桂林當地人稱為鸕鷀。
2 河，指黃河。屈《詮釋》：「凡言河者，皆謂黃河。」
3 洲，《爾雅·釋水》：「水中可居者，曰洲。」即今語沙洲。三家（指齊、魯、韓）

押韻　首章鳩、洲、逑，是陳新雄古韻三十二部 21（幽）部（以下
　　　　逕稱 21（幽）部）。

章旨　此章敘述窈窕淑女是君子的嘉偶。

作法　首章是兼有比喻（譬喻）有賦的興，這是兼有比喻的景象產生
　　　　抒發情感的興。作者由「關關雎鳩，在河之洲」的景象，聯想
　　　　「窈窕淑女，君子好逑」之情感，這是觸景生情的興。張次仲
　　　　《待軒詩記》：「此以雎鳩和鳴相關，與淑女、君子全德相
　　　　匹。」因此，「關雎」兼有比喻（譬喻）淑女、君子。就部分
　　　　言，是比喻（譬喻）。就整體言，是兼有比喻（譬喻）有賦的
　　　　興。（詳見附錄「《詩經》比與興的辨析」）逑、仇，音義相
　　　　通，「好逑」或「好仇」，皆「嘉偶」之意。就文字學言，同音
　　　　多同義。就訓詁學言，聲義同源。

原文　參差⁶荇⁷菜，左右流之⁸。窈窕淑女，寤寐⁹求之。

　　《詩》皆作州。甲骨文、金文有「州」字，而無「洲」字。就文字學言，州是本
　　字；洲是後起字。許慎《說文解字》（以下簡稱許《說文》：「水中可居者，曰
　　州。」就訓詁學言，州、洲是古今字。

4　窈窕，音咬挑，一ㄠˇ ㄊ一ㄠˇ，美好。高本漢《詩經注釋》（以下簡稱高《注
　　釋》）：「窈窕，好也（美麗），古代字書總是把『好』字解作『美麗』，和『美』字同
　　義。那麼這一句詩就可以講作『這美而好的女孩子。』」按：「美好」，就文法言，
　　是同義複詞，淑，品德善良。《爾雅・釋詁》：「淑，善也。」君子，屈《詮釋》：
　　「《詩經》中之君子，多指有官爵者言，與後世專指品德高尚之人言者，異。」

5　逑，音仇，ㄑㄧㄡˊ，嘉偶。高《注釋》：「毛《傳》：逑，匹也（匹配）。因此，『君
　　子好逑』這一句就是『君子的匹配。……《魯詩》、《列女傳》引、《齊詩》（《禮
　　記・緇衣》引）都作『君子好仇』，『仇』訓為『匹』。『仇』本來意思是『對』，所
　　以一方面可以當『敵對』講，一方面又可以當作『伴侶，匹配』講。」按：逑、
　　仇，音義相通，「好逑」或「好仇」，皆「嘉偶」之意。就文字學言，同音多同義。
　　就訓詁學，聲義同源。

6　參差，長短不齊的樣子。音蔘疵。朱《集傳》：「長短不齊之貌。」

押韻　二章流、求，是 21（幽）部。

章旨　此章描述君子追求窈窕淑女之辛勤。

作法　二章是不兼比有賦的興。作者由「參差荇菜，左右采之」的景象，聯想「窈窕淑女，寤寐求之」的情感，這也是觸景生情的興。

原文　求之不得[10]，寤寐思服[11]。悠哉悠哉[12]，輾轉反側[13]。

押韻　三章得、服、側，是 25（職）部。

章旨　此章陳述君子追求窈窕淑女，求之不得的苦楚。

作法　三章是承二章而轉。就章法言，首章是「起」，二章是「承」，三章是「轉」。姚際恆《詩經通論》（以下簡稱姚《通論》）：「通篇關鍵，在此一章。」此章是全詩的重心。余《正詁》：

7　荇，音杏，ㄒㄧㄥˋ。又名接余，俗稱金蓮子，水生植物。

8　左右流之，有三解：（一）程俊英、蔣見元《詩經注析》（以下簡稱程、蔣《注析》）：「左右，指採荇菜女子的雙手。」（二）流，擇取。《爾雅・釋詁》：「流，擇也。」高亨《詩經今注》（以下簡稱高《今注》）：「荇菜有好有壞，所以先選而後采。」（三）高《注釋》：「左右流之，就是向左向右去捕捉它。」之，指「參差荇菜」，是外位賓語。

9　寤寐，余《正詁》：「即今語睡醒、睡著。」這是本義，引申為「早晚」之意，再引申義為「日日夜夜」。程、蔣《注析》：「此處意為日日夜夜。」

10　求之不得，陳子展《詩經直解》（以下簡稱陳《直解》）：「求之不得，哀而不傷。」

11　思服，有二解：（一）思，語助詞，無意義。楊樹達《詞詮》（以下簡稱楊《詞詮》）：「思，語中助詞，無義。」毛亨《毛詩詁訓傳》（以下簡稱毛《傳》）：「服，思之也。」服，思念之意。（二）「思服」的「思」有意義，「思服」是文法的同義複詞。蔡宗陽《國文文法》（以下簡稱蔡《文法》）：「所謂同義複詞，是指上下兩個字意義相同而構成一個複詞。如身體、容貌。」

12　悠，朱《集傳》：「長也。」哉，楊《詞詮》：「哉，語末助詞，表感歎。」余《正詁》：「悠哉悠哉，形容思念之深長。」

13　朱《集傳》：「輾者轉之半，轉者輾之周。」余《正詁》：「反，覆身而臥。側，側身而臥。輾轉反側，謂不能成寐也。」不能成寐，即今語翻來覆去，不能安心睡眠。

「三章『求之不得』四句，為全詩造成波瀾，使情節產生曲
折，此正其引人處。」洵哉斯言。

原文　參差荇菜，左右采之[14]。窈窕淑女，琴瑟友之[15]。

押韻　四章采、友，是 24（之）部。

章旨　四章描述君子彈琴鼓瑟，使窈窕淑女喜愛他。王靜芝《詩經通
釋》（以下簡稱王《通釋》）：「鼓琴瑟相和，以親近相善。」誠
哉斯言。

作法　就章法言，首章「起」，次章是「承」，三章是「轉」，四、五
章是「合」。但就聲韻學言，五章獨立押韻。此章是不兼比有
賦的興。

原文　參差荇菜，左右芼[16]之。窈窕淑女，鍾鼓[17]樂之[18]。

押韻　五章芼，是 19（宵）部；樂，是 20（藥）部。宵、藥二部對

14　就文字學言，采是本字；採是後起字。就訓詁學言，采、採是古今字。「采之」的
　　「之」，是代詞，指「參差荇菜」，這是外位賓語。蔡《文法》：「代詞，異稱有代名
　　詞、指稱詞、稱代詞。」就文法言，「之」是代外位賓語的「參差荇菜」。

15　友之，是使之友，就文法言，是致使動詞、役使動詞，簡稱使動詞。友，本是名
　　詞，這裡是動詞，愛之意。《漢書‧王莽傳》顏師古注：「友，愛也。」就文法言，
　　是詞類活用；就修辭學言，是轉品，又稱為轉類。

16　芼，音冒，ㄇㄠˋ。毛《傳》：「擇也。」「流」、「采」、「芼」，是互文見義。就修辭
　　學言，屬於錯綜中的抽換詞面。

17　鍾鼓樂之，「鍾」字通用「鐘」字。王國維《觀堂集林‧釋樂次》：「凡金奏之樂，
　　用鐘鼓，天子、諸侯間用之。大夫、士，鼓而已。」由此觀之，君子不是天子，就
　　是諸侯，而非大夫。

18　樂之，使之樂。「樂」，是使動詞，音要，一ㄠˋ，愛之意。「友之」、「樂之」，是互
　　文見義，屬於錯綜的抽換詞面。「樂」，是 20（藥）部，可見其音義。就文法言，
　　是詞類活用；就修辭言，是轉品，又稱為轉類。

轉而押韻。詳見附錄「《詩經·召南·關雎》分章與詮詁的辨析」。

研析

劉勰《文心雕龍·知音》:「綴文者情動而辭發,觀文者披文以入情。」此言作者先有情感,後有文辭;讀者先有文辭,後有情感。是以闡析《詩經》,先有押韻、注釋,再有章旨、作法,終以研析(包括形式與內容)作結。

〈關雎〉就押韻與〈孔子詩論〉言,五章是原貌。

此外,尚有三、四章之說,可資參閱,詳見附錄「《詩經·周南·關雎》分章與詮詁」。〈關雎〉吟詠君子追求淑女,從卒章可見古代婚禮天子、諸侯用鐘鼓,大夫、士僅用鼓。爾後,婚禮因人、事、時、地不同而異。至今猶可見,迎娶掛有甘蔗或竹子,但班固《漢書·藝文志》:「禮失求諸野。」臺灣鄉村偶而可見掛甘蔗或掛竹子,但都市多掛紅色彩帶。甘蔗象徵甜蜜家庭、白頭偕老、代表節操。竹子象徵白頭偕老、代表節操、謙虛待人。紅色彩帶,象徵大紅大利。這是中華文化特有的禮俗。古今雖然迎娶禮俗因人、時、事、地而異,但其象徵意義永恆不渝。

二　葛覃

　　葛之覃兮，施于中谷，維葉萋萋。黃鳥于飛，集于灌木，其鳴喈喈。

　　葛之覃兮，施于中谷，維葉莫莫。是刈是濩，為絺為綌，服之無斁。

　　言告師氏，言告言歸。薄汙我私，薄澣我衣。害澣害否，歸寧父母。

注釋　〈葛覃〉，是首章首句「葛之覃兮」的節縮（指修辭學），一般認為是簡稱或省稱。

篇旨　這是貴族女子自詠歸寧的詩歌。（二〇〇九年六月臺灣師大國文所碩士論文「《詩經‧葛覃》研究」指導教授季旭昇老師、研究生劉湘怡，闡析詩旨十五種說法，詳見此論文。）

原文　葛之覃兮[1]，施于中谷[2]，維葉萋萋[3]。黃鳥于飛[4]，集于

1　葛，草名，蔓生，莖之纖維，可織葛布。即今語夏布。屈《註釋》：「葛，草名，蔓生，莖綯長；莖之纖維，可織葛布。」「之」，是結構助詞，無義。覃，延長也。《爾雅‧釋言》：「覃，延也。延，長也。」兮，楊《詞詮》：「兮，語末助詞，無義。」

2　施，音易，一ˋ，蔓延。毛〈傳〉：「施，移也。」陸法言《廣韻》：「移，延也。」余《正詁》：「即蔓延之意。」于，於，即今語「到」。中谷，即「谷中」的倒裝。詳見附錄：《詩經》倒裝的三觀。

3　維有二解：（一）句首語助詞，無義。楊《詞詮》：「維，語首助詞。」王《通釋》：「維，語詞，無義。」（二）代詞，當「其」解。余《正詁》：「維，《古書虛字集釋》：『猶其也。』」萋萋，茂盛的樣子。毛〈傳〉：「萋萋，茂盛貌。」

4　黃鳥，余《正詁》：「黃鳥，〈傳〉：『搏黍也。』按又名黃雀、黍雀，與倉庚之為黃鶯者異。黃鳥體小，喜食穀，黃鶯體大，喜食果。」于，在飛。屈《詮釋》：「于飛，猶『在飛』。」

灌木[5]，其鳴喈喈[6]。

押韻 一章谷、木，是 17（屋）部。首章萋、嘴是 4（脂）部。飛，是 7（微）部。脂、微二部，是旁轉而押韻。

章旨 一章描繪葛葉茂盛，鳥鳴喈喈的景象。

作法 此章純粹是平鋪直敘的「賦」，先敘述葛葉繁茂，再摹寫黃鳥停息灌木上，鳴聲和諧遠播。

原文 葛之覃兮，施于中谷，維葉莫莫[7]。是刈是濩[8]，為絺為綌[9]，服之無斁[10]。

押韻 二章谷，是 17（屋）部，與一章谷，是遙韻。濩、綌、斁，是 14（鐸）部。

---

5 集，群鳥棲息在樹上。灌木，叢木。《爾雅·釋木》：「灌木，叢木。」

6 喈，音皆，ㄐㄧㄝ。喈喈，形容鳥鳴聲。許《說文》：「喈，鳥鳴聲。」毛《傳》：「喈喈，和聲之遠聞也。」就文法言，是狀聲詞，又叫象聲詞、疊字衍聲複詞。就修辭言，是聽覺的摹寫。

7 莫莫，茂盛的樣子。朱《集傳》：「莫莫，茂盛貌」。「莫莫」與「萋萋」，是互文見義，屬於錯綜中的抽換詞面。

8 是，指「葛」。周法高《中國古代語注·稱代編》：「在《詩經》、《左傳》中，有一些例子是『是』字作賓語放在述語前的。如『是刈是濩』，『是』是指『葛』。」按：是，此之意，代詞（又稱為稱代詞、指稱詞、代名詞，詳見蔡《文法》），這裡代「葛」，即周法高所謂賓語放在述語之前，這是肯定句倒裝，詳見附錄：《詩經》倒裝的三觀。刈，音亦，ㄧˋ，取、割之意，即收割。陸德明《經典釋文》（以下簡稱陸《釋文》）：「《韓詩》云：『刈，取也。』」詳見劉湘君《詩經·葛覃研究》（以下簡稱劉《研究》）。濩，音穫，ㄏㄨㄛˋ，煮的意思。毛《傳》：「濩，煮之也。」

9 為，做成之意。楊承祖〈淺說詩經葛覃篇〉：「『為』就是做成。」為絺為綌，做成細葛布、做成粗葛布。絺，音痴，ㄔ，持細葛布。綌，音系，ㄒㄧˋ，指粗葛布。

10 服，有二解：（一）本是名詞，這裡是動詞，穿著。就文法言，是詞類活用。就修辭言，是轉品，又叫轉類。王《通釋》：「服，穿著也。」（二）整治。鄭《箋》：「服，整也。」之，代詞，指絺綌。斁，音亦，ㄧˋ，厭倦。毛《傳》：「斁，厭也。」鄭《箋》：「乃能整治之無厭倦，是其性貞專。」

章旨 二章描述采葛製造細葛布、粗葛布的過程。

作法 此章純是平鋪直敘的「賦」，先陳述葛葉茂盛，再描繪葛布製
作的經過。

原文 言告師氏[11]，言告言歸[12]。薄汙我私[13]，薄澣我衣[14]。害
澣害否[15]，歸寧[16]父母。

押韻 歸、衣，是 7（微）部。否、母，是 24（之）部。微、之二
部，既不對轉，又不旁轉，是換韻。

章旨 三章描寫歸寧的歡愉。

作法 此章純是平鋪直敘的「賦」，先敘述女子請假，表示謹慎小
心；再描繪洗淨衣服，陳述其喜悅之情。「歸寧父母」，是全詩
的重心。余《正詁》：「末語『歸寧父母』始點全詩之主題。」

研析

全篇三章皆是純粹平鋪直敘的「賦」。全詩採用層遞手法，先描

---

11 言，有二解：（一）言，我也。毛《傳》：「言，我也。」（二）言，語首助詞，無意
義。楊《詞詮》：「言，語首助詞，無義。」師氏，官名。毛《傳》：「師，女師也。
古者女師。女師教以婦德、婦言、婦容、婦功。」《周禮·地官司徒第二》：「師
氏：掌以媺詔王。以三德教國子，……教三行。」

12 歸，女子出嫁。毛《傳》：「婦人謂嫁曰歸。」

13 薄，趕快。余《正詁》：「薄，《廣雅·釋詁》：『迫也。』猶口語趕快。」汙，搓洗
衣服。私，便服。余《正詁》：「私，毛《傳》，『燕服也。』即便服。」

14 澣，音緩，ㄏㄨㄢˇ。洗濯衣服。許《說文》：「澣，濯衣垢也。」衣，禮服。朱
《集傳》：「衣，禮服也。」

15 害，音何，ㄏㄜˊ。何也，即今語什麼。毛《傳》：「害，何也。私服宜澣，公服宜
否。」即今語什麼衣服要洗，什麼衣服不要洗。

16 歸寧，有二解：（一）嫁後，回娘家探望父母。毛《傳》：「寧，安也。父母在，則
有時歸寧。」（二）未出嫁前，回家向父母問安。滕志賢《新譯詩經讀本》（以下簡
稱滕《讀本》）：「所謂『歸寧』，是由公宮回家，與後世指已嫁之女回娘家省親不
同。」

述葛葉茂盛，後敘述采葛製布，再陳述洗衣，最後以「歸寧父母」作結。層層遞進，有條不紊，呈現女師教化的循循善誘。方玉潤《詩經原始》（以下簡稱方《原始》）：「此賦歸寧耳，因歸寧而生澣衣，因澣衣而念絺綌，因絺綌而想葛之初生至于刈濩。」誠哉此言。

　　古代女師教女子以婦德、婦言、婦容、婦功，後來逐漸演變三從四德，如今男女結婚，有新娘秘書為新娘打扮，但多以化妝，很少談及三從四德。所謂三從，是指未嫁從父，既嫁從夫，夫死從子。所謂四德，是指婦德、婦言、婦容、婦功。「三從四德」迄今，已煙消雲散。

三　卷耳

> 采采卷耳，不盈頃筐。嗟我懷人，寘彼周行。
> 陟彼崔嵬，我馬虺隤。我姑酌彼金罍，維以不永懷。
> 陟彼高岡，我馬玄黃。我姑酌彼兕觥，維以不永傷。
> 陟彼砠矣，我馬瘏矣，我僕痡矣，云何吁矣。

注釋　〈卷耳〉，係首章首句「采采卷耳」的「卷耳」為篇名，是一種一年生植物，嫩葉可食。《爾雅・釋草》：「卷耳。」屈《詮釋》：「卷耳，即蒼耳。」

篇旨　這是一篇描述行役者想念家人的詩歌。

原文　采采[1]卷耳，不盈頃筐[2]。嗟我懷人[3]，寘彼周行[4]。

押韻　首章筐、行，是15（陽）部。

章旨　一章「嗟我懷人」，是全詩的重心。劉熙《藝概》（以下簡劉《藝概》：「〈周南・卷耳〉四章，只『嗟我懷人』一句是點明主題。」旨哉此言。

作法　此章先描述景象，再抒發情感，是不兼比有賦的「興」。

1　采采，有二解：（一）採了又採。屈《詮釋》：「采采，採而又採也。」（二）茂盛的樣子。馬瑞辰《毛詩傳箋通釋》（以下簡稱馬《通釋》）：「采采，茂盛貌。」

2　盈，滿也。頃筐，後高前低的淺筐，即今語畚箕。毛《傳》：「畚屬，易盈之器。」

3　嗟，音皆，ㄐㄧㄝ。語助詞，無意義。馬《通釋》：「嗟為語詞。嗟我懷人，猶言我懷人。」我，指行役者。

4　寘，音置，ㄓˋ。有二解：（一）放下。毛《傳》：「置也。」（二）行。高《今注》：「行也。……此句是作者自言在周道上奔走。周行，本是周的國道，引申為大道。彼，有二解：（一）句中語助詞，無意義。楊《詞詮》：「句中助詞，無義。」（二）那。余《正詁》：「彼，形容性指稱詞，猶口語那個。」

原文 陟彼崔嵬[5]，我馬虺隤。[6]我姑酌彼金罍[7]，維以不永懷[8]。

押韻 二章嵬、隤、罍、懷，是 7（微）部。

章旨 二章描述行役的苦楚，想藉酒消愁。

作法 此章是無比有賦的興。先敘述行役十分勞累，再陳述藉酒消除憂愁的情形。

原文 陟彼高岡[9]，我馬玄黃[10]。我姑酌彼兕觥[11]，維以不永傷[12]。

押韻 三章岡、黃、觥、傷，是 15（陽）部。

章旨 三章描寫行役的痛苦，於是藉酒澆愁。

作法 此章也是無比有賦的興。先陳述行役極為辛勞，再描述藉酒消愁。

5　陟，音至，ㄓˋ，登。許《說文》：「陟，登山。」崔，音摧，ㄘㄨㄟ。高大險峻的叫做崔。嵬，音韋，ㄨㄟˊ。山陵高險而不平坦叫做嵬。崔嵬，石戴土。《爾雅·釋山》：「石戴土謂之崔嵬。」

6　虺隤，音灰頹，ㄏㄨㄟ ㄊㄨㄟˊ。病。朱《集傳》：「馬疲不能升高之病。」

7　姑，姑且。毛《傳》：「姑，且也。」酌，斟酒。罍，音雷，ㄌㄟˊ。酒器。陸《釋文》：「罍，酒樽也。」余《正詁》：「以金屬為之，故曰金罍。」

8　維，語首助詞，無義。楊《詞詮》：「維，語首助詞，無義。」懷，有二解：（一）憂也，余《正詁》：「懷，憂也。」（二）永懷，長思也。朱《評釋》：「永懷，久思也。」

9　岡，山脊。《爾雅·釋山》：「山脊。」

10　玄黃，馬生病的樣子。陳奐《詩毛氏傳疏》（以下簡稱陳《傳疏》）：「黃，本馬之正色，黃而玄為馬之病色。」玄，黑色。

11　兕觥，音四工，ㄙˋ ㄍㄨㄥ。用犀牛角製作的酒器（如酒杯）。

12　傷，憂也。「傷」與一章「懷」，是互文見義，屬於錯綜中的抽換詞面。《廣雅·釋詁》：「傷，憂也。」

原文　陟彼砠矣¹³，我馬瘏矣¹⁴，我僕痡矣¹⁵，云何吁矣¹⁶。

押韻　四章砠、瘏、痡、吁，是13（魚）部。

章旨　四章敘述行役者登山之難，馬兒、車伕都生病了，令行役者多麼的憂愁。

作法　此章也是無比有賦的「興」。觸景生情，看到馬兒、車伕都生病，抒發憂愁的情緒。

研析

　　劉勰《文心雕龍·明詩》：「人稟七情，應物斯感，感物吟志，莫非自然。」首章描述行役者因思想家人而憂，二、三章敘述行役萬分苦痛，而想藉酒消愁，卒章陳述行役辛勞，連馬兒、車伕都生病，苦痛更深，憂愁也更深。一章「嗟我懷人」，是全詩的主題。二章末的「維以不永懷」，是承前章「嗟我懷人」。三章末句「維以不永傷」，也是承「嗟我懷人」。此乃「前呼後應」的寫作手法。末章末句「云何吁矣」，「吁」字是總結「懷」、「傷」。」余《正詁》：「全文一線，脈絡顯明。」旨哉斯言。懷、傷、吁，都是憂愁，「吁」比「傷」重，「傷」比「懷」重，這是運用修辭學層遞手法。

---

13 砠，音居，ㄐㄩ。有二解：（一）戴石的土山。《爾雅·釋山》：「土戴石為砠。」（二）戴土的石山。毛《傳》：「石山戴土曰砠。」矣，用在陳述句末，表感歎。楊《詞詮》：「矣，語末助詞，表感歎。」段德森《實用古漢語虛詞》（以下簡稱段《虛詞》）：「矣，用在感歎末；可譯為『啊』或『了啊』，對『已然』、『將然』或『必然』的事情發抒感歎。」

14 瘏，音途，ㄊㄨˊ。病。《爾雅·釋詁》：「瘏，病也。」

15 僕，駕車者，即今駕駛。痡，音夫，ㄈㄨ，病也。《爾雅·釋詁》：「痡，病也。」

16 云，語首助詞，無意義。楊《詞詮》：「云，語首助詞，無義。」何，何等，引申為多麼。吁，音盱，ㄒㄩ。憂愁。毛《傳》：「憂也。」

　　蘇東坡〈超然臺記〉：「可樂者常少，而可悲者常多。」人生不如意十常八九，因此人生如戰場，必須不懼千辛萬苦地披荊斬棘，才能奔向光明的人生。

四　樛木

> 南有樛木，葛藟纍之。樂只君子，福履綏之。
> 南有樛木，葛藟荒之。樂只君子，福履將之。
> 南有樛木，葛藟縈之。樂只君子，福履成之。

注釋　樛，音糾，ㄐㄧㄡ。〈樛木〉，係首章首句「南有樛木」的「樛木」為篇名。枝條往下彎曲的樹木叫做樛木。毛《傳》:「木下曲曰樛。」《韓詩》作朻，朻與樛，音義相通。就訓詁學言，是聲義同源。

篇旨　這是一篇祝賀君子多福祿的詩歌。

原文　南[1]有樛木，葛藟纍之[2]。樂只君子[3]，福履綏之[4]。

押韻　一章纍、綏，是7（微）部。

章旨　一章敘述福祿使君子得到安寧。

作法　此章是兼有比喻（譬喻）有賦的「興」。將「君子」比喻「樛木」，「福履」比喻「葛藟」。前二句是景物，後二句是抒情，此乃觸景生情的寫作手法。

1　南，南邊。毛《傳》:「南土。」
2　葛，草名，可織布。藟，音壘，ㄌㄟˇ，葛屬。葛可織布，藟，可做繩索。纍，音雷，ㄌㄟˊ。纏繞。之，代詞，指樛木。就文法言，「之」是外位賓語。
3　只，語中助詞，無意義。楊《詞詮》:「只，語中助詞，無義。」段《虛語》:「『只』在先秦時期是一個語氣助詞，可用于句末或句中，表示停頓或終結，使句子帶上詠歎的色彩，多見于《詩經》、《楚辭》。……一般用『啊』去對譯；有的也不必譯出。」嚴粲《詩緝》（以下簡稱嚴《詩緝》）:「只，語助詞也。樂只君子，蓋曰樂哉君子。」「樂只君子」，係「君子樂只」的倒裝，這是不押韻的感歎句倒裝。
4　履，祿。《爾雅‧釋言》:「履，祿也。」綏，安。毛《傳》:「綏，安也。」「綏之」，係使之綏的致使動詞，即使之安。之，代詞，指君子，就文法言，是外位賓語。綏之，使君子得到安寧。

原文　南有樛木，葛藟荒⁵之。樂只君子，福履將之⁶。

押韻　二章荒、將，是 15（陽）部。

章旨　二章陳述福祿使君子得到保佑。

作法　此章，也是兼有比喻（譬喻）有賦的「興」。前二句是景物，後二句是抒情，此乃觸景生情的寫作技巧。

原文　南有樛木，葛藟縈⁷之。樂只君子，福履成之⁸。

押韻　三章縈、成，是 12（耕）部。

章旨　三章描述福祿使君子得到成就。

作法　此章也是兼有比喻（譬喻）有賦的「興」。前二句是景物，後二句是抒情。此乃觸景生情的寫作方法。

研析

　　全篇三章皆是兼有比喻（譬喻）有賦的「興」，也都是觸景生情的寫作手法。余《正詁》：「一章言綏之，二章言將之，三章言成之，有先後淺深之序。」這是修辭學層遞中的遞升。胡承珙《毛詩後箋》：「按之詩義，亦有淺深次第，葛藟始生蔓延，漸長蒙密，愈久則更盤結，此纍之、荒之、縈之相次之序。」「纍之」、「荒之」、「縈之」，也是層遞中的遞升。

　　從前祝福別人升官發財，如今祝福別人是萬事如意，富貴吉祥。古今祝福雖有不同，但大同小異。

5　荒，覆蓋。《爾雅‧釋言》：「荒，奄也。」申是展開之意。大是從上到下完全籠罩，因此「覆蓋」是「奄」。

6　將，扶助，引申為保佑。鄭《箋》：「將，猶扶助也。」

7　縈，纏繞。朱《評釋》：「縈，音迎，一ㄥˊ，纏繞也。」首章二句「纍」與「縈」，是互文見義。就修辭學言，係錯綜中的抽換詞面。

8　成之，使之成，是致使動詞。福履成之，福祿使君子得到成就。

五　螽斯

> 螽斯羽，詵詵兮。宜爾子孫，振振兮。
> 螽斯羽，薨薨兮，宜爾子孫，繩繩兮。
> 螽斯羽，揖揖兮。宜爾子孫，蟄蟄兮。

注釋　〈螽斯〉，是取首章首句「螽斯羽」的「螽斯」為篇名。螽，音終，ㄓㄨㄥ。螽斯，蝗蟲類，多子，以肢擦翅作聲，又叫做蚣蝑、斯螽。

篇旨　這是一篇祝福人子孫眾多的詩歌。

原文　螽斯羽，詵詵兮¹。宜爾子孫²，振振兮³。

押韻　一章詵、振，是9（諄）部。

章旨　一章將「螽斯」比喻「子孫眾多」。

作法　此章純粹運用比喻（譬喻）的寫作手法。

原文　螽斯羽，薨薨兮⁴，宜爾子孫，繩繩兮⁵。

押韻　二章薨、繩，是26（蒸）部

章旨　二章也將「螽斯」比作「子孫盛多。」

1　詵，音身，ㄕㄣ。詵詵，羽聲很多的樣子。馬《通釋》：「詵詵、薨薨、揖揖，皆形容羽聲之盛多。」兮，楊《詞詮》：「兮，語末助詞，無義。」

2　宜，多。馬《通釋》：「古文宜作宐。竊謂宜多聲，即有多義。」爾，代詞，指人。余《正詁》：「《詩經》中，凡『宜』字下之稱代詞，皆指人，不指物，如『宜室宜家』、『宜其家室』、『宜其家人』。」按：代詞，又叫做稱代詞、指稱詞、代名詞，詳見蔡《文法》。

3　振，音真，ㄓㄣ。振振，眾多的樣子。朱《集傳》：「振振，盛貌。」

4　薨，音烘，ㄏㄨㄥ。薨薨，羽聲眾多的樣子。

5　繩繩，連續不斷的樣子。嚴《詩緝》：「繩繩，如繩之牽連不絕。」

作法　此章也是純粹運用比喻（譬喻）的寫作技巧。

原文　螽斯羽，揖揖兮[6]。宜爾子孫，蟄蟄兮[7]。

押韻　三章揖、蟄，是 27（緝）部。

章法　三章將「螽斯」比喻「子孫和睦相處」。

作法　此章純粹運用比喻（譬喻）的寫作技法。

研析

　　全篇三章皆是運用有比喻（譬喻）有賦的「興」。

　　從前祝福人多子多孫多福氣，因為農業社會需要很多人力。如今工商社會，人口教育改變，少子現象已層出不窮，甚至於不生子育女，由於教養費昂貴，經濟不景氣所致。

6　揖，音緝，ㄑㄧˋ。揖揖，羽聲眾多的樣子。

7　蟄，音直，ㄓˊ。蟄蟄，和睦相處的樣子。毛《傳》：「蟄蟄，和集也。」

六　桃夭

> 桃之夭夭，灼灼其華。之子于歸，宜其室家。
> 桃之夭夭，有蕡其實。之子于歸，宜其家室。
> 桃之夭夭，其葉蓁蓁。之子于歸，宜其家人。

注釋　〈桃夭〉，是首章首句「桃之夭夭」的節縮，又稱為簡稱、省稱。〈桃夭〉，是篇名。

篇旨　這是一篇祝賀別人嫁女，期盼宜室宜家地幸福、美滿、甜蜜家庭的詩歌。

原文　桃之夭夭¹，灼灼其華²。之子于歸³，宜其室家⁴。

押韻　一章華、家，是13（魚）部。

章旨　一章描繪春天桃花盛開，桃樹茁壯，桃花鮮豔，期盼這女子出嫁，能和她的家人相處和善、融洽，過得幸福、甜蜜、美滿的生活。

1　桃，比喻女子。之，語中助詞，無意義。楊《詞詮》：「之，語中助詞，無義。」夭夭，桃樹少壯茂盛的樣子。朱《集傳》：「夭夭，少好之貌。」今人改為「逃之夭夭」，作別解，這是修辭學的「襲改」。

2　灼灼其華，係「其華灼灼」的倒裝，這是為押韻而倒裝。詳見附錄：《詩經》倒裝的三觀。灼，音酌，ㄓㄨㄛˊ。灼灼，鮮明的樣子。嚴《詩緝》：「曹氏曰：灼灼，鮮明貌。」其，代詞，指桃。華，金文是象形，「花」的本字，「花」字是六朝人的後起字。就訓詁學言，華、花，是古今字。華，比喻女子的容貌。

3　之子，此女子。《爾雅・釋訓》：「之子，是子也。」于，往也。毛《傳》：「于，往也。」歸，出嫁。朱《集傳》：「婦人謂嫁曰歸。」

4　宜，善也。馬《通釋》：「宜與儀通。《爾雅》：『儀，善也。』」其，代詞，指新娘。室家，夫婦也。孔穎達《毛詩正義》（以下簡稱孔《正義》）：「《桓十八年・左傳》曰：『女有家，男有室。』室家，謂夫婦也。」

作法　此章是兼有比喻（譬喻）有賦的「興」。將「新娘」比作「桃花」，形容極為漂亮。

原文　桃之夭夭，有蕡其實[5]。之子于歸，宜其家室[6]。

押韻　二章實、室，是 5（質）部。

章旨　二章描述桃花結果實，比喻新娘大腹便便，婚後過著美滿、幸福的生活。

作法　此章也兼有比喻（譬喻）有賦的「興」。將「新娘大腹便便」比喻「有蕡其實」。

原文　桃之夭夭，其葉蓁蓁[7]。之子于歸，宜其家人[8]。

押韻　三章蓁、人，是 4（真）部

研析

　　全篇三章皆是兼有比喻（譬喻）的「興」。首章詠其華，次章詠其實，卒章詠其葉，運用層遞的遞進手法。首章以華比喻女子，次章以實比喻大腹便便，末章以葉比喻多子多孫，五世其昌。姚《通論》：「桃色色最豔，故以取喻女子，開千古詞賦詠美人之祖。」方《原始》：「豔絕，開千古詞賦香奩之祖。」

5　蕡，音墳，ㄈㄣˊ。有蕡，蕡然，大的樣子。屈《詮釋》：「《詩》中，凡有字冠於形容詞或副詞之上者，等於加然字於形容詞或副詞之下，故有蕡，猶蕡然也。」「有蕡其實」，係「其實有蕡」的倒裝。其，代詞，指桃。有蕡其實，比喻新娘結婚懷孕，大腹便便。詳見附錄：《詩經》比與興的辨析。

6　家室，夫婦。《左傳》：「女有家，男有室。」家室，係「室家」的倒裝，為押韻倒裝。

7　蓁，音珍，ㄓㄣ。蓁蓁，茂盛的樣子，這裡比喻新娘婚後多子多孫。毛《傳》：「茂盛貌。」

8　家人，室家，指全家人過著快樂的生活。

古人以「三祝」為祝頌之辭,「三祝」源於《莊子‧天地》:「堯觀乎華,華封人曰:『嘻!請祝聖人,使聖人壽,使聖人富,使聖人多男子。』」如今婚禮常見喜幛有「宜室宜家」之金字賀辭,此源自本篇「宜其室家」、「宜其家室」、「宜其家人」。

七 兔罝

> 肅肅兔罝，椓之丁丁。赳赳武夫，公侯干城。
> 肅肅兔罝，施于中逵。赳赳武夫，公侯好仇。
> 肅肅兔罝，施于中林。赳赳武夫，公侯腹心。

注釋 〈兔罝〉，取首章首句「肅肅兔罝」的「兔罝」為篇名。罝，
音居，ㄐㄩ。兔罝，捕兔的網。陸《釋文》：「網也。」

篇旨 這是一篇讚美武士的詩歌。

原文 肅肅[1]兔罝，椓之丁丁[2]。赳赳武夫[3]，公侯干城[4]。

押韻 一章罝、夫，是 13（魚）部。丁、城，是 12（耕）部。魚、
耕二部，既不旁轉，又不對轉，因此是換韻。

章旨 一章敘述盾牌、城牆，目的在防衛國家的安全，人民的安寧。

作法 此章不兼比喻（譬喻）有賦的「興」，即觸景生情的寫作手
法。先描繪捕兔的網，再抒發威武雄壯的武夫捍衛國家。

---

1 肅肅，網目細密的樣子。聞一多《詩經新義》（「以下簡稱聞《新義》」）：「肅肅，即
縮縮、數數，網目細密之貌也。」

2 椓，音琢，ㄓㄨㄛˊ，打。許《說文》：「椓，擊也。」之，結構助詞，無意義。詳
見蔡《文法》。丁，音爭，ㄓㄥ。丁丁，敲打的聲音。就修辭言，是聽覺摹寫。蔡
宗陽《應用修辭學》（以下簡稱蔡《修辭學》）：「凡是在語文中，把耳朵所聽到的各
種不同聲音，通過作者親身的感受，加以真實地描述的一種修辭技巧，叫做聽覺的
摹寫，簡稱摹聽，又叫摹聲。」就文法言，是狀聲詞，又叫象聲詞。詳見蔡《文
法》。

3 赳，音糾，ㄐㄧㄡ。赳赳，威武的樣子。毛《傳》：「武貌。」武夫，武士。

4 公侯，周朝的爵位。周朝有公、侯、伯、子、男等爵位。干城，防衛。鄭《箋》：
「干也，城也，皆所以禦難也。干，盾牌。城，城牆。引申為「防衛」。

原文 肅肅兔罝，施于中逵⁵。赳赳武夫，公侯好仇⁶。

押韻 二章罝、夫，是 13（魚）部。逵、仇，是 21（幽）部。魚、幽二部，既是舌根韻尾，又是陰聲，因此是旁轉。詳見附錄「《詩經》倒裝的三觀」。

章旨 二章陳述捕兔的網布置在四通八達的道路，再抒發雄壯威武的武士可以陪伴公侯，輔佐公侯。

作法 此章不兼比喻（譬喻）有賦的「興」，即觸景生情的寫作技巧。先述景，再生情，情景交融。

原文 肅肅兔罝，施于中林⁷。赳赳武夫，公侯腹心⁸。

押韻 三章罝、夫，是 13（魚）部。林、心，是 28（侯）部。魚、侯二部，既是陰聲，又是舌根韻尾，因此是旁轉。

章旨 三章描繪捕兔的網布置在樹中，再抒發雄壯威武的武夫，可以和公侯同心同德，一起打拚。

作法 此章不兼比喻（譬喻）有賦的「興」，即先有象，再有意，即觸景生情的寫作訣竅。

研析

　　全篇三章皆是不兼比喻（譬喻）有賦的「興」，先有景象，再抒發之意。劉勰《文心雕龍·神思》：「登山則情滿於山，觀海則溢於

5　施，布置。于，在。「中逵」，係「逵中」的倒裝，這是為押韻而倒裝。逵，音魁，ㄎㄨㄟˊ。四通八達的道路。《爾雅·釋宮》：「九達謂逵。」

6　仇，音述，ㄑㄧㄡˊ，良伴。朱《評釋》：「仇，同述，匹也。此好仇猶言良伴，謂能伴公侯而佐之也。」

7　中林，係「林中」的倒裝，這是為押韻而倒裝。林，野外。《爾雅·釋地》：「野外謂之林。」

8　腹心，係「心腹」的倒裝，可以和公侯同心同德的武士。朱《集傳》：「同心同德之謂。」

海。」〈神思〉:「獨照之匠,闚意象而運斤,此蓋馭文之首術,謀篇之大端。」

俗諺云:「帶人帶心。」武夫與公侯肝膽相照,同心同德。誠如嚴《詩緝》:「可為公侯之干與城,言勇而忠也;可為公侯之善匹,言勇而良也;可為公侯之腹心,謂機密之事,可與之謀,言勇而智也。」武士之勇而忠、勇而良、勇而智,令人讚佩不已。如今長官與部屬、老闆與伙計,能同心同德,事無不成,業務自然蒸蒸日上,身為主管,請三思而後行。

八　芣苢

采采芣苢，薄言采之；采采芣苢，薄言有之。
采采芣苢，薄言掇之；采采芣苢，薄言捋之。
采采芣苢，薄言袺之；采采芣苢，薄言襭之。

注釋　〈芣苢〉，音浮以，ㄈㄨˊ 一ˇ，一作芣苡。〈芣苢〉，取首章
首句「采采芣苢」的「芣苢」為篇名。植物名，車前子，又叫
車前草。《爾雅・釋草》：「芣苢、馬舄、馮舄，車前。」李時
珍《本草綱目・卷六》：「車前，〔釋名〕當道、芣苢、馬舄、
牛遺、牛舌、車輪菜、地衣、蝦蟆衣。〔主治〕女子淋瀝不欲
食，養肺強陰益精，令人有子。」

篇旨　這是一篇吟詠婦人採摘車前的詩歌。

原文　采采¹芣苢，薄言采之²；采采芣苢，薄言有之³。
押韻　一章苢、采、有，是 24（之）部。
章旨　一章描述婦人採車前，怕人看到，遭人取笑，因此急忙地採、
趕快地採。
作法　此章純粹平鋪直敘的「賦」。這章描繪婦人急忙採車前的心
情，趕快採車前子的難為情。

原文　采采芣苢，薄言掇⁴之；采采芣苢，薄言捋⁵之。

1　采采有二解：（一）採了又採。（二）茂盛的樣子。
2　薄言，趕快地。余《正詁》：「薄言者，迫而也（業師高鴻縉先生說）。猶今之口語
　　『急忙地』或『趕快地』。」就文字學言，采是本字，採是後起字。就訓詁學言，
　　采，採是古今字。之，代詞，指芣苢。
3　有，探。《廣雅》：「有，取也。」

押韻 二章苢、苢，是 24（之）部。掇、捋，是 2（月）部。既不旁
轉，又不對轉，因此是換韻。

章旨 二章敘述婦人採車前的情形。

作法 此章也是純粹平鋪直敘的「賦」。
一、三句重複運用「采采芣苢」，是修辭學類疊中的類句。

原文 采采芣苢，薄言袺之[6]；采采芣苢，薄言襭之[7]。

押韻 三章苢、苢，是 24（之）部。袺、襭，是 5（質）部。之、質
二部，既不旁轉，又不對轉，因此是換韻。

章旨 三章描寫婦人把車前放在衣襟、腰帶間。

作法 此章也是純粹平鋪直敘的「賦」。一、三句反覆運用「采采芣
苢」，是類疊中的類句。

研析

　　全篇三章皆是運用平鋪直敘的「賦」。首章采之、有之，描述始
往的情形。二章掇之、捋之，敘述採車前子的狀況。三章袺之、襭
之，陳述車前子所藏的地方。余《正詁》：「掇、捋事殊，袺、襭用
別，先後井然有次。」

　　李時珍《本草綱目》：「車前，〔釋名〕當道、芣苢。……〔氣
味〕甘、寒、無毒。……女子淋瀝，不欲飲食，養肺強陰益精，令人
有男。」車前可治不孕之症，如今醫學發達，可用不同箋方、醫術，
診治不孕症。從前婦人採車前治不孕症，怕別人取笑，因此採車前時

4　掇，音奪，ㄅㄨㄛˊ。拾取。許《說文》：「掇，拾取也。」

5　捋，音勒，ㄌㄨㄟˋ，取也。毛《傳》：「取也。」

6　袺，音結，ㄐㄧㄝˊ。高《今注》：「袺，用手提衣襟兜東西。之，代詞，指芣苢，
　　即車前。」

7　襭，音協，ㄒㄧㄝˊ。高《今注》：「把衣襟插在腰帶上兜東西。」

趕快藏起來，怕人看見。現在科學昌明，不必單靠中醫，西醫也可以
治不孕症。

九　漢廣

南有喬木，不可休息；漢有游女，不可求思。漢之廣
矣，不可泳思；江之永矣，不可方思。

翹翹錯薪，言刈其楚；之子于歸，言秣其馬。漢之廣
矣，不可泳思；江之永矣，不可方思。

翹翹錯薪，言刈其蔞。之子于歸，言秣其駒。漢之廣
矣，不可泳思；江之永矣，不可方思。

注釋　〈漢廣〉，取首章五句「漢之廣矣」的節縮為篇名。漢廣，漢
水廣大。

篇旨　這是一篇吟詠江邊男子羨慕出遊女子，追求不可得而自歎的詩
歌。

原文　南有喬木¹，不可休息²；漢有游女³，不可求思。漢之廣
矣，不可泳⁴思；江之永⁵矣，不可方⁶思。

押韻　一章休、求，是 21（幽）部。廣、泳、永、方，是 15（陽）
部。幽、陽二部，既不旁轉，又不對轉，因此是換韻。

章旨　一章，以喬木、漢水、長江，比喻出遊女不可以追求。「漢有
游女，不可求思」，是全詩的主題。

1　南，南邊、南方。喬木，高大的樹木。高《今注》：「喬，高大。」

2　息，《韓詩》作思。楊《詞詮》：「思，語末助詞，無義。」休，休息。

3　漢，漢水。程、蔣《注析》：「漢，漢水。源出陝西省西南寧強縣，東流至湖北省漢
陽入長江。」游女，出遊的女子。朱《集傳》：「出游之女。」按：游，通「遊」，
遊玩。

4　泳，游泳。《爾雅·釋水》：「潛行為泳。」

5　江，長江。永，長。《爾雅·釋詁》：「永，長也。」

6　方，本是名詞，船。這裡當動詞，坐船渡水。許《說文》：「方，併船也。」

作法 此章兼有比喻（譬喻）有賦的「興」。

原文 翹翹錯薪[7]，言刈其楚[8]；之子于歸[9]，言秣[10]其馬。漢之
廣矣，不可泳思；江之永矣，不可方思。

押韻 二章楚、馬，是 13（魚）部。廣、泳、永、方，是 15（陽）
部。魚、陽二部，同是舌根韻尾，係對轉。

章旨 二章，以「刈其楚」，比喻女子出嫁，男子願餵馬隨從女子，
但終不能如願。

作法 此章兼有比喻（譬喻）有賦與興。

原文 翹翹錯薪，言刈其蔞[11]。之子于歸，言秣其駒[12]。漢之
廣矣，不可泳思；江之永矣，不可方思。

押韻 三章蔞、駒，是 16（侯）部。廣、泳、永、方，是 15（陽）
部。

章旨 三章以「刈其蔞」，比喻女子結婚，男子願餵小馬隨從女子，
反覆詠歎。

作法 此章也是兼有比喻（譬喻）有賦的興。

---

7 翹，音喬，ㄑㄧㄠˊ。翹翹，高舉的樣子。段玉裁《說文解字注》（以下簡稱段
《注》）：「尾長毛必高舉，故凡高舉曰翹。」錯薪，雜亂的柴草。毛《傳》：「錯，
雜也。」

8 言，語首助詞，無意義。楊《詞詮》：「言，語首助詞，無義。」刈，音亦，ㄧˋ，
割也。楚，叢木。木名，又叫做荊。許《說文》：「叢木，一名荊也。」

9 之子，此女子。于，往也。歸，出嫁。

10 秣，音莫，ㄇㄛˋ。養也。毛《傳》：「養也。」

11 蔞，言閭，ㄌㄩˊ。蒿也。朱《評釋》：「今名柳蒿，可以飼馬。」

12 駒，音拘，ㄐㄩ，五尺以上的小馬。毛《傳》：「六尺以上為馬，五尺以上曰駒。」
朱《集傳》：「馬之小者。」

研析

　　三章五至八句疊詠漢廣、江水，意義聯貫，作法極為奇特。余《評釋》：「三疊三唱，既收迴盪之效，又使人有煙水茫茫，不可泳方，無力可施之感。」方《原始》：「所謂樵唱是也。近世楚粵滇黔間樵子入山，多唱山謳，響應林谷。蓋勞者善歌，所以忘勞耳。其詞大抵男女贈答，私心愛慕之情。」古人男女愛慕皆含蓄詩歌，如今網路、手機方便，自由戀愛，古今不同。

十　汝墳

遵彼汝墳，伐其條枚。未見君子，惄如調飢。
遵彼汝墳，伐其條肄。既見君子，不我遐棄。
魴魚赬尾，王室如燬。雖則如燬，父母孔邇。

注釋　〈汝墳〉，取首章首句「遵彼汝墳」之「汝墳」為篇名。
遵，循也。順著、沿著。《爾雅・釋詁》:「遵，循也。」彼，
那。汝，水名。汝水，源自河南省天息山，東南流入淮河。
汝墳，堤岸。《爾雅・釋丘》:「墳，大防。」

篇旨　這是一首吟詠婦人喜愛她夫婿行役而歸，不想夫婿再離鄉背
井，就以服侍父母為藉口的詩歌。

原文　遵彼汝墳，伐其條枚[1]。未見君子，惄如調飢[2]。

押韻　一章枚，是 7（微）部。飢，是 4（脂）部。微、脂二部，同
是舌尖韻尾，又是陰聲，因此是旁轉。

章旨　一章描述婦人未見夫婿時，憂愁而著急的情緒。

作法　此章先敘述景象，再抒發情感，是無比喻（譬喻）有賦的興。

原文　遵彼汝墳，伐其條肄[3]。既[4]見君子，不我遐棄[5]。

1　伐—砍。其，指示形容詞，即今語「那」。楊《詞詮》:「其，指示形容詞，與今語
　『那』相當。」條枚，條樹之枝。余《正詁》:「條，木名，即《秦風・終南》『有
　條有梅』之條，山楸也。枚，小枝也。條枚，條樹之枝。」
2　惄，音溺，ㄋㄧˋ，憂也。
　調，音周，ㄓㄡ。《魯詩》作「朝」。早晨。毛《傳》:「朝也。」
3　肄，砍過而再生的嫩枝。毛《傳》:「斬而復曰肄。」
4　既，已經。
5　不我遐棄，「不遐棄我」的倒裝。這是兼有押韻的否定句。遐，遠。棄，拋棄，引

押韻 二章肆、棄，是 5（質）部。

章旨 二章敘述已經看見夫婿，無限歡樂。

作法 此章先描繪景物，再抒發看到夫婿，十分愉快之情。

原文 魴魚赬尾[6]，王室如燬[7]。雖則[8]如燬，父母孔邇[9]。

押韻 三章尾、燬、燬，是 7（微）部。邇，是 4（脂）部。微、脂二部既是陰聲，又是舌尖韻尾，因此是旁轉。

章旨 此章陳述婦人委婉表達「父母孔邇」應該奉侍，期盼夫婿不要離開。

作法 此章先描繪天下大亂，父母需要侍奉，冀望夫婿不要再離鄉背井。

研析

全篇三章，前二章反覆運用「遵彼汝墳」，是類句的寫作手法。首章三句「未見」，次章三句「既見」，正反強烈對比的映襯技巧。末章闡明天下混亂，父母必須侍奉。

全篇描繪婦人企盼夫婿早日歸來，歸來不欲夫婿再離開，以侍奉父母為藉口，期待夫婿能與婦人白頭偕老。古代資訊不發達，現在資訊暢達，連絡夫婦情感，極為方便。

申為離開。不離開我很遠而去。

6 魴，音房，ㄈㄤˊ。赤尾魚。許《說文》：「魴，赤尾魚。」赬，音稱，ㄔㄥ。紅色。毛《傳》：「赤也。」

7 王室，周室。燬，燒。朱《集傳》：「焚也。」王室如燬，形容天下局勢十分雜亂急迫。

8 則，然。楊《詞詮》：「則，承接連詞，表因果之關係。則字以上之文為原因，以下之文為結果。」

9 孔，很。《爾雅·釋詁》：「孔，甚也。」邇，近。《爾雅·釋詁》：「邇，近也。」

十一　麟之趾

　　麟之趾，振振公子，于嗟麟兮。
　　麟之定，振振公姓，于嗟麟兮。
　　麟之角，振振公族，于嗟麟兮。

注釋　〈麟之趾〉，取首章首句「麟之趾」為篇名。趾，腳。《爾雅‧釋言》：「趾，足也。」

篇旨　此章讚美歌頌公侯多子多孫而表現傑出像麟一樣的優秀。

原文　麟之趾，振振公子[1]，于嗟麟兮[2]。

押韻　一章趾、子，是 24（之）部。前三章末句「麟」，是 6（真）部，屬於遙韻。余《正詁》：「三章末句遙韻，與〈騶虞〉、〈權與〉同。」

章旨　此章敘述公侯之子孫眾多，都如麟一樣的優秀。杜甫云：「高帝子孫盡隆準，龍種自與常人殊。」誠哉此言。

作法　此章純粹運用比喻「譬喻」，將「公子」比作「麟」，這是純粹比喻（譬喻）的寫作手法。

原文　麟之定[3]，振振公姓[4]，于嗟麟兮。

1　振音珍，ㄓㄣ。振振有二解：（一）眾多的樣子。朱《集傳》：「盛貌。」公子，指公侯的子孫。（二）奮發有為的樣子。程、蔣《注析》：「振振，振奮有為貌（從三家《詩》說）。」公子，公侯之子。

2　于，音盧，ㄒㄩ，同吁。于嗟，毛《傳》：「歎辭。」陳奐《詩毛氏傳疏》（以下簡稱陳《傳疏》）：「于、吁，古今字，美歎之詞也。」兮，語末助詞，無意義。楊《詞詮》：「兮，語末助詞，無義。」

3　定，額也。朱《集傳》：「額也。」

4　公姓，公孫也。朱《集傳》：「公孫也，姓之為言生也。」

押韻　二章定、姓，是 12（耕）部。

章旨　二章陳述公侯之子孫盛多如麟一般的優異。

作法　此章純粹運用比喻（譬喻）的寫作技巧。

原文　麟之角⁵，振振公族⁶，于嗟麟兮。

押韻　三章角、族，是 17（屋）部。

章旨　三章讚美公侯的子孫眾多，表現傑出如麟。

作法　此章也是僅運用比喻（譬喻）的寫作手法。

研析

　　全篇三章皆麟比喻公侯子孫表現優異，都運用純粹比喻（譬喻）的寫作方法。喻體是「麟之趾」、「麟之定」、「麟之角」，喻體省略，本體是「振振公子」、「振振公姓」、「振振公族」，喻旨是「于嗟麟兮」，這是運用修辭學詳喻式的略喻。姚《通論》：「趾、定、角，由下而又及上，子、姓、族由近而及遠，此則詩之章法也。」

　　全詩歌讚美公侯甚多，表現傑出如麟般的優秀。俗諺云：「龍生龍，鳳生鳳，老鼠生來會打洞。」望子成龍，望女成鳳，這是天下父母心。

5　角，音俗，ㄙㄨˊ，麟一角，末端有肉。」

6　公族，公子之子孫也。朱《評釋》：「子孫同族，故曰公族。」

召南

注釋 召,音邵,ㄕㄠˋ。〈召南〉,是召穆公所統轄的南國（見屈《詮釋》）。〈召南〉詩凡十四篇。

一　鵲巢

維鵲有巢,維鳩居之。之子于歸,百兩御之。
維鵲有巢,維鳩方之。之子于歸,百兩將之。
維鵲有巢,維鳩盈之。之子于歸,有兩成之。

注釋 〈鵲巢〉,取首章首句「維鵲有巢」的節縮,一般叫做簡稱或省略。

篇旨 全篇歌詠諸侯嫁女的詩歌。

原文 維鵲有巢[1],維鳩居之[2]。之子于歸[3],百兩御之[4]。

1　維,助詞,用在句首,意在提出話題。段德森《實用古漢語虛詞》（以下簡稱段《虛詞》）:「維,助詞。提出、引出主語,為立言行文之開端。」楊樹達《詞詮》（以下簡稱楊《詞詮》）:「維,語首助詞。」鵲,喜鵲。馬瑞辰《毛詩傳箋通釋》（以下簡稱馬《通釋》）:「即乾鵲,今之喜鵲也。」

2　鳩,布穀、八哥。朱守亮《詩經評釋》（以下簡稱朱《評釋》）:「鵲,鳥名,善為巢。相傳鵲每年十月後遷巢,其空巢則鳩居之。」後人凡遇強占人居,強奪別人的土地、崗位、成果等都稱之為「鵲巢鳩占」。（占、佔,古今字）之,代詞,就文法功能言,是賓語。之,指外位賓語「維鵲有巢」。

3　之子,此女子。于,往也。歸,出嫁。

押韻 一章居、御，是 13（魚）部。

章旨 一章先描述「鵲巢鳩居」，比喻女子嫁入男室。有比喻（譬喻）有賦的興。

作法 此章先以鵲巢鳩居，比喻女子嫁入男室，這是兼有比喻（譬喻）有賦的寫作手法。

原文 維鵲有巢，維鳩方^{5}之。之子于歸，百兩將^{6}之。

押韻 二章方、將，是 15（陽）部。

章旨 二章陳述娘家送行的情形。

作法 此章也是運用有比喻（譬喻）有賦的興。

原文 維鵲有巢，維鳩盈^{7}之。之子于歸，有兩成^{8}之。

押韻 三章盈、成，是 12（耕）部。

章旨 三章敘述男女完成婚禮。

作法 此章也是運用有比喻（譬喻）有賦的興。

研析

　　全篇三章皆運用有比喻（譬喻）有賦的興，運用觸景生情的寫作技巧。首章迎親，次章送行，末章舉辦婚禮，層層遞進。余《正詁》：「全篇僅六字不同，字少篇短，而意足情豐，先後有次，真高明筆法。」此言甚諦。

4　兩，即今語車輛。朱熹《詩集傳》（以下簡稱朱《集傳》）：「一車兩輪，故謂之兩。」朱《評釋》：「車有百乘，象有百官之盛。」御，迎娶，鄭《箋》：「迎也。這是夫家迎親。」

5　方，占有。毛《傳》：「有之也。」

6　將，送也。毛《傳》：「送也。」

7　盈，滿也，引申為占有。毛《傳》：「滿也。」

8　成，完成婚禮。朱《集傳》：「成其禮也。」

　　古代結婚方式極為隆重，如今婚禮方式更是多采多姿，內容更豐贍，節目更精采。從前農業社會，現在邁向工商業社會，科學更昌明，網路更神通。

二 采蘩

> 于以采蘩？于沼于沚。于以用之？公侯之事。
> 于以采蘩？于澗之中。于以用之？公侯之宮。
> 被之僮僮，夙夜在公。被之祁祁，薄言還歸。

注釋 〈采蘩〉，取首章首句「于以采蘩」的「采蘩」為篇名。采、採，是古今字。蘩，音煩，ㄈㄢˊ，白蒿。《爾雅・釋草》：「蘩，皤蒿。」程、蔣《注析》：「蘩，白蒿，用來製養蠶的工具『箔』。」

篇旨 這篇是吟詠婦人採蘩，以供祭祀，而感歎日夜為公侯辛勞的詩歌。

原文 于以[1]采蘩？于沼于沚[2]。于以用之？公侯之事[3]。

押韻 一章沚、事，是 24（之）部。

章旨 此章描述在池塘、沙洲採白蒿，以供公侯祭祀之用。

作法 此章連用一問一答，這是修辭學設問中的提問，這是自問自答的寫作手法。這是平鋪直敘的賦。

原文 于以采蘩？于澗[4]之中。于以用之？公侯之宮[5]。

押韻 二章中、宮，是 23（冬）部。

---

1 于，在。以，何處。楊《詞詮》附錄：「于，在。以，何。」
2 沼，音找，ㄓㄠˇ，池塘。毛《傳》：「池也。」沚，音只，ㄓˇ。水中小洲。《爾雅・釋水》：「小渚者曰沚。」
3 事，祭事。
4 澗，音見，ㄐㄧㄢˋ。兩山間的水流。《爾雅・釋山》：「山夾水，澗。」于澗之中，兩山間的水溝。
5 宮，宗廟。毛《傳》：「廟也。」

章旨 此章描繪在水溝採白蒿，以祭祀公侯的宗廟。

作法 此章也是連用一問一答，這是設問中的提問，這是自問自答的
寫作技巧。此章也是平鋪直敘的賦。

原文 被之僮僮[6]，夙夜在公[7]。被之祁祁[8]，薄言還歸[9]。

押韻 此章僮、公，是 18（東）部。祁，是 4（脂）部。歸，是 7
（微）部。脂、微二部，是旁轉。

章旨 此章敘述採白蒿的婦人戴首飾眾多，比喻婦人甚多，早晚幫助
公侯祭祀宗廟，祭畢後回家。

作法 此章純粹平鋪直敘婦女，夙夜匪懈，採白蒿幫助公侯，祭祀公
侯的宗廟，祭完就回家。這是平鋪直敘的賦，但朱《評釋》：
「以首飾盛喻眾女。」如此，則兼有比喻（譬喻）有賦的興。

研析

　　全篇二章皆是一問一答連用，運用設問的寫作技法。三章兼有比
喻（譬喻）有賦的興，描繪婦人幫忙採白蒿，祭祀宗廟，就回家了。

　　古代婦人為夫婿做很多事，不只家事，連農事也幫忙。如今男女
平等，女人不僅在外工作，甚至於女強人，在公司或機關當主管。以
往男女有別，如今女權步步高，甚至於男主內，女理外。時代在變，
環境在變，男女平等也在變，真是「變！變！變！」

6　被，音披，ㄆㄧ，婦女的首飾。婦女用假髮梳成頭髻。之，結構助詞，無意義。
　　被，是主語。僮僮，是表語。僮，音童，ㄊㄨㄥˊ。僮僮，形容首飾很多的樣子。

7　夙夜，早晚。毛《傳》「夙，早也。」公，公所，指宗廟。朱《集傳》：「公，公所
　　也。」

8　祁，音奇，ㄑㄧˊ。祁祁，形容首飾很多的樣子。〈七月〉毛《傳》：「祁祁，眾多
　　也。」

9　薄言，急忙地、趕快地。高鴻縉先生認為「薄言者，迫而也，猶今之口語『急忙
　　地』或『趕快地』。」還，音旋，ㄒㄩㄢˊ，返。還鄉，回家。

三　草蟲

　　喓喓草蟲，趯趯阜螽。未見君子，憂心忡忡；亦既見止，亦既覯止，我心則降。

　　陟彼南山，言采其蕨。未見君子，憂心惙惙；亦既見止，亦既覯止，我心則說。

　　陟彼南山，言采其薇。未見君子，我心傷悲。亦既見止，亦既覯止，我心則夷。

注釋　〈草蟲〉，取首章首句「喓喓草蟲」的「草蟲」為篇名。草蟲，即今語織布娘。

篇旨　戴震《詩經補注》：「〈草蟲〉，感念君子行役之詩也。」

原文　喓喓¹草蟲，趯趯阜螽²。未見君子，憂心忡忡³；亦既見止⁴，亦既覯⁵止，我心則降⁶。

押韻　一章蟲、螽、忡，是 23（冬）部。子、止、止、降，是 24（之）部。

章旨　此章描述睹物思人，因此憂愁。已經看見君子，心就安寧。

作法　此章前二句敘述草蟲、阜螽，三、四句再述未見君子憂愁的心

1　喓，音腰，一ㄠ。喓喓，草蟲鳴叫聲。毛《傳》：「喓喓，聲也。」就文法言，是狀聲詞，又叫擬聲詞。
2　趯，音替，ㄊㄧˋ。趯趯，跳躍的樣子。毛《傳》：「躍也。」螽，音終，ㄓㄨㄥ。阜螽，即今蚱蜢。
3　忡，音充，ㄔㄨㄥ。忡忡，憂愁的樣子。《爾雅‧釋訓》：「忡忡，憂也。」
4　亦，語首助詞，無義。楊《詞詮》：「語首助詞，無義。」既，已經。止，語末助詞，表達決定。楊《詞詮》：「止，語末助詞，表決定。」
5　覯，音構，ㄍㄡˋ。邂逅、會面、會合。毛《傳》：「遇也。」
6　降，音詳，ㄒㄧㄤˊ。放下心來。毛《傳》：「放也。」

情，末三句抒發已經和君子會面，心安理得，不再憂愁。「既見」、「未見」，是正反強烈對比的寫作技巧。這是無比有賦的興。

原文 陟彼南山[7]，言采其蕨[8]。未見君子，憂心惙惙[9]；亦既見止，亦既覯止，我心則說[10]。

押韻 二章蕨、惙、說，是 2（月）部，子、止、止，是 24（之）部。

章旨 此章敘述婦人登山採蕨，思念君子而憂愁，既見君子，無限歡愉。

作法 此章描述景物，再抒發「未見君子」之愁、「既見君子」之樂，這是運用對比的寫作手法，也是無比有賦的興。

原文 陟彼南山，言采其蕨。未見君子，我心傷悲[11]。亦既見止，亦既覯止，我心則夷[12]。

押韻 三章蕨、悲，是 7（微）部。夷，是 4（脂）部。微、脂二部，是旁轉。子、止、止，是 24（之）部。

章旨 此章陳述婦人登山採蕨，思念君子而憂愁，既見君子，十分喜樂。

7　陟，音至，ㄓˋ，登也。彼，代詞，那。南山，終南山。

8　言，語首助詞，無意義。楊《詞詮》：「言，語首助詞，無義。」采、採，古今字。其，代詞，指南山。蕨，音厥，ㄐㄩㄝˊ。蕨菜。屈《詮釋》：「羊齒類植物，嫩葉可食。」

9　惙，音輟，ㄔㄨㄛˋ。惙惙，憂愁的樣子。《爾雅·釋訓》：「惙惙，憂也。」

10　說，音悅，ㄩㄝˋ，喜悅。就文字學言，同音多同義。就訓詁學言，聲義同源、諧聲偏旁相同，意義多相通。

11　傷悲，係「悲傷」的倒裝，為押韻而倒裝。

12　夷，喜悅。《爾雅·釋言》：「夷，悅也。」

作法 此章先述景，再抒情，是觸景生情的寫作技巧。「未見」、「既
見」，是正反對比的映襯。這也是不兼比喻有賦的興。

研析

全篇三章皆是不兼比喻（譬喻）有賦的興，運用同是正反對比的
寫作技法。余《正詁》：「寫憂則忡忡、惙惙、傷悲，一層深一層；寫
樂乃則降、則說、則夷，一節緊一節。」斯言甚諦。

古人有「相見時難別亦難」之感，今人有「小別勝新婚」之慨。
「人有悲歡離合，月有陰晴圓缺，此事古難全」，今人又何嘗不是如
此？

四　采蘋

> 于以采蘋？南澗之濱；于以采藻？于彼行潦。
> 于以盛之？維筐及筥；于以湘之？維錡及釜。
> 于以奠之？宗室牖下；誰其尸之？有齊季女。

注釋　〈采蘋〉，取首章首句「于以采蘋」的「采蘋」為篇名。蘋，大萍。毛《傳》：「蘋，大萍也。」
李時珍《本草綱目》：「萍有三種：大者曰蘋，中者曰荇，其小者即水上浮萍也。」

篇旨　這是一篇歌詠諸侯或大夫之女將嫁，採蘋、採藻以奉祭祀的詩歌。

原文　于以¹采蘋？南澗之濱²；于以采藻³？于彼行潦⁴。

押韻　一章蘋、濱，是 6（真）部。藻、潦，是 19（宵）部。真、宵二部，既不旁轉，又不對轉，因此是換韻。

章旨　此章連用一問一答的提問，這是自問自答的設問手法。一章敘述採蘋、採藻的地方。

作法　此章是無比喻（譬喻）有賦的平鋪直敘。

1　于，在。以，何處。楊《詞詮》附錄：「于，在。以，何。」
2　澗，音見，ㄐㄧㄢˋ。兩山間的水流。《爾雅・釋山》：「山夾水，澗。」濱，音賓，ㄅㄧㄣ，水邊。毛《傳》：「涯也。」
3　藻，水草。孔穎達《毛詩正義》引陸機《疏》曰：「藻，水草也。有二種：其一種葉如雞蘇，莖大如箸，長四五尺；其一種莖大如釵股，葉如蓬蒿，謂之聚藻。」
4　潦，音老，ㄌㄠˇ。路上積水。馬《通釋》：「溝水之流曰汙，雨水之大曰潦。」行潦，指路邊的溝溪。

原文 于以盛之[5]？維筐及筥[6]；于以湘[7]之？維錡及釜[8]。

押韻 二章筥、釜，是 13（魚）部。

章旨 此章敘述蘋、藻，盛放、烹煮的盛器與炊器。。

作法 此章連用一問一答的提問寫作技巧。這是無比喻（譬喻）有賦的平鋪直敘手法。

原文 于以奠之[9]？宗室牖下[10]；誰其尸之[11]？有齊季女[12]。

押韻 三章下、女，是 13（魚）部。

章旨 此章陳述祭祀宗廟之主持祭祀者是季女。

作法 此章也是連用一問一答的設問寫作手法。這是無比喻（譬喻）有賦的平鋪直敘法。

---

5 于，在。以，何處。盛，音成，ㄔㄥˊ。以容器裝物。

6 維，語首助詞。段德森《實用古漢語虛詞》（以下簡稱段《虛詞》）：「維，助詞，用在句中，引出謂語。程、蔣《注析》：「維，發語詞，含有『是』意。」筥，音舉，ㄐㄩˇ。毛《傳》：「方曰筐，圓曰筥。」程、蔣注析：「筐、筥，都是竹製的盛器。」

7 湘，烹煮。

8 錡，音奇，ㄑㄧˊ，三足釜。陸《釋文》：「錡，三足釜也。」釜，無足的炊器。毛《傳》：「無足曰釜。」

9 奠，置祭。許《說文》：「奠，置祭也。」之，代詞，指蘋、藻。

10 宗室，宗廟。毛《傳》：「大宗之廟也。」屈《詮釋》：「大夫、士祭於宗廟，奠於牖下。」牖，音友，ㄧㄡˇ。窗。牖下，戶牖間之前。鄭玄《毛詩傳箋》（以下簡稱鄭《箋》）：「戶牖間之前。」

11 其，將。楊《詞詮》：「其，時間副詞，將也。」尸，高《注釋》：「尸，陳設祭物。」之，代詞，指蘋、藻。

12 有齊，齋然。屈《詮釋》：「《詩》中，凡以『有』字冠於形容詞或副詞之上者，等於『然』於形容詞或副詞之下。」毛《傳》：「齊，敬。」《廣雅·釋詁》：「齋，好也。」季女，本是少女，但後來嫁為南國某大夫之主婦。《儀禮·少牢饋食禮》：薦韭菹醓醢者為主婦，而非少女。（詳見屈《詮釋》）呂祖謙《呂氏家塾讀詩記》：「長樂劉氏曰：季女者，大夫之妻也。」是其印證。

研析

　　全篇三章皆是自問自答的設問修辭手法，也都是無比喻（譬喻）有賦的平鋪直敘的寫作技巧。余《正詁》：「三章皆用問答形式，六問六答，歷述祭品、祭器、樂地、祭者，循序有法。」

　　古代祭祀極為講究，非常隆重，如今祭祀不像以往如此講究，但鄉村祭祀比較講究，都市則以簡約祭祀為主。城、鄉仍有差別。

五 甘棠

> 蔽芾甘棠，勿剪勿伐，召伯所茇。
> 蔽芾甘棠，勿翦勿敗，召伯所憩。
> 蔽芾甘棠，勿翦勿拜，召伯所說。

注釋 〈甘棠〉，取首章首句的「蔽芾甘棠」的「甘棠」為篇名。甘
棠，棠梨。又名杜梨、赤棠。

篇旨 這是篇懷念召穆公虎的恩惠，和他所休息的甘棠之詩歌。

原文 蔽芾[1]甘棠，勿剪勿伐[2]，召伯所茇[3]。

押韻 一章伐、茇，是2（月）部。

章旨 第一章藉勿砍伐召穆公虎所曾經休憩的甘棠，以表達對召穆公
虎的懷念。

作法 此章先描述景象，再抒發情感。這是觸景生情的寫作手法，也
是不兼有比喻（譬喻）有賦的興。

原文 蔽芾甘棠，勿翦勿敗[4]，召伯所憩[5]。

押韻 二章敗、憩，是2（月）部。

1　芾，音費，ㄈㄟˋ。許《說文》：「芾，草木盛芾芾然。」蔽芾，草木茂盛的樣子。
　朱《集傳》：「盛貌。」

2　勿，音務，ㄨˋ。禁止之詞，不要、不可之意。翦、伐。朱《集傳》：「剪，剪其枝
　葉也；伐，伐其條榦也。」翦，音剪，ㄐㄧㄢˇ。除。伐，音發，ㄈㄚˊ，砍。

3　召伯，有二解：（一）召穆公虎。（二）召公奭。所，語中助詞，無意義。楊《詞
　詮》：「所，語中助詞，無義。」茇，言拔，ㄅㄚˊ。屈《詮釋》：「茇，草中止息
　也。」

4　敗，毀壞。許《說文》：「敗，毀也。」

5　憩，音氣，ㄑㄧˋ。休息。毛《傳》：「憩，息也。」

章旨 此章敘述不要毀壞召穆公虎曾經休息的甘棠，以抒發對召穆公虎的懷念之情。

作法 此章也是觸景生情的寫作技巧，這是不兼比喻（譬喻）有賦的興。

原文 蔽芾甘棠，勿翦勿拜[6]，召伯所說[7]。

押韻 三章拜、說，是2（月）部。

章旨 此章陳述不要拔掉召穆公虎曾經休息的甘棠，以抒發懷念之情。

作法 此章是觸景生情的寫作方法，也是不兼比喻（譬喻）有賦的興。

研析

　　全篇三章都是描繪勿砍伐召穆公虎曾經休憩的甘棠，以表達對他深刻的懷念。一章勿伐，二章勿敗，三章勿拜。伐、敗、拜，是層層遞進，就修辭學言，屬於層遞的遞升。一章茇，二章憩，三章說，是互文見義，休憩之意，就修辭學言，屬於錯綜中的抽換詞面。

　　日本竹添光鴻《毛詩會箋》：「善政民思之，善教民愛之，召伯之教，入民深矣。民愛而思之，見其樹如見其人，故保護之無已也。」王靜芝《詩經通釋》：「此詩蓋南國之人，懷念召伯在南國之政，而召伯當日勸農教稼，曾憩此甘棠樹下。後雖不見召伯，見樹思德，乃詠此詩。」唐朝柳宗元在柳州當刺史，勤政愛民，民感其德之於羅池建

6　拜，拔掉。鄭《箋》：「拜之言拔也。」按：周何《中國訓詁學》：「凡云之言者，皆通其意義以為詁訓。」所謂「通」其音「義」者，實即「推因」探求語源的特定訓詁用語。

7　說，音稅，ㄕㄨㄟˋ，車之舍也。余《正詁》：「《詩經》中『說』多指車之止息，字或作『稅』。」《方言》：「稅，舍車也。」郝懿行《爾雅義疏》：「稅者，車之舍也。」

祠奉之，世號柳柳州。韓愈為柳宗元作〈柳子原墓誌銘〉、〈柳州羅池廟碑〉。

六　行露

厭浥行露，豈不夙夜？謂行多露。

誰謂雀無角？何以穿我屋？誰謂女無家？何以速我獄？
雖速我獄，室家不足。

誰謂鼠無牙？何以穿我墉？誰謂女無家？何以速我訟？
雖速我訟，亦不女從。

注釋　〈行露〉，取首章首句「厭浥行露」中的「行露」為篇名。

篇旨　這是一篇描述女子堅決拒絕與已婚男子重婚的詩歌。

原文　厭浥行露[1]，豈不夙夜[2]？謂[3]行多露。

押韻　一章露、夜、露，是 14（鐸）部。

章旨　一章敘述路上許多露水，比喻女子不怕荊棘滿布，必定勇往直
前。

作法　此章是比喻（譬喻）中的借喻寫作技巧。純粹是比喻（譬喻）
的修辭手法。陳滿銘教授說：「比喻是辭格王。」辭格是修辭
格的簡稱，又稱為修辭手法、修辭技巧、修辭技法、修辭方
法、修辭方式、表現手段、語格。詳見蔡宗陽《文法與修辭探
驪》（以下簡稱蔡《探驪》）。

1　浥，音亦，一ˋ。厭浥，潮溼的樣子。毛《傳》：「溼意也。」行，音形，ㄒㄧㄥˊ，
　四方通達的道路。毛《傳》：「道也。」行露，路上的露水。

2　豈，難道。楊《詞詮》：「豈，反詰副詞，寧也。無疑而反詰用之。」反詰，即修辭
　學設問中的激問。夙夜，早晚。

3　謂，怕也。馬《通釋》：「謂疑畏之假借。凡《詩》上言『豈不』、『豈敢』者，下句
　多言畏。」按：畏，怕也。

原文 誰謂雀無角[4]？何以[5]穿我屋？誰謂女無家[6]？何以速我獄[7]？雖速我獄，室家不足[8]。

押韻 二章角、屋、獄、獄、足，是17（屋）部。

章旨 此章作者將「強暴之人」轉化為「雀」，以諷刺橫行暴道之男子，雖強而有力，可以「穿我屋」，促我獄訟，但女子仍然不畏獄訟，堅拒與蠻橫男子重婚。王《通釋》：「以雀之有角，而興起強暴之人，促我獄訟之事。……故我亦決不因畏獄訟而從汝也。」。

作法 此章是運用比擬（轉化）寫作手法。這是修辭學比擬中的擬物化，即轉化中的物性化。

原文 誰謂鼠無牙？何以穿我墉[9]？誰謂女無家？何以速我訟[10]？雖速我訟，亦不女從[11]。

章旨 此章作者將「強暴之人」轉化為「鼠」，以諷刺蠻橫男子，雖

---

4 謂，說。雀，麻雀。角，鳥嘴。朱《評釋》：「角，喙也，鳥嘴也。」

5 何，為什麼。楊《詞詮》：「何，疑問副詞，為『為何』、『何故』之義。」以，用。用「以」下省略「之」，指「雀」，代詞。

6 女，音汝，曰ㄨˇ，通「汝」，音義相同，你。家，家室，這裡指已婚男子已有家庭。

7 速，招來、惹來。朱《集傳》：「速，召致也。」獄，訟，即今語打官司。獄，會意，從狀，從言。狀是兩犬相爭，因此爭訟為獄。

8 「室家不足」，係「不足室家」的倒裝。這是否定句為押韻而倒裝，屬於文法倒裝，即隨語倒裝。足，本是形容詞，這裡當動詞，成也。余《正詁》：「室家不足，即不足室家之倒文，謂不與汝成室家也。」

9 墉，音庸，ㄩㄥ，形聲。從土，庸聲。庸有大的意思，所以高大的城牆叫做墉。詳見邱德修總主編《簡明活用辭典》（以下簡稱邱《辭典》）。

10 訟，即獄也，官司也。余《正詁》：「小曰訟，大曰獄。」

11 亦不女從，即「亦不從女」的倒裝，這是否定句為押韻而倒裝，屬於隨語倒裝、文法倒裝，是語文正規的法則。

　　強而有力，可以「穿我墉」，促我獄訟，但女子仍然不畏懼獄
　　訟，堅拒與蠻橫男子重婚。

作法　此章也是應用比擬（轉化）的寫作手法。這是修辭學的比擬中
　　的擬物化，即轉化中的物性化。

研析

　　首章運用比喻（譬喻）的寫作手法，二、三章應用轉化為寫作技
巧，諷刺蠻橫無理的強暴男子，雖欲與女子打官司，女子如泰山崩於
前而色不變，堅拒與強暴男子重婚。古人女子貞節可佩可嘉，如今女
子向錢看，只要有錢有勢，不在乎人品高低，值得今人三思而行。

七　羔羊

　　羔羊之皮，素絲五紽。退食自公，委蛇委蛇。
　　羔羊之革，素絲五緎。委蛇委蛇，自公退食。
　　羔羊之縫，素絲五總。委蛇委蛇，退食自公。

注釋　〈羔羊〉，取首篇首章「羔羊之皮」的「羔羊」為篇名。羔，
　　　　音高，ㄍㄠ。會意。從羊在火上。小羊味美，適合燒烤，因此
　　　　小羊叫做羔。（詳見邱《辭典》）朱《集傳》：「小曰羔，大曰
　　　　羊。」

篇旨　這算是讚美大夫從容自得、安詳舒適的詩歌。

原文　羔羊之皮，素絲五紽¹。退食自公²，委蛇委蛇³。
押韻　一章皮、紽、蛇，是1（歌）部。
章旨　此章描繪大夫退朝回家，從容不迫，怡然自得的情況。
作法　此章「退食自公」運用倒裝修辭手法。「委蛇委蛇」，是修辭學
　　　　的類疊，又叫做複疊、反覆。前二句先陳述大夫服飾，後二句
　　　　描述大夫退朝從容自得。先物後情的興。

原文　羔羊之革⁴，素絲五緎⁵。委蛇委蛇，自公退食。

1　素，白色。毛《傳》：「素，白也。」紽，音駝，ㄊㄨㄛˊ，數也，絲之數也。王引
　　之《經義述聞》（以下簡稱王《述聞》）：「紽、緎、總，皆數也。五絲為紽，四紽為
　　緎，四緎為總。」素絲五紽，用白絲五紽作羔裘的服飾。
2　退食自公，是「自公退食」的倒裝，為詩文波瀾而倒裝。公，公所，辦公的地方。
　　余《正詁》：「退食自公，謂自公所退歸而進食，猶今言下班回家吃飯。」
3　蛇，音一ˊ。委蛇，形容悠閒自得，從容不迫的樣子。鄭《箋》：「委曲自得之
　　貌。」
4　革，皮。毛《傳》：「猶皮也。」

押韻 二章革、緎、食，是 25（職）部。

章旨 此章敘述大夫退朝回家吃飯，從容自得的情形。

作法 此章先描述大夫服飾，再抒情大夫退朝安詳自得其樂。此乃先敘物再抒情的興。

原文 羔羊之縫[6]，素絲五總[7]。委蛇委蛇，退食自公。

押韻 三章縫、總、公，是 18（東）部。

章旨 三章陳述大夫退朝回家，從容不迫，自得其樂的狀況。

作法 三章先描寫服飾，後抒發情感的興。

研析

　　全篇三章，一章言皮，二章言革，一、二章互文見義。皮，革也；革，皮也。這是修辭學錯綜中的抽換詞面。三章前二句皆描述大夫服飾，後二句再敘述大夫退朝後從容不迫，自得其樂。三章末二句的退食、委蛇的變化、換韻，頗為美妙。誠如朱《評釋》所云：「退食、委蛇兩句，往復變換，上下顛倒換韻，變化奇妙。」既有為押韻而倒裝，又有為詩文產生波瀾而倒裝。王《通釋》：「此詩一寫衣服，一寫退食，純為美南國大夫燕居之情況也。」洵哉此言。

　　古代大夫退朝從容自得，如今公務員下班回家，也可以看電視、聽廣播、上網路等，生活更豐盛。古今生活環境，大相逕庭。

5　緎，音域，ㄩˋ，衣服上的紐扣。高《今注》：「緎，衣上的扣。」《爾雅・釋訓》：「緎，羔裘之縫也。」

6　縫，兩皮互相連接的地方。朱《集傳》：「縫，縫皮合之以為裘也。」

7　總，數也。毛《傳》：「數也。」余《正詁》：「總為聚束之名，猶結也。」

八　殷其靁

殷其靁，在南山之陽。何斯違斯？莫敢或遑！振振君
子，歸哉！歸哉！

殷其靁，在南山之側。何斯違斯？莫敢遑息！振振君
子，歸哉！歸哉！

殷其靁，在南山之下。何斯違斯？莫敢遑處！振振君
子，歸哉！歸哉！

注釋　〈殷其靁〉，取首章首句「殷其靁」為篇名。殷其，殷然，雷
聲。朱《評釋》：「其，語詞。猶然也。」毛《傳》：「雷聲
也。」靁，即「雷」。高《今注》：「靁，古雷字。」

篇旨　這篇是描繪婦人懷念君子行役的詩歌。

原文　殷其靁¹，在南山之陽²。何斯違斯³？莫敢或遑⁴！振振
君子⁵，歸哉⁶！歸哉！

1　殷其靁，本義是隆隆的雷聲，這裡比喻國家的聲威。陳子展《詩經直解》（以下簡
　稱陳《直解》）：「蓋殷雷以喻其國之聲威，而望其君子從軍以歸。」
2　南方，終南山。陽，山的南面，水的北邊。毛《傳》：「山南曰陽。」
3　何，為何，為什麼。斯有二解：（一）此，代詞，上「斯」指隆隆雷聲之時（即
　「殷其靁」），下「斯」指終南山的南邊（即「在南山之陽」）。違，離開。許《說
　文》：「違，離也。」（二）朱《集傳》：「何斯，斯，此人也；違斯，斯，此地
　也。」
4　莫，不。或，有。《廣雅・釋詁》：「或，有也。」遑，閒暇。毛《傳》：「暇也。」
　朱《評釋》：「指行役未敢稍事偷安閒逸也。」
5　振振，有二解：（一）振奮有作為的樣子。程、蔣《注析》：「振振，振奮有為貌。」
　（二）信厚的樣子。毛《傳》：「信厚也。」君子，指在外行役的丈夫。
6　歸哉，回來吧。朱《評釋》：「歸哉，猶今言回來吧！」楊《詞詮》：「哉，語末助
　詞，表感歎。」

押韻 一章陽、遑，是 15（陽）部。一、二、三章子、哉，是 24（之）部，遙韻。

章旨 此章描述婦人聽到雷聲，懷念在外行役的丈夫，望夫早歸吧！

作法 此章兼有比喻（譬喻）有賦的興。雷聲，比喻國家的聲威。

原文 殷其靁，在南山之側[7]。何斯違斯？莫敢遑息[8]！振振君子，歸哉！歸哉！

押韻 二章側、息，是 25（職）部。

章旨 二章敘述婦人聽到雷聲，引起思念在外行役丈夫之情，冀望早日回來。

作法 此章兼有比喻（譬喻）有賦的興。雷聲，比方國家的聲望。

原文 殷其靁，在南山之下。何斯違斯？莫敢遑處[9]！振振君子，歸哉！歸哉！

押韻 三章下、處，是 13（魚）部。

章旨 末章陳述婦人思念在外行役的丈夫，盼夫早歸。

作法 此章兼有比喻（譬喻）有賦的興。

研析

　　全篇三章皆是運用兼有比喻（譬喻）有賦的興，這是觸景生情的寫作手法。

　　夫妻離別更思念彼此。古人有「悔教夫婿覓封侯」，今人電信昌

7　側，旁邊。高《今注》：「側，旁邊。」

8　息，休息。鍾宗憲主編《新添古音說文解字注》（以下簡稱鍾《說文注》）：「息，喘也。」段注：「息者喘也。渾言之，人之氣急曰喘，舒曰息。引申為休息之偁。」

9　處，居也，休息也。毛《傳》：「居也。」余《正詁》：「遑處，猶遑息。」處、息，是互文見義，修辭學錯綜中的抽換詞面，意同字異。

明，資訊發達，網際網路、手機、電話等更快捷、更方便，時代改
變，環境改變，人情也隨之而變。

九　摽有梅

> 摽有梅，其實七分。求我庶士，迨其吉分。
> 摽有梅，其實三分。求我庶士，迨其今分。
> 摽有梅，頃筐墍之。求我庶士，迨其謂之。

注釋　〈摽有梅〉，取首章旨句「摽有梅」為篇名。摽，音縹，ㄆㄧㄠˇ，
擊落。嚴粲《詩緝》：「摽本訓擊，謂擊而落也。」有，帶詞頭
衍聲複詞（詳見蔡《文法》）。語首助詞，無意義。楊《詞
詮》：「有，語首助詞，用在名詞之前，無義。」

篇旨　這是一篇描述女子已逾適婚年齡，期盼早日出嫁的詩歌。

原文　摽有梅，其實七分[1]。求我庶士[2]，迨其吉分[3]。

押韻　一章七、吉，是 5（質）部。

章旨　一章敘述青春所剩尚多，應該等待吉日良辰出嫁啊！

作法　這章是兼有比喻（譬喻）有賦的興。此乃觸景生情的寫作技
巧。七，比喻青春所剩還很多。

原文　摽有梅，其實三[4]分。求我庶士，迨其今[5]分。

1　其，代詞，指梅樹。實，果實。七，七成，比喻青春所剩還很多。朱《評釋》：
「七，七成，言未落之果實尚有十分之七，喻青春所餘尚多也。」分，啊，語末助
詞。

2　求，追求。我，我當嫁者。鄭《箋》：「我，我當嫁者。」庶，很多。士，未婚男
士。

3　迨，音待，ㄉㄞˋ，等待、等到。其，此也，代詞。吉，吉日。毛《傳》：「吉
日。」分，啊！語末助詞。

4　三，三成，比喻女子青春所剩不多。

5　今，今日，不必等待吉日。鄭《箋》：「今，急辭也。」余《正詁》：「即今日也，不

押韻　二章三、今，是 28（侵）部。

章旨　二章陳述女子青春所剩不多，應該等待今日出嫁啊！

作法　這是兼有比喻（譬喻）有賦的興。此乃觸景生情的寫作手法。
　　　　三，比喻女子青春所剩不多。

原文　摽有梅，頃筐塈之[6]。求我庶士，迨其謂之[7]。

押韻　末章塈、謂，是 8（沒）部。

章旨　末章描繪女子青春殆盡，時機不等待我，只要有男士告訴女
　　　　子，願意立刻結婚。

作法　這是兼有比喻（譬喻）有賦的興。此乃觸景傷情的寫作技巧。
　　　　「頃筐塈之」，比喻女子青春殆盡，亟需趕快結婚。

研析

　　全篇三章皆運用有比喻（譬喻）有賦的興，也是觸景生情的寫作
技法。其中「七」、「三」、「頃筐塈之」，是層遞中的遞降。其中
「吉」、「今」、「謂之」，也是遞降的修辭手法。

　　古人比較早婚，如今多半三十歲左右才結婚，甚至於四、五十歲
才結婚。古今迥異，女子以漂亮為主，不像以往「窈窕淑女，君子好
逑」。現代化妝、醫美神速猛進，醜女子皆可化妝為美女。女子結婚
條件各有千秋，有些女子以有錢有勢為主，有些女子以富商或名氣為
主，不論年齡差距，時代改變人的觀念，環境也改變社會觀，因此有
「笑貧不笑娼」的俗語流傳。

待古矣。」

6　頃筐，淺筐，即今語畚箕。塈，音系，ㄒㄧˋ，取。程、蔣《注析》：「塈是摡的假
　　借字。《廣雅》：『摡，取也。』」之，代詞，指梅。「頃筐塈之」，比喻青春殆盡，產
　　生時不我與（時間不等我）的感慨。

7　謂，告訴。歐陽脩《詩本義》：「謂者，相語也。」，之，代詞，指女子。

十 小星

嘒彼小星，三五在東。肅肅宵征，夙夜在公。寔命不同。

嘒彼小星，維參與昴。肅肅宵征，抱衾與裯，寔命不猶。

注釋 〈小星〉，取首篇首章「嘒彼小星」的「小星」為篇名。小星，指參星、昴星。

篇旨 這算是描述征人日夜行，自歎命苦、自傷勞苦的詩歌。

原文 嘒彼小星[1]，三五在東[2]。肅肅宵征[3]，夙夜在公[4]。寔[5]命不同。

押韻 一章星、東、征，是12（耕）部。公、同，是18（東）部。

章旨 前二句敘述三五即參星、昴星，後述抒發日夜行役，實在命運和別人不同。

作法 此章是觸景生情的寫作技巧。這是不兼比有賦的興。

原文 嘒彼小星，維參與昴[6]。肅肅宵征，抱衾與裯[7]，寔命不

---

1 嘒，音慧，ㄏㄨㄟˋ，微明的樣子。季明德《詩說解頤》（以下簡稱季《解頤》）：「微明貌。」彼，那，代詞，指小星。小星，指參星、昴星。

2 三，指參星。五，指昴星。東，東方、東邊。

3 肅肅，快速的樣子。毛《傳》：「疾貌。」宵征，夜間行役。《爾雅・釋言》：「宵，夜也。」《爾雅・釋言》：「征，行也。」

4 在公，為公事而忙碌。

5 寔，同「實」。朱《集傳》：「寔與實同。」

6 維，是。參，音申，ㄕㄣ，參星。昴，音卯，ㄇㄠˇ，昴星。

7 衾，音琴，ㄑㄧㄣˊ，被子、被單。許《說文》：「衾，大被也。」裯，音綢，

猶[8]。

押韻 二章星、征,是 12（耕）部。昴、裯、猶,是 21（幽）部。

章旨 描述蕭蕭宵征者所見之景象,而自歎命運比不上別人。

作法 此章也是觸景生情的寫作手法。這是不兼比有賦的興。

研析

全篇二章皆是不兼比有賦的興,也都是觸景生情的寫作手法。

古代「蕭蕭宵征」的行役,猶如今日軍隊夜間行動,相當辛勞,如今還有夜間緊急集合也很緊張。古今當兵,各有不同辛苦、緊張。

ㄔㄡˊ,床帳。余《正詁》:「抱衾與裯,猶今言抱行李。」

8　猶,如。毛《傳》:「猶,若也。」寔命不猶,實在是命運比不上別人。

十一　江有汜

江有汜，之子歸，不我以；不我以，其後也悔。
江有渚，之子歸，不我與；不我與；其後也處。
江有沱，之子歸，不我過；不我過，其嘯也歌。

注釋　〈江有汜〉，取首章首句「江有汜」為篇名。江，指長江。《詩經》言「江」者，多指長江。汜，音四，ㄙˋ，長江的支流。毛《傳》：「決復入為汜。」程、蔣《注析》：「江喻丈夫，汜喻丈夫的新歡。」

篇旨　陳子展《詩經直解》：「謂有往來大江汜沱之間商人樂其新婚而忘其舊姻，其妻抱怨自傷而作也。」屈萬里《詩經詮釋》：「此蓋男子傷其所愛者捨己而嫁人之詩。」陳、屈二氏之說，見仁見智，可資參閱。

原文　江有汜，之子歸[1]，不我以[2]；不我以，其後也悔[3]。

押韻　一章汜、以、以、悔，是24（之）部。

章旨　一章描述夫婦不在一起生活，以後一定後悔。

作法　此章是兼有比喻（譬喻）有賦的興。江，比喻丈夫。汜，比喻

1　「之子」有二解：（一）朱《評釋》：「是子也，指其夫。」（二）程、蔣《注析》：「之子，指丈夫的新歡。」歸，回家。

2　不我以，係「不以我」的倒裝，兼有押韻的否定句倒裝。以，與也，共也。鄭《箋》：「猶與也。」謂不和我共同生活。

3　其，將。楊《詞詮》：「其，時間副詞，將也。」余《正詁》：「其後也悔，謂以後將會後悔。」陳新雄《訓詁學・第七章訓詁之術語》（以下簡稱陳《訓詁學》）：「凡用『謂』為術語，或以狹義釋廣義，或以直義釋曲義，或以分名釋別名。謂大致相當今語『指』或『指的是』。」段《虛語》：「也，表示句中停頓。」

丈夫的新歡。「不我以」，重複使用是修辭學類疊中的疊句。

原文 江有渚[4]，之子歸，不我與[5]；不我與；其後也處[6]。

押韻 二章渚、與、與、處，是13（魚）部。

章旨 二章敘述夫婦不在一起生活，將來會痛苦的。

作法 此章是兼有比喻（譬喻）有賦的興。江，比喻丈夫。渚，比喻丈夫的新歡。

原文 江有沱[7]，之子歸，不我過[8]；不我過，其嘯也歌[9]。

押韻 三章沱、過、過、歌，是1（歌）部。

章旨 三章陳述夫婦不在一起生活，將來會後悔、苦楚而悲傷的。

作法 此章是兼有比喻（譬喻）有賦的興。江，比喻丈夫。沱，比喻丈夫的新歡。

研析

　　全篇三章皆是有比喻（譬喻）有賦的興。「不我以」、「不我與」、「不我過」，都是「不以我」、「不與我」、「不過我」的倒裝，係兼有押韻的否定句倒裝，屬於隨語倒裝，也是文法倒裝。

4　渚，音煮，ㄓㄨˇ，小洲。《爾雅・釋水》：「小洲曰渚。」

5　不我與，不和我共同生活。係「不與我」的倒裝，兼有押韻的否定句倒裝。與，同。朱《評釋》：「與猶偕也，共也。又相和好，猶親也。」

6　處，音楚，ㄔㄨˇ，痛苦也。朱《評釋》：「其後也處，猶今言將來總會痛苦的。」

7　沱，音駝，ㄊㄨㄛˊ，長江的支流。許《說文》：「沱，江別流也。」程、蔣《注析》：「在今四川省境內。」

8　不我過，不拜訪我，係「不過我」的倒裝，兼有押韻的否定句倒裝。過，音鍋，《ㄨㄛˋ，拜訪。如孟浩然：「過故人莊。」

9　其嘯也歌，朱《評釋》：「猶今言將來總會由後悔，痛苦而悲歌的。」嘯，音孝，ㄒㄧㄠˋ，蹙口發出長聲叫做嘯。按：蹙，音促，ㄘㄨˋ，皺縮。屈《詮釋》：「蓋狂歌當哭之意。」

　　古今男女皆有另結新歡，造成家庭不和，萬事不興。俗諺云：
「家和萬事興。」值得吾人三思，此句誠屬千古不渝的金科玉律，應
該奉為圭臬，真知力行。

十二　野有死麕

> 野有死麕，白茅包之。有女懷春，吉士誘之。
> 林有樸樕，野有死鹿。白茅純束，有女如玉。
> 舒而脫脫兮，無感我帨兮，無使尨也吠。

注釋　〈野有死麕〉，取首章首句「野有死麕」為篇名。《爾雅・釋地》：「郊外謂之牧，牧外謂之野。」麕，音君，ㄐㄩㄣ，獐也。朱《集傳》：「麕，獐也，鹿屬，無角。」

篇旨　這篇是描述男女互相喜悅，可謂男歡女愛的詩歌。

原文　野有死麕，白茅包之¹。有女懷春²，吉士誘之³。

押韻　一章麕、春，是 9（諄）部，包、誘，是 21（幽）部。

章旨　一章敘述男女互相喜悅，男子拿麕贈送女子。

作法　這章是純粹平鋪直敘的賦。先述男子獵物，再贈送女子。

原文　林有樸樕⁴，野有死鹿⁵。白茅純束⁶，有女如玉⁷。

1　白茅，李時珍《本草綱目》：「白茅，至秋而枯，其根至潔白，六月采之，又有菅，亦茅類也。」《綱目》：「茅根，（氣味）甘、寒、無毒。（主治）勞傷虛羸，補中益氣。」之，代詞，指麕。

2　有，語詞，無意義。楊《詞詮》：「有，語首助詞，用在名詞之前，無義。」懷，思。毛《傳》：「思也。」懷春，嚴粲《詩緝》：「女之懷婚姻者，謂之懷春。」

3　吉士，美士。朱《集傳》：「猶美士也。」王先謙《詩三家義集疏》：「吉士，猶言善士，男子之美稱。」誘，追求。朱《評釋》：「以手相招，以言導引之也。」之，代詞，指女。

4　林，野外。《爾雅・釋地》：「野外謂之林。」樕，音素，ㄙㄨˋ，小木。毛《傳》：「樸樕，小木也。」程、蔣《注析》：「古代人結婚時，要砍柴作火把，這位青年獵人砍些樸樕樹枝當禮物，就含有求婚的意思。」

5　鹿，猶鹿囷，互文見義，為押韻而抽換詞面，義同字異，這是修辭學錯綜中的抽換

押韻 二章楸、鹿、束、玉，是 17（屋）部。

章旨 二章先陳述男女會面的地方，再描述女子如玉一般的美麗動人。

作法 此章純粹是平鋪直敘的賦。先述男女相會的地方，再述女子如玉一般漂亮，引人注目。

原文 舒而脫脫兮[8]，無感我帨兮[9]，無使尨也吠[10]。

押韻 末章脫、帨、吠，是 2（月）部。

章旨 此章描述女子委婉規勸男子勿過度魯莽。

作法 這章也是純粹平鋪直敘的賦。余《正詁》：「以女子口吻勸男士勿過魯莽、勿使犬吠，欲迎還拒之情，躍然紙上。旨哉斯言。」

研析

　　全篇三章皆是純粹平鋪直敘的賦。姚際恆《詩經通論》：「女懷、士誘，言及時也；吉士、玉女，言相當也。」余《正詁》：「死麕、白茅，此男誘女也；懷春、如玉，此女誘男也。」

詞面。

6 純，音屯，ㄊㄨㄣˊ。純束有二解：（一）純束，同義複詞，包束。毛《傳》：「純束，猶包之也。」余《正詁》：「純束二字義同。」（二）朱《評釋》：「純束，屯聚而包束之也。」

7 有女如玉，比喻少女像玉質一樣的美麗。朱《集傳》：「美其色也。」

8 舒而，舒然，緩慢的樣子。朱《集傳》：「遲緩也。」脫，音對，ㄉㄨㄟˋ。脫脫，緩慢的樣子。毛《傳》：「舒遲也。」朱《集傳》：「舒緩貌。」兮，句末語助詞，啊。

9 無，不要。朱《評釋》：「無，同勿，禁止之詞，叮囑之詞。感，動。《爾雅·釋詁》：「感，動也。」按：感動，是同義複詞（指文法）。帨，音ㄕㄨㄟˋ，佩巾。毛《傳》：「佩巾也。」

10 尨，音旁，ㄆㄤˊ，多毛的狗。許《說文》：「尨，犬之多毛者。」也，句中語助詞，無意義。

　　男女相悅，男女戀愛，以往比較保守，如今已大開放，自由戀
愛。古人「父母之命，媒妁之言」，今人幾乎已成絕響。

十三　何彼襛矣

> 何彼襛矣！唐棣之華。曷不肅雝？王姬之車。
> 何彼襛矣！華如桃李。平王之孫，齊侯之子。
> 其釣維何？維絲伊緡。齊侯之子，平王之孫。

注釋　〈何彼襛矣〉，取首章首句「何彼襛矣」為篇名。何，如何，怎麼。彼，那樣。襛，音農，ㄋㄨㄥˊ，豔麗。余《正詁》：「《集傳》：『盛也。』引申有豔麗之意。」矣，句末助詞，表示感歎。楊《詞詮》：「矣，語末助詞，助詞或句，表感歎。」

篇旨　這篇描述周王之女王姬出嫁車輛服飾奢侈豔麗的情形。

原文　何彼襛矣！唐棣之華[1]。曷不肅雝[2]？王姬[3]之車。

押韻　首章華、車，是 13（魚）部。

章旨　一章先敘述唐棣之花豔麗，再描寫王姬之車極為莊嚴。

作法　此章就唐棣豔麗，聯想王姬之王十分莊嚴。若將唐棣之花比作召南諸侯之女，就是兼有比喻（譬喻）的興。

原文　何彼襛矣！華[4]如桃李。平王之孫[5]，齊侯之子[6]。

1　棣，音弟，ㄉㄧˋ。唐棣，滕《讀本》：「唐棣，木名。即棠棣，又名雀梅、車下李，其花或紅或白，果實大如李，可食。」按：華，即金文「花」字，象形，象花之形。華是本字，花是後起字。高《今注》：「以唐棣之花，比喻召南諸侯之女年輕貌美，當與王姬同嫁郊侯。」

2　曷，何。楊《詞詮》：「曷，疑問形容詞，何也。」肅，莊嚴。雝，音雍，ㄩㄥ，和樂。毛《傳》：「肅，敬。雝，和。」

3　王姬，周王之女。姬，是周朝王族的姓。

4　華，金文「花」的象形。就文字學言，華是本字，花是後起字。就訓詁學言，華、花是古今字。

押韻　二章李、子，是 24（之）部。

章旨　此章從桃李之花豔麗（兼有比喻新娘之漂亮），聯想出嫁的情形。

作法　此章觸景生情，先述花之豔麗，再述平王之孫出嫁情況。此乃兼有比喻（譬喻）有賦的興。一般多解作就物而起興，《文心雕龍・比興》：「興，起也。」

原文　其釣維何[7]？維絲伊緡[8]。齊侯之子，平王之孫。

押韻　末章緡、孫，是 9（諄）部。

章旨　此章以釣魚用的絲繩，比喻男女婚姻的結合，可謂齊侯之子、平王之孫已完婚了。

作法　此章兼有比喻（譬喻）有賦的興。王《通釋》：「由釣絲起興。毛《傳》因以引起聯想，婚姻則若絲之合而為緡耳。」

研析

　　全篇三章皆兼有比喻（譬喻）有賦的興，一般解析為就物而興，其實物又兼有比喻之作用。但有些興，鳥有比喻（譬喻）的興。王《通釋》言及「聯想」二字，即象徵的特點，也是興的重心。

5　平王之孫，周平王宜臼的外孫女。馬《通釋》：「《詩》所云平王之孫，乃平王之外孫。」

6　齊侯之子，齊侯之女也。馬《通釋》：「齊侯之子，謂齊侯之女子。」

7　其，那，指示形容詞。楊《詞詮》：「其，指示形容詞，與今語『那』相當。」釣，釣魚的工具。維，通「惟」，做。《玉篇》：「惟，為也。」按：何，何謂，即今語「什麼」。

8　維，為，是。詳見裴學海《古書虛字集釋》（以下簡稱裴《集釋》）。程、蔣《注析》：「維，語助詞，含有『是』意。」絲，釣魚用的繩子。裴《集釋》：「伊訓為，猶維訓為也。伊與維雙聲兼疊韻，且同義。」按：伊，做之意。緡，音民，ㄇㄧㄣˊ，釣魚用的絲繩。朱《集傳》：「絲之合而為緡，猶男女之合而為昏也。」此乃修辭學比喻（譬喻）手法。

　　就修辭學言，興即象徵，兼有比有賦的興是明徵，不兼比有賦的興是暗徵。詳見附錄：《詩經》比與興的辨析。

十四　騶虞

彼茁者葭，壹發五豝。于嗟乎騶虞！
彼茁者蓬，壹發五豵。于嗟乎騶虞！

注釋　〈騶虞〉，取首章末句「于嗟乎騶虞」的「騶虞」為篇名。
騶，音鄒，ㄗㄡ。騶虞，掌天子苑囿鳥獸的官吏。《賈子新
書‧禮篇》：「騶者，天子之囿也；虞者，掌鳥獸之官。」

篇旨　這篇描述騶虞很會射箭的情形。

原文　彼茁者葭[1]，壹發五豝[2]。于嗟乎[3]騶虞！

押韻　一章葭、豝，是 13（魚）部。一、二章虞，是 13（魚）部，
遙韻。

章旨　一章先敘述蘆葦壯盛，再陳述騶虞善射的情況。

作法　此章觸景生情的興，就蘆葦壯盛，聯想騶虞善射的情形。就物
而興，是不兼比有賦的興。

原文　彼茁者蓬[4]，壹發五豵[5]。于嗟乎騶虞！

1　彼，那。茁，音卓，ㄓㄨㄛˊ，草木初生壯盛的樣子。許《說文》：「草初生出
貌。」朱《集傳》：「生出壯盛之貌。」葭，音加，ㄐㄧㄚ，蘆葦。毛《傳》：
「蘆。」余《正詁》：「小者曰蒹，中者曰萑（音桓，ㄏㄨㄢˊ），大者曰葭。」

2　壹發，一射。朱《集傳》：「發矢。」豝，音巴，ㄅㄚ，母豬。《爾雅‧釋獸》：「豕
牝，豝。」許《說文》：「豝，牝豕。」按：牝，音聘，ㄆㄧㄣˋ，母雌。豕，音
使，ㄕˇ，豬。

3　于，音虛，ㄒㄩ，同吁。于嗟，讚美之辭。乎，語末助詞，表示讚美。「于嗟乎」
三字連用，比較罕見。陳霞村《古代漢語虛詞類解》：「于嗟乎，唉呀呀之意。」
按：「于嗟乎」三字連用，以增強讚美語氣。

4　蓬，草名，蓬草，又名飛蓬。

押韻 二章蓬、豵，是 18（東）部。

章旨 二章先陳述蓬草壯盛的樣子，再描述騶虞善射的情形。

作法 此章也是就蓬草茂盛，聯想騶虞善射的情況。就物而興，是不兼比有賦的興。

研析

全篇二章皆不兼比有賦與興，也是觸景生情的興。余《正詁》：「『彼茁者葭』、『彼茁者蓬』，此述射獵之時述也；『壹發五豝』、『壹發五豵』，此美善射之事也；『于嗟乎騶虞』，此美善射之人也。」洵哉斯言。誠如姚《通論》：「此為詩人美騶虞克稱其職也。」

古人善射者作詩讚美之，如今各類運動比賽榮獲世界冠軍，電視不斷轉播，立刻享譽全球，聞名國際。「三十六行，行行出狀元。」不怕人不請，只怕藝不精，專精一藝可成名。

5　豵，音宗，ㄗㄨㄥ，小豬。毛《傳》：「一歲曰豵。」

邶

注釋　鄭玄《詩譜》:「邶、鄘、衛者,商紂畿內方千里之地。……自
　　　　紂城而北謂之邶,南謂之鄘,東謂之衛。」〈邶〉詩凡十九
　　　　篇。

一　柏舟

　　汎彼柏舟,亦汎其流。耿耿不寐,如有隱憂。微我無
酒,以敖以遊。
　　我心匪鑒,不可以茹。亦有兄弟,不可以據。薄言往
愬,逢彼之怒。
　　我心匪石,不可轉也;我心匪席,不可卷也。威儀棣
棣,不可選也。
　　憂心悄悄,慍于群小。覯閔既多,受侮不少。靜言思
之,寤辟有摽。
　　日居月諸,胡迭而微?心之憂矣,如匪澣衣。靜言思
之,不能奮飛。

注釋　〈柏舟〉,取首章首句「汎彼柏舟」的「柏舟」為篇名。柏
　　　　舟,柏木所造的船。毛《傳》:「柏木所以宜為舟也。」
篇旨　〈詩序〉:「〈柏舟〉,言仁而不遇也。」朱《集傳》:「婦人不得
　　　　於其夫,故以柏舟自比。」贊成〈詩序〉比朱《集傳》勝者,

有屈萬里、王靜芝、余培林、陳子展：「此詩的作者應該是一位婦女。詩以堅緻牢實的柏木所作的舟，比自己氣節的堅貞。」朱守亮贊成此說。此一說，見仁見智，各有千秋。

原文 汎彼柏舟[1]，亦汎其流[2]。耿耿[3]不寐，如有隱憂[4]。微[5]我無酒，以敖以遊[6]。

押韻 一章舟、流、憂、遊，是 21（幽）部。

章旨 陳《直解》：「言泛舟載酒，出遊寫憂。」此章描述泛舟出遊，抒情心中憂愁的情形。朱《評釋》：「以柏舟之漂浮無所止，喻一己不寐之隱憂無所盡。」

作法 依朱氏說法，此章是兼有比喻（譬喻）有賦的興。

原文 我心匪鑒[7]，不可以茹[8]。亦有兄弟，不可以據[9]。薄言往

1　汎，音犯，ㄈㄢˋ，同泛，漂浮的樣子。許《說文》：「汎，浮貌。」彼，那。柏木所製造的船。朱《評釋》：「此婦人不得其夫，以柏舟堅貞自比，語有幽怨。」

2　亦，語首語助詞，無意義。楊《詞詮》：「亦，語首助詞，無義。汎，漂浮。鍾《說文注》：「上『汎』謂汎汎，浮貌；下『汎』當作泛，浮也。」亦汎其流，朱《評釋》：「作者以喻一己身世也。」

3　耿，憂心不安的樣子。《廣雅·釋訓》：「耿耿，警警，不安也。」

4　如，楊《詞詮》：「如，承接連詞，而也。」王念孫之《經義述聞》（以下簡稱王《述聞》）：「如讀為而，惟有隱憂，是以不寐。」隱，痛也。毛《傳》：「痛也。」

5　微，非也。朱《集傳》：「猶非也。」

6　敖，遨遊。敖、遨，就訓詁學言，是古今字。余《正詁》：「『非我無酒，以敖以遊。』，謂並非我無酒以遨遊取樂，實因縱使飲酒取樂，亦無以消憂也。於此可見，憂之深矣。」

7　匪，本是盛幣帛的竹器，這裡假借為「是非」之「非」。鑒，鏡。陸《釋文》：「鏡也。」

8　茹，音如，ㄖㄨˊ，本義是吃之意，引申為容納。嚴《詩緝》：「善則從之，惡則拒之，不能混雜而容納之也。」

9　據，依靠。毛《傳》：「依也。」

愬[10]，逢彼之怒[11]。

押韻 二章茹、據、怒，是 13（魚）部，愬是 14（鐸）部。魚、鐸二部，對轉。

章旨 二章陳述雖有兄弟，但不可依靠。告訴兄弟，反遭受兄弟斥怒。

作法 此章描述鏡可擦其塵埃，但人有憂愁，卻不可以除掉。這是兼有比喻（譬喻）有賦的興。

原文 我心匪石，不可轉也[12]；我心匪席，不可卷也[13]。威儀棣棣[14]，不可選[15]也。

押韻 三章轉、卷、選，是 3（元）部。

章旨 此章以石、席，比喻意志堅定，不能委屈心志，也不能隨波逐希。

作法 此章也是兼有比喻（譬喻）有賦的興。

---

10 薄，語首助詞，無意義。楊《詞詮》：「薄，語首助詞，無義。」言，語中助詞，無意義。楊《詞詮》：「言，語中助詞，無義。」往，到，去。愬，音訴，ㄙㄨˋ，告訴。許《說文》：「愬，若也。從言，斥省聲。愬，或從朔心。」

11 逢，遭遇。彼，代詞，指兄弟。逢彼之怒，朱《集傳》：「反遭其怒也。」

12 我心匪石，不可轉也，是譬喻中的反喻，比喻自己心意堅定不移。也，語末助詞，表示決定，句意已結束。楊《詞詮》：「也，語末助詞，表決定，句意於此結束。」鄭《箋》：「言己心志堅牢，過於石席。」

13 我心匪席，不可卷也，也是譬喻中的反喻，比喻意志堅定，不可改變。毛《傳》：「席雖平，尚可卷。」但心意堅定，不可轉移。

14 威儀，容貌儀態。《左傳·襄公三十年》：「有威而可畏，謂之威；有儀而可象，謂之儀。」棣，音弟，ㄉㄧˋ。棣棣，富麗而嫻雅的樣子。毛《傳》：「富而閒習也。」

15 選，三家《詩》作算，計算。不可選也，不可勝（音生，ㄕㄥ）數（音暑，ㄕㄨˇ，計算）。

原文 憂心悄悄[16]，慍于群小[17]。覯閔[18]既多，受侮[19]不少。靜言思之[20]，寤辟有摽[21]。

押韻 四章悄、小、少、摽，是 19（宵）部。

章旨 此章敘述被小人侮辱，無可奈何，只好自己挺胸而自悲。

作法 此章是純粹平鋪直敘的賦，抒發心中的悲痛之情。

原文 日居月諸[22]，胡迭而微[23]？心之憂矣，如匪澣衣[24]。靜言思之，不能奮飛[25]。

押韻 五章微、衣、飛，是 7（微）部。

---

16 悄悄，憂愁的樣子。許《說文》：「悄，憂也。」

17 慍，音運，ㄩㄣˋ，怒也、怨也。許《說文》：「慍，怨也。」鍾主編《說文注》：「有怨者，必怒之，故以慍為慧（音會，ㄏㄨㄟˋ）。」許《說文》：「慧，怒也。」于，被之意。楊《詞詮》：「于，同『為』。」按：為，「被」之意，許世瑛《常用虛字用法淺釋》（以下簡稱許《淺釋》）：「這個『為』字和白話裡的那個『被』字相當。慍于群小，被一群小人所怨怒。」

18 覯，音遘，ㄍㄡˋ，遭遇。閔，傷痛也。

19 侮，侮辱。

20 靜言，靜而。馬《通釋》：「言為語詞，靜言思之，猶云審思之也。」

21 寤，醒。辟，音闢，ㄆㄧˋ，拊心。有摽，摽然，抛打的樣子。朱《評釋》：「初則拊胸，繼而椎擊，寫憂極慘切之甚也。」

22 居、諸，語末助詞，同「乎」，表示停頓語氣。相當於白話「啊」。楊《詞詮》：「居，語末助詞，與『乎』同。」用「乎」字來作停頓之用，相當於白話「啊」。詳見許《淺說》。孔穎達《毛詩正義》（以下簡稱孔《正義》）：「居，論者，語助也。」

23 胡，何，為何，為什麼。迭，音跌，更迭。朱《集傳》：「更也。微，虧傷，指日蝕、月蝕。」鄭《箋》：「謂毀傷也。」聞一多《詩經研究》（以下簡稱聞《研究》）：「〈國〉風中，凡婦人之詩而言日月者，皆以喻其夫。」程、蔣《注析》：「以日月無光，喻夫之恩寵不加於己也。」

24 匪，非，沒有。澣，言緩，ㄏㄨㄢˇ。澣衣，洗濯衣服。許《說文》：「澣，濯衣垢也。」

25 奮飛，像鳥振翼而高飛。毛《傳》：「如鳥奮翼而飛去。」

章旨　程、蔣《注析》：「以日月無光，喻丈夫總是昏暗不明。」高《今注》：「以日食月食，比喻君臣昏暗。」二說見仁見智，各有特點。此章陳〈直解〉：「言莫知我憂，無容身之所。」

作法　此章乃兼有比喻（譬喻）有賦的興。

研析

〈詩序〉：「〈柏舟〉，言仁而不遇也。」朱《集傳》：「婦人不得於其夫，故以柏舟自比。」余《正詁》：「觀之《詩》曰：『威儀棣棣』、『慍于群小』等句，似以〈序〉說為長。」誠哉斯言。

董仲舒《春秋繁露・精華》：「《詩》無達詁，《易》無達占，《春秋》無達辭。」日月比喻君臣昏暗或丈夫昏暗，如公孫龍「堅白論」，以視覺言，石頭是白色；以觸覺言，石頭是堅硬，孰是孰非？公說公有理，婆說婆有理。

二 綠衣

> 綠兮衣兮，綠衣黃裡。心之憂矣，曷維其已？
> 綠兮衣兮，綠衣黃裳。心之憂矣，曷維其亡？
> 綠兮絲兮，女所治兮。我思古人，俾無訧兮。
> 絺兮綌兮，淒其以風。我思古人，實獲我心。

注釋 〈綠衣〉，取首章首句「綠兮衣兮」的「綠衣」為篇名，這是運用修辭學的節縮。

篇旨 〈詩序〉：「衛莊姜傷己也。妾上僭，夫人失位，而作是詩也。」陳子展、王靜芝贊成此說。朱《評釋》：「此男子睹物思人，懷念亡妻之詩。」余培林、程俊英、蔣見元、高亨贊成此說。二說見仁見智，各有特色。

原文 綠兮衣兮[1]，綠衣黃裡[2]。心之憂矣，曷維其已[3]？
押韻 一章裡、已，是 24（之）部。
章旨 一章敘述男子睹物思人，憂愁不能休止。
作法 此章是睹物思人的詩，運用觸動思人的無比喻（譬喻）有賦的興，所謂「觸物感發」的興。

---

1 綠兮衣兮，綠色的衣服啊。兮，語末助詞，表達感歎，「啊」之意。陳霞村《古代漢語虛詞類解》（以下簡稱陳《類解》）：「兮，用在感歎句，表示呼喚、詠歎等。在《詩經》中較常見。」

2 裡，裡衣。余《正詁》：「裳在裡，故曰裡。」朱《評釋》：「就內外言，衣外裳內；就上下言，則衣上裳下。」

3 曷，何時。毛《傳》：「何時。」維，語中助詞，無意義。楊《詞詮》：「維，句中助詞，無義。」其，代詞，指「心之憂矣」。已，停止。按：「之」，是結構助詞，無意義。「心」是主語，「憂」是表語。

原文 綠兮衣兮，綠衣黃裳[4]。心之憂矣，曷維其亡[5]？

押韻 二章裳、亡，是 15（陽）部。

章旨 此章描述睹物思人，憂戚不能遺忘或休止。

作法 此章是觸物思人的無比喻（譬喻）有賦的興。

原文 綠兮絲兮[6]，女所治兮[7]。我思古人[8]，俾無訧兮[9]。

押韻 三章絲、治、訧，是 24（之）部。

章旨 三章敘述染絲製衣之人乃所思念之人。陳《直解》：「以女奴治絲為綠衣，喻賤妾之得寵。」王《通釋》：「怨其君子，而又勉其君子之言也。毛《傳》以比貴賤之間，本為汝的造成。然今又顛倒其次，上下失序。」

作法 此章也是睹物思人的無兼比有賦的興。

原文 絺兮綌兮[10]，淒其以風[11]。我思古人，實獲我心[12]。

---

4 上曰衣，下曰裳。許《說文》：「衣，依也。上曰衣，下曰裳。」
5 亡，有二解：（一）通「忘」，遺忘。朱《集傳》：「亡之為言忘也。」按：陳新雄《訓詁》學（以下簡稱陳《訓詁》）：「『之言』與『之為言』，則為『推曰』之術語，釋詞與所釋詞之間，具有某種聲韻關係。」（二）亡，猶已也。王《述聞》：「猶已也。」
6 綠兮絲兮，綠色的絲。絲，衣的質料。
7 女，音義同「汝」，您，指所思念之人，代詞。治，余《正詁》：「『治』，兼指『絲』與『衣』而言。」
8 古人，指女（同汝），即所思念之人。
9 俾，音必，ㄅㄧˋ，使。《爾雅・釋詁》：「使也。」訧，音尤，ㄧㄡˊ，過錯。毛《傳》：「過也。」
10 絺，音蚩，ㄔ，細葛布。綌，音系，ㄒㄧˋ，粗葛布。
11 淒其，淒然，寒風的樣子。屈《詮釋》：「淒，寒風貌；淒其，猶淒然也。」毛《傳》：「淒，寒風也。」「以」有二解：（一）聞《研究》：「以，假借為似，像。」（二）以，於也。余《正詁》「淒淒以風，謂於風中淒然而寒涼。」
12 實獲我心，謂能得我之心意，亦即與我心相契合也。

押韻 四章風、心,是 28(侵)部。

章旨 陳《直解》:「絺綌辟(同避)暑,今以禦寒,喻夫人之夫
所。」姚《通論》:「妙喻,由綠衣及絲,由絲及絺綌。」余
《正詁》:「以絺綌與前文絲衣對照,顯示今日境遇之艱困,益
增思念故人之情。」

作法 此章觸物思人,更加自怨。這是不兼比有賦的興。

研析

　　全篇四章皆睹物思人,運用不兼比有賦的興。姚《通論》:「由綠
衣及絲,由絲及絺綌。」此乃運用修辭學層遞手法。

　　古代睹物思人之詩文綦多,如今睹物思人仍在,但抒發為情而造
文者比較罕見,多以言語表達為多。

三　燕燕

　　燕燕于飛，差池其羽。之子于歸，遠送于野。瞻望弗
及，泣涕如雨。

　　燕燕于飛，頡之頏之。之子于歸，遠于將之。瞻望弗
及，佇立以泣。

　　燕燕于飛，下上其音。之子于歸，遠送于南。瞻望弗
及，實勞我心。

　　仲氏任只，其心塞淵。終溫且惠，淑慎其身，先君之
思，以勗寡人。

注釋　〈燕燕〉，取首章首句「燕燕于飛」的「燕燕」為篇名。

篇旨　這篇描述衛君送女弟出嫁的詩歌。

原文　燕燕于飛[1]，差池其羽[2]。之子于歸[3]，遠送于野[4]。瞻望
　　　　弗及[5]，泣涕如雨[6]。

押韻　一章飛、歸，是 7（微）部。羽、野、雨，是 13（魚）部。

章旨　一章描述衛君去送女弟出嫁的情況。

1　燕燕，鳦鳥。按：鳦，音乙，一ˇ，《廣雅》：「燕。」姚《通論》：「鳦鳥本名燕
　　燕，不名燕，以其雙飛往來，遂以雙聲名之。」按：燕燕，是修辭學類疊中的疊
　　字。就文法言，是疊音衍聲詞複詞，詳見蔡《文法》。于飛，在飛翔。

2　差，音雌，ㄘ，差池，參差不整齊的樣子。朱《集傳》：「不齊貌。」其，代詞，指
　　燕燕。

3　之，此。子，女子。于，往。于歸，出嫁。

4　于，往，到……去。野，郊野。《爾雅・釋地》：「邑外謂之郊，郊外謂之牧，牧外
　　謂之野。」

5　瞻，音詹，ㄓㄢ，向前看。望，向遠處或高處看。

6　泣涕如雨，淚如雨下，就修辭學言，是比喻（譬喻）兼夸飾（夸張）兩種修辭手
　　法。泣，音氣，ㄑㄧˋ，傷心流淚而不哭出聲音叫做泣。涕，音悌，ㄊㄧˋ，眼淚。

作法　此章乃觸景生情的寫作技巧，這是不兼比有賦（即就物抒情）
　　　　的興。

原文　燕燕于飛，頡之頏之[7]。之子于歸，遠于將之[8]。瞻望弗
　　　　及，佇立以泣[9]。

押韻　二章飛、歸，是 7（微）部。頏、將，是 15（陽）部。及、
　　　　泣，是 27（緝）部。微、陽、緝三部，既不旁轉，又不對
　　　　轉，因此是換韻。

章旨　二章陳述衛君去送行，由於遠望不及，又久立而哭泣。

作法　這也是不兼比有賦（即就物抒情）的興。

原文　燕燕于飛，下上其音[10]。之子于歸，遠送于南[11]。瞻望
　　　　弗及，實勞我心[12]。

押韻　三章飛、歸，是 7（微）部。音、南、心，是 28（侵）部。

章旨　此章敘述衛君送女弟，愈送愈遠，使衛君更加傷心、更加憂
　　　　愁。

作法　這也是不兼比喻（譬喻）有賦（就物而抒情）的興。

7　頡，音協，ㄒㄧㄝˊ，鳥飛而上。頏，音杭，ㄏㄤˊ，鳥飛而下。毛《傳》：「飛而上
　　曰頡，飛而下曰頏。」之，代詞，指燕燕。

8　遠于將之，遠遠地去送行衛君女弟。于，往。將，送。鄭《箋》：「亦送也。」之，
　　代詞，指「之子于歸」的「子」。

9　佇，音住，ㄓㄨˋ，久站。毛《傳》：「久立。」以，而，因而，因此。

10　下上其音，音隨身下上。其，代詞，指燕燕。王先謙《詩三家義集疏》：「鳥飛由下
　　而上，下上皆聞其鳴，音隨身下上也。」

11　于，往。南，南方。朱《評釋》：「南，指衛之南郊。」

12　勞我心，使我心勞。勞，憂愁，役使動詞、致使動詞，簡稱使動詞，詳見蔡《文
　　法》。余《正詁》：「勞，猶憂傷。」我，指衛君。

原文　仲氏任只[13]，其心塞淵[14]。終溫且惠[15]，淑慎其身[16]，先君之思[17]，以勖寡人[18]。

押韻　四章淵、身、人，是6（真）部。

章旨　四章乃盛讚仲氏之美德，並感念二妹以「先君之思」來勉勵衛君。

作法　這是純粹平鋪直敘的賦。劉勰《文心雕龍·詮賦》：「賦者，鋪也；鋪采摛文，體物寫志也。」即平鋪直敘的寫作技巧。

研析

　　前三章首句運用相同「燕燕于飛」、三句運用相同「之子于歸」，是類疊中的類句修辭手法。前三章四句「遠送于野」、「遠于將之」、「遠送于南」，描述兄妹送行甚遠，呈現兄妹情深，依依不捨之情。

　　首章末句「泣涕如雨」，敘述初別之情。二章末句「佇立以泣」，陳述已經離別而久立之情。三章「實勞我心」，描述已離開而長相思之苦。一、二、三章運用層遞中的遞升修辭技巧。四章全詩的主題，「先君之思，以勖寡人」是主題中的重心。余《正詁》：「末章為全詩之重心，末二句又為末章之重心。」旨哉斯言。

13　仲氏，指衛君之二妹。古人用伯、仲、叔、季作為兄弟姊妹的排行。任，信任、親信。只，語末助詞，無意義。楊《詞詮》：「只，語末助詞。《說文》云：『只，語已辭。』按：表決定或感歎。」

14　其，代詞，指仲氏。塞淵，待人誠實，處事深謀遠慮。孔《正義》：「誠實而深遠。」

15　終溫且惠，既溫和，又柔順。朱《集傳》：「溫，和。惠，順也。」朱《評釋》：「既有溫柔之性情，且有柔順之德也。」

16　淑，善。鄭《箋》：「善也。」淑慎其身，朱《評釋》：「言其立身行事，能持善而謹慎。」陳《訓詁學》：「用『言』時，有推衍其意義之作用。……相當於今語之『說』。」

17　先君之思，係「思先君」的倒裝。之，是結構助詞。先君，指已逝世的國君或父親。

18　以勖寡人，以（之）勖寡人，即衛君之妹（即仲氏）以「先君之思」來勉勵衛君。之，代詞，指「先君之思」。勖，音旭，ㄒㄩˋ，勉勵。寡人，指衛君。

四　日月

　　日居月諸，照臨下土。乃如之人兮，逝不古處。胡能有定？寧不我顧！

　　日居月諸，下土是冒。乃如之人兮，逝不相好。胡能有定？寧不我報！

　　日居月諸，出自東方。乃如之人兮，德音無良。胡能有定？俾也可忘。

　　日居月諸，東方自出。父兮母兮，畜我不卒。胡能有定？報我不述。

注釋　〈日月〉，取首章首句「日居月諸」的「日月」為篇名，這是運用修辭學的節縮。

篇旨　這篇藉描述婦人怨其失戀心之情，而抒發自己不得於國君之重視的詩歌。余《正詁》：「藉寫婦人遭棄，而暗抒不得於君之詩。」

原文　日居月諸¹，照臨下土²。乃如之人兮³，逝不古處⁴。胡

1　居、諸，語末助詞，同「乎」，表示停頓語氣。相當於白話「啊」。楊《詞詮》：「居，語末助詞，與『乎』同。」用「乎」字來作停頓之用，相當於白話「啊」。詳見許《淺說》孔穎達《毛詩正義》（以下簡稱孔《正義》）：「居、諸者，語助也。」

2　照臨，日以照畫，月以照夜，皆居高以臨下。下土，下地。朱《評釋》：「日月在上，下土人所居也。」

3　乃有二解：（一）楊《詞詮》：「轉接連詞。若也，若夫也。」乃如，猶言若夫。詳見裴《集釋》。按：猶言，訓詁學術語，相當於白話「等於說」。（二）乃，竟然。詳見滕《讀本》。之人，此人。鄭《箋》：「是人。」兮，啊。

4　逝，語首助詞，無意義。楊《詞詮》：「逝，語首助詞，無義。」古處，朱《評

能有定⁵？寧不我顧⁶！

押韻 一章土、處、顧，是 13（魚）部。

章旨 朱《評釋》：「女子借日月運行，永恆不變之天體，以訴其夫變動無常之可悲。」

作法 此章女子藉日月普照大地是常理，其夫改變心意不再顧念他，並非常理。戴震以為日月普照大地，比喻君子應該顧念。

原文 日居月諸，下土是冒⁷。乃如之人兮，逝不相好⁸。胡能有定？寧不我報⁹！

押韻 二章冒、好、報，是 21（幽）部。

章旨 此章以日月之光普照大地，比喻君子應該報答。

作法 此章兼有比喻（譬喻）有賦的興。

原文 日居月諸，出自東方。乃如之人兮，德音無良¹⁰。胡能有定？俾也可忘¹¹。

押韻 三章方、良、忘，是 15（陽）部。

釋》：「以古時夫婦之道相處。或古訓故，謂相處如故也。」

5　胡，何時。定，停止。

6　寧不我顧，「寧不顧我」的倒裝。寧，竟然。顧，顧念。

7　下土是冒，係「冒下土」之倒裝。是，係結構助詞。冒，覆蓋，引申為普照，即照臨之意。毛《傳》：「冒，覆也。」

8　好，音浩，ㄏㄠˋ，愛也。不相好，不愛我。「相」，帶詞頭衍聲複詞，下文省略我。相好，愛（我）。

9　報，報答。朱《集傳》：「答也。」寧不我報，係「寧不報我」的倒裝。寧，竟然。

10　德音，語言。屈《詮釋》：「凡稱他人之語言，謂之德音。」無良，不善。毛《傳》：「良，善也。」

11　俾，音必，ㄅㄧˋ，使也。鄭《箋》：「使也。」也，表示句中，停頓。段德森《實用古漢語虛詞》（以下簡稱段《虛詞》）：「也，表示句中停頓。」俾也可忘，使我忘掉不善的語言。

章旨 此章以日月從東方出來，比喻君子應該以禮相待如旭日東升的
常態。

作法 此章乃兼有比喻（譬喻）有賦的興。

原文 日居月諸，東方自出。父兮母兮[12]，畜我不卒[13]。胡能
有定？報我不述[14]。

押韻 四章出、卒、述，是 8（沒）部。

章旨 戴震《毛鄭詩考正》：「言日月之光之出有常，喻君子之當有常
禮待己。」

作法 此章乃兼有比喻（譬喻）有賦的興。

研析

　　全篇四章全是兼有比喻（譬喻）有賦的興，前二章以「日居月
諸」照臨覆冒，比喻君子應該顧念我、報答我。後二章以日月之出有
常，比喻君子也應該依常禮對待自己。

　　陳《直解》：「〈日月〉，為衛莊姜傷己抒情之作。」余《正詁》：
「細審詩文，此當是藉寫婦人遭棄，而暗抒不得於君之詩。」屈原為
小人所害，有「黃鐘毀棄，瓦釜雷鳴；讒人高張，賢士無名」之歎。
屈原〈漁父〉，假設問答以寄意，屈原忠貞之志，芳潔之行，此文表
露無遺。古今不得長官賞識，而被小人陷害者比比皆是。

---

12 父兮母兮，父啊！母啊！兮，啊，段《虛詞》：「兮，用於句中，可以舒緩語氣，並
　　使句子增加詠歎的情調。」

13 畜，音旭，ㄒㄩˋ，喜好。卒，終，朱《評釋》：「謂夫不能始終善待己，故呼父母
　　而訴之也。」

14 述，道。程、蔣《注析》：「報我不述，對待我不循常道，不依常理。」

五　終風

　　終風且暴，顧我則笑。謔浪笑敖，中心是悼。
　　終風且霾，惠然肯來？莫往莫來，悠悠我思。
　　終風且曀，不日有曀。寤言不寐，願言則嚏。
　　曀曀其陰，虺虺其雷。寤言不寐，願言則懷。

注釋　〈終風〉，取首章首句「終風且暴」的「終風」為篇名。

篇旨　這篇描述婦人遭丈夫遺棄，自傷「擇非所愛，愛非所擇」的詩
　　　　歌。

原文　終風且暴[1]，顧我則笑[2]。謔浪笑敖[3]，中心是悼[4]。

押韻　一章暴、悼，是 20（藥）部，笑、敖，是 19（宵）部。宵、
　　　　藥二部，對轉。

章旨　此章敘述丈夫性情急暴，嬉笑而不敬，婦人心中極為哀傷。

作法　此章乃兼有比喻（譬喻）有賦的興。

原文　終風且霾[5]，惠然肯來[6]？莫往莫來[7]，悠悠我思[8]。

1　終……且，既……又。終，既也。暴，疾雷。毛《傳》：「疾也。」朱《評釋》：「既
　　風且暴，喻夫性情之急暴無常也。」
2　顧，看。則，就。笑，嬉笑。毛《傳》：「侮之也。」朱《評釋》：「今謂嬉皮笑臉，
　　胡拉亂扯，侮之也。」
3　謔，音虐，ㄋㄩㄝˋ，戲言。浪，放蕩。笑，嬉笑。敖，傲慢。朱《評釋》：「言無
　　敬愛之意。」
4　中心是悼，「心中悼是」的倒裝。是，此，代詞，指謔浪笑敖。悼，音ㄉㄠˋ，哀
　　傷。
5　霾，音埋，ㄇㄞˊ，朱《評釋》：「風揚沙土落如雨，天昏地暗貌。」《爾雅・釋
　　天》：「風而雨土為霾。」

押韻　二章霾、來、來、思，是 24（之）部。

章旨　此章描述丈夫不來，婦人思念既深且長。

作法　此章是兼有比喻（譬喻）有賦的興。

原文　終風且曀[9]，不日有曀[10]。寤言不寐[11]，願言則嚏[12]。

押韻　三章曀、曀、嚏，是 5（質）部。

章旨　此章敘述婦人心憂，難以安眠。

作法　此章乃兼有比喻（譬喻）有賦的興。

原文　曀曀其陰[13]，虺虺其靁[14]。寤言不寐，願言則懷[15]。

押韻　四章靁、懷，是 7（微）部。

章旨　此章陳述憂愁哀傷愈厲害，感歎更加深入。

6　惠然，和順的樣子。朱《集傳》：「惠，順也。」惠然肯來，朱《評釋》：「此希冀之辭，謂其將惠和而肯來乎？」

7　莫，不。余《正詁》：「此承上文，謂若不能惠然而往來。」

8　悠悠，思念深長的樣子。朱《集傳》：「悠，長也。」悠悠我思，「我思悠悠」的倒裝，這是兼有押韻的肯定句倒裝。

9　曀，音亦，一ㄟ，陰而風。《爾雅・釋天》：「陰而風曰曀。」

10　不日，有二解：（一）不出太陽。余《正詁》：「不日有曀，謂不出太陽又陰沉。」（二）晴不到一天。程、蔣《注析》：「不日又曀，言明不到一天又陰也。」有，音又，一ㄡˋ，又。鄭《箋》：「有，又也。」

11　言，語中助詞，無意義。楊《詞詮》：「言，語中助詞，無義。寤言不寐，睜開眼睛睡不著。」

12　願，思，想。鄭《箋》：「願，思也。」言，語中助詞，無意義。嚏，音至，ㄓˋ，惱怒、煩悶。余《正詁》：「嚏，怨怒、煩惱。」

13　曀曀其陰，「其陰曀曀」的倒裝。曀曀，天陰暗的樣子。其，代詞，指天。程、蔣《注析》：「曀曀，天陰暗貌。」

14　虺，音灰，ㄏㄨㄟ。虺虺，雷聲。狀聲詞，又稱為擬聲詞。詳見蔡《文法》。靁，雷的古字。虺虺其靁，「其靁虺虺」的倒裝，兼有押韻的隨語倒裝，是文法倒裝。

15　懷，憂傷也。毛《傳》：「懷，傷也。」

作法　此章是兼有比喻（譬喻）有賦的興。

研析

　　全篇四章先以天氣比喻男子瘋狂，再抒發哀傷煩惱的心情。屈《詮釋》：「此亦婦人不得於其夫之詩。」誠哉此言。

　　古代男子變心綦多，如今男子變心亦屢見不鮮。古今男女結合，以互信、互諒、互惠為主，勿因誤解而結婚，因了解而離婚。

六　擊鼓

擊鼓其鏜，踊躍用兵。土國城漕，我獨南行。
從孫子仲，平陳與宋。不我以歸，憂心有忡。
爰居爰處，爰喪其馬。于以求之，于林之下。
死生契闊，與子成說。執子之手，與子偕老。
于嗟闊兮，不我活兮！于嗟洵兮，不我信兮！

注釋　〈擊鼓〉，取首章首句「擊鼓其鏜」的「擊鼓」為篇名。

篇旨　這篇描述征夫思歸不得，而思念家人的詩歌。

原文　擊鼓其鏜¹，踊躍用兵²。土國城漕³，我獨南行⁴。

押韻　一章鏜、兵、行，是 15（陽）部。

章旨　此章描述征夫不能解甲歸田，因此十分憂愁傷心。「不我以歸」，是全詩的重心。

作法　此章是平鋪直敘的賦。

原文　從孫子仲⁵，平陳與宋⁶。不我以歸⁷，憂心有忡⁸。

1　鏜，音湯，ㄊㄤ。其鏜，鏜然，擊鼓的聲音。毛《傳》：「鏜然，擊鼓聲。」

2　踊，音勇，ㄩㄥˇ。踊躍，跳躍奮起的樣子。兵，兵器。用兵，練武。朱《評釋》：「用兵，練武也。」

3　土國，在國都挖土築城。土，土功，這裡當動詞，挖土。朱《集傳》：「土，土功也。」城，都城。余《正詁》：「都城曰國，當指漕而言。」程、蔣《注析》：「漕，衛邑名，在今河南省滑縣東南。」

4　南行，陳、宋二國都在衛國南方，因此說「南行」。

5　從，跟從。孫子仲，人名，平定陳、宋兩國的將領。

6　平陳與宋，平定陳、宋兩國的戰亂。

7　不我以歸，「不以我歸」的倒裝，否定句倒裝，不允許我回來。朱《評釋》：「以，猶與也。」與，允許。

押韻 二章仲、宋、忡，是 23（冬）部。

原文 爰居爰處[9]，爰喪其馬[10]。于以求之[11]，于[12]林之下。
押韻 三章處、馬、下，是 13（魚）部。
章旨 此章敘述軍士散居，沒有紀律。
作法 此章乃平鋪直敘的賦。

原文 死生契闊[13]，與子成說[14]。執子之手，與子偕老[15]。
押韻 四章闊、說，是 2（月）部。手、老，是 21（幽）部。
章旨 此章描寫懷念家室。
作法 此章是平鋪直敘的賦。

原文 于嗟闊兮[16]，不我活[17]兮！于嗟洵[18]兮，不我信[19]兮！

8　有忡，猶忡然、忡忡，憂愁的樣子。
9　爰，於是。於，在。是，此，代詞，指林之下。朱《集傳》：「於是居，於是處。」
　　居、處，同義複詞。余《正詁》：「處，亦居也。謂既不能歸，於是乃作久居之
　　計。」
10　爰，於是。喪，亡。爰喪其馬，於是又丟失了我們的馬。馬，古音讀母，ㄇㄨˇ。
11　于以，在何處。于，在。求，找尋。之，代詞，指馬。
12　于，於，在。林，樹林。下，古音讀虎，ㄏㄨˇ。
13　契，音切，ㄑㄧㄝˋ，合。闊，離。契闊，是偏義複詞，側重「契」義，即結合。
　　聞一多《詩經通義》：「死生契闊，猶言生則同居，死則同穴，永不分離也。」子，
　　指妻子。
14　成說，猶今語說定。朱《集傳》：「成其誓約之言。」
15　偕，音皆，ㄐㄧㄝ；又讀諧，ㄒㄧㄝˊ。毛《傳》：「俱也。」偕老，指相伴到老。余
　　《正詁》：「死生契闊，執子之手，與子偕老，皆誓約之言。」
16　于，音虛，ㄒㄩ。于嗟，朱《評釋》：「于嗟，歎詞，此表達悲傷怨恨之哀歎義。」
　　闊，遠離、闊別。兮，啊，語末助詞，表達感歎。
17　不我活兮，「不活我兮」的否定句倒裝，言不能和我共同生活。
18　洵，音旬，ㄒㄩㄣˊ，遠也。

押韻　五章闊、活，是2（月）部。洵、信，是6（真）部。

章旨　此章陳述悲傷怨恨之深，感歎不已。

作法　此章乃平鋪直敘，抒發情感的賦。

研析

　　全篇五章皆是平鋪直敘的賦。一章「土國城漕，我獨南行」，不願南行之意，已在字裡行間。二章「不我以歸」是全詩關鍵處，也是主題，更是重心。三章描述「喪其馬」，呈現自己的心情、境遇。自知必死，不言死，而言「喪其馬」，蓋委婉之辭。四章緬懷與家人盟誓之言，不能實踐誓約，心中更加淒苦。末章疊言「于嗟」、「不我活」、「不我信」，哀怨悲淒，令人如臨其身，如聞其聲，如見其容。方玉潤《詩經原始》：「此戍卒思歸不得詩也。」洵哉斯言。

　　早期臺灣戍守金門、馬祖官兵，不能請假返鄉，必須退伍，才能解甲歸田。如今交通方便，電信暢通，兩岸三通已通，往日思鄉之苦，今日罕見。古今環境不同，生活也隨之而改變，這是現代人的幸福，但還有「人在福中不知福」者，屢見不鮮。

---

19 信，陸德明《經典釋文》：「信音申，信即古伸字也。」按：信，實現。不我信兮，「不信我兮」的否定句倒裝。余《正詁》：「不我信，謂不能與申其誓約，亦即不能實踐偕老之言也。」

七 凱風

> 凱風自南，吹彼棘心。棘心夭夭，母氏劬勞。
> 凱風自南，吹彼棘薪。母氏聖善，我無令人。
> 爰有寒泉，在浚之下。有子七人，母氏勞苦。
> 睍睆黃鳥，載好其音。有子七人，莫慰母心。

注釋 〈凱風〉，取首章首句「凱風自南」的「凱風」為篇名。

篇旨 這篇讚美孝子的詩歌。

原文 凱風自南[1]，吹彼棘心[2]。棘心夭夭[3]，母氏劬勞[4]。

押韻 本章南、心，是 28（侵）部。夭、勞，是 19（宵）部。

章旨 此章讚美母氏撫養七子，極為辛勞。

作法 此章乃兼有比喻（譬喻）有賦的興。

原文 凱風自南，吹彼棘薪[5]。母氏聖善[6]，我無令人[7]。

---

1 高亨《詩經今注》：「南風溫暖，長養萬物，使人喜歡，所以叫做凱風。」朱《評
　釋》：「南風和煦，長養萬物，以喻母愛。」凱風，南風。《爾雅・釋天》：「南風謂
　之凱風。」自，從。南，南方。
2 彼，那。棘，酸棗樹。許《說文》：「小棗之叢生者。」馬《通釋》：「棗、棘初生，
　皆先見尖刺，尖刺即心，心即纖小之義。」
3 夭夭，形容棘心茁壯的樣子。朱《評釋》：「言已漸長成也。」嚴粲《詩緝》：「棘
　心，喻子之幼小。」
4 劬，音渠，〈ㄩˊ〉，勞。劬勞，同義複詞，詳見蔡《文法》。劬勞，勞苦。毛
　《傳》：「劬勞，病苦也。」
5 棘薪，朱《集傳》：「棘可以為薪，則成矣。」嚴粲《詩緝》：「棘薪，喻子之成
　立。」
6 聖善，叡智而賢淑。毛《傳》：「聖，叡也。」
7 令，善。鄭《箋》：「令，善也。」

押韻　二章薪、人，是6（真）部。

章旨　此章讚美母氏撫養七子長大成人，可是子女無善可以報答。

作法　此章乃兼有比喻（譬喻）有賦的興。

原文　爰有寒泉[8]，在浚之下[9]。有子七人，母氏勞苦。

押韻　三章下、苦，是13（魚）部。

章旨　此章敘述母氏撫養子女的辛勞。

作法　此章乃兼有比喻（譬喻）有賦的興。

原文　睍睆[10]黃鳥，載[11]好其音。有子七人，莫慰[12]母心。

押韻　四章音、心，是28（侵）部。

章旨　此章陳述黃鳥以好音悅人，而七子不能安慰母心，而自覺愧疚。

作法　此章乃反喻寫作技巧，兼有比喻（譬喻）有賦的興。

研析

　　全篇四章皆是兼有比喻（譬喻）有賦的興。孔穎達《毛詩正義》：「首章二章上二句，皆言母氏養也，以下自責耳。」王靜芝《詩經通釋》（以下簡稱王《通釋》）：「本詩七子自疚，非真不能孝其母也。惟以愈能孝母，故見母之勞而愈自疚，乃思更盡孝道，以慰母心也。」洵哉斯言。

8　爰，語首助詞，無意義。楊《詞詮》：「爰，語首助詞，無義。」寒泉，泉水清涼。朱《評釋》：「寒泉，喻憂思。」

9　浚，音俊，ㄐㄩㄣˋ，衛國邑名。朱《評釋》：「在今山東濮縣境，似作者母子居住之處。」北為上，南為下。在浚之下，即在浚的南方。

10　睍睆，音現晚，ㄒㄧㄢˋ ㄨㄢˇ，美好的樣子。毛《傳》：「好貌。」

11　載，則。嚴《詩輯》：「載，則也。」

12　慰，安。毛《傳》：「安也。」

　　慈烏是鳥中之曾參，古代二十四孝感天動地，如今孝心、孝行並存者，鮮矣。或只有孝心而無孝行，或僅有孝行而無孝心，二者兼顧之人，誠屬難能可貴。《韓詩外傳》：「樹欲靜而風不止，子欲養而親不在。」值得三思其言。

八 雄雉

> 雄雉于飛，泄泄其羽。我之懷矣，自詒伊阻。
> 雄雉于飛，下上其音。展矣君子，實勞我心。
> 瞻彼日月，悠悠我思。道之云遠，曷云能來？
> 百爾君子，不知德行？不忮不求，何用不臧？

注釋　〈雄雉〉，取首章首句「雄雉于飛」的「雄雉」為篇名。

篇旨　這篇描述君子久役於外，婦人盼望夫早日歸來的詩歌。朱《評釋》：「物得自由，人不如物，喻其夫從役而已留在家之淒苦也。」

原文　雄雉于飛[1]，泄泄其羽[2]。我之懷矣[3]，自詒伊阻[4]。

押韻　一章羽、阻，是 13（魚）部。

章旨　此章以「雄雉」比喻丈夫。敘述丈夫久在行役而不歸，婦人極為憂愁，有「悔教夫婿覓封侯」之感。

作法　此章乃兼有比喻（譬喻）有賦的興。

原文　雄雉于飛，下上其音[5]。展矣君子[6]，實勞我心[7]。

1　雉，音志，ㄓˋ，野雞。于，於，在。聞一多《詩經通義》：「雄雉，喻夫也。」

2　泄泄其羽，「其羽泄泄」的倒裝。兼有押韻的修辭倒裝，詳見附錄「《詩經》倒裝的三觀」。泄，音翼，一ˋ。泄泄，鼓動翅膀而緩飛的樣子。朱《集傳》：「飛之緩也。」

3　之，結構助詞。懷，思念。朱《集傳》：「思也。」矣，語末助詞，表示感歎。楊《詞詮》：「矣，語末助詞，表感歎。」

4　詒，音遺，一ˊ，遺留。伊，猶其也，代詞，指我。屈《詮釋》：「伊，猶其也。」阻，憂愁。《廣韻》：「憂也。」

5　下上其音，「其音下上」的倒裝，兼有押韻的倒裝。朱《評釋》：「下上其音，言飛

押韻 二章音、心，是 28（侵）部。

章旨 此章丈夫久役在外，使婦人更加憂愁、傷心。

作法 此章是兼有比喻（譬喻）有賦的興。

原文 瞻彼日月[8]，悠悠我思[9]。道之云遠[10]，曷云能來[11]？

押韻 三章思、來，是 24（之）部。

章旨 此章仰望日月之遙遠，比喻道路之遙遠，抒情思念深長，望夫早歸的心情。

作法 此章乃兼有比喻（譬喻）有賦的興。

原文 百爾君子[12]，不知德行[13]？不忮不求[14]，何用不臧[15]？

押韻 四章行、臧，是 15（陽）部。

鳴上下，意甚得也。」

6 展矣君子，「君子展矣」的倒裝，這是讚美句的倒裝，屬於文法倒裝。展，實在，確實。《爾雅・釋詁》：「展，誠也。」君子，指丈夫。

7 勞我心，使我心勞。勞，憂傷。勞，是致使動詞，又稱為役使動詞，簡稱使動詞。詳見蔡《文法》。

8 瞻，音詹，ㄓㄢ，仰面向上看。彼，那，代詞，指日月。朱《評釋》：「以日月之流轉不息，喻己之憂思無盡。」

9 悠悠我思，「我思悠悠」的倒裝，這是兼有押韻的肯定句倒裝。悠悠，思念既深又長的樣子。朱《集傳》：「悠，長也。」

10 道，道路。之，語中助詞，無意義。楊《詞詮》：「之，語中助詞，無義。」云，語中助詞，無意義。楊《詞詮》：「云，語中助詞，無義。」遠，遙遠。

11 曷，何時。云，語中助詞，無意義。

12 百，凡，所有。朱《集傳》：「百，猶凡也。」君子，指在官者。屈《詮釋》：「此君子，指在官者。」

13 不知德行，運用修辭學設問中的反詰（即激問）。德行，品德行為。

14 忮，音至，ㄓˋ，嫉害。毛《傳》：「害也。」求，貪求。朱《集傳》：「貪也。」

15 用，行。高亨《詩經今注》：「用，猶行也。」臧，善。毛《傳》：「善也。」王先謙《詩三家義疏》：「何用不臧，猶言無往不利。」

章旨 此章敘述不嫉害他人，不貪求財物，將何行而不善。

作法 此章是純粹平鋪直敘的賦。

研析

全篇前二章以「雄雉」比喻丈夫。三章以「日月」的流轉不停，比喻婦人憂愁無窮無盡。四章婦人勸丈夫不嫉害、不貪求，將無往不利。前三章兼有比喻（譬喻）有賦的興，末章純粹平鋪直敘的賦。

夫妻離別，難免憂愁、傷心，古今如此，吾人應該珍惜「家和萬事興」。

林素英〈論〈衛風〉男女情詩中的禮教思想〉：「〈雄雉〉一詩，〈詩序〉以為『刺衛宣公。淫亂不恤國事，軍旅數起，大大久役，男女怨曠，國人患之而作是。』朱熹則以此詩為婦人思念從役於外之丈夫。姚際恆以為篇中並無刺淫亂之事，然而又以朱熹之說於末章『百爾君子』難通。至於糜文開夫婦則認為從『自詒伊阻』句，可知當初應為婦人鼓勵其夫外出尋求功名，故而今日獨守空閨，實為自招自惹之災，以致有『悔教夫婿覓封侯』之意；且若將『從役』更改為『宦遊』，當更貼切。若以『宦遊』為說，其時可與『不知德行』相互補充，借喻從未有出仕經驗的『百爾君子』之妻，不知宦海無涯，因而不知深淺地積極鼓勵『夫婿覓封侯』，似可解姚氏難通之疑慮。全詩以身有文采之『雄雉』于飛，一則『泄泄其羽』，一則『下上其音』，寄寓夫君逍遙遠去而杳無歸期，徒留自己憂思掛懷，仍然難盼其歸來。無奈之餘，只能轉而寄語遊宦在外之眾多君子，莫貪圖虛名與榮華；因為恬淡和樂之家庭生活，才是更務實有味的生活。朱熹以此詩之前三章，乃所謂『發乎情』者，末章則為『止乎禮義』之語；蓋閨門之內，實以愛為主，故而雖思之甚切，並不礙其為情之正也。（詳見二○○八年七月河北師大主辦《第八屆詩經國際學術研討會論文集》，頁五至六）。

九　匏有苦葉

匏有苦葉，濟有深涉。深則厲，淺則揭。
有瀰濟盈，有鷕雉鳴。濟盈不濡軌，雉鳴求其牡。
雝雝鳴鴈，旭日始旦。士如歸妻，迨冰未泮。
招招舟子，人涉卬否。人涉卬否，卬須我友。

注釋　〈匏有苦葉〉，取首章首句「匏有苦葉」為篇名。

篇旨　這篇是吟詠女子婚嫁的詩歌。

原文　匏有苦葉[1]，濟有深涉[2]。深則厲[3]，淺則揭[4]。

押韻　一章葉、涉，是 29（帖）部。厲、揭，是 2（月）部。

章旨　朱《評釋》：「深厲淺揭，喻諸事皆有其宜也，婚姻亦然。」

作法　此章乃運用比喻（譬喻）修辭手法。

原文　有瀰濟盈[5]，有鷕雉鳴[6]。濟盈不濡軌[7]，雉鳴求其牡[8]。

1　匏，音袍，ㄆㄠ∕，瓠（音胡，ㄏㄨ∕），葫蘆，又稱為腰舟。毛《傳》：「匏謂之瓠。」苦，枯。王先謙《詩三家義集疏》：「苦當讀為枯，枯、苦字通。」陳新雄《訓詁學》：「易其字以釋其義曰讀，凡言讀為、讀曰、當為皆是也。」

2　濟，音擠，ㄐㄧˇ，水名。程、蔣《注析》：「源出河南省濟源縣西王屋山。」涉，渡口、渡頭。聞一多《詩經通義》：「涉，名詞，滑水中可涉之處，猶津也。」按：津，渡口、渡頭。陳新雄《訓詁學》：「猶，意謂等於或『等於說』。」又《訓詁學》：「凡用『謂』為術語，或以狹義釋廣義，或以直義釋曲義，或以分名釋別名。謂大致相當今語『指』或『指的是』。」

3　厲，朱《評釋》：「舊解以衣涉水為厲。厲，當係「裸」音之轉變。謂水深將衣脫下以渡也。」

4　揭，音器，ㄑㄧˋ，將衣提起以渡。朱《評釋》：「高舉也，謂水淺將衣提起以渡。」

5　瀰，音迷，ㄇㄧ∕。有瀰，瀰然，水滿的樣子。朱《集傳》：「水滿貌。」濟，水名。

6　鷕，音窈，ㄧㄠˇ。有鷕，猶鷕然，雌雉鳴叫聲。朱《集傳》：「雉，野雞。」

押韻 二章盈、鳴，是 12（耕）部。軌、牡是 21（幽）部。

章旨 此章以雌雉追求雄雉，比喻男女互相追求，論及婚嫁。

作法 此章純粹運用比喻（譬喻）寫作手法。

原文 雝雝鳴鴈[9]，旭日始旦[10]。士如歸妻[11]，迨冰未泮[12]。

押韻 三章鴈、旦、泮，是 3（元）部。

章旨 此章先敘述雉鳴而想起納采所用的鴈，在冰未解凍前，必須辦
理婚嫁。

作法 此章乃平鋪直敘的賦。

原文 招招舟子[13]，人涉卬否[14]。人涉卬否，卬須我友[15]。

押韻 四章子、否、否、友，是 24（之）部。

7　濟盈，濟水盈滿。濡，音如，ㄖㄨˊ，沾溼。軌，程、蔣《注析》：「車軸的兩端。」

8　其，代詞，指雉。牡音母，ㄇㄨˇ，雄雉。

9　雝，音雍，ㄩㄥ。雝雝，鳴聲和諧。《爾雅·釋詁》：「音聲和也。」鴈，音硯，
　　一ㄢˋ，候鳥名，鴨科，樣子像鵝，秋天南飛，春天北歸。毛《傳》：「納采用
　　鴈。」程、蔣《注析》：「這是詩人聽到鴈聲，聯想到自己的婚事。」

10　旭日，早晨太陽。旦，明亮，許《說文》：「旦，明也。」鄭《箋》：「自納采至請
　　期，用昕（旦）親迎，用昏。」

11　士，指男士。王先謙《詩三家義集疏》：「婦人謂嫁曰歸。自士言之，則娶妻是來歸
　　其妻，故曰歸妻。」

12　迨，音代，ㄉㄞˋ，等到。泮，音畔，ㄆㄢˋ，冰解凍。毛《傳》：「泮，散也。」鄭
　　《箋》：「冰未散，正月中以前也。」姚《通論》：「古人行嫁娶，必於秋冬農隙之
　　際，故云『迨冰未泮』。」

13　招招，招手的樣子。朱《集傳》：「招招，相召之貌。」陸德明《經典釋文》：「王逸
　　云：『以手曰招，以言曰召。』」舟子，船夫，毛《傳》：「舟人，主濟渡者。」

14　涉，徒步渡水。卬，音昂，ㄤˊ，我。《爾雅·釋詁》：「卬，我也。」王《通釋》：
　　「言人皆從舟子而渡，我則不然。」

15　須，等待。毛《傳》：「待也。」友，有二解：（一）高亨《詩經今注》：「友，指船
　　夫。」（二）朱《評釋》：「所待者何？良伴，嘉偶之友也。」

章旨 此章敘述重信義的情形。王靜芝《詩經通釋》:「我之所以不肯
渡,因我與友人有約,必待之而行也。」

作法 此章純粹平鋪直敘的賦。「人涉卬否」,反覆使用,運用類疊中
疊句的修辭手法。

研析

　　全篇一、二章運用比喻(譬喻)寫作手法,三、四章運用平鋪直
敘的賦,各有千秋。

　　一、二章描述在渡口迎人及待渡時所見、所聞的情形。三章陳述
雝鳴、納采,末章描繪人涉我不涉,等待友人之故,呈現重義守信。
古人云:「民無信不立。」俗諺云:「一諾千金。」老子說:「輕諾必
寡信。」約會須守時,做事須守信,值得吾人三思而後行。

十　谷風

　　習習谷風，以陰以雨。黽勉同心，不宜有怒。采葑采菲，無以下體？德音莫違，及爾同死。

　　行道遲遲，中心有違。不遠伊邇，薄送我畿。誰謂荼苦？其甘如薺。宴爾新昏，如兄如弟。

　　涇以渭濁，湜湜其沚。宴爾新昏，不我屑以。毋逝我梁，毋發我笱。我躬不閱，遑恤我後。

　　就其深矣，方之舟之；就其淺矣，泳之游之。何有何亡？黽勉求之。凡民有喪，匍匐救之。

　　不我能慉，反以我為讎。既阻我德，賈用不售。昔育恐育鞫，及爾顛覆。既生既育，比予于毒。

　　我有旨蓄，亦以御冬。宴爾新昏，以我御窮。有洸有潰，既詒我肄。不念昔者，伊余來塈。

注釋　〈谷風〉，取首章首句「習習谷風」的「谷風」為篇名。

篇旨　這篇是婦人被丈夫拋棄，而描述自悲自傷的情形。

原文　習習谷風[1]，以陰以雨[2]。黽勉同心[3]，不宜有怒[4]。采葑

1　習習谷風，「谷風習習」的倒裝，兼押韻的肯定句倒裝。谷風，大風。嚴粲《詩緝》：「來自山谷之大風也，盛怒之風也。又習習然連續不絕。」又《詩緝》：「喻其夫之暴怒無休息也。」

2　以，為。陳奐《詩毛氏傳疏》：「以陰以雨，為陰為雨。」高亨《詩經今注》：「比喻她丈夫發怒，造成家庭的變更。」

3　黽，音敏，ㄇㄧㄣˇ，勉力。嚴粲《詩緝》：「言勉力耳。」余《正詁》：「言我勉力與汝君子同心，以為夫婦之道，汝不宜對我有譴怒也。」同心，心同志合。

4　不宜有怒，棄婦認為丈夫不應該對自己又時常發怒。有，音一ㄡˋ，又。

采菲[5]，無以下體[6]？德音莫違[7]，及爾同死[8]。

押韻 一章風、心，是 28（侵）部。爾、怒，是 13（魚）部。菲、違，是 7（微）部。體、死，是 4（脂）部。脂、微二部，是旁轉。

章旨 此章描述婦人對丈夫的期望與態度。

作法 此章乃兼有比喻（譬喻）有賦的興。

原文 行道遲遲[9]，中心有違[10]。不遠伊邇[11]，薄送我畿[12]。誰謂荼苦[13]？其甘如薺[14]。宴爾新昏[15]，如兄如弟[16]。

押韻 二章違、畿，是 7（微）部。薺、弟，是 4（脂）部。

章旨 此章描繪丈夫喜新厭舊的情形。

作法 此章兼有比喻（譬喻）的興。

5　采、採，古今字。葑，音封，ㄈㄥ，又名蔓青，今名大頭菜。菲，音匪，ㄈㄟˇ，又名菜服，今名蘿蔔。詳見程、蔣《注析》。

6　無以，不用。下體，指根部。程、蔣《注析》：「以根喻德美，以莖葉喻色衰。」《注析》：「以比娶妻不取其德，但取其色，色衰即拋棄。」朱《評釋》：「以喻夫婦當有始有終，不當愛華年而棄衰老也。」

7　德音，善言。違，背棄。

8　及爾同死，與您同生共死。程、蔣《注析》：「願同您白頭偕老。」

9　行道遲遲，走路緩慢的樣子。毛《傳》：「舒行貌。」

10　中心，「心中」的倒裝。違，怨恨。

11　伊，是。楊《詞詮》：「伊，指示形容詞，是也。」邇，近。

12　薄，勉強。王夫之《詩經稗疏》：「《方言》：『薄，勉也。』」畿，音基，ㄐㄧ，門口。毛《傳》：「門內也。」

13　荼，音徒，ㄊㄨˊ，苦菜。毛《傳》：「苦菜也。」

14　薺，音濟，ㄐㄧˋ，甘菜也。朱《評釋》：「喻己之見棄，其心之苦又甚於荼也。」

15　宴爾新婚，「新昏宴爾」的倒裝。毛《傳》：「安也。」朱《集傳》：「樂也。」爾，然。宴爾，安樂的樣子。昏，古「婚」字。

16　如兄如弟，朱《評釋》：「言相親也。」

原文 涇以渭濁[17]，湜湜其沚[18]。宴爾新昏，不我屑以[19]。毋逝
我梁[20]，毋發我笱[21]。我躬不閱[22]，遑恤我後[23]。

押韻 三章沚、以，是 24（之）部。笱、後，是 16（侯）部。

章旨 此章陳述丈夫另結新歡，自哀自歎，自我解嘲。

作法 此章乃兼有比喻（譬喻）有賦的興。

原文 就其深矣，方之舟之[24]；就其淺矣，泳之游之[25]。何有
何亡[26]？黽勉求之[27]。凡民有喪[28]，匍匐救之[29]。

押韻 四章舟、游、求、救，是 21（幽）部。

---

17 涇，音經，ㄐㄧㄥ，涇河。以，因為。渭，渭河。余《正詁》:「涇水濁、渭水清，
涇水入渭水，使渭水亦濁，以喻夫本清醒，以有新婚而迷惑。」

18 湜，音時，ㄕˊ。湜湜，水清的樣子。許《說文》:「湜，水清見底也。」程、蔣
《注析》:「沚，指河底。」馬《通釋》:「《說文》:『沚，下基也。』」

19 不我屑以，「不屑以我」的倒裝，這是兼有押韻的否定句倒裝。以，興。朱《集
傳》:「與也。」不我屑以，不與我共同生活。

20 毋，音無，ㄨˊ，不要，表否定。逝，往。梁，設隄障水，用以捕魚的地方。

21 笱，音苟，ㄍㄡˇ，鬚籠。

22 躬，自己。鄭《箋》:「身也。」閱，容納。毛《傳》:「容也。」

23 遑，閒暇。鄭《箋》:「暇也。」恤，音序，ㄒㄩˋ，憂慮。鄭《箋》:「憂也。」
後，以後的事。

24 就，遇到。方之，以筏渡之。之，代詞，指涇水、渭水。舟之，以船渡之。方、
舟，本是名詞，這裡當動詞，這是詞類活用，也是轉品，又稱為轉類。詳見蔡《文
法》、《應用修辭學》。程、蔣《注析》:「以渡水喻治理家務。」

25 泳之，以泳渡之。游，以游渡之。之，代詞，指涇水、渭水。泳，潛行。游，浮
水。朱《集傳》「潛行曰泳，浮水曰游。」前四句比喻處理家務，無論難易都處理
得圓滿成功。

26 何，不論如何，引用為不論。有，指富有。亡，同無，指貧窮。

27 黽，音敏，ㄇㄧㄣˇ，黽勉，勉勵地。

28 凡，所有。民，人，指鄉里的人。喪，災禍困難。

29 匐，音僕，ㄆㄨˊ。匍，音福，ㄈㄨˊ。匍匐，手足並手，很急迫的樣子。朱《集
傳》:「手足並手，急遽之甚也。」救，救助。之，代詞，指民。

章旨 此章敍述婦人處理任何事情，都能敦親睦鄰，全力以赴，救助別人，如此勤勞，似無被丈夫遺棄之理。

作法 此章乃兼有比喻（譬喻）有賦的興。

原文 不我能慉[30]，反以我為讎[31]。既阻我德[32]，賈用不售[33]。昔育恐育鞫[34]，及爾顛覆[35]。既生既育[36]，比予于毒[37]。

押韻 五章讎、售，是 21（幽）部。鞫、覆、育、毒，是 22（覺）部。幽、覺二部，是對轉。

章旨 此章描述婦人怨其丈夫不顧恩義，竟把自己比作毒蟲。

作法 此章是兼有比喻（譬喻）有賦的興。

原文 我有旨蓄[38]，亦以御冬[39]。宴爾新昏，以我御窮[40]。有洸

---

30 不我能慉，「不能慉我」的倒裝，是否定句倒裝。慉，音蓄，ㄒㄩˋ，扶養。毛《傳》：「養也。」

31 讎，同讐，同仇。

32 阻，拒絕。朱《集傳》：「卻也。」余《正詁》：「即拒絕之意。」德，好意。朱《集傳》：「善也。」

33 賈，音古，《ㄨˇ，賣貨。用，以，而。不售，賣不出。

34 鞫，音菊，ㄐㄩˊ，困窮。育恐育鞫，生活在恐懼之時，生活在困窮之中。

35 顛，跌倒。覆，傾覆。高亨《詩經今注》：「顛覆，指生活中所遭遇的挫折與失敗。」及，和。爾，你。

36 既，已經。朱《評釋》：「生，指財業，今言生計好轉。育，謂長大，今言變為富有。」

37 比，比喻。予，我。于，以，用。指《詞詮》：「予，介詞，用同『以』。」毒，毒蟲，詳見聞一多《詩經通義》。比予于毒，用毒蟲比喻我。鄭《箋》：「視我如毒螫（音遮，ㄓㄜ，蜂蠍等蟲，以毒牙或尾針刺人，留毒在人體內叫做螫），言惡己甚也。」

38 旨，甘美。許《說文》：「甘，美也。」鍾宗憲主編《新添古音說文解字注》（以下簡稱鍾主編《說文注》）：「羊部曰：『美甘也。』甘為五味之一，而五味之可口，皆曰甘。」蓄，蓄菜，乾菜、醃菜。

39 亦，語首助詞，無意義。楊《詞詮》：「亦，語首助詞，無義。」以，用。楊《詞

有潰[41]，既詒我肄[42]。不念昔者，伊余來墍[43]。

押韻 六章冬、窮，是 23（冬）部。潰、墍，是 5（質）部，肄是 8（沒）部。質、沒二部，是旁轉。

章旨 此章敘述以往十分傷心，表明自己並無過錯，如今丈夫情薄如紙，令人哀痛。此章婦人怨恨，更加深切。

作法 此章是平鋪直敘的賦。

研析

全篇前五章皆是兼有比喻（譬喻）有賦的興。末章是平鋪直敘的賦。

首章描述夫婦結婚時，期盼白頭偕老。次章敘述丈夫變心，喜新厭惡，婦人心中之苦，如啞巴吃黃蓮。三章棄婦心中無限怨恨，既憤怒，又企盼，無可奈何，惟有自怨自艾的苦楚心緒。四章陳述棄婦極為辛勞勤苦，以表達不應該被遺棄之理。五章描寫丈夫可共患難，不可共安樂之人，只好低徊呻吟，泣不成聲。末章描繪以往萬分哀傷，說明自己並無過錯，以印證表明丈夫之情薄如一張紙。古今男女變心，屢見不鮮，於今尤烈。時代改變，環境改變，男女對婚姻觀也大為改變。當今最流行「小三」，男士豈不慎哉？

詮》：「以，外動詞，用也。」御，同御，應付。毛《傳》：「御也。」余《正詁》：「冬月少鮮菜，可以乾菜應付。」

40 御窮，應付窮困。

41 洸，音光，《ㄨㄤ。有洸，洸然，動武（猛打）的樣子。陳子展《詩經直解》：「有洸，猛打。」有潰，潰然，怒罵的樣子。又《詩經直解》：「有潰，怒罵。」

42 詒，音宜，一ˊ，遺，給予。肄，音亦，一ˋ，勞苦。朱《評釋》：「二句言今乃武怒相加，而遺我勞苦之事也。」

43 伊，語首助詞，維也。楊《詞詮》：「伊，語首，語助，無義。《爾雅》：『伊，維也。』郭注云：發語詞。」程、蔣《注析》：「伊，惟。」按：維、惟義通。來，是。王引之《經義述聞》：「來，是也。」墍，音系，ㄒㄧˋ，怒也。朱《評釋》：「二句言汝不念昔初婚之時，今維我是怒也。」

十一　式微

式微！式微！胡不歸？微君之故，胡為乎中露？
式微！式微！胡不歸？微君之躬，胡為乎泥中。

注釋　〈式微〉，取首章首句前二字「式微」為篇名。

篇旨　這篇按〈詩序〉：「〈式微〉，黎侯寓于衛，其臣勸以歸也。」鄭《箋》：「黎侯為狄人所逐，棄其國而寄于衛。」屈《詮釋》：「黎侯寓衛處，在今河南省濬縣，當衛之東境。」

原文　式微！式微¹！胡不歸²？微君之故³，胡為乎中露⁴？

押韻　首章微、歸，是 7（微）部。故、露，是 13（魚）部。

章旨　此章規勸國君回來，以雪恥辱。

作法　此章是兼有比喻（譬喻）有賦的興。

原文　式微！式微！胡不歸？微君之躬⁵，胡為乎泥中⁶。

押韻　二章微、歸，是 7（微）部。躬、中，是 23（冬）部。

章旨　此章反覆規勸國君回來，以雪恥復國。

1　式，語首助詞。楊《詞詮》：「式，語首助詞。」朱《集傳》：「式，發語辭。微，猶衰也。再言之者，言衰之甚也。」連用二次「式微」，是類疊（複疊）。

2　胡，為何。胡不歸，為何不回來呢？

3　微，非。朱《集傳》：「猶非也。」陳奐《詩毛氏傳疏》：「言非君之故也。」朱《評釋》：「故，患難也。」

4　乎，於，在。中露，「露中」之倒裝，兼有押韻的疑問倒裝。朱《評釋》：「在露中，言有露濡之辱，無所庇護也。」按：中露，比喻受盡沾辱。

5　躬，身也。

6　泥中，泥塗之中。屈《詮釋》：「泥中，泥塗之中也。毛《傳》亦以為衛邑名。」余《正詁》：「言陷溺之難，而不見拯救。」

作法　此章是兼有比喻（譬喻）有賦的興。

研析

　　全篇兩章皆是兼有比喻（譬喻）有賦的寫作手法。「式微」、「胡不歸」，反覆運用兩次，強調國家極為衰弱，等待國君整治，以中興大業。

　　「中露」、「泥中」，余《正詁》：「喻受盡沾辱，愈陷愈深。」古代國君，偏安之心，以明哲保身。海峽兩岸以往敵對，如今三通已通，期盼和平相處，相互尊重。

十二　旄丘

> 旄丘之葛兮，何誕之節兮！叔兮伯兮，何多日也？
> 何其處也？必有與也。何其久也？必有以也。
> 狐裘蒙戎，匪車不東。叔兮伯兮，靡所與同。
> 瑣兮尾兮，流離之子。叔兮伯兮，褎如充耳。

注釋　〈旄丘〉，取首章首句「旄丘之葛兮」的「旄丘」為篇名。

篇旨　〈詩序〉：「〈旄丘〉，責衛伯也。狄人迫逐黎侯，黎侯寓于衛，衛不能脩方伯連率之職，黎之臣子以責於衛也。」

原文　旄丘之葛兮[1]，何誕之節兮[2]！叔兮伯兮[3]，何多日也[4]？

押韻　一章葛、節、日，是 13（魚）部。

章旨　王靜芝《詩經通釋》：「此章是由登高而感慨，見葛而生情，所謂睹物生情者是。」

作法　此章是觸景生情的興，但不兼比喻（譬喻）有賦的興。

原文　何其處也[5]？必有與也[6]。何其久也[7]？必有以也[8]。

1　旄，音毛，ㄇㄠˊ。毛《傳》：「前高後下曰旄丘。」葛，葛藤，蔓生植物。兮，啊，語末助詞。

2　何，為何。誕，馬《通釋》：「誕者，延之假借。延，長也。」之，其，代詞，指葛。馬《通釋》：「之，猶其也。」

3　叔兮伯兮，呼叫衛國的諸臣。鄭《箋》：「叔伯，字也，呼衛之諸君。」

4　何，為何。何多日也，為何拖延很久還不來救助呢？多日，形容很久，就修辭學言，是時間的夸飾手法。也，呢，語末助詞，表示反詰。楊《詞詮》：「也，語末助詞，表反詰。」

5　何，為何，為什麼。其，代詞，指「叔兮伯兮」。處，安處，即今語按兵不動。也，呢，語末助詞，表反詰。

押韻　二章處、與，是13（魚）部。久、以，是24（之）部。

章旨　此章敘述黎國之臣，雖然衛國不救，可是也要諒解衛國的困
　　　　境。

作法　此章純粹抒情，是平鋪直敘的賦。

原文　狐裘蒙戎[9]，匪車不東[10]。叔兮伯兮，靡所與同[11]。

押韻　三章東、同，是18（東）部。

章旨　此章敘述見不相救，而感慨萬千。

作法　此章是兼有比喻（譬喻）有賦的興。

原文　瑣兮尾兮[12]，流離之子[13]。叔兮伯兮，褎如充耳[14]。

押韻　四章子、耳，是24（之）部。

章旨　此章描述黎臣怨恨衛國的情形。

6　與，以，原因、理由。也，語末助詞，表決定。楊《詞詮》：「也，語末助詞，表決
　　定，句意於此結束。」

7　何，為何。其，代詞，指「叔兮伯兮」。久，拖很久。也，呢，語末助詞，表反
　　詰。

8　以，原因、理由。也，語末助詞，表決定。

9　狐裘，指大夫的服裝。毛《傳》：「大夫狐蒼裘。」蒙戎，余《正詁》：「喻黎君失國
　　而久失其權也。」

10　匪，彼。陳奐《傳疏》：「匪，彼也。彼車不來，言彼大夫之車不東來。」

11　靡，無。靡所，無處所。朱《集傳》：「不與我同心。」朱《評釋》：「言靡與我同心
　　協力者，故無救於我也。」

12　瑣，細小。尾，通「微」，卑微。朱《評釋》：「指黎國君臣之地位，日見卑微，不
　　為衛國君臣所重視也。」

13　流離，漂泊離散。朱《集傳》：「漂散也。」余《正詁》：「流離之子，謂流徙、漂散
　　之人，指黎國君臣而言。」

14　褎，音又，ㄧㄡˋ，服飾盛美的樣子。如，然，樣子。余《正詁》：「褎如，盛貌，
　　形容充耳之美。」滕志賢《新譯詩經讀本》：「充耳，即瑱。古人冠冕上垂在兩側以
　　塞耳之玉飾。」

作法　此章是兼有比喻（譬喻）有賦的興。

研析

　　全篇首章不兼比喻（譬喻）有賦的興，次章純粹平鋪直敘的賦，三、四章皆是兼有比喻（譬喻）有賦的興。

　　王靜芝《詩經通釋》：「言我黎之君臣，流離之人，寓居於衛，已淪為細微之人矣。而衛臣諸人叔某伯某，竟盛服如常，似乎充耳不聞於我黎之君臣也。」陳子展《詩經直解》：「〈式微〉、〈旄丘〉，黎臣愛國之詞也。」

十三　簡兮

簡兮簡兮，方將萬舞。日之方中，在前上處。
碩人俁俁，公庭萬舞。有力如虎，執轡如組。
左手執籥，右手秉翟，赫如渥赭，公言：「錫爵。」
山有榛，隰有苓。云誰之思？西方美人，彼美人兮，西
方之人兮。

注釋　〈簡兮〉，取首章首句「簡兮簡兮」的「簡兮」為篇名。
篇旨　這篇敘述讚美舞者善舞的詩歌。

原文　簡兮簡兮¹，方將萬舞²。日之方中³，在前上處⁴。
押韻　一章舞、處，是13（魚）部。
章旨　此章描述舞者的舞名、舞時、舞地。
作法　此章是平鋪直敘的賦。

原文　碩人俁俁⁵，公庭萬舞⁶。有力如虎⁷，執轡如組⁸。

1　簡，有二解：（一）碩大魁梧。毛《傳》：「大也。」（二）鼓聲。聞一多《詩經研
　　究》：「簡簡，鼓聲。」
2　方將，將要、即將。萬舞，程、蔣《注析》：「萬舞，周天子宗廟舞名，是一種大規
　　模的舞。」朱《評釋》：「萬，舞之總名，兼文武之舞。武用干戚，文用羽籥。」
3　方中，正中。日之方中，太陽在正中，即中午。
4　在前上處，在前列上頭。余《正詁》：「指萬舞之領導人。」
5　碩，大。朱《集傳》：「大也。」俁，音雨，ㄩˇ。俁俁，碩大魁梧的樣子。朱《集
　　傳》：「大也。」
6　公庭，宗廟朝庭。
7　有力如虎，舞者力量好像老虎一樣。高亨《詩經今注》：「武舞階段，舞者手拿兵
　　器，象徵作戰，顯出力量如虎。」
8　執，拿。轡，音配，ㄆㄟˋ，馬韁繩。朱《集傳》：「今之轡也。」執轡如組，余

押韻　二章俁、舞、虎、組，是 13（魚）部。

章旨　此章描述舞者雄姿及其有力如虎的情形。

作法　此章乃兼有比喻（譬喻）有賦的興。

原文　左手執籥[9]，右手秉翟[10]，赫如渥赭[11]，公言：「錫爵。」[12]

押韻　三章籥，是 20（藥）部。翟、爵，是 22（覺）部。藥、覺二部，是旁轉。

章旨　此章陳述文舞的情形，闡明舞者的容姿和衛君的觀賞與賜酒。

作法　此章乃兼有比喻（譬喻）有賦的興。

原文　山有榛[13]，隰有苓[14]。云誰之思[15]？西方美人[16]，彼美人兮[17]，西方之人兮。

押韻　四章榛、苓、人、人、人，是 6（真）部。

章旨　此章描繪舞者來自周室，並讚美舞者的情形。

　　《正詁》：「言其御術之精純。」組，朱《集傳》：「織絲為之，言其柔也。」

9　籥，音悅，ㄩㄝˋ，樂器，以竹為之，似笛。朱《集傳》：「籥有二種：一為吹籥，三孔；一為舞籥，六孔。」

10　秉，許《說文》：「秉，禾束也。」《爾雅·釋詁》：「秉，執也。」執，拿、握。

11　赫，大紅的樣子。渥，音臥，ㄨㄛˋ，溼潤。赭，音者，ㄓㄜˇ，紅。赫如渥赭，形容臉色紅潤好像溼潤的紅土一樣。

12　公，指衛君。言，語中助詞，無意義的。錫，賜。

13　榛，音珍，ㄓㄣ。樹木名，果實像栗一樣小。榛，比喻男。

14　隰，音席，ㄒㄧˊ，低溼的地方叫做隰。毛《傳》：「下溼曰隰。」苓，中藥的甘草。李時珍《本草綱目》：「甘草主治：五臟六腑寒熱邪寒，堅筋骨，長肌肉，倍氣力。」苓，比喻女。

15　云，語首助詞，無意義。誰之思，「思誰之」的倒裝，這是疑問句倒裝。之，代詞，指誰。

16　西方美人，指舞者而討。西方，指周室。

17　彼，那。美人，指舞者。

作法　此章乃兼有比喻（譬喻）有賦的興。這是觸景生情的興。榛，
　　　　借喻男。苓，借喻女。

研析

　　全篇四章，首章平鋪直敘的賦，末三章皆是兼有比喻（譬喻）有
賦的興。

　　首章描寫舞者的舞名、舞時、舞地。二章陳述武舞和舞者的雄姿
及其有力如虎。三章描述文舞和舞者的容姿以及衛君賜酒。末章敘述
舞者來自周室，並讚美舞者。

十四　泉水

毖彼泉水，亦流于淇。有懷于衛，靡日不思。孌彼諸姬，聊與之謀。

出宿于泲，飲餞于禰。女子有行，遠父母兄弟。問我諸姑，遂及伯姊。

出宿于干，飲餞于言。載脂載舝，還車言邁。遄臻于衛，不瑕有害。

我思肥泉，茲之永歎。思須與漕，我心悠悠。駕言出遊，以寫我憂。

注釋　〈泉水〉，取首章首句「毖彼泉水」的「泉水」為篇名。

篇旨　這篇描述衛女嫁於他國，思歸寧而不得的詩歌。

原文　毖彼泉水¹，亦流于淇²。有懷于衛³，靡日不思⁴。孌彼諸姬⁵，聊與之謀⁶。

押韻　一章淇、思、姬、謀，是 24（之）部。

章旨　此章敘述衛女思歸寧，姑且和諸姬商量歸寧的事情。

作法　此章敘述觸景生情，但不兼比喻（譬喻）有賦的興。

1　毖，音比，ㄅㄧˋ，疾流。朱《評釋》：「泉流貌。」彼，那。泉水，余《正詁》：「即末章之肥泉。」

2　亦，語首助詞，無意義。于，往。淇，衛國水名。

3　有，語首助詞，無意義。懷，思念。于，在。

4　靡，無。鄭《箋》：「無也。」靡日不思，天天思念。靡……不……，數學負負得正，兩個反面變成一個正面。

5　孌，音孌，ㄌㄩㄢˇ，美好的樣子。毛《傳》：「好貌。」諸姬，余《正詁》：「衛為姬姓，故稱姪娣為諸姬。」

6　聊，姑且。之，代詞，指諸姬。謀，規劃、商量。

原文 出宿于泲[7]，飲餞于禰[8]。女子有行[9]，遠父母兄弟[10]。問我諸姑[11]，遂及伯姊[12]。

押韻 二章泲、禰、弟、姊，是4（脂）部。

章旨 二章陳述歸寧時，問候諸姑、伯姊。

作法 此章是純粹平鋪直敘的賦。

原文 出宿于干[13]，飲餞于言[14]。載脂載舝[15]，還車言邁[16]。遄臻于衛[17]，不瑕有害[18]。

7　出宿，王先謙《詩三家義集疏》：「先言出宿者，見飲餞為出宿而設，故先言以致其意。」于，在。泲，言濟，ㄐㄧˇ，水名，今作濟。余《正詁》：「自河南省滎陽縣支出，東北流經雷澤，東注入巨野澤。」

8　餞，音賤，ㄐㄧㄢˋ，餞行。陸德明《經典釋文》：「送行飲酒也。」于，在。禰，音你，ㄋㄧˇ，水名，即大禰溝。朱《評釋》：「在今山東荷澤縣西南。」

9　有行，余《正詁》：「有行，出嫁。」行，嫁。

10　遠，音怨，ㄩㄢˋ，遠離。本是形容詞，這裡當動詞。就文法言，是詞類活用。就修辭言，是轉品，又名轉類。

11　問，問候，程、蔣《注析》：「這裡有告別的意思。」姑，《爾雅·釋親》：「父之姊妹為姑。」

12　遂，然後。及，與，和。伯姊，大姊。

13　干，朱《集傳》：「干，地名。」朱《評釋》：「在今河北清豐縣西南。」

14　言，朱《集傳》：「言，地名。」朱《評釋》：「在今河北清豐縣北。」

15　載，則。嚴粲《詩輯》：「載，則也。」脂，《詩緝》：「脂，言塗脂也。」余《正詁》：「塗脂於軸，使其潤滑。」舝，音俠，ㄒㄧㄚˊ，同「轄」。余《正詁》：「舝，本車軸頭之鏈，此作動詞，言加舝於軸，使其牢固。」

16　還，音旋，ㄒㄩㄢˊ，回旋。朱《集傳》：「回旋也。」還車，鄭《箋》：「還車者，嫁時乘來，今思乘以歸。」言，而。邁，本是形容詞，這裡當動詞，遠行。余《正詁》：「此句謂回車而遠行歸衛。」

17　遄，音船，ㄔㄨㄢˊ。《爾雅·釋詁》：「遄，疾也。」按：疾，快速。臻，音珍，ㄓㄣ，到。《爾雅·釋詁》：「臻，至也。」于，在。楊《詞詮》：「于，介詞，表方所，在也。」

18　馬瑞辰《毛詩傳箋通釋》：「瑕、遐古通用。」馬《通釋》：「凡《詩》言不遐有害、不遐有愆，不遐猶云不無，疑之之詞。」程、蔣《注析》：「瑕，無。不瑕，猶今

押韻 三章干、言，是 3（元）部。罿、邁、衛、害，是 2（月）
部。元、月二部，是對轉。

章旨 此章敘述規劃想歸寧，但終以不方便，而不能如願以償。

作法 三章是平鋪直敘的賦。

原文 我思肥泉[19]，茲之永歎[20]。思須與漕[21]，我心悠悠[22]。駕
言出遊[23]，以寫我憂[24]。

押韻 四章泉、歎，是 3（元）部。漕、悠、遊、憂，是 21（幽）
部。

章旨 四章陳述思歸不歸，於是出遊以消除憂愁。

作法 此章是平鋪直敘的賦。

研析

全篇四章，首章運用不兼比喻（譬喻）有賦的興。後三章皆是平
鋪直敘的賦。

首章「有懷于衛，靡日不思」是全篇的主旨。首章先寫故鄉、景
物，表示極為思念衛國。二章描述從水路回衛國的情形。三章敘述從
陸路回衛國的情況。四章「我思肥泉」與首章「泉水」互相呼應。

云：『沒有什麼』。」余《正詁》：「不瑕，不會、不致。」

19 肥泉，朱《評釋》：「肥泉，衛國水名。或以為泉名，在河南淇縣，即首段所謂之毖
彼泉水，亦流於淇之泉。」

20 茲之永歎，「永歎茲之」的倒裝，這是感歎句的倒裝。茲，此，代詞，指肥泉。永
歎，長歎。

21 須、漕，衛國二邑。

22 悠悠，思念深長的樣子，引申有憂愁之意。

23 駕，駕車。言，語中助詞，無意義。楊《詞詮》：「言，語中助詞，無義。」

24 以，用來，表示目的。段德森《實用古漢語虛詞》：「以，表示目的。連接相關的兩
項，『以』表示後一項是前一項的目的，可譯為『來』、『用來』等。」寫，音泄，
ㄒㄧㄝˋ，消除。毛《傳》：「除也。」

「思須與漕，我心悠悠」與「有懷于衛」前呼後應。末二句「駕言出遊，以寫我憂」，點出不能回衛國的無奈。余《正詁》：「全詩首尾圓合，寫虛若實，而以『思』字貫串前後。」古今中外在憂愁時，藉旅遊，以消憂解愁，於今尤烈。如今出國旅遊，既方便，又便宜，每年旅遊比率節節高升。

十五　北門

　　出自北門，憂心殷殷。終窶且貧，莫知我艱。已焉哉！
天實為之，謂之何哉！

　　王事適我，政事一埤益我。我入自外，室人交徧讁我。
已焉哉！天實為之，謂之何哉！

　　王事敦我，政事一埤遺我。我入自外，室人交徧摧我。
已焉哉，天實為之，謂之何哉！

注釋　〈北門〉，取首章首句「出自北門」的「北門」為篇名。

篇旨　《詩序》：「〈北門〉，刺仕不得志也。」王靜芝《詩經通釋》：
「此衛臣勞而貧困，因自詠之詩。」余《正詁》：「嘆勞苦而不
能獲報之詩。」

原文　出自北門，憂心殷殷[1]。終窶且貧[2]，莫知我艱。已焉
哉[3]！天實為之[4]，謂之何哉[5]！

押韻　首章門、殷、貧、艱，是 9（諄）部。一、二、三章，為、
何，既是 1（歌）部，又是遙韻。

章旨　一章陳述士既貧且困，出自北門而自歎吟詠。

作法　此章是平鋪直敘的賦。

1　殷殷，非常憂愁的樣子。朱《集傳》：「憂也。」
2　終……且……，既……又……。窶，音巨，ㄐㄩˋ，居住既狹小又簡陋。
3　余《正詁》：「已，止。已焉哉，猶今算了吧。」陳奐《集疏》：「程、蔣《注析》：
　　『已焉哉，既然這樣。』」
4　天實為之，老天一定要這樣做。朱《評釋》：「人在窮困時，常呼天，且將窮困委之
　　於命運。」
5　謂，奈。王引之《經傳釋詞》：「謂，猶如也，奈也。」謂之何哉，無可奈何呀。朱
　　《評釋》：「謂之何，猶如之何，奈何之義。」

原文 王事適我[6]，政事一埤益我[7]。我入自外[8]，室人交徧讁我[9]。已焉哉！天實為之，謂之何哉！

押韻 二章適、益、讁，是11（錫）部。

章旨 二章敘述自己勞苦不已，而貧困無法改變，家人互相責罵的情況。

作法 二章是平鋪直敘的賦。

原文 王事敦我[10]，政事一埤遺我[11]。我入自外，室人交徧摧我[12]。已焉哉，天實為之，謂之何哉！

押韻 三章敦，是 9（諄）部，遺、摧，是 7（微）部。諄、微二部，是對轉。

章旨 三章描述詠歎勞苦、貧困，家人更加譏笑我、打擊、諷刺我。

作法 三章是平鋪直敘的興。

研析

　　全篇三章皆是平鋪直敘的賦。〈詩序〉：「〈北門〉，刺仕不得志也。言衛之忠臣不得其志爾。」方玉潤《詩經原始》：「觀其王事之重，政務之煩，而能以一身肩之，則其才可想矣。而衛之君上，乃不能體恤周室，使其終窶且貧，內不足以蓄妻子，而有交讁之憂；外不足以謝勤勞，而有敦迫之苦。重祿勸士之謂何？乃置若罔聞焉。此詩

6　王事，余《正詁》：「王事，為天子從事戰伐之事。」適，音直，ㄓ╱，投擲。適我，程、蔣《注析》：「猶云都扔給我。」
7　政事，公事。一，全部。埤，音皮，ㄆㄧ╱，增。許《說文》：「埤，增也。」余《正詁》：「埤益，增加也。」
8　自，從。我入自外，朱《評釋》：「即今下班返入家門也。」
9　室人，家人。交，互相。讁，音折，ㄓㄜ╱，責罵。毛《傳》：「責也。」
10　敦，投擲。鄭《箋》：「猶投擲也。」
11　遺，音未，ㄨㄟˋ，增加。毛《傳》：「加也。」
12　摧，諷刺譏笑。鄭《箋》：「摧者，刺譏也。」

所以作也。」古代社會既有重責大任，又薪資卑微者，因此生活困頓。如今各階層亦有如此現象者，有關單位應該加以重視。

十六 北風

北風其涼，雨雪其雱。惠而好我，攜手同行。其虛其邪？既亟只且。

北風其喈，雨雪其霏。惠而好我，攜手同歸。其虛其邪？既亟只且。

莫赤匪狐，莫黑匪烏。惠而好我，攜手同車。其虛其邪？既亟只且。

注釋　〈北風〉，取首章首句「北風其涼」的「北風」為篇名。

篇旨　屈萬里《詩經》詮釋：「此蓋詩人傷國政不綱，而偕其友好避亂之作。」余培林《詩經正詁》：「此乃詩人有見於姦邪當道，國是日非，而思與好友同歸田園之作。」

原文　北風其涼¹，雨雪其雱²。惠而好我³，攜手同行⁴。其虛其邪⁵？既亟只且⁶。

1　其涼，猶涼涼。余《正詁》：「《詩經》中，凡形容詞之上，冠以『其』字，猶冠以『有』字，或以形容詞之疊字。」朱《評釋》：「其，猶之也。有如此之意。《詩》中，凡有字在第三字，下為形容詞者，皆然。」

2　雨，音玉，ㄩˋ，本是名詞，這裡當動詞，落。雨雪，下雪、落雪。雱，音旁，ㄆㄤˊ。雱，下雪很多的樣子。毛《傳》：「雱，盛貌。」

3　惠，仁愛。毛《傳》：「愛也。」好，音號，ㄏㄠˋ，愛好。

4　行，音杭，ㄏㄤˊ，去。同行，朱《評釋》：「一同離此而他去也。」

5　其，將。楊樹達《詞詮》：「其，時間副詞，將也。」虛，寬。邪，音徐，ㄒㄩˊ，緩慢。朱《集傳》：「虛，寬貌。邪，緩也。」其虛其邪，將可以稍寬？將可以稍緩？嚴粲《詩緝》：「是尚可少寬乎？尚可少緩乎？」

6　既，已經。亟，音極，ㄐㄧˊ，急。毛《傳》：「急也。」且，音居，ㄐㄩ。只且，語末助詞。孔穎達《毛詩正義》：「語助也。」余《正詁》：「只且，猶口語『了啊』。」朱《評釋》：「此言已甚急速矣。」

押韻 一章涼、雰、行，是 4（脂）部。一、二、三章，邪、且，既是 13（魚）部，又是遙韻。

章旨 朱守亮《詩經評釋》：「北風其涼，雨雪其雰者，一者描寫當前之景物，一者喻衛政之亂。」

作法 一章是兼有比喻（譬喻）有賦的興。

原文 北風其喈[7]，雨雪其霏[8]。惠而好我，攜手同歸[9]。其虛其邪？既亟只且。

押韻 二章喈，是 4（脂）部。霏、歸，是 7（微）部，脂、微二部，是旁轉。

章旨 二章先描述景物，再抒發歸鄉之情。

作法 二章是兼有比喻（譬喻）有賦的興。

原文 莫赤匪狐[10]，莫黑匪烏[11]。惠而好我，攜手同車。其虛其邪？既亟只且。

押韻 三章狐、烏、車，是 13（魚）部。

章旨 三章將貪暴姦邪之執政者轉化為狐狸、烏鴉，加以諷刺。

作法 三章是兼有比擬（轉化）有賦的興。

研析

全篇三章，前二章兼有比喻（譬喻）有賦的興。末章兼有比擬

---

7 喈，音階，ㄐㄧㄝ，水寒。

8 霏，音非，ㄈㄟ，盛大的樣子。毛《傳》：「甚貌。」余《正詁》：「即盛貌。」

9 歸，回家。朱《評釋》：「歸鄉，歸田園，適彼樂土之義也。」

10 莫，無。匪，非也。莫赤匪狐，沒有赤紅的不是狐狸。

11 莫黑匪烏，沒有烏黑的不是烏鴉。比喻天下烏鴉一般黑。這裡比喻在上位者都貪暴邪惡之人。余《正詁》：「用以諷刺執政者貪暴姦邪之人。」「狐」、「烏」，是比擬，即轉化，運用物性化，指桑罵槐之意。

（轉化）有賦的興。

　　朱熹《詩集傳》：「國家危亂將至，而氣象愁慘，故欲與相好之人，去而避之。」誠哉斯言。孟子有云：「桀、紂之失天下也，失其民也。」「得民者昌，失民者亡」，古今中外執政者豈不警惕哉？

十七　靜女

　　靜女其姝，俟我於城隅。愛而不見，搔首踟躕。
　　靜女其孌，貽我彤管。彤管有煒，說懌女美。
　　自牧歸荑，洵美且異。匪女之為美，美人之貽。

注釋　〈靜女〉，取首章首句「靜女其姝」的「靜女」為篇名。

篇旨　這篇描述男女約會，喜樂無比，彼此戀愛的愛情詩歌。

原文　靜女其姝[1]，俟我於城隅[2]。愛而不見[3]，搔首踟躕[4]。

押韻　一章姝、隅、躕，是 16（侯）部。

章旨　一章敘述與女約會，而未見面的情形。

作法　一章是平鋪直敘的賦。

原文　靜女其孌[5]，貽我彤管[6]。彤管有煒[7]，說懌女美[8]。

押韻　二章孌、管，是 3（元）部。煒，是 7（微）部，美，是 4

1　靜，安詳貞靜。《詞詮》：「貞靜也。」靜女，朱《評釋》：「靜女，安詳貞靜之淑女也。」姝，音抒，ㄕㄨ，美色。其姝，美好的樣子。許《說文》：「姝，好也。」余《正詁》：「其姝，猶姝然、姝姝，美好貌。」

2　俟，音似，ㄙˋ，等待。城隅，城角，城上的角樓。隅，音魚，ㄩˊ，角落。

3　愛，躲藏。

4　踟躕，音池廚，ㄔˊ ㄔㄨˊ，徘徊。余《正詁》：「即徘徊之意。」踟躕、躊躇、躑躅，字異而音義皆同，詳見程、蔣《注析》。

5　孌，音攣，三聲，ㄌㄩㄢˇ，美好的樣子。「其孌」，與「其姝」，是互文見義，錯綜的抽換詞而修辭手法。

6　貽，贈送。彤，音同，ㄊㄨㄥˊ，赤漆。彤管，塗紅漆之管。

7　煒，音偉，ㄨㄟˇ，赤紅的樣子。有煒，猶煒然，赤而光亮的樣子。

8　說，音悅，ㄩㄝˋ，喜悅。懌，音亦，一ˋ，喜愛。說懌，同義複詞。詳見蔡《文法》。女，同汝，指彤管。

（脂）部。微、脂二部，是旁轉。

章旨 二章描述與靜女見面，使人喜樂的情形。

作法 二章是平鋪直敘的賦。

原文 自牧歸荑[9]，洵美且異[10]。匪女之為美[11]，美人之貽[12]。

押韻 三章異，是 25（職）部，貽，是 24（之）部。職、之二部，是對轉。

章旨 陳述男女會面，兩人心心相印，歡愉無比的情況。

作法 三章是平鋪直敘的賦。

研析

　　全篇三章，皆是平鋪直敘的賦。首章描繪男女約會，女子躲藏而不見，男子焦急萬分的狀況。二章陳述男子喜獲靜女贈物的情形。三章敘述男子喜歡所贈送的荑，是由於靜女贈送的緣故。

　　余培林《詩經正詁》：「首章『搔首踟躕』，寫焦急之狀，頗為傳神。」古今中外男女戀愛，對異性所贈送禮物，如獲珍寶，加以典藏，更加珍惜。

9　牧，郊外。《爾雅・釋地》：「郊外謂之牧。」歸，音饋，ㄎㄨㄟˋ，贈送。朱《集傳》：「歸，即貽也。」荑，音提，ㄊㄧˊ，茅芽，俗名茅針。毛《傳》：「茅之始生也。」

10　洵，音旬，ㄒㄩㄣˊ，信，猶言實在。鄭《箋》：「信也。」異，特殊、不平凡。朱《評釋》：「異，特異，不平凡。」

11　匪，同非。女、汝，音義相同，指荑。朱《集傳》：「音汝，指荑而言。」之為，語中助詞，無意義。如《孟子・告子上》：「其一人專心致志，惟弈秋之為聽。」惟弈秋之為聽，惟聽弈秋的肯定句倒裝。匪女之為美，匪美女的倒裝，是否定句倒裝。謂不是讚美荑。

12　美人，指靜女。貽，贈送。

十八　新臺

> 新臺有泚，河水瀰瀰。燕婉之求，籧篨不鮮。
> 新臺有洒，河水浼浼。燕婉之求，籧篨不殄。
> 魚網之設，鴻則離之。燕婉之求，得此戚施。

注釋　〈新臺〉，取首章首句「新臺有泚」的「新臺」為篇名。

篇旨　〈詩序〉：「〈新臺〉，刺衛宣公也。納伋之妻，作新臺于河上而要之。國人惡之而作是詩也。」吳闓生云：「序之說詩，惟此篇最有據。」宣公此事見《左傳桓公十六年》、《史記・衛世家》、《列女傳》、《新序》。〈詩序〉與詩義與《史記》全合。余《正詁》：「宣公名晉，莊公子而桓公弟。伋，宣公子。所納伋之妻，即宣姜也。」

原文　新臺有泚¹，河水瀰瀰²。燕婉之求³，籧篨不鮮⁴。

押韻　一章泚、瀰，是 11（支）部。鮮，是 3（元）部。

章旨　一章敘述齊女本嫁於太子伋，與太子伋安和柔順相處，不料卻遭遇如蟾蜍之類的宣公。

作法　一章是運用比擬（轉化）的修辭手法，以諷刺宣公。黑格爾

1　新臺，衛宣公於黃河岸上，迎齊女宣姜所築之臺。泚，音此，ㄘˇ。有泚，泚然，鮮明的樣子。

2　河，指黃河。瀰瀰，水滿盛的樣子。毛《傳》：「盛貌。」

3　燕婉之求，「求燕婉」的倒裝，肯定句倒裝。之，結構助詞。燕，安。婉，順。燕婉之求，求燕之人，指伋。

4　籧篨，音渠除，〈ㄩˊ ㄔㄨˊ〉，朱《集傳》：「不能俯，疾之醜者也。」醜惡的通稱，如蟾蜍這類東西。鮮，善。《爾雅・釋詁》：「鮮，善也。」鄭《箋》：「籧篨，不善，謂宣公也。」

《美學・第二卷》：「以描繪這種有限的主體與腐化墮落的外在世界之間矛盾為任務的藝術形成就是諷刺。」

原文 新臺有洒[5]，河水浼浼[6]。燕婉之求，籧篨不殄[7]。

押韻 二章洒、浼、殄，是9（諄）部。

章旨 二章描述齊女本欲與太子和順相聚，詎料卻遭遇如蟾蜍之類的宣公。

作法 二章是運用比擬（轉化）的寫作手法，旨在諷刺宣公。古人說：「一部《詩經》，諸體皆備。如這首詩，已開我們古代諷刺詩的先聲。」詳見程、蔣《注析》。

原文 魚網之設[8]，鴻則離之[9]。燕婉之求，得此戚施[10]。

押韻 三章離、施，是1（歌）部。

章旨 三章以魚網比喻宣公，鴻比喻齊女，描繪齊女遭遇老不死的宣公。

作法 三章運用比喻（譬喻）寫作技巧。

5　洒，音璀，ㄘㄨㄟˇ，有洒，洒然，有二解：（一）高峻的樣子。朱《評釋》：「高峻貌。」（二）鮮潔的樣子。嚴粲《詩緝》引錢氏曰：「洒，鮮潔的樣子。」

6　浼，音每，ㄇㄟˇ。浼浼，有二解：（一）水盛的樣子。陸德明《經典釋文》引《韓詩》作浘浘，云：「盛貌。」（二）河水與地面平齊的樣子。程、蔣《注析》：「浼浼，水平緩貌。」

7　殄，音忝，ㄊㄧㄢˇ，絕滅。《爾雅・釋詁》：「殄，絕。」朱《評釋》：「不殄，猶言不死也。」

8　魚網之設，「設魚網」的倒裝，是肯定倒裝。之，結構助詞。

9　鴻，朱《評釋》：「鴻，為苦蠪之合聲。苦蠪，即蟾蜍，俗名癩蝦蟆。離，猶罹也。罹，遭遇也。」之，代詞，指魚網。朱《評釋》：「喻女子思嫁美男子而得此醜物。」按：醜物，指宣公。

10　戚施，蟾蜍，比喻醜惡。詳見程俊英、蔣見元《詩經注析》。

研析

　　全篇三章，前二章運用比擬（轉化）的寫作技巧，末章運用比喻（譬喻）的寫作手法，皆諷刺宣公。

　　前二章將宣公轉化為蟾蜍，責罵宣公所謂「癩蝦蟆想吃天鵝肉」的蟾蜍，閩南語諺語所謂「老牛吃嫩草」。古代女子被強迫，但如今社會改變，環境改變，年輕貌美願意嫁給年紀比父母大的老富翁，屢見不鮮。

十九　二子乘舟

二子乘舟，汎汎其景。願言思子，中心養養。
二子乘舟，汎汎其逝。願言思子，不瑕有害。

注釋　〈二子乘舟〉，取首章首句「二子乘舟」為篇名。

篇旨　〈詩序〉：〈二子乘舟〉，思伋、均壽也。衛宣公二子相爭為
死，國人傷而思之，作是詩也。」《新序‧節士》云：「宣公之
子，伋也，壽也，朔也。伋，前母子也。壽與朔，後母子也。
壽之母與朔謀，欲殺太子伋而立壽也；使人與伋乘舟於河中，
將沉而殺之。壽知不能止也，因與之同舟，舟人不能殺。伋方
乘舟時，伋傅母恐其死也，閔而作詩，〈二子乘舟〉之詩
也。」此可作為〈二子乘舟〉詩本事讀。

原文　二子乘舟[1]，汎汎其景[2]。願言思子[3]，中心養養[4]。

押韻　一章景、養，是 15（陽）部。

章旨　一章描述二子乘舟遠去，心中思念而憂愁的情形。

作法　一章是平鋪直敘的賦。

1　二子，毛《傳》：「伋、壽也。」伋，前母所生。壽，後母所生。乘舟，朱《集
　傳》：「渡河如齊。」按：如，往也。

2　汎，通泛。汎汎，漂浮的樣子。其，將。按：楊樹達《詞詮》：「其，時間副詞，將
　也。」景，遠行的樣子。王引之《經義述聞》：「景讀如憬。」又《經義述聞》：
　「憬，遠行貌。」按：陳新雄《訓詁學》：「讀若、讀如二術語，主要用途為擬其
　音，即為漢字注音。」

3　願，雖然。毛《傳》：「願，每也。」陳奐《詩毛氏傳疏》：「〈皇皇者華傳〉訓每為
　雖，『願言思子，中心養養』，雖曰子，徒憂其心養養然也。」程、蔣《注析》：「中
　心，即心中。」

4　養養《魯詩》作洋洋。養、洋都是恙的假借字，憂思而心神不定貌。《說文》：
　「恙，憂也。」言，語中助詞，無意義。楊《詞詮》：「言，語中助詞，無義。」

原文　二子乘舟，汎汎其逝[5]。願言思子，不瑕有害[6]。

押韻　二章逝、害，是2（月）部。

章旨　期盼二子安全而沒有災禍。余《正詁》：「關切之情，溢於言外。」

作法　二章也是平鋪直敘的賦。

研析

全篇二章皆是運用平鋪直敘的寫作技巧。

首章「中心養養」，敘述憂心忡忡。次章「不瑕有害」，冀望二子無災無禍，皆祈禱至盼之詞。父母關心子女，是天下父母，古今中外皆如此。

5　逝，往。

6　不瑕，不致、不會。

鄘

注釋 鄘，音鄘，ㄩㄥ，又作庸，國名。在今河南新鄉附近之地。
〈鄘〉詩凡十篇。

一　柏舟

汎彼柏舟，在彼中河。髧彼兩髦，實維我儀。之死矢靡
它。母也天只！不諒人只！

汎彼柏舟，在彼河側。髧彼兩髦，實維我特。之死矢靡
慝。母也天只！不諒人只！

注釋 〈柏舟〉，取首章首句「汎彼柏舟」的「柏舟」為篇名。
篇旨 姚際恆《詩經通論》：「當是貞婦有夫蚤死，其母欲嫁之，而誓
死不願之作也。」

原文 汎彼柏舟¹，在彼中河²。髧彼兩髦³，實維我儀⁴。之死

---

1 汎，通泛。汎，飄浮的樣子。「彼，指示代名詞，此指物而言。」按：彼，相當於
他、他們或那個人、那些人，詳見陳霞村《古代漢語虛詞類解》。
2 中河，「河中」的倒裝，為押韻而倒裝，是修辭倒裝。河，指黃河。
3 髧，音旦，ㄉㄢˋ髮垂的樣子。髦，音毛，ㄇㄠˊ，髮由兩面下垂至眉。朱守亮《詩
經評釋》：「即今所前劉海兒。」兩髦，前劉海兒中間分開，垂在兩眉的上面。朱
《評釋》：「子事父母，幼小之前，父母在，雖長不去。親沒乃去之。此髧彼兩髦
者，指男，即女之夫也。」
4 維，為、是。儀，音俄，ㄜˊ，匹配、配偶。毛《傳》：「匹也。」

矢靡它[5]。母也天只[6]！不諒人只[7]！

押韻　一章河、儀、它，是1（歌）部。

章旨　一章將人生比作柏舟的漂浮不定，貞婦比作柏舟的堅定。

作法　一章兼有比喻（譬喻）有賦的興。

原文　汎彼柏舟，在彼河側。髧彼兩髦，實維我特[8]。之死矢
　　　　靡慝[9]。母也天只！不諒人只！

押韻　二章側、特、慝，是25（職）部。

章旨　二章用深入強調貞節堅定不移。

作法　二章兼有比喻（譬喻）有賦的興。

研析

　　全篇二章，皆兼有比喻（譬喻）有賦的興。

　　古代貞婦比比皆是，如今則時代改變，環境也改變，婦人不一定
再守貞操。俗諺云：「忠臣不事二君，貞婦不事二夫。」豈不慎哉？
一九八〇年代，韓國一齣「烈女門」韓劇，女主角力行「貞婦不事二
夫」，觀賞者莫不感動不已。

5　之，至。毛《傳》：「至也。」矢，《爾雅・釋言》：「誓也。」靡，非，無。《爾雅・
　釋言》：「無也。」余《正詁》：「此言我發誓至死無異心，謂不改嫁也。」它，即
　他。朱《評釋》：「靡它，今言沒有別的。句言自誓至死，亦無其他心意也。」

6　也，語末助詞。楊樹達《詞詮》：「也，語末助詞。」只，語末助詞。《詞詮》：
　「只，語末助詞。表感歎。」母也天只，余《正詁》：「所謂呼天呼父母也。」

7　諒，諒解、體諒。屈《詮釋》：「猶今諒解。」余《正詁》：「體諒。」

8　特，配偶。毛《傳》：「匹也。」儀、特，是互文見義，屬於錯綜的抽換詞面，字異
　義同。

9　慝，音特，ㄊㄜˋ，邪念。毛《傳》：「邪也。」

二　牆有茨

　　牆有茨，不可埽也。中冓之言，不可道也。所可道也，
言之醜也。

　　牆有茨，不可襄也。中冓之言，不可詳也。所可詳也，
言之長也。

　　牆有茨，不可束也。中冓之言，不可讀也。所可讀也，
言之辱也。

注釋　〈牆有茨〉，取首章首句「牆有茨」為篇名。

篇旨　這篇揭露、諷刺衛國執政者亂倫醜聞的情況。

原文　牆有茨¹，不可埽也²。中冓之言³，不可道也⁴。所可道
　　　　也⁵，言之醜也⁶。

押韻　一章埽、道、道、醜，是 21（幽）部。

章旨　一章以牆茨不可掃除，比喻宮中淫亂多得不可說。

作法　一章兼有比喻（譬喻）有賦的興。

1　茨，音慈，ㄘˊ，蒺藜。姚際恆《詩經通論》:「茨，即《書·梓材》『既勤垣墉，
　　其塗塈茨』之茨，所以覆牆也。」許《說文》:「茨，茅蓋屋。」
2　埽，同掃，掃除。毛《傳》:「欲掃去之，反傷牆也。」也，語末助詞。楊樹達《詞
　　詮》:「也，語末助詞，助兼詞，表提示以起下文。」
3　冓，音構，《ㄡˋ，室中。胡家琪《毛詩後箋》:「室必交積材以為蓋屋。中冓者，
　　謂室語。」陳奐《詩毛氏傳疏》:「牆為宮牆，則中冓當為宮中之室。」
4　道，說。朱《評釋》:「不可道，即今云說不得。」
5　所，若，如果。楊樹達《詞詮》:「所，假設連詞，若也。」
6　之，代詞，指中冓。醜，醜惡。朱《集傳》:「惡也。閨中之事，皆醜惡不可言。」

原文 牆有茨，不可襄也⁷。中冓之言，不可詳也⁸。所可詳
也，言之長也⁹。

押韻 二章襄、詳、詳、長，是 15（陽）部。

章旨 二章以牆茨不可掃除，比喻宮中亂倫之事，說不完，道不盡。

作法 二章兼有比喻（譬喻）有賦的興。

原文 牆有茨，不可束也¹⁰。中冓之言，不可讀也¹¹。所可讀
也，言之辱也¹²。

押韻 三章束、讀、讀、辱，是 17（屋）部。

章旨 三章以牆茨不可掃除乾淨，比喻宮中淫亂之事，反覆地說，一
言難盡。

作法 三章兼有比喻（譬喻）有賦的興。

研析

　　全篇三章，皆以牆茨不可掃除，比喻宮中淫亂之事不可宣揚。朱
守亮《詩經評釋》：「醜字恥惡，辱字穢污，此《春秋》一字褒貶例
也，故牛運震謂之『深文毒筆』。」

　　程俊英、蔣見元《詩經注析》：「蓋道者約言之，詳者多言之，讀
者反覆言之。詩意蓋謂約言之尚不可，況多言之乎？況反覆言之乎？

7　襄，通「攘」，除去。《爾雅·釋言》：「襄，除也。」埽、襄，是互文見義，皆有掃
　　除之意，此乃義同字異。

8　詳，有二解：（一）詳細地說。朱《集傳》：「詳，詳言之也。」（二）假借為揚，宣
　　揚。陸德明《經典釋文》：「《韓詩》作揚。」詳見高亨《詩經今注》。

9　言之長，朱《集傳》：「言之長者，不欲言而托以語長難竟也。」

10　束，打掃乾淨。毛《傳》：「束，束而去之。」王先謙《詩三家義集疏》：「束是總集
　　之意，總聚而去之，言其淨盡也，較埽、襄義又進。」埽、襄、束，運用修辭學層
　　遞中的遞升。

11　讀，反覆地說。《廣雅·釋詁》：「讀也。」

12　辱，朱《集傳》：「猶醜也。」朱《評釋》：「辱，羞辱可恥之污穢事也。」

三章自有次第。」按：道、詳、讀，是層遞中的層升，這是層遞寫作
手法。古代宮中淫亂醜聞，時有多聞。如今各單位、公司、機關，也
有類似騷擾案，層出不窮，值得主管、上司三思。

三　君子偕老

　　君子偕老，副笄六珈。委委佗佗，如山如河。象服是
宜。子之不淑，云如之何！

　　玼兮玼兮，其之翟也。鬒髮如雲，不屑髢也。玉之瑱
也，象之揥也，揚且之皙也。胡然而天也？胡然而帝也？

　　瑳兮瑳兮，其之展也。蒙彼縐絺，是紲袢也。子之清
揚，揚且之顏也。展如之人兮，邦之媛也。

注釋　〈君子偕老〉，取首章首句「君子偕老」為篇名。

篇旨　〈詩序〉：「君子偕老，刺衛夫人也。夫人淫亂，失事君子之
　　　　道，故陳人君之德，服飾之盛，宜其與君子偕老也。」屈萬
　　　　里、王靜芝、朱守亮、皆贊成此說。惟傅斯年〈詩經講義
　　　　稿〉、余培林〈「君子偕老」非刺宣姜之詩〉二氏認為讚美宣姜
　　　　之詩。余《正詁》：「由『君子偕老』一語觀之，此詩當作於宣
　　　　公猶在，宣姜初嫁之時。」董仲舒、王漁洋皆云：「詩無達
　　　　詁。」仁者見仁，智者見智，猶如公孫龍「堅白論」，一者見
　　　　其白色，一者觸其堅硬。〈詩序〉側重，余《正詁》則側重頌
　　　　美。余氏依王國維考證，「子之不淑」乃當時成語。陳子展、
　　　　滕志賢亦贊同此說。

原文　君子偕老[1]，副笄六珈[2]。委委佗佗[3]，如山如河[4]。象服

1　君子，有官爵者的稱呼，這裡指衛宣公。偕，音皆，ㄐㄧㄝ；又讀諧，ㄒㄧㄝˊ。毛
　　《傳》：「俱也。」偕老，指相伴到老。余《正詁》：「死生契闊，執子之手，與子偕
　　老，皆誓約之言。」
2　劉熙《釋名》：「王后首飾曰副。副，覆也，以覆首也。副，后夫人的首飾，編髮為
　　之，以覆頭部。笄，音基，ㄐㄧ，橫插的頭簪。許《說》：「笄，簪也。」珈，音

是宜[5]。子之不淑[6]，云如之何[7]！

押韻 一章珈、佗、河、宜、何，是1（歌）部。

章旨 一章描述宣姜服盛美，但行為不善，品德欠佳。

作法 一章平鋪直敘的賦。

原文 玼兮玼兮[8]，其之翟也[9]。鬒髮如雲[10]，不屑髢也[11]。玉之瑱也[12]，象之揥也[13]，揚且之皙也[14]。胡然而天也[15]？胡

加，ㄐㄧㄚ。鄭《箋》：「珈之言加也。副既笄而加飾，如今步搖上飾。」《後漢書·輿服志》：「熊、虎、赤羆、天鹿、辟邪、南山豐大特六獸，《詩》所謂『副笄六珈』者。」余《正詁》：「六物皆以玉為之，加笄而為飾，故曰：六珈。」

3　委，音尾，ㄨㄟˇ。委任。佗，音駝，ㄊㄨㄛˊ。佗佗，走路緩慢，從容不迫的樣子。朱《集傳》：「雍容自得之貌。」

4　如山如河，朱《評釋》：「狀其氣象如山之安重，如河之弘廣。」王先謙《詩三家義集疏》：「皆以狀德容之美。」

5　象服是宜，「宜象服」的倒裝，是肯定句倒裝。是，係結構助詞，無意義。余《正詁》：「象服是宜，謂其宜於象服，稱其妃后之位也。」孔穎達《毛詩正義》：「象鳥羽而畫之，故謂之象服也。」程、蔣《注析》：「象服，亦名褘衣，即畫袍。」

6　子，指宣姜。淑，善。朱《集傳》：「善也。」不淑，遭遇之不善，即不幸之意。詳見余《正詁》。若依余《正詁》全詩乃讚美之辭，而無譏刺之言。若解「不善」，則有諷刺之意。

7　云，語首助詞，無意義。楊《詞詮》：「云，語首助詞，無義。」如之何，奈之何。程、蔣《注析》：「猶言『能對你怎麼樣呢？』」王先謙《詩三家義集疏》：「言今子與公為淫亂而有不善之行，雖有此小君之盛服，則奈之何哉？顯刺之也。」之，語中助詞，無意義。楊樹達《詞詮》：「之，語中助詞，無義。」

8　玼，音此，ㄘˇ，形容翟衣，鮮豔的樣子。毛《傳》：「鮮盛貌。」

9　其，代詞，指宣姜。之，的。翟，音狄，ㄉㄧˊ，翟衣，畫雉羽為飾的衣服，王后六服之一。

10　鬒，音診，ㄓㄣˇ，程、蔣《注析》：「形容髮黑而密。」毛《傳》：「黑髮也。」如雲，形容多而美的樣子。朱《集傳》：「言多而美也。」

11　不屑，不肯用。髢音替，ㄊㄧˋ，假髮。

12　瑱，音掭，ㄊㄧㄢˋ，塞耳的玉。毛《傳》：「塞耳也。」

13　象，象骨。朱《集傳》：「象骨。」揥，音替，ㄊㄧˋ，搔首的簪。馬瑞辰《毛詩通

　　　　然而帝也[16]？

押韻　二章翟，是 20（藥）部。髢、揥、皙、帝，是 11（錫）部。
　　　　瑱、天，是 6（真）部。

章旨　二章敘述宣姜服飾盛美如天仙、帝女，但諷刺其品德不配。

作法　二章平鋪直敘的賦。

原文　瑳兮瑳兮[17]，其之展也[18]。蒙彼縐絺[19]，是紲袢也[20]。子
　　　　之清揚[21]，揚且之顏也[22]。展如之人兮[23]，邦之媛也[24]。

押韻　三章展、袢、顏、媛，是 3（元）部。

章旨　三章描述姜服飾極為艷麗，但品德並不高尚。

　　箋通釋》：「揥，即搔首之簪。」

14 揚，形容容貌亮麗。馬《通釋》：「清揚，皆美貌之稱。」且，音居，ㄐㄩ，語中助
　　詞，無意義。皙，音析，ㄒㄧ，白。毛《傳》：「皙，白皙。」屈《詮釋》：「膚色白
　　也。」

15 胡，為何。然，如此，這樣。而，如，好像。王引之《經傳釋詞》：「而，如也。」
　　天，天神、天仙。

16 帝，上帝之女。程、蔣《注析》：「帝，帝女。」

17 瑳，音脞，ㄘㄨㄛ，鮮盛的樣子。朱《集傳》：「亦鮮服貌。」屈《詮釋》：「鮮白
　　貌。」

18 展，即王后六服中的展衣。

19 蒙，覆蓋。毛《傳》：「覆也。」彼，代詞，那。絺，音吃，ㄔ。縐絺，有皺紋的葛
　　布。朱《評釋》：「所謂有皺紋之葛布也。」

20 紲，音謝，ㄒㄧㄝˋ。袢，音凡，ㄈㄢˊ。紲袢，朱《評釋》：「貼身素淨之內衣。」

21 子，指宣姜。清揚，眉清目秀。之，結構助詞，無意義。

22 顏，容貌。

23 展如，誠然。毛《傳》：「展，誠也。」之人，此人，指宣姜。兮，啊。

24 邦，國。媛，音願，ㄩㄢˋ，姜女。《爾雅·釋言》：「美女為媛。」姚際恆《詩經通
　　論》：「邦之媛，猶後世言國色。」程、蔣《注析》：「此句隱含諷刺，有德色不相相
　　副的意思。」滕志賢《新譯詩經讀本》：「近代王國維考證，『子之不淑』乃當時成
　　語。『不淑』者，不幸也。今觀全詩，通篇頌美之辭，而無譏刺之語。」

作法　三章平鋪直敘的賦。

研析

　　全篇三章，皆是平鋪直敘的賦。朱《評釋》：「細玩詩篇，當是衛人惋惜宣姜美而不淑之作。前此之〈新臺〉詩刺宣公之奪子妻，〈二子乘舟〉詩傷伋壽之爭死，〈牆有茨〉詩刺衛宮之淫亂，無一不涉及宣妻。其淫蕩無恥，何可道說？」呂祖謙《呂氏家塾讀詩記》：「首章末二句云：『責之』；二章末二句云：『問之也』；三章末二句云：『惜之也』。」乃責其、問其、惜其服飾之盛，何其德之不相稱也。

四 桑中

　　爰采唐矣，沫之鄉矣。云誰之思？美孟姜矣。期我乎桑
中，要我乎上宮，送我乎淇之上矣。

　　爰采麥矣，沫之北矣。云誰之思？美孟弋矣。期我乎桑
中，要我乎上宮，送我乎淇之上矣。

　　爰采葑矣，沫之東矣。云誰之思？美孟庸矣。期我乎桑
中，要我乎上宮，送我乎淇之上矣。

注釋　〈桑中〉，取首章五句「期我乎桑中」的「桑中」為篇名。

篇旨　這篇敘述男女約會，喜樂無比的情詩。方玉潤《詩經原始》：
　　　　「詩中人亦非真有其人，真有其事，特賦詩人虛想。」

原文　爰采唐矣[1]，沫之鄉矣[2]。云誰之思[3]？美孟姜矣[4]。期我
　　　　乎桑中[5]，要我乎上宮[6]，送我乎淇之上矣[7]。

1　爰，聞一多《詩經新義》：「爰，『於焉』之合音，猶言在何處也。」段德森《實用
　　古代漢語虛詞》：「爰，當『那兒』、『那裡』解，用在動詞前邊，詢問處所。」在何
　　處。何處，指沫之鄉。采、採，古今字。唐，菜名。《爾雅·釋詁》：「唐、蒙，女
　　蘿。」矣，語末助詞，表疑問。詳見楊《詞詮》。
2　沫，音妹，ㄇㄟˋ，衛國邑名。衛都朝歌，商朝稱妹邦、牧野，在今河南省淇縣
　　北。詳見程、蔣《注析》。
3　云誰之思，「思誰」的倒裝，這是疑問句倒裝。云，語首助詞，無意義。之，結構
　　助詞，無意義。
4　孟姜，朱《集傳》：「孟子，長也。姜，齊女。言貴族也。」余《正詁》：「即姜姓之
　　長女，此託言也。」程、蔣《注析》：「衛國無姜姓，這裡用貴族姓氏代表美人，是
　　泛指。」借孟姜代美人，係修辭學的借代。
5　期，約會。許《說文》：「期，會也。」乎，於，在。桑中，有二解：（一）桑林之
　　中。（二）衛國地名，亦名桑間，在今河南省滑縣東北。詳見程、蔣《注析》。
6　要，音邀，一ㄠ，邀約。《荀子·儒效》楊倞注：「要，邀也。」上宮，樓名。孔廣
　　森《經學卮言》：「樓也。」

押韻 一章唐、鄉、姜，是 15（陽）部。中、宮，是 23（冬）部。一、二、三章上，既是 25（職）部，又是遙韻。

章旨 一章描述男女約會的情況。

作法 一章運用平鋪直敘的賦。

原文 爰采麥矣，沬之北矣。云誰之思？美孟弋矣[8]。期我乎桑中，要我乎上宮，送我乎淇之上矣。

押韻 二章麥、北、弋，是 25（職）部。

章旨 二章陳述男女幽會的情形。

作法 二章運用平鋪直敘的賦。

原文 爰采葑矣[9]，沬之東矣。云誰之思？美孟庸矣[10]。期我乎桑中，要我乎上宮，送我乎淇之上矣。

押韻 三章葑、東、庸，是 18（東）部。

章旨 三章陳述男女約會的情況。

作法 三章運用平鋪直敘的賦。

研析

　　全篇三章皆運用平鋪直敘的寫作手法。方玉潤《詩經原始》：「三人、三地、三物，各章所詠不同，而所期、所要、所送之地則一，章法板中寓活。」方氏評此詩頗具特色，平凡中見真情，淡泊中具深

7　淇，衛國水名。朱《評釋》：「淇，衛國水名。在今河南省北部。上，津口也，涯側也。」

8　弋，音亦，一ˋ，姓。朱《集傳》：「弋，《春秋》或作姒，蓋杞女，夏后之後，亦貴族也。」孟弋，弋姓的長女。

9　葑，音封，ㄈㄥ，余《正詁》：「葑，又名須、蕪菁、蔓、芥、菉，即大頭菜、芥藍、蘿蔔之類。」

10　庸，姓。毛《傳》：「庸，姓也。」孟庸，庸姓的長女。

意。滕志賢評曰：「詩人以蜻蜓點水之法，只更換『期』、『要』、『送』三個動詞，就寫出了男女感情與日俱增。筆法簡練，給讀者留出了廣闊的想像空間。」王靜芝《詩經通釋》：「此詩前後所約三人，在沫之三地，若追其實情，決非如此。此惟當時流行之戀歌，泛指某男某女，相期相晤，故無何實情可據耳。」洵哉斯言。

五　鶉之奔奔

> 鶉之奔奔，鵲之彊彊。人之無良，我以為兄。
> 鶉之彊彊，鵲之奔奔。人之無良，我以為君。

注釋　〈鶉之奔奔〉，取首章首句「鶉之奔奔」為篇名。

篇旨　魏源《詩序集義》：「〈鶉之奔奔〉，刺衛宣公也。左、右公子怨宣公之詩，故曰：我以為君，我以為兄。」姚際恆《詩經通論》：「『為兄』、『為君』，乃國君之弟所言爾，蓋刺宣公也。」

原文　鶉之奔奔[1]，鵲之彊彊[2]。人之無良[3]，我以為兄[4]。

押韻　一章彊、兄，是 15（陽）部。

章旨　一章以鶉、鵲之兇狠猛烈，比喻公子頑與宣姜亂倫無恥的醜事。或以鶉、鵲的猛烈兇狠，比喻宣公奪伋妻之醜事。

作法　一章運用兼有比喻（譬喻）有賦的興。

原文　鶉之彊彊，鵲之奔奔。人之無良[5]，我以為君[6]。

1　鶉，音純，ㄔㄨㄣˊ，鳥名，鵪鶉。奔奔，爭鬥很猛烈的樣子。嚴粲《詩緝》引陸佃曰：「鬥也。」余《正詁》：「此言鶉極猛烈。」

2　彊，音姜，ㄐㄧㄤ，鵲很剛強兇狠的樣子。《詩緝》引陸佃曰：「剛也。」余《正詁》：「此言鵲極兇狠。」

3　人，指公子頑。或指衛宣公。良，善。毛《傳》：「善也。」

4　我，指國君之弟惠公。聞一多《詩經新義》：「家法嫡長傳位，故為人君者，即人兄。」

5　人，指宣姜，或指衛宣公。

6　君，小君，指宣妻。或指國君衛宣公。屈《詮釋》：「君，小君也，謂宣姜。」余《正詁》：「君，國君。《詩經》中『君』字，皆謂指國君而言。《傳》訓小君，恐誤。」

押韻　二章彊、良，是 15（陽）部。奔、君，是 9（諄）部。

章旨　二章以鶉、鵲之兇猛爭鬥，比喻宣公奪伋妻宣姜的醜事。或以
　　　　鶉、鵲之剛強兇狠，比喻公子頑與宣姜亂倫無恥的醜事。

作法　二章運用兼有比喻（譬喻）有賦的興。

研析

　　全詩二章，皆運用兼有比喻（譬喻）有賦的興。此詩有三解：一
者諷刺衛宣公，一者諷刺公子頑，一者諷刺宣姜。王靜芝《詩經通
釋》：「此衛人慨歎衛公子頑及宣公淫亂之詩也。」公子頑、宣公與宣
姜皆有關。王靜芝云：「此詩之旨，古今爭論，未能定議。」此乃見
仁見智所致。此詩是諷刺詩，毋庸置疑。

六 定之方中

定之方中，作于楚宮。揆之以日，作于楚室。樹之榛栗，椅桐梓漆，爰伐琴瑟。

升彼虛矣，以望楚矣。望楚與堂，景山與京。降觀于桑，卜云其吉，終然允臧。

靈雨既零，命彼倌人，星言夙駕，說于桑田。匪直也人，秉心塞淵，騋牝三千。

注釋 〈定之方中〉，取首章首句「定之方中」為篇名。

篇旨 這篇描述讚美衛文公自漕邑遷至楚丘重建國家的情形。

原文 定之方中¹，作于楚宮²。揆之以日³，作于楚室⁴。樹之榛栗⁵，椅桐梓漆⁶，爰伐琴瑟⁷。

---

1 定，星名，營室星，二十八星宿之一。朱《集傳》：「定，北方之宿，營室星也。」余《正詁》：「一名天廟，又名清廟，又名豕韋。」方中，「中方」的倒裝，正中的地方，黃昏時出現在天空正南。鄭《箋》：「定星昏中而正，於是可以營制宮室，故謂之營室。」《春秋・僖公元年》：「正月，城楚丘。」余《正詁》：「周之正月，正夏正之十一月，是此詩之『作于楚宮』與《春秋》之『城楚』，實為一事也。」余說印證此事真實。

2 作，興建。于，為。王引之《經義述聞》：「于當讀曰為。」孔穎達《毛詩正義》：「作為楚丘之宮，作為楚丘之室。」《爾雅・釋宮》：「宮謂之室，室謂之宮。」楚宮，宗廟。鄭《箋》：「楚宮，謂宗廟也。」

3 揆，測量。毛《傳》：「度也。」之，代詞，指「定之方中」。程、蔣《注析》：「度日中之影，以正南北。」又《注析》：「定星在黃昏時，出現於正南天空。」

4 楚室，朱《集傳》：「猶楚宮，互文以協韻爾。」

5 樹，本是名詞，這裡當動詞，種植。「樹之榛栗」，當作「（以）榛栗樹（於）之（指楚宮或楚室）」，省略（以……於……）。榛，音針，ㄓㄣ。榛、栗，樹名。朱《集傳》：「榛栗二木，其實榛小而栗大，皆可供籩實。」按：榛、栗的果實，可供祭祀。

押韻　一章中、宮，是 23（冬）部。日、室、栗、漆、瑟，是 5
　　　　（質）部。

章旨　一章描述衛文公在楚丘營建宮，廣種樹木的情況。

作法　一章運用平鋪直敘的賦。

原文　升彼虛矣[8]，以望楚矣[9]。望楚與堂[10]，景山與京[11]。降觀
　　　　于桑[12]，卜云其吉[13]，終然允臧[14]。

押韻　二章虛、楚，是 13（魚）部。堂、京、桑、臧，15（陽）
　　　　部。魚、陽二部，是對轉。

6　椅桐梓漆，四種樹木名稱，材料可製作琴瑟，以演奏音樂。朱《集傳》：「四木皆琴
　　瑟之材也。」

7　爰，於是、就。段德森《實用古漢語虛詞》：「常用在後一分句或句子開頭，表示後
　　一事隨接著前一事發生，可譯為『就』、『於是』。」伐，砍伐。爰伐琴瑟，當作
　　「爰伐（之）（以）琴瑟」，即於是就砍伐椅桐梓漆，用來製作琴瑟。「之」、「以」，
　　省略。之，代詞，指椅、桐、梓、漆。以，用來製作。

8　虛，周墟，漕故城廢墟。毛《傳》：「漕虛。」

9　楚，楚丘古城。程、蔣《注析》：「漕邑與楚丘鄰近的丘墟，其地亦在今河南省滑縣
　　東。」

10　堂，地名，楚丘的旁邑。朱《集傳》：「楚丘之旁邑也。」

11　景山，有二解：（一）大山。毛《傳》：「大山。」（二）遠行的樣子。王先謙《詩三
　　家義集疏》：「今文景作憬，知景、憬古通。此詩景當讀為憬。〈泮水傳〉：『憬，遠
　　行貌。』與上升望、下降觀相屬為義。」京，高丘。毛《傳》：「高丘也。」

12　降，下虛，與「升」對比。觀，觀看。桑，桑林。于，在。楊樹達《詞詮》：「乎，
　　介詞，表方所，在也。」

13　卜，毛《傳》：「龜曰卜。」余《正詁》：「此謂以龜卜之而得吉辭。」許《說文》：
　　「卜，灼剝龜也。像久火龜之形。一曰像龜兆之從橫。」毛《傳》：「建國必卜
　　之。」云，用在句中，表示頓宕，近似於『也』，語中助詞，詳見段德森《實用古
　　漢語虛詞》。按：其，代詞，占卜之事，指「建國必卜之」，卜曰其吉。

14　終然，陳奐《詩毛氏傳疏》：「終，猶既也。然，猶是也。」允，信，信實、確實。
　　臧，音髒，卩尢，善、好。毛《傳》：「允，信也。臧，善也。」滕志賢云：「言卜
　　辭云此地永久吉利。」

章旨　二章敘述衛文公升望降觀，觀察地形的情況。

作法　二章運用平鋪直敘的賦。

原文　靈雨既零[15]，命彼倌人[16]，星言夙駕[17]，說于桑田[18]。匪直也人[19]，秉心塞淵[20]，騋牝三千[21]。

押韻　三章人、田、人、淵、千，是 6（真）部。

章旨　三章描繪衛文公勤於農桑畜牧，深謀遠慮的狀況。

作法　三章運用平鋪直敘的賦。

研析

　　全篇三章，皆運用平鋪直敘的寫作手法，描繪種樹植林、登望地形、俯察桑田、注重畜牧，鮮活刻劃高瞻遠矚，勤政愛民，仁民愛物

15　靈，本至我是巫，以玉事神，引申為善。鄭《箋》：「善也。」馬瑞辰《毛詩傳箋通釋》：「靈，《說文》訓巫，本為巫善事神之稱，因通謂善為靈。」既，已經。零，降落。毛《傳》：「落也。」余《正詁》：「此言好雨（即時雨）既落。」朱《評釋》：「靈雨，甘霖也。」

16　命，本是名詞，這裡當動詞命令，指衛文公下命令。倌，音官，《ㄨㄢ。倌人，主駕者，小臣也。《周禮·小臣》：「小臣掌王之小命，王之燕出則前驅。」許《說文》：「倌人，小臣也。」毛《傳》：「主駕者。」

17　星，朱《評釋》：「星，正字應作姓，古晴字。」又《評釋》：「雨止星見也。」言，語中助詞，無意義。詳見楊樹達《詞詮》。夙，清早。駕，駕車。朱《評釋》：「言雨止星現，則早起而駕，勤勉之狀也。」

18　說，音稅，ㄕㄨㄟˋ，休息、停息、全息。于，於、在。說于桑田，鄭《箋》：「教民稼穡，務農急也。」

19　匪，彼。王引之《經傳釋詞》：「匪，彼也。匪直也人，言彼正直之人。」按：也，是語中助詞，無意義。

20　秉，操。毛《傳》：「操也。」秉心塞淵，操心者腳踏實地而深遠。朱《集傳》：「所以操其心者，誠實而淵深也。」

21　騋，音來，ㄌㄞˊ，馬七尺以上叫做騋。《周禮·廋人》：「馬七尺以上曰騋。牝，音聘，ㄆㄧㄣˋ，雌馬。」三千，形容很多。朱《評釋》：「三千，言多也。」《左傳·閔公二年》：「衛文公……元年，革車三十乘，季年，乃三百乘。」余《正詁》：「可見其生聚之勤。」

的賢能聖君。「秉心塞淵」是全詩的主題。以「騋牝三千」作總結，呈顯其欣欣向榮，體現國力的結晶。

　　吳闓生《詩義會通》：「此詩『極周詳；極簡鍊。極嚴整；又極生動。』」滕志賢：「大處著眼，小處著筆。」觀微知著，洵哉斯言。《左傳·閔公二年》：「衛文公大衣之衣、大帛之冠，務材、訓農、通商、惠工，敬教、勸學，授方、任罷。元年，革車三十乘；季年，乃三百乘。」《左傳》與此詩，可以互相詮證衛文公勤政愛民，國運日益昌隆。古今中外領導人能勤政愛民，苦民所苦，百姓不可能「民不聊生」，執政者豈不三思「勤政愛民」哉？

七 蝃蝀

> 蝃蝀在東，莫之敢指。女子有行，遠父母兄弟。
> 朝隮于西，崇朝其雨。女子有行，遠兄弟父母。
> 乃如之人也，懷昏姻也，大無信也？不知命也？

注釋 〈蝃蝀〉，取首章首句「蝃蝀在東」的「蝃蝀」為篇名。

篇旨 此詩詩旨眾說紛紜，但與婚姻攸關，毋庸置疑。一者〈詩序〉以為「止奔」，此乃從正面說教。二者今文三家遺說以為「刺奔女」，從反面說教。三者余培林《詩經正詁》以為「女子傷其夫不守婚約之詩」。四者王靜芝《詩經通釋》：「此詩人代宣姜辯其所處之詩。」五者陳子展《詩經直解》：「〈蝃蝀〉，刺一女子不由父母之命，媒妁之言，而自主婚姻之作。」又《詩經直解》：「此民間歌手囿于習慣勢力之作。」孰是孰非？無所適從。誠如姚際恆《詩經通論》：「此詩未敢強解。」

原文 蝃蝀在東[1]，莫之敢指[2]。女子有行[3]，遠父母兄弟[4]。

押韻 一章指、弟，是 4（脂）部。

章旨 朱《評釋》：「虹象宣公，為人所懼，言宣姜之無可奈何？」王靜芝《通釋》：「以虹之在東，莫之敢指，比宣公立為人所懼，莫敢指其過。」陳子展《直解》：「以虹氣之不祥，興此女子有

---

1 蝃蝀，音帝東，ㄉㄧˋ ㄉㄨㄥ，虹。毛《傳》：「虹也。」在東，暮晴，虹在東方。朱《集傳》：「在東者，暮虹也。」余《正詁》：「以虹喻婚姻之不遂。」

2 莫之敢指，「莫敢指之」的倒裝，這是否定句倒裝。之，代詞，指蝃蝀，即虹。余《正詁》：「今北方猶戒小兒指虹，否則爛手或手歪，但與淫事無涉。」

3 有行，女子出嫁。

4 遠，音怨，ㄩㄢˋ，遠離。

行。」余《正詁》:「女子有行,遠父母兄弟,似凸出其孤獨無依之境。」

作法　一章兼有比喻(譬喻)有賦的興。

原文　朝隮于西[5],崇朝其雨[6]。女子有行,遠兄弟父母[7]。

押韻　二章雨是13(魚)部,母是24(之)部。

章旨　王靜芝《詩經通釋》:「比宣公既已如此之行為矣,則事之不可改為必然矣。」陳子展《詩經直解》:「以雲雨之變,興此女子有行。」余《正詁》:「女子有行,遠兄弟父母,似凸出其孤獨無依之境。」

作法　二章兼有比喻(譬喻)有賦的興。

原文　乃如之人也[8],懷昏姻也[9],大無信也[10]?不知命也[11]?

5　隮,音機,ㄐㄧ,虹。《周禮・眡祲》:「九曰隮。」鄭玄注:「隮,虹也。」顧炎武《日知錄・卷三》:「諺云:東虹晴,西虹雨。」

6　崇朝,整個早晨。鄭《箋》:「崇,終也。從旦至食時為終朝。」其,將。楊樹達《詞詮》:「其,時間副詞,將也。」雨,音玉,ㄩˋ,降雨。本是名詞,這裡當動詞。就文法言,是詞類活用;就修辭言,是轉品,又名轉類。詳見蔡《文法》。

7　遠兄弟父母,「遠父母兄弟」的倒裝,為押韻而倒裝,是修辭學的倒裝。詳見附錄:《詩經》倒裝的三觀。

8　乃,竟、竟然、居然。段德森《實用古漢語虛詞》:「乃,表示出乎意料,可譯為『竟』、『竟然』、『居然』。」如,像。之人,此人,指宣公,或指男子,或指女子。余《正詁》:「女子傷其夫不守婚約。」當指男子。王靜芝《通釋》:「直指宣公矣。」陳子展《詩經直解》:「以三事責此女子。」又《直解》:「藉以知此女子不由父母之命,媒妁之言,而自主出嫁者。」陳氏指女子。

9　懷,思、想。昏,婚,古今字。就訓詁學言,昏婚是古今字。就文字學言,昏是本字,婚是後起字。

10　大,讀為太,ㄊㄞˋ,太之意。按:陳新雄《訓詁學》:「易其字以釋其義曰讀,凡言讀為、讀曰、當為皆是也。」也,語末助詞,表示反詰「嗎」之意。楊樹達《詞詮》:「也,語末助詞,表反詰。」

押韻 三章人、姻、命，是 6（真）部。

章旨 陳子展《詩經直解》以為指責不由父母之命，媒妁之言，而自行出嫁者。余培林《詩經正詁》則以為指責男子不遵守婚約。王靜芝《詩經通釋》卻以為指責衛宣公。三章是全詩的主題、重心。

作法 三章是平鋪直敘的賦。

研析

　　全篇三章，前二章皆兼有比喻（譬喻）有賦的興。末章則是平鋪直敘的賦。

　　古代周朝人迷信虹有關婦女的貞邪，好像商朝人迷信虹與雨水多寡攸關。如今時代改變，環境改變，以今人看古詩、古人、古事，似有不同。陳子展《詩經直解》：「彩虹所構成之美豔景色，曾引致人類之許多幻想。世界各國流行關於虹之神話，有謂虹為光明神之寶弓，有謂虹為歡樂女神之笑容者。」

　　劉勰《文心雕龍‧比興》：「詩人比興，擬容於心。」容與心是具體與抽象組成藝術美、形象美。程俊英、將見元《詩經注析》：「〈蝃蝀〉詩人以美人虹象徵淫婦（實際上，是抗拒禮教、爭取自由戀愛婚姻的女子），是含有比義的興。這位女子藝術形象，是個別的、具體的，她顯示了當時社會上一般的本質問題，即男尊女卑、婦女婚姻不自由的特性。故此詩具有深刻的現實意義。」目前古今中外男女自由戀愛，比比皆是。

---

11 命，毛《傳》：「父母之命。」屈《詮釋》：「命運也。」也，語末助詞，表示反問。楊《詞詮》：「也，語末助詞，表反詰。」

八 相鼠

> 相鼠有皮，人而無儀；人而無儀，不死何為？
> 相鼠有齒，人而無止；人而無止，不死何俟？
> 相鼠有體，人而無禮，人而無禮，胡不遄死。

注釋 〈相鼠〉，取首章首句「相鼠有皮」的「相鼠」為篇名。

篇旨 此篇將鮮廉寡恥之人，轉化為老鼠，闡明老鼠有皮、有齒、有體，人亦如此，人倘若不懂威儀，應該早死。

原文 相鼠有皮¹，人而無儀²；人而無儀，不死何為³？

押韻 一章皮、儀、儀、為，是1（歌）部。

章旨 一章將鮮廉寡恥之人，轉化為老鼠，闡述人要注重禮儀。

作法 一章兼有比擬（轉化）有賦的興。

原文 相鼠有齒，人而無止⁴；人而無止，不死何俟⁵？

押韻 二章齒、止、止、俟，是24（之）部。

---

1 相，音像，ㄒㄧㄤˋ，看。毛《傳》：「相，視也。」相鼠，述賓短語的主語。有，述語。皮，賓語。此句是有無句。詳見蔡《文法》。

2 而，如果。楊樹達《詞詮》：「而，假設連詞，用同如。」儀，威儀。鄭《箋》：「威儀也。」《左傳‧襄公》三十一年：「衛北宮文子曰：『有威而可畏，謂之威。有儀而可象，謂之儀。君有君之威儀，其臣畏而愛之，則而象，故能有其國家，令聞長世。』」連用「人而無儀」兩次，是類疊中的疊句（指修辭學），其作用在於加強語勢，渲染氣氛。

3 何為，「為何」的倒裝，是兼有押韻的疑問句倒裝。為何，為何事，即今語還作什麼善事呢？

4 止，容貌舉止。鄭《箋》：「容止也。」「人而無止」，連用兩次，是類疊中的疊句。

5 何俟，「俟何」的倒裝，是兼有押韻的疑問句倒裝。詳見附錄：《詩經》倒裝的三觀。俟，音四，ㄙˋ，等待。何俟，要等待何時。

章旨　二章將鮮廉寡恥之人，轉化為老鼠，詮證人要重視容貌舉止。

作法　二章兼有比擬（轉化）有賦的興。

原文　相鼠有體[6]，人而無禮，人而無禮，胡不遄死[7]。

押韻　三章體、禮、禮、死，是4（脂）部。

章旨　三章將鮮廉寡恥之人，轉化為老鼠，闡釋人要注重禮儀。

作法　三章兼有比擬（轉化）有賦的興。

研析

　　全篇三章皆運用兼有比擬（轉化）的興。余培林《詩經正詁》：「以鼠為喻。」就部分言，是比喻（譬喻）中的借喻。就整體言，係轉化。詳見附錄「《詩經》比與興的辨析」。首章「不死何為」、二章「不死何俟」、三章「胡不遄死」，這是運用層遞的修辭法。

　　《禮記‧曲禮上》：「鸚鵡能言，不離飛鳥。猩猩能言，不離禽獸。今人而無禮，雖能言，不亦禽獸之心乎？夫唯禽獸無禮，故父子聚麀。是故聖人作，為禮以教人，使人以有禮，知自別於禽獸。」《禮記‧曲禮上》之言，值得吾人三思。亞理斯多德云：「人是有理性的動物。」此句可以奉為千古不渝的金科玉律。

6　體，人的全身。《廣釋‧釋詁》：「體，身也。」

7　胡，為何，為什麼。遄，音船，ㄔㄨㄢˊ，速、快。毛《傳》：「速也。」胡不遄死，為什麼不趕快死呢？

九 干旄

　　孑孑干旄，在浚之郊。素絲紕之，良馬四之。彼姝者
子，何以畀之？

　　孑孑干旟，在浚之都。素絲組之，良馬五之。彼姝者
子，何以予之？

　　孑孑干旌，在浚之城。素絲祝之，良馬六之。彼姝者
子，何以告之？

注釋　〈干旄〉，取首章首句「孑孑干旄」的「干旄」為篇名。

篇旨　這篇讚美衛大夫夫婦出遊的情況。

原文　孑孑干旄[1]，在浚之郊[2]。素絲紕之[3]，良馬四之[4]。彼姝
　　　　者子[5]，何以畀之[6]？

押韻　一章旄、郊是 19（宵）部。紕是 4（脂）部，四、畀是 5
　　　　（質）部。脂、質二部，是對轉。

章旨　一章描述大夫夫婦出遊，車馬之盛，與儀態高雅，令人欣羨的

1　子，音結，ㄐㄧㄝˊ。孑孑，特出的樣子。朱《集傳》：「特出之貌。」干，竿。旄，
　　旄牛尾。干旄，朱《集傳》：「以旄牛尾注於旗干之首。」朱《評釋》：「此旗多樹之
　　車後。」

2　浚，音俊，ㄐㄩㄣˋ，衛國邑名。郊，邑外。《爾雅·釋地》：「邑外曰郊。」

3　素，白色。紕，音皮，ㄆㄧˊ，余《正詁》：「即連屬、逢合之意。此言以白絲連屬
　　旄旗而完成之。」

4　四之，朱《集傳》：「兩服兩驂，凡四馬以載之也。」之，代詞，指干旄。

5　彼，那。姝，音殊，ㄕㄨ，美色。余培林《正詁》：「彼姝者子，言彼俊美之男
　　子。」王靜芝《通論》：「言彼美色之女。」朱守亮《評釋》、高亨《詩經今注》與
　　王氏之說雷同。

6　何以畀之，「以何畀之」的倒裝，這是疑問句的倒裝。畀，音閉，ㄅㄧˋ，贈予。毛
　　《傳》：「予也。」此句言以何物贈之。之，代詞，指俊美之男子，或指美色之女。

情形。

作法 一章運用平鋪直敘的賦。

原文 孑孑干旟[7]，在浚之都[8]。素絲組之[9]，良馬五之[10]。彼姝者子，何以予之？

押韻 二章旟、都、組、五、予，是 13（魚）部。

章旨 二章敘述大夫夫婦出遊，車馬盛多，與儀態高雅，令人羨慕不已。

作法 二章運用平鋪直敘的寫作手法，這是賦。

原文 孑孑干旌[11]，在浚之城[12]。素絲祝之[13]，良馬六之。彼姝者子，何以告之[14]？

押韻 三章旌、城，是 12（耕）部。祝、六、告，是 22（覺）部。

章旨 三章陳述大夫夫婦出遊，車馬很多，與儀態高尚，令人羨慕不止。

7　旟，音余，ㄩˊ，九旗之一。《周禮・司常》：「鳥隼為旟。」鄭《箋》：「州里建旟，謂州長之屬。」

8　都，城邑。毛《傳》：「下邑曰都。」

9　組，組織，連屬、縫合之意。

10　五，朱《集傳》：「五馬，言其盛也。」余《正詁》：「古者一車四馬，此言五及下章言六，皆形容其盛，並協韻而已。」

11　旌，音京，ㄐㄧㄥ，竿首裝有五彩羽毛的旗幟。干旌，用馬毛裝飾的旗子。余《正詁》：「旄為旗上注旄牛尾者，旟為旗上畫鳥隼者，旌為旗上注析羽者。若注入王羽，則為旞矣。」

12　城，都城。毛《傳》：「都城也。」

13　祝，連屬、縫合。鄭《箋》：「祝，當作屬。」按：紕、組、祝，互文見義，皆連屬、縫合，這是錯綜中的抽換詞面，義同字異。

14　告，音故，ㄍㄨˋ，贈予。按：畀、予、告，互文見義，是錯綜中的抽換詞面，字異義同。之，代詞，指彼姝者子。

作法　三章運用平鋪直敘的賦。

研析

　　全篇三章皆運用平鋪直敘的賦。此詩頌美衛大夫夫婦出遊之詩。姚際恆《詩經通論》：「郊、都、城，由遠而近也；四、五、六，由少而多也。詩人章法自是如此，不可泥。」「由遠而近、由少而多，皆是運用層遞修辭手法。」余培林《詩經正詁》：「『干旄』、『干旟』、『干旌』，寫其身分地位；『在浚之郊』、『在浚之都』、『在浚之城』，實則皆在浚也，寫其封地。『何以畀之』、『何以予之』、『何以告之』，贊其完全無疑，無所需求，故無物可贈。然此詩正所以贈之者，此詩人之妙趣也。」

　　朱守亮《詩經評釋》：「王靜芝先生曰：『此美衛大夫夫婦出遊之詩。』斯言是也，故用之焉。詩則有在齊、在都、在城之語，明言其遨遊之不定也。又寫旌旗車馬甚盛，其貴婦從其夫同車出遊可知。再即『彼姝者子』下，運用三何以？一曰畀之，二曰予之，二曰告之，明係二人相語之狀。此則同遊甚樂，其夫相與語，期其有所贈貽者也。」朱守亮將「彼姝者子」解為「彼美色之女也。」王靜芝、高亨贊成此說。然余培林則將「彼姝者子」，解為「彼俊美之男子」，似指衛國大夫。程俊英、蔣見元《詩經注析》則將「姝」解為「順從貌」，「子」釋為古代對人的尊重，這裡當指賢者。朱熹《詩集傳》、〈詩序〉、滕志賢《新譯詩經讀本》贊成此說。

十　載馳

載馳載驅，歸唁衛侯。驅馬悠悠，言至于漕。大夫跋
涉，我心則憂。

既不我嘉，不能旋反。視爾不臧，我思不遠？

既不我嘉，不能旋濟。視爾不臧，我思不閟？

陟彼阿丘，言采其蝱。女子善懷，亦各有行。許人尤
之，眾穉且狂。

我行其野，芃芃其麥。控于大邦，誰因誰極？大夫君
子，無我有尤，百爾所思，不如我所之。

注釋　〈載馳〉，取首章首句「載馳載驅」的「載馳」為篇名。

篇旨　〈詩序〉：「〈載馳〉，許穆夫人作也。閔其宗廟顛覆，自傷不能
救也。」

原文　載馳載驅¹，歸唁衛侯²。驅馬悠悠³，言至于漕⁴。大夫
跋涉⁵，我心則憂⁶。

1　載，則、又。鄭《箋》：「載之言則也。」余《正詁》：「載……載，為《詩經》中常
用語，猶今語又……又……。」孔穎達《毛詩正義》：「走馬謂之馳，策馬謂之
驅。」余《正詁》：「此馳驅者，謂大夫也。」

2　唁，音彥，一ㄢˋ，弔失國。《穀梁傳・昭公二十五年》：「弔，失國曰唁。」按：向
死者致哀叫做弔，慰問生者叫做唁。這裡當作「向衛侯慰問失國」。

3　驅馬，策馬。朱《評釋》：「策馬也。」悠悠，道路遙遠的樣子。毛《傳》：「遠
貌。」

4　言，語首助詞，無意義。詳見楊樹達《詞詮》。按：至於，本義是表示可能到達某
種程度，這裡引申為到達。漕，音曹，ㄘㄠˊ，衛國邑名。

5　大夫，指許國大夫。跋涉，毛《傳》：「草行曰跋，水行曰涉。」余《正詁》：「言行
路之艱難。」

6　我，指許穆夫人。則，就。王靜芝《詩經通釋》：「此行大夫跋山涉水，至為辛苦，

押韻 一章驅、侯，是 16（侯）部。悠、漕、憂，是 21（幽）部。

章旨 一章敘述許國大夫赴漕唁衛侯，許穆夫人憂心不已的情形。

作法 一章是平鋪直敘的賦。

原文 既不我嘉[7]，不能旋反[8]。視爾不臧[9]，我思不遠[10]？

押韻 二章反、遠，是 3（元）部。

章旨 二章陳述許穆夫人不能返國慰問衛侯，我思衛之心，亦不能停止。

作法 二章也是平鋪直敘的寫作手法。

原文 既不我嘉，不能旋濟[11]。視爾不臧，我思不閟[12]？

押韻 三章濟，是 4（脂）部，閟，是 5（質）部。脂、質二部，是對轉。

章旨 三章描述許穆夫人不能返國慰問衛公，我思歸之心，也不可能閉止，反而思衛之心，更加深邃。

作法 三章也是平鋪直敘的寫作技巧。

原文 陟彼阿丘[13]，言采其蝱[14]。女子善懷[15]，亦各有行[16]。許

而我終不能自歸，以唁衛侯，故心為之憂也。」

7 嘉，善。鄭《箋》：「善也。」我嘉，以我為嘉，是意謂動詞。詳見蔡《文法》。按：此句言既然不以我（指許穆夫人）返衛，慰問衛侯為善。

8 旋，回來。反，同返。旋反，余《正詁》：「謂還歸於衛也。」

9 臧，音髒，ㄗㄤ，善。視爾不臧，朱《評釋》：「言視爾（指大夫）之不以我（指許穆夫人）為善。」按：臧，也是意謂，以……為……。

10 我思不遠，余《正詁》：「我（指許穆夫人）之思豈不深遠？」按：許穆夫人雖不能返國慰問衛侯，但思衛之心，難道不更加深遠？

11 濟，渡水。朱《集傳》：「渡也。」

12 閟，音閉，ㄅㄧˋ，余《正詁》：「深邃也。」朱《評釋》：「謂過迎壓制也。」

人尤之[17]，眾穉且狂[18]。

押韻　四章蝱、行、狂，是 15（陽）部。

章旨　四章敍述許穆夫人不能親歸，惆悵不已，由憤怒而責罵的情形。

作法　四章是平鋪直敍的賦。

原文　我行其野[19]，芃芃其麥[20]。控于大邦[21]，誰因誰極[22]？大

13　陟，音志，ㄓˋ，登高。彼，那，代詞，指阿丘。楊《詞詮》：「彼，指示代名詞，此指物而言。」阿，音婀，ㄜ，大土山。阿丘，偏高的大土山。《爾雅·釋丘》：「偏高，阿丘。」

14　言，語首助詞，無意義，詳見楊《詞詮》。采、採，古今字。其，指示形容詞，那。楊《詞詮》：「其，指示形容詞，與今語『那』相當。」蝱，音忙，ㄇㄤˊ，貝母。朱熹《詩集傳》：「蝱，貝母也。主療鬱結之疾。」李時珍《本草綱目》：「貝母，止煩熱渴，出汗，安臟，利骨髓，服之不飢斷穀，消痰，潤心肺。」

15　女子，指許穆夫人。善懷，多憂思。朱《集傳》：「多憂思。」

16　亦，副詞，又也。即今語言「也」，詳見楊《詞詮》。行，音杭，ㄏㄤˊ，道理。行，本義是道路，這裡引申為「道理」，係引申義。

17　許，國名，在今河南省許昌縣。許人，許國大夫。鄭《箋》：「許大夫也。」尤，屈萬里《詩經詮釋》：「尤，過也，不以為是。」按：尤之，以之為尤，即以之為過。易言之，不以之為是。尤，係意謂動詞。之，代詞，指女子，即許穆夫人。

18　眾，既。王引之《經義述聞》：「眾，當讀為終。終，猶，既也。眾穉且狂也。穉，驕也。」余《正詁》：「言既驕傲且狂妄。」穉，音稚，ㄓˋ，幼稚輕薄。胡承珙《毛詩後箋》：「非真指許人以為稚狂，蓋言我憂患如此迫切，彼方且尤過我之歸，意謂眾其幼穉乎？其狂惑乎？不然，何其不體悉？」

19　行，本義是名詞道路，這裡詞類活用作動詞，走路的意思。其，指示形容詞，那。楊《詞詮》：「其，指示形容詞，與今語『那』相當。」《爾雅·釋地》：「郊外謂之牧，牧外謂之野。」程、蔣《注析》：「野，指衛國的郊外田野。」

20　芃芃其麥，「其麥芃芃」的倒裝，這是兼有押韻的肯定倒裝。芃，音朋，ㄆㄥˊ，茂盛的樣子。朱《評釋》：「芃芃，茂盛貌。」程、蔣《注析》：「這兩句是許穆夫人抒寫自己的心情，她看到祖國的田野上麥子蓬勃茂盛，但因喪亂，竟無人收割，心裡十分難過。」

21　控，赴也。赴，走告。胡承珙《毛詩後箋》：「《一切經音義》引《韓詩》曰：『控，赴也』。赴，謂赴告。」按：走告，赴告。《列女傳·許穆夫人傳》：「邊疆有戎寇之

夫君子[23]，無我有尤[24]，百爾所思[25]，不如我所之[26]。

押韻　五章麥、極，25（職）部。尤、思、之，是 24（之）部。
　　　　職、之二部，是對轉。

章旨　陳述許穆夫人辨析一己之是，責罵大夫君子以許穆夫人為不善
　　　　的情形。

作法　五章是平鋪直敘的賦。

研析

　　全篇五章皆是平鋪直敘的賦。余培林《詩經正詁》：「首章『大夫
跋涉』，總結上文，『我心則憂』開啟下文。」按：此二句是全詩的主
題。先總後分的寫作技巧。余《正詁》：「《詩》中『大夫』或稱『許
人』，或稱『大夫君子』，或稱『爾』，實皆一也。與作者許穆夫人之
『我』人單勢孤，力有不敵，只好發諸筆墨，形成詩篇。」大夫、許
人、大夫君子、爾，是錯綜修辭手法的抽換詞面，字異義同，異名同
實。余《正詁》：「二章以下，無一章不言『思』，至末章『控于大
邦』一語，始揭開『思』之底蘊，吞吐擒縱之術，發揮盡致。」

　　牛運震云：「控于大邦，以報亡國之讎，此一篇本意，妙在卒章
說出，而前則吞吐搖曳，後則低徊繚繞，筆底言下，真有千百折
也。」旨哉斯言。

　　事，赴告大國。」程、蔣《注析》：「大邦，大國，指齊國。」

22　誰因誰極，「因誰極誰」，兼有押韻的疑問倒裝。能親近而依靠者是誰？能支持正義
　　而救者是誰？因，親近，引申為依靠。極，正義，引申為支持正義而救許國者。

23　大夫君子，余培林《詩經正詁》：「大夫，指許國大夫，非僅跋涉之大夫而已。君子
　　亦指朝中之貴族，非謂眾人。」

24　無，勿。我有尤，「以我為有尤」中的「有尤」為「意謂動詞」。尤，過錯。

25　百爾，凡爾。朱《集傳》：「百，猶凡也。」程、蔣《注析》：「百爾，即爾百。爾百
　　所思，指你們眾多的主意（想法）。」

26　不如我所之，毛《傳》：「不如我所思之篤厚也。」之，思。王靜芝《詩經通釋》：
　　「不如我之所思之為合理。」

衛

注釋　衛，國名。在今河南省汲縣一帶之地。〈衛〉詩凡十篇。

　　　　林素英〈論〈衛風〉史事詩中的禮教思想〉，將〈衛風〉
禮教思想，分為歌頌衛國國君、描述宣公與宣姜事件組詩以及
愛國女詩人作詩等三類，闡論詮證。詳見上海人民出版社印行
《傳統中國研究集刊》，第六輯，頁三五至四八。

一　淇奧

　　瞻彼淇奧，綠竹猗猗。有匪君子，如切如磋，如琢如
磨。瑟兮僩兮，赫兮咺兮。有匪君子，終不可諼兮。

　　瞻彼淇奧，綠竹青青。有匪君子，充耳琇瑩，會弁如
星，瑟兮僩兮，赫兮咺兮。有匪君子，終不可諼兮。

　　瞻彼淇奧，綠竹如簀。有匪君子，如金如錫，如圭如
璧。寬兮綽兮，猗重較兮。善戲謔兮，不為虐兮。

注釋　〈淇奧〉，取首章首句「瞻彼淇奧」的「淇奧」為篇名。

篇旨　〈詩序〉：「淇奧，美武公之德也。有文章又能聽其規諫，以禮
　　　　自守，故能入相于周，美而作是詩。」徐幹《中論》：「昔衛武
　　　　公年過九十，猶夙夜不怠，思聞訓道，……衛人誦其德，為賦
　　　　〈淇奧〉。」

原文 瞻彼淇奧[1]，綠竹猗猗[2]。有匪君子[3]，如切如磋[4]，如琢
如磨[5]。瑟兮僴兮[6]，赫兮咺兮[7]。有匪君子[8]，終不可諼
兮[9]。

押韻 一章猗、磋、磨，是 1（歌）部。僴、咺、諼，是 3（元）
部。歌、元二部，是對轉，可押韻。

章旨 一章讚美武公治學修德精益求精的情形。

作法 一章是睹物思人的興，即兼有比喻（譬喻）有賦的興。

1　瞻，音詹，ㄓㄢ，向前看。彼，指示形容詞，那，指淇。淇，衛國水名，在今河南
　省北部。奧，音玉，ㄩˋ，水邊彎曲的地方。余《正詁》「指涯之內側，外側曰
　隈。」

2　綠竹，綠色的竹子。猗，音衣，一。猗猗，美盛的樣子。毛《傳》：「美盛貌。」

3　匪，通「斐」。有匪，斐然，文彩的樣子，引申為文雅的樣子。毛《傳》：「文章
　貌。」

4　如切如磋，比喻學業精益求精。磋，音搓，ㄘㄨㄛ。毛《傳》：「治骨曰切，象曰
　磋。」《爾雅·釋器》：「骨謂之切，象（象牙）謂之磋。」切磋，指骨角。《禮記·
　大學》：「如切如磋，道學也。」

5　如琢如磨，比喻修業精不已。《爾雅·釋器》：「玉謂之琢，石謂之磨。」毛《傳》：
　「（治）玉曰琢，石曰磨。」《禮記·大學》：「如琢如磨者，自修也。」

6　瑟，矜持莊嚴的樣子。毛《傳》：「矜莊貌。」僴，音限，ㄒㄧㄢˋ，威武嚴謹的樣
　子。朱《集傳》：「威嚴貌。」兮，語詞，即今語「啊」，以下皆同。《禮記·大
　學》：「瑟兮僴兮，恂慄也。」按，恂，音尋，ㄒㄩㄣˊ，恐懼。慄，音力，ㄌㄧˋ，害
　怕而發抖。

7　赫，顯明的樣子。咺，音選，ㄒㄩㄢˇ，宣著的樣子。朱《集傳》：「宣著貌。」《禮
　記·大學》：「赫兮咺兮者，威儀也。」

8　匪，通「斐」。有匪，斐然，文彩的樣子，引申為文雅的樣子，文質彬彬之意。毛
　《傳》：「文章貌。」

9　終，永。屈《註釋》：「終，永也。」諼，音宣，ㄒㄩㄢ，通「諠」，忘懷、忘記。
　《爾雅·釋訓》：「諼，忘也。」《禮記·大學》：「有斐君子，終不可諠兮者，道盛
　德至善，民之不能忘也。」

原文 瞻彼淇奧，綠竹青青[10]。有匪君子，充耳琇瑩[11]，會弁如星[12]，瑟兮僩兮，赫兮咺兮。有匪君子，終不可諼兮。

押韻 二章青、瑩、星，是 12（耕）部。僩、咺、諼，是 3（元）部。

章旨 二章描述武公盛服儀容的情況。

作法 二章睹物思人的興，即兼有比喻（譬喻）有賦的興。

原文 瞻彼淇奧，綠竹如簀[13]。有匪君子，如金如錫[14]，如圭如璧[15]。寬兮綽兮[16]，猗重較兮[17]。善戲謔[18]兮，不為虐兮[19]。

---

10 青，音精，ㄐㄧㄥ。青青，茂盛的樣子。毛《傳》：「茂盛貌。」

11 充耳，猶今語耳環。朱《評釋》：「充耳，玉飾，即瑱，古人用以塞耳，後變為耳環。」毛《傳》：「充耳謂之瑱。」琇瑩，美石。毛《傳》：「美石也。」

12 會，音快，ㄎㄨㄞˋ，縫。朱《集傳》：「縫也。」弁，音變，ㄅㄧㄢˋ，皮弁，冠之類。朱《評釋》：「言以玉飾皮弁之縫中，如星之明也。」

13 簀，音責，ㄗㄜˊ，席。余《正詁》：「竹之密比似之，言其盛之極也。」

14 如金如錫，比喻武公品德精煉如金錫。孔穎達《毛詩正義》：「武公器德已有煉成精如金錫。」

15 如圭如璧，比喻武公氣質溫潤如美玉。圭、璧，皆美玉。朱《評釋》：「圭璧，皆美玉，言其生質之溫潤，指氣質言。」余《正詁》：「金錫言其切磋而益精，圭璧言其琢磨而成器，皆喻德業修養已成也。」

16 寬兮綽兮，余《正詁》：「謂恢宏開闊，指其胸襟度量而言。」

17 猗，音倚，ㄧˇ，憑、依。陸德明《經典釋文》：「依也。」朱《評釋》：「猗，同倚，憑也。」重較，形容武公乘華貴之車。朱《評釋》：「較，車兩旁之立板。以其高出軾上，故曰重較，卿士之車也。此狀武公乘華貴之車。」毛《傳》：「重較，卿士之車。」余《正詁》：「武公當時不僅為衛君，尚為周室之卿士。亦如東遷後鄭之武公、莊公然。」

18 戲謔，開玩笑。屈《詮釋》：「戲謔，猶今語所謂開玩笑也。」

19 不為，不是。虐，過甚、過分。馬瑞辰《毛詩傳箋通釋》：「虐之言劇，謂甚也。」程、蔣《注析》：「虐，過份。」朱《評釋》：「謂善開玩笑，但並不過分，刻薄尖

押韻 三章簀、錫，璧，是 11（錫）部。綽、較、謔、虐，是 20（藥）部。

章旨 三章讚美武公的品德修養。

作法 三章運用兼有比喻（譬喻）有賦的興。

研析

全詩三章，皆運用兼有比喻（譬喻）有賦的興。余《正詁》：「全詩多用譬喻，一章切、磋、琢、磨，皆所以治器，喻其精進不已；卒章金、錫、圭、璧，皆成形器物，喻其德業有成。前後相承，首尾圓合。瑟、僩、赫、咺，狀其威儀之隆盛；寬、綽、戲謔，狀其性情之和易，溫厲相濟，宣猛適宜。詩人不僅體察入微，其文辭章節之安排，亦入妙境。」

「學而優仕，仕而優學。」古今中外，皆應該如此。但有些人以做官的心態執政，有些人以做事心態執政，影響人民、社會、國家。執政者豈不慎哉？品學涵養，影響工作，影響公司，影響社會，影響國家。《禮記‧大學》：「為人君，止於仁；為人臣，止於敬；為人子，止於孝；為人父，止於慈；與國人交，止於信。」吾人可以奉為千古不渝的金科玉律。

酸，指修養言。」

二 考槃

考槃在澗，碩人之寬。獨寐寤言，永矢弗諼。
考槃在阿，碩人之薖。獨寐寤歌，永矢弗過。
考槃在陸，碩人之軸。獨寐寤宿，永矢弗告。

注釋 〈考槃〉，取首章首句「考槃在澗」，取「考槃」為篇名。

篇旨 這篇描述賢者隱居幽靜深山，怡樂自得的情形。

原文 考槃在澗[1]，碩人之寬[2]。獨寐寤言[3]，永矢弗諼[4]。

押韻 一章澗、寬、言、諼，是 3（元）部。

章旨 一章抒寫隱士隱居在幽靜山谷，而樂逍遙的情況。余培林《詩經正詁》：「『寬』字，為全詩之重心，惟其寬，故能考槃為樂，故能獨寐寤言。」

作法 一章運用平鋪直敘的賦。

原文 考槃在阿[5]，碩人之薖[6]。獨寐寤歌[7]，永矢弗過[8]。

1　考，扣、敲。槃，音盤，ㄆㄢˊ，同「盤」。考槃，朱熹《詩集傳》引陳傅良曰：「考，扣也。槃，器名。蓋扣之以節歌，如鼓盆、拊缶之為樂也。」按：拊，音甫，ㄈㄨˇ，撫慰、拍擊，這裡指拍擊。澗，音見，ㄐㄧㄢˋ，兩山間的水流或水溝。

2　碩，大。程俊英、蔣見元《詩經注析》：「碩人，大人、美人、賢人。」按：這裡指隱士。之，結構助詞，無意義。寬，廣。碩人，是主語。寬，是表語。此句言隱士胸懷寬廣。按：碩人之寬、碩人之薖、碩人之軸，皆為表態句。

3　獨寐寤言，隱士獨自睡，獨自醒，獨自說話（自言自語）。嚴粲《詩緝》：「既寐而寤，既寤而言，皆獨自耳。」

4　永，長、久。矢，本義是名詞，箭，這裡引申為發誓，是動詞，係詞類活用。弗，不。諼，音宣，忘記。王靜芝《詩經通釋》：「自誓長以此為樂，而為終身不忘之樂也。」

押韻 二章阿、薖、歌、過,是1(歌)部。

章旨 二章描述隱士隱居在山中,獨自唱歌,逍遙自在。

作法 二章應用平鋪直敘的賦,抒發情感。

原文 考槃在陸[9],碩人之軸[10]。獨寐寤宿[11],永矢弗告[12]。

押韻 三章陸、軸、宿、告,是22(覺)部。

章旨 三章敘述隱士深居山中,獨自呼嘯的情形。

作法 三章運用平鋪直敘的寫作手法。

研析

　　全詩三章皆是平鋪直敘的賦,抒發隱士自得其樂,逍遙自在,天樂知命。余培林《詩經正詁》:「一章『寬』字,為全詩之重心。惟其寬,故能考槃為樂,故能獨寐寤言。朱守亮《詩經評釋》:「觀三獨

5　阿,音婀,音ㄜˇ,山陵彎曲的地方。《爾雅·釋地》:「大陵曰阿。」余《正詁》:「今曰山坳、山坡。」

6　薖,音科,ㄎㄜ,寬大的樣子。毛《傳》:「寬大貌。」鄭玄《箋》:「飢意。」余《正詁》:「碩人所以考槃為樂者,即在示其寬也。若已飢餓,考槃所示者何也?飢餓而考槃,豈非矯情乎?故當從《傳》訓為是。」

7　歌,本是名詞,這裡當動詞,唱歌。

8　過,音郭,ㄍㄨㄛ,拜訪、往來。

9　陸,高平的地方。《爾雅·釋地》:「高平曰陸。」

10　軸,音迪,ㄉㄧˊ,有二解:(一)道。《尚書·大禹謨》孔《偽》:「迪,道也。」王靜芝、朱守亮贊成此說。(二)自得其樂的樣子。(三)余培林《詩經正詁》:「『《說文》:軸,持輪也。從車、由聲。』軸從由聲,即用以通『由』字。《孟子·公孫丑上》:『故由由乎。』《集注》:『由由,自得之貌。』……不用由字而軸字,取其協韻而已。」按:此句為表態句,以余說為是。

11　宿,呼嘯。朱守亮《評釋》:「舊解為眠寢也,臥睡也。實應讀為嘯。」

12　告,音固,ㄍㄨˋ,告訴別人。朱熹《詩集傳》:「弗告者,不以此樂告人也。」余培林《詩經正詁》:「即永存於心而勿忘之意。」朱守亮《詩經評釋》:「謂不以此樂告語人也。」即陶弘景〈詔問山中何所有賦詩以答〉:「只可自怡悅,不堪持寄君。」蓋源自〈考槃〉之意。

字，三永矢字，泠泠清幽，出世之想，煥乎文字間。恍遇陶靖節、徐孺子一流人物。讀之，覺山月窺人，潤芳襲袂，此游心象外，隱逸詩之祖也。」

　　陳子展《詩經直解》：「《論語》記孔子及其弟子遊衛、遊楚，嘗遇隱者如晨門、荷蕢、長沮、桀溺、接輿諸人，應是當時社會實際存在之人物。」古人隱士皆幽居山林海濱，今人則隱居海外。古今環境，大相逕庭。人隨時、地而變，因人制宜。

三　碩人

碩人其頎，衣錦褧衣。齊侯之子，衛侯之妻，東宮之妹，邢侯之姨，譚公維私。

手如柔荑，膚如凝脂，領如蝤蠐，齒如瓠犀，螓首蛾眉。巧笑倩兮，美目盼兮。

碩人敖敖，說于農郊，四牡有驕，朱幩鑣鑣，翟茀以朝，大夫夙退，無使君勞。

河水洋洋，北流活活。施罛濊濊，鱣鮪發發，葭菼揭揭。庶姜孽孽，庶士有朅。

注釋　〈碩人〉，取首章首句「碩人其頎」的「碩人」為篇名。

篇旨　此篇衛國人民讚美莊姜初嫁時，美而賢慧的詩歌。

原文　碩人其頎¹，衣錦褧衣²。齊侯之子³，衛侯之妻⁴，東宮之妹⁵，邢侯之姨⁶，譚公維私⁷。

1　碩人，美人，這裡指莊姜。其頎，頎然，高大而修長的樣子。頎，音其，くㄧˊ，高大而修長。鄭玄《箋》：「謂莊姜儀表，長麗俊好，頎頎然。」

2　衣，音亦，ㄧˋ，本義是名詞，這裡當動詞，引申為「穿」之意。錦，文衣。毛《傳》：「文衣也。」褧，音窘，ㄐㄩㄥˇ，罩袍。朱守亮《詩經評釋》：「褧衣，今所謂罩袍，以防灰塵之污及錦衣也。錦褧衣，出嫁之衣也。」按：上「衣」字，音亦，ㄧˋ，動詞，穿。下「衣」字，音依，ㄧ，名詞，衣服。

3　齊侯之子，指齊莊公之女。

4　衛侯之妻，指衛莊公之妻。

5　東宮，高亨《詩經今注》：「東宮，古代國君的太子住東宮，因而稱太子為東宮。此指齊國太子得臣。」

6　邢，音形，ㄒㄧㄥˊ，國名。邢侯，邢國國君。邢國，在今河北省邢臺縣。邢侯，未詳何人。姨，男人稱妻之姊妹為姨。

7　譚公，譚國國君，未詳何人。譚，國名，在今山東省歷城縣。詳見程、蔣《詩經注

押韻 一章頎、衣，是 7（微）部。妻、姨、私，是 4（脂）部。脂、微二部，是旁轉而押韻。

章旨 一章先描寫莊姜容貌及衣著，再陳述其身高貴。按：「衣錦褧衣」一語，余培林以為「誇其德也」。

作法 一章運用平鋪直敘的賦。

原文 手如柔荑[8]，膚如凝脂[9]，領如蝤蠐[10]，齒如瓠犀[11]，螓首蛾眉[12]。巧笑倩兮[13]，美目盼兮[14]。

押韻 二章荑、脂、蠐、犀、眉，是 4（脂）部。倩，是 6（真）部，盼，是 9（諄）部。脂、真二部，對轉。真、諄二部，是

析》。維，是。私，女子稱其姊妹之丈夫。劉熙《釋名》：「姊妹互相謂夫曰私，言於其夫兄弟之中，此人與己姊妹有私思也。」

8 荑，音啼，ㄊㄧˊ，初生白茅的嫩芽。朱守亮《詩經評釋》：「此狀其手之尖柔滑膩之美也。」按：手如柔荑，運用比喻（譬喻）修辭手法，形容莊姜兩手白嫩而柔滑好像白茅之嫩芽一樣美麗。

9 膚如凝脂，也是運用比喻（譬喻）修辭技巧，形容莊姜的皮膚白嫩而潤滑好像凝結的油脂一般漂亮。

10 領，頸，脖子。毛《傳》：「頸也。」蝤蠐，音酋齊，ㄑㄧㄡˊ ㄑㄧˊ，朱熹《詩集傳》：「木蟲之白而長者。」領如蝤蠐，也是應用比喻（譬喻）修辭手法，形容莊姜脖子潔美柔婉而細長好像蝤蠐一樣美麗。

11 瓠犀，音戶西，ㄏㄨˋ ㄒㄧ，潔白而整齊。朱熹《詩集傳》：「瓠中之子，方正潔白而比次整齊也。齒如瓠犀，形容莊姜牙齒潔白而整齊好像瓠犀一般的亮麗。這是運用比喻（譬喻）中的明喻。

12 螓，音秦，ㄑㄧㄣˊ，廣大而方正。朱《集傳》：「如蟬而小，其額廣而方正。」螓首，係「螓（如）首」的省略，其實是「首（如）螓」，運用比喻（譬喻）中的略喻，省略喻詞「如」，屬於倒裝式略喻。蛾眉，也是「眉（如）蛾」，也屬於略喻。形容莊姜額頭方正而寬廣如螓一樣美，眉毛細長而彎曲如蠶蛾一樣美。

13 巧笑，美好的笑容。倩，音欠，ㄑㄧㄢˋ，口頰含笑，類似現在的酒窩。兮，啊，語末助詞。巧笑倩兮，形容莊姜甜美的笑容好像口頰含笑一樣的妍美啊！

14 美目，美麗的眼睛。盼，白黑分明。毛《傳》：「白黑分也。」美目盼兮，形容莊姜美麗的眼睛好像黑白分明一般的亮麗，炯炯有神。

旁轉。

章旨 二章先描述莊姜手膚頭面的靜態美，再敘述莊姜甜美笑容，眼睛炯炯有神的動態美。

作法 二章運用比喻（譬喻）寫作技巧。前四句運用明喻。五句運用倒裝式略喻，「蝤首蛾眉」當作「首（如）蝤眉（如）蛾」。

原文 碩人敖敖[15]，說于農郊[16]，四牡有驕[17]，朱幩鑣鑣[18]，翟茀以朝[19]，大夫夙退[20]，無使君勞[21]。

押韻 三章敖、郊、驕、鑣、朝、勞，是19（宵）部。

章旨 三章陳述莊姜從齊國到衛國，先休憩，再入朝晉見莊公。

作法 三章運用平鋪直敘的賦。

原文 河水洋洋[22]，北流活活[23]。施罛濊濊[24]，鱣鮪發發[25]，葭

---

15 敖敖，形容身材修長而高大的樣子。程俊英、蔣見元《詩經注析》：「古代不論男女，皆以高大修長為美。」

16 說，音稅，ㄕㄨㄟˋ，停息。于，於，在。農郊，毛《傳》：「近郊也。」朱守亮《詩經評釋》：「此指莊姜自齊至衛都之近郊，尚未入城也。」

17 四牡，駕車的四匹馬。朱熹《詩集傳》：「車之四馬。」有驕，驕然，雄壯的樣子。毛《傳》：「驕，壯貌。」

18 朱，赤色、紅色。幩，音墳，ㄈㄣˊ，纏繞在馬銜上的飄帶，又名扇斗、排沫。鑣，音標，ㄅㄧㄠ，美盛。鑣鑣，美盛的樣子。毛《傳》：「鑣鑣，盛貌。」

19 翟，音狄，ㄉㄧˊ，長尾野雞。茀，音扶，ㄈㄨˊ，程俊英、蔣見元《詩經注析》：「茀，遮蔽女車的竹製屏障。周天子及諸侯以野雞毛裝飾為茀。」以朝，入君之朝，謂入君之朝，朝見莊公。

20 夙，早。朱守亮《詩經評釋》：「此謂夫人初至，大夫之朝者，宜早退也。」

21 無使君勞，鄭玄《箋》：「無使君之勞倦，以君夫人新為配偶，宜親親之故也。」此章描述莊姜初嫁時之情景。

22 河，黃河。洋洋，水勢盛大的樣子。就文法言，是疊字衍聲複詞。詳見蔡宗陽《國文文法》。朱熹《詩集傳》：「盛大貌。」

23 北流，黃河在齊國西方、衛國東方，北流入海。活，音郭，ㄍㄨㄛ。活活，水流

葭揭揭[26]。庶姜孽孽[27]，庶士有朅[28]。

押韻 四章活、濊、發、揭、孽、朅，是2（月）部。

章旨 四章王靜芝《詩經通釋》：「述莊姜母家齊國之富饒廣大，送嫁士女之眾之美的實況。」

作法 四章運用平鋪直敘的寫作手法。

研析

　　余培林《詩經正詁》：「一章寫其（指莊姜）身分之高貴。『衣錦褧衣』一語，則誇其有德也。二章寫其容貌之美。三章寫其車服之盛。末章寫其扈徒仕女之盛美。」全詩四章，一、三、四章皆運用平鋪直敘的賦，僅二章運用比喻（譬喻）寫作技巧。

　　白宗華〈中國美學史中重要問題的初步探索〉：「前五句堆滿了形象，非常『實』，是『錯采鏤金，雕繢滿眼』的工筆畫。後二句是白描，是不可捉摸的笑，是空靈，是『虛』。這二句不用比喻的白描，

聲。就文法言，狀聲詞，又名象聲詞，詳見蔡宗陽《國文文法》。

24　施，施放、設置。罟，音孤，《ㄨ，魚網。毛《傳》：「罟，魚罟也。」按：罟，音古，《ㄨˇ，細密的魚網。濊，音或，ㄏㄨㄛˋ。濊濊，魚網入水的聲音。朱熹《詩集傳》：「罟入水聲。」

25　鱣，音沾，ㄓㄢ，有二解：（一）大鯉魚。〈周頌・潛〉鄭玄《箋》：「鱣，大鯉也。」（二）《爾雅・釋魚》郭璞注：「鱣，今江東呼為黃魚。」鮪，音偉，ㄨㄟˇ，魚名。《爾雅・釋詁》：「鮪，鱣屬也。大者名王鮪，小者曰鮛鮪。」發，音撥，ㄅㄛ。發發，朱守亮《詩經評釋》：「發發，魚入網撥動其尾之狀及因此而發之聲也，狀獲魚之多。此上以水與魚，狀莊姜隨從之盛。」

26　葭，音加，ㄐㄧㄚ，蘆。毛《傳》：「蘆也。」菼，音坦，ㄊㄢˇ，荻。朱熹《詩集傳》：「菼，薍也，亦謂之荻。」揭揭，音街街，ㄐㄧㄝ ㄐㄧㄝ，長而高的樣子。毛《傳》：「長也。」高亨《詩經今注》：「揭揭，高貌。」

27　庶，眾。庶姜，高亨《詩經今注》：「庶姜，齊國陪嫁和送嫁的一些姜姓女子。」王靜芝《詩經通釋》：「庶姜，謂莊姜之姪娣也。指媵女。」孽孽，衣飾華貴的樣子。高亨《詩經今注》：「孽孽，衣飾華貴貌。」

28　庶士，眾士。余培林《詩經正詁》：「當是護送莊姜之武士，非必大夫。」朅，音街，ㄐㄧㄝ。毛《傳》：「武壯貌。」有朅，猶朅，威武雄壯的樣子。

使前五句形象活動起來了。沒有這二句，前面五句可以使人感到是一個廟裡的觀音菩薩，有了這二句，就完全成了一個如『初發芙蓉，自然可愛』的美人形象。」從觀音菩薩到自然可愛的美人，表現出在動作描寫上「化美為媚」的效果。萊辛〈拉奧孔〉：「媚就是在動態中的美。」洵哉斯言。程俊英、蔣見元《詩經注析》：「動態美的描寫，發軔於〈碩人〉，而繼承於後世。《西廂記》：『怎當他臨去秋波那一轉』，便從『巧笑倩兮，美目盼兮』演化而來，但又青出於藍，深得奪胎之妙。」

四　氓

　　氓之蚩蚩，抱布貿絲。匪來貿絲，來即我謀。送子涉淇，至于頓丘。匪我愆期，子無良媒。將子無怒，秋以為期。

　　乘彼垝垣，以望復關。不見復關，泣涕漣漣；既見復關，載笑載言。爾卜爾筮，體無咎言。以爾車來，以我賄遷。

　　桑之未落，其葉沃若。于嗟鳩兮，無食桑葚；于嗟女兮，無與士耽。士之耽兮，猶可說也；女之耽兮，不可說也。

　　桑之落矣，其黃而隕。自我徂爾，三歲食貧。淇水湯湯，漸車帷裳。女也不爽，士貳其行。士也罔極，二三其德。

　　三歲為婦，靡室勞矣；夙興夜寐，靡有朝矣。言既遂矣，至于暴矣。兄弟不知，咥其笑矣。靜言思之，躬自悼矣。

　　及爾偕老，老使我怨。淇則有岸，隰則有泮。總角之宴，言笑晏晏。信誓旦旦，不思其反。反是不思，亦已焉哉！

注釋　〈氓〉，取首章首句「氓之蚩蚩」的「氓」為篇名。

篇旨　這篇描述婦人被男子所遺棄，而自怨自哀的詩歌。

原文　氓之蚩蚩[1]，抱布貿絲[2]。匪來貿絲[3]，來即我謀[4]。送子

1　氓，音忙，ㄇㄤˊ，流民，這裡指流亡到衛國的人民。毛《傳》：「氓，民也。」

涉淇[5]，至于頓丘[6]。匪我愆期[7]，子無良媒[8]。將子無怒[9]，秋以為期[10]。

押韻 一章蚩、絲、絲、謀、淇、丘、期、媒、期，是 24（之）部。

章旨 一章描述男女互相認識的過程，約定婚期的情形。

作法 一章運用平鋪直敘的賦。

原文 乘彼垝垣[11]，以望復關[12]。不見復關，泣涕漣漣[13]；既見

之，結構助詞，無意義。蚩，音吃，ㄔ。蚩蚩，敦厚的樣子。毛《傳》：「敦厚之貌。」按：氓，主語。蚩蚩，表語。氓之蚩蚩，是表態句。詳見蔡宗陽《國文文法》。

2　抱布貿絲，抱布以易絲。按：易，交換。貿，本是買賣之意，引申為交換。

3　匪，非、不是。鄭《箋》：「匪，非也。」匪來貿絲，不是來交換絲，猶如歐陽脩〈醉翁亭記〉：「醉翁之意不在酒。」

4　來即我謀，流民不是來買絲，而是來到我這裡商議婚事。鄭《箋》：「此民非來買絲，但來就我，欲與我謀為室家也。」即，就、到。謀，商議、圖謀。

5　子，男子，指流民。涉，徒步渡水。涉淇，渡過淇水。淇，水名。

6　至于，抵達。頓丘，地名。在淇水南方。

7　匪，非、不是。愆，音千，ㄑㄧㄢ，誤。毛《傳》：「過也。」愆期，誤期，指拖延日期。

8　子，男子，指流民。子無良媒，流民沒有良媒，以致誤期。古人要「父母之命，媒妁之言」，〈豳・伐柯〉：「伐柯如何？匪斧不克。取妻如何？匪媒不得。」此詩與本句可以互相印證。

9　將，音羌，ㄑㄧㄤ，願、請、希望之意。毛《傳》：「願也。」鄭玄《箋》：「請也。」將子無怒，請流民勿憤。

10　秋以為期，即以秋為期，意謂動詞，詳見蔡《文法》。此女許之，以秋日為婚期。朱守亮《詩經評釋》：「婚嫁以秋冬為正時。」

11　乘，登上。鄭《箋》：「登也。」彼，那，指示形容詞。楊樹達《詞詮》：「彼，指示形容詞，此指物而言。」垝，音鬼，ㄍㄨㄟˇ，高。于省吾《詩經新證》：「垝、危古通。危，高也。垣，音元，ㄩㄢˊ，牆。朱熹《詩集傳》：「牆也。」

12　以，用，外動詞。楊樹達《詞詮》：「以，外動詞，用也。」以望，以（之）望。之，代詞，指垝垣，省略。望，向遠處或高處看。復關，朱熹《詩集傳》：「復關，

復關，載笑載言[14]。爾卜爾筮[15]，體無咎言[16]。以爾車來，以我賄遷[17]。

押韻 二章垣、關、關、漣、關、言、言、遷，是 3（元）部。筮，是 2（月）部。元、月二部，是對轉。

章旨 二章敘述男女訂婚、結婚的過程。

作法 二章運用平鋪直敘的賦。

原文 桑之未落，其葉沃若[18]。于嗟鳩兮[19]，無食桑葚[20]；于嗟女兮，無與士耽[21]。士之耽兮，猶可說也[22]；女之耽

男子之所居也。」朱守亮《詩經評釋》：「復關，男子之所居也。不敢顯言其人，故託言之耳，此為氓之代名詞。」

13 泣，音器，ㄑㄧˋ，不哭出聲而只有流眼淚。涕，音剃，ㄊㄧˋ，眼淚。漣漣，音連，ㄌㄧㄢˊ，流眼淚不停的樣子。陸德明《經典釋文》：「漣漣，泣貌。」

14 載，則。鄭玄《箋》：「則笑則言，言甚之甚。」

15 爾，你。卜、筮，毛《傳》：「龜曰卜，著曰筮。」大事用卜，小事用筮。余培林《詩經正詁》：「此謂汝既卜既筮矣。」

16 體，卜筮所呈現的卦兆和卦辭。咎，凶，不吉利。無咎，無不吉利，即吉利。按：數學負負得正，可運用在語文教學。言，指卦辭、爻辭。

17 上、下兩個「以」字皆「用」之意。楊樹達《詞詮》：「以，外動詞，用也。」賄，音會，ㄏㄨㄟˋ，財物，這裡指嫁妝。遷，遷徙，搬走，搬送。以我賄遷，用我的財物當嫁妝搬到夫家。余培林《詩經正詁》：「以其財物遷於夫家，謂既嫁也。」

18 其，代詞，指桑。沃若，沃然，潤澤柔嫩的樣子。朱熹《詩集傳》：「潤澤貌。」

19 于，音虛，ㄒㄩ。于，通「吁」，《韓詩》作「吁」。于嗟，感歎之辭，形容感歎聲。鳩，鳥名，斑鳩，又名鶻鳩。此句用「桑葉的潤澤柔嫩」，比喻「自己的年輕貌美」。

20 無，勿，禁止之詞。食，本是名詞，這裡當動詞，吃。葚，音甚，ㄕㄣˋ，桑樹的果實。朱《集傳》：「葚，桑實也。鳩食桑葚多，則致醉。」王靜芝《詩經通釋》：「鳩食桑葚，比外力之破壞。」

21 士，男子未娶妻者之稱。朱《評釋》：「士，多言夫，未婚夫，情人，蓋所歡者也。」耽，音丹，ㄉㄢ，過度歡樂。毛《傳》：「樂也。」朱守亮《詩經評釋》：「實應音陳，ㄔㄣˊ，凡樂過其節曰耽。」

兮，不可說也。

押韻 三章落、若，是 14（鐸）部。甚、耽，是 28（侵）部。說、
說，是 2（月）部。

章旨 三章陳述男女婚後初期，愉悅無比，但見棄自傷，已有悔意。

作法 三章兼有比喻（譬喻）有賦的興。

原文 桑之落矣[23]，其黃而隕[24]。自我徂爾[25]，三歲食貧[26]。淇
水湯湯[27]，漸車帷裳[28]。女也不爽[29]，士貳其行[30]。士也

---

22 猶，還。說，解說。鄭《箋》：「解也。」

23 桑之落矣，表態句。桑，主語。之，結構助詞，無意義。落矣，表語。比喻女子衰
老。

24 其黃而隕，其，代詞，指桑，比喻女子。而，且，又。隕，音允，ㄩㄣˇ，從高處
落下。朱熹《詩集傳》：「落也。」全句比喻女子人老珠黃，容貌衰弱。

25 徂，音殂，ㄘㄨˊ，本義是往，這裡引申為嫁。《爾雅·釋詁》：「往也。」爾，你，
指夫家。

26 三，虛數，形容很多。歲，年。《爾雅·釋天》：「載，歲也。夏曰歲，商曰祀，周
曰年，唐虞曰載。」食貧，朱守亮《詩經評釋》：「言食穀貧乏，生活貧困也。猶今
語過窮日子。」

27 湯，音傷，ㄕㄤ。湯湯有二解：（一）水勢盛大的樣子。毛《傳》：「水盛貌。」
（二）水流聲。屈萬里《詩經詮釋》：「當是水流聲。」

28 漸，漬淫、浸淫、濺淫。《爾雅·釋詁》：「漸，漬也。」帷裳，本義是車箱兩旁的
飾物，形狀好像車子兩旁的簾子，這裡引申為女子所乘的車子。毛《傳》：「帷裳，
婦人之車也。」孔穎達《毛詩正義》：「以帷障車之旁如裳以為飾，故或謂之帷裳，
或謂之童容。」余培林《詩經正詁》：「此二句乃婦述其被棄而去之情景。」王先謙
《詩三家義集疏》：「此婦更追溯來迎之時，秋水尚盛，已渡淇徑往，帷裳皆溼，可
謂冒險，而我不以此自阻也。」

29 也，語中助詞，表示停頓，「啊」之意。爽，本義是「明」，引申為「差錯」之意。
毛《傳》：「爽，差也。」女也不爽，女子啊（居心行事），並沒有差錯。

30 貳，本義是「背叛」，引申為「改變」，改變與以前不同。王靜芝《詩經通釋》：
「貳，變異而與前不同。貳其行，言其士已變其前行，不如初時之相好也。」余培
林《詩經正詁》：「謂改變其行為，不同於往日也。」

罔極[31]，二三其德[32]。

押韻 四章隕、貧，是 9（諄）部。湯、裳、爽、行，是 15（陽）部。極、德，是 25（職）部。

章旨 四章以「桑之落矣，其黃而隕」比喻女子容貌衰老而被棄，舊夢如雲煙，煙消雲散，不可追尋的怨恨之情。

作法 四章兼有比喻（譬喻）有賦的興。

原文 三歲為婦[33]，靡室勞矣[34]；夙興夜寐[35]，靡有朝矣[36]。言既遂矣[37]，至于暴矣[38]。兄弟不知[39]，咥其笑矣[40]。靜言

---

31 也，語中助詞，表示停頓，「啊」之意。段德森《實用古漢語虛詞》：「表示句中停頓，用在主語後面，表示頓宕，可譯為『呢』、『啊』。」士，是主語。罔，無，不。極，正。毛《傳》：「中也。」中，正。罔極，不良、不善。余培林《詩經正詁》：「罔極，不正、無良。」

32 二三其德，三心二意，指男子變心。余培林《詩經正詁》：「二三其德，謂不能專一其德，猶今言三心二意。」程俊英、蔣見元《詩經注析》：「這章寫自己被棄，對氓的負心，表示怨恨。」其，代詞，指士，即氓。

33 三，虛數，形容很多。歲，年。為，做。婦，媳婦。鄭《箋》：「有舅姑曰婦。」按：舅姑，即公婆。余培林《詩經正詁》：「猶今語媳婦。」

34 靡，非，不，無。靡室勞矣，有三解：（一）不以家務為勞苦也。（二）無入室休息之時，極言其勞也。（三）使丈夫無室家之勞也。詳見朱守亮《詩經評釋》。第一解王靜芝、滕志賢、陳子展贊成此說。第二解屈萬里、余培林贊成此說。第三解程俊英、蔣見元贊成此說。

35 夙興夜寐，早起晚睡。

36 靡，無。靡有朝矣，朱守亮《詩經評釋》：「猶今言沒早晨，沒晚上，極言其事之忙也。」按：不分早晚都忙碌於家事，易言之，天天夙興夜寐，不敢稍息。

37 言既遂矣，當初相謀婚約之言，已經成事實了啊。既，已經。遂，成。矣，了。楊樹達《詞詮》：「矣，語末助詞，助句，表已然之事實。」

38 至于，段德森《實用古漢語虛詞》：「表示事情發展到的程度或狀況，有『達到……地步』的意思，可譯為『直到』、『甚至』，或不譯。」暴，兇暴、虐待。至於暴矣，按：丈夫甚至以兇暴的態度，虐待妻子。

39 兄弟不知，王靜芝《詩經通釋》：「兄弟見我被棄而歸，不知其內情。」

思之[41]，躬自悼矣[42]。

押韻 五章勞、朝、笑，是 19（宵）部。暴、悼，是 20（藥）部。宵、藥二部，是對轉，可押韻。

章旨 五章陳述女子婚後「夙興夜寐」地辛勞，既被丈夫虐待，又遭兄弟嘲笑，獨自哀傷的情形。

作法 五章運用平鋪直敘的賦，一般稱為白描法。

原文 及爾偕老[43]，老使我怨[44]。淇則有岸[45]，隰則有泮[46]。總

---

40 咥，音熙，ㄒㄧ，嘲笑。朱熹《詩集傳》：「笑貌。」咥其，咥然，嘲笑的樣子。矣，本章運用六個「矣」字，表達沈痛的感歎心情。段德森《實用古漢語虛詞》：「矣，用在感歎句末，可譯為『啊』或『了啊』，對『已然』或『必然』的事情發抒感歎。」王先謙《詩三家義集疏》：「兄弟今見我歸，但一言之，皆咥然大笑，無相憐者。」

41 言，段德森《實用古漢語虛詞》：「言，用在狀語和動詞之間，前後是修飾和被修飾的關係，『言』有表示描寫動作情態的作用，可譯為『地』，也可不譯。」之，代詞，指女子被棄而歸，兄弟不諒解之事。靜言思，靜靜地想。

42 躬，自身、自己。悼，音到，ㄉㄠˋ，悲傷。毛《傳》：「傷也。」矣，啊。

43 及，與，和。爾，你，指氓、丈夫。偕，俱。偕老，相伴到老，含有同生共死之意，即〈擊鼓〉之「與子偕老」。《禮記‧曲禮上》：「七十曰老。」

44 老使我怨，本來期盼「與子偕老」，但一言及「偕老」，卻使我（指女子）更加怨恨。

45 淇，水名，淇水。則，卻，表示意思的轉折。岸，濱臨江、河、湖、海等水域的邊緣之陸地。

46 隰，音席，ㄒㄧˊ，低溼的地方。《爾雅‧釋地》：「下曰隰。」則，卻。泮，音畔，ㄆㄢˋ，水邊。鄭玄《箋》：「泮，讀為畔。畔，涯也。」按：涯，音牙，ㄧㄚˊ，水邊。厓，有「邊」之意，因此水邊叫做涯。王先謙《詩三家義集疏》：「言淇水之盛尚有岸以為障，原隰之遠尚有畔以為域，今復關之心略無拘忌，蓋淇隰之不足喻矣。」王氏以為反喻。陳子展《詩經直解》：「就本地風光作暗喻，隨手拈來，妙。」陳氏以為暗喻。按：就修辭學言，就內容言，是反喻。就形式言，是借喻，省略本體、喻詞。就整體言，是借喻式的反喻（有人以「反喻」為「反諷」，其實，就內容言，是反諷，就形式言，是反喻）。

角之宴[47]，言笑晏晏[48]。信誓旦旦[49]，不思其反[50]。反是
不思[51]，亦已焉哉[52]！

押韻 六章怨、岸、泮、宴、晏、旦、反，是 3（元）部。思、哉，
是 24（之）部。

章旨 六（末）章總結女子對男子怨恨之意。

作法 六章運用平鋪直敘的賦。

研析

全詩六章，三、四章兼有比喻（譬喻）有賦的興，其他各章皆是
平鋪直敘的賦。

陳子展《詩經直解》：「〈氓〉與〈谷風〉皆為棄婦之詞，一傷其
夫得新忘舊（指〈邶·谷風〉），一怨其夫始愛終棄（指〈氓〉）。此皆
關於民間男女婚戀之故事，同可作為短篇小說讀。」周揚云：「有文
學就有創作方法。神話傳說，是浪漫主義的淵源。《詩經》是現實主
義的淵源。」程俊英、蔣見元《詩經注析》：「〈氓〉是一首夾雜抒情

---

47 總角，毛《傳》：「結髮也。」余培林《詩經正詁》：「古男未冠女未笄時，皆束髮以
　　為兩角，故稱總角。此謂幼時也。」宴，安樂、歡樂。之，結構助詞，無意義。
　　按：此句表態句。總角，主語。宴，表語。余培林《詩經正詁》：「由此句可知二人
　　乃青梅竹馬之交。」

48 晏晏，溫和柔順的樣子。毛《傳》：「和柔也。」

49 信誓，朱守亮《詩經評釋》：「誓所以昭其信，故曰信誓。旦旦，誠懇貌。」按：信
　　誓，真誠可信的誓言，指「及爾偕老」之誓言。旦旦，真誠懇摯之意。

50 思，想。反，從前，舊日，昔時。不思其反，不想他們從前一切的往事。余培林
　　《詩經正詁》：「謂不思其從前一切也。」

51 反是不思，「不思反」的倒裝。是，結構助詞，無意義。反是不思，不想一想從前
　　的一切往事。

52 亦，語首助詞，無意義。已，止，終結。按：焉，於是，於此，到此為止。哉，
　　啊，表示強烈的感歎。段德森《實用古漢語虛詞》：「哉，表示感歎語氣，用在句
　　末，表示對於事物現狀的一種慨歎；表現出感情色彩。這語氣是純粹的，暢達的，
　　強烈的。」按：此句側重於強烈感情之感歎。

的敘事詩，是詩人現實生活和悔恨情緒的再現，她不自覺地運用了現實主義的創作方法，歌唱抒述自己悲慘的命運，起了反映、批評當時社會現實的作用。」俗諺云：「貧賤夫妻百世哀。」如今社會向「錢」看的功利主義風行，夫妻安貧樂道者，寥若晨星，鳳毛麟角。

五　竹竿

籊籊竹竿，以釣于淇。豈不爾思，遠莫致之。
泉源在左，淇水在右。女子有行，遠兄弟父母。
淇水在右，泉源在左。巧笑之瑳，佩玉之儺。
淇水滺滺，檜楫松舟。駕言出遊，以寫我憂。

注釋　〈竹竿〉，取首章首句「籊籊竹竿」的「竹竿」為篇名。

篇旨　這篇描述住在淇水邊的男子，喜愛一位女子，遠嫁他人，男子抒發懷念已婚女子的詩歌。

原文　籊籊竹竿[1]，以釣于淇[2]。豈不爾思[3]，遠莫致之[4]。

押韻　一章淇、思、之，是24（之）部。

章旨　王靜芝《詩經通釋》：「此詩舊說以為衛女思歸之詩。……若作為男子思慕女子之詩，則無不可通之處。此男子當居淇水之上，女子當居遠也。屈萬里云：『此男子懷念舊好之詩』是也。」朱守亮、余培林、滕志賢、季本贊成此說。季本《詩說解頤》：「衛之男子因所思之女既嫁，思之而不可得，故作此詩。」

1　籊，音笛，ㄉㄧ＼。籊籊，長而逐漸細小的樣子。毛《傳》：「長而殺也。」陳奐《詩毛氏傳疏》：「殺者，纖小之稱。」

2　以釣于淇，當作「以（之）釣于淇」，省略「之」，代詞，指竹竿。以，用。于，於，在。用竹竿垂釣於淇水，易言之，用竹竿在淇水邊垂釣。淇，衛國水名。

3　豈不爾思，「豈不思爾」的倒裝，是疑問句的倒裝，詳見附錄：《詩經》倒裝的三觀。豈，難道。思，想。爾，指懷念女子。王靜芝《詩經通釋》：「蓋從前曾見彼女子於淇水之上。今日獨在淇水釣魚，見眼前景物，乃思慕其人。」

4　致之，使之致，「致」是役使動詞，致使動詞，簡稱使動詞，詳見蔡宗陽《國文文法》。遠莫致之，因路遠而不能使所懷念女子來相會。致，有來、到之意。

作法　一章運用觸景生情，睹物思人，不兼比有賦的興。

原文　泉源在左[5]，淇水在右[6]。女子有行[7]，遠兄弟父母[8]。

押韻　二章右、母，是 24（之）部。

章旨　二章敘述衛女已出嫁，離開父母兄弟，但描寫眼前景象，如往昔一般，而男子不能再見衛女的情形。

作法　二章運用觸景生情寫作手法，不兼比有賦的興。

原文　淇水在右，泉源在左。巧笑之瑳[9]，佩玉之儺[10]。

押韻　三章左、瑳、儺，是 1（歌）部。

章旨　三章描述男子觸景生情，懷念女子容貌、舉行的情形。

作法　三章運用觸景生情，睹物思人，不兼比有賦的興。

原文　淇水滺滺[11]，檜楫松舟[12]。駕言出遊[13]，以寫我憂[14]。

5　泉源，水名，在朝歌城西北，東南流，與淇水合。泉源即〈邶・泉水〉「毖彼泉水」之泉水，亦即肥泉也。陳奐《詩毛氏傳疏》：「水以北為左，南為右。泉源在朝歌北，故曰在左。淇水則屈轉于朝歌之南，故曰在右。」朱熹《詩集傳》：「泉源，即百泉也。在衛之西北，而東流入淇，故曰在左。」

6　淇水在右，朱熹《詩集傳》：「淇在衛之西南，而東流與泉源合，故曰在右。」

7　行，嫁。聞一多《詩經道義》：「有行，出嫁。」

8　遠，音怨，ㄩㄢˋ，離開、遠離。兄弟父母，當作「父母兄弟」的倒裝，為押韻的肯定句倒裝。

9　巧笑，甜美的笑容。之，結構助詞，無意義。瑳，音脞，ㄘㄨㄛˇ，牙齒顏色潔白的樣子。朱熹《詩集傳》：「鮮白色，笑而見齒，其色瑳然。」巧笑，主語。瑳，表語。巧笑之瑳，表態句。

10　儺，音挪，ㄋㄨㄛˊ，有二解：（一）行有節度。毛《傳》：「行有節度。」王靜芝《詩經通釋》：「言女子佩玉，行有節度，未有失儀態之處也。」屈萬里、朱守亮贊成此說。（二）佩玉美盛。余培林《詩經正詁》：「佩玉之儺，謂佩玉美盛也。《傳》訓『行有節度』，此可以言人，而不可言佩玉也。」

押韻 四章潀、舟、遊、憂，是 21（幽）部。

章旨 四章描繪男子因思念女子激起憂心忡忡，不願再作水上之遊，而駕車出遊，以消憂解愁的情形。

作法 四章兼有比喻（譬喻）有賦的興。

研析

全詩四章，一、二、三章皆是不兼比有賦的觸景生情，睹物思人，易言之，不兼比有賦的興。

滕志賢云：「本詩圍繞一個『思』字展開。首章『豈不爾思』，詩人以獨白形式表露心跡，是全詩總提（即全詩重心）。二章『女子有行，遠兄弟父母』與首章『遠莫致之』呼應，交待了思的緣故。三章寫其所愛之倩影在心中拂之不去，以見思之深切。末章抒發思之不得的愁苦。詩人從幾個不同的側面寫出了埋藏在心底的思戀，感情深沈、執著、苦澀，動人心魄。」誠哉斯言。此詩營造沉鬱的意境，可以加強藝術感染力。

---

11 潀，音攸，一ㄡ。潀潀，水流緩慢的樣子。毛《傳》：「水流貌。」按：淇水潀潀，比喻男子懷念女子也思悠悠。這是借喻，省略本體、喻詞。

12 檜，音快，ㄎㄨㄞˋ，木名。楫，音吉，ㄐㄧˊ，划船用的槳。檜楫，檜木做的槳。松舟，松木做的船。

13 駕，駕船。言，語中助詞，無意義。出遊，外出旅遊。

14 寫，音泄，ㄒㄧㄝˋ，清除。毛《傳》：「除也。」

六　芄蘭

　　芄蘭之支，童子佩觿。雖則佩觿，能不我知！容兮遂兮，垂帶悸兮。

　　芄蘭之葉，童子佩韘。雖則佩韘，能不我甲！容兮遂兮，垂帶悸兮。

注釋　　〈芄蘭〉，取首章首句「芄蘭之支」的「芄蘭」為篇名。

篇旨　　陳子展《詩經直解》：「近人有疑是詩為少女自傷嫁于幼童，旨在揭露此種惡俗者。……但《詩》言佩觿、佩韘、容遂、垂帶，顯為奴隸主貴族階級之佩飾容儀，並非泛言民間一般幼童所可有者。」

　　　　鄭玄《箋》：「惠公以幼童即位。」《左傳》：「初，惠公即位也少。」杜預注：「蓋年十五、六。」陳子展《詩經直解》：「《尚書》注云：國君十二以上，冠佩為成人。（《左傳》國君十四而冠。）惠公即位之年非童子也。」王靜芝《詩經通釋》：「惟詩人之意，未必以刺童子，蓋以童子喻智之未高者。」

原文　　芄蘭之支[1]，童子佩觿[2]。雖則佩觿[3]，能不我知[4]！容兮

1　芄，音丸，ㄨㄢˊ。芄蘭，草名。一名蘿摩，又名雀瓢，蔓生，葉青綠色而厚。支同枝。朱熹《詩集傳》：「支、枝同。」以「芄蘭之支」比喻童子佩觿。按：此句是倒裝式略喻。詳見蔡宗陽《文法與修辭探驪》。

2　童子，《禮記・玉藻》鄭玄注：「童子，未冠之稱也。」按：《禮記・曲禮上》：「人生十日幼，學。二十日弱，冠。」觿，音希，ㄒㄧ，錐，又名解結錐，成人的佩飾。朱熹《詩集傳》：「觿，錐也。以象骨為之，所以解結。成人之佩，非童子之飾也。」

3　則，猶「其」也。王引之《經傳釋詞》：「則，猶『其』也。」其，代詞，指童子。

4　能，而，然而，可是。王引之《經傳釋詞》：「能，猶『而』也。」不我知，「不知

遂兮[5]，垂帶悸兮[6]。

押韻 一章支、觿、觿、知，是 10（支）部。遂、悸，是 8（沒）部。

章旨 一章以「芄蘭之支」，比喻童子佩觿。蓋童子之智慧不足，不能與成人智者相提並論。愚者竟居高位，詩人之所以諷刺也。

作法 一章兼有比喻（譬喻）有賦的興。

原文 芄蘭之葉，童子佩韘[7]。雖則佩韘，能不我甲[8]！容兮遂兮，垂帶悸兮。

押韻 二章葉、韘、韘，是 29（怗，音帖，ㄊㄧㄝˋ）部。甲，是 31（盍）部。怗、盍二部，是旁轉。遂、悸，是 8（沒）部。

我」的倒裝，是兼有押韻的否定句倒裝，詳見附錄：《詩經》倒裝的三觀。

5 上下兩個「兮」字，相當於「然」，「樣子」之意。段德森《實用古漢語虛詞》：「兮，用在形容詞後邊，表示情態，相當於『然』，可譯為『……的樣子』。」容兮遂兮，即《禮記・祭義》：「陶陶（音搖，ㄧㄠˊ）遂遂。」鄭玄注：「陶陶遂遂，相隨行之貌。」按：余培林《詩經正詁》：「形容童子軟弱不能自主，唯隨人而已。」洵哉斯言。王靜芝《詩經通釋》：「人之智愈低，往往自以為聰明過人，好為驕慢，故謂為童子，實不必真為童子也。」是其證也。王維〈老將行〉：「少年十五二十時。」按：《左傳》杜預注：「蓋年十五、六。」少年是人生最多彩多姿，最癡愚可愛，最魯莽好動，而又豪氣干雲的時代。此童子側重智商較低，而自以為是，諸事驕慢，易於盲從。

6 悸，音季，ㄐㄧˋ，衣帶下垂的樣子。馬瑞辰《毛詩傳箋通釋》：「容兮、遂兮與悸兮，皆形容之詞。」按：就文（語）法範疇言，是形容詞，就文（語）法功能言，是表語。詳見蔡宗陽《國文文法》。

7 韘，音社，ㄕㄜˋ，朱守亮《詩經評釋》：「射箭時所用之玦（音爵，ㄐㄩㄝˊ），戴於右手大拇指，用以鉤弦而免割痛，俗名扳（音班，ㄅㄢ）指。原以皮為之，故從韋，後多用玉或象骨為之。成人所佩，童子結婚，等於成人，故亦佩之。」以「芄蘭之葉」，比喻「童子佩韘」。按：此句是倒裝式略喻。

8 甲，《韓詩》作「狎」，毛《傳》：「狎也。」狎，親近。按：「不我甲」，「不甲我」的倒裝，這是兼有押韻的否定句倒裝。

章旨　二章以「芄蘭之葉」，比喻童子佩韘。童子雖佩韘，但其才能
　　　　不足，猶自鳴得意，可歎可悲之至！

作法　二章兼有比喻有賦的興，詳見附錄：《詩經》比與興的辨析。

研析

　　全詩二章皆運用兼有比喻（譬喻）有賦的興。錢澄之《田間詩
學》：「觿所以解結，以象智也。智不足，則虛佩觿矣。韘所以發矢，
以象武也。武不足，則虛佩韘矣。」旨哉此言。

　　高爾基〈論文學〉：「文學的第一要素是語言，語言是文學的主要
工具。它和各種事實、生活現象一起，構成了文學的材料。」按：逸
盧云：「語言是無形的文字，文字是無聲的語言。」語言、文字互為
表裡，相輔相成，相得益彰。此詩將童子的外表與內心融為一體，呈
現諷刺之涵意，令人覺得逼真如歷歷在目。

七 河廣

誰謂河廣？一葦杭之。誰謂宋遠？跂予望之。
誰謂河廣？曾不容刀。誰謂宋遠？曾不崇朝。

注釋　〈河廣〉，取首章首句「誰謂河廣」的「河廣」為篇名。

篇旨　這篇描述宋國人僑居衛國，居衛而思歸宋國的強烈情感。

原文　誰謂河廣^1？一葦杭之^2。誰謂宋遠？跂予望之^3。

押韻　一章廣、杭，望，是 15（陽）部。

章旨　一章描述宋、衛兩國距離不遠，但想要回去，不能如願的心情。

作法　一章兼有比喻（譬喻）有賦的興。

原文　誰謂河廣？曾不容刀^4。誰謂宋遠？曾不崇朝^5。

押韻　二章刀、朝，是 19（宵）部。

1　河，指黃河。衛國，在黃河的北邊。宋國，在黃河的南邊。

2　葦，嚴粲《詩緝》：「就葭而言，初生曰葭，未秀曰蘆，長成曰葦，又名華，一物四名。」一葦，高亨《詩經今注》：「一葦，一個葦葉，比喻小船，猶言一葉扁舟。」杭，同航，渡河。按：就訓詁學言，杭、航，是古今字。就文字學言，杭是本字，航是後起字。之，代詞，指黃河。余培林《詩經正詁》：「以一葦作舟，極言河之易渡也。」

3　跂，音企，ㄑㄧˋ，踮起腳跟。嚴粲《詩緝》：「舉踵也。腳跟不著地。」按：踵，腳跟。予，我。《爾雅·釋詁》：「予，我也。」

4　曾，音層，ㄘㄥˊ，竟然。段德森《實用古漢語虛詞》：「加強肯定或否定的語氣，可譯為『還』、『倒』、『竟然』。」刀，同「舠」。小船。鄭《箋》：「小船曰刀。」屈萬里《詩經詮釋》：「刀至薄，不容刀，極言河窄易渡也。」

5　崇，終。鄭玄《箋》：「終也。」朱守亮《詩經評釋》：「自旦至食時為終朝。曾不崇朝，謂不待終朝即可到達。極言其近也。」

章旨 二章敘述宋、衛兩國距離近在咫尺，但欲歸而不得的情形。

作法 二章運用比喻（譬喻）、夸飾（誇張）的修辭手法，也是兼有
比喻（譬喻）有賦的興。

研析

　　全詩二章，皆運用有比喻（譬喻）有賦的興，兼用空間的夸飾
（誇張）修辭技巧。

　　朱守亮《詩經評釋》：「廣不容刀，遠不崇朝，極言其狹近也；一
葦可以航之，極言其易渡也。狹近且易渡，然何以不歸？其理由又總
不說破。且硬排四誰謂假設語，以疑其辭。」其答案，即余培林《詩
經正詁》：「河不廣而易渡，宋不遠而易歸。其所以不渡不歸者，乃義
不可耳。」此詩筆法新奇獨特，梁啟超〈自由書惟心〉：「境者心造
也。一切境皆虛幻，惟心所造之境為真實。」境由心生，心由情生。
劉勰《文心雕龍・情采》：「為情者要約而寫真。」〈情采〉：「夫桃李
不言成蹊，有實存也；男子樹蘭而不芳，無其情也。」〈明詩〉：「人
稟七情，應物斯感，感物吟志，莫非自然。」真實之情，自然產生心
境。陳子展《詩經直解》：「俗儒說詩，務求確解，則三百詩詞不過一
本《記事珠》，欲求一陶情寄興之作，豈可得哉？」此言值得吾人三
思，與同好共勉旃（音沾，ㄓㄢ）！

八 伯兮

> 伯兮朅兮，邦之桀兮。伯也執殳，為王前驅。
> 自伯之東，首如飛蓬。豈無膏沐？誰適為容？
> 其雨其雨？杲杲出日。願言思伯，甘心首疾。
> 焉得諼草？言樹之背。願言思伯，使我心痗。

注釋 〈伯兮〉，取首章首句「伯兮朅兮」的「伯兮」為篇名。

篇旨 方玉潤《詩經原始》：「此詩不特為婦人思夫之詞，且寄遠作也。觀次章辭意可見。」旨哉斯言。

原文 伯兮朅兮¹，邦之桀兮²。伯也執殳³，為王前驅⁴。

押韻 一章朅、桀，是 2（月）部。殳、驅，是 16（侯）部。

章旨 一章描述丈夫威武雄壯，為國家的英雄豪傑，為民先鋒，頗有驕矜自得其樂的心情。

---

1 伯，「伯、仲、叔、季」之伯。《儀禮·士冠禮》鄭玄注：「伯、仲、叔、季，長幼之稱。」此指婦人之丈夫，即今語老大、阿哥。朱熹《詩集傳》：「婦人目其夫子之宗也。」按：目，本是名詞「眼睛」之意，這裡當動詞「看」、「視」之意。這是詞類活用，詳見蔡宗陽《國文文法》。朅，音揭，ㄐㄧㄝˊ，威武雄壯的樣子。上「兮」字，段德森《實用古漢語虛詞》：「用在句中主謂間，有自然間歇的地方，可以舒緩語氣，並增加詠歎的情調。」下「兮」字，《實用古漢語虛詞》：「兮，用在形容詞後邊，表示情態，相當『然』，可譯為『……的樣子。』」按：同一「兮」字，由於詞位不同，意義亦異，所謂位隨意轉。

2 邦，國家。桀，《韓詩》作傑。桀兮，桀然，才智出類拔萃的樣子。鄭玄《箋》：「桀，英桀，言賢也。」之，結構助詞，無意義。桀兮，桀然，詳見段德森《實用古漢語虛詞》。

3 也，表示句中停頓，「啊」之意。段德森《實用古漢語虛詞》：「也，用在主語後面，表示頓宕，可譯為『呢』、『啊』。」執，拿。殳，音殊，ㄕㄨ，兵器。毛《傳》：「長丈二而無刃。」

4 為王，指做周王。前驅，先鋒。屈萬里《詩經詮釋》：「驅馬在前，猶言先鋒也。」

作法 一章是平鋪直敘的賦。

原文 自伯之東[5]，首如飛蓬[6]。豈無膏沐[7]？誰適為容[8]？

押韻 二章東、蓬、容，是18（東）部。

章旨 二章敘述婦人愛情堅定，離別後無心化妝，有「悔教夫婿覓封侯」之感。

作法 二章兼有比喻（譬喻）有賦的興。

原文 其雨其雨[9]？杲杲出日[10]。願言思伯[11]，甘心首疾[12]。

---

5 之，往，動詞，即今語「到……去」。鄭國在周王朝之東，非指衛國之東。

6 首如飛蓬，言頭髮已散亂如飛蓬。是比喻（譬喻）中的明喻。首，頭，全體「頭」借代部分「頭髮」。《爾雅・釋詁第一》孔穎達疏：「首者，頭也。」如，好像。蓬，草名。朱熹《詩集傳》：「蓬，草名，其華如柳絮，聚而飛如亂髮也。」按：華、花，古今字，指訓詁學言。

7 豈，難道。豈無膏沐，是設問中的激問，問而不答，答案在問題的反面。膏，潤髮油。朱熹《詩集傳》：「膏，所以澤髮者。」沐，洗髮。王先謙《詩三家義集疏》：「濯髮曰沐。」

8 誰適為容，即「適為容誰」兼有押韻的疑問句倒裝。《一切經音義卷六》引〈三蒼〉：「適，悅也。」司馬遷云：「女為悅己者容。」適，音嫡，ㄉㄧˊ，專意於一事。毛《傳》：「主也。」為，音維，ㄨㄟˊ，作、化妝。余培林《詩經正詁》：「專心為誰而容。」按：此句係「適為容誰」的倒裝，當是「婦人專心一意化妝容貌給誰看」。

9 其，將，段德森《實用古漢語虛詞》：「其，表示時間。……可譯為『將』、『將要』、『就要』，用在動詞前邊。」楊樹達《詞詮》：「其，時間副詞，將也。」雨，音玉，ㄩˋ，動詞，下雨。其雨其雨，比喻丈夫差不多將要回來了吧？將要回來了吧？

10 杲，音稿，ㄍㄠˇ。杲杲，光明的樣子。許《說文》：「杲，明也。」杲杲出日，言明亮的太陽出來了，比喻望夫早歸，事與願違，呈現失望的心情。

11 願，懷念。鄭《箋》：「願，念也。」言，語中助詞，無意義。思，想念。願言思伯，懷念丈夫愈深入，而想念他愈多。

12 甘心首疾，心甘情願地想念丈夫，以致痛心疾首。甘，美好。許慎《說文解字》：

押韻 三章日、疾，是 5（質）部。

章旨 三章陳述思念丈夫，望夫早歸，好像大旱希望雨降甘霖，但事與願違，哀傷不已。

作法 三章兼有比喻（譬喻）有賦的興。

原文 焉得諼草[13]？言樹之背[14]。願言思伯，使我心痗[15]。

押韻 四章背，是 25（職）部。痗，是 24（之）部。職、之二部，是對轉。

章旨 四章描繪婦人思念深遠，盼得忘憂草，以消憂解愁，但反而愁又愁，使婦人積憂成疾。婦人由首疾轉為心病，病愈重而思愈深。

作法 四章運用設問中的提問，自問自答。這是有設問而無比的興。

研析

　　全詩四章，二、三章皆兼有比喻（譬喻）有賦的興，首章平鋪直敘的賦，四章有設問而無比的興。若以諼比喻忘草，則四章亦兼有比喻（譬喻）有賦的興。

　　全詩運用層遞修辭手法，由二章「首如飛蓬」、三章「甘心首疾」四章「使我心痗」，這是遞升的寫作技巧，由表層「飛蓬」，進入

「甘，美也。」鍾宗憲主編《新添古音說文解字注》：「甘為五味之一，而五味之可口，皆曰甘。」首，頭。疾，病。許慎《說文解字》：「疾，病也。」首疾，頭痛。嚴粲《詩緝》：「頭痛也。」

13 焉，何處。諼，音宣，ㄒㄩㄢ，諼草，即萱草，俗名忘憂草，草名。

14 言，語首助詞，無意義。段德森《實用古漢語虛詞》：「言，用在句首，有提示、過渡、銜接、湊足音節的作用。」按：此處具有銜接、湊足音節的作用。樹，本是名詞，這裡當動詞，種植之意。背，北，古「背」字，音義相通。北，北堂。毛《傳》：「北堂也。」

15 痗，音妹，ㄇㄟˋ，病。毛《傳》：「病也。」

深層的「首疾」、「心痗」，層層深入，呈現憂傷與日俱增。一言以蔽之，後三章集中描述一個「思」字。朱守亮《詩經評釋》：「其（指婦人）情之摯，意之切，而思之彌深也。」此言甚諦。

崔述《讀風偶識‧卷二》：「以桓王伐鄭之事乃附會之事，且對於『膏沐』感慨尤深，而認為誦讀此詩有益：一則為人上者知夫婦離別之苦，而兵非不得已而不用；一則為丈夫者念閨中有甘心首疾之人，而路柳牆花不以介意；一則為婦人者知膏沐本為夫容，而不可學時世梳妝，以悅觀者之目。」

林素英〈論〈衛風〉男女情詩中的禮教思想〉：「綜觀〈伯兮〉全詩，知其描述衛國之婦女本來以丈夫威武豪邁，能為天子勇執殳戟擔任前驅之職業為榮，然而當丈夫果真從軍長期遠征之後，則難免為兩地相思所苦。婦人先是無心梳裝打扮，繼之，則企盼夫君早歸，若大旱而渴望雲霓。雖也曾多方找尋令人健忘之草，畢竟心病難除，還是情願苦苦相思以度此漫漫長日。全詩處處流露婦人思念征夫之真情，雖不露絲毫怨懟之語，然而卻更具感人之效果。」（詳見二○○八年七月，河北師範大學主辦《第八屆詩經國際學術研討會論文集》，頁四。）「禮本不外乎，故知無論夫思歸不得，或者婦人念夫難歸，都屬人間至情，而感人至深。固然征戰即使在治世，仍有不得已，然而身為帝王者，卻應深深以此自警戒。」（詳見頁五。）

九　有狐

> 有狐綏綏，在彼淇梁。心之憂矣！之子無裳。
> 有狐綏綏，在彼淇厲。心之憂矣！之子無帶。
> 有狐綏綏，在彼淇側。心之憂矣，之子無服。

注釋　〈有狐〉，取首章首句「有狐綏綏」的「有狐」為篇名。

篇旨　這篇描述丈夫行役，婦人憂慮丈夫天寒無衣的詩歌。

原文　有狐綏綏[1]，在彼淇梁[2]。心之憂矣[3]！之子無裳[4]。

押韻　一章梁、裳，是 15（陽）部。

章旨　一章描述狐狸走在淇水壩上，激起婦人思念遠方丈夫的心情。誠如崔述《讀風偶識》：「狐在淇梁，寒將至矣；衣裳未具，何以禦冬？其為丈夫行役，婦人憂念之詩顯然。」

作法　一章運用觸景生情的興，但不兼有比。

1　有，語首助詞，用在名詞之前，無義。詳見楊樹達《詞詮》。狐，狐狸，是名詞。綏綏，走路緩慢的樣子。馬瑞辰《毛詩傳箋通釋》：「綏綏，緩行貌。」

2　彼，那，指示代名詞，此指物而言，詳見楊樹達《詞詮》。淇，衛國水名，在今河南省北部。梁，橋。許慎《說文解字》段玉裁注：「見於經傳者，言梁不言橋也。」朱守亮《詩經評釋》：「今所謂之攔河壩。」余培林《詩經正詁》：「狐在淇梁覓食，示歲已寒矣。」

3　心之憂矣，心裡很憂愁啊！之，是結構助詞，無意義。詳見蔡宗陽《國文文法》。矣，啊，語末助詞，表示感歎。詳見《詞詮》。

4　之子，此子，指征夫。裳，音常，ㄔㄤˊ，古稱人的下半身所穿著的服裝，即下衣。按：林素英〈論〈衛風〉男女情詩中的禮教思想〉：「蓋『之子無裳』、『之子無帶』、『之子無服』中之所有『之子』，當可以如〈王風‧揚之水〉『彼其之子』以及〈小雅‧白華〉『之子之遠』、『之子之猶』之類，都指『丈夫』而言，則此詩為婦人憂慮滯留在外之夫君衣敝難歸，應為極盡情理之事。」（詳見二〇〇八年七月河北師範大學主辦「第八屆詩經國際學術研討會」論文集，頁六。

原文 有狐綏綏，在彼淇厲[5]。心之憂矣！之子無帶[6]。

押韻 二章厲、帶，是 2（月）部。

章旨 二章敘述狐狸走在水深可涉之處，天寒地凍，引起婦人懷念行役在外的丈夫。

作法 二章運用觸景生情的興，但不兼有比。

原文 有狐綏綏，在彼淇側[7]。心之憂矣，之子無服[8]。

押韻 三章側、服，是 25（職）部。

章旨 三章描述狐狸走在淇水旁邊，天寒地凍，引起婦人懷念行役在外的丈夫。

作法 三章運用觸景生情的興，但不兼有比。

研析

全詩三章皆運用觸景生情的興，但不兼有比的寫作手法。

姚際恆《詩經通論》：「此詩是婦人以夫從役于外，而憂其無衣之作。」洵哉斯言。朱守亮《詩經評釋》：「《詩》則凡言狐者，皆在冬季。狐之在梁、在厲、在側者，臨水覓食，是冬日水淺而天已寒也。天已寒而憂其征夫之無裳、無帶、無服，本乎自然之情，亦極合理。後有孟姜女送寒衣事，其為此詩之續奏乎？」古今夫妻互相體諒、互

---

5 厲，《爾雅・釋水》：「以衣涉水為厲，由帶以上為厲。」〈邶・匏有苦葉〉：「濟有深涉。深則厲，淺則揭（音器，ㄑㄧˋ）。」王靜芝《詩經通釋》：「厲，水深可涉之處也。」按：王氏之說與《爾雅・釋水》、〈邶・匏有苦葉〉，可以互相印證。

6 帶，毛《傳》：「所以申束衣也。」按：申，同「紳」，古代士大夫束於腰間的大帶，一般稱為衣帶。

7 側，旁邊，這裡指淇水旁邊。〈魏・伐檀〉毛《傳》：「側，猶厓也。」按：許慎《說文解字》：「厓（音涯，ㄧㄚˊ），山邊也。」這裡指水邊。

8 服，朱守亮《詩經評釋》：「音坡，ㄆㄛ，衣之總稱也。」按：裳，下衣。帶，衣帶。裳、帶，借部分代全體，二者皆指衣。又就互文見義言，裳、帶、衣，字異義同，是錯綜中的抽換詞面。

相體恤,甚至於互信、互助,但當前社會亦有不如此者,豈不三思哉?

十　木瓜

投我以木瓜，報之以瓊琚。匪報也，永以為好也。
投我以木桃，報之以瓊瑤。匪報也，永以為好也。
投我以木李，報之以瓊玖。匪報也，永以為好也。

注釋　〈木瓜〉，取首章首句「投我以木瓜」的「木瓜」為篇名。

篇旨　陳子展《詩經直解》：「〈木瓜〉，言一投一報，薄施厚報之詩。
　　　　徒有概念，羌無故實。《詩》義自明，不容臆說。此當采自歌
　　　　謠，今亦有得一還兩、得牛還馬之諺語。」滴水之恩，泉湧以
　　　　報。朱熹《詩集傳》：「疑亦男女相贈答之辭，如〈靜女〉之
　　　　類。」姚際恆、崔述皆以此詩為朋友餽遺、相贈答之詩。如
　　　　《春秋經》有《左傳》、《公羊傳》、《穀梁傳》，見仁見智。公
　　　　孫龍「堅白論」，或言石頭為白色，就視覺言；或言石頭為堅
　　　　硬，就觸覺言。

原文　投我以木瓜[1]，報之以瓊琚[2]。匪報也[3]，永以為好也[4]。

1　投我以木瓜，當作「以木瓜投我」。投，贈送。鄭玄《箋》：「投，猶擲也。」引申
　　為贈送之意。以，用。楊樹達《詞詮》：「以，外動詞，用也。」木瓜，朱熹《詩集
　　傳》：「楙（音茂，ㄇㄠˋ）木也。實如小瓜，酢可食。」按：楙木，果木名，即木
　　瓜。酢，音作，ㄗㄨㄛˋ，酸醋。
2　報之以瓊琚，當作「以瓊琚報之」。報，報答，回送。之，代詞，指「投我以木
　　瓜」者。以，用。瓊，玉之美。毛《傳》：「瓊，玉之美者。」琚，音居，ㄐㄩ，佩
　　玉。毛《傳》：「琚，佩玉名。」按：胡承珙《毛詩後箋》：「雜佩謂之佩玉，亦謂之
　　玉佩，故〈鄭風〉言『佩玉瓊琚』。」程俊英、蔣見元《詩經注析》：「風詩中凡男
　　女兩性定情之後，男的多以佩玉贈女，如〈女曰雞鳴〉：『雜佩以贈之』。」按：雜
　　佩，即佩玉。
3　匪，非。也，語末助詞，「啊」之意。段德森《實用古漢語虛詞》：「也，表示句中
　　停頓。用在主語後面，表示頓宕，可譯為『呢』、『啊』。」

押韻 一章瓜、琚，是 13（魚）部。報、好，是 21（幽）部。

章旨 一章描述彼贈我答的情形。

作法 一章前二句借喻薄施厚報，後二句「匪報也，永以為好也」，是全詩的重心。此章即物抒情的興。

原文 投我以木桃[5]，報之以瓊瑤[6]。匪報也，永以為好也。

押韻 二章桃、瑤，是 19（宵）部。報、好，是 21（幽）部。宵、幽二部，是旁轉。

章旨 二章敘述彼贈我答的情狀。

作法 二章前二句借喻薄施厚報。後二句「匪報也，永以為好也」，是全詩的主題。二章是即物抒情的興。

原文 投我以木李[7]，報之以瓊玖[8]。匪報也，永以為好也。

押韻 三章李、玖，是 24（之）部。報、好，是 21（幽）部。之、幽二部，是旁轉。

4　永，永久，長久。永以為好，永以（之）為好，即把「投我以木瓜，報之瓊琚」這樣薄施厚報的赤誠之心，當作永久互結情好。按：好，愛之意。也，強調結果。段德森云：「也，用在因果句、假設句，強調結果。」

5　投我以木桃，當作「以木桃投我」，即「用木桃贈送我」。投，贈送。木桃，即桃子。胡承珙《毛詩後箋》：「桃李，本皆有木耳，不必復稱為木。詩言木桃、木李者，因上章木字（即木瓜）以成文耳。」

6　報之以瓊瑤，當作「以瓊瑤報之」，即「用瓊瑤報答之」。之，代詞，指「投我以木桃」者。毛《傳》：「瓊，玉之美者也。」許慎《說文解字》：「瑤，石之美者。」按：段玉裁注：「各本『石』譌『玉』。」

7　木李，即李子。陳子展《詩經直解》：「木李，又名榠樝、蠻樝、榲桲，木梨。落葉灌木或小喬木，薔薇科。明朝朱謀㙔《詩故》：「木瓜、木桃、木李，皆刻木為果，以充籩者。」陳、朱二說，可資參閱。

8　玖，黑色的次等玉。許慎《說文解字》：「玖，石之次玉，黑色者。」毛《傳》：「玖，玉名。」

章旨 三章末二句「匪報也，永以為好也」，是全詩的重點、重心、主題。三章前二句似有薄施厚報之意，如此則恃富炫貴，不足訓也。末二句表達作者原不在物，僅欲表達其愛慕之誠心，以永結情好。臺灣閩南諺語云：「吃人一口，報人一斗。」雖然贈答厚薄，大相逕庭，但重情輕物則一，所謂「禮輕情意重」。

作法 三章前二句借喻薄施厚報，即滴水之恩，泉水以報，但重情不重物。三章運用即物抒情的興，也是不兼有比的興。後二句「匪報也，永以為好也」，是全詩的主題、重心。

研析

全詩三章，皆是即物抒情的興。余培林《詩經正詁》：「〈大雅‧抑〉：『投我以桃，報之以李。』此詩則報以美玉，猶曰非敢以為報，其所以如此者，蓋欲永結情好耳。」三章末二句，是全詩的主題，特別重複，以收其效果。

漢朝秦嘉〈留郡贈婦〉詩：「詩人感木瓜，乃欲答瑤瓊。媿（同「愧」）彼贈我厚，慙（同「慚」）此往物輕。雖知未足報，貴用敘我情。」贈答物有厚薄、重輕，但永結情好，亙（音艮，ㄍㄣˋ）古（言永久、永遠）不渝（音魚，ㄩˊ，改變）。

全詩三章，就內容、技巧言，皆運用正反強烈的對比寫作手法。陳子展《詩經直解》：「全詩每章首二句只形容忠厚之情，下二句欲以堅相好之義。」此言甚諦（音弟，ㄉㄧˋ，意義、道理）。

王

注釋 王，指王城，王都，即洛邑，在今河南省洛陽。鄭玄《詩譜》：「王城者，周東都王城畿內方六百里之地。」〈王〉詩凡十篇。

　　林素英〈論〈王風〉詩中的禮教思想〉，將〈王風〉十首詩的內容，分為世亂民離詩的禮教思想、征夫訴怨詩的禮教思想、男女相悅思念詩的禮教思想三類，闡析之，詮證之。詳見國立高雄師範大學經學研究所《經學研究集刊》第六期，頁一九一至二〇五。

一　黍離

　　彼黍離離，彼稷之苗。行邁靡靡，中心搖搖。知我者，謂我心憂；不知我者，謂我何求？悠悠蒼天，此何人哉！
　　彼黍離離，彼稷之穗。行邁靡靡，中心如醉。知我者，謂我心憂；不知我者，謂我何求？悠悠蒼天，此何人哉！
　　彼黍離離，彼稷之實。行邁靡靡，中心如噎。知我者，謂我心憂；不知我者，謂我何求？悠悠蒼天，此何人哉！

注釋 〈黍離〉，取首章首句「彼黍離離」的「黍離」為篇名，這是運用節縮修辭手法。

篇旨 高亨《詩經今注》：「周幽王殘暴無道，犬戎攻破鎬京，殺死幽

王。平王東遷洛邑，是為東周。東周初年，有王朝大夫到鎬
（音浩，ㄏㄠˋ）京來，見到宗廟宮殿均已毀壞，長了莊稼，
不勝感慨，因作此詩。」按：周大夫行役，經過宗周（即鎬
京），彷徨不忍離開，而激起中興國家之感。

原文 彼黍離離[1]，彼稷之苗[2]。行邁靡靡[3]，中心搖搖[4]。知我
者，謂我心憂[5]；不知我者，謂我何求[6]？悠悠蒼天[7]，此
何人哉[8]！

---

1 彼，代詞，那。楊樹達《詞詮》：「彼，指示代名詞，此指物而言。」黍，音暑，
 ㄕㄨˇ，黍屬而性黏的穀物，一年生草本植物，子實叫黍子，碾成米，叫黃米，性
 黏，可釀酒。離離，有二解：（一）下垂的樣子。（二）茂盛的樣子。按：一、二句
 互文，當作「彼黍之苗離離，彼稷之苗離離」。這裡「互文」，是上下句互相省略的
 一種修辭手法，詳見蔡宗陽《應用修辭學》。
2 稷，音記，ㄐㄧˋ，即今語「高粱」、「黍子」、「紅粱」、「黃米」、「秬」、「芑」。朱守
 亮《詩經評釋》：「稷與麥一類兩種。黏者為黍，不黏者為稷。」按：稷以春種，黍
 以夏種。周朝祖先為后稷，后稷為農官。由此可見，黍稷在中國栽種最早。商朝甲
 骨文已有「黍」字。余培林《詩經正詁》：「之苗，是苗，謂正長苗也。」按：之，
 本是往，引申為往上長。之苗，正往上長苗。
3 行，本是名詞，這裡當動詞，「走路」之意。許慎《說文解字》：「邁，遠行也。」
 馬瑞辰《毛詩傳箋通釋》：「行邁連言，猶古詩云：『行行重行行』也。」按：行
 邁，皆指「走路」，是同義複詞，詳見蔡宗陽《國文文法》。靡靡，走路緩慢的樣
 子。行邁靡靡，余培林《詩經正詁》：「謂行路緩緩，以示心中有憂。」
4 中心，即心中。中心搖搖，心中憂愁，不能自主，無人可以訴苦。高亨《詩經今
 注》：「搖搖，心神不定。」
5 者，的人。謂，評論。知道我心中憂傷國家變成廢墟，因此評論我心中的憂愁感
 傷。
6 謂我何求，評論我眷戀家鄉，徘徊不忍離開，好像還在追求什麼理想之目的？
7 悠悠，高遠的樣子，含有「憂愁」之意。蒼天，青天、老天。毛《傳》：「據遠視之
 蒼蒼然，則稱蒼天。」
8 此，代詞，指首四句，其實指滅亡西周的幽王。造成家破國亡的這種局面是什麼人
 啊！哉，啊，語末助詞，表示強烈的感歎。詳見楊樹達《詞詮》、段德森《實用古
 漢語虛詞》。

押韻 一章離、靡，是 1（歌）部。苗、遙，是 19（宵）部。憂、求，是 21（幽）部。天、人，是 6（真）部。宵、幽二部，是旁轉。

章旨 一章描述以往宗廟宮室，變成廢墟，而長黍稷，心中感傷、悲哀，呼天而訴苦的心情。

作法 一章運用觸景生情的賦，但不兼有比。

原文 彼黍離離[9]，彼稷之穗[10]。行邁靡靡，中心如醉[11]。知我者，謂我心憂；不知我者，謂我何求？悠悠蒼天，此何人哉！

押韻 二章離、靡，是 1（歌）部。穗，是 5（質）部。醉，是 8（沒）部。質、沒二部，是旁轉。憂、求，是 21（幽）部。天、人，是 6（真）部。質、真二部，是對轉。

章旨 二章陳述國破家亡，心中無限哀傷，而呼天訴苦的情狀。

作法 二章運用觸景生情的興，但不兼有比。

原文 彼黍離離[12]，彼稷之實[13]。行邁靡靡，中心如噎[14]。知我者，謂我心憂；不知我者，謂我何求？悠悠蒼天，此何

---

9 一、二句互文，當作「彼黍之穗離離」。穗，音歲，ㄙㄨㄟˋ，吐蕙，即秀。毛《傳》：「穗，秀也。」余培林《詩經正詁》：「凡穀之花，皆吐於穗，非花而後始穗。」

10 彼稷之穗，當作「彼稷之穗離離」。

11 中心如醉，心中如醉，心神恍惚不定，不能自立像喝醉酒一般醉醺醺。胡承珙《毛詩後箋》：「芒芒然似失本心者。」

12 彼黍離離，當作「彼黍之實離離」。

13 彼稷之實，當作「彼稷之實離離」。余培林云：「實，既秀而後結實也。」

14 噎，音一ㄝ，極為憂愁而不能喘氣，如梗（音哽，《ㄥˇ，阻塞）在喉。孔穎達《毛詩正義》：「噎者，咽喉蔽塞之名。憂深不能喘息，如噎之然。」

人哉！

押韻　三章離、靡，是 1（歌）部。實、噎，是 5（質）部。憂、
　　　　求，是 21（幽）部。天、人，是 6（真）部。質、真二部，是
　　　　對轉。

章旨　三章敘述國家滅亡，欲中興之情，更加深心緒。

作法　三章運用不兼比而觸景生情的興。

研析

　　全詩三章，皆運用不兼比而觸景生情的興。

　　方玉潤《詩經原始》：「三章只換六字，而一往情深，低徊無限。
此專以描摹風神擅長，憑弔詩中絕唱也。」全詩僅更換六個字，不言
亡國，而亡國之意，流露於字裡行間，亡國之慟，蘊藉無比。余培林
云：「一章曰『搖搖』，其心不安也，二章曰『如醉』，其心惛亂也，
三章『如噎』，其心鬱結也。」此運用層遞中遞升的修辭手法，其憂
愁由淺而深的漸層美，體現感情步步強烈，將感情抒發得更淋漓盡
致，產生層次感、變化感、說服力，增強藝術的感染力。詳見蔡宗陽
《應用修辭學》。

二　君子于役

　　君子于役，不知其期；曷至哉？雞棲于塒；日之夕矣，羊牛下來。君子于役，如之何勿思？

　　君子于役，不日不月；曷其有佸？雞棲于桀；日之夕矣，羊牛下括。君子于役，苟無飢渴。

注釋　〈君子于役〉，取首章首句「君子于役」為篇名。

篇旨　朱熹《詩集傳》：「大夫久役于外，其室家思而賦之。」王靜芝《詩經通釋》：「意頗近之。但仍未妥切。日之夕矣，牛羊下來，純為農家之事，豈得謂為大夫之家。詩之為作，皆近取眼前景物，非農村中人，難有雞棲羊返之語也。」王氏之說，旨哉斯言。

原文　君子于役[1]，不知其期[2]；曷至哉[3]？雞棲于塒[4]；日之夕矣[5]，羊牛下來[6]。君子于役，如之何勿思[7]？

1　君子，有二解：（一）指大夫。（二）指丈夫。王先謙《詩三家義集疏》：「案據詩文，雞棲日夕，牛羊下來，乃室家相思之情，無儓友託諷之誼。所謂君子，妻謂其夫。〈序〉說誤也。」于，有二解：（一）助詞，用在句中，舒緩語氣，湊足音節，詳見段德森《實用古漢語虛詞》。役，指征伐戍守邊疆之事。（二）于，往。于役，行役，往邊疆服役。

2　其，代詞，指役。期，期限。

3　曷，音何，ㄏㄜˊ，何時，什麼時間。至，到家，回家。哉，語末助詞，表示疑問語氣。段德森《實用古漢語虛詞》：「用于特指問句，表示疑問的主要疑問代詞，『哉』仍帶有詠歎的意味，可譯為『呢』、『嗎』。」鄭玄《箋》：「我不知其反期，何時當來至哉？思之甚。」

4　棲，音妻，本字作「栖」，居住，停留。于，在。塒，音時，ㄕˊ，指雞棲身之處。毛《傳》：「鑿牆而棲曰塒。」按：即今雞舍、雞窩。

5　日，太陽。之，往。楊樹達《詞詮》：「之，關係內動詞，往也。」夕，黃昏。日之

押韻 一章期、哉、塒、來、思，是24（之）部。

章旨 一章描述君子役於外，眼看牛羊於夕陽而歸宿，行役之君子，何時能回來，婦人思念深切的情形。

作法 一章運用觸景生情，不兼比的興。

原文 君子于役，不日不月[8]；曷其有佸[9]？雞棲于桀[10]；日之夕矣，羊牛下括[11]。君子于役，苟無飢渴[12]。

押韻 二章月、佸、桀、括、渴，是2（月）部。

章旨 二章敘述婦人關心行役君子，至盼君子不飢不渴，懷念深切，流露於字裡行間。

夕，指夕陽。矣，語末助詞，表示感歎，啊、了啊。段德森云：「矣，用在感歎末，可譯為『啊』、『了啊』。」

6 羊牛下來，屈萬里《詩經詮釋》：「牧牛羊多在山陵等高處，故謂返歸曰下來。」指羊牛回到羊圈、牛圈。按：〈采薇〉毛《傳》：「來，至也。」

7 如之何勿思，運用設問中的激問，又稱為反詰。「如之何」中的「之」，代詞，指君子于役。如何，怎麼、為什麼。段德森云：「如何，用在動詞前邊作狀語，詢問原因，或表示反詰。「如何」可以解釋為『怎麼』、『為什麼』。」勿，禁止之詞，不要。思，想。

8 不日不月，無日月的歸期，即不知何月何日的歸期。日本竹添光鴻《毛詩會箋》：「言其歸無日月之期也。」

9 曷，音ㄏㄜˊ，何時。其，副詞，表示時間，將要之意。段德森云：「其，表示時間，表示動作行為就要發生，或事物、情況就要出現。可譯為『將』、『將要』、『就要』，用在動詞前邊。」有，音又，一ㄡˋ，又、再。佸，音括，ㄎㄨㄜˋ，相會、聚會、團聚。毛《傳》：「會也。」

10 桀，木架。毛《傳》：「雞棲于杙，為桀。」嚴粲《詩緝》：「杙，橛也。」朱守亮《詩經評釋》：「本繫牲畜之小木椿，俗名橛子，此則雞棲之木架也。」按：橛子，即木架。

11 括，至。陳奐《詩毛氏傳疏》：「下括，猶下來。」〈采薇〉毛《傳》：「來，至也。」

12 苟，有二解：（一）鄭《箋》：「苟，且也。」苟，苟且，或許。（二）王引之《經傳釋詞》：「苟，猶尚也。」按：苟且、尚，皆含有期望、希冀之詞。朱守亮云：「言祈其久役不能來歸之夫，庶幾無飢無渴，保平安也。」誠哉斯言。

作法　二章運用不兼比的觸景生情之興。

研析

　　全詩二章，皆運用觸景生情，不兼比的興。余培林《詩經正詁》：「『日之夕矣，羊牛下來』，寫景樸實；『君子于役，苟無飢渴』，寫情真摯。融此情景為一，能深入人心，感人至深。」許瑤光《再讀詩經四十二首》，第十四首云：「雞棲于桀下牛羊，飢渴縈懷對夕陽。已啟唐人閨怨句，最難消遣是昏黃。」許氏之詩，係此詩最佳之注腳。程俊英、蔣見元《詩經注析》：「睹物是寫景，懷人是寫情，寫出了情景交融的淒涼境界，始能使人感到『如畫』。」誠如王照圓《詩說》：「寫鄉村晚景，睹物懷人如畫。」妙哉斯言。

三　君子陽陽

　　君子陽陽，左執簧，右招我由房。其樂只且！
　　君子陶陶，左執翿，右招我由敖。其樂只且！

注釋　〈君子陽陽〉，取首章首句「君子陽陽」為篇名。

篇旨　這是吟詠奏樂跳舞的詩歌。

原文　君子陽陽¹，左執簧²，右招我由房³。其樂只且⁴！

押韻　一章陽、簧、房，是 15（陽）部。一、二章且，是 13（魚）
　　　　部，遙韻。

章旨　一章描述君子執簧奏樂，自得其樂的情況。

作法　一章運用平鋪直敘的賦。

1　陽，通「揚揚」、「洋洋」，自得其樂的樣子。《程子遺書》：「陽陽，自得。」

2　左，左手。執，持，拿。簧，樂器的名稱。許慎《說文解字》：「古者隨作笙，女媧
　　作簧。」程俊英、蔣見元《詩經注析》：「〈小雅・鹿鳴〉有『吹笙鼓簧』之句，可
　　見這兩種樂器，周初就已經有了。」

3　右，右手。招，招呼。「由房」有三解：（一）由，從。房，東房。詳見余培林《詩
　　經正詁》。（二）由房，房中。胡承珙《毛詩後箋》：「由房者，房中，對廟朝言之。
　　人君燕息時所奏之樂，非廟朝之樂，故曰房中。」按：房中，朱守亮《詩經評
　　釋》：「房中，舞曲名。」（三）陳子展《詩經直解》：「用房中之音樂。」即演奏房
　　中的樂曲。

4　其，代詞，指君子。且，音居，ㄐㄩ。只且，語末助詞。朱熹《詩集傳》：「只且，
　　語助詞。」段德森《實用古漢語虛詞》：「『只』先秦時期是一個語氣助詞，可用于
　　句末或句中，表示停頓或終結，使句子帶上詠歎色彩，多見于《詩經》、《楚辭》，
　　也可作『軹』，一般用『啊』去對譯；有的也不必譯出，可『只且』連用。」按：
　　「只且」連用，「啊」、「呀」。〈邶・北風〉：「既亟只且。」亦「只且」連用，是其
　　證也。

原文 君子陶陶[5]，左執翿[6]，右招我由敖[7]。其樂只且！

押韻 二章陶、翿，是 21（幽）部。敖，是 19（宵）部。幽、宵二部，是旁轉。

章旨 二章陳述君子執翿演奏音樂，其樂陶陶的情形。

作法 二章運用平鋪直敘的寫作手法，也是賦。

研析

　　全詩二章，皆運用平鋪直敘寫作技巧，也是賦。劉勰《文心雕龍・詮賦》：「賦者，鋪也，鋪采摛（音吃，彳）文，體物寫志。」按：摛，本義是將手掌舒展張開，這裡引申為「抒發」之意。

　　《程子遺書》：「陽陽，自得。陶陶，自樂之狀。皆不任憂責，全身自樂而已。」蘇轍《詩集傳》：「君子以賤為樂，則其貴者不可居也。雖有貴位，而君子不居，則周不可輔矣。此所以閔周也。」此詩義旨，或閔周，或室家和樂，或夫婦和樂，或詠樂舞之人自樂等等，一言以蔽之，余培林云：「後世之解詩者，遂各立其說焉。」按：《周易・繫辭上》：「仁者見仁，謂之仁；智者見智，謂之智。」此見仁見智者也。莊子「不譴是非」之說，值得三思矣！

5　陶陶，和樂的樣子。毛《傳》：「和樂貌。」《程子遺書》：「陶陶，自樂之狀。」

6　翿，音陶，ㄊㄠˊ，朱守亮云：「舞者所持之羽，所以覆首作鳥形或翳身者也。」

7　敖，鄭《箋》：「燕舞之位。」朱守亮云：「招我由敖，由舞位招我起而共舞也。」

四 揚之水

揚之水，不流束薪。彼其之子，不與我戍申。懷哉懷哉！曷月予還歸哉？

揚之水，不流束楚。彼其之子，不與我戍甫，懷哉懷哉！曷月予還歸哉？

揚之水，不流束蒲。彼其之子，不與我戍許。懷哉懷哉！曷月予還歸哉？

注釋 〈揚之水〉，取首章首句「揚之水」為篇名。

篇旨 這是描述戍人久不得歸，思念家人，抒發怨恨的詩歌。

原文 揚之水¹，不流束薪²。彼其之子³，不與我戍申⁴。懷哉懷哉⁵！曷月予還歸哉⁶？

押韻 一章薪、申，是6（真）部。懷、懷、歸，是7（微）部。

---

1 揚，激揚，流水受阻礙而湧起的樣子。

2 不流，流不動。束薪，一捆柴薪。高亨《詩經今注》：「以小水流不動束薪，比喻東周國弱無力幫助別國。」

3 彼，代詞，他。楊樹達《詞詮》：「彼，人稱代名詞，與今語『他』字相當。」其，音記，ㄐㄧˋ，己之借字，姓也。余培林《詩經正詁》：「或作己。彼己之子，彼己姓之人，當戍而不來戍者。」

4 戍。朱熹《詩集傳》：「屯兵以守也。」申，國名，在今河南唐河縣南邊。毛《傳》：「姜姓之國，平王之舅。」

5 懷，懷念家人，思念家人。余培林云：「指思家而言。」哉，語末助詞，「啊」之意。詳見段德森《實用古漢語虛詞》。「懷哉」重複使用兩次，是黃慶萱的類疊中的疊字，又稱為陳介白的反覆、陳望道的複疊。表示增強語勢，渲染氣氛的作用。

6 曷，何。曷月，何月，指何時。予，我。《爾雅·釋詁》：「予，我也。」還，音旋，ㄒㄩㄢˊ，回家。《爾雅·釋言》：「還，返也。」按：返，指回家。還歸，是同義複詞，還歸皆指回家。哉，啊、呢之意，表示感歎，語末助詞。

章旨 一章敘述戍人離家已久，懷念家人，期盼早日回家的心情。

作法 一章兼有比喻（譬喻）有賦的興。

原文 揚之水，不流束楚[7]。彼其之子，不與我戍甫[8]，懷哉懷哉！曷月予還歸哉？

押韻 二章楚、甫，是13（魚）部。懷、懷、歸，是7（微）部。

章旨 二章陳述戍人離家既久，思念家人，冀望早歸團圓之情況。

作法 二章兼有比喻（譬喻）有賦的興。

原文 揚之水，不流束蒲[9]。彼其之子，不與我戍許[10]。懷哉懷哉！曷月予還歸哉？

押韻 三章蒲、許，是13（魚）部。懷、懷、歸，是7（微）部。

章旨 三章抒發戍人離家長久，激起懷念家鄉，企盼早日回家的心情。

作法 三章兼有比喻（譬喻）有賦的興。

研析

全詩三章，皆運用兼有比喻（譬喻）有賦的興。詳見附錄：《詩

---

7 楚，木名，荊條。許慎《說文》：「楚，叢木。一名荊也。」程俊英、蔣見元《詩經注析》：「枝較薪小，形容流水更無力。」

8 甫，姜姓之國。孔穎達《毛詩正義》：「申與甫、許同為姜姓，故《傳》言『甫，諸姜』、『許，諸姜』，皆為姜姓，與申同也。平王母家申國，所戍唯應戍申，不戍甫、許也。言甫、許者，以其同出四岳，同為姜姓，既重章以變文，因借甫、許以言申，其實不戍甫、許也。」按：「重章以變文」，即互文見義，字異義同，為押韻而運用錯綜中的抽換詞面。「借甫、許以言申」，就修辭學言，是借代，此乃借代義。

9 蒲，蒲柳，木名。鄭玄《箋》：「蒲，蒲柳。」按：蒲比楚更細小，楚比薪較細小，這是運用層遞中的遞降，由大而小的層次感。

10 許，姜姓之國。在今河南省許昌市。

經》比與興的辨析。

　　歐陽脩《詩本義》:「激揚之水,其力弱不能流移束薪,猶東周政衰,不能召發諸侯,獨使周人遠戍,久而不能代耳。『彼其之子』,周人謂其他諸侯國人之當戍者。『曷月予還歸哉』,久而不得代也。」馬持盈《詩經今註今譯》:「以『揚之水,不流束薪』,譬喻東周力衰,政令不行。」王靜芝《詩經通釋》:「以為此語(指『揚之水,不流束薪』)當作『有水而不能行船』之意。」馬、王之說,甚諦。

五　中谷有蓷

　　中谷有蓷，暵其乾矣。有女仳離，嘅其嘆矣。嘅其嘆
矣，遇人之艱難矣！

　　中谷有蓷，暵其脩矣。有女仳離，條其歗矣。條其歗
矣，遇人之不淑矣！

　　中谷有蓷，暵其濕矣。有女仳離，啜其泣矣。啜其泣
矣，何嗟及矣！

注釋　〈中谷有蓷〉，取首章首句「中谷有蓷」為篇名。

篇旨　這篇吟詠亂世流離，婦人遇人不淑，而無依無靠的痛苦情形。

原文　中谷有蓷¹，暵其乾矣²。有女仳離³，嘅其嘆矣⁴。嘅其
　　　　嘆矣，遇人之艱難矣⁵！

1　中谷，即谷中。就修辭學言，隨語倒裝，文法倒裝，詳見附錄：《詩經》倒裝的三
　　觀。蓷，音推，ㄊㄨㄟ，益母草。又名萑，茺蔚。朱駿聲《說文通訓定聲》：「茺蔚
　　者，蓷之合音。」
2　暵，音漢，ㄏㄢˋ，乾枯。許慎《說文》：「暵，乾也。暵其，暵然，乾枯的樣
　　子。」矣，語末助詞，表示感嘆，「啊」、「了啊」。詳見段德森《實用古漢語虛
　　詞》。以下三個「矣」字，用法、意義雷同。按：馬持盈《詩經今註今譯》將前二
　　句，比喻夫婦失調。
3　仳，音癖，ㄆㄧˇ，別。毛《傳》：「別也。」仳離，本義是別離，這裡指丈夫遺棄
　　我（指婦人）。陳奐《詩毛氏傳疏》：「別離，言相棄也。」按：相棄，是「棄我
　　（指婦人）」之意，詳見許世瑛《常用虛字用法淺釋》。
4　嘅，音慨，ㄎㄞˋ，嘆息。許慎《說文解字》：「嘅，嘆也。」嘅其，嘅然，嘆息的
　　樣子。按：許慎云：「嘆，吞歎也。」段玉裁注：「嘆、歎，今人通用。……依《說
　　文》，則義異。歎近於喜，嘆近於哀，故嘆訓吞歎。吞其歎，而不能發。」鄭玄
　　《箋》：「所以嘅然而歎者，自傷遇君子之窮厄。」按：「嘅其嘆矣」，連用兩次，有
　　加強語氣，渲染氣氛作用。
5　人，指丈夫。艱難，窮厄，窮困。

押韻 一章乾、嘆、嘆、難，是3（元）部。

章旨 一章敘述婦人被丈夫遺棄的情形。

作法 一章兼有比喻（譬喻）而觸景生情的興。

原文 中谷有蓷，暵其脩矣⁶。有女仳離，條其歗矣⁷。條其歗矣，遇人之不淑矣⁸！

押韻 二章脩，是 21（幽）部。歗、歗、淑，是 22（覺）部。幽、覺二部，是對轉。

章旨 二章陳述婦人被遺棄的情況。

作法 二章兼有比喻（譬喻）而觸景生情的興。

原文 中谷有蓷，暵其濕矣⁹。有女仳離，啜其泣矣¹⁰。啜其泣矣，何嗟及矣¹¹！

---

6 暵，乾枯。按：其，是修辭學的雙關語。暵其，暵然，乾燥的樣子。其，除「然」之意外，尚有「將」之意。楊樹達《詞詮》：「其，時間副詞，將也。」脩，本義是乾肉，這裡引申為「乾」之意。陳奐云：「乾肉謂之脯，亦謂之脩。因之，凡乾皆曰脩矣。」矣，「啊」、「了啊」之意，以下三個「矣」字，用法、意義皆同。

7 條其，條然，長嘯的樣子。歗，同「嘯」，深長的嘆息。按：〈召南·江有汜〉：「其嘯也歌。」是其證也。「條其歗矣」，連用兩次，增加語勢，渲染氣氛，具有藝術的感染力。

8 之，語中助詞，無意義。詳見《詞詮》。淑，善。鄭《箋》：「善也。」君子於己不善也。不淑，不善。按：今語「嫁非其人」，謂「遇人不淑」。之，也是結構助詞，無意義。

9 濕，音泣，ㄑㄧˋ，乾枯。王念孫《廣雅疏證》：「濕，當讀為𤂥。𤂥，亦乾也。」

10 啜，音輟，ㄔㄨㄛˋ。啜其，啜然，抽泣時哽咽的樣子。泣，音氣，ㄑㄧˋ，傷心流淚而不哭出聲音。

11 何嗟及矣，當作「嗟何及矣」，「唉！後悔莫及了啊」，含有「悔嫁」之涵義。按：由「遇人艱難」、「遇人不淑」，至「何嗟及矣」，由輕而重，如階梯然，是層遞中的遞升。

押韻　三章濕、泣、泣、及，是 27（緝）部。

章旨　三章描述婦人被遺棄，含有悔嫁的心緒。

作法　三章兼有比喻（譬喻）而觸景生情的興。

研析

　　全詩三章，皆運用兼有比喻（譬喻）而觸景生情的興。馬持盈《詩經今註今譯》：「本詩以谷中的萑的乾枯，來比喻夫婦之失調，雨水不調而萑乾枯，愛情不調而夫妻仳離。」此言甚諦。就自然界言，陰陽調和，產生萬物。就人生界言，夫婦和諧，生男育女。《老子・第四十二章》：「道生一，一生二，二生三，三生萬物。」《周易・繫辭上》：「一陰一陽之謂道。繼之者，善也；成之者，性也。」劉勰《文心雕龍・原道》：「仰觀吐曜，俯察含章，高卑定位，故兩儀既生矣。惟人參之，性靈所鍾，是謂三才。」《禮記・中庸》：「君子之道，造端乎夫婦；及其至也，察乎天地。」《老子》、《周易》、《文心雕龍》、《禮記》，是其證也。

　　余培林《詩經正詁》：「一章曰『暵其乾矣，已乾也；二章曰『暵其脩也』，將乾也；三章『暵其濕矣』，欲乾也；此由深而漸淺。」此運用層遞中的遞降。余培林云：「嘅其嘆，條其歗矣，啜其泣矣；此由淺而漸深。」此運用層遞中的遞升。按：層遞之運用，具有更嚴密、更透徹，更層層深化的作用，加深強烈印象。

六　兔爰

　　有兔爰爰，雉離于羅。我生之初，尚無為；我生之後，
逢此百罹。尚寐無吪？

　　有兔爰爰，雉離于罦。我生之初，尚無造；我生之後，
逢此百憂。尚寐無覺？

　　有兔爰爰，雉離于罿。我生之初，尚無庸；我生之後，
逢此百凶。尚寐無聰？

注釋　〈兔爰〉，取首章首句「有兔爰爰」的「兔爰」為篇名，此運
　　　　用節縮修辭手法。

篇旨　這篇描述哀傷世亂，生命多危，消極悲觀，君子不樂其生的詩
　　　　歌。

原文　有兔爰爰[1]，雉離于羅[2]。我生之初[3]，尚無為[4]；我生之
　　　　後，逢此百罹[5]。尚寐無吪[6]？

1　有，語首助詞，無意義，用在名詞之前。楊樹達《詞詮》：「有，語首助詞，用在名
　　詞之前，無義。」爰爰，猶言悛悛，行動緩慢的樣子。毛《傳》：「緩意。」有兔爰
　　爰，孔穎達《毛詩正義》：「言有兔無所拘制。」按：無所拘制，即自由自在，逍遙
　　遊。

2　雉，音至，ㄓˋ，野雞。離，同罹，遭遇。于，於，在。羅，網。按：朱熹《詩集
　　傳》：「言張羅本以取兔，今兔狡得脫，而雉以耿介反離于羅，以比小人致亂，而以
　　巧計幸免。君子無辜，而以忠直受禍也。」

3　我生之初，我生命的開始，指幼年時代。初，開始。《爾雅・釋詁》：「初，始
　　也。」

4　尚無為，還無所作為，即沒有禍亂，世局平定。尚，還，猶。

5　百，虛數，形容很多。罹，憂患。

6　尚，希望之辭。吪，音鵝，ㄜˊ，毛《傳》：「動也。」動，即為也。余培林《詩經
　　正詁》：「三句言我生之後，逢時多憂，我尚能昏睡而無所作為乎？蓋深自惕屬

押韻 一章羅、為、罹、吪，是 1（歌）部。

章旨 一章陳述感傷時衰世亂，見兔緩行，雉卻遭網羅，而感嘆不已的情況。

作法 一章將小人比喻兔，君子比喻雉。小人以巧計幸免災難，君子無辜，而以忠心耿直受災禍。這章是兼有比喻（譬喻）有賦的興。

原文 有兔爰爰，雉離于罦[7]。我生之初，尚無造[8]；我生之後，逢此百憂。尚寐無覺[9]？

押韻 二章罦、造、憂，是 21（幽）部。覺，是 22（覺）部。幽、覺二部，是對轉。

章旨 二章敘述悲傷時衰世亂，見兔閒適自在，而雉卻被網羅，而感慨良多的心情。

作法 二章兼有比喻（譬喻）有賦的興。

原文 有兔爰爰，雉離于罿[10]。我生之初，尚無庸[11]；我生之

也。」

7　罦，音孚，ㄈㄨˊ，覆車，又名翻車。毛《傳》：「罦，覆車也。」余培林《詩經正詁》：「捕鳥之網，其形若車，有兩轅，中施網，又名翻車。」

8　尚，猶。朱熹《詩集傳》：「尚，猶也。」造，作為，指軍役之事、禍亂之事。毛《傳》：「為也。」余培林云：「二句言我生之初，世道清明，我尚可閒適自在，無所作為。」按：一章「尚無為」中的「為」與二章「尚無造」中的「造」，皆是義同字異的抽換詞面。

9　覺，覺醒。朱熹《詩集傳》：「寤也。」按：余培林云：「此謂尚能昏睡而不覺醒乎？」

10　罿，音童，ㄊㄨㄥˊ，又音衝，ㄔㄨㄥˊ，捕鳥獸的網。《爾雅·釋器》：「繴謂之罿。罿，罬也。罬謂之罦。罦，覆車也。」按：罿、罬、罦，字異義同，本是覆車，這裡指捕獸的網。

11　庸，用。毛《傳》：「用也。」按：余培林云：「無用，謂不用心力，優游歲月

後，逢此百凶[12]。尚寐無聰[13]？

押韻 三章罿、庸、凶、聰，是 18（東）部。

章旨 三章描繪時衰世亂，見兔慢行，雉卻被捕捉，而感傷「君子之道消，小人之道長」的悲嘆之情。

作法 三章兼有比喻（譬喻）有賦的興。

研析

全詩三章，皆運用兼有比喻（譬喻）有賦的興。余培林云：「昔人訓前『尚』字為『猶』，後『尚』字為庶幾，實不察之甚，每章之末句為全章之精神所在，此詩人著力之處。『尚』釋為猶，則詩之精神煥發；若解為庶幾，則詩之生氣索然。」俗諺云：「牽一髮，動全身。」吾人可以改為「釋一字，動全詩。」豈可不慎哉？

也。」

12 一章有罿、二章百憂、三章百凶，意義相同而字異，此乃互文見義，也是修辭學錯綜中的抽換詞面。

13 聰，聞。毛《傳》：「聞也。」尚寐無聰，余培林云：「此言尚能昏睡而不聞不問乎？」

七　葛藟

綿綿葛藟，在河之滸。終遠兄弟，謂他人父；謂他人
父，亦莫我顧。

綿綿葛藟，在河之涘。終遠兄弟，謂他人母；謂他人
母，亦莫我有。

綿綿葛藟，在河之漘。終遠兄弟，謂他人昆；謂他人
昆，亦莫我聞。

注釋　〈葛藟〉，取首章首句「綿綿葛藟」的「葛藟」為篇名。

篇旨　朱熹《詩集傳》：「世衰民散，有去其鄉里，而流離失所者，作
此詩以自歎。」洵哉斯言。這篇描述動亂時代，流落異鄉者，
抒發哀痛悲傷情感的詩歌。

原文　綿綿葛藟¹，在河之滸²。終遠兄弟³，謂他人父⁴；謂他
人父，亦莫我顧⁵。

押韻　一章藟、滸、父、父、顧，是 13（魚）部。

1　綿綿，連續不斷的樣子。毛《傳》：「長不絕之貌。」葛，草名，蔓生，可織葛布。
藟，音壘，ㄌㄟˇ，草名，蔓生。藟可為索，不可為布。朱守亮《詩經評釋》：「以
綿綿葛藟之互相蔭託，喻家人父母兄弟之互庇以生。」

2　河，指黃河。滸，音虎，ㄏㄨˇ，水邊。按：滸，從水、許聲，水邊的土厓叫做
滸。引申為「水邊」。厓，音崖，一ㄞˊ，水邊。

3　終，既，已經。王引之《經傳釋詞》：「終遠兄弟，言既遠兄弟也。」遠，音怨，
ㄩㄢˋ，本是形容詞，這裡當動詞，遠離，離開。就文法言，是詞類活用。就修辭
言，是轉品，又名轉類。

4　謂，稱謂，稱呼。

5　亦，又，也。楊樹達《詞詮》：「亦，副詞，又也。按：今語言『也』。」莫我顧，
「莫顧我」，是兼有押韻的否定句倒裝。朱守亮云：「言雖稱謂他人為己之父，而他
人亦不眷顧我，其困窘甚矣，情之難堪也亦甚矣。」顧，眷顧、照顧、理睬。

章旨 一章敘述世衰民散，流離失所的痛苦情形。

作法 一章兼有比喻（譬喻）有賦的興。

原文 緜緜葛藟，在河之涘[6]。終遠兄弟，謂他人母；謂他人母，亦莫我有[7]。

押韻 二章涘、母、母，有，是 24（之）部。

章旨 二章陳述世衰民散，流離失所的苦楚情況。

作法 二章兼有比喻（譬喻）有賦的興。

原文 緜緜葛藟，在河之漘[8]。終遠兄弟，謂他人昆[9]；謂他人昆，亦莫我聞[10]。

押韻 三章漘、昆、昆、聞，是 9（諄）部。

章旨 三章描繪世衰民散，流離失所，無依無靠的狀況。

作法 三章兼有比喻（譬喻）有賦的興。

研析

全詩三章，皆是運用兼有比喻（譬喻）有賦的興。一章言父，二

6　涘，音四，ㄙˋ，水邊。《爾雅・釋丘》：「涘為厓。」郭璞注：「謂水邊。」按：涘，從水、矣聲。矣，有止盡之意，因此水邊叫做涘。

7　有，友，友愛、親愛。王念孫《廣雅疏證》：「古者謂相親曰有。有，猶友也。」按：相親，即親我，詳見許世瑛《常用虛字用法淺釋》。莫我有，「莫有我」的倒裝，是兼有押韻的否定句倒裝。詳見附錄：《詩經》倒裝的三觀。按：此句言（我）雖然稱呼他人是母親，但是他人又不親愛我。」亦，又。莫，不。

8　漘，音唇，ㄔㄨㄣˊ，水邊。按：漘，從水、脣聲，脣有邊緣之意，因此水邊叫做漘。按：一章涘、二章涘、三章漘，運用錯綜中的抽換詞面，即義同而字異。

9　昆，兄。毛《傳》：「兄也。」按：一章父、二章母、三章昆，運用層遞中的遞降，具有層次感。

10　聞，問，慰問。王引之《經義述聞》：「聞，猶問也，謂相恤問也。古字聞與問通。」按：恤，音續，ㄒㄩˋ，從心、血聲。深切擔憂叫做恤。

章言母，三章言昆，這是依照周朝倫理次第的教育。余培林《詩經正詁》：「莫我顧、莫我有、莫我聞，情切而意悲，茫茫無助，最為感人。」旨哉斯言。裴普賢云：「南洋華僑讀之，無不淚下。」倫理親情，是中華文化的優良傳統精神，深植世界華人的心田，其影響既廣且深又遠。陳之藩〈失根的蘭花〉，旅居世界華僑亦有相同的感慨。

八　采葛

> 彼采葛兮，一日不見，如三月兮。
> 彼采蕭兮，一日不見，如三秋兮。
> 彼采艾兮，一日不見，如三歲兮。

注釋　〈采葛〉，取首章首句「彼采葛兮」的「采葛」為篇名，是修辭學的節縮。

篇旨　這篇描述男女相思，彼此懷念的詩歌。

原文　彼采葛兮[1]，一日不見，如三月兮[2]。

押韻　一章葛、月，是2（月）部。

章旨　一章敘述男子思念女子，以為女子這是採葛的時間或正在採葛。

作法　一章兼有比喻（譬喻）觸景生情的興，又運用夸飾手法，表示極為懷念而有相思之苦。

原文　彼采蕭兮[3]，一日不見，如三秋兮[4]。

1　彼，代詞，指女子。采、採，古今字。葛，草名，蔓生，可織葛布。兮，語末助詞，啊。詳見段德森《實用古漢語虛詞》。

2　一日不見，如三月兮，比喻相思很深，這也是運用人情夸飾兼時間夸飾的修辭手法。三月，形容很久時間。三，是虛數，形容很多、很久。兮，語末助詞，啊。

3　蕭，荻蒿、香蒿，俗名牛尾蒿。《爾雅·釋草》：「蕭，荻也。」孔穎達《毛詩正義》引陸璣曰：「今人所謂荻蒿者是也。」《周禮·甸師》：「祭祀共蕭茅。」杜子春注：「蕭，香蒿也。」

4　一日不見，如三秋兮，比喻相思很深，這裡既運用比喻（譬喻），又運用夸飾，是兼格修辭。三秋，指九個月，形容時間很長。孔穎達《毛詩正義》：「年月四時，時有三月。秋三，謂九月也。」

押韻 二章蕭、秋，是 21（幽）部。

章旨 二章陳述男子懷念女子，以為女子正在採蕭的情形。

作法 二章兼有比喻（譬喻）、有夸飾的興。

原文 彼采艾兮[5]，一日不見，如三歲兮[6]。

押韻 三章艾、歲，是 2（月）部。

章旨 三章描繪男子思念女子，以為女子正在採艾的情況。

作法 三章兼用比喻（譬喻）、夸飾的興。

研析

　　全詩三章皆兼用比喻（譬喻）、夸飾的興。「三月」、「三秋」、「三歲」，由淺而深，由短而長，運用層遞中的遞升，具有漸層美、層次感的作用。

　　采葛、采蕭、采艾，多是女子所為之事，此詩男子所作，毋庸置疑。余培林《詩經正詁》：「四時獨言秋者，以秋風瑟瑟，萬木蕭蕭，最易感人，於此益見詩人運詞之精矣。」歐陽脩〈秋聲賦〉：「草木無情，有時飄零。」是其證也。方玉潤《詩經原始》：「雅韻欲流，遂成千秋佳語。」旨哉斯言。

5　艾，音愛，ㄞˋ，《爾雅・釋草》：「艾，冰臺。」郭璞注：「今艾蒿。」明朝李時珍《本草綱目》：「艾，冰臺、醫草、黃草、艾蒿。」又《本草綱目》：「（艾氣味）苦，微溫，無毒。（主治）灸百病，可作煎，止吐血下痢。」按：《孟子・離婁上》：「今之欲王者，猶七年之病，求三年之艾也。苟為不畜，終身不得。」趙岐注：「艾可以灸人病，乾久益善，故以為喻。」

6　一日不見，如三歲兮，比喻相思很深，這裡運用比喻（譬喻）、夸飾兩種修辭技巧，是兼格修辭。歲，年。按：《爾雅・釋天》：「載，歲也。夏曰歲，商曰祀，周曰年，唐虞曰載。」

九　大車

> 大車檻檻，毳衣如菼。豈不爾思？畏子不敢。
> 大車啍啍，毳衣如璊。豈不爾思？畏子不奔。
> 穀則異室，死則同穴。謂予不信，有如皦日。

注釋　〈大車〉，取首章首句「大車檻檻」的「大車」為篇名。

篇旨　本篇有二解：（一）征夫思念妻室，而不敢逃亡的詩歌。（二）
　　　　敘述女子有所愛慕之人，但不能擇其所愛，愛其所擇的詩歌。
　　　　余培林《詩經正詁》：「此當是女子有所愛而不得之詩。」

原文　大車檻檻[1]，毳衣如菼[2]。豈不爾思[3]？畏子不敢[4]。

押韻　一章檻、菼、敢，是 32（談）部。

章旨　一章有二說：（一）征夫思家，不敢逃亡的心情。（二）陳述所
　　　　思念之人的身分是大夫，以其身分高貴，因此不敢私奔。

1　大車，大夫的車。毛《傳》：「大車，大夫之車。」《公羊傳·昭二十五年》何休
　　注：「《禮》：天子大路，諸侯路車，大夫大車，士飾車。」是其證也。檻，音坎，
　　ㄎㄢˇ。檻檻，車子走動的聲音。毛《傳》：「車行聲也。」

2　毳，音翠，ㄔㄨㄟˋ，獸的細毛。許慎《說文》：「毳，獸細毛也。」毛《傳》：「大
　　夫之服。」馬瑞辰《毛詩傳箋通釋》：「毳衣，蓋褐衣之類，取其可以禦雨，故為大
　　夫巡行邦國之服。」菼，言坦，ㄊㄢˇ，蘆荻，青色。

3　豈不爾思，「豈不思爾」的倒裝，是兼有押韻的疑問句兼否定句的倒裝，也是設問
　　中的激問，又名反詰。言難道不想念您（指男子）嗎？余培林《詩經正詁》：「爾，
　　指乘大車、著毳衣之大夫。」按：爾，代詞，汝，指大夫，余說是也。但另一說：
　　爾，指室家。

4　子，即「與子偕老」、「願言思子」、「送子涉淇」之子，代詞，指與「豈不爾」之爾
　　同義，皆指所思之人，亦即「大車檻檻，毳衣如菼」之大夫也。詳見余培林《詩經
　　正詁》。但另一說，指征夫。一章「不敢」與二章「不奔」，是互文，即上、下文互
　　相省略的修辭手法，當作「不敢奔」之意，與「互文見義」之錯綜，大相逕庭。但
　　奔有二解：（一）逃亡。（二）私奔。

作法 一章運用兼有比喻（譬喻）、設問的興。

原文 大車啍啍[5]，毳衣如璊[6]。豈不爾思？畏子不奔。

押韻 二章啍、璊、奔，是 9（諄）部。

章旨 二章有二說：（一）征夫思家，不敢逃亡的苦楚。（二）敘述所思念之人身分高貴，而不敢私奔的心情。

作法 二章運用比喻（譬喻）兼設問的興。

原文 縠則異室[7]，死則同穴[8]。謂予不信[9]，有如皦日[10]。

押韻 三章室、穴、日，是 5（質）部。

章旨 三章有二說：（一）恐妻疑其在，另有新歡，指天發誓，愛情永不變，否則遭天譴。（二）女子指天為誓，生雖不同室，死當合葬，以示真情誠意。

作法 三章平鋪直敘的賦。

5　啍，音吞，ㄊㄨㄣ。啍啍，車子走動的聲音。馬瑞辰《毛詩傳疏通釋》：「當亦為車行之聲。」

6　璊，音門，ㄇㄣˊ，玉紅色。許慎《說文》：「璊，玉赤色也。璊，或從允（玧）。」余培林云：「言車行既久，毳衣已由青色變為赤色。」

7　縠，生。毛《傳》：「生也。」則，承接連詞，表示文中對待之關係。若去其所對者而使之獨，則「則」字之作用失。詳見楊樹達《詞詮》。縠則同室，生不能同室而居。

8　穴，墓穴，又名壙。鄭玄《箋》：「穴，謂冢壙中也。」按：冢，音種，ㄓㄨㄥˇ，高大的墳墓。壙，音況，ㄎㄨㄤˋ，埋棺材的坑室。同穴，合葬、同墓。二句言生雖然不能同室而居住，死卻能同墓而合葬。

9　謂，為，以為，認為。予，我。謂予不信，「謂不信予」的倒裝，是否定句的文法倒裝，詳見附錄：《詩經》倒裝的三觀。謂予不信，（您）以為不相信我。

10　如，以。裴學海《古書虛字集釋》：「如，猶以也。」皦，音皎，ㄐㄧㄠˇ，白。有如皦日，有以白日為鑑。按：二句，汝以為不信吾，吾有以白日為鑑；吾若違信，必遭天譴。聞一多《詩經新義》：「指日為誓，言有此皎日以為證也。」

研析

全篇三章，一、二章皆運用比喻（譬喻）兼設問的興。卒（三）章平鋪直敘，抒發真情誠心。

本詩雖有二說，但生非同室，死則同墓，表訴衷情，以白日為鑑，愛情不渝，有如海誓山盟，始終如一的專情。

十　丘中有麻

丘中有麻，彼留子嗟；彼留子嗟，將其來施施。
丘中有麥，彼留子國；彼留子國，將其來食。
丘中有李，彼留之子；彼留之子，貽我佩玖。

注釋　〈丘中有麻〉，取首章首句「丘中有麻」為篇名。

篇旨　本篇有二說：（一）王靜芝《詩經通釋》：「此詠女與男約期相見之詩。」（二）余培林《詩經正詁》：「此美留氏之子之詩。」漢朝董仲舒《春秋繁露・精華》：「《詩》無達詁。」可資酌參。

原文　丘中有麻[1]，彼留子嗟[2]；彼留子嗟，將其來施施[3]。

押韻　一章麻、嗟、嗟、施，是 1（歌）部。

章旨　一章描述女子與男子約會相見的情形。

作法　一章平鋪直敘的賦。

原文　丘中有麥，彼留子國[4]；彼留子國，將其來食[5]。

押韻　二章麥、國、國、食，是 25（職）部。

1　丘，四方高而中央低。丘中，丘中貧瘠的地方。毛《傳》：「丘中墝埆（貧瘠）之處。」丘中有麻，男女約會的地方。

2　彼，代詞，他，指留子嗟。楊樹達《詞詮》：「彼，人稱代名詞，與今語『他』字相當。」留，姓氏。子嗟，字。

3　將，音羌，ㄑㄧㄤ，願、請，含有希望之意。其，代詞，指留子嗟。程俊英、蔣見元《詩經注析》：「施施，此句衍一『施』字，應作『將其來施』。」施，有三解：（一）幫助。（二）施送、送禮。（三）施施，徐行貌，慢慢走。

4　彼，代詞，他，指留子國。子國，毛《傳》：「子母，子嗟父。」

5　食，謂食麵也。

章旨 二章陳述女子與男子相會相見的情況。

作法 二章平鋪直敘的賦，但運用類疊的疊句，表達增強語勢，渲染氣氛。

原文 丘中有李，彼留之子[6]；彼留之子，貽我佩玖[7]。

押韻 三（卒）章李、子、子、玖，是 24（之）部。

章旨 三章描繪男女約會相見的詩歌。王靜芝《詩經通釋》：「此章但言彼留之子，未言子嗟、子國者，即所謂子嗟、子國皆設想之人，故詩人並不欲自拘於說明某人某事，但籠統言之，傳達其情足矣。」

作法 三（卒）章平鋪直敘的賦，但「彼留之子」連用兩次，表達加強語勢，渲染氛圍。

研析

　　全詩三章，皆運用黃慶萱《修辭學》類疊中的疊句手法，表達詩文的漸層美、層次感。

　　歷來學者對〈丘中有麻〉，詮釋不同，約有四說：（一）毛〈序〉：「思賢也。」（二）私奔之詩，如朱熹《詩集傳》。（三）招賢偕隱詩，如方玉潤《詩經原始》。（四）此美留氏之子之詩，如余培林《詩經正詁》。仁者見仁，智者見智。

6　之子，猶言此人。彼留之子，即留姓之人。

7　貽，贈。玖，音久，ㄐㄧㄡˇ，美玉。

鄭

注釋 鄭，國名，周宣王封其庶弟於鄭邑，是為鄭桓公。鄭邑，在今
陝西省華縣境。〈鄭〉詩凡二十一篇，皆東遷後之詩歌。詩凡
十四篇。

一　緇衣

　　緇衣之宜兮，敝，予又改為兮。適子之館兮，還，授子
之粲兮。

　　緇衣之好兮，敝，予又改造兮。適子之館兮，還，予授
子之粲兮。

　　緇衣之蓆兮，敝，予又改作兮。適子之館兮，還，予授
子之粲兮。

注釋　〈緇衣〉，取首章首句「緇衣之宜兮」的「緇衣」為篇名。

篇旨　〈詩序〉：「〈緇衣〉，美武公也。父子並為周司徒，善於其職，
國人宜之，故美其德。」詩義自明，後世解詩者多從之。

原文　緇衣之宜兮[1]，敝[2]，予又改為兮[3]。適子之館兮[4]，還[5]，

1　緇，音茲，ㄗ，黑色。毛《傳》：「黑色。」緇衣，黑色的衣服。朱熹《詩集傳》：
　「緇衣，卿大夫居私朝（指館，即退朝後休息的地方）之（衣）服也。」宜，適
　宜。余培林《詩經正詁》：「謂著此緇衣而適宜，言其德稱其服。」朱熹《詩集

　　　　授子之粲兮[6]。

押韻　一章宜、為，是 1（歌）部。館、粲，是 3（元）部。歌、元
　　　　二部，是對轉。

章旨　一章描述讚美武公的品德，適合於武公所穿的衣服，送給武公
　　　　餐食（或新衣），呈現天子寵信武公的情形。

作法　一章平鋪直敘的賦。

原文　緇衣之好兮[7]，敝，子又改造[8]兮。適子之館兮，還，予
　　　　授子之粲兮。

押韻　二章好、造，是 21（幽）部。館、粲，是 3（元）部。

章旨　二章敘述頌揚武公的品德，適宜於所穿的衣服。

作法　二章平鋪直敘的賦。

　　傳》：「宜，稱也。」之，結構助詞，無意義。兮，啊，表示語末助詞。以下三個
　　「兮」，用法、意義相同。

2　敝，破舊。許慎《說文解字》：「敝，帗也。一曰敗衣。」段玉裁注：「帗者，一幅
　　巾也。引申為凡敗之稱。」

3　予，我，指天子。《爾雅·釋詁》：「予，我也。」改，更。毛《傳》：「改，更
　　也。」改為，更作。衣服破舊，天子又更作新服送給武公。

4　適，往。《爾雅·釋詁第一》：「適、之，往也。」館，退朝後休息的處所。鄭玄
　　《箋》：「卿士所之之館，在天子之宮。」孔穎達《毛詩正義》：「謂天子宮內卿士，
　　各立曹司，有廬舍以治事也。」言天子往武公治事之館。

5　還，音旋，ㄒㄩㄢˊ，返回、歸來。言已經往武公治事之館而返回。

6　授，給予。粲，有二解：（一）餐食、美餐。毛《傳》：「粲，餐也。」言天子授予
　　武公以餐食。（二）新衣。聞一多《風詩類鈔》：「粲，新也，謂新衣。」

7　好，美麗，高本漢《詩經注釋》：「窈窕，好也（美麗）。古代字書總是把『好』字
　　解作『美麗』，和『美』字同義。」按：美好，是同義複詞，詳見蔡宗陽《國文文
　　法》。

8　造與上章的「為」、下章的「作」，是互文見義，字異而義同，也是修辭學錯綜的抽
　　換詞面，皆是「作」之意。

原文　緇衣之蓆兮[9]，敝，予又改作兮。適子之館兮，還，予授子之粲兮。

押韻　三章蓆、作，是 14（鐸）部。館、粲，是 3（元）部。

章旨　末（三）章陳述武公的品德，和所穿的衣服相當適宜。

作法　三章平鋪直敘的賦。

研析

　　全詩三章，皆是平鋪直敘的賦。余培林《詩經正詁》：「此詩每章首句，皆指卿大夫而言。改衣、適館、授餐（或送新衣），皆武公所自言，乃全詩之重心。」

　　朱守亮《詩經評釋》：「雖云美武公，但妙在未露出美字。」《詩經評釋》：「惟著一『又』字、『還』字；屢用『予』字、『子』字。不僅殷勤之意自見。且疊複婉曲，情溢溢然。親愛委至，繾綣無已也。此詩首見一字句，後之詩詞一字為句者，肇始於此。」按：就章法言，三章後三句反覆使用，是類疊中的類句，深具增強語勢，渲染氣氛的作用。三章第三句之「為」、「造」、「作」，運用錯綜，又名避複，旨在使詩文活潑清新，錯綜變化，準確生動，提高表現力，造成音律美、節奏感。

9　蓆，寬大。毛《傳》：「蓆，大也。」

二　將仲子

將仲子兮，無踰我里，無折我樹杞。豈敢愛之？畏我父母。仲可懷也；父母之言，亦可畏也。

將仲子兮，無踰我牆，無折我樹桑。豈敢愛之？畏我諸兄。仲可懷也；諸兄之言，亦可畏也。

將仲子兮，無踰我園，無折我樹檀。豈敢愛之？畏人之多言。仲可懷也；人之多言，亦可畏也。

注釋　〈將仲子〉，取首章首句「將仲子兮」的「將仲子」為篇名。

篇旨　這篇描述女子拒絕男子，以暴力求愛的詩歌。

原文　將仲子兮[1]，無踰我里[2]，無折我樹杞[3]。豈敢愛之[4]？畏我父母[5]。仲可懷也[6]；父母之言，亦可畏也[7]。

1　將，言羌，ㄑㄧㄤ，請、願，含有「希望」之意。毛《傳》:「將，請也。」仲子，即今語「老二」。伯、仲、叔、季，是兄弟、姊妹的排行。子，是男子的美稱。兮，啊，語末助詞，表示感嘆語氣，詳見段德森《實用古漢語虛詞》。

2　無，莫，不要，禁戒副詞。楊樹達《詞詮》:「無，禁戒副詞，莫也。」按：無，含有禁止、警戒之意，相當於「勿」，用來修飾動詞。踰，音魚，ㄩˊ，超越。毛《傳》:「踰，越也。」我，指女子。朱熹《詩集傳》:「我，女子自我也。」里，本義是鄉里，引申為鄉里的牆，再引申為居處的地方。古代二十五家為一里。

3　折，傷害。毛《傳》:「折，言傷害也。」杞，音起，ㄑㄧˇ，本名。樹杞，即杞樹，為押韻而倒裝。

4　豈，難道。愛，愛惜。之，代詞，指杞樹。

5　畏，怕。父母，「父母之言」的省略，就文法言，探下省略。

6　仲，指仲子。可，應當，助動詞。楊樹達《詞詮》:「可，助動詞，當也。」按：可，加強語氣。表示按情理應該如此，詳見段德森《實用古漢語虛詞》。懷，想念。嚴粲《詩緝》:「懷，念也。」也，表示停頓，「啊」之意。

7　亦，也。詳見楊樹達《詞詮》。也，表示感嘆，「啊」之意。

押韻 一章子、里、杞、母，是 24（之）部。懷、畏，是 7（微）部。

章旨 一章敘述仲子勿超越居所，勿踏害杞樹的情形。

作法 一章平鋪直敘的賦。

原文 將仲子兮，無踰我牆[8]，無折我樹桑[9]。豈敢愛之？畏我諸兄。仲可懷也；諸兄之言，亦可畏也。

押韻 二章牆、桑、兄，是 15（陽）部。懷、畏，是 7（微）部。

章旨 二章陳述仲子勿越禮而行。

作法 二章平鋪直敘的賦。

原文 將仲子兮，無踰我圃[10]，無折我樹檀[11]。豈敢愛之？畏人之多言。仲可懷也；人之多言，亦可畏也。

押韻 三章圃、檀、言，是 3（元）部。懷、畏，是 7（微）部。

章旨 三章描繪仲子勿越禮而行。

作法 三章平鋪直敘的賦。

研析

　　全詩三章，皆是平鋪直敘的賦。余培林《詩經正詁》：「一章：『無踰我里，無折我樹杞』，此一縱也；『豈敢愛之』，此一擒也；『畏我父母』，此再縱也；『仲可懷也』；『父母之言，亦可畏也』，此三縱也。詩人於擒縱之術，可謂發揮淋漓盡致。」洵哉斯言。踰里、踰

---

8 牆，垣，圍在四周的土牆，這裡指居住的地方。毛《傳》：「牆，垣也。」按：垣，音元，ㄩㄢˊ，從土、亘聲。亘，有回轉之意。因此圍在四周的土牆叫做垣。

9 樹桑，「桑樹」的倒裝，為押韻而倒裝。

10 圃，宅圃，指居住的地方。

11 樹檀，「檀樹」的倒裝，為押韻而倒裝。

牆、踰園，由遠而近，層遞中的遞降。父母、諸兄、鄰人，由近而遠，層遞中的遞升。層遞旨在發揮層次感、漸層美，增強詩文藝術的感染力。

　　王靜芝《詩經通釋》：「女子戒男子勿為非禮之言。既拒其非禮，則是守禮，而復以父母兄弟及人言可畏，婉轉辭謝，足使非禮之男子生愧。」女子可謂「發乎情，止乎禮義」，當今多少男女縱情、濫情，豈不慎哉？

三 叔于田

叔于田，巷無居人；豈無居人？不如叔也，洵美且仁。
叔于狩，巷無飲酒；豈無飲酒？不如叔也，洵美且好。
叔適野，巷無服馬；豈無服馬？不如叔也，洵美且武。

注釋 〈叔于田〉，取首章首句「叔于田」為篇名。

篇旨 此篇有二說：（一）屈萬里《詩經詮釋》：「此亦美共叔段之詩。」王靜芝《詩經通釋》：「此共叔段初居於京，頗能得眾，京人愛之而為此詩。」余培林《詩經正詁》：「就下篇（指〈大叔于田〉）『獻于公所』觀之，叔段此時不當在京，而猶在鄭都也。」（二）陳子展《詩經直解》：「〈叔于田〉，讚美獵人之歌。其人好飲酒乘馬，方在盛年。其在當時社會，明為武士，屬於士之一階層。《詩》雖稱叔，未可必謂其人為鄭莊公之貴介弟、共叔段。」崔述《讀風偶識》：「大抵《毛詩》專事附會，仲與叔皆男子之字。」一言以蔽之，這是描述讚美獵人的詩歌。

原文 叔于田[1]，巷無居人[2]；豈無居人？不如叔也[3]，洵美且

---

1 叔有二解：（1）指共叔段。毛《傳》：「大叔段也。」（二）指男子伯、仲、叔、季排行中的「叔」，這裡指獵人。詳見陳子展《詩經直解》、崔述《讀風偶識》。于，於，在。于田，在打獵。田，古「畋」字，打獵。孔穎達《毛詩正義》：「田者，獵之別名，以取禽于田，因名曰田。」
2 巷無居人，朱守亮《詩經評釋》：「非里居中真無居人，以雖有而不為眾所注意，所注意者，惟叔而已。故曰無居人。」此運用夸飾修辭手法。
3 也，語末助詞，表示感嘆語氣，「啊」之意，詳見段德森《實用古漢語虛詞》。

仁[4]。

押韻 一章田、人、人、仁，是6（真）部。

章旨 一章描述獵人能愛人。俞樾《群經平議》：「此章以仁稱叔，見有叔，則能以人意相存問，故巷有人。無叔，則莫能以人意相存問，故巷無人也。」按：仁者，愛人。愛人者，人恆愛之。

作法 一章平鋪直敘兼誇飾修辭手法的賦。

原文 叔于狩[5]，巷無飲酒[6]；豈無飲酒？不如叔也，洵美且好[7]。

押韻 二章狩、酒、酒、好，是21（幽）部。

章旨 二章敘述獵人善飲酒。

作法 二章平鋪直敘兼有夸飾修辭技巧的賦。

原文 叔適野[8]，巷無服馬[9]；豈無服馬？不如叔也，洵美且武[10]。

押韻 三章野、馬、馬、武，是13（魚）部。

---

4 洵，確實，實在，誠然。鄭玄《箋》：「洵，信也。」且，又。此言叔確實既俊美又仁慈。

5 狩，打獵。毛《傳》：「冬獵曰狩。」于狩，正在打獵。

6 飲酒，燕飲。王靜芝云：「巷無燕飲，謂雖有，亦無人關心也。」此亦夸飾手法。飲酒，能喝酒的人。余培林云：「謂飲酒之人。」按：《論語·鄉黨》：「唯酒無量，不及亂。」古人對喝酒極為重視，所謂「酒不亂性」是也。

7 美好，雖是同義複詞，但美側重外在，好側重內在。

8 適，往，到……去。鄭玄《箋》：「適，之。」按：之，往，到……去。野，牧外。《爾雅·釋地》：「郊外謂之牧，牧外謂之野。」

9 服馬，乘馬。鄭玄《箋》：「猶乘馬也。」余培林云：「即駕馬之人。」巷無服馬，此亦夸飾修辭技法。

10 武，英勇威武的樣子。王先謙《詩三家義集疏》：「武者，謂有武容。」

章旨 三章描繪獵人擅長駕馬。

作法 三章平鋪直敘的賦。

研析

　　全詩三章，皆是平鋪直敘兼有夸飾修辭手法的賦。朱守亮云：「『巷無居人』、『巷無飲酒』、『巷無服馬』，疑語奇！而『豈無居人』、『豈無飲酒』、『豈無服馬』，皆不如叔也，注解妙。其所以如者何在？以其『洵美且仁』、『洵美且好』、『洵美且武』也，又回答妥切。一疑語，一注解，一回答，有態有式，何等筆法。」旨哉斯言。余培林云：「『巷無居人』、『巷無飲酒』、『巷無服馬』，此驚人之語也。『豈無居人』、『豈無飲酒』、『豈無服馬』，此引人之語也。『洵美且仁』、『洵美且好』、『洵美且武』，此安人之語也。如此懸宕筆法，讀者心神，盡為所控矣。」此亦有異曲同工之妙也。

四　大叔于田

　　大叔于田，乘乘馬。執轡如組，兩驂如舞。叔在藪，火烈具舉。襢裼暴虎，獻于公所。將叔無狃，戒其傷女。

　　叔于田，乘乘黃。兩服上襄，兩驂鴈行。叔在藪，火烈具揚。叔善射忌，又良御忌。抑磬控忌，抑縱送忌。

　　叔于田，乘乘鴇。兩服齊首，兩驂如手。叔在藪，火烈具阜。叔馬慢忌，叔發罕忌。抑釋掤忌，抑鬯弓忌。

注釋　〈大叔于田〉，取首章首句「大叔于田」為篇名。

篇旨　這篇篇旨有二說：（一）屈萬里《詩經詮釋》：「此亦美共叔段（田獵）之詩。」王靜芝、朱守亮、余培林皆贊成此說。（二）陳子展《詩經直解》：「〈大叔于田〉，亦為讚美獵人之歌，似是改寫之〈叔于田〉，或是二者同出于一母題之歌謠。倘說詩題〈大叔于田〉，明大叔指京城太叔，即指共叔段。望文生義，說近可笑，而亦有趣。此二詩有不同者，〈叔于田〉其人為閭巷之士，一人單獵；〈大叔于田〉其為大夫一流人物，率眾圍獵，且與鄰君親近，故云襢裼暴虎，獻于公所。顧亦無以證其必為叔段。《漢書·匡衡傳》：「匡上疏言：『鄭伯好勇，而國人暴虎。』」衡習《魯詩》，是《詩》今文義，好勇暴虎者，泛指國人，非必指叔段也。」按：陳氏之說，言之鑿鑿，程俊英、蔣見元《詩經注析》、滕志賢《新譯詩經讀本》贊成此說。方玉潤《詩經原始》：「前篇虛寫，此篇實賦。」良有以也。

原文 大叔于田¹，乘乘馬²。執轡如組³，兩驂如舞⁴。叔在藪⁵，火烈具舉⁶。襢裼暴虎⁷，獻于公所⁸。將叔無狃⁹，戒其傷女¹⁰。

押韻 一章馬、組、舞、舉、虎、所、女，是15（魚）部。

章旨 一章描述叔初獵搏虎，呈現其勇武的情形。

作法 一章兼有比喻（譬喻）的平鋪直敘寫作手法。

---

1 大叔于田，蘇轍《詩集傳》：「二詩皆曰〈叔于田〉，故此加『大』以別之，非謂段為大叔也。然不加者，又加『大』于首章，失三矣。」馬持盈《詩經今註今譯》：「〈大叔于田〉，這個『大』字是後人所加，表示這一篇是長篇，以別於前一篇的短篇的〈叔于田〉，所以大字根本用不著。」于田，正在打獵。

2 上「乘」是動詞，駕車。嚴粲《詩緝》：「乘，駕也。」下「乘」是名詞，音剩，ㄕㄥ丶，四馬。乘乘馬，駕四馬的車。

3 執，本義是拿，引申為操控之意。轡，音佩，ㄆㄟ丶，駕御馬車的繩索，即馬韁。執轡如組，駕御馬車的技術精良，馬韁柔如組，易於操控而靈巧。組，絲帶作的馬韁。這是運用譬喻。

4 兩驂，車衡外的兩匹馬。兩驂如舞，也是譬喻中的明喻，形容兩驂與其他兩匹馬動作整齊，好像跳舞一樣的和諧中節。

5 藪，音叟，ㄙㄡˇ，多草木的低窪地方，禽獸聚居的地方。陸德明《經典釋文》引《韓詩》：「禽獸居之曰藪。」孔穎達《毛詩正義》：「鄭有圃田，此言在藪，蓋圃田也。」

6 烈，猛火。許慎《說文解字》：「烈，火猛也。」具，皆。毛《傳》：「具，俱也。」舉，起。余培林《詩經正詁》：「此句謂燃燒草木，小火大火皆起，驚散禽獸，以便獵取也。」

7 襢裼，音袒錫，ㄊㄢˇ ㄒㄧˊ，裸露上身，即今語赤膊。暴虎，空手打老虎。毛《傳》：「徒手以搏之。」襢裼暴，余培林云：「誇叔段之勇。」此運用夸飾手法。

8 「公所」有二解：（一）指鄭莊公治事的處所。朱熹《詩集傳》：「公，莊公也。」（二）陳子展云：「公所，國君那裡。」按：國君那裡，鄭國國君辦公之處所。

9 將，音羌，ㄑㄧㄤ，發語詞，含有希望之意。朱守亮《詩經評釋》：「將，有願也、請也、希望也之意。」無，禁止之詞，勿。狃，音扭，音ㄋㄧㄡˇ，習以為常。毛《傳》：「習也。」

10 戒，警戒，警覺，警惕。其，代詞，指襢裼暴虎。女，即汝，代詞，指叔。

原文 叔于田，乘乘黃[11]。兩服上襄[12]，兩驂鴈行[13]。叔在藪，火烈具揚[14]。叔善射忌[15]，又良御忌[16]。抑磬控忌[17]，抑縱送忌[18]。

押韻 二章黃、襄、行、揚，是 15（陽）部。射、御，是 14（鐸）部。控、送，是 18（東）部。陽、東二部，是旁轉。陽、鐸二部，是對轉。詳見附錄：《詩經》倒裝的倒裝。

章旨 二章敘述叔駕車追逐禽獸，體現其擅長御射。

作法 二章兼有比喻（譬喻）中略喻的寫作技巧。。

原文 叔于田，乘乘鴇[19]。兩服齊首[20]，兩驂如手[21]。叔在藪，火烈具阜[22]。叔馬慢忌[23]，叔發罕忌[24]。抑釋掤忌[25]，抑

---

11 乘黃，四匹黃色的馬。

12 一車四馬，中間夾轅的二馬叫做兩服。上，前。上襄，前駕，稍前於驂馬。王引之《經義述聞》：「上襄，猶言前駕。」

13 在兩股左右的二馬叫做兩驂。鴈行，兩驂稍後於兩服，兩驂與兩服，好像雁飛行的行列，極為整齊。這是比喻（譬喻）中的略喻，當作「兩驂（如）鴈行」。

14 揚，起，舉。朱熹《詩集傳》：「起也。」

15 忌，語末助詞。以下「忌」字，皆語末助詞。朱熹《詩集傳》：「語助詞。」

16 良御，善於駕車。「叔善射忌，又良御忌」，是全詩的重心。

17 抑，語首助詞，無意義。下句「抑」字，亦雷同。楊樹達《詞詮》：「抑，語首助詞，無義。」俞樾《群經平議》：「磬，控也。」磬控，駕車者控制馬，不使馬前進的姿態。程俊英、蔣見元《詩經注析》：「磬控，形容御者止馬的姿態。」

18 縱送，放輕韁繩，使馬騁馳，便於射箭打禽獸。

19 鴇，音保，ㄅㄠˇ，黑白雜毛的馬。《爾雅·釋畜》：「驪白雜毛，鴇。」陸德明《經典釋文》：「依字作駂。」

20 齊首，兩匹服馬並頭齊驅。毛《傳》：「馬首齊也。」朱熹《詩集傳》：「兩服並首在前。」

21 兩驂如手，運用比喻（譬喻）中的明喻，形容兩匹在旁的驂馬好像人伸出左右手夾身。朱熹《詩集傳》：「兩驂在旁，稍次於後，如人之兩手也。」

22 阜，旺盛。毛《傳》：「盛也。」

23 馬慢，打獵快要結束，因此馬走得慢。

鬯弓忌[26]。

押韻　三章鴇、首、手、阜，是 21（幽）部。慢、罕，是 3（元）
　　　　部。掤、弓，是 26（蒸）部。

章旨　三章描繪叔打獵結束，呈現從容不迫的情形。

作法　三章兼有比喻（譬喻）的寫作技法。

研析

　　全詩三章，皆兼有比喻（譬喻）的修辭手法。朱守亮《詩經評
釋》：「詩之每章兩句，敘叔乘馬田獵。次兩句敘叔御馬整齊英壯。再
次兩句敘叔至水草之處，烈火齊舉，驅獸待捕。然炳烺雄駿，精光注
射處，全在『叔在藪』一段，當另眼看。」余培林《詩經正詁》：「二
章『叔善射忌，又良御忌』二句，為全詩之重心。」余培林云：「詩
人寫景如真，敘事傳神，文筆之妙，直嘆為觀止矣。」此言甚諦。

24　發，發箭，射箭。罕，音喊，ㄏㄢˇ，稀少。發罕，打獵快要結束，因此射出的箭
　　也比較少。

25　釋，解。掤，音冰，ㄅㄧㄥ，箭筒的蓋。朱熹云：「掤，矢筒蓋。」釋掤，射者腰綁
　　箭筒，如今射箭已結束，因此將箭放入箭筒。

26　鬯，音暢，ㄔㄤˋ，弓囊。本是名詞，這裡當動詞，將箭藏在弓囊中。朱熹云：
　　「鬯，弓囊也，與韔同。」

五　清人

清人在彭，駟介旁旁。二矛重英，河上乎翱翔。
清人在消，駟介麃麃。二矛重喬，河上乎逍遙。
清人在軸，駟介陶陶。左旋右抽，中軍作好。

注釋　〈清人〉，取首章首句「清人在彭」的「清人」為篇名。

篇旨　〈詩序〉：「清人，刺（鄭）文公也。高克好利而不顧其君，文
　　　　公惡而遠之。不能，使高克將兵而禦狄于竟。陳其師旅，翱翔
　　　　河上，久而不召，眾散而歸。高克奔陳。」《左傳・閔公二
　　　　年》：「師潰而歸，高克奔陳。鄭人為之賦〈清人〉。」

原文　清人在彭¹，駟介旁旁²。二矛重英³，河上乎翱翔⁴。

押韻　一章彭、旁、英、翔，是 15（陽）部。

章旨　一章描述高克率領清邑之人在彭，久駐不用，而遊樂逍遙的情
　　　　形。

作法　一章平鋪直敘的賦。

1　清，鄭國邑名，在今河南省中牟縣西邊。清人，清邑的人，指高克和他率領的士
　　兵。彭，衛國邑名，在黃河邊。毛《傳》：「彭，衛之河上，鄭之郊也。」
2　駟，四馬。介，甲。駟介，四馬都披上盔甲。朱熹《詩集傳》：「駟介，四馬被甲
　　也。」旁，音彭，ㄆㄥˊ。旁旁，通「彭彭」，馬強壯有力的樣子。一說：彭彭，盛
　　貌。朱守亮《詩經評釋》：「旁旁，同彭彭，馬強壯有力貌。又車馬奔走聲。」
3　二矛，酋矛有二。馬瑞辰《毛詩傳箋通釋》：「此詩二矛，亦謂酋矛有二，非兼言夷
　　矛也。」程俊英、蔣見元《詩經注析》：「古代每輛戰車上都樹兩支矛，一支用以攻
　　敵，一支備用，故稱『二矛』。」重英，二矛都有兩重英飾。滕志賢云：「英飾，即
　　用羽毛做成之纓絡，飾於矛頭下。」
4　河，指黃河。水邊叫做上。河上，黃河邊。乎，於，在。翱翔，遊樂。余培林《詩
　　經正詁》：「翱翔，《集傳》：『遊戲之貌。』與遨遊、逍遙，皆謂遊樂也。」

原文 清人在消⁵，駟介麃麃⁶。二矛重喬⁷，河上乎逍遙⁸。

押韻 二章消、麃、喬、遙，是 19（宵）部。

章旨 二章陳述高克率領清邑之人逍遙遊的情況。

作法 二章平鋪直敘的賦。

原文 清人在軸⁹，駟介陶陶¹⁰。左旋右抽¹¹，中軍作好¹²。

押韻 三章軸，是 22（覺）部。陶、抽、好，是 21（幽）部。覺、幽二部，是對轉。詳見附錄：《詩經》倒裝的三觀。

章旨 三章敘述高克率領軍隊，並未作戰，只是遨遊逍遙而已。

作法 三章平鋪直敘的賦。

---

5 清，黃河邊的地名。朱熹《詩集傳》云：「亦河上地名。」

6 麃，音標，ㄅㄧㄠ。麃麃，英勇威武的樣子。毛〈傳〉：「麃麃，武貌。」一說：麃麃，猶旁旁，眾多的樣子。

7 喬，《韓詩》作鷮，程俊英、蔣見元云：「喬是鷮的假借字，鷮是長尾野雞。此處指將鷮羽，掛在矛柄及矛頭有刃處作為裝飾（從范家相《詩瀋》說）。」

8 逍遙，遊玩快樂，即遊樂。《昭明文選・南都賦》注引《韓詩》：「逍遙，遊也。」按：《莊子》首篇〈逍遙遊〉。

9 軸，鄭國地名，在黃河邊。朱熹云：「亦河上地名。」

10 陶陶有三解：（一）毛《傳》：「馳驅之貌。」（二）朱熹《詩集傳》：「樂而自適貌。」（三）余培林《詩經正詁》：「盛壯貌。」

11 左旋右抽，余培林云：「左旋矛以禦敵，右抽茅以剌敵也。」抽，音滔，ㄊㄠ，三家《詩》作搯。許慎《說文解字》：「搯者，拔兵刃以習擊剌。《詩》曰：『左旋右搯』。」

12 中軍有二解：（一）「軍中」的倒裝。馬瑞辰《毛詩傳箋通釋》：「軍中也。」（二）程俊英、蔣見元《詩經注析》：「中軍，古代軍隊分上、中、下三軍，中軍的將官為主師。這裡指高克（從聞一多說）。」好，音號，ㄏㄠˋ，樂。作好，猶作樂，即上文之「翱翔」、「逍遙」也。詳見余培林《詩經正詁》。一說，陳奐《詩毛氏傳疏》：「容，儀容也。《傳》釋《經》『作好』為『為容好』，唯是講習兵事而已，與上兩章翱翔、逍遙同意。」

研析

　　全詩三章,皆是平鋪直敘的賦。「在彭」、「在消」、「在軸」,表示遷徙無常。「旁旁」、「麃麃」、「陶陶」,表示馳驅自樂。二矛重英、二矛重喬,表示徒具虛文。余培林云:「末章『左旋右抽』承二矛言,言其非真練習武事,乃作樂而已。末句『翱翔』、『逍遙』、『作好』,說明其潰敗之因,敗因已露,其敗必矣。」古今軍隊重軍紀,軍人有句名言:「合理的要求是訓練,不合理的要求是磨練。」但將領是率領士兵。若將領飲酒自樂,士兵上行下效,不言軍隊潰敗,其實已潰敗矣。

六　羔裘

羔裘如濡，洵直且侯。彼其之子，舍命不渝。
羔裘豹飾，孔武有力。彼其之子，邦之司直。
羔裘晏兮，三英粲兮。彼其之子，邦之彥兮。

注釋　〈羔裘〉，取首章首句「羔裘如濡」的「羔裘」為篇名。

篇旨　朱熹《詩集傳》：「蓋美其大夫之辭，然不知其所指矣。」

原文　羔裘如濡¹，洵直且侯²。彼其之子³，舍命不渝⁴。

押韻　一章濡、侯、渝，是 16（侯）部。

章旨　一章讚美士大夫正直俊美，忠貞堅定的情形。

作法　一章平鋪直敘的賦。

1　裘，音求，ㄑㄧㄡˊ，皮衣。羔裘，以羔羊的皮做成皮衣。朱熹《詩集傳》：「羔
裘，大夫服也。」如，表示理當如此。段德森《實用古漢語虛詞》：「如，副詞，表
示理應如此。」朱守亮《詩經評釋》：「如，猶之也，有如此之意味。」按：如，含
有「如此」之意。裴學海《古書虛詞集釋》：「如，猶之也。」濡，潤澤的樣子。毛
《傳》：「潤澤也。」

2　洵，確實，實在。直，正直。且，又。侯，俊美。此句言確實既正直又俊美。

3　彼，指示形容詞，此用在名詞之上，詳見楊樹達《詞詮》。按：柯旗化《新英文
法》：「指示形容詞，可用以代替前面所提過的語句。」這裡「彼」，指「羔裘如
濡，洵直且侯」。其，音記，ㄐㄧˋ，指己氏。余培林《詩經正詁》：「謂彼己氏之子
也。」按：彼己氏之子，即彼己姓之人。之，連詞，的，詳見楊樹達《詞詮》。
人，指大夫。

4　舍命，有二解：（一）施行命令。（二）捨棄生命。渝，變。「舍命不渝」有二解：
（一）施行命令而不變。余培林云：「舍命，即布施命令。見王國維〈與友論詩書
中成語書〉。渝，《傳》：『變也。』此句謂能布施或施行命令而不變。此言其『直』
也。」（二）程俊英、蔣見元《詩經注析》：「此句意為，當國家有危難時，能捨棄
生命而不變節。」

原文　羔裘豹飾[5]，孔武有力[6]。彼其之子，邦之司直[7]。

押韻　二章飾、力、直，是 25（職）部。

章旨　二章讚美士大夫既很英武，又有勇力的情況。

作法　二章平鋪直敘的賦。

原文　羔裘晏兮[8]，三英粲兮[9]。彼其之子，邦之彥兮[10]。

押韻　三章晏、粲、彥，是 3（元）部。

章旨　三章既讚美士大夫的服飾鮮豔，又讚美士大夫的品德，確實是
　　　　國家的俊傑美士。

作法　三章平鋪直敘的賦。

5　豹飾，用豹皮作羔裘邊緣的裝飾。毛《傳》：「緣以豹皮也。」按：《管子・揆度》：
　　「卿大夫豹飾。」是其證也。

6　孔，很。孔，《傳》：「甚也。」孔武有力，既很英武，又有勇力。

7　邦，國家。之，的，連詞。楊樹達《詞詮》：「之，連詞，與口語『的』字相當。
　　按：《馬氏文通》以下文法諸書均謂此『之』字為介詞，今定為連詞。」司直，官
　　名。余培林云：「古有司直之官，專司糾舉百官之過失，故又稱司過。」按：《漢
　　書・東方朔傳》：「以史魚為司直。」此其證也。

8　晏，鮮豔的樣子。毛《傳》：「鮮盛貌。」兮，用在句末，表示讚美的語氣，「啊」
　　之意。以下二「兮」字，皆同。詳見段德森《實用古漢語虛詞》。

9　三英，朱熹《詩集傳》：「裘飾也。」高亨《詩經今注》：「英，纓也。古人的皮襖是
　　對襟，中間兩邊各縫上三條絲繩，穿時結上，等於現在的紐扣，有一邊的三條絲繩
　　有穗，結後則垂下，即此處的三英。」粲，鮮明的樣子。高亨《詩經今注》：「粲，
　　鮮明也。」

10　邦，國家。之，連詞，「的」之意。彥，是名詞，美士。《爾雅・釋訓》：「美士為
　　彥。」毛《傳》：「彥，士之美稱。」按：朱守亮《詩經評釋》：「彥，士之美稱，今
　　言俊秀。」高亨《詩經今注》：「彥，美士稱彥，俊傑也。」若「彥」訓為「俊
　　秀」、「俊傑」，是形容詞，則「之」是結構助詞，無意義。本章「晏」、「粲」，皆是
　　形容詞，「彥」當是形容詞。表態句是主語＋謂語（表語）。表語不是形容詞，就是
　　形容詞性的詞語。表語，又稱為表詞、形容詞謂語。詳見蔡宗陽《國文文法》。

研析

　　全詩三章，皆是平鋪直敘的賦。余培林《詩經正詁》：「一章『洵直且侯』一語，為全詩之重心。『舍命不渝』，即稱其『直』也。二章『邦之司直』，則不僅己直，又且直人矣。『孔武有力』，更指出此大夫允文允武。末章則稱其『侯（美）』也。『羔裘晏兮』、『三英粲兮』，此衣飾之美也；『邦之彥兮』，此才德之美也。如此俊彥，邦人稱羨，無怪乎詩人作詩，以頌揚之也。」洵哉斯言。

　　朱守亮《詩經評釋》：「詩或合言，或分言。或三章相稱，或句有變化，亦饒興味。」按：「合言」者，「洵直且侯」也。「分言」者，「邦之司直」、「邦之俊兮」也。侯，美也。俊，美其才德。「三章相稱」者，三章皆用「彼其之子」，此乃運用修辭學類疊（又稱為複疊、反覆）的修辭手法。「句有變化」者，一章「羔裘如濡」、二章「羔裘豹飾」、三章「羔裘晏兮」，此乃修辭學錯綜的修辭技巧。朱氏之說，甚諦。

七　遵大路

遵大路兮，摻執子之袪兮。無我惡兮，不寁故也。
遵大路兮，摻執子之手兮，無我魗兮，不寁好也。

注釋　〈遵大路〉，取首章首句「遵大路兮」的「遵大路」為篇名。

篇旨　屈萬里《詩經詮釋》：「此男女相愛者，其一因失和而去，其一
悔而留之之詩。」劉瑾《詩傳通釋》：「宋玉〈登徒子好色賦〉
曰：鄭、衛、溱、洧之間，群女出桑，臣觀其麗者，因稱
《詩》曰，遵大路兮攬子袪，贈以芳華辭甚妙。《集傳》援此
為證者，蓋宋玉去此詩之時未遠，其所引用當時詩人之本旨，
彼為男語女，猶此詩為女語男之詞也。」陳子展《詩經直
解》：「自道學家視之，此不過有關男女私情之歌謠。」余培林
《詩經正詁》：「此當是欲與好友遵大路，以俱去而作之詩。」
眾說紛紜，審視詩文，豈不慎哉？

原文　遵大路兮¹，摻執子之袪兮²。無我惡兮³，不寁故也⁴。

1　遵，循，沿著。《爾雅・釋詁》：「遵，循也。」路，道路。兮，表示感嘆語氣，
　「啊」之意。
2　摻，音閃，ㄕㄢˇ，握持。毛《傳》：「摻，擥也。」摻執，是同義複詞。袪，音
　去，ㄑㄩˋ，袖口。王夫之《詩經稗疏》：「袪聯腰腋之際，而袪則袖口。」兮，表
　示感嘆語氣，「啊」之意，詳見段德森《實用古漢語虛詞》。下「兮」字，用法、意
　義相同。
3　「無我惡」，是「無惡我」的倒裝，這是兼有押韻的否定句倒裝。惡，音務，ㄨˋ，
　厭惡、憎惡。
4　寁，音攢，ㄗㄢˇ；又音捷，ㄐㄧㄝˊ，接續。詳見俞樾《群經平議》。故，舊。余培
　林云：「二句謂無因惡我，而不接續故舊之情也。」也，表示感嘆語氣，「啊」之
　意，詳見段德森《實用古漢語虛詞》。

押韻 一章路、惡，是 14（鐸）部。袪、故，是 13（魚）部。鐸、
　　　魚二部，是對轉。詳見附錄：《詩經》倒裝的三觀。

章旨 一章敘述二人分別時，其一人欲留止的情形。

作法 一章平鋪直敘的賦。

原文 遵大路兮[5]，摻執子之手兮，無我魗兮[6]，不寁好也[7]。

押韻 二章手、魗、好，是 21（幽）部。

章旨 二章描述二人將離別時，其一人婉留的情況。

作法 二章平鋪直敘的賦。

研析

　　全詩二章，皆是平鋪直敘的賦。余培林《詩經正詁》：「首句『遵
大路兮』，似有刺朝政失道之意。蓋與友人俱去，不必定遵大路，今
去而曰遵大路，則現居之地，環境甚惡劣矣。執袪、執手，皆言情好
甚深，然非必指男女也。〈大雅·抑〉曰：『匪手攜之，言示之事。』
所指並非男女，可證。末二語乃望其攜與俱去之辭。情真而切，辭婉
而溫。」洵哉此言。但吳闓生《詩義會通》引舊詩曰：「語重心長。
東野『欲別牽郎衣』祖此。」

5　路，王引之《經義述聞》：「此章路字當作道，與下文手、魗、好為韻。」按：道、
　　手、魗、好，是 21（幽）部。王氏之說是也。

6　魗，同醜。鄭玄《箋》：「魗，亦惡也。」魗，厭惡。

7　好，情好、歡好。朱熹《詩集傳》：「情好也。」

八　女曰雞鳴

　　女曰:「雞鳴」,士曰:「昧旦」。「子興視夜」,「明星有
爛。將翱將翔,弋鳧與雁。」

　　弋言加之,與子宜之。宜言飲酒,與子偕老。琴瑟在
御,莫不靜好。

　　「知子之來之,雜佩以贈之。知子之順之,雜佩以問
之。知子之好之,雜佩以報之。」

注釋　〈女曰雞鳴〉,取首章首句「女曰:『雞鳴』」的「女曰雞鳴」
　　　　為篇名。

篇旨　這篇是讚美夫婦恩愛,相敬如賓的詩歌。王靜芝《詩經通
　　　　釋》:「此詩人詠賢夫婦相敬愛,相扶持之詩。」

原文　女曰:「雞鳴」,士曰:「昧旦」[1]。「子興視夜[2]」,「明星
　　　　有爛[3]。將翱將翔[4],弋鳧與雁[5]。」

1　士,未婚夫,即今情人,這裡指男士。屈萬里《詩經詮釋》:「未婚夫謂之士,義見
　　《荀子》。此士字,蓋猶今言情人也。」按:細審全詩,士當指已婚之男士。昧
　　旦,天將明而尚未大明之時。許慎《說文解字》:「昧,昧爽,且明也。」段玉裁
　　注:「且明者,將明未全明也。」
2　子,女稱男為子。興,起。視夜,看夜的早晚。
3　明星,啟明星,又名曉星。《爾雅・釋天》:「明星謂之啟明。」有爛,爛然,明亮
　　的樣子。程俊英、蔣見元《詩經注析》:「爛,本義為爛熟,燦燦明亮是引申義。」
　　按:訓詁學有本義、引申義、假借義,詳見周何《中國訓詁學》。
4　將,將要,快要,副詞,表示動作、情況快要發生或出現。段德森《實用古漢語虛
　　詞》:「將,有『將要』、『快要』之意,著重事物發展的時間性。」翱翔,遨遊。將
　　翱將翔,指群鳥快要翱翔之時。
5　弋,音異,一ˋ,射。毛《傳》:「繳射也。」按:繳,音灼,ㄓㄨㄛˊ。朱熹《詩集
　　傳》:「謂以生絲繫矢而射也。」鳧,音孚,ㄈㄨˊ,野鴨。《爾雅・釋鳥》:「舒鳧,

押韻 一章旦、爛、雁，是 3（元）部。

章旨 一章敘述夫婦對話，早起射野鴨、雁的情形。

作法 一章以對話方式的平鋪直敘法。

原文 弋言加之[6]，與子宜之[7]。宜言飲酒[8]，與子偕老[9]。琴瑟在御[10]，莫不靜好[11]。

押韻 二章加、宜，是 1（歌）部。酒、老、好，是 21（幽）部。

章旨 二章描述男士打獵回來，夫婦歡樂和睦的情形。

作法 二章以女子之語，運用平鋪直敘的描寫手法。

原文 「知子之來之[12]，雜佩以贈之[13]。知子之順之[14]，雜佩以

鶩。」按：鶩，音務，ㄨˋ，野鴨。

6　弋，音異，一ˋ，射。言，語中助詞，無意義。楊樹達《詞詮》：「言，語中助詞，無義。」加，射中。之，代詞，指鳧與雁。

7　子，指士（男士）。《爾雅・釋言》：「宜，肴也。」宜之，意謂動詞，以宜為之，為之（指子）烹調菜餚。之，代詞，指男士。與，給予。與子宜之，女子為男士烹調菜餚給男士吃。按：肴、餚，是古今字。

8　宜，本是形容詞，這裡當動詞，烹調菜餚。言，語中助詞，無意義。詳見楊樹達《詞詮》。宜言飲酒，朱守亮《詩經評釋》：「謂烹調為肴而以之下酒也。」

9　與子偕老，和您（指男士）相伴到老，即白頭偕老，表達夫婦相敬如賓的真摯情感。

10　御，用。《禮記・曲禮》上：「士無故不徹琴瑟。」鄭玄注：「故，謂災患喪病。」琴瑟在御，表示夫婦和樂而無災患喪病。

11　莫不，兩個否定詞，相當於數學負負得正。莫不靜好，指夫婦都很安靜而美好和樂。

12　子，指男子。上「之」字，語中助詞，無意義。詳見楊樹達《詞詮》。來，音徠，ㄌㄞˋ，來此慰勉、體貼。來之，使之來，致使動詞。「知子之來之」，即知道您（男士）來此使我得到慰勉，使我（指女子）得到體貼。朱守亮《詩經評釋》：「讀為勑，ㄌㄞˋ，和順也，體貼也。又來此也。」

13　雜佩，佩玉。朱熹《詩集傳》：「雜佩者，左右佩玉也。」「雜佩以贈之」，即「以雜佩贈之」的倒裝。下「之」字，指男士。即以雜佩贈送男士。

問之[15]。知子之好之[16]，雜佩以報之[17]。」

押韻 三章來，是 24（之）部。贈，是 26（蒸）部。順、問，是 9（諄）部。好、報，是 21（幽）部。之、蒸二部，是對轉。之、幽，二部，是旁轉。

章旨 三章女子贈送男子，表達深情厚愛的心意。

作法 三章也以女子之言，運用平鋪直敘手法。

研析

　　全詩三章，以對話方式平鋪直敘，首章男女對話，描述早起打獵。次章是女子之言，敘述夫婦燒菜、對飲的和樂融融情形。末章亦是女子之言，陳述女子以佩玉贈送男子，表達情真愛意。余培林《詩經正詁》：「末章一意三疊，文辭婉曲，情意綿邈，讀之餘味不盡。」按：末章修辭排比兼錯綜手法。就整體言，是複句排比；就部分言，是錯綜中的抽換詞。「來」、「順」、「好」，字異而義同。「贈」、「問」、「報」，也是字異而義同。三者互文見義，屬於錯綜，與互文有別。

　　首章「士」字，屈萬里引《荀子》解為未婚夫，但細審全詩似已婚夫婦，歐陽脩《詩本義》：「今徧考《詩》，諸風言偕老者多矣，皆

14　順，鄭玄《箋》：「謂與己和順。」引申為相親相愛之意。順之，使之順，是致使動詞、役使動詞，又稱為使動詞，詳見蔡宗陽《國文文法》。知子之順之，即知道您（男士）來此，使我覺得和您在一起既很和順，又能相親相愛。上「之」字，語中助詞，無意義。下「之」字，代詞，指女子。

15　問，贈送。按：二句「贈」字與四句「問」字，互文見義，字異而義同。毛《傳》：「問，遺也。」按：遺，音胃，ㄨㄟˋ，贈送。如「客從遠方，遺我雙鯉魚」的「遺」即贈送。雜佩以問之，即「以雜佩問之」的倒裝，即以雜佩贈送男士。

16　子，指男士。上「之」字，語中助詞，無意義；下「之」字，代詞，指女子。好，音號，ㄏㄠˋ，愛。好之，使之好。知子之好之，即知道您（男士）來此，使我覺得和您在一起既很恩愛，又很幸福。

17　雜佩以報之，即「以雜佩報之」的倒裝，肯定句的倒裝，詳見附錄：《詩經》裝飾的三觀。之，代詞，指男士。

為夫婦之言也。」朱守亮《詩經評釋》:「飲酒相樂,期於偕老,何等情深意厚?而『琴瑟在御,莫不靜好。』不僅安詳和樂,亦雅馴可誦。」聞一多《風詩類鈔》:「〈女曰雞鳴〉,樂新婚也。」程俊英、蔣見元《詩經注析》:「這首詩中有男詞,有女詞,還有詩人的旁白,參差錯綜,很有情趣;實開漢武帝柏梁體,為後人聯句之祖。」

九　有女同車

　　有女同車，顏如舜華。將翱將翔，佩玉瓊琚。彼美孟
姜，洵美且都。

　　有女同行，顏如舜英。將翱將翔，佩玉將將。彼美孟
姜，德音不忘。

注釋　〈有女同車〉，取首章首句「有女同車」為篇名。

篇旨　這篇是描述新郎讚美新娘既漂亮又賢慧的詩歌。屈萬里《詩經
　　　　詮釋》：「此蓋婚者美其新婦之詩。由此語（指「有女同車」）
　　　　證之，知當為夫婦而非淫奔者，蓋淫奔之男女，不得公然同車
　　　　也。」朱守亮《詩經評釋》：「由詩中所呈現之美，佩飾之盛觀
　　　　之，當係新婚。」

原文　有女同車，顏如舜華¹。將翱將翔²，佩玉瓊琚³。彼美孟
　　　　姜⁴，洵美且都⁵。

1　顏，臉面、容貌。如，好像。舜，毛《傳》：「木槿也。」按：李時珍《本草綱
　　目》：「木槿，齊魯謂之王蒸，言其美而多也。《詩》云：『顏如舜華』，即此。」
　　華、花，古今字。顏如舜華，新娘容貌好像木槿花一樣美麗。按：木槿花，是日本
　　國花。

2　將，將要、快要，副詞，表示動作、情況快要發生或出現。詳見段德森《實用古漢
　　語虛詞》。翱翔，遨遊。將翱將翔，這裡指新娘將要遨遊。按：這裡運用借喻，將
　　新娘遨遊之樂，比喻為如鳥翔空。省略本體、喻詞，僅剩喻體，因此是比喻（譬
　　喻）中的借喻。

3　瓊，玉之美。毛《傳》：「瓊，玉之美者。」琚，音居，ㄐㄩ，佩玉。毛《傳》：
　　「琚，佩玉名。」

4　彼，代詞，這裡指「佩玉瓊琚」的新娘。孟，女子伯、仲、叔、季排行中的
　　「伯」，這裡指新娘。孟姜，姜姓的長女。

5　洵，確實、實在。且，又。都，文雅之美。朱熹《詩集傳》：「閑雅。」洵美且都，

押韻 一章車、華、琚、都，是 13（魚）部。翔、姜，是 15（陽）部。魚、陽二部，是對轉。

章旨 一章讚美新娘容貌如木槿一樣漂亮。

作法 一章兼有比喻（譬喻）有賦的興。

原文 有女同行[6]，顏如舜英[7]。將翺將翔，佩玉將將[8]。彼美孟姜，德音不忘[9]。

押韻 二章行、英、翔、將、姜、忘，是 15（陽）部。

章旨 二章敘述新郎讚美新娘的賢慧。

作法 二章兼有比喻（譬喻）有賦的興。

研析

全詩二章，皆是兼有比喻（譬喻）有賦的興。余培林《詩經正詁》：「一章首句『有女同車』，已表明作者與女子之關係（指『夫婦』才能同車）。」按：古代女子「大門不出，二門不邁」，若非夫婦，則不能同車（指一章）、同行（指二章）。

日本竹添光鴻《毛詩會箋》：「曰舜華，則芳膏醲態；曰翺翔，則夭嬌如神；曰佩玉，則矩步中節；曰孟姜，則甲族名閨；曰德音，則韻流金，味澤詩書矣。」旨哉斯言。姚際恆《詩經通論》：「始聞其佩

確實既美麗又文雅。

6　行，道路。毛《傳》：「行，行道也。」

7　英，花。毛《傳》：「猶華也。」按：華，花，古今字。

8　將將，音鏘鏘，ㄑㄧㄤ ㄑㄧㄤ，《魯詩》作「鏘鏘」，佩玉相撞的聲音。就文法言，是擬聲詞，又名狀聲詞，也是疊字衍聲複詞。蔡宗陽《國文法》：「所謂疊字衍聲複詞，是指兩個字的音節重疊而構成的衍聲複詞，古人稱為『重言』、『重字』。」

9　德音，美好的聲譽。嚴粲《詩緝》：「聲名也。」王引之《經義述聞》：「不忘，猶言德音不已。」朱熹《詩集傳》：「德音不忘，言其賢也。」按：新娘賢慧的聲譽，令新郎讚美不已。

玉之聲，故以『將翱將翔』先之，善于摹神者。翱翔字從羽，故上詩
言鳧雁，此則借以言美人，亦如羽族之翱翔也。〈神女賦〉：『婉若游
龍乘雲翔』，〈洛神賦〉：『若將飛而未翔』，又『翩若驚鴻』，又『體迅
飛鳧』，又『或翔神渚』，皆從此脫出。」此詩對後世辭賦之影響，既
深且遠，大矣哉！

十　山有扶蘇

　　山有扶蘇，隰有荷華。不見子都，乃見狂且。
　　山有喬松，隰有游龍。不見子充，乃見狡童。

注釋　〈山有扶蘇〉，取首章首句「山有扶蘇」為篇名。

篇旨　這篇是描述女子戲弄男子，笑罵中帶有愛意的詩歌。詳見高亨《詩經今注》。

原文　山有扶蘇[1]，隰有荷華[2]。不見子都[3]，乃見狂且[4]。

押韻　一章蘇、華、都、且，是 13（魚）部。

章旨　一章描述女子戲弄男子的情形。

作法　一章兼有比喻（譬喻）有賦的興。

原文　山有喬松[5]，隰有游龍[6]。不見子充[7]，乃見狡童[8]。

1　扶蘇，本是木名，又名樸樕，一種不成材的小樹。此以扶蘇，比喻男子。

2　隰，音席，ㄒㄧˊ，低溼的地方。《爾雅·釋地》:「下溼曰隰。」華、花，古今字。荷華，本是荷花，這裡以荷華，比喻女子。

3　子都，古代的美男子，指女子理想中的美男子。《孟子·告子上》:「至於子都，天下莫不知其姣也；不知子都之姣者，無目者也。」按:《左傳·隱公十一年》杜預注:「子都，鄭大夫公孫閼（音扼，ㄜˋ）。」子都，本是古代美男子，此借代女子理想中的美男子，這是修辭學的借代。就訓詁學言，是修辭義中的借代義，詳見蔡宗陽《文法與修辭探驪》。

4　乃，竟然。且，音居，ㄐㄩ。狂且，狂狡之人，此指猭童。聞一多《風詩類鈔》:「狂且即狂者。」

5　喬，高。陸德明《經典釋文》:「王（肅）云:高也。」以喬松，比喻男子。

6　游龍，又名馬蓼、水葒、紅草、狗尾巴花。朱熹《詩集傳》:「游，枝葉放縱也。龍，紅草也。」以游龍，比喻女子。

7　子充，猶子都，此指女子理想中的美男子。朱熹《詩集傳》:「猶子都也。」按:

押韻 二章松、龍、充、童，是 18（東）部。

章旨 二章敘述女子戲弄男子的情況。

作法 二章兼有比喻（譬喻）有賦的興。

研析

　　全詩二章，皆是兼有比喻（譬喻）有賦的興。余培林《詩經正詁》：「首二句扶蘇、喬松，皆高大之木；荷華、游龍，皆柔弱之草。一在山，一在隰，分別象徵男女。」按：此詩兼有比喻（譬喻）有賦的興。扶蘇、喬松比喻男子，荷華、游龍比喻女子。

　　余培林《詩經正詁》：「狂且、狡童，乃戲罵之語，唯其如此，反更見情趣；若以為厭惡而詈罵之語，乃真不識趣者矣。」古人如此，今人亦復如此。當今年輕人一句流行語：「男人不壞，女人不愛；女人不壞，男人不愛。」英國王爾德：「男人與女人因誤會而結合，因了解而分開。」豈不慎哉？

　　《孟子·盡心下》：「充實之謂美。」

8　狡童，此指狂狡之人。朱熹《詩集傳》：「狡獪之小兒。」

十一 蘀兮

蘀兮蘀兮，風其吹女。叔兮伯兮，倡予和女。
蘀兮蘀兮，風其漂女。叔兮伯兮，倡予要女。

注釋 〈蘀兮〉，取首章首句「蘀兮蘀兮」的「蘀兮」為篇名。

篇旨 此詩解者眾多，余培林《詩經正詁》：「或謂此男女或家人歌唱之詩，則無以解詩之首二句，亦無以解『叔兮伯兮』一語。至於〈詩序〉『刺忽』之說，《集傳》『淫女之辭』，則離旨愈遠矣。」方玉潤《詩經原始》：「蓋小臣有憂國之心，而無救君之力；大臣有扶危之力，而無急難之心。當此國是日非，主憂臣辱之秋，而徒為袖手旁觀者，盈廷皆是。以故義奮忠貞於大臣，而激於下位也。」朱守亮《詩經評釋》：「立說各異，皆能持之有故，言之成理。然皆不如傅斯年只是你唱我和。」

原文 蘀兮蘀兮¹，風其吹女²。叔兮伯兮³，倡予和女⁴。

1　蘀，音拓，ㄊㄨㄛˋ，木名。高亨《詩經今注》：「蘀，借為檡，木名，質堅硬，落葉晚。」兮，表示感嘆，「啊」之意。詳見段德森《實用古漢語虛詞》。
2　其，將。楊樹達《詞詮》：「其，時間副詞，將也。」女，同汝，代詞，指蘀。余培林《詩經正詁》：「檡雖堅而葉落晚，然風將吹汝使落。暗示災患之將至也。」
3　叔伯，諸大夫，這裡指鄭國大夫。嚴粲《詩緝》引錢曰：「叔伯，謂諸大夫也。」
4　「倡予和女」有二解：（一）程俊英、蔣見元《詩經注析》：「這句是倒文，即予倡女和。」這是兼有押韻的肯定句倒裝。詳見附錄：《詩經》倒裝的三觀。予，我。倡，即唱。許慎《說文解字》：「唱，導也。」段玉裁注：「古多以倡字為之。」女，同「汝」。和，音賀，ㄏㄜˋ，相應和。許慎《說文解字》：「和，相應也。」（二）「倡，予和女」，朱守亮《詩經評釋》：「請汝始唱，我將和汝之歌，亦隨之而唱也。」按：《爾雅·釋詁下》：「卬、吾、台、予、朕、身、甫、余，言我也。」予，「我」之意，是其證也。

押韻　一章蘀、蘀、伯,是 14(鐸)部。吹、和,是 1(歌)部。

章旨　一章描述詠歌和樂的情形。

作法　一章觸景生情的興。按:程俊英、蔣見元《詩經注析》:「詩人以風比男,以蘀比女。」則一、二章皆兼有比喻(譬喻)有賦的興。

原文　蘀兮蘀兮,風其漂女[5]。叔兮伯兮,倡予要女[6]。

押韻　二章蘀、蘀、伯,是 14(鐸)部。漂、要,是 19(宵)部。

章旨　二章敘述詠歌和樂的情況。

作法　二章觸景生情的興。

研析

　　全詩二章,皆觸景生情的興。〈蘀兮〉解者綦多,如朱守亮《詩經評釋》:「當是一種極尋常歌詞,如〈周南〉之〈芣苢〉之說為善也。詩則兩章只易四字,結構短小而完整,殆歌之善於唱和者也。或家人團聚,或友朋郊遊,同歌〈蘀兮〉,皆無不可,此見於今者甚多。即古人亦有『人歌而善,必使反之,而後和之』也。」此說綜合各家於一身,可資參閱。

　　王靜芝《詩經通釋》:「詩人先作歌云:『蘀兮,蘀兮!風其吹汝。』因而引起秋興,乃請叔伯諸人為始唱,我將和汝而同歌也。」王靜芝又云:「首章謂和唱,尾章謂完成。一開一收,結構雖短小而極為完整。」

5　漂,吹動。陸德明《經典釋文》:「漂,本亦作飄。」朱熹《詩集傳》:「漂、飄同。」

6　要,音腰,成,曲一終為一成。毛《傳》:「要,成也。」朱守亮《詩經評釋》:「要女,意即接唱汝之歌,以終結其曲也。」

十二　狡童

> 彼狡童兮，不與我言兮！維子之故，使我不能餐兮！
> 彼狡童兮，不與我食兮！維子之故，使我不能息兮！

注釋　〈狡童〉，取首章首句「彼狡童兮」的「狡童」為篇名。

篇旨　余培林《詩經正詁》：「此女子因所愛者，情好漸疏，而憂念之詩。」這是描述男女本來彼此相愛，後來男子逐漸疏遠女子，女子愛恨交加，產生憂念的情狀。

原文　彼狡童兮¹，不與我言兮²！維子之故³，使我不能餐兮⁴！

押韻　一章言、餐，是 3（元）部。

章旨　一章敘述女子因男子絕情而分離，女子難過得吃不下飯的情況。

作法　一章平鋪直敘的賦。

原文　彼狡童兮，不與我食兮⁵！維子之故，使我不能息兮⁶！

---

1 彼，是他稱的人稱代詞，「他」之意。蔡宗陽《國文文法》：「『彼』，是他稱的人稱代詞。」楊樹達《詞詮》：「彼，人稱代名詞，與今語『他』字相當。」狡童，狂行拙鈍之人，此指男子。朱熹《詩集傳》：「狡獪之小兒也。」馬瑞辰《毛詩傳箋通釋》：「狂且，狂行拙鈍之人。」兮，表示感歎，「啊」之意。詳見段德森《實用古漢語虛詞》。以下「兮」字，皆同。

2 不與我言，男子因絕情而離開，不再和我講話。詳見朱守亮《詩經評釋》。

3 維，楊樹達《詞詮》：「維，介詞，與『以』字用同。」按：以，因。子，代詞，指狡童。

4 餐，本是名詞，這裡當動詞，飲食。就文法言，是詞類活用；就修辭言，是轉品，又名轉類。

5 食，本是名詞，這裡當動詞，飲食。不與我食，男子因絕情而分離，不和我共同飲

押韻 二章食、息，是 25（職）部。

章旨 二章陳述女子因男子絕情而離開，女子難過得睡不著的情形。

作法 二章平鋪直敘的賦。

研析

全詩二章，皆是平鋪直敘的賦。余培林《詩經正詁》：「稱其『狡童』，嘗罵中，猶有愛意，非憎惡之也。」朱守亮《詩經評釋》：「詩則始不與言，而食不下嚥，此尚輕；繼則不與食，而氣結不能安息，則重矣。其所以如此者，因心仍深，義仍重也。」古今男女愛情，愛之深，責之切。當今年輕男女有一句流行語：「男人不壞，女人不愛；女人不壞，男人不愛。」這是此詩的最佳注腳。

食。按：食，就文法言，是詞類活用。就修辭言，是轉品，又名轉類。本章三個「兮」字，皆表示感嘆語氣，「啊」之意。

6　息，安息、安寢。朱熹《詩集傳》：「安也。」余培林《詩經正詁》：「上章餐，指飲食。此章息，指寢寐，正所謂寢食俱廢，言其憂之甚也。」

十三　褰裳

　　子惠思我，褰裳涉溱。子不我思，豈無他人？狂童之狂
也且！

　　子惠思我，褰裳涉洧。子不我思，豈無他士？狂童之狂
也且！

注釋　〈褰裳〉，取首章二句「褰裳涉溱」的「褰裳」為篇名。

篇旨　屈萬里《詩經詮釋》：「此女子斥男子情好漸疏之詩。」這是描
　　　　述男女本來是彼此喜愛，後來男子情好漸疏，女子怨恨而怒斥
　　　　男子的詩歌。

原文　子惠思我¹，褰裳涉溱²。子不我思³，豈無他人⁴？狂童
　　　　之狂也且⁵！

押韻　一章溱、人，是6（真）部。一、二章狂，是15（陽）部，遙

1　子，你。高亨《詩經今注》：「子，你。」按：子，代詞，男子。惠，愛。毛
　　《傳》：「愛也。」思，念。朱守亮《詩經評釋》：「思，念也。」子惠思我，您（指
　　男子）愛我（指女子）之時，才思念我。王靜芝《詩經通釋》：「此言汝愛我之時，
　　則思我。」

2　褰，音千，ㄑㄧㄢ，用手提起。裳，古代男女穿下衣，叫做裳。褰裳，用手提起下
　　衣。鄭玄《箋》：「揭衣。」按：揭衣，揭起下衣。高亨《詩經今注》：「裳，裙
　　子。」涉，徒步過河。溱，音臻，ㄓㄣ，鄭國水名。在今河南省密縣。

3　子不我思，「子不思我」的倒裝，這是否定句倒裝。子不我思，您（指男子）不想
　　念我。

4　豈，難道。豈無他人，難道沒有別人想念我嗎？余培林《詩經正詁》：「蓋激之，欲
　　其來也。」

5　狂童，狂妄拙鈍之人，此指男子。之，結構助詞，無意義。也，語末助詞。且，音
　　居，ㄐㄩ，朱熹《詩集傳》：「語辭也。」按：也且，皆語末助詞，含有「啊」之
　　意，表示感嘆。

韻。

章旨　一章敘述女子期盼男子速來，又怕不來，呈現憤怒怨懟的心
緒。

作法　一章平鋪直敘的賦。

原文　子惠思我，褰裳涉洧[6]。子不我思，豈無他士[7]？狂童之
狂也且！

押韻　二章洧、士，是 24（之）部。

章旨　二章陳述女子冀望男子速來，又恐其不來的情形。

作法　二章平鋪直敘的賦。

研析

　　全詩二章，皆是平鋪直敘的賦。余培林《詩經正詁》：「全詩皆斥
拒之語，實皆望其速來也。故『褰裳涉溱』、『褰裳涉洧』，方是全詩
之重心。『子不我思，豈無他人』，此欲擒故縱也。『狂童之狂也且』，
《集傳》曰：『亦謔之之辭。』得之矣。」按：謔之之辭，即女子戲
謔男子之辭，含有「罵中含愛，嗔中帶嬌」的愛恨交加之嘔氣語。孫
鑛《批評詩經》：「狂童之狂也且，語勢拖靡，風度絕勝。」

6　洧，音尾，ㄨㄟˇ，鄭國水名，在今河南省密縣。

7　士，未婚者。他士，猶他人。朱熹《詩集傳》：「未娶者之稱。」

十四 丰

> 子之丰兮，俟我乎巷兮；悔予不送兮。
> 子之昌兮，俟我乎堂兮；悔予不將兮。
> 衣錦褧衣，裳錦褧裳。叔兮伯兮，駕予與行。
> 裳錦褧裳，衣錦褧衣。叔兮伯兮，駕予與歸。

注釋 〈丰〉，取首章首句「子之丰兮」的「丰」為篇名。

篇旨 王靜芝《詩經通釋》：「此詩說者多承認為男女婚嫁之詩，惟觀點不同而已。」同中有異，異中有同，此仁者見仁，智者見智，惟莊子「不譴是非」，始得詩義。

原文 子之丰兮¹，俟我乎巷兮²；悔予不送兮³。

押韻 一章丰、巷、送，是 18（東）部。

---

1 子，你，指男子。之，結構助詞，無意義。丰，音風，ㄈㄥ，面貌豐滿。毛《傳》：「豐滿也。」子之丰，表態句。蔡宗陽《國文文法》：「表態句的基本句型是：主語＋謂語（表語）。蔡宗陽又云：「表態句的特色：（一）包括主語、表語。（二）表語不是形容詞，就是形容詞性的詞語。（三）表語，又稱為表詞、形容詞謂語。」子，是主語。「丰」，是表語。兮，語末助詞，表示感嘆，「啊」之意。以下二「兮」字，皆同。按：《孟子‧盡心下》：「充實之謂美。」子之丰兮，男子俊美啊！

2 俟，音寺，ㄙˋ，等待。我，指女子。鄭玄《箋》：「子，謂親迎者。我，我將嫁者。」乎，於，在。巷，門外。毛《傳》：「巷，門外也。」朱守亮《詩經評釋》：「女子在房中觀之，見其在門外等候也。」

3 予，我。《爾雅‧釋詁下》：「卬、吾、台、予、朕、身、甫、余，言我也。」悔予不送兮，王靜芝《詩經通釋》：「女子見男子親迎，而俟於門外，自喜得如此良人。因悔前者相見之時，曾故作矜持而不送之，實有負於君子，故有感愧也。」胡承珙《毛詩後箋》：「送，猶致也。《荀子‧富國》注：『送，致女。』春秋言致女者，即以女授婿之謂。」按：「悔」字，實是全詩的主題。

章旨 一章描述女子目睹男子親迎而俟於門外，女子抒發且喜且愧的
心情。

作法 一章平鋪直敘的賦。

原文 子之昌兮⁴，俟我乎堂兮⁵；悔予不將兮⁶。

押韻 二章昌、堂、將，是 15（陽）部。

章旨 二章敘述女子親睹男子親迎而俟於廳堂，女子抒發且喜且愧的
心情。

作法 二章平鋪直敘的賦。

原文 衣錦褧衣⁷，裳錦褧裳⁸。叔兮伯兮⁹，駕予與行¹⁰。

---

4 昌，盛壯美好的樣子。毛《傳》：「盛壯貌。」按：《孟子·盡心下》：「充實之謂
　美。」上下三個「兮」字，表示感嘆語氣，「啊」之意。

5 堂，廳堂、門堂。程俊英、蔣見元《詩經注析》：「古代婚娶要經過六道程序：納采
　（男送禮物到女家，表示願談婚事）、問名（請媒人問女方的姓名和生平月日）、納
　吉（男家卜卦得吉兆後告訴女家）、納徵（男家送錢和禮物給女家，表示訂婚）、請
　期（男家卜得結婚吉日，徵求女家同意）、親迎（男子駕車至女家，等在庭中，女
　方從房裡出來，女方父親將女兒的手遞給女婿，婿牽婦手出門，一同上車回家）。
　這句詩即寫男子親迎的情況。」

6 將，送。鄭玄《箋》：「將，亦送也。」

7 衣，音亦，一ㄟ，本是名詞，這裡當動詞，穿之意。按：就文法言，是詞類活用。
　就修辭言，是轉品，又名轉類。錦，文衣。褧，音窘，ㄐㄩㄥˇ。褧衣，今所謂罩
　袍，以防灰塵污染錦衣。錦褧衣，出嫁者的衣服。毛《傳》：「衣錦褧，嫁者之
　服。」

8 上裳字，本是名詞，這裡當動詞，穿之意。按：就文法言，是詞類活用；就修辭
　言，是轉品，又名轉類。下裳字，是下衣。錦褧裳，出嫁者的衣服。

9 叔、伯，猶今指老大，指隨婿親迎之人，不必為兄弟。毛《傳》：「叔、伯，迎己
　者。」陳奐《詩毛氏傳疏》：「謂婿之從者也。」

10 駕，駕車親迎。予，我。與，共，此願望之辭。行，即歸，出嫁。孔穎達《毛詩正
　義》：「此女失其配偶，悔前不行，自設衣服之備，望夫更來迎己。言若復駕車而
　來，我則與之行矣。」

押韻 三章裳、行，是 15（陽）部。

章旨 三章陳述女子臨嫁裝飾，準備啟程的情況。

作法 三章平鋪直敘的賦。

原文 裳錦褧裳，衣錦褧衣。叔兮伯兮，駕予與歸[11]。

押韻 四章衣、歸，是 17（微）部。

章旨 四章描繪女子臨嫁裝飾，準備啟程的情形。

作法 四章平鋪直敘的賦。

研析

全詩四章，皆是平鋪直敘的賦。

余培林《詩經正詁》：「前二章悔其不從，後二章望男子復來迎娶。然全詩重心，只在一『悔』字。俟巷、俟堂，寫男子親迎；褧衣、褧裳，寫嫁服已備也；與行、與歸，寫望嫁心切也。」朱守亮《詩經評釋》：「此二悔字落筆甚妙，實由經驗中體味而來。」富蘭克林云：「愛情的視覺不是眼睛，而是心靈。」按：「悔」字貫串全詩，結構縝密；而「悔」字在心靈，不在眼睛。

---

11 歸，女子出嫁。朱熹《詩集傳》：「女子謂嫁曰歸。」

十五 東門之墠

東門之墠，茹藘在阪。其室則邇，其人甚遠。
東門之栗，有踐家室。豈不爾思？子不我即。

注釋 〈東門之墠〉，取首章首句「東門之墠」為篇名。

篇旨 王先謙《詩三家義集疏》：「言我豈不思為爾室家，但子不來就我，以禮相近，則我無由得往耳。此女以禮自守。」屈萬里《詩經詮釋》：「此男女相思而不得相見之詩。」按：這篇敘述男女雖咫尺天涯，但莫能相近，相思之苦極深。

原文 東門之墠¹，茹藘在阪²。其室則邇³，其人甚遠⁴。

押韻 一章墠、阪、遠，是 3（元）部。

章旨 一章描述思其人而不得見的心情。

作法 一章平鋪直敘的賦。

---

1 墠，音善，ㄕㄢˋ，掃除整潔的平地。毛《傳》：「墠，除地町町者。」陳喬樅《三家詩遺說考》：「町町，言除地，使之平坦。」

2 藘，音閭，ㄌㄩˊ。茹藘，茅蒐。《爾雅·釋草》：「茹藘，茅蒐。」郭璞注：「茅蒐，一名茜（音欠，ㄑㄧㄢˋ），可以染絳（音匠，ㄐㄧㄤˋ，深紅色）。」按：茹藘，又名牛蔓、蒨草、茜、茅蒐。阪，音板，ㄅㄢˇ，山坡。朱熹《詩集傳》：「陂者曰阪。」按：陂，音皮，ㄆㄧˊ，山坡。

3 其，代詞，指所思之人。則，承接連詞，表達詩中對待之關係。楊樹達《詞詮》：「則，承接連詞，表文中對待之關係。《說文》云：『則，等畫物也。』則字本為分畫之義，故其為詞，亦有畫分之義焉。此類文字，若去其所對待者，而使之獨，則『則』字之作用失。」按：「其室則邇」與「其人甚遠」，有對待之關係。邇，近。毛《傳》：「近也。」

4 其人，指所思之人。余培林《詩經正詁》：「遠，思而不得見，故謂之遠。室近人遠，有咫尺天涯之意。」

原文 東門之栗⁵，有踐家室⁶。豈不爾思⁷？子不我即⁸。

押韻 二章栗、室、即，是 5（質）部。

章旨 二章敘述女子向男子訴苦的心情。

作法 二章平鋪直敘的賦。

研析

全詩二章，皆是平鋪直敘的賦。

方玉潤《詩經原始》：「就首章而觀，曰『室邇人遠』者，男求女之詞也；就次章而論，曰『子不我即』者，女望男之心也。」陳子展《詩經直解》：「〈東門之墠〉，蓋男女求愛、贈答倡和之歌。」按：陳子展以為「一章男歌，二章女歌」、「此男女一贈一答、一倡一和之歌」。余培林《詩經正詁》：「詩之前後二章，可以互為注腳，互相發明。」傅斯年《詩經講義》：「上章言室邇人遠，下章言思之而不來，蓋愛而不晤者之辭。」朱守亮《詩經評釋》：「『遠』字最傳神，『思』字最情切，『室雖邇，但子不我即』，亦最莫可如何也。似訴似怨，真情全流露矣。」通觀眾說，猶如觀賞一幅天然畫布。福爾特爾：「愛情是用幻想刺繡出來的天然畫布。」洵哉斯言。

---

5 栗，栗樹。陳奐《詩毛氏傳疏》：「東門之栗與上章東門之墠正是一處。古者室家必有場圃，春夏為圃，秋冬為場。墠，即場也。場圃側樹以木。」

6 有踐，踐然，指家室整齊的樣子。朱熹《詩集傳》：「有踐，行列貌。」

7 不爾思，「不思爾」的倒裝，是不兼韻文的否定句倒裝。詳見附錄：《詩經》倒裝的三觀。豈不爾思，難道不想你嗎？

8 子，指男子。我，指女子。即，就。毛《傳》：「即，就也。」子不我即，「子不即我」的倒裝，是否定句倒裝。按：即，就，到。子不我即，你不肯到我家。「子不我即」，是全詩的主題。余培林《詩經正詁》：「詩人緊扣此句，直至最後始予發出，亦可謂『善誘人』者矣。」

十六　風雨

> 風雨淒淒，雞鳴喈喈。既見君子，云胡不夷？
> 風雨瀟瀟，雞鳴膠膠。既見君子，云胡不瘳？
> 風雨如晦，雞鳴不已。既見君子，云胡不喜？

注釋　〈風雨〉，取首篇首章「風雨淒淒」的「風雨」為篇名。

篇旨　〈詩序〉：「〈風雨〉，思君子也。亂世，則思君子不改其度焉。」說詩者多從之。王靜芝《詩經通釋》：「細讀全篇，詩境至高，而言辭至為顯明。如不作曲尋，不求載道。而由真情善言美境中求之，則純為一首抒情之詩。」按：董仲舒《春秋繁露・精華》：「《詩》無達詁，《易》無達占，《春秋》無達辭。」《詩經》不外抒情、言志，〈詩序〉以言志，《詩經通釋》則以抒情。

原文　風雨淒淒¹，雞鳴喈喈²。既見君子³，云胡不夷⁴？

1　淒淒，寒涼的樣子。孔穎達《毛詩正義》：「寒涼之意，言雨氣寒也。」

2　喈喈，音皆皆，ㄐㄧㄝ ㄐㄧㄝ，雞鳴聲。朱熹《詩集傳》：「雞鳴之聲。」這是狀聲詞，又名擬聲詞，也稱為疊字衍聲複詞。蔡宗陽《國文文法》：「所謂疊字衍聲複詞，是指兩個字的音節重疊而構成的衍聲複詞，古人稱為『重言』、『重字』。」鄭玄《箋》：「喻君子處世不變其節度。」按：鄭玄以志說詩。就修辭言，運用比喻（譬喻）中的借喻。省略本體、喻詞。滕志賢以為比喻婦人雖身處孤寂惡劣之環境，不改其忠貞。按：此就「情」說詩。

3　既，已經。君子，有二解：（一）丈夫。（二）指有官爵者。屈萬里《詩經詮釋》：「《詩經》中之君子，多指有官爵者言（婦人稱其夫亦用之）。」

4　云，語首助詞，無意義。詳見楊樹達《詞詮・卷九》。胡，為何、為什麼。夷有二解：（一）說。毛《傳》：「說也。」（二）夷，本義是平，引申為平靜。程俊英、蔣見元《詩經注析》：「夷，平。指心境由憂思而平靜。」

押韻　一章淒、喈、夷，是 4（脂）部。

章旨　一章風雨雞鳴之時，或喜見其夫歸來，或環境惡劣而君子不變
其節度，或環境孤寂而婦人不改其忠貞。

作法　一章兼有比喻（譬喻）有賦的興。

原文　風雨瀟瀟[5]，雞鳴膠膠[6]。既見君子，云胡不瘳[7]？

押韻　二章瀟、膠、瘳，是 21（幽）部。

章旨　王靜芝《詩經通釋》：「第二章，重首章之義，換韻。云胡不瘳
者，言病體何能不愈，未必真病，形容欣慰之心情也。」

作法　二章觸景生情的興。

原文　風雨如晦[8]，雞鳴不已[9]。既見君子，云胡不喜？

押韻　三章晦、已、喜，是 24（之）部。

章旨　同一章。王夫之云：「以樂景寫哀，以哀寫景，一倍增其哀
樂。」王靜芝《詩經通釋》：「詩為唱者，唱時則必重疊，重疊
而後始有力，始見情致，始能引起共鳴。」

作法　三章觸景生情的興。

5　瀟瀟，音蕭蕭，ㄒㄧㄠ ㄒㄧㄠ，風雨暴疾的聲音，擬聲詞，又名狀聲詞、疊字衍聲
複詞。朱熹《詩集傳》：「風雨之聲。」毛《傳》：「暴疾也。」

6　膠膠，音交交，ㄐㄧㄠ ㄐㄧㄠ，雞鳴的聲音，擬聲詞、狀聲詞、疊字衍聲複詞。朱
熹《詩集傳》：「猶喈喈也。」

7　瘳，音抽，ㄔㄡ，病瘥癒。朱熹《詩集傳》：「瘳，病愈也。言積思之病，至此而愈
也。」

8　如，同「而」，轉接連詞，即今語「卻」。楊樹達《詞詮》：「如，轉接連詞，與
「而」同，與今語『卻』相當。」晦，音慧，ㄏㄨㄟˋ，昏暗。毛《傳》：「昏
也。」風雨如晦，因風雨交加而天色變昏暗。

9　已，停止。鄭玄《箋》：「止也。」按：此句亦比喻君子處世不變其節度，或比喻婦
人雖身處孤寂惡劣之環境，不改其忠貞。

研析

全詩三章，皆是平鋪直敘的賦。

姚際恆《詩經通論》：「喈為眾聲和，初鳴聲尚微，但覺其眾和耳。再鳴則聲漸高，膠膠，同聲高大也。」朱守亮《詩經評釋》：「傅斯年曰：『相愛者晤於風雨雞鳴中。』斯言得之。但相愛者之言，說者又不一，或謂所歡情人，或謂故舊老友。惟觀『君子』一詞，似指習用之久別丈夫為喜。」余培林《詩經正詁》：「一章曰『夷』、二章曰『瘳』、三章曰『喜』，此欣悅之層次也。一章曰『淒淒』，風雨之意也；二章曰『瀟瀟』，風雨之聲也；三章曰『如晦』，風雨之狀也。用辭不同，義亦各異。」按：俗諺云：「文如看山不喜平。」遣詞用字，平淡無奇，詩文呆滯。

陳子展《詩經直解》：「〈風雨〉，懷人之詩。詩人於風雨之夜，懷念君子，既而見之，喜極而作。」但陳子展又云：「此詩之積極意義在于鼓勵人之為善不息，不改常度，造次不移，臨難不奪。」前者指抒情，後者言志。

十七　子衿

青青子衿，悠悠我心。縱我不往，子寧不嗣音？
青青子佩，悠悠我思。縱我不往，子寧不來？
挑兮達兮，在城闕兮。一日不見，如三月兮。

注釋　〈子衿〉，取首章首句「青青子衿」的「子衿」為篇名。

篇旨　屈萬里《詩經詮釋》：「此女子思其所愛者之詩。」這篇敘述男女相愛，女子怨男子不來相晤的詩歌。

原文　青青子衿¹，悠悠我心²。縱我不往³，子寧不嗣音⁴？

押韻　一章衿、心、音，是 28（侵）部。

章旨　一章描述女子思念男子，責問男子為何不來信的情形。

作法　一章睹物思人的興，但不兼有比喻（譬喻）。

原文　青青子佩⁵，悠悠我思⁶。縱我不往，子寧不來？

1　青青子衿，「子衿青青」的倒裝，兼有押韻的肯定句倒裝。子，指男子。衿，音今，ㄐㄧㄣ，同襟，衣衿。孔穎達《毛詩正義》：「衿與襟音義同，衿是領的別名。衿、領一物。色雖一青，而重言『青青』者，古之復言也。」顏之推《顏氏家訓·書證》：「古者斜領下連於衿（襟），故謂領為衿。」《禮記·深衣》：「具父母，衣純以青；如孤子，衣純以素。凡父母在者，其深衣自領及袵，皆以青緣之，非僅學子服之也。」

2　悠悠我心，「我心悠悠」的倒裝，兼有押韻的肯定句倒裝。一則為押韻而倒裝，二則為詩文產生波瀾而倒裝，呈現藝術美。悠悠，思念深長的樣子，含有「憂愁」之意。朱熹《詩集傳》：「思之長也。」

3　縱，縱使，即使。縱我不往，縱使我不往汝（指男子）處。

4　寧，寧可，難道，情願。嗣，寄，贈送。音，音信。子寧不嗣言，你難道（寧可）不寄慰問音信嗎？

5　青青子佩，「子佩青青」的倒裝，兼有押韻的肯定句倒裝。詳見附錄：《詩經》倒裝

押韻 二章佩、思、來，是 24（之）部。

章旨 二章陳述想念男子，責問男子為何不來看我的情況。

作法 二章睹物思人的興。

原文 挑兮達兮[7]，在城闕兮[8]。一日不見，如三月兮[9]。

押韻 三章達、闕、月，是 2（月）部。

章旨 三章描繪女子懷念男子，在城闕徘徊，不見男子到來，思念深長的樣子。

作法 三章平鋪直敘的抒情，運用比喻（譬喻）兼夸飾的寫作手法，可謂兼有比喻（譬喻）有賦的興。

研析

　　全詩三章一、二章皆睹物思人的興，末章則運用比喻（譬喻）、夸飾的兼格修辭，即兼有比喻（譬喻）有賦的興。

　　余培林《詩經正詁》：「一章曰衿，二章曰佩，皆以物代人，靈動可喜。」按：以物代人，即修辭義中的借代義。詳見蔡宗陽《文法與修辭探賾·修辭義探析》。朱守亮《詩經評釋》：「全詩不僅似一絕尺

　　的三觀。子，指男子。佩，佩玉。毛《傳》：「佩，佩玉也。」孔穎達《毛詩正義》：「青青，謂組綬也。」余培林《詩經正詁》：「組綬，即貫玉石之絲繩。」

6　悠悠我思，「我思悠悠」的倒裝，兼有押韻的肯定句倒裝。

7　達，音踏，ㄊㄚˋ。挑達，往來徘徊的樣子。毛《傳》「挑達，往來貌。」余培林《詩經正詁》：「此女子自謂於城闕徘徊，以俟男子。舊云：指男子往來。恐誤。」誠哉斯言。按：本章四個「兮」字，皆語末助詞，含有「啊」之意。

8　闕，言確，ㄑㄩㄝˋ，作二臺於城門外之左右，築樓觀於其上，曰闕。後世之城門樓，是其遺制。聞一多《詩經通義》：「蓋城牆當列兩旁築臺，臺上設樓，是謂觀，亦謂之闕。」朱守亮《詩經評釋》：「女子登城闕，以望其所思之男子也。」斯言得之。

9　一日不見，如三月兮，「一日不見，如隔三秋」，形容相思的痛苦。按：此句運用比喻（譬喻）兼夸飾（又名夸張），是兼格修辭。就形式言，比喻（譬喻）中的明喻。就內容言，夸飾中的時間誇張。

牘，且直如面訴。」程俊英、蔣見元《詩經注析》：「〈子衿〉云：『縱我不往，子寧不嗣音？』『子寧不來？』薄責己而厚望於人也。已開後世小說言情心理描繪矣。」按：《論語・衛靈公》云：「躬自厚，而薄責於人。」豈不慎哉！

十八　揚之水

　　揚之水，不流束楚。終鮮兄弟，維予與女。無信人之
言，人實迋女。

　　揚之水，不流束薪。終鮮兄弟，維予二人。無信人之
言，人實不信。

注釋　〈揚之水〉，取首章首句「揚之水」為篇名。

篇旨　陳子展《詩經直解》：「〈揚之水〉，蓋詩人見人有間於其兄弟二
　　　　人者，作此詩以自儆，並期兄弟共儆之。」

原文　揚之水[1]，不流束楚[2]。終鮮兄弟[3]，維予與女[4]。無信人
　　　　之言[5]，人實迋女[6]。

押韻　一章楚、女、女，是 13（魚）部。

章旨　一章描述兄弟二人應該精誠團結，勿信他人離間之語。

作法　按：「揚之水，不流束楚」，比喻兄弟勿信他人離間之言，則兄
　　　　弟如束楚，他人之言如揚之水，如此，則一章是兼有比喻（譬
　　　　喻）有賦的興。

1　揚，激揚，流水受阻礙而湧起的樣子。毛《傳》：揚，激揚也。」

2　不流，流不動。楚，木名，叢木，一名荊。詳見許慎《說文解字》。束薪，一束荊
　　條，一捆荊條。朱守亮《詩經評釋》：「束楚置之水上，不能浮流而下也。」

3　終，既。鮮，言險，ㄒㄧㄢˇ，少。

4　維，通「惟」，僅，只有。裴學海《古書虛詞集傳》：「維，獨也。」予，我。女，
　　同汝。此言既少兄弟，只有我和你二人而已。

5　無，同勿，表示禁止之辭。人，指別人。人之言，別人離間之言語，即別人調撥離
　　間的話。

6　迋，音廣，《ㄨㄤˇ，欺騙。朱熹《詩集傳》：「迋，與誑同。」

原文 揚之水，不流束薪[7]。終鮮兄弟，維予二人[8]。無信人之言，人實不信[9]。

押韻 二章薪、人、信，是6（真）部。

章旨 二章陳述兄弟二人同心，其利斷金，不懼他人離間。

作法 二章兼有比喻（譬喻）有賦的興。

研析

　　全詩二章，皆是兼有比喻有賦的興。

　　余培林《詩經正詁》：「首二句『揚之水，不流束楚』、『揚之水，不流束薪』，既鮮兄弟，易受欺誑之意，已隱含其中，此興之妙用也。」方玉潤《詩經原始》：「此詩不過兄弟相疑，始因讒間，繼乃悔悟，不覺愈加親愛，遂相勸勉，以為根本之間，不可自殘。」洵哉斯言。「兄弟勸勉，不可自殘」，此句可作為當今社會兄弟鬩牆之警惕，豈不慎思哉！

7　揚之水，比喻他人離間之言。束薪，比喻兄弟團結。《周易・繫辭上》：「二人同心，其利斷金。」此言團結力量大，不怕別人調撥離間。

8　予二人，即予與汝二人，言僅有兄弟二人。

9　人，是「人之言」的節縮，修辭學節縮修辭手法。人之言，即別人離間之言語。實，確實。不信，不可信，即「迋女」之意。詳見余培林《詩經正詁》。

十九　出其東門

　　出其東門，有女如雲；雖則如雲，匪我思存。縞衣綦
巾，聊樂我員。

　　出其闉闍，有女如荼；雖則如荼，匪我思且。縞衣茹
藘，聊可與娛。

注釋　〈出其東門〉，取首章首句「出其東門」為篇名。

篇旨　朱守亮《詩經評釋》：「此男子情有獨鍾，能專愛之詩。」這篇
　　　描述已婚或訂婚之男子，見美女如雲，不移情別戀，情有獨
　　　鍾，專愛一人不渝的情況。

原文　出其東門¹，有女如雲²；雖則如雲³，匪我思存⁴。縞衣
　　　綦巾⁵，聊樂我員⁶。

1　其，代詞，指女所住之地。

2　有女如雲，有美女眾多如雲。就形式言，是比喻（譬喻）中的明喻。就內容言，是
　誇飾中的數量誇飾。這句運用兩種修辭手法，稱為兼格修辭，詳見黎運漢、張維耿
　《現代漢語修辭學》。

3　則，表示確認語氣，含有「就是」之意。詳見段德森《實用古漢語虛詞》。雖則如
　雲，就是美女如雲一般眾多。

4　匪，非，不是。鄭玄《箋》：「匪，非也。」存，在。思存，思念的所在，指我心所
　愛的人。

5　縞，音稿，《ㄍㄠˇ，白色。毛《傳》：「縞，白色。」縞衣，白色之衣。綦，音其，
　〈一ˊ，青綠色。毛《傳》：「蒼艾色。」綦巾，蒼艾色的佩巾。孔穎達《毛詩正
　義》：「綦，謂青而微白，為艾草之色也。」馬瑞辰《毛詩傳箋通釋》：「縞衣綦巾，
　女子未嫁者之服也。」借女子之衣服，代女子之儉樸，此修辭義中借代義。詳見蔡
　宗陽《文法與修辭探驪》。

6　聊，姑且。員、云，古今字，語末助詞，無意義。楊樹達《詞詮》：「云，語末助
　詞，無義。」孔穎達《毛詩正義》：「云、員，古今字，助句辭也。」樂，音藥，

押韻 一章門、雲、雲、存、巾、員，是9（諄）部。

章旨 一章敘述男子情有獨鍾，雖見眾多美女如雲，但不變其心。

作法 一章兼有比喻（譬喻）有賦的興。

原文 出其闉闍[7]，有女如荼；雖則如荼[8]，匪我思且[9]。縞衣茹藘[10]，聊可與娛[11]。

押韻 二章闍、荼、荼、且、藘、娛，是13（魚）部。

章旨 二章陳述男子專情，愛情不渝的情況。

作法 二章兼有比喻（譬喻）有賦的興。

　　一ㄠˋ，喜愛。這是致使動詞、役使動詞，簡稱使動詞，詳蔡宗陽《國文文法》。樂我，使我（指男子）樂，使我喜愛。縞衣綦巾，聊樂我員，謂只有儉樸的女子（指已婚或訂婚之女子），姑且能使我喜愛，其他美女雖眾多如雲，也無動於衷，可謂情有獨鍾，專愛不渝。

7　闉闍音因都，一ㄣ ㄉㄨ。闉，曲城。毛《傳》：「曲城也。」朱守亮《詩經評釋》：「闉，曲城也。城門之外，復為環牆，以障城門者，即所謂甕城也。」闍，城臺。毛《傳》：「闍，城臺也。」陳奐《詩毛氏傳疏》：「曲城上之臺，謂之闍，連言之，則闉闍。」

8　荼，音途，ㄊㄨˊ，本是茅草之穗，色白。如荼，朱守亮《詩經評釋》：「如荼，言服色白而人眾多也。」有女如荼，有美女眾多如荼。這是運用比喻（譬喻）、夸飾兩種修辭手法，修辭手法即文章作法。詳見蔡宗陽〈修辭手法與章法〉。

9　且，有二解：（一）音居，ㄐㄩ，語末助詞，無意義。詳見楊樹達《詞詮》。（二）且，音徂，ㄘㄨˊ，存、在。陸德明《經典釋文》：「且，音徂。《爾雅》云：『存也。』」《爾雅·釋詁》：「徂、在，存也。」按：且，猶存也。一、二章連貫，此義較勝。

10　茹藘，音如閭，ㄖㄨˊ ㄌㄩˊ，茅蒐，又名茜（音欠，ㄑㄧㄢˋ）草，其根可作絳紅色染色。朱熹《詩集傳》：「茹藘可以染絳，故以名衣服之色。」王先謙《詩三家義集疏》：「詩言茹藘，不言巾者，省文以成句。」按：縞衣茹藘，借代女子（指已婚或訂婚之女子）之儉樸，此借具體代抽象，是借代義。

11　娛，音余，ㄩˊ，歡樂。聊可與娛，當作「聊可與（之）娛」，省略「之」，代詞，指「縞衣茹藘」者。此言姑且我（指男子）可以與儉樸的女子一起歡樂。

研析

全詩二章，皆是兼有比喻有賦的興。

余培林《詩經正詁》：「『有女如雲』、『有女如荼』，此烘雲托月之法也。蓋欲凸顯自己專情，必先敘述自己拒誘之堅；欲述拒誘之堅，必先敘述誘力之大。女子如雲、如荼，誘力不可謂不大矣；『匪我思存』、『匪我思且』，拒誘不可謂不堅矣。」余氏闡析精闢，闡論言簡意賅。朱守亮《詩經評釋》：「讀詩多矣，寫男子能不三心二意，始亂終棄，已不可多得。今竟見有能專愛如此者，令人耳目一新。」蕭伯納：「男人最大的快樂是滿足女人的自尊心。」拜倫：「女人有一句讚美她的話就可以活下去。」約翰生：「讚美像黃金與寶石，只因稀少才有價值。」按：男子多讚美女人，使女人更愉悅、更幸福，生活更甜美。

二十　野有蔓草

　　野有蔓草，零露溥兮。有美一人，清揚婉兮。邂逅相遇，適我願兮。

　　野有蔓草，零露瀼瀼。有美一人，婉如清揚。邂逅相遇，與子偕臧。

注釋　〈野有蔓草〉，取首章首句「野有蔓草」為篇名。

篇旨　這篇描述男女不期而遇，一見鍾情，終成眷屬的詩歌。

原文　野有蔓草[1]，零露溥兮[2]。有美一人[3]，清揚婉兮[4]。邂逅相遇[5]，適我願兮[6]。

押韻　一章溥、婉、願，是 3（元）部。

章旨　一章陳述男歡女愛，如露珠潤澤蔓草的情形。

作法　一章兼有比喻（譬喻）有賦的興，也是兼有比喻（譬喻）的觸

1　野，郊外。《爾雅・釋地》：「郊外謂之牧，牧外謂之野。」蔓，蔓延。毛《傳》：「蔓，延也。」蔓草，蔓延的草。

2　零，降落、落下。鄭玄《箋》：「零，落也。」溥，音團，ㄊㄨㄢˊ，盛多的樣子，這裡露珠很多的樣子。毛《傳》：「溥溥然，盛多也。」朱熹《詩集傳》：「露多貌。」兮，表示感嘆，語末助詞，「啊」之意。詳見段德森《實用古漢語虛詞》。按：以「蔓草」，比喻男子。「露」，比喻女子。

3　有美一人，「有一美人」的倒裝。余培林《詩經正詁》：「有美一人，即『有一美人』之倒文，唯如此，更見靈巧耳。」洵哉斯言。

4　清婉，眉目清秀婉美，即清明亮麗。兮，表示讚美，語末助詞，「啊」之意。

5　邂逅，音謝垢，ㄒㄧㄝˋㄍㄡˋ，有二解：（一）不期而遇。毛《傳》：「邂逅，不期而會，適其時願。」（二）輕鬆而快樂。高本漢《詩經注釋》：「邂逅，輕鬆而快樂。」

6　適，適合。屈萬里《詩經詮釋》：「適，合。」兮，表示讚美，語末助詞，「啊」之意。

景生情寫作手法。詳見蔡宗陽〈修辭手法與章法〉。

原文 野有蔓草,零露瀼瀼[7]。有美一人,婉如清揚[8]。邂逅相
遇,與子偕臧[9]。

押韻 二章瀼、揚、臧,是 15(陽)部。

章旨 二章敘述男歡女愛,終成眷屬。

作法 二章兼有比喻(譬喻)有賦的興,也是兼有比喻(譬喻)的觸
景生情寫作技巧。

研析

全詩二章,皆是兼有比喻(譬喻)有賦的興,也是觸景生情的寫
作技法。

朱守亮《詩經評釋》:「以蔓草得露,其澤渥;美人得遇,其意
濃;以興末句適願偕臧之喜幸也。用字少而情有餘,故裴普賢先生
曰:『著筆不多,而妙透毫端。兩章末句,是傳神之筆。』」誠哉此
言。

---

7 瀼瀼,音攘攘,ㄖㄤˊ ㄖㄤˊ,露珠很多的樣子。毛《傳》:「瀼瀼,盛貌。」朱熹
《詩集傳》:「瀼瀼,亦露多貌。」

8 如,然。王引之《經傳釋詞》:「如,猶然也。」婉如,婉然,美好的樣子。

9 臧,音髒,ㄗㄤ,本義是美好,引申為滿意。毛《傳》:「臧,善也。」朱熹《詩集
傳》:「臧,美也。」偕臧,都滿意。朱熹《詩集傳》:「偕臧,言各得其所欲也。」
按:各得其所欲,即終成眷屬。

二十一　溱洧

　　溱與洧，方渙渙兮。士與女，方秉蘭兮。女曰：「觀乎？」士曰：「既且。」「且往觀乎！洧之外，洵訏且樂。」維士與女，伊其相謔。贈之以勺藥。

　　溱與洧，瀏其清矣。士與女，殷其盈矣。女曰：「觀乎？」士曰：「既且。」「且往觀乎！洧之外，洵訏且樂。」維士與女，伊其將謔。贈之以勺藥。

注釋　〈溱洧〉，取首章首句「溱與洧」的「溱洧」為篇名，是節縮修辭手法。

篇旨　這篇描繪青年男女，呼朋引伴，縱情遊樂的詩歌。

原文　溱與洧¹，方渙渙兮²。士與女³，方秉蘭兮⁴。女曰：「觀乎⁵？」士曰：「既且⁶。」「且往觀乎⁷！洧之外⁸，洵訏且樂⁹。」維士與女¹⁰，伊其相謔¹¹。贈之以勺藥¹²。

1　溱，音珍，ㄓㄣ，鄭國水名，在今河南省密縣。洧，音尾，ㄨㄟˇ，鄭國水名。在今河南省密縣。溱水至新鄭城南合於洧水，稱雙伯河。見朱右曾《詩地理徵》。

2　方，將要。渙渙，春水盛多的樣子。兮，語末助詞表示感嘆，「啊」之意。毛《傳》：「渙渙，春水盛也。」鄭玄《箋》：「仲春之時，冰已釋，水則渙渙然。」

3　士與女，指眾男女遊客。下「女曰」、「士曰」，專指一男一女之情侶。

4　方，將要。秉，持，拿。蘭，音間，ㄐㄧㄢ，蘭。毛《傳》：「蘭，蘭也。」秉蘭，手拿蘭草。兮，語末助詞，表示感嘆，「啊」之意。

5　女曰觀乎，鄭玄《箋》：「欲與士觀於寬閒之處。」

6　既，已經。且，音徂（ㄘㄨˊ），往也。」既且，已經觀矣。

7　且，有二解：（一）姑且。（二）再。按：段德森《實用古漢語虛詞》：「且，表示動作、情況的連續或重複出現。用在動詞前，可譯為『再』。」以第二解較勝。

8　洧之外，指洧水的對岸。

9　洵，信，誠然。訏，音吁，ㄒㄩ，大。《爾雅·釋詁》：「訏，大也。」余培林《詩

押韻　一章溱、蕑，是 3（元）部。乎、且、手，是 13（魚）部。
　　　　樂、謔、藥，是 20（藥）部。

章旨　一章描述士女仲春遊於溱、洧，戲謔和樂的情況。

作法　一章平鋪直敘的賦，並抒發和樂之情。

原文　溱與洧，瀏其清矣[13]。士與女，殷其盈矣[14]。女曰：「觀
　　　　乎？」士曰：「既且。」「且往觀乎！洧之外，洵訏且
　　　　樂。」維士與女，伊其將謔[15]。贈之以勺藥。

押韻　二章清、盈，是 12（耕）部。乎、且、乎，是 13（魚）部。
　　　　樂、謔、藥，是 20（藥）部。

章旨　二章敍述士女仲春遊於溱、洧，戲謔相樂的情形。

作法　二章平鋪直敘寫景，並抒發和樂的情感。

研析

　　全詩二章平鋪直敘描寫景物、對話內容，呈現歡樂氣氛。布律耶
爾：「最優美、最理智的快樂，包含於促進別人的快樂中。」洵哉斯
言。

經正詁》：「言其地信寬大而可樂也。」

10　維，通「惟」，僅，只有。

11　伊其，伊然，笑聲。屈萬里《詩經詮釋》：「伊當讀如喔咿之咿，笑聲也。伊其，咿
　　然也。」謔，戲謔。

12　贈之以勺藥，當作「以勺藥贈之」。勺藥，又名江離，今作芍藥。按：江離者，將
　　離也。陸德明《經典釋文》：「芍藥，香草也。《韓詩》云：『離草也，言將離別而贈
　　此草也。』」余培林《詩經正詁》：「男女偕遊既畢，互贈以江離，取其諧音將離，
　　以示即將離別之意。」

13　瀏，音留，ㄌㄧㄡˊ，許慎《說文解字》：「瀏，流清貌。」瀏其，猶瀏然，水流清
　　澈的樣子。矣，啊，語末助詞，表示讚美語氣。

14　殷，眾。毛《傳》：「殷，眾也。」殷其，殷然，眾多的樣子。盈，盈滿，即眾多之
　　意。

15　維士與女，伊其將謔，朱守亮《詩經評釋》：「言士女眾多，盈滿於溱洧之間也。」

　　余培林《詩經正詁》：「首章四句寫出時、地、事及遊人之眾。二章『殷其盈矣』，點出女子欲往洧外之因。男女對答，顯示女子之黠慧與男子之樸拙，頗為生趣。『伊其相謔』一語，如聞其聲，如見其態。末語『贈之以勺藥』，餘情未盡，而黯然神傷矣。」方玉潤《詩經原始》讚美本詩「在三百篇中別為一種，開後世冶遊豔詩之祖。」朱守亮《詩經評釋》：「不僅敘問答，頓挫婉轉，且妙於用虛字轉折。故牛運震曰：「兩『方』字，神色飛動；兩『矣』字，輕脫有態。」余、方、朱三氏之言，剖析精闢，闡論精微。

齊

注釋 齊，國名。周武王伐紂，封太師呂望於齊，是謂齊太公。太公本姓姜氏，其先祖虞夏之際封於呂，從其封姓，故曰呂尚。其地東至於海，西至於河，南至於穆陵，北至於無棣。即今山東省北部之地。太公都營丘，地在今山東省昌樂縣東南。〈齊〉詩凡十一篇。

一 雞鳴

　　「雞既鳴矣，朝既盈矣。」「匪雞則鳴，蒼蠅之聲。」

　　「東方明矣，朝既昌矣。」「匪東方則明，月出之光。」

　　「蟲飛薨薨，甘與子同夢；會且歸矣，無庶予子憎。」

注釋 〈雞鳴〉，取首章首句「雞既鳴矣」的「雞鳴」為篇名，這是節縮修辭手法。

篇旨 這篇描述賢夫人警惕其夫早起的詩歌。

原文 「雞既鳴矣¹，朝既盈矣²。」「匪雞則鳴³，蒼蠅之

1　既，已經。矣，語末助詞，表示已經這樣的事實。「阿」之意。楊樹達《詞詮》：「矣，語末助詞，助句，表已然之事實。」本章三個「矣」字，音義皆同。
2　朝，音潮，ㄔㄠˊ，朝廷。盈，滿。此二句是賢夫人催促其丈夫之言語。

聲[4]。」

押韻 一章鳴、盈、鳴、聲，是12（耕）部。

章旨 一章描寫賢夫人警惕其丈夫，二人對話的狀況。

作法 這是平鋪直敘的賦，但末二句兼有反襯修辭手法，又稱為假悖修辭技巧。

原文 「東方明矣，朝既昌矣[5]。」「匪東方則明，月出之光[6]。」

押韻 二章明、昌、明、光，是15（陽）部。

章旨 二章陳述賢夫人再次警惕其丈夫，二人對話的情形。

作法 二章平鋪直敘的賦，但末二句兼有反襯修辭手法，又稱為假悖修辭技巧。

原文 「蟲飛薨薨[7]，甘與子同夢[8]；會且歸矣[9]，無庶予子

---

3 匪，非，不是。則，之，「的」之意。楊樹達《詞詮》：「則，陪從連詞，與『之』同。」

4 此二句是丈夫回答賢夫人之言語。「蒼蠅之聲」，是其丈夫推託之辭。按：「鳴」與「聲」，是互文修辭手法，「鳴聲」之意。

5 此二句是賢夫人再次催促其丈夫之言語。昌，盛多。朝既昌矣，朝廷的群臣都已經到齊了啊！

6 則，之，「的」之意。楊樹達《詞詮》：「則，陪從連詞，與『之』同。」此二句是丈夫再回答賢夫人之言語。「月出之光」，也是其丈夫再推託之辭。按：「明」與「光」，皆是互文，「明亮之光」的意思。

7 薨薨，音烘烘，ㄏㄨㄥ ㄏㄨㄥ，同「輷輷」，蟲群飛聲。就文法言，象聲詞、擬聲詞、疊字衍聲複詞。朱守亮《詩經評釋》：「夜將旦，則百飛鳴，故聲薨薨也。以下四句，皆賢婦之語。」余培林《詩經正詁》：「此句謂東方已大明也。」

8 甘，甘心情願。子，代詞，指丈夫。同夢，同寢、同臥。此句言我心甘情願與丈夫同臥、同寢而夢。

9 會，朝會。且，將要。歸，散朝而回家。矣，語末助詞，表示感嘆，「了啊」、

憎^{10}。」

押韻　三章薨、夢、憎，是 26（蒸）部。

章旨　三章敘述賢夫人一而再，再而三警惕其丈夫的情況。

作法　三章平鋪直敘的賦。

研析

　　全詩三章，皆是平鋪直敘的賦。但一、二章末二句，兼有反襯（又名假悖）修辭手法。

　　姚際恆《詩經通論》：「謂為賢妃作也可，即大夫妻作也，亦無不可。」余培林《詩經正詁》：「（方玉潤）《詩經原始》更降而謂『士大夫妻』之作。然觀之『會且歸矣，無庶予子憎』之語，正合國君身分，士大夫實不足以當之。」余氏卓見，闡論精闢。朱守亮《詩經評釋》：「王安石曰：『甘與子同夢，情也；會且歸矣，無庶予子憎，義也。』『甘』字寫盡夢中美境，『同夢』二字奇創，後人慣熟，不覺其妙。而『會且歸矣』，亦虛設之語，是佳處全在末章。」旨哉斯言。

　　「啊」之意。朱熹《詩集傳》：「群臣之朝者，俟君不出，將散而歸矣。」

10　無庶，庶無。嚴粲《詩緝》：「猶庶無，古人辭急倒用也。」余培林《詩經正詁》：「按《詩》例言『庶無』，如〈大雅‧生民〉、〈抑〉：『庶無大悔』是也。此詩作『無庶』者，乃轉寫之誤，非倒文也。」洵哉斯言。庶，庶幾，含有「希望」之意。無，同「勿」，含有「禁止」之意。予有二解：（一）貽。（二）我，指夫人。子，代詞，你，指丈夫。憎，音增，ㄗㄥ，討厭。希望不要因我的緣故而不早起朝會，使人厭惡你。（或庶幾不致貽子以憎惡。）按：孔穎達《毛詩正義》：「今定本作『與子憎。』馬瑞辰《毛詩傳箋通釋》：「與，猶遺也。遺，猶貽也。」朱守亮《詩經評釋》：「予，我也。」

二　還

　　子之還兮，遭我乎猺之閒兮。並驅從兩肩兮，揖我謂我
儇兮。

　　子之茂兮，遭我乎猺之道兮。並驅從兩牡兮，揖我謂我
好兮。

　　子之昌兮，遭我乎猺之陽兮。並驅從兩狼兮，揖我謂我
臧兮。

注釋　〈還〉，取首章首句「子之還兮」的「還」為篇名。

篇旨　這篇歌頌獵者相遇於山野，並駕齊驅，追逐野獸，彼此讚美的
情況。

原文　子之還兮[1]，遭我乎猺之閒兮[2]。並驅從兩肩兮[3]，揖我謂
我儇兮[4]。

押韻　一章還、閒、肩、儇，是 3（元）部。

章旨　一章敘述獵者相遇，並駕齊驅，追逐野獸，互相讚美的情況。

1　子，你，指獵者。之，結構助詞，無意義。還，音旋，ㄒㄩㄢ∕，便捷的樣子。毛
　《傳》：「還，便捷之貌。」本章四個「兮」字，表示讚美語氣，語末助詞，含有
　「啊」之意。

2　遭，遇見。乎，於，在。猺，音撓，ㄋㄠ∕，齊國山名。在今山東省臨淄縣南。
　閒，即「間」。閒，間，古今字。

3　並驅，相偕而驅。從，追逐。毛《傳》：「從，逐也。」肩，三歲之獸。毛《傳》：
　「獸三歲曰肩。」

4　揖，音依，一，拱手敬禮。謂，本是告訴，引申為讚美。儇，音宣，ㄒㄩㄢ，有二
　解：（一）便捷的樣子。朱守亮《詩經評釋》：「儇，亦便捷之貌。」（二）好的樣
　子。陸德明《經典釋文》：「《韓詩》作嬛，好貌。」按：一、二、三章末句皆
　「好」之意，二章「好」、「臧」是「好」之意，一章「儇」當是「好」之意。此互
　文見義也，字異而義同。

作法　一章平鋪直敘的賦

原文　子之茂兮[5]，遭我乎嶩之道兮[6]。並驅從兩牡兮[7]，揖我謂
　　　　我好兮[8]。

押韻　二章茂、道、牡、好，是21（幽）部。

章旨　二章陳述獵者相遇，並駕齊驅，追逐野獸，彼此讚美的情形。

作法　二章平鋪直敘的賦。

原文　子之昌兮[9]，遭我乎嶩之陽兮[10]。並驅從兩狼兮[11]，揖我
　　　　謂我臧兮[12]。

押韻　三章昌、陽、狼、臧，是15（陽）部。

章旨　三章描述獵者相遇，並驅共獵，互相讚揚的狀況。

作法　三章平鋪直敘的賦。

研析

　　全詩三章，皆是平鋪直敘的賦。

　　余培林《詩經正詁》：「此獵者記其與人共獵互美之詩。並驅共

5　茂，健壯之美。毛《傳》：「茂，美也。」

6　道，道路。

7　牡，音母，ㄇㄨˇ，雄性的野獸。

8　好，美好。

9　昌，健壯之美。鄭玄《箋》：「昌，佼好也。」屈萬里《詩經詮釋》：「昌，盛壯貌。
　　義見《鄭風・丰》毛《傳》。」昌，也有健壯之美。按：一章「還」、二章「茂」、
　　三章「昌」，皆互文見義，同是「健壯之美」，這是修辭學錯綜的抽換詞面，字異而
　　義同。

10　陽，山南水北。朱熹《詩集傳》：「山南曰陽。」按：「水北」也叫做陽。水南山北
　　叫做陰。

11　兩狼，胡承珙《毛詩後箋》：「狼猛捷，自是難獲之獸。此所以互相誇譽，以為戲
　　樂。」

12　臧，善，美好。

獵，相揖為禮，此必士大夫也。」余培林又云：「於其相揖相羨之中，亦可見其形貌之俊偉，氣象之英武，獵技之卓越，與行為之有禮矣。」裴普賢《詩經欣賞與研究》：「此詩以白描勝，寫來如見其人，如聞其聲，如電影之放映，且極成功活畫出典型之齊人。是詩，是畫，亦是一部別具風格之影片。」通觀各家評述，更洞悉詩中真意，所謂「詩中有畫」，別具風格。

三　著

俟我於著乎而，充耳以素乎而，尚之以瓊華乎而。
俟我於庭乎而，充耳以青乎而，尚之以瓊瑩乎而。
俟我於堂乎而，充耳以黃乎而，尚之以瓊英乎而。

注釋　〈著〉，取首章首句「俟我於著乎而」的「著」為篇名。
篇旨　這篇敘述親迎親時，女子緊張心情的詩歌。朱守亮《詩經評釋》：「此敘親迎時，女子之心情之詩。」

原文　俟我於著乎而¹，充耳以素乎而²，尚之以瓊華乎而³。
押韻　一章著、素、華，是 13（魚）部。
章旨　一章描述親迎時，男子俟於門屏之間，女子掛耳墜時的緊張情緒。
作法　一章平鋪直敘的賦。

1　俟，音四，ㄙˋ，等待。我，指嫁者。於，在。著，音住，ㄓㄨˋ，門屏之間。毛《傳》：「門屏之間曰著。」孔穎達《毛詩正義》：「〈釋宮〉云：『門屏之間，謂之宁。』著與宁音義同。」乎而，語末助詞，無意義。

2　充耳以素，「以素充耳」的倒裝，兼有押韻的肯定倒裝。詳見附錄：《詩經》倒裝的三觀。懸瑱用白色絲繩。素，白色。鄭玄《箋》：「素，所以懸瑱者，或名為紞。」充耳，瑱。朱守亮《詩經評釋》：「以絲繩懸於耳際之雕花玉石，有時亦作塞耳之用，故曰充耳。充，塞也。以素，以素絲以為紞也。紞，音膽，ㄉㄢˇ，即懸瑱之絲繩。」

3　尚，加。朱熹《詩集傳》：「尚，加也。」之，代詞，指充耳。華、花，古今字。瓊華，以美玉雕刻之花。姚際恆《詩經通論》：「瓊，赤玉，貴者用之。華、瑩、英取協韻，以贊其玉之色澤也。」按：華、瑩、英，是互文見義，字異而義同，錯綜修辭手法中的抽換詞面。「尚之以瓊華」，「以瓊華尚之」的倒裝，兼有押韻的肯定句。

原文 俟我於庭乎而⁴，充耳以青乎而⁵，尚之以瓊瑩乎而⁶。

押韻 二章庭、青、瑩，是 12（耕）部。

章旨 二章陳述親迎時，男子等待於庭院，女子掛耳墜時的心情。

作法 二章平鋪直敘的賦。

原文 俟我於堂乎而⁷，充耳以黃乎而⁸，尚之以瓊英乎而⁹。

押韻 三章堂、黃、英，是 15（陽）部。

章旨 三章描寫親迎時，男子等待於廳堂，女子掛耳墜時的緊張情緒。

作法 三章平鋪直敘的賦。

研析

全詩三章，皆是平鋪直敘的賦。

陳子展《詩經直解》：「詩每章三句，以六、六、七言相次而成。每句半著虛字，餘音搖曳，別具神態，有一種優游不迫之美。」余培林《詩經正詁》：「所謂俟我於著、於庭、於堂，在記自外而內迎新婦之次序。」朱守亮《詩經評釋》：「俟處不同，皆以漸而近，故愈近而心情愈緊也。是以胡適之曰：『充耳以素、以青、以黃，與尚之以瓊華、瓊瑩、瓊英，因心情緊張，而不知所以為飾也。』且詩善用虛

4　庭，堂前的庭院。朱熹《詩集傳》：「庭在大門之內，寢門之外。」余培林《詩經正詁》：「即堂前之院也。」

5　青，青色統。朱守亮《詩經評釋》：「青色統也。」

6　瑩，花。屈萬里《詩經詮釋》：「瑩，榮之假借，亦花也。木謂之華，草謂之榮，義見《爾雅》。」

7　堂，廳堂。

8　黃，黃色統。鄭玄《箋》：「黃，統之黃。」

9　英，音央，一尢，花。朱守亮《詩經評釋》：「英，音央，一尢，亦花也。」瓊英，玉刻之花。余培林《詩經正詁》：「瓊英，亦玉刻之花也。」

字，以虛字勝，亦為其特色之一，此舒緩齊俗文體乎？魏文帝固曰：
『徐幹時有齊氣。』」朱氏援胡適之、魏文帝之言，印證之。

四 東方之日

　　東方之日兮，彼姝者子，在我室兮；在我室兮，履我即兮。

　　東方之月兮，彼姝者子，在我闥兮；在我闥兮，履我發兮。

注釋　〈東方之日〉，取首章首句「東方之日兮」的「東方之日」為篇名。

篇旨　這篇〈東方之日〉說者甚多，或男女室內幽會，或男子思慕女子，或男子想像美女子與之相會，或男子記與女友幽會，或女子追求男子，或女奔男。前四者男追女，後二者女追男。俗諺：「男追女隔層紗，女追男隔層山。」這是最佳注腳。

原文　東方之日兮[1]，彼姝者子[2]，在我室兮[3]；在我室兮，履我即兮[4]。

1　東方之日兮，東方的太陽啊！馬瑞辰《毛詩傳箋通釋》：「古人喻人顏色之美，多取譬日月」兮，語末助詞，表示感嘆語氣，含有「啊」之意。段德森《實用古漢語虛詞》：「兮，用在句末，主要是用于感歎句末，表示感嘆語氣。」以下三個「兮」字，用法、意義相同。

2　彼，代詞，他。楊樹達《詞詮》：「彼，人稱代名詞，與今語『他』字相當。」蔡宗陽《國文文法》：「『他』，是他稱代詞。」姝，音抒，ㄕㄨ，美色、美麗。鄭玄《箋》：「姝，美也。」許慎《說文解字》：「姝，好也。好，美也。」者，的。許世瑛《常用虛字用法淺釋》：「『者』字的有兩種：一作稱代用，和白話『的』、『的……』相當。」子，代詞，指女子。

3　室，住室、臥房。「在我室兮」，連用兩次，這是類疊中的疊句，含有加強語勢，渲染氣氛。

4　「履我即兮」有二解：(一) 履，躡，即今語踩踏。朱熹《詩集傳》：「履，躡也。即，就也。言此女躡我之跡而相就。」(二) 楊樹達《積微居小學述林》：「即，為

押韻 一章日、室、即，是 5（質）部。

章旨 一章描述女子與男子幽會的情況。或言想像，或言寫實；可謂「仁者見仁，智者見智」。

作法 一章兼有比喻（譬喻）有賦的興。

原文 東方之月兮[5]，彼姝者子，在我闥兮[6]；在我闥兮，履我發兮[7]。

押韻 二章月、闥、發，是 2（月）部。

章旨 二章敘述男女幽會的狀況。或言想像，或言寫實，可謂「仁者見仁，智者見智」。

作法 兼有比喻有賦的興。

研析

　　全詩二章，皆是兼有比喻（譬喻）有賦的興。

　　屈萬里《詩經詮釋》：「首章言東方之日而來就，次章言東方之月而行去，是為晝來而夜去也；此於情理上，似有未妥。蓋詩以趁韻之故，往往與事實有出入，讀者不以辭害意可也。」余培林《詩經正

膝之借字。發字從癶，亦有足義。古人席地而坐。室內或坐或行，行者可踐坐之膝。門屏之間，二人並行，一人可踐他人之足。親近之至，故不覺踐之。」陳子展《詩經直解》：「楊樹達先生解此詩，解前人所未解者矣。」

5　東方之月兮，指夜晚。馬瑞辰《毛詩傳箋通釋》：「古人喻人顏色之美，多取譬於日月。」

6　闥，音踏，ㄊㄚˋ，秘室。余培林《詩經正詁》：「陳氏（陳奐《詩毛氏傳疏》）以闥為夾室，夾室即室中之室，亦即小室，秘室也。」「在我闥兮」，連用兩次，陳望道《修辭學發凡》稱為複疊；黃慶萱《修辭學》稱為類疊，旨在增強語勢，渲染氣氛，增添旋律美，加強節奏。

7　「履我發兮」有二解：（一）朱熹《詩集傳》：「發，行去也。言躡我而行去。」（二）楊樹達《積微居小學述林》：「發字從癶，亦有足義。古人席地而坐。室內或坐或行，行者可踐坐之膝。門屏之間，二人並行，一人可踐他人之足。親近之至，故不覺踐之。」

註》：「詩人所寫或為實情，或另有他意，示雖處一室而不亂，蓋晝來而夜去，較之夜來而晝去，或既來而不去者，畢竟高明。故特為文而歌詠之也。」此為情而造文者也。劉勰《文心雕龍・情采》：「昔詩人什篇，為情而造文。」又云：「蓋風、雅之興，志思蓋憤，而吟詠情性。」又云：「為情者要約而寫真。」路西亞云：「『真』好似一面明澈的鏡子，人間的一切醜惡與虛偽，將在它面前遁。」男女之間，感情要真實，因此莎士比亞云：「你必須先對自己忠實，然後才不會欺騙別人。」

五　東方未明

　　東方未明，顛倒衣裳。顛之倒之，自公召之。
　　東方未晞，顛倒裳衣。倒之顛之，自公令之。
　　折柳樊圃，狂夫瞿瞿。不能辰夜，不夙則莫。

注釋　〈東方未明〉，取首章首句「東方未明」為篇名。

篇旨　這首詩諷刺朝廷興居無節，號令無常的詩歌。〈詩序〉:「〈東方未明〉，刺無節也。」王靜芝《詩經通釋》:「〈詩序〉所謂刺無節者，蓋得其當。」說詩者多贊同之。

原文　東方未明¹，顛倒衣裳²。顛之倒之³，自公召之⁴。

押韻　一章明、裳，是 15（陽）部。倒、召，是 19（宵）部。

章旨　一章描寫號令無常，以致手忙腳亂，顛倒衣裳的情況。

作法　一章兼有析詞修辭手法的平鋪直敘。

原文　東方未晞⁵，顛倒裳衣⁶。倒之顛之⁷，自公令之⁸。

1　東方未明，非專指將明未明（黎明）之時，此指夜色正黑，距明尚遠。詳見王靜芝《詩經通釋》。按：由於公務忙碌，早晚不得休息，誤以黑夜為即將黎明。

2　衣裳，上衣下裳。　按：匆促起身，衣裳易於顛倒。臺灣軍中夜間緊急集合，限三分鐘在集合場，衣裳、鞋子穿著，易於顛倒穿著，引起哄笑而不敢笑。

3　上兩「之」字，代詞，指衣裳。顛倒，析為「顛之倒之」，運用修辭學的析詞，又叫拆詞。

4　自，本是「由」，引申為「因」。二句言所以顛倒衣裳者，皆因公之召令之故。詳見余培林《詩經正詁》。公，指國君，借國君代朝廷，借代義。詳見蔡宗陽《文法與修辭探驪》。召，喚。之，代詞，指顛倒衣裳者。

5　晞，音希，ㄒㄧ，太陽將出來，「昕」的假借，是假借義，詳見周何《中國訓詁學》。許慎《說文解字》:「昕，且明，日將出。」東方未明，東邊太陽尚未將出之時，謂甚早，猶東方未明。孔穎達《毛詩正義》:「謂將旦之時，日之光氣始升，與

押韻 二章唏、衣，是 7（微）部。顛、令，是 6（真）部。

章旨 二章敘述朝廷號令無常，以致手忙腳亂，衣裳顛倒的情形。

作法 二章兼有為押韻而倒裝的平鋪直敘。

原文 折柳樊圃[9]，狂夫瞿瞿[10]。不能辰夜[11]，不夙則莫[12]。

押韻 三章圃、瞿，是 13（魚）部。辰、莫，是 14（鐸）部。魚、
鐸二部，是對轉。

章旨 三章以「折柳樊圃」，比喻晨夜應有分際，不宜太早或太晚的
情形。

作法 三章兼有比喻（譬喻）有賦的興。

研析

全詩三章，首章兼析詞修辭技巧的平鋪直敘，次章兼有為押韻而

上『未明』為一事也。」

6　裳衣，「衣裳」的倒裝，兼有押韻的肯定句倒裝。

7　倒之顛之，「顛之倒之」的倒裝，兼有押韻的肯定句倒裝。

8　自，本是「由」，引為「因」，是引申義。詳見周何《中國訓詁學》。令，號令。朱
熹《詩集傳》：「令，號令也。」「令之」、「召之」，互文見義。令、召，字異而義
同。

9　樊，本是名詞，這裡當意謂動詞，以折柳為菜園之藩籬。圃，菜園。毛《傳》：
「樊，藩也。圃，菜園也。」

10　狂夫，顛倒衣裳、折柳樊圃之臣子自喻，詳見朱守亮《詩經評釋》。瞿瞿，音巨
巨，ㄐㄩˋ ㄐㄩˋ，驚慌四顧的樣子。朱熹《詩集傳》：「瞿瞿，驚顧之貌。」余培
林《詩經正詁》：「以折柳為藩，雖不足恃，然狂夫猶驚顧而不敢踰越；以喻但有法
令，雖不甚佳，然人皆得遵守也。」

11　「辰」有二解：（一）辰，讀為晨。不能晨夜，猶言不辨晨夜。（二）辰，司。古有
司夜之官曰挈壺氏，掌漏刻。不能辰夜，謂挈壺氏不善管夜間之漏刻。朱守亮《詩
經評釋》：「蓋不便怨君之召令不以時，乃怨司夜官之未能盡責也。」

12　夙，早。莫，「暮」的本字，晚。就訓詁學言，莫、暮，古今字。就文字學言，
莫，是本字；暮，是後起字。毛《傳》：「夙，早也。莫，晚也。」按：號令不時，
不是太早，就是太晚，臣子難免手忙腳亂，衣裳顛倒。

倒裝的平鋪直敘，末章兼有比喻（譬喻）有賦的興。

余培林《詩經正詁》：「一、二章首句言時之不當，二句寫窘迫促忙之狀，三、四句寫其原因。卒章首二句謂柳木雖柔脆，折之以為園籬，雖狂夫亦不敢踰越，以喻公之命令雖不時，亦不敢違抗。此古臣民之無奈也。末二語為怨辭，然咎及司夜者，尚不失其溫柔敦厚，聞之者足以戒矣。」《禮記・經解》：「入其國，其教可知也。其為人也：溫柔敦厚，詩教也。」此詩可作為最佳的注腳。朱熹《詩序辨說》：「〈夏官〉，挈壺氏下士六人。挈，縣挈之名。壺，盛水器。蓋置壺浮箭，以為晝夜之節也。漏刻不明，固可以見其無政，然所以興居無節，號令不時，則未必皆挈壺氏之罪也。」此言甚諦。

六　南山

　　南山崔崔，雄狐綏綏。魯道有蕩，齊子由歸。既曰歸止，曷又懷止？

　　葛屨五兩，冠緌雙止。魯道有蕩，齊子庸止。既曰庸止，曷又從止？

　　蓺麻如之何？衡從其畝；取妻如之何？必告父母。既曰告止，曷又鞠止？

　　析薪如之何？匪斧不克；取妻如之何？匪媒不得。既曰得止，曷又極止？

注釋　〈南山〉，取首章首句「南山崔崔」的「南山」為篇名。

篇旨　這篇是諷刺齊襄公與其妹文姜淫行的狀況。〈詩序〉：「〈南山〉，刺襄公也。鳥獸之行，淫乎其妹，大夫遇是惡，作詩而去之。」鄭玄《箋》：「襄公之妹，魯桓公夫人文姜也。襄公素與淫通。」《左傳·桓公十八年》：「公會齊侯于濼，遂及文姜如齊，齊侯通焉。公謫之，以告。夏四月，享公。使公子彭生乘公，公薨于車。」

原文　南山崔崔[1]，雄狐綏綏[2]。魯道有蕩[3]，齊子由歸[4]。既曰

1　南山，齊國山名，又名牛山，在今山東省臨淄縣南十里。毛《傳》：「南山，齊南山也。」崔崔，高大的樣子。毛《傳》：「崔崔，高大也。」南山崔崔，比喻齊襄公的尊嚴。

2　雄狐，古人以雄狐為淫獸，這裡比喻齊襄公。綏綏，行走緩慢的樣子。馬瑞辰《毛詩傳箋通釋》：「綏綏，緩行貌。」雄狐綏綏，比喻齊襄公和文姜的淫行。

3　魯道有蕩，指齊襄公舍妹文姜嫁魯桓公，文姜從齊國到魯國的平坦道路。魯道，魯國大道。朱熹《詩集傳》：「魯道，適魯之道也。」有蕩，蕩然，平坦的樣子。毛《傳》：「蕩，平易也。」

歸止⁵，曷又懷止⁶？

押韻 一章崔、綏、歸、歸、懷，是7（微）部。

章旨 一章描述以南山崔崔，雄狐綏綏，比喻齊襄公的淫行。

作法 一章兼有比喻（譬喻）有賦的興。

原文 葛屨五兩⁷，冠緌雙止⁸。魯道有蕩，齊子庸止⁹。既曰庸止，曷又從止¹⁰？

4　齊子，齊國女子，指文姜。毛《傳》：「齊子，文姜也。」由歸，從這條平坦道路嫁到魯國。由，從。歸，出嫁。

5　既，已經。曰，說。歸，出嫁，指文姜出嫁。止，語末助詞，表示決定。楊樹達《詞詮》：「止，語末助詞，表決定。」下文「止」字，音義皆同。

6　曷，為何。懷，懷念，想念。此二句言文姜已經出嫁，為何齊襄公又想念文姜？方玉潤《詩經原始》：「首章言襄公縱淫，不當自淫其妹。妹既歸人而有夫矣，則亦可以已矣，而又曷懷之有乎？」

7　屨，音巨，ㄐㄩˋ，草鞋。葛屨，用葛編成的草鞋。毛《傳》：「葛屨，服之賤者。」五，通「伍」。班固《漢書·曆律志》：「八八為伍。」顏師古注：「伍，耦也。八八為耦。」葛屨五兩，比喻男女亦必相偶相配，始成其婚姻。

8　緌，音蕤，ㄖㄨㄟˊ，冠纓繫於下巴，其他散而下垂。許慎《說文解字》：「緌，系冠纓垂者。」《禮記·內則》鄭玄注：「緌，纓之飾也。」即今穗頭之類。朱守亮《詩經評釋》：「屨、緌兩物，當係結婚時，新娘所製，以贈新郎者。此謂魯桓與文姜已正式完成婚禮，而為夫婦矣。」程俊英、蔣見元《詩經注析》：「詩人用葛屨、冠緌，比喻不論人民或貴族都各有一定的配偶。」由此觀之，「葛屨」，比喻人民，毛《傳》所謂「服之賤者」；「冠緌」，比喻貴族，毛《傳》所謂「服之尊者」是也。本章四個「止」字，皆是語末助詞，表示決定。詳見楊樹達《詞詮》。

9　庸，由。庸，本是用，引申為以，再引申為因，又引申為由。齊子庸止，文姜嫁於魯桓公，即由魯道出嫁。由，本是自，引申為從。從魯道嫁於魯，又是一說。

10　從，跟隨。陳奐《詩毛氏傳疏》：「從，猶隨也。」余培林《詩經正詁》：「文姜既由此道而嫁於魯，襄公何又送而隨之為淫佚之行。」《春秋·桓公三年》：「九月，齊侯送姜于讙（音歡，ㄏㄨㄢ）。」《左傳》云：「非禮也。」此乃「從止」最佳的注腳。方玉潤《詩經原始》云：「次章言文姜即淫，亦不當順從其兄。今既歸魯而成耦矣，則亦可以已矣，而又曷返齊而從兄乎？」

押韻 二章兩、蕩，是 15（陽）部。雙、庸、庸、從，是 18（東）
部。陽、東二部，是旁轉，孔廣森稱為轉韻，陳新雄稱為合
韻。

章旨 二章敘述文姜已嫁於魯桓公，為何齊襄公藉送行而行淫佚之
事。

作法 二章兼有比喻（譬喻）有賦的興。

原文 蓺麻如之何[11]？衡從其畝[12]；取妻如之何[13]？必告父母。
既曰告止[14]，曷又鞠止[15]？

押韻 三章何、何，是 1（歌）部。畝、母，是 24（之）部。告、
鞠，是 22（覺）部。

章旨 三章陳述文姜已經告訴父母，為何齊襄公又困阨文姜。

---

11 蓺，「藝」古字。蓺、藝，古今字。就文字學言，蓺是本字，藝是後起字。就訓詁
學言，蓺、藝，是古今字。蓺，本是名詞，這裡當動詞，種植。毛《傳》：「蓺，樹
也。」按：樹，本是名詞，這裡當動詞，種植之意。如之何，怎麼樣。段德森《實
用古漢語虛詞》：「『如……何』中間插進代詞『之』，可以解釋為『把他（們）怎麼
樣』，通常是把它作為一個固定組詞來理解，『之』失去稱代作用，就是『怎麼樣』
的意思，帶有強烈的語氣。」

12 衡，橫，東西叫做橫。孔穎達《毛詩正義》：「衡，古橫字也。」從，音縱，ㄗㄨㄥˋ，
南北叫做縱。其，代詞，指蓺麻者。畝，田畝。朱熹《詩集傳》：「欲樹麻者，必先
縱橫耕治其田畝。欲娶妻者，必先告其父母。」按：朱氏之說，當是比喻（譬喻）
中倒裝式略喻。詳見蔡宗陽《文法與修辭探驪》。賈思勰《齊民要術》：「凡種麻，
耕不厭熟，縱橫七徧以上，則麻無葉也。」此言正是「衡從其畝」的最佳注腳。

13 取，通「娶」。《韓詩》作「娶」字。

14 既曰告止，已經說告訴父母。毛《傳》：「必告父母。」《春秋・桓公三年》：「夫人
姜氏至自齊。」杜預注：「無傳，告于廟也。」止，語末助詞，表示決定或感嘆。
詳見楊樹達《詞詮・卷五》。

15 曷，為何，為什麼。鞠，窮，盡，困阨之。毛《傳》：「鞠，窮也。」余培林《詩經
正詁》：「謂文姜既已告父母之廟，許嫁於魯，襄公何以又困阨之，使之不能遂夫婦
之好。」止，語末助詞，表示決定。詳見楊樹達《詞詮》。

作法　三章兼有比喻（譬喻）有賦的興。

原文　析薪如之何[16]？匪斧不克[17]；取妻如之何？匪媒不得[18]。既曰得止，曷又極止[19]？

押韻　四章何、何，是 1（歌）部。克、得、得、極，是 25（職）部。

章旨　四章描寫以析薪比喻娶妻，闡明魯桓公結婚，憑父母之命，媒妁之言。方玉潤《詩經原始》：「魯桓公以父母命，憑媒妁言而成此昏配，非苟合者比，豈不有聞其兄妹事乎？既取而得之，則當禮以問之，俾勿歸齊，則亦可以已矣，而又曷從其入齊，至令得窮所欲而無止極，自取殺身禍乎？」

作法　四章兼有比喻（譬喻）有賦的興。

研析

全詩四章，皆是兼有比喻（譬喻）有賦的興。

余培林《詩經正詁》：「四章之重心，皆在末句，而末句之重心在於一字，即懷、從、鞠、極也。所謂『刺』，盡在此四字而已。誰懷之？雄狐也。雄狐何指？襄公也。蓋謂文姜既歸於魯，襄公何以又思念之，此所以刺襄公也。二、三、四章與一章文義一律，一章之意既

---

16 析薪，劈柴。如之何，怎麼樣。段德森《實用古漢語虛詞》：「『如……何』中間插進代詞『之』，可以解釋為『把他（們）怎麼樣』，通常是它作為一個固定詞組來理解，『之』失去稱代作用，就是『怎麼樣』的意思，帶有強烈的語氣。

17 匪，非，不。克，能。毛《傳》：「克，能也。」按：數學負負得正，兩個否定變一個肯定。

18 媒，媒人。朱守亮《詩經評釋》：「媒，通二姓之言者。」

19 極，窮。朱熹《詩集傳》：「極，窮也。」按：此四句比喻（譬喻）中倒裝式略喻。當作「取妻如何，匪媒不得（如）析薪如之何，匪斧不克。」朱守亮《詩經評釋》：「詩以劈薪必用斧，喻娶妻之必有媒人。」是其證也。

知,二、三、四章之從、鞠、極,因而可知,皆指襄公也。」方玉潤《詩經原始》:「魯桓、文姜、齊襄三人者,皆千古無恥人也。故此詩不可謂專刺一人。」多行不義,必自斃。齊桓公行不義之事,自取殺身之禍。《尚書‧太甲》:「天作孽,猶可違;自作孽,不可逭(音換,ㄏㄨㄢˋ,逃避)。」洵哉斯言。

七　甫田

　　無田甫田，維莠驕驕。無思遠人，勞心忉忉。
　　無田甫田，維莠桀桀。無思遠人，勞心怛怛。
　　婉兮孌兮，總角丱兮。未幾見兮，突而弁兮。

注釋　〈甫田〉，取首章首句，「無田甫田」的「甫田」為篇名。

篇旨　這篇是勸慰別離之人，勿為徒勞多思念之詩。

原文　無田甫田¹，維莠驕驕²。無思遠人³，勞心忉忉⁴。

押韻　一章田、人，是 13（真）部。驕、忉，是 19（宵）部。

章旨　一章敘述勿思遠人，如耕種過大之田，徒勞無功的情形。

作法　一章兼有比喻（譬喻）有賦的興。

原文　無田甫田，維莠桀桀⁵。無思遠人，勞心怛怛⁶。

1　無，通「勿」，含有「禁止」之意。田，音店，ㄉㄧㄢˋ，開墾耕種。孔穎達《毛詩正義》：「田，謂墾耕。」甫，大。《爾雅・釋詁》：「甫，大也。」田，土地。孔穎達《毛詩正義》：「謂土地。」

2　維，楊樹達《詞詮》：「維，語首助詞，無義。」《爾雅・釋詁下》：「伊，維也。」邢昺《疏》：「發語辭。」莠，音有，ㄧㄡˇ。又音又，ㄧㄡˋ。李時珍《本草綱目》：「莠，光明草、阿羅漢草。莠，草秀而不實，故字從秀，穗形象狗尾，故俗名狗尾草。其莖治目痛，故方士稱為光明草、阿羅漢草。」驕驕，《韓詩》作「喬喬」。驕，是喬的假借，此乃假借義。《爾雅・釋詁上》：「喬、嵩、崇，高也。」余培林《詩經正詁》：「耕治不善，則雜草叢生。」按：許慎《說文解字》：「莠，禾粟下揚生莠也。」正是「雜草叢生」最佳之印證。

3　無，通「勿」，含有「禁止」之意。遠人，指國外之人。余培林《詩經正詁》：「古籍中遠人、遠方之人，皆指謂國外之人。」

4　勞，憂勞。忉忉，音刀刀，ㄉㄠ ㄉㄠ，憂勞的樣子。這是疊字衍聲複詞。詳見蔡宗陽《國文文法》。《爾雅・釋訓》：「忉忉，憂也。」

5　桀桀，言傑傑，ㄐㄧㄝˊ，高長的樣子。毛《傳》：「桀桀，猶驕驕也。」

押韻 二章田、人，是 13（真）部。桀、怛，是 2（月）部。

章旨 二章描寫以耕治過大之田，徒勞無功，比喻想念遠人徒勞憂思
的情況。

作法 二章兼有比喻（譬喻）有賦的興。

原文 婉兮孌兮^7，總角丱兮^8。未幾見兮^9，突而弁兮^{10}。

押韻 三章孌、丱、見、弁，是 3（元）部。

章旨 三章陳述離別時，尚未加冠，如今突然相逢，已加冠。這是想
像的示現，運用懸想的示現修辭手法。

作法 三章兼有懸想示現修辭技法的興。詳見蔡宗陽《應用修辭
學》。

研析

　　全詩三章，一、二章皆兼有比喻（譬喻）有賦的興。末章兼有示
現修辭技巧的興。

　　余培林《詩經正詁》：「一、二章之首二句為比喻，謂治甫田，力
有不逮，則莠草蔓生；以喻思遠人，思之不得，則憂愁不止。卒章為
全詩重心，『突而弁兮』則又此章之重心。前二句『婉兮孌兮，總角

6　怛怛，音達達，ㄉㄚˊ ㄉㄚˊ，憂勞的樣子。毛《傳》：「怛怛，猶切切也。」

7　孌，音巒，ㄌㄩㄢˇ。婉孌，年少而俊美的樣子。毛《傳》：「少好貌。」本章五個
　　「兮」字，語末助詞，表示感歎，含有「啊」之意，詳見段德森《實用古漢語虛
　　詞》。

8　總角，毛《傳》：「結髮也。」余培林《詩經正詁》：「古男未冠女未笄時，皆束髮以
　　為兩角，故稱總角。此謂幼時也。」丱，音貫，ㄍㄨㄢˋ，綁兩辮上聳，好像羊角
　　的形狀。朱熹《詩集傳》：「兩角貌。」

9　未幾，不久。未幾見，互相離別不久。見，重見，重逢，相逢。

10　突而，突然。而，然。楊樹達《詞詮》：「而，轉接連詞，可譯為『然』。」弁，音
　　便，ㄅㄧㄢˋ，本是名詞「冠」，這裡當動詞，「加冠」之意。按：《禮記‧曲禮
　　上》：「二十曰弱冠。」男子二十歲，而加冠。

卯兮』，乃前次所見之形象，用以與末句『突而弁兮』相對照，更能
凸顯『突而弁兮』一語之重要，而作者既驚且喜之情，盡在此一句之
中。」王靜芝《詩經通釋》：「此詩乃安慰別離之人之詩。前二章勸勿
作徒勞之懷念，三章設想遠人將不久歸來，則將見其成長而弁也。」
按：三章設想，即修辭學懸想的示現。蔡宗陽《應用修辭學》：「所謂
懸想的示現，是指在語文中，將想像的事物描述得好像就在眼前一樣
的示現的一種修辭技巧。」是其證也。

八 盧令

盧令令，其人美且仁。
盧重環，其人美且鬈。
盧重鋂，其人美且偲。

注釋　〈盧令〉，取首句「盧令令」的「盧令」為篇名。

篇旨　這篇讚美齊國獵者出去打獵，其人、犬都是既壯美又仁慈的情
　　　　況。裴普賢《詩經欣賞與研究》：「齊人俗尚游獵，詩人即所見
　　　　而詠之。」斯言得之。

原文　盧令令¹，其人美且仁²。

押韻　一章令、仁，是 6（真）部。

章旨　一章歌頌獵者，體貌美壯，又很仁慈。

作法　一章兼有運用聽覺摹寫的修辭手法，而觸景生情的興。

原文　盧重環³，其人美且鬈⁴。

押韻　二章環、鬈，是 3（元）部。

章旨　二章歌頌獵者既俊美，且英勇健壯，卷髮又好的情形。

1　盧，黑色的獵犬。毛《傳》：「盧，田犬也。」《戰國策》：「韓國盧，天下之駿犬
　也。」令令，音零零，ㄌㄧㄥˊ ㄌㄧㄥˊ，犬頸下帶有鈴，可以發出鈴鈴響聲。就文
　法言，是擬聲詞、狀聲詞、疊字衍聲複詞，詳見蔡宗陽《國文文法》。
2　其，代詞。其人，指獵者，即獵犬的主人。美，俊美。且，又。仁，仁慈。其人美
　且仁，言獵者既俊美又仁慈。
3　重環，大環貫小環，繫於犬的頸部下面。毛《傳》：「子母環也。」
4　鬈，音權，ㄑㄩㄢˊ，英勇健壯。毛《傳》：「鬈，好貌。」鄭玄《箋》：「鬈當讀為
　權，權，勇壯。」其人美且鬈，指獵者既俊美，又英勇健壯。一說，獵者既俊美，
　頭髮又美好。

作法　二章兼有摹寫而觸景生情的興。

原文　盧重鋂[5]，其人美且偲[6]。

押韻　三章鋂、偲，是 24（之）部。

章旨　三章讚美獵者，既俊美，又強壯有力。

作法　三章兼有摹寫而觸景生情的興。

研析

　　全詩三章，皆是兼有摹寫（又名摹狀、譬狀），而觸景生情的興。余培林《詩經正詁》：「一章『令令』寫環聲，二、三章寫環狀，此互足之文也。後一句則寫其人，一章寫其仁，二章寫其好，三章寫其武，而美則共之，此正與〈叔于田〉一章曰『美且仁』，二章曰『美且好』，三章曰『美且武』相同。」朱守亮《詩經評釋》：「所謂令令、重環、重鋂者，不僅狀其容，亦狀其聲也。但於獵犬之凶猛鷙悍，則略而去之，未曾落筆。其於縱犬獵獸之人也，則大加誇譽讚美。所謂美且仁，美且鬈，美且偲者，不僅美其貌，亦美其德也。」王靜芝《詩經通釋》：「蓋游獵，自是齊人風俗。詩人見其人犬美壯，詠而讚之。朱《傳》云：『其意與〈還〉略同。』則近似之。惟〈還〉是獵者自詠，而此則為詩人詠獵者耳。」〈盧令〉與〈還〉，同中有異，異中有同。陳子展《詩經直解》：「〈盧令〉，亦詠獵人之歌。與〈還〉同。所不同者，彼二人併驅出獵，此一人攜犬出獵。又詩速寫此人儀容，鬈美髯，具有威嚴，似較彼詩二人年長位尊耳。此在《詩》三百中為最短之一篇。」陳子展將〈盧令〉與〈還〉，既言其

5　鋂，音梅，ㄇㄟˊ。重鋂，一大環套兩小環，猶重環。孔穎達《毛詩正義》：「重鋂，謂一大環貫二小環也。」

6　偲，音鰓，ㄙㄞ，強壯有力。許慎《說文解字》：「偲，彊力。」按：「偲」與「鬈」，互文見義。「鬈」解為「英勇健壯」，合乎互文見義。

相同處，又言其相異處。裴普賢《詩經欣賞與研究》：「全篇雖只二十四字，寫獵人之修辭與丰姿，已給人留下深刻印象。讀之，音調和諧，頗有韻味，堪稱絕妙小品。」陳子展謂〈盧令〉是《詩經》最短之一篇，可與裴普賢所謂「絕妙小品」，互為注腳。

九 敝笱

> 敝笱在梁，其魚魴鰥。齊子歸止，其從如雲。
> 敝笱在梁，其魚魴鱮。齊子歸止，其從如雨。
> 敝笱在梁，其魚唯唯。齊子歸止，其從如水。

注釋 〈敝笱〉，取首章首句「敝笱在梁」的「敝笱」為篇名。

篇旨 王靜芝《詩經通釋》：「詩人乃寫其（指文姜）嫁時光景，而以敝笱不能制大魚喻之，以刺文姜而責魯桓公之不能防閑文姜也。」王靜芝又云：「文姜為齊襄公妹，夙與襄公淫通，後嫁魯桓公。桓公十八年，與文姜如齊，襄公使公子彭生殺桓公。文姜久留於齊，莊公即位後乃返，猶復會齊侯。」王氏將不能防閑之癥結所在，言之甚詳。

原文 敝笱在梁[1]，其魚魴鰥[2]。齊子歸止[3]，其從如雲[4]。

---

1 敝，殘舊。朱熹《詩集傳》：「敝，壞也。」笱，音苟，《ㄍㄡ丶，捕魚的竹器。朱守亮《詩經評釋》：「笱，以竹為器，而承梁之空，以取魚者也。今仍有此捕魚具，俗謂鬚籠。」梁，即今魚梁、堵魚壩。王靜芝《詩經通釋》：「梁，魚梁，堰石障水而空其中，以通魚之往來，因從其間，以捕魚者。」以敝笱，比喻齊桓公。文姜，比喻魴、鰥。

2 其，代詞，彼，指文姜。魴，音房，ㄈㄤ丶，鯿魚，又名赤尾魚。鰥，音官，《ㄨㄢ，鯇（音袞，《ㄨㄣ丶）。余培林《詩經正詁》：「揚州謂之鯶子魚。」魴、鰥，皆是大魚。

3 齊子，本是齊國女子，此指文姜。歸，有二解：（一）返歸於齊國。（二）出嫁。止，語末助詞，表示決定。詳見楊樹達《詞詮》。毛《傳》：「言文姜初嫁于魯桓。」按：詩旨當返歸齊國，以魯桓公不能防閑文姜之故。

4 其，代詞，指文姜。從，隨從。其從如雲，形容文姜隨從如雲一般眾多。此比喻（譬喻）中明喻之修辭手法。就內容言，又是數量夸飾，是兼格修辭技巧。毛《傳》：「言盛也。」

押韻 一章鰥、雲，是9（諄）部。

章旨 一章描述魯桓公懦弱無能，無法防制文姜的情況。

作法 一章兼有比喻（譬喻）有賦的興。

原文 敝笱在梁，其魚魴鱮⁵。齊子歸止，其從如雨⁶。

押韻 二章鱮、雨，是13（魚）部。

章旨 二章描寫魯桓公懦弱無能，難以預防文姜的淫行。

作法 二章兼有比喻（譬喻）有賦的興。

原文 敝笱在梁，其魚唯唯⁷。齊子歸止，其從如水⁸。

押韻 三章唯、水，是7（微）部。

章旨 三章敘述魯桓公懦弱無能，無法預防文姜出入自如的淫行。

作法 三章兼有比喻（譬喻）有賦的興。

研析

　　全詩三章，皆是兼有比喻（譬喻）有賦的興。

　　余培林《詩經正詁》：「三章首句『敝笱』一詞，妙絕。初見之，

5　其，代詞，指文姜。楊樹達《詞詮》：「其，代名詞，彼也。」鱮，音序，ㄒㄩˋ，
　　鰱魚，也是大魚。朱熹《詩集傳》：「鱮，似魴，厚而頭大，或謂之鰱。」以魯桓
　　公，比喻敝笱。文姜，比喻魴、鱮。

6　其從如雨，形容文姜隨從如雨一般眾多。這是比喻（譬喻）中的明喻修辭手法，又
　　是數量夸飾修辭技巧，是兼格修辭技法。

7　其，代詞，指文姜。唯唯，音尾尾，ㄨㄟˇ ㄨㄟˇ，魚行相隨，就不能制止，含有
　　出入毫無顧忌的樣子。馬瑞辰《毛詩傳箋通釋》：「唯唯，魚行相隨，即不能制。
　　《傳》、《箋》義正相成。余培林《詩經正詁》：「《箋》述其本意，而《傳》述其在
　　詩中之意也。」按：鄭玄《箋》：「唯唯，行相隨順之貌。」這是本義。毛《傳》：
　　「唯唯，出入不制。」這是引申義。本義、引申義，詳見周何《中國訓詁學》。將
　　魯桓公，比作敝笱。文姜，比作魚。

8　其，代詞，指文姜。其從如水，形容文姜隨從如水一般眾多。這是比喻（譬喻），
　　又是夸飾（夸張）係兼格修辭手法。

似不得其解；細味之，始得覺其精妙。一章『魴鱮』、二章『魴鰥』，皆是魚名，至末章『唯唯』，始言魚之情狀；而與敝笱之關係，至是乃顯。詩人於一、二章蓄而不發，至三章乃發之，讀者乃恍然而悟之，此詩人之妙筆也。乃有人訓唯唯為魚名，此不知詩之互文，亦不識詩人之妙趣也。三章末句皆言其從之盛，不言文姜，而言其侍眾，此側寫之法也。二章僅易二字，末章僅易三字，而次序井然，意趣豐富，深堪玩味焉。」此剖析精闢，闡論深入。朱守亮《詩經評釋》：「起首下一敝字，便是一字之貶。不僅喻魯桓之微弱無力，兼有魯國禮法破壞義也。又各章末之如雲、如雨、如水，亦有其次。蓋雲合而為雨，故以雨繼之；雨降而成水，故以水繼之也。」按：如雲、如雨、如水，是層遞修辭手法中的遞升，深具漸層美、層次感、節奏美。

十　載驅

載驅薄薄，簟茀朱鞹。魯道有蕩，齊子發夕。
四驪濟濟，垂轡濔濔。魯道有蕩，齊子豈弟。
汶水湯湯，行人彭彭。魯道有蕩，齊子翱翔。
汶水滔滔，行人儦儦。魯道有蕩，齊子遊敖。

注釋　〈載驅〉，取首章首句「載驅薄薄」的「載驅」為篇名。

篇旨　這篇是諷刺文姜肆無忌憚與齊襄公相會而淫亂的詩歌。王靜芝
《詩經通釋》：「文姜與齊襄公五會：莊公二年冬，會齊侯于
禚。四年春，享齊侯于祝丘。五年夏，如齊師。七年春，會齊
侯于防。冬，會齊侯于穀。」古人云：「發乎情，止乎禮
義。」齊襄公與文姜係兄妹，而行淫亂之事，此詩諷刺之。

原文　載驅薄薄¹，簟茀朱鞹²。魯道有蕩³，齊子發夕⁴。

1　載，語首助詞，無意義。楊樹達《詞詮》：「載，語首助詞，無義。」驅，車馬疾
　　走。薄薄，疾驅的聲音。就文法言，是擬聲詞、象聲、疊字衍聲複詞。就修辭言，
　　是聽覺的摹寫。蔡宗陽《應用修辭學》：「凡是在語文中，把耳朵聽到的各種不同聲
　　音，通過作者親身的感受，加以真實地描述的一種修辭技巧，叫做聽覺的摹寫，簡
　　稱摹聽，又叫摹聽。」
2　簟，音店，ㄉㄧㄢˋ，竹席。毛《傳》：「簟，方文席也。」孔穎達《毛詩正義》：
　　「簟字從竹，用竹為席，其文必方，故云：方文席也。」茀，音弗，ㄈㄨˊ，車的
　　蔽物。毛《傳》：「車之蔽曰茀。」簟茀，用竹席作為車蔽。車蔽，遮車後戶，使不
　　見車中人。朱，朱漆。鞹，音廓，ㄎㄨㄛˋ，革。獸皮治去其毛叫做革，鞹是革的
　　別名。朱鞹，用紅色漆革。
3　魯道，往魯國的道路。有蕩，蕩然，平坦的樣子。魯道有蕩，是表語句。「魯道」，
　　是主語。「有蕩」，是表語。詳見蔡宗陽《國文文法》。
4　齊子，齊國女子，指文姜。「發夕」有二解：（一）夕時發行。孔穎達《毛詩正
　　義》：「發夕，謂夕時發行。」（二）惠棟《九經古義》、段玉裁《詩經小學》、李黼
　　平《毛詩紬義》皆訓發為旦，發夕猶旦夕。王靜芝《詩經通釋》：「發夕即旦夕。齊

押韻 一章薄、鞹、夕，是 14（鐸）部。

章旨 一章敘述文姜馳會齊襄公的情形。

作法 一章運用類疊中疊字的修辭方法。

原文 四驪濟濟[5]，垂轡濔濔[6]。魯道有蕩，齊子豈弟[7]。

押韻 二章濟、濔、弟，是 4（脂）部。

章旨 二章再敘述文姜往會齊襄公，車馬之盛，並描寫文姜態度之形容的情況。

作法 二章運用類疊中疊字的修辭技巧。

原文 汶水湯湯[8]，行人彭彭[9]。魯道有蕩，齊子翱翔[10]。

子旦夕者，言文姜之車，旦夕可以往來也。」
5 驪，音離，ㄌㄧˊ，黑色的馬。朱熹《詩集傳》：「驪，馬黑色也。」濟濟，盛美的樣子。就文法言，是疊字衍聲複詞，是指兩個字的音節重疊而成的衍聲複詞，古人稱為「重言」、「重字」。
6 轡，音佩，ㄆㄟˋ，馬的韁繩。濔濔有二解：（一）濔，是鞭的假借義。《玉篇》：「鞭，轡垂貌。」音你你，ㄋㄧˇ ㄋㄧˇ；又音米米，ㄇㄧˇ ㄇㄧˇ，（二）濔濔，柔軟的樣子。形容垂轡紛辭的樣子。
7 豈弟，音愷悌，ㄎㄞˇ ㄊㄧˋ，有二解：（一）和樂平易。朱熹《詩集傳》：「豈弟，樂易也。」齊子豈弟，言文姜毫無忌憚羞愧之意。王靜芝《詩經通釋》：「文姜與（齊）襄公之會，本無禮義，而竟和樂平易，毫無愧色，刺之深矣。」（二）程俊英、蔣見元《詩經注析》：「豈弟，闓圛的假借，據陳喬樅考證，《爾雅·釋言》：『闓圛，發也。』舍人注：『闓明發行也。』」王先謙《詩三家義集疏》：「謂齊子留連久處之後，至開明乃發行耳。」
8 汶，音問，ㄨㄣˋ，水名，流經齊、魯二國，即今山東省的汶河。詳見程俊英、蔣見元《詩經注析》。湯湯，音商商，ㄕㄤ ㄕㄤ，有二解：（一）水流聲。（二）水勢盛大貌。按：湯湯，運用類疊中的疊字。
9 彭彭，音邦邦，有二解：（一）盛多的樣子。毛《傳》：「多貌。」行人彭彭，行人盛多的樣子。（二）行人啣啣急走腳步聲。按：彭彭，運用類疊（複疊）修辭手法。
10 齊子，指文姜。翱翔，猶遨遊、遊樂的樣子，比喻逍遙自在。

押韻 三章湯、彭、蕩、翔，是 15（陽）部。

章旨 三章陳述文姜車馬所經過途徑的狀況。

作法 三章運用類疊中疊字的修辭手法。

原文 汶水滔滔[11]，行人儦儦[12]。魯道有蕩，齊子遊敖[13]。

押韻 四章滔，是 21（幽）部。儦、敖，是 19（宵）部。宵、幽二部，是旁轉而押韻。

章旨 四章描繪文姜所經過途徑的情況。

作法 四章運用類疊（複疊）中疊字的修辭技法。

研析

全詩四章，皆是運用類疊（複疊）的修辭手法。

余培林《詩經正詁》：「一章寫文姜疾驅赴會，二、三、四章則寫其已會。一章『薄薄』、『發夕』，皆寫文姜之情急。二章『垂轡』、『豈弟』，當已與襄公會面，故轡垂而人樂也。三、四章首句『汶水』，蓋指其相會之所。『行人彭彭』、『行人儦儦』，看似閒筆，實則刺意盡在其中。《集傳》曰：『言行人之多，亦以見其無恥也。』得其旨矣。『翱翔』、『遊敖』，則寫其共遊之樂。全篇皆寫文姜，而襄公則隱於字裡行間。」方玉潤《詩經原始》：「此詩在莊公三年，其會兄也，竟至樂而忘返，遂翱翔遠游，宣淫於通道大都，不顧行人訕笑，豈尚知人間有羞恥事哉？」古今以文姜與齊襄公之淫行，為無恥之

---

11 滔滔，水流盛大的樣子，毛《傳》：「滔滔，流貌。」按：滔滔，運用類疊（複疊）中的疊字修辭技巧。

12 儦儦，音標標，ㄅㄧㄠ ㄅㄧㄠ，眾多的樣子。毛《傳》：「儦儦，眾貌。」按：儦儦，猶彭彭，係互文見義，皆是眾多的樣子。儦儦，也是類疊（複疊）中的疊字，又是疊字衍聲複詞。

13 遊敖，「敖遊」的倒裝，為押韻而倒裝，是修辭學倒裝。按：敖遊，猶翱翔，互文見義。

事。朱守亮《詩經評釋》:「齊泱泱大國,本應選入甚多詩篇;今則不然,已可怪。而所選者,又多〈南山〉、〈敝笱〉類、此〈載驅〉之詩,盡為文姜與襄公醜惡事。不知季札觀樂時,環坐聽者之他邦名公子與三桓子孫,有何感想?嗚呼!文姜不知恥,而其子孫亦遂習慣於忍恥也。悲夫!」長輩作姦犯科,貽禍子孫而不自知也,可悲!可歎!所謂「前人砍樹,後人曬太陽」是也。

十一　猗嗟

猗嗟昌兮，頎而長兮，抑若揚兮，美目揚兮，巧趨蹌
兮，射則臧兮。

猗嗟名兮，美目清兮。儀既成兮。終日射侯，不出正
兮，展我甥兮。

猗嗟孌兮，清揚婉兮。舞則選兮，射則貫兮。四矢反
兮，以禦亂兮。

注釋　〈猗嗟〉，取首章首句「猗嗟昌兮」的「猗嗟」為篇名。

篇旨　這篇是齊國人民讚美魯莊公儀容之美，射藝之巧的詩歌。按：
魯莊公是魯桓公之子，文姜所生。王靜芝《詩經通釋》：「細審
原詩，皆讚美之詞，全無刺意。當是莊公初到齊，齊人美之之
詩。」斯言是也。

原文　猗嗟昌兮¹，頎而長兮²，抑若揚兮³，美目揚兮⁴，巧趨

1　猗嗟，音依皆，ㄧ ㄐㄧㄝ，表示讚美。陳霞村《古代漢語虛詞類解》：「『猗嗟』、『猗
與』、『猗兮』連用，都能表示讚美。」昌，盛壯美好的樣子。毛《傳》：「昌，盛
也。」鄭玄《箋》：「昌，佼好貌。」

2　頎，音祈，ㄑㄧˊ，身材高大。而，然，樣子。兮，語末助詞，表示讚美語氣。
「啊」之意。詳見段德森《實用古漢語虛詞》。本章六個「兮」字，音義皆同。

3　抑，通「懿」，美好，馬瑞辰《毛詩傳箋通釋》：「懿、抑，古通用。」懿若，懿
然，美好的樣子。《爾雅·釋詁下》：「懿、鑠，美也。」揚，本義是清揚，引申為
亮麗，這是引申義，詳見周何《中國訓詁學》。

4　美目，美麗的眼睛。揚，有二解：（一）開目的樣子。屈萬里《詩經詮釋》：「揚，
開目貌。」《禮記·檀弓下》：「揚其目而視之。」此乃本義。王先謙《詩三家義集
疏》：「瞻視清明，其美自見。」此乃引申義。（二）美好之意。余培林《詩經正
詁》：「揚，亦狀詞，與下章『美目清兮』之清，並為美好之意。」按：二說皆是美
好之意。一解：本是睜開眼睛的樣子，引申為「美好」之意。二解：本意是「清

蹌兮[5]，射則臧兮[6]。

押韻 一章昌、長、揚、揚、蹌、臧，是 15（陽）部。

章旨 一章讚美魯莊公儀容俊美，射技精湛（音站，ㄓㄢˋ）。

作法 一章平鋪直敘的賦。

原文 猗嗟名兮[7]，美目清兮[8]。儀既成兮[9]。終日射侯[10]，不出正兮[11]，展我甥兮[12]。

押韻 二章名、清、成、正、甥，是 12（耕）部。

章旨 二章讚美魯莊公儀容俊美，射技高超。

作法 二章平鋪直敘的賦。

原文 猗嗟孌兮[13]，清揚婉兮[14]。舞則選兮[15]，射則貫兮[16]。四

揚」，引申為「美好」之意。二解殊途同歸，本義不同，引申義相同。

5 巧趨，步履輕巧迅速快捷。蹌，音槍，ㄑㄧㄤ，行走有節奏的樣子。按：這是讚美射箭前，舞蹈輕巧美妙。

6 則，就是、就。段德森《實用古漢語虛詞》：「則，副詞，表示確認、解釋、強調。常用在主語、謂語之間，可譯為『就是』、『就』等。」按：射，是主語。臧，是謂語。臧，善，好，指射技之精巧。鄭玄《箋》：「臧，善也。」

7 名，通「明」，昌盛，引申為美盛的樣子。胡承珙《毛詩後箋》：「名，美盛貌。」本章五個「兮」，語末助詞，表示讚美語氣，含有「啊」之意。

8 美目清兮，猶「美目揚兮」。清，清揚，引申為美好的樣子。朱熹《詩集傳》：「清，目清明也。」按：清明，引申為美好的樣子。

9 儀，射箭的儀式。指祭祀、宴飲、舞蹈之類。既，已經。成，完備。鄭玄《箋》：「成，猶備也。」朱熹《詩集傳》：「儀既成，言其終事，而禮無違也。」

10 侯，即今箭靶。

11 正，音征，ㄓㄥ，即箭靶的紅心。不出正，每射必中紅心，形容射技高超。

12 展，確實。鄭玄《箋》：「展，誠也。」甥，姊妹的兒子。鄭玄《箋》：「姊妹之子曰甥。」《爾雅·釋親》：「親，謂我舅者，吾謂之甥。」按：甥，指魯莊公。魯莊公，是齊襄公之甥。

13 孌，音臠，ㄌㄩㄢˇ，美好的樣子。朱守亮《詩經評釋》：「指魯莊公風度之超

矢反兮[17]，以禦亂兮[18]。

押韻 三章變、婉、貫、反、亂，是 3（元）部。

章旨 三章頌揚魯莊公英俊容貌，射藝絕倫。

作法 三章平鋪直敘的賦。

研析

全詩三章，皆是平鋪直敘的賦。

裴普賢《詩經欣賞與研究》：「三章均寫射，卻層次分明，逐章進展。首章籠讚其射之臧，次章始讚其箭箭皆中，……末章更進一步讚其四矢同貫一處。」朱守亮《詩經評釋》：「細審原詩，皆讚美之詞，全無刺意。」程俊英、蔣見元《詩經注析》：「歷來《詩經》研究者很多人認為這句也是詩人的微辭，諷刺魯莊公貌美藝高，但忘記了報父仇。莊公的父親桓公被齊襄公派人暗殺，而莊公卻又娶了襄公的女兒為妻，所以後人懷疑詩中有諷刺之意。」此乃見仁見智，但可資參閱。董仲舒云：「《詩》無達詁。」讀者可以三思，「公道自在人心」是也。

群。」毛《傳》：「孌，壯好貌。」

14 清揚婉，清明而俊美，即眉清眉秀的俊男。

15 本章兩個「則」字，就是、就之意，詳見段德森《實用古漢語虛詞》。選，整齊。毛《傳》：「選，齊也。」程俊英、蔣見元《詩經注析》：「跳舞的步伐與音樂的節奏整齊合拍。」按：一章「巧趨蹌兮」，可作「選」字最佳之注腳，詳見余培林《詩經正詁》。

16 貫，射中而穿過箭靶的紅心。《儀禮·大射》：「王射，令奏〈騶虞〉，詔諸侯以弓矢舞，樂師燕射，帥射夫以弓箭舞。」此乃古代射時有舞的明證。

17 四矢反，連續發射四箭，都能射中同一個地方。鄭玄《箋》：「射必四矢者，象其能禦四方之亂。」反，反復。鄭玄《箋》：「反，復也。每射四矢，皆得其故處，此之謂復。」

18 以禦亂，形容莊公射藝高超，可以禦亂。朱熹《詩集傳》：「言莊公射藝之精，可以禦亂，如以金僕姑射南宮長萬，可見。」

魏

注釋　魏，國名，姬姓之國。《漢書・地理志》：「河東土地平易，有鹽鐵之饒，本唐、堯所居，詩風唐、魏之國也。」魏詩凡七篇多怨怒之音，一片政亂國危之氣象。

一　葛屨

　　糾糾葛屨，可以履霜？摻摻女手，可以縫裳？要之襋之，好人服之。
　　好人提提，宛然左辟，佩其象揥。維是褊心，是以為刺。

注釋　〈葛屨〉，取首章首句「糾糾葛屨」的「葛屨」為篇名。

篇旨　〈詩序〉：「〈葛屨〉，刺褊也。」陳子展《詩經直解》：「〈葛屨〉，最古之一篇縫衣曲。寄予縫裳女，以無限之同情，蓋民間詩人所作，采自歌謠。」

原文　糾糾葛屨¹，可以履霜²？摻摻女手³，可以縫裳⁴？要之

1　糾糾，本義纏結，引申為破舊。運用類疊（複疊）修辭手法。毛《傳》：「猶繚繚也。」葛屨，用葛草編成的草鞋，夏天穿。嚴粲《詩緝》：「葛屨既敝，而以繩糾纏之，糾而復糾，行於霜雪寒沍（音互，ㄏㄨˋ，寒冷）之地，言其苦也。」屨，音巨，ㄐㄩˋ，草鞋。

2　可，何的假借，這是假借義。段玉裁《說文解字注》：「大氐假借之始，始於本無其

襋之^5，好人服之^6。

押韻 一章霜、裳，是 15（陽）部。襋、服，是 25（職）部。

章旨 一章敘述褊小的情狀，所製衣裳，奉與好人服之，非己所服，
　　　怨恨自在字裡行間。

作法 一章兼用類疊（複疊）的平鋪直敘的賦。

字；及其後也，既有其字矣，而多為假借；又其後也，且至後代，訛字亦得自冒為
假借，博綜古今，有此三變。」按：假借有三變：（一）本無其字的假借。（二）既
有其字的假，（三）訛（音額，ㄜˊ，錯字）字冒為假借。詳見周何《中國訓詁
學》。可，何以，如何、為何。馬持盈《詩經今註今譯》：「言主婦，吝嗇之狀。是
夏天穿的草鞋，主婦要在冬天的時候，也穿這種鞋子，晉地甚寒，草鞋如何能過冬
呢？」履霜，踐霜。《儀禮・士冠禮》：「屨，夏用葛，冬皮屨可也。」余培林《詩
經正詁》：「葛屨非所以履霜，今履霜者，儉之甚也。」按：儉，美德也，然儉之過
當，則吝嗇矣。該省則省，該儉則儉，此乃中庸之道也。

3　摻摻，音纖纖，ㄒㄧㄢ ㄒㄧㄢ，細長美好的樣子。這是運用類疊（複疊）的修辭手
　　法。毛《傳》：「猶纖纖也。」孔穎達《毛詩正義》：「纖細之貌。」

4　可，何的假借，這是假借義。何以，如何、為何。裳，下衣。縫裳，兼縫衣而言。
　　余培林《詩經正詁》：「止言縫裳，以裳與霜為韻，故言裳以該衣也。見（馬瑞辰）
　　《毛詩傳箋通釋》。」馬持盈云：「古者婦人三月廟見，而後執婦功。今纖纖女手尚
　　不足三月，而主婦要強其作裳。」可以縫裳，為何纖纖女子不足三月，而使婦人即
　　為之縫裳？」嚴粲《詩緝》：「未嫁之女，其手纖纖，謂其可以出而為人縫裳，治衣
　　裳之要領，以為好人之服，而利其備資。」宋儒以彼時封建社會情況，言貧賤女為
　　富貴作女紅，而不自覺階級矛盾。

5　要有二解：（一）古「褄」字，（二）同「腰」。衣裳近腰的部位。毛《傳》：「要，
　　褄也。」襋，音棘，ㄐㄧˊ，衣領。毛《傳》：「襋，領也。」余培林《詩經正詁》：
　　「褄與領為衣裳之最重要者，故以之代衣裳。此處作動詞用，謂縫其褄、領，亦
　　即縫其衣裳也。」按：以「褄」代「裳」，以「領」代「衣」，這是借代義。詳見
　　蔡宗陽《文法與修辭探驪》。褄、領，本是名詞，此當動詞，縫其褄，縫其領。這
　　是詞類活用，名詞活用作動詞，詳見蔡宗陽《國文文法・詞類的活用》：「名詞活用
　　作動詞。」就修辭言，是轉品，又名轉類，詳見黃慶萱《修辭學・轉品》。上下兩
　　個「之」字，皆是代詞，上「之」字指「裳」，下「之」字指「衣」。

6　好人，君夫人。屈萬里《詩經詮釋》：「好人，蓋指君夫人言。」滕志賢《新譯詩經
　　讀本》：「好人，美人。此指詩中之貴婦。」服，本是名詞，此當動詞，穿。既是詞
　　類活用，又是轉品、轉類。之，代詞，指衣裳。

原文　好人提提[7]，宛然左辟[8]，佩其象揥[9]。維是褊心[10]，是以為刺[11]。

押韻　二章提，是 10（支）部。辟、揥、刺，是 11（錫）部。支、錫二部，是對轉而押韻。

章旨　二章描寫好人安詳舒適與佩飾，其人褊心，故作詩諷刺之。

作法　二章兼有類疊（複疊）修辭手法的平鋪直敘。

7　提提，《魯詩》作「媞媞」，安逸舒適的樣子。《爾雅・釋訓》：「媞媞，安也。」郭璞注：「好人安詳之容。」胡承珙《毛詩後箋》：「提者，媞之借字。」此乃假借義。按：提提，既是疊字衍聲複詞（就文法言），又是類疊（複詞）中的疊字（就修辭言）。

8　宛然，柔順的樣子。陳奐《詩毛氏傳疏》：「宛有委曲順從之義。」辟，音避，ㄅㄧˋ，有二解：（一）旋。左辟，向左轉身，此言儀容得體。余培林《詩經正詁》：「凡盤旋必向左，此蓋以左足為轉軸，自然之勢，故曰：『左辟』。言好人恭敬多禮也。」（二）通「避」。朱守亮《詩經評釋》：「左辟，作者（指纖纖女子）遇提提好人，避之於左，示恭敬也。」按：程俊英、蔣見元《詩經注析》：「辟，通『避』。左辟，向左閃開。」「向左轉身」、「向左閃開」，即今禮讓，因此表示「恭敬」之意。

9　佩，佩戴，其，代詞，指好人。揥，音替，ㄊㄧˋ，搔首的簪。象揥，象牙所做的簪子。朱熹《詩集傳》：「揥所以摘髮，用象（骨）為之，貴者之飾。」

10　維，通「惟」。語首助詞。段德森《實用古漢語虛詞》：「維，用在句首，意在提出話題。提示、引出主語，為立言行文開端。」張自強《正字通》：「《尚書》多用『惟』，《詩經》多用『維』，《左傳》多用『唯』，《孟子》、《論語》多用『唯』，然皆語辭，古多通用之。」是，此，代詞，指好人。按：「維是」置於句首，如韓愈〈子產不毀鄉校頌〉：「維是子產，執政之式。」褊，音扁，ㄅㄧㄢˇ。褊心，心胸狹窄，器量過小而性急。按：許慎《說文解字》：「褊，衣小也。」段玉裁注：「引申為凡小之稱。」維是褊小，好人心胸狹窄，器量過小而性急。一說，維，通「惟」，僅。

11　是以，「以是」的倒裝，肯定句的倒裝，詳見附錄：《詩經》倒裝的三觀。以，用。是，此，代詞，指〈葛屨〉。是以為刺，以（用）〈葛屨〉當作諷刺。一說：是以，以是，因此。以，因。是，此。二句言只是因為心胸狹窄，器量過小而忙急，因此作〈葛屨〉此詩以諷刺之。

研析

全詩二章,皆兼有類疊(複疊)修辭手法的平鋪直敘。

余培林《詩經正詁》:「一章葛屨履霜,其寒可知;纖手縫裳,其苦可見。然『好人』褊心,不稍於恤。而提提、宛然,華服美飾,周旋揖讓,儼然君子。如此對照寫出,機趣不露,鋒銳盡藏,正是諷刺筆法。」此筆法乃修辭學反襯,又名假悖,看似矛盾,其實含有反諷之意。朱守亮《詩經評釋》:「所刺者究為何人?或謂君夫人,或謂長上,或謂主婦,或謂美人,亦有謂妻之丈夫、婢之主人者,皆無不可。但其作者,要以朱子『即縫裳之女』之說為是。」朱守亮又云:「所謂好人,亦大有問題。故龍仿山有『為屨、為裳、為掼。自足、自要、自領,通身看來,均無大雅氣象。猶強命之曰好人,寫其醜態。而再呼好人,似譽、似諷、似莊、似諧。此種刺法,自饒冷趣』之言也。」

二　汾沮洳

　　彼汾沮洳，言采其莫。彼其之子，美無度；美無度，殊
異乎公路。

　　彼汾一方，言采其桑。彼其之子，美如英；美如英，殊
異乎公行。

　　彼汾一曲，言采其藚。彼其之子，美如玉；美如玉，殊
異乎公族。

注釋　〈汾沮洳〉，取首章首句「彼汾沮洳」的「汾沮洳」為篇名。

篇旨　魏源《詩古微·魏唐答問篇》：「蓋歎沮洳之間有賢者隱居在
　　　　下，采蔬自給，然其才德實高出乎在位公行、公路之上，故雖
　　　　曰在下位而自尊，超乎其有以殊於世。蓋春秋時，晉官公族、
　　　　公行公路皆貴族之子，無材世祿，賢者不得用，用者不必賢
　　　　也。」旨哉斯言。這篇讚美「彼己之子」的詩歌。彼己之子能
　　　　采莫、采桑、采藚，持身以儉，又德貌俱美，故詩美之也。余
　　　　培林《詩經正詁》：「詩言彼己之子，異乎公路、公行、公族，
　　　　則是詩人美己氏之子，而刺公之嫡、庶子，明矣。」

原文　彼汾沮洳¹，言采其莫²。彼其之子³，美無度⁴；美無

1　彼，指示代詞，此指汾，是遠稱。詳見蔡宗陽《國文法》。汾，音焚，ㄈㄣˊ，水
　　名，在今山西中部，西南流入黃河，是黃河第二支流。沮洳，音居如，ㄐㄩ ㄖㄨˋ，
　　水邊低溼的地方。朱熹《詩集傳》：「水浸（音進，ㄐㄧㄣˋ）處，下溼之地。」

2　言，語首助詞，無意義。楊樹達《詞詮·卷七》：「言，語首助詞，無義。」采、
　　採，古今字。其，代詞，指汾。莫，菜名。陸璣《詩草木鳥獸蟲魚疏》：「莫，莖大
　　如箸，赤節，節一葉，似柳葉，厚而長。……始生可以為羹，又可生食。」

3　彼其之子，有二解：（一）彼，指示形容詞，用以代替前面所提過的語，詳見柯旗
　　化《新英文法》。此「彼」字與首句「彼」字，意義有別。彼，指「言采其莫」。其，

度，殊異乎公路[5]。

押韻 一章洳，是 13（魚）部。莫、度、度、路，是 14（鐸）部。
魚、鐸二部，是對轉而押韻。

章旨 一章是讚美「彼己之子」持身以儉，德貌皆美的詩歌。

作法 一章兼有比喻（譬喻）、類疊（複疊）中疊句的興。

原文 彼汾一方[6]，言采其桑[7]。彼其之子，美如英[8]；美如英，

句中助詞，無意義。楊樹達《詞詮・卷四》：「句中助詞，讀去聲，音忌（ㄐㄧˋ），
無義。」之子，此子，指采莫者。王先謙《詩三家義集疏》：「之子，指採菜之賢
者。」汪梧鳳《詩學女為》：「莫、桑、藚，下溼之產，比卑賤者，即下文所云：彼
其之子。（二）其，音記，ㄐㄧˋ，己之借字，姓。彼其之子，即彼己氏之子。詳見
余培林〈詩經成語試釋〉、季旭昇〈詩經「彼己之子」新解〉。按：二說相通。

4 美無度，己氏俊美不可以尺寸度量，形容己氏極為俊美，俊美無比。「美無度」，連
用兩次，是運用修辭類疊（複疊）的疊句手法。

5 殊，特殊，特別，非常。異，不同。乎，於。公路，官名，孔穎達《毛詩正義》：
「公路與公行，一也。以其主君路車，謂之公路；主兵車之行列者，謂之公行，正
是一官也。」按：公路、公行，官職異名而同一官。朱熹《詩集傳》：「公路者，掌
公之路車者，晉以卿大夫之庶子為之。」美無度，殊異乎公路，言彼己之子，非
常不同於公路之官。

6 方，通「旁」。程俊英、蔣見元《詩經注析》：「一方，指在汾水旁邊一個地方。」

7 言，語首助詞，無意義。采，採。就訓詁學言，采是古字，採是今字。就文字學
言，采是本字，採是後起字。汪梧鳳《詩學女為》將「采其桑」者，比喻卑賤者，
即「彼己氏之子」。

8 英，華。毛《傳》：「英，猶華也。」華，「花」的本字，花是後起字。按：〈周南・
桃夭〉：「灼灼其華。」華是本字，花是後起字。高鴻縉《中國字例》：「字原象形，
甲文用為祭名。秦人或加艸為意符，遂有『華』字。及後『華』用為『光華』意。
秦、漢人乃另造『蕐』。『蕐』見《方言》。六朝人又造『花』字，日久而『華』為
借意所專。蕐字少用。『花』字遂獨行。」滕志賢《新譯詩經讀本》：「英，花也。
古代以英，形容美貌，不分男女。」美如英，形容己氏之子俊美如花，此乃比喻
（譬喻）寫作手法。連用兩次「美如英」，是修辭類疊（複疊）中疊句的手法，旨
在加強語勢，渲染氣氛。

殊異乎公行[9]。

押韻 二章方、桑、英、英、行，是 15（陽）部。

章旨 二章是讚美「彼已之子」才德兼備，英俊壯美的詩歌。

作法 二章兼有比喻（譬喻）、類疊（複疊）的興。

原文 彼汾一曲[10]，言采其藚[11]。彼其之子，美如玉[12]；美如玉，殊異乎公族[13]。

押韻 三章曲、藚、玉、玉、族，是 17（屋）部。

章旨 三章頌揚「彼已之子」節儉，才德兼備的情況。

作法 三章兼有比喻（譬喻）、類疊（複疊）的興。

研析

全詩三章，皆是兼有比喻（譬喻）、類疊（複疊）的興。

余培林《詩經正詁》：「三章之首句『采莫』、『采桑』、『采藚』，未必事實，僅在言其儉耳，此正其美德也。〈詩序〉反言刺之，顛倒黑白矣。三、四句指明其人而美之：一章『美無度』，泛言其美；二章『美如英』，言其貌美；三章『美如玉』，言其質美；此詩之序也。末句異乎公路、公行、公族，此襯托筆法，惟為反襯而已。」余說所

9　公行，即公路，官名。朱熹《詩集傳》：「公行，即公路也。以其主兵車之行列，故謂公行也。」按：路、行，是互文見義，字異而義同。

10　曲，水流彎曲的地方。

11　藚，音續，ㄒㄩˋ，草名。又名澤瀉、牛脣。按：李時珍《本草綱目》：「澤，瀉，又名水瀉、及瀉、及鴻、蕍、芒芋、禹孫。（時珍曰：『去水曰瀉，如澤水之瀉也。禹能治水，故曰禹孫。』）主治風寒、溼痹、乳難。養五臟，益氣力，肥健消水，久服耳目聰明。」「采其藚」者，比喻卑賤者，此指「彼其之子」。

12　美如玉，形容品質之美如玉。余培林《詩經正詁》：「此言其品質之美也。」此運用比喻（譬喻）修辭手法。

13　公族，掌國君宗族之官。鄭玄《箋》：「公族，主君同姓昭穆也。」朱熹《詩集傳》：「公族，掌公之宗族，晉以卿大夫之適子為之。」

謂「詩之序」，即修辭層遞手法。所謂「襯托筆法」，就章法言；所謂「反襯」，就修辭言。「反襯」，又名「假悖」。朱守亮《詩經評釋》：「言卿大夫過分修飾，而至美無度，殊異乎公路等程度。則奢侈浮華，不關人民生活疾苦可知。魏詩之所以多刺，除此外，尚有〈葛屨〉、〈碩鼠〉、〈伐檀〉等。其地隘民貧，貴族貪鄙，為其主因歟！牛運震謂：『抑揚有致，節奏絕佳。』龍仿山曰：『通篇從異字生情，妙在每疊一句。短章中更饒頓挫，節奏獨絕。』」牛、龍二說末句，有異曲同工之妙、之美。

三　園有桃

　　園有桃，其實之殽。心之憂矣，我歌且謠。不知我者，謂我士也驕。「彼人是哉！子曰何其？」心之憂矣，其誰知之？其誰知之？蓋亦勿思！

　　園有棘，其實之食。心之憂矣，聊以行國。不知我者，謂我士也罔極。「彼人是哉，子曰何其？」心之憂矣，其誰知之？其誰知之？蓋亦勿思！

注釋　〈園有桃〉，取首章首句「園有桃」為篇名。

篇旨　〈詩序〉：「〈園有桃〉，刺時也。大夫憂其君國小而迫，而儉以嗇，不能用其民，而無德教。日以侵削，故作是詩也。」王靜芝《詩經通釋》：「惟揆度全詩，皆憂時之義，並非刺也。」

原文　園有桃，其實之殽[1]。心之憂矣[2]，我歌且謠[3]。不知我者，謂我士也驕[4]。「彼人是哉[5]！子曰何其[6]？」心之憂

1　其，代詞，指桃。實，桃子的果實，即桃子。之，是，結構助詞。其實之殽，即「殽其實」的倒裝，兼有押韻的肯定句倒裝。如「唯利是圖」，「唯圖利」的倒裝，「是」係結構助詞。殽，音堯，一ㄠˊ，吃。朱熹《詩集傳》：「殽，食也。」按：食本是名詞，此活用為動詞，「吃」之意。王靜芝《詩經通釋》：「園有桃樹，則其果實即是食物也。以喻國之有民，其力固足以強大如桃之有實矣。」

2　心之憂矣，是表態句。主語是「心」，表語是「憂」。之，結構助詞。矣，語末助詞，「啊」或「了啊」之意。『矣』，用在句末，表示一般的感嘆語氣，對「已然」、「將然」或「必然」的事情抒發感嘆。詳見段德森《實用古漢語虛詞》。

3　歌謠，以樂和曲叫做歌。徒歌而無樂叫做謠。毛《傳》：「曲合樂曰歌，徒歌曰謠。」且，再。我歌且謠，我先合樂曲唱歌，再徒手唱歌。按：段德森《實用古漢語虛詞》：「表示動作、情況的連續或重複出現。用在動詞前，可譯為『再』。」

4　謂，批評。我士，作者自謂。馬瑞辰《毛詩傳箋通釋》：「我士，即詩人自謂也。」也，語中助詞，「啊」之意。段德森《實用古漢語虛詞》：「也，表示句中停頓。用

> 矣，其誰知之[7]？其誰知之？蓋亦勿思[8]！

押韻　一章桃、殽、謠、驕，是 19（宵）部。哉、其、之、之、思，是 24（之）部。

章旨　一章詩人敘述自己憂心，而他人不知其意，又更憂思。

作法　一章兼有比喻（譬喻）、類疊（複疊）的興。

原文　園有棘[9]，其實之食。心之憂矣，聊以行國[10]。不知我者，謂我士也罔極[11]。「彼人是哉，子曰何其？」心之憂矣，其誰知之？其誰知之？蓋亦勿思！

押韻　二章棘、食、國、極，是 25（職）部。其、之、之、思，是 24（之）部。之、職二字，是對轉而押韻。

在主語後面，表示頓宕，可譯為『呢』、『啊』。」「謂我士」，是主語。驕，是表語，驕傲之意。此乃表態句，詳見蔡宗陽《國文文法》。「謂我士也驕」，馬持盈《詩經今註今譯》：「設言旁人以我指斥（批評）時事為過甚，有似於驕。」

5　彼人，指國君或執政者。「彼人是哉！子曰何其」，馬持盈《詩經今註今譯》：「詩人又假設為不知者之言，謂君（或執政者）之所行皆是，你（指詩人）何必多加批評呢？」是，對。哉，語末助詞，表示感歎啊！

6　子，指詩人。其，音姬，ㄐ一，語末助詞，表示疑問。楊樹達《詞詮》：「其，語末助詞，表疑問，音姬。」

7　其，通「豈」，難道。楊樹達《詞詮》：「其，反詰副詞，豈也。『其』、『豈』音近，故二字互通。」之，代詞，指「心之憂矣」之人。「其誰知之」，連用兩次，是類疊（複疊）修辭手法。

8　蓋，音曷，ㄏㄜˊ，「盍」的假借，有二解：（一）何，如何。馬瑞辰《毛詩傳箋通釋》：「蓋者，盍之假借。亦者，語詞。」（二）何不，如何不。余冠英《詩經選》：「蓋同盍，何不也。」按：亦，語中助詞，無意義。楊樹達《詞詮》：「亦，語中助詞，無義。」思，余培林《詩經正詁》：「此思字乃應上文憂字，詩人本已憂矣，今以人不知其用心而更憂，意似更深一層。」斯言得之。

9　棘，酸棗樹。毛《傳》：「棘，棗也。」

10　聊，聊且，姑且。行國，朱熹《詩集傳》：「聊，且略之辭。歌謠之不足，則出遊於國中，以寫憂也。」行國，行於國中，指出遊於都城。

11　極，中，正。毛《傳》：「極，中也。」罔極，無良，不正。

章旨 二章詩人描述自己憂愁，而他人不知其意，反而更憂愁。

作法 二章兼有比喻（譬喻）、類疊（複疊）的興。

研析

　　全詩二章，皆是兼有比喻（譬喻）、類疊（複疊）的興。

　　余培林《詩經正詁》：「首二句食桃、食棘，言桃、棘皆可食，以示所憂者乃國事，非憂個人之利祿也。」余培林又云：「歌謠、行國，乃互文也，頗有屈原『行吟澤畔』之慨。詩人悲歌行國，固在抒憂，亦所以喚醒人心，以求助於國家，非欲人知其憂也。然而無人知其用心，反以其為驕狂，詩人如之何能不深憂乎！」旨哉斯言。朱守亮《詩經評釋》：「人不我知，只有無語問蒼天。『彼人是哉，子曰何其？』設想得奇，非怪得妙。『其誰知之？』疊一筆淒絕，是世人皆醉我獨醒也。『蓋亦勿思』！不敢疾怨，多少嗚咽摧折？有波瀾，有頓挫，有吞吐，有含蓄。兩章下半章同，憂之之意，豈堪再說一遍？而再說之都，心憂重而思之長也。姚際恆曰：『詩如行文，極縱橫排宕之致。』深獲我心。沉鬱頓挫，與《黍離》異曲同工。太史公有『居則忽忽若有所亡，出則不知其所往』之言，其此憂國政日非賢者之寫照歟？」洵哉斯言。

四　陟岵

陟彼岵兮，瞻望父兮。父曰：「嗟予子，行役夙夜無
已，上慎旃哉！猶來無止。」

陟彼屺兮，瞻望母兮。母曰：「嗟予季，行役夙夜無
寐，上慎旃哉！猶來無棄。」

陟彼岡兮，瞻望兄兮。兄曰：「嗟予弟，行役夙夜必
偕，上慎旃哉！猶來無死。」

注釋　〈陟岵〉，取首章首句「陟彼岵兮」的「陟岵」為篇名。這是
運用「節縮」修辭手法。

篇旨　王靜芝《詩經通釋》：「此詩當為役者思家所作，思父母兼及兄
弟也。」〈詩序〉：「〈陟岵〉，孝子行役，思念父母也。」王靜
芝云：「三章云：『瞻望兄兮』，是弟對兄之言。若謂為孝子之
言，則不妥。」斯言甚諦。

原文　陟彼岵兮¹，瞻望父兮²。父曰：「嗟予子³，行役夙夜無
已⁴，上慎旃哉⁵！猶來無止⁶。」

1　陟，音智，ㄓˋ，登上。彼，指示代詞，此指物而言。「那」之意，指岵。楊樹達
《詞詮》：「彼，指示代名詞，此指物而言。」岵，音戶，ㄏㄨˋ，多草木的山。《爾
雅·釋山》：「山多草木，岵。」按：上下兩個「兮」字，皆表示感嘆，「啊」的意
思。

2　瞻，音沾，ㄓㄢ，仰面向上看。望，音旺，ㄨㄤˋ，向遠處或高處看。

3　嗟，音皆，ㄐㄧㄝ，表悲歎。予，我。《爾雅·釋詁下》：「卬、吾、台、予、朕、
身、甫、余，言我也。」子，兒子。

4　已，停止。夙夜無已，早晚不停止。形容行役非常忙碌。

5　上，猶尚，含有「希望」之意。上，朱熹《詩集傳》：「上，猶尚也。」慎，謹慎小
心。旃，音占，ㄓㄢ，有二解：（一）之，代詞，指子。（二）之焉。王引之《經傳

押韻 一章岵、父，是 13（魚）部。已、止，是 24（之）部。

章旨 一章敘述行役者登高，遠望家鄉，設想其父望子早歸之語。

作法 一章不兼比喻而觸景生情的興。

原文 陟彼屺兮[7]，瞻望母兮。母曰：「嗟予季[8]，行役夙夜無寐[9]，上慎旃哉！猶來無棄[10]。」

押韻 二章屺、母，是 24（之）部。寐，是 8（沒）部。棄，是 5（質）部。質、沒二部，是旁轉而押韻。

章旨 二章陳述行者登高，瞻望家鄉，設想其母望子早歸之言。

作法 二章不兼比喻而觸景生情的興。

原文 陟彼岡兮[11]，瞻望兄兮。兄曰：「嗟予弟，行役夙夜必偕[12]，上慎旃哉！猶來無死。」

押韻 三章岡、兄，是 15（陽）部。弟、偕、死，是 4（脂）部。

釋詞》：「之、旃聲相轉，旃、焉聲相近，旃又為之焉之合聲。」哉，語末助詞，表感歎。詳見楊樹達《詞詮・卷六》。

6　猶，還是希望。來，早點回來。止，留止於外，停留、滯留。朱熹《詩集傳》：「無止於彼而不來也。蓋生則必歸，死則止而不來矣。」余培林《詩經正詁》：「以上數語，皆行役者設想其父念之之語也。」斯言得之。

7　屺，音起，ㄑㄧˇ，無草木的山。

8　季，依伯、仲、叔、季而言，指少子，小兒子。毛《傳》：「季，少子也。」朱熹《詩集傳》：「尤憐愛少子者，婦人之情也。」

9　無寐，勿睡得太沉，即睡時保持警覺。

10　棄，棄我（指母）而不歸來，即「死」之意。余培林《詩經正詁》：「不言死而言棄，體父母之意，不忍正言子之死也。」誠哉此言。

11　岡，音剛，《尢，山脊。

12　偕，音階，ㄐㄧㄝˊ，一同。馬持盈《詩經今註今譯》：「夙夜必偕，與晝夜相終始，即晝夜不息之意。」一說：偕，俱。朱守亮《詩經評釋》：「與其他行役之人相偕也。此相偕者共同行動，不得自由也。」

章旨　三章描寫行役者登高，眺望家鄉，設想其兄望弟早歸之言。

作法　三章不兼比喻（譬喻）而觸景生情的興。

研析

　　全詩三章，皆不兼比喻（譬喻）而觸景生情的興。

　　余培林《詩經正詁》：「『瞻望』二字為全詩之樞紐，父、母、兄念己之辭，全自瞻望中想像而來。」余培林又云：「一章言父，二章言母，末章言兄，此詩之倫理之序也。父曰猶來無止，母曰猶來無棄，止、棄皆死也，然父母愛子，不忍言死，故以止、棄代之（按：此乃借代義）。猶子女不忍言父母之死，而曰『見背』、『仙逝』也。至末章兄曰，始出死字，以點出止、棄所含之意焉。」余培林又云：「此詩明明行役者思親之作，然不言己之念親，反言親之念己，如此益顯其思親之切。方玉潤（《詩經原始》）曰：『筆以曲而愈達，情以婉而愈深。』」按：輔廣云：「既思其父，又思其母，又思其兄。既想像其念己之言，又想像其祝己之言，曰庶幾其謹之哉！則斯人也，必能以其親之心為心，亦可謂賢矣。」洵哉斯言。

五　十畝之間

十畝之間兮！桑者閑閑兮！行與子還兮！
十畝之外兮！桑間泄泄兮！行與子逝兮！

注釋　〈十畝之間〉，取首章首句「十畝之間兮」的「十畝之間」為篇名。

篇旨　朱熹《詩集傳》：「政亂國危，賢者不樂仕於其朝，而思與其友歸於農圃，故其辭如此。」余培林《詩經正詁》：「詩寫田家之樂，則自是不樂仕而思歸之詩。」王靜芝《詩經通釋》：「此隱者自詠也。」

原文　十畝之間兮¹！桑者閑閑兮²！行與子還兮³！

押韻　一章間、閑、還，是 3（元）部。

章旨　一章詩人自詠歸隱，悠閑自在的情況。

作法　一章不兼比喻（譬喻）的興。

1　十畝之間，指詩人的故鄉。鄭玄《箋》：「古者一夫百畝，今十畝之間，往來者閑閑然，削小之甚。」余培林《詩經正詁》：「指詩人之故鄉。」按：馬瑞辰《毛詩傳箋通釋》：「古者民各受公田十畝，又廬舍各二畝半，……凡為田十二畝半，詩但言十畝，舉成數耳。」兮，句末助詞，表示感嘆語氣，「啊」之意。詳見段德森《實用古漢語虛詞》。本章三個「兮」，意義相同。

2　桑者，指採桑者。程俊英、蔣見元《詩經注析》：「《詩經》中採桑的勞動多由婦女擔任；桑者當是採桑女。」閑閑，採桑者悠閑自得的樣子。朱熹《詩集傳》：「閑閑，往來者自得之貌。」

3　行，有二解：（一）猶今語云：「走吧」，詳見屈萬里《詩經詮釋》。（二）將。朱熹《詩集傳》：「行，猶將也。」楊樹達《詞詮·卷四》：「行，副詞，且也。」余培林《詩經正詁》：「且，亦將也。」子，指詩人好友。朱守亮《詩經評釋》：「子，汝也，謂同僚。」王先謙《詩三家義集疏》：「子，謂同去之人。」按：詩人好友，既是同僚，又是同行之人。還，音旋，ㄒㄩㄢˊ，歸返田園。《廣雅》：「還，歸。」

原文 十畝之外兮⁴！桑間泄泄兮⁵！行與子逝兮⁶！

押韻 二章外、泄、逝，是 2（月）部。

章旨 二章詩人自詠歸隱，悠閒自在的情形。

作法 二章不兼比喻（譬喻）的興。

研析

　　全詩二章，皆是不兼比喻（譬喻）的興。

　　余培林《詩經正詁》：「全詩重心在一『還』字。還者，還於其故處，亦即歸於『十畝之間』也。掌握此（還）字，即掌握詩旨矣。……『十畝之間』，有『容膝易安』之意，『閑閑』、『泄泄』，田園生活之寫照也。既嚮往此田園生活而欲歸焉，其不樂於仕朝也，明矣。」此田園生活有如陶淵明〈歸去來辭〉，誠如朱守亮《詩經評釋》所云：「落落數語，退居隱逸之意，昭然可見；陶公〈歸去來辭〉，當從此衍出。」按：陶淵明〈歸去來辭〉，殆源乎《詩經‧十畝之間》。

4 　十畝之外，指鄰圃。朱熹《詩集傳》：「鄰圃。」本章三個「兮」字，意義相同，「啊」之意，語末助詞，表示感歎。

5 　泄泄，音亦亦，一ˋ 一ˋ，悠閒自得的樣子。猶閑閑。朱熹《詩集傳》：「猶閑閑也。」

6 　逝，往。朱熹《詩集傳》：「往也。」王引之《經義述聞》：「此詩『行與子還』、『行與子逝』，猶言且與子歸、且與子往也。」

六　伐檀

　　坎坎伐檀兮，寘之河之干兮，河水清且漣猗。不稼不穡，胡取禾三百廛兮？不狩不獵，胡瞻爾庭有縣貆兮？彼君子兮，不素餐兮？

　　坎坎伐輻兮，寘之河之側兮，河水清且直猗。不稼不穡，胡取禾三百億兮？不狩不獵，胡瞻爾庭有縣特兮？彼君子兮，不素食兮？

　　坎坎伐輪兮，寘之河之漘兮，河水清且淪猗。不稼不穡，胡取禾三百囷兮？不狩不獵，胡瞻爾庭有縣鶉兮？彼君子兮，不素飧兮？

注釋　〈伐檀〉，取首章首句「坎坎伐檀」的「伐檀」為篇名。

篇旨　余培林《詩經正詁》：「此刺在位君子（貴族）不勞而食之詩。」陳子展《詩經直解》：「此伐木詩人，其意在美從事稼穡狩獵、自食其力之勞動人民為不素餐者，而刺彼不稼不穡、不狩不獵、尸位素餐之君子。詩每章末二句，點明彼君子兮，不素餐兮！此畫龍點睛之筆，此諷刺之冷語，此正言實反之徵詞也。」按：「正言實反」，即《老子・第七十八章》：「正言若反。」

原文　坎坎伐檀兮[1]，寘之河之干兮[2]，河水清且漣猗[3]。不稼不

1　坎坎伐檀，「伐檀坎坎」的倒裝，兼有押韻的肯定句倒裝，詳見附錄：《詩經》倒裝的三觀。伐，砍伐。檀，樹木名，可以為車。坎坎，砍伐檀樹的聲音。就文法言，是狀聲詞、擬聲詞、疊字衍聲複詞。詳見蔡宗陽《國文文法》。就修辭言，是聽覺摹寫，簡稱摹聽，又名摹聲。詳見蔡宗陽《應用修辭學》。

2　寘，音義同「置」，放置上。「之」，字，諸「之於」的合音。王引之《經傳釋詞》：

稺[4]，胡取禾三百廛兮[5]？不狩不獵[6]，胡瞻爾庭有縣狟兮[7]？彼君子兮[8]，不素餐兮[9]？

押韻 一章檀、干、漣、廛、狟、餐，是3（元）部。

章旨 一章詩人諷刺不勞而食的在位者。

作法 一章兼有反襯（假悖）而即景生情的興。

原文 坎坎伐輻兮[10]，寘之河之側兮[11]，河水清且直猗[12]。不稼不穡，胡取禾三百億兮[13]？不狩不獵，胡瞻爾庭有縣特

「之，猶諸也。」下「之」字，連詞，「的」之意。楊樹達《詞詮》：「之，連詞，與口語『的』字相當。」干，岸。

3 漣，《魯詩》作「瀾」。許慎《說文解字》：「大波為瀾。瀾，或从連。」按：漣、瀾，本是同一字。毛《傳》：「風行水成文曰漣。」猗，《魯詩》作「兮」。猗，語末助詞，表示感歎。楊樹達《詞詮》：「猗，語末助詞，表感歎。王引之云：『猗，兮也。』」

4 稼，耕種。穡，收割。毛《傳》：「種之曰稼，斂之曰穡。」

5 胡，為何。廛，音纏，ㄔㄢˊ，一夫所居，其田百畝。《周禮·地官·遂人》：「夫一廛，田百畝。」鄭玄注：「廛，居也。」程俊英、蔣見元《詩經注析》：「此三百廛，指三百夫所種田中的收穫。三百，言其多，並非確數。」

6 狩，冬獵。獵，宵田。孔穎達《毛詩正義》：「此對文耳，散則獵通於晝夜，狩兼於四時。」按：宵，夜。田，打獵。所謂對文，互文也。

7 瞻，向遠處看。爾，汝，你。庭，庭院。縣，音義同「懸」，ㄒㄩㄢˊ，掛。狟，音桓，ㄏㄨㄢˊ，獸名，即豬獾，小野獸。

8 彼，人稱代詞，「那」之意。彼君子，指那不勞而食的在位者。

9 素餐，猶今白吃飯。《孟子·盡心》朱熹注：「無功而食祿，謂之素餐。」此言君子不素餐，是反諷，修辭學稱為假悖、反襯。

10 伐輻，砍伐檀木以為車輻。朱熹《詩集傳》：「輻，車輻也。」余培林《詩經正詁》：「即車輪中共集於車轂之支輻細柱也。伐輻，謂伐檀以為輻也。與『伐檀』為互文。」按：《老子·第十一章》：「三十輻，共一轂。當其無，有車之用。」

11 側，旁邊。「側」與「干」，互文見義。

12 直，波紋的直。朱熹《詩集傳》：「直，波文之直也。」

13 三百億，形容很多。鄭玄《箋》：「十萬曰億，禾秉之數。」按：禾秉，即今禾把。三百億，就修辭言，是數量夸飾（誇張）。

兮^{14}？彼君子兮，不素食兮^{15}？

押韻　二章輻、側、直、億、特、食，是 25（職）部。

章旨　二章詩人諷刺不勞而食的在位者。

作法　二章兼有反襯（假悖）、夸飾而即景生情的興。

原文　坎坎伐輪兮^{16}，寘之河之漘兮^{17}，河水清且淪猗^{18}。不稼
不穡，胡取禾三百囷兮^{19}？不狩不獵，胡瞻爾庭有縣鶉
兮^{20}？彼君子兮，不素飧兮^{21}？

押韻　三章輪、漘、淪、囷、鶉、飧，是 9（諄）部。

章旨　三章詩人諷刺而食的在位者。

作法　三章兼有反襯（假悖）、夸飾而即景生情的興。

研析

　　全詩三章，皆是兼有反襯（假悖）、夸飾而觸景生情的興。

　　余培林《詩經正詁》：「三章之『伐檀』、『伐輻』、『伐輪』，與下文『不稼不穡』、『不狩不獵』，成一強烈之對比。前者寫勞而後食，

14　特，三歲之獸。毛《傳》：「獸三歲曰特。」此指一般野獸。

15　素食，猶素餐。「素食」與「素餐」，互文見義。

16　伐輪，伐檀以為車輪。輪，本是名詞，此當動詞，做車輪。朱熹《詩集傳》：「輪，車輪。」「伐輪」與一章「伐檀」，是互文。蔡宗陽《應用修辭學》：「互文的特點參互成文，合而見義。易言之，互文是相輔相成、相互隱含的語句，一則可以分別理解，再則可以綜合領悟。」

17　漘，音唇，ㄔㄨㄣˊ，水岸，水邊。

18　淪，小風拂水成文，轉動如車輪。从侖，皆有「條理」之意。見黃永武《形聲多兼會意考》。毛《傳》：「小風水成文，轉如輪也。」

19　囷，音君，ㄐㄩㄣ，圓形的糧倉，今稱為囷。毛《傳》：「圓者為囷。」孔穎達《毛詩正義》：「方者為倉，故圓者為囷。」

20　鶉，音純，ㄔㄨㄣˊ，鵪鶉。鳥名。

21　飧，音孫，ㄙㄨㄣ，熟食。毛《傳》：「熟食曰飧。」赤飧，猶素餐。「素飧」與「素餐」，互文見義。《齊詩》、《魯詩》皆「飱」，許慎《說文解字》：「飱，餐或从水。」

後者寫不勞而食;前者為小人勞苦生涯,後者為君子優游生活。末語
『不素餐』、『不素食』、『不素飧』,似有無窮幽怨,亦極盡諷刺之
能。」全詩剖析精微,闡論精闢。朱守亮《詩經評釋》:「有冷嘲,有
熱諷,有質問,有責罵。言雖已盡,意有未窮,三百篇中不可多得者
也。故牛運震曰:『起落轉折,渾脫傲岸。首尾結構呼應靈緊,此長
調之神品也。』」朱氏所謂「言雖已盡,意有未窮」,即《周易・繫辭
上》:「書不盡言,言不盡意。」是以劉勰《文心雕龍・序志》:「但言
欲意,聖人所難。」所謂「言有盡,而意無窮」是也。牛氏所謂「首
尾結構呼應靈緊」,即劉勰《文心雕龍・附會》:「何謂附會?謂總文
理,統首尾,定與奪,合涯際,彌綸一篇,使雜而不越者也。若築室
之須基構,裁衣之待縫緝矣。」所謂「結構縝密,組織嚴謹,層次井
然」是也。

七 碩鼠

　　碩鼠碩鼠，無食我黍！三歲貫女，莫我肯顧。逝將去
女，適彼樂土。樂土樂土，爰得我所。

　　碩鼠碩鼠，無食我麥！三歲貫女，莫我肯德。逝將去
女，適彼樂國。樂國樂國，爰得我直。

　　碩鼠碩鼠，無食我苗。三歲貫女，莫我肯勞。逝將去
女，適彼樂郊。樂郊樂郊，誰之永號？

注釋　〈碩鼠〉，取首章首句「碩鼠碩鼠」的「碩鼠」為篇名。

篇旨　〈詩序〉：「碩鼠，刺重斂也。國人刺其君重斂，蠶食於民，不
　　　　脩其政，貪而畏人，若大鼠也。」朱熹《詩集傳》：「民困於貪
　　　　殘之政，故託言大鼠害己而去之也。」說詩者多從之。

原文　碩鼠碩鼠¹，無食我黍²！三歲貫女³，莫我肯顧⁴。逝將

1　碩，大。鄭玄《箋》：「大也。」王夫之《詩經稗疏》：「碩、鼫，古通用。此碩鼠即
　鼫鼠也。郭璞《爾雅》注：『鼫鼠，形大如鼠，頭似兔，尾有毛，青黃色，好在田
　中食粟豆。』《廣雅》謂之鼫鼠。陸璣所謂『河東有大鼠，能人立，交前兩腳於頸
　上跳舞，善鳴，食人禾苗。』魏在河東，正與此合。」碩鼠碩鼠，就修辭學言，呼
　告、比擬（轉化）、類疊（複疊）三種修辭手法。多誤以比擬（轉化）為比喻（譬
　喻）。作者將「重斂賦稅之執政者」轉化為「碩鼠」；諷刺執政者，食黍、食麥、食
　苗，莫我肯顧、肯德、肯勞，闡明「苛政猛於虎」，屬於擬物化（物性化），以加強
　諷刺作用。朱守亮《詩經評釋》：「以碩鼠，喻重斂之執政者。」此就字句修辭言，
　是比喻（譬喻）；但就篇章修辭，是比擬（轉化）。易言之，就部分言，是比喻（譬
　喻）；就整體言，是比擬（轉化）。詳見附錄：《詩經》比與興的辨析。
2　無，勿，含有「禁止」之意。楊樹達《詞詮》：「無，禁戒副詞，莫也。」食，本是
　名詞，此當動詞，「吃」之意。
3　三，形容很多。三，代表多，如「森」、「淼」是也。歲，年。《爾雅·釋天》：
　「載，歲也。夏曰歲，商曰祀，周曰年，唐、虞曰載；歲名。」三歲，形容很久。
　貫，通「慣」。朱守亮《詩經評釋》：「貫與慣通，今齊魯方言，謂愛養之而不忍拂

去女[5]，適彼樂土[6]。樂土樂土[7]，爰得我所[8]。

押韻 一章鼠、女、顧、女、土、土、所，是 13（魚）部。

章旨 一章將「碩鼠」轉化為「重斂賦稅的執政者」，不堪其貪殘而欲往安身之地。

作法 一章兼有比擬（轉化）、呼告、類疊（複疊）的興。

原文 碩鼠碩鼠，無食我麥！三歲貫女，莫我肯德[9]。逝將去女，適彼樂國[10]。樂國樂國，爰得我直[11]。

押韻 二章鼠、鼠、女、女，是 13（魚）部。麥、德、國、國、國、直，是 25（職）部。

章旨 二章將「碩鼠」轉化為「重斂賦稅的執政者」，不堪其貪殘而

其意曰慣，與此詩義合。謂慣縱之也。」女，讀為汝，指碩鼠。

4　莫我肯顧，「莫肯顧我」的倒裝，是兼有押韻的否定句倒裝，詳見附錄：《詩經》倒裝的三觀。顧，顧念、眷顧。莫我肯顧，不肯關心我、照顧我。

5　逝，有二解：（一）語首助詞，無意義。王引之《經傳釋詞》：「逝，發聲也。」（二）發誓。朱駿聲《說文通訓定聲》：「逝，通『誓』。」去，離開。女，汝，指碩鼠。

6　適，往。彼，代詞，指遠者，「那」之意。樂土，安樂的地方。朱守亮《詩經評釋》：「樂土，安樂之處也，蓋設想之詞，未必實有也。」

7　樂土樂土，運用修辭學的類疊（複疊），旨在增強語勢，渲染氣氛。

8　爰，於是，乃。按：於，在。是，此，指樂土。乃，才得，能。爰得我所，在「樂土」才能得到我安身的地方。

9　莫我肯德，「莫肯德我」的倒裝，是兼有押韻的否定句倒裝。德，本是名詞，此當動詞，感德、感恩。就文法言，是詞類活用。就修辭言，是轉品，又名轉類。

10　國，地區、地域。江必興、胡家賜、段德森《同義詞辨析》：「『國』可作『國都』、『地域』講，而『邦』沒有這種作用。如〈碩鼠〉：『逝將去女，適彼樂國。』國，地區、地域。」

11　直，有二解：（一）所，地方。王引之《經義述聞》：「直，猶『爰得我所』之所。」（二）直道。朱守亮《詩經評釋》：「直道者，正直可行之大道，謂無阻礙也。以示碩鼠食麥之國無直道也。」

欲往安身之地。

作法 二章兼有比擬（轉化）、呼告、類疊（複疊）的興。

原文 碩鼠碩鼠，無食我苗。三歲貫女，莫我肯勞[12]。逝將去女，適彼樂郊[13]。樂郊樂郊，誰之永號[14]？

押韻 三章鼠、鼠、女、女，是 13（魚）部。苗、勞、郊、郊、郊、號，是 19（宵）部。

章旨 三章將「碩鼠」轉化為「重斂賦稅的執政者」，不堪其貪殘而欲往安身之所。

作法 三章兼有比擬（轉化）、呼告、類疊（複疊）的興。

研析

　　全詩三章，皆是兼有比擬（轉化）、呼告、類疊（複疊）的興。

　　余培林《詩經正詁》：「三章首句疊言『碩鼠』，恨之深也。食黍、食麥、食苗，斂之重也。莫我肯顧、肯德、肯勞，為詩之重心。蓋若能施德於民，則不致重斂；即使重斂，民亦能忍之。今重斂而又不施德於民，故民恨之深也。樂土、樂國、樂郊，亦僅無重斂之地耳，豈有他哉！末語『誰之永號』，淒楚感人。」此解析明確，闡發精微。朱守亮《詩經評釋》：「民苦於虐政，亦已甚矣。是詩魏風之〈碩鼠〉，其為虐也，竟過於《禮記‧檀弓》之猛虎，其碩也，亦大可駭人。而所謂樂土、樂國、樂郊者，乃無奈之民所設想適往之烏托邦耳，此癡想深堪悲憫。疊呼『碩鼠』起句，已疾痛切怨。『誰之永

---

12 莫我肯勞，「莫肯勞我」的倒裝，兼有押韻的否定句倒裝。勞，音澇，ㄌㄠˋ，勞來，即今語慰勞。莫我肯勞，不肯慰勞。鄭玄《箋》：「不肯勞來。」

13 郊，邑外的地方。《爾雅‧釋地》：「邑外謂之郊。」

14 之，尚，還。裴學海《古書虛字集解》：「之，猶且，也，尚也。」號，呼號。毛《傳》：「號，呼也。」余培林《詩經正詁》：「此句言誰尚長呼號乎？言人皆喜悅，無憂苦呼號者。」

號』作結，是期其歎息愁恨之聲，不再復聞也，果可得乎？牛運震曰：『促急重疊，亡國之音，哀以思。』不久國即亡之，其重斂苛征，虐其民致之乎？細續魏詩後，則知前所云多怨怒之音，一片政亂國危氣象之言，非虛發矣。」此將亡國之因，闡析精闢，詮證確鑿。

唐

注釋 唐，國名，姬姓之國，本帝堯舊都，其封域在太行、恆山之西，太原，太岳之野，即今山西省太原一帶。其都晉陽，即今山西太原。鄭玄《詩譜》：「成王封母弟叔虞於堯之故墟，曰唐侯，南有晉水。至子燮，改為晉侯。」〈唐〉詩凡十二篇，上自西周宣王時，下迄東周惠王時。

一　蟋蟀

蟋蟀在堂，歲聿其莫。今我不樂，日月其除。無已大康，職思其居。好樂無荒，良士瞿瞿。

蟋蟀在堂，歲聿其逝。今我不樂，日月其邁。無已大康，職思其外。好樂無荒，良士蹶蹶。

蟋蟀在堂，役車其休。今我不樂，日月其慆。無已大康，職思其憂。好樂無荒，良士休休。

注釋 〈蟋蟀〉，取首章首句「蟋蟀在堂」的「蟋蟀」為篇名。

篇旨 朱熹《詩集傳》：「唐俗勤儉，故其民間終歲勞苦，不敢少休。及其歲晚務閒之時，乃敢相與燕飲為樂。」姚際恆《詩經通論》：「觀詩中良士二字，既非君上，亦不必盡是細民，乃士大夫之詩也。」這篇是歲暮述懷的詩歌。

原文 蟋蟀在堂[1]，歲聿其莫[2]。今我不樂，日月其除[3]。無已大康[4]，職思其居[5]。好樂無荒[6]，良士瞿瞿[7]。

押韻 一章堂、康、荒，是 15（陽）部。莫，是 14（鐸）部。除、居、瞿，是 13（魚）部。魚、鐸、陽三部，是對轉而押韻。

章旨 一章描述歲暮享樂，而警戒自己不可荒廢正事。

作法 一章平鋪直敘的賦。

原文 蟋蟀在堂，歲聿其逝[8]。今我不樂，日月其邁[9]。無已大

---

1 蟋蟀，蟲名，又名促織。里語云：「促織鳴，懶婦驚。」在堂，毛《傳》：「九月在堂。」按：九月是指農曆。詳見程俊英、蔣見元《詩經注析》。

2 聿，音玉，ㄩˋ，語中助詞，無意義。楊樹達《詞詮·卷九》：「聿，語中助詞，無義。」其，時間副詞，將。楊樹達《詞詮·卷四》：「其，時間副詞，將也。」莫、暮，是古今字。莫，是本字。暮，是後起字。孔穎達《毛詩正義》：「時當九月，歲末為暮，而言歲聿其暮者，言其過此月後，則歲遂將暮耳。」

3 日月，指時光。其，時間副詞，將。詳見楊樹達《詞詮·卷四》。除，本義是殿陛，引申為「除舊布新」，「逝去」之意。段玉裁《說文解字注》：「殿陛謂之除。因之凡去舊更新皆曰除。」

4 無，勿，含有「禁戒」之意。楊樹達《詞詮·卷八》：「無，禁戒副詞，莫也。」已，太、過。表態副詞。楊樹達《詞詮·卷七》：「已，表態副詞，太也，過也。」太，同「泰」。泰樂，安泰享樂。程俊英、蔣見元《詩經注析》：「這句意為不要過分地追求安樂。」

5 職，助動詞，當。楊樹達《詞詮·卷五》：「職，助動詞，當也。」按：當，應當、應該。其，代詞，彼。楊樹達《詞詮·卷七》：「其，代名詞，彼也。」兼人稱指示二種，用於主位與領位。」居，孔穎達《毛詩正義》：「謂居處也。」按：居處，所居之地位與職責。

6 好，愛好、喜好。好樂，享樂，及時行樂。無，勿，警戒之詞。荒，樂之過而廢事。鄭玄《箋》：「荒，廢亂也。」朱守亮《詩經評釋》：「言雖及時行樂，亦勿荒廢職事。」

7 良士，賢士。瞿瞿，音巨巨，ㄐㄩˋ ㄐㄩˋ，節儉的樣子。《爾雅·釋訓》：「瞿瞿、休休，儉也。」邢昺疏：「皆良士節儉。」

8 逝，逝去。朱守亮《詩經評釋》：「逝，去也，過也，往也。」

9 邁，與「除」，互文見義。程俊英、蔣見元《詩經注析》：「邁，與上章『日月其除』

康，職思其外[10]。好樂無荒，良士蹶蹶[11]。

押韻 二章堂、康、荒，是 15（陽）部。逝、邁、外、蹶，是 2（月）部。

章旨 二章敘述歲暮及時行樂，而警惕自己動作敏捷而處事勤快。

作法 二章平鋪直敘的賦。

原文 蟋蟀在堂，役車其休[12]。今我不樂，日月其慆[13]。無已大康，職思其憂[14]。好樂無荒，良士休休[15]。

押韻 三章堂、康、荒，是 15（陽）部。休、慆、憂、休，是 21（幽）部。

章旨 三章陳述歲暮雖可享樂，但必須居安思危，隨時警惕自己，不敢荒淫。

作法 三章平鋪直敘的賦。

的『除』同義。」「逝去」之意。朱熹《詩集傳》：「逝、邁，皆去也。」

10 外，職務以外的事。蘇轍《詩集傳》：「既思其職，又思其職之外。」

11 蹶蹶，音貴貴，ㄍㄨㄟˋ ㄍㄨㄟˋ，動作敏捷而處事勤快的樣子。毛《傳》：「動而敏於事也。」

12 役車，行役的車輪。其，將，時間副詞。詳見楊樹達《詞詮・卷四》。其休，將要休息。馬瑞辰《毛詩傳箋通釋》：「古者役不踰時。〈月令〉：『孟秋乃命將帥。』則孟冬正當旋役之時。〈采薇〉詩：『曰歸曰歸；歲亦陽止。』〈杕杜〉詩：『日月陽止，女心傷止，征夫遑止。』皆古者歲暮還役之證。」

13 慆，音滔，去ㄠ，過，逝去。毛《傳》：「過也。」

14 憂，可憂的事，指鄰國侵伐之憂。毛《傳》：「可憂也。」鄭玄《箋》：「憂者，謂鄰國侵伐之憂。」

15 休休，不敢荒淫之意。俞樾《群經平議》：「瞿瞿以目言，蹶蹶以足言，休休以聲言，皆不敢荒淫之意。」方玉潤《詩經原始》：「季氏本曰：休休，以安為念，亦懼意也。」按：「以安為念，亦懼意也」，是「居安思危」之意，與「不敢荒淫」，意義相通。

研析

全詩三章，皆是平鋪直敘的賦。

余培林《詩經正詁》：「一、二章之首二句指時間，末章『役車其休』，不言時而言事，此乃全詩之關鍵也。三、四句寫欲及時行樂，五、六句又以職思者多，誡自己享樂不可太甚。末二句則又深自惕厲，無墜『良士』之名。」孫鑛《批評詩經》：「構法最緊淨。」洵哉斯言。方玉潤《詩經原始》：「〈蟋蟀〉，唐人歲暮述懷也，此真〈唐風〉。其人素本勤儉，強作曠達而又不敢過放其懷，恐耽逸樂，致荒本業。」朱守亮《詩經評釋》：「良士由瞿瞿而蹶蹶，終至休休也。如此戰戰兢兢，未敢稍縱性格，固詩中晉人所有，亦我先民之美德也。『好樂無荒』，為詩之正意，自當與『無已大康』同等視之。詞氣雖婉，但意念甚切。」吳闓生《詩義會通》：「詩意精湛之至，粹然有道君子之言。」姚際恆《詩經通論》：「感時惜物詩肇端于此。」劉勰《文心雕龍・明詩》：「人稟七情，應物斯感，感物吟志，莫非自然。」歐陽脩〈秋聲賦〉，乃感時借物，感物吟志之上乘作品。

二　山有樞

　　山有樞，隰有榆。子有衣裳，弗曳弗婁；子有車馬，弗馳弗驅。宛其死矣，他人是愉。

　　山有栲，隰有杻。子有廷內，弗洒弗埽；子有鐘鼓，弗鼓弗考。宛其死矣，他人是保。

　　山有漆，隰有栗。子有酒食，何不日鼓瑟？且以喜樂，且以永日。宛其死矣，他人入室。

注釋　〈山有樞〉，取首章首句「山有樞」為篇名。

篇旨　王靜芝《詩經通釋》：「此詩為勸人及時行樂之詩，莫如謂刺吝嗇之詩。及時行樂有恣意奢侈之意味，刺其吝嗇，則有用財應得其適宜之義，庶幾得之也。」這篇描述山有樞、栲、漆，隰有榆、杻、栗，皆天地之材，比喻衣裳、車馬、廷內、鐘鼓、酒食、琴瑟，乃人之財，貴在乎用。該用不用，過度吝嗇。

原文　山有樞[1]，隰有榆[2]。子有衣裳，弗曳弗婁[3]；子有車馬，弗馳弗驅[4]。宛其死矣[5]，他人是愉[6]。

1　樞，音書，ㄕㄨ，木名，即今刺榆。陸璣《詩草木鳥獸蟲魚疏》：「其針刺如柘，其葉如榆，淪為茹，美滑於白榆。」

2　隰，音席，ㄒㄧˊ，下溼的地方。《爾雅・釋地》：「下溼曰隰。」榆，落葉喬木，白色者叫做白枌。朱熹《詩集傳》：「白枌也。」即今榆樹。

3　弗，音伏，ㄈㄨˊ，不。曳，音夜，ㄧㄝˋ，拖引。婁，音閭，ㄌㄩˇ，拖引。曳、婁，都是穿衣的動作，此指穿衣。

4　馳、驅，乘坐。孔穎達《毛詩正義》：「走馬謂之馳，策馬謂之驅。」

5　宛，宛然，好像，彷彿，表態副詞。楊樹達《詞詮・卷八》：「宛，表態副詞」《廣韻》云：「宛然。」其，將，時間副詞，將。楊樹達《詞詮・卷四》：「其，時間副詞，將也。」矣，語末助詞，表示感歎語氣，「了啊」、「啊」之意。段德森《實用

押韻　一章樞、榆、婁、驅、愉，是 16（侯）部。

章旨　一章陳述有衣裳、車馬，而不知享樂，過度吝嗇。

作法　一章兼有比喻（譬喻）有賦的興。

原文　山有栲⁷，隰有杻⁸。子有廷內⁹，弗洒弗埽¹⁰；子有鐘鼓，弗鼓弗考¹¹。宛其死矣，他人是保¹²。

押韻　二章栲、杻、埽、考、保，是 21（幽）部。

章旨　二章描述有廷內、鑼鼓，而不知享樂，過度吝嗇。

作法　二章兼有比喻（譬喻）有賦的興。

原文　山有漆¹³，隰有栗。子有酒食，何不日鼓瑟？且以喜

　　古漢語虛詞》：「矣，用在感嘆句末，可譯為『啊』或『了啊』。……『矣』用在句末，表示一般的感嘆語氣。」

6　他人是愉，「愉他人」的倒裝，「是」係結構助詞，無意義。愉他人，使他人愉悅。愉，是致使動詞，又名役使動詞，簡稱使動詞。詳見蔡宗陽《國文文法》。

7　栲，音考，ㄎㄠˇ，木名，山樗，即今臭椿，落葉小喬木。《爾雅·釋木》：「栲，山樗。」

8　杻，音紐，ㄋㄧㄡˇ，木名，檍樹，高大喬木。大者可作棺槨，小者可作弓弩幹。陸璣《詩草木鳥獸蟲魚疏》：「其葉似杏而尖，白色，皮正赤。為木多曲、少直。葉新生可飼牛，材可為弓弩幹。」

9　廷，通「庭」，中庭。內，指堂與室。王引之《經義述聞》：「廷內，謂庭與堂室，非謂庭之內也。」按：廷內，指居室。

10　洒，同「灑」。毛《傳》：「灑也。」埽，同「掃」。

11　鼓，本是名詞，此當動詞，打擊、敲打。考，敲打、打擊。毛《傳》：「考，擊也。」

12　他人是保，「保他人」的倒裝，兼有押韻的肯定句倒裝。詳見附錄：《詩經》倒裝的三觀。保他人，使他人保有之。鄭玄《箋》：「保，居也。」孔穎達《毛詩正義》：「居而有之。」按：保，是致使動詞、役使動詞、使動詞，保而有之、占而有之、居而有之。保他人，使他人保而有之、占而有之、居而有之。

13　漆，漆樹。

樂[14]，且以永日[15]。宛其死矣，他人入室[16]。

押韻 三章漆、栗、瑟、日、室，是 5（質）部。

章旨 三章陳述有酒食、鼓瑟，而不知享樂，過度吝嗇。

作法 三章兼有比喻（譬喻）有賦的興。

研析

　　全詩三章，皆是兼有比喻（譬喻）有賦的興。

　　鍾惺《評點詩經》：「行樂之詞，乃以斥（澀）苦之音出之，開後來詩人許多憂生惜日之感。末語促節，便可當一部輓歌。」朱守亮《詩經評釋》：「『宛其死矣』一語，將喚醒愚人多少？雖如此，但世仍多守財奴。吝嗇終身，未有稍樂於生前。一旦西歸；而他人入室，是愉是保，亦何自有之邪？吝不中禮，已憂愁鬱抑驚恐。而所謂及時行樂，亦以悲音出之。表面似達觀，似享樂。實則係頹靡，係傷感。哀絃促節，寄意淒惻。」誠如謝枋得所云：「始言他人是愉，中言他人是保，末言他人入室，一節悲一節，此亦憂深思遠也。」朱守亮又云：「詩傳神處，全國許多『有』字、『弗』字之質問語、責備語。」洵哉斯言。俗諺云：「名也空，利也空，死後何曾在手中？」值得三思。

---

14 且，姑且。王引之《經傳釋詞》：「且，姑且也。」

15 永日，終日。屈萬里《詩經詮釋》：「永、終二字，古為聯綿字。永，猶終也。永日，終日也。」

16 他人入室，使他人入室，使他人占而有之。入室，致使動詞、役使動詞、使動詞，詳見蔡宗陽《國文文法》。

三 揚之水

揚之水，白石鑿鑿。素衣朱襮，從子于沃。既見君子，云何不樂？

揚之水，白石皓皓。素衣朱繡，從子于鵠。既見君子，云何其憂？

揚之水，白石粼粼。我聞有命，不敢以告人。

注釋 〈揚之水〉，取首章首句「揚之水」為篇名。

篇旨 這篇是晉國詩人吟詠晉人謀叛而歸曲沃桓叔之情況。張橫渠：「民愛桓叔，聞有叛逆之命，不敢以告人，以見民心之愛桓叔，其深如此。」全詩以揚之水無力，比喻晉昭侯之微弱，不能制桓叔之強盛。朱守亮《詩經評釋》：「桓叔好德，故晉眾附焉。」陳子展《詩經直解》：「〈揚之水〉，揭露桓叔既得封于曲沃，而謀叛亂之作。」

原文 揚之水¹，白石鑿鑿²。素衣朱襮³，從子于沃⁴。既見君

1　揚，激揚。鄭玄《箋》：「激揚。」朱守亮《詩經評釋》：「激揚之水無力，喻晉昭侯之微弱。」

2　鑿鑿，音做做，ㄗㄨㄛˋ ㄗㄨㄛˋ，鮮明的樣子。毛《傳》：「鮮明貌。」朱守亮《詩經評釋》：「以白石之鮮明，喻桓叔之強盛。」

3　素衣，白色上衣。朱，紅色。襮，音博，ㄅㄛˊ，領。《爾雅·釋器》：「黼領謂之襮。」毛《傳》：「襮，領也。諸侯繡黼，丹朱中衣。」余培林《詩經正詁》：「襮乃領之刺繡黼者。朱襮，以朱為緣邊，諸侯之服也。」「素衣朱襮」，有二解：（一）當是詩人所著，以見君子者。詳見余培林《詩經正詁》。（二）指潘父。潘父是大夫，卻穿起諸侯的服飾。詳見程俊英、蔣見元《詩經注析》。

4　從，隨從，跟從。子，有二解：（一）你，指潘父。程俊英、蔣見元《詩經注析》：「這位詩人可能是潘父的隨從之一。」（二）即詩人贈予此詩之人。于，往。沃，曲沃。在今山西省聞喜縣東，是桓叔的封地。

子[5]，云何不樂[6]？

押韻 一章鑿、襮、沃、樂，是20（藥）部。

章旨 一章描述國人傾心於曲沃桓叔的情況。

作法 一章兼有比喻（譬喻）有賦的興。

原文 揚之水，白石皓皓[7]。素衣朱繡[8]，從子于鵠[9]。既見君子，云何其憂？

押韻 二章皓、憂，是 21（幽）部。繡、鵠，是 20（覺）部。幽、覺二部，是對轉而押韻。

章旨 二章陳述國人傾心於曲沃桓叔的情形。

作法 二章兼有比喻（譬喻）有賦的興。

原文 揚之水，白石粼粼[10]。我聞有命[11]，不敢以告人[12]。

押韻 三章粼、命、人，是6（真）部。

章旨 三章描寫國人傾心曲沃桓叔，桓叔謀反叛國之事不敢告人，蓋

---

5 既，已經。君子，指桓叔。鄭玄《箋》：「君子謂桓叔。」

6 云，語首助詞，無意義。楊樹達《詞詮・卷九》：「云，語首助詞，無義。」何，如何。意謂潘父見到桓叔，如何不快樂呢？《詩經注析》：「暗示兩人結謀反叛。」

7 皓皓，潔白的樣子。毛《傳》：「潔白也。」

8 朱繡，紅色刺繡。朱熹《詩集傳》：「即朱襮也。」陳奐《詩毛氏傳疏》：「諸侯冕服，其中衣之衣領，緣以丹朱，畫以繡黼。」

9 鵠，音古，《ㄍㄨˇ，曲沃的旁邑，此指曲沃。這是借代義，詳見蔡宗陽《文法與修辭探驪》。

10 粼粼，音鄰鄰，ㄌㄧㄣˊ ㄌㄧㄣˊ，水清澈而石頭呈現的樣子。朱熹《詩集傳》：「水清石見之貌。」按：歐陽脩《醉翁亭記》所謂「水落而石出者」是也。

11 命，令令。蓋指桓叔謀晉之事。即謀反叛國之事。

12 不敢以告人，當作「不敢以（之）告人」。之，代詞，指「我聞有命」之「命」，即桓叔謀國之事。朱熹《詩集傳》：「聞其命，不敢以告人者，為之隱也。桓叔將欲傾晉，而民為之隱，蓋欲其成矣。」

欲其成矣。

作法 三章兼有比喻（譬喻）有賦的興。

研析

全詩三章，皆是兼有比喻（譬喻）有賦的興。

余培林《詩經正詁》：「三章之首二句白石鑿鑿、皓皓、粼粼，正象徵桓叔清明廉潔而凸出。一、二章之三、四句，說明作者之身分、氣度，及將往之處。其五、六句寫出既見君子之喜悅，頗有不虛此行之概。末章『我聞有命，不敢以告人』，正是詩人作此詩之用意。雖云『不敢以告』，而實已告之。」闡析深入，詮證確鑿。馬瑞辰《毛詩傳箋通釋》：「此詩〈揚之水〉，蓋以喻晉昭侯微弱不能制桓叔，而轉對沃以使之強大。則有如水之激石，不能傷石而益使之鮮潔。故以『白石鑿鑿』，喻沃之盛強耳。」此言甚諦。朱守亮《詩經評釋》：「徐退山曰：『語甚隱妙，不但晉侯不悟，即桓叔亦不知。』恐是，真舊所謂『此巧於告密者』也。」

四　椒聊

　　椒聊之實，蕃衍盈升。彼其之子，碩大無朋。椒聊且！
遠條且！

　　椒聊之實，蕃衍盈匊。彼其之子，碩大且篤。椒聊且！
遠條且！

注釋　〈椒聊〉，取首章首句「椒聊之實」的「椒聊」為篇名。

篇旨　篇旨有三說：（一）陳子展《詩經直解》：「〈椒聊〉，詩人以椒
　　　　聊之藩衍，喻桓叔之盛強，國大而得眾。」（二）余培林《詩
　　　　經正詁》：「此美『彼其之子』之詩。」（三）聞一多《風詩類
　　　　鈔》：「〈椒聊〉喻多子，欣婦女之宜子也。」一言以蔽之，〈椒
　　　　聊〉既讚美子孫眾多，又頌揚其人性情篤厚誠實。

原文　椒聊之實¹，蕃衍盈升²。彼其之子³，碩大無朋⁴。椒聊
　　　　且⁵！遠條且⁶！

1　椒聊，木名，即今花椒。毛《傳》：「椒聊，椒也。」聞一多《風詩類鈔》：「草木實
　　聚生成叢，古語叫作聊，今語叫作嘟嚕。」之，連詞，即今「的」。楊樹達《詞
　　詮・卷五》：「之，連詞，與口語『的』字相當。按：《馬氏文通》以下文法諸書均
　　謂『之』字為介詞，今定為連詞。說詳所錄『論之的二字之詞性』。」實，即子。
2　蕃衍，繁盛眾多。盈，滿。升，量器名。程俊英、蔣見元《詩經注析》：「花椒樹結
　　的一嘟嚕的子繁盛起來可以裝滿一升。」
3　彼其之子，即彼己姓之子。彼，代詞，那，指遠者。其，音記，ㄐㄧˋ，己之假借
　　義，姓氏。其，或作己。
4　碩，大。碩大，就文法言，是同義複詞，詳見蔡宗陽《國文文法》。朋，比。毛
　　《傳》：「比也。」
5　且，音居，ㄐㄩ，語末助詞，用在句末，表示感嘆語氣，可譯為「啊」。詳見段德
　　森《實用古漢語虛詞》。
6　遠條，長枝。枝條延伸長遠，比喻子孫眾多。朱熹《詩集傳》：「遠條，長枝也。」

押韻　一章升、朋，是 26（蒸）部。一、二章聊、條，是 21（幽）
　　　　部，遙韻。

章旨　一章以椒聊繁盛眾多，比喻子孫眾多。

作法　一章兼有比喻（譬喻）有賦的興。

原文　椒聊之實，蕃衍盈匊[7]。彼其之子，碩大且篤[8]。椒聊
　　　　且！遠條且！

押韻　二章匊、篤，是 22（覺）部。

章旨　二章以椒聊繁盛眾多，比喻子孫眾多。

作法　二章兼有比喻（譬喻）有賦的興。

研析

　　全詩二章，皆是兼有比喻（譬喻）有賦的興。

　　朱守亮《詩經評釋》：「碩大無朋，是體格壯大，無可倫比，雖可美，但仍未必也。至碩大且篤，則言及性情篤厚矣，是則真可美也。如此之人，自應子孫眾多，家族繁盛，故以椒實之盈升、盈匊言之。」朱守亮又云：「結語含蘊無窮。」余培林《詩經正詁》：「末二句寫椒聊之枝條遠揚，實祝其子孫繩繩不絕也。此詩有似於〈周南〉之〈螽斯〉，唯〈螽斯〉用比，此詩用興，〈螽斯〉只美其子孫，此詩兼美其人而已。」洵哉斯言。

7　匊，音菊，ㄐㄩˊ，「掬」的古字，兩手合捧。毛《傳》「兩手曰匊。」按：匊、掬，古今字。《左傳・宣公十二年》：「舟中之指可掬矣。」杜預注：「兩手曰掬。」

8　篤，有二解：（一）厚實。毛《傳》：「篤，厚也。」形容肌體豐滿而厚實。（二）形容個性溫柔敦厚。朱守亮《詩經評釋》：「篤，厚也，指性情言。」

五　綢繆

綢繆束薪，三星在天。今夕何夕？見此良人！子兮子
兮！如此良人何！

綢繆束芻，三星在隅。今夕何夕？見此邂逅！子兮子
兮！如此邂逅何！

綢繆束楚，三星在戶。今夕何夕？見此粲者！子兮子
兮！如此粲者何！

注釋　〈綢繆〉，取首章首句「綢繆束薪」的「綢繆」為篇名。

篇旨　這篇描述新郎、新婚結婚之難，於新婚之夜，驚喜的心情。余
培林《詩經正詁》：「此女子一見男子而鍾情之詩。」方玉潤
《詩經原始》：「《詩》詠新昏多矣，皆各有命意所在。唯此詩
無甚深義，只描摹男女初遇，神情逼真，自是絕作不可廢
也。」

原文　綢繆束薪¹，三星在天²。今夕何夕³？見此良人⁴！子兮

1　綢繆，音愁謀，ㄔㄡˊ　ㄇㄡˊ，纏綿，緊密地纏繞。朱熹《詩集傳》：「猶纏綿
也。」束薪，一束之柴薪，比喻夫婦結合。朱守亮《詩經評釋》：「束兩人為一人，
謂婚姻既成也。」

2　三，是虛數，形容很多。毛《傳》：「參也。」指參星，即參宿。在天，指初昏之
時。毛《傳》：「謂始見於東方也。」《禮記·經解》孔穎達疏：「婿則昏時以迎，婦
則因而隨之。故云婿曰昏，妻曰因。」後人在「昏因」二字上，增加「女」字偏
旁，即今「婚姻」。按：《儀禮》有〈昏禮〉，《禮記》有〈昏義〉，即其證也。

3　今夕何夕，這是驚喜之辭，言今晚美好，不同於尋常夜晚，如夢如寐。程俊英、蔣
見元《詩經注析》：「今夕何夕，賀客鬧新房時，故意戲問新人：『今夜是什麼夜晚
呀？』」

4　良人，有二解：(一) 善人。此指妻子、新娘。余培林《詩經正詁》：「《詩》中『良
人』，皆訓善人，如〈小戎〉之『厭厭良人』、〈黃鳥〉之『殲我良人』、〈桑柔〉之

子兮[5]！如此良人何[6]！

押韻 一章薪、天、人、人，是 6（真）部。

章旨 一章敘述新婚夫婦感婚姻結合之不易，新婚之夜，既驚且喜的情況。

作法 一章兼有比喻（譬喻）、設問、感歎的興。

原文 綢繆束芻[7]，三星在隅[8]。今夕何夕？見此邂逅[9]！子兮子兮！如此邂逅何！

押韻 二章芻、隅、逅、逅，是 16（侯）部。

章旨 二章陳述新婚夫婦婚姻之難，新婚之夜，極為驚喜的心情。

作法 二章兼有比喻（譬喻）、設問、感歎的興。

『維此良人』皆是，此詩當亦如之。」（二）丈夫。程俊英、蔣見元《詩經注析》：「古代婦人稱夫為良人。」《儀禮》鄭（玄）注：「婦女稱夫曰良。」屈萬里《詩經詮釋》：「良人，謂新郎也。」朱熹《詩集傳》：「丈夫也。」朱守亮《詩經評釋》：「惟以良人稱夫，佐證甚多，故章旨如此說之。」

5 子兮，表示感歎語氣詞，猶言嗟乎，「唉呀！」之意。王引之《經義述聞》：「嗟茲，即嗟嗞，皆歎辭也。」

6 如……何，奈……何，「把……怎麼辦」、「拿……怎麼辦」的意思，中間插入「良人」一詞。此，代詞，指近者，「這」之意。如此良人何！把這位良人怎麼辦呢！詳見段德森《實用古漢語虛詞》。

7 芻，乾草。

8 隅，音于，ㄩˊ，角落。朱熹《詩集傳》：「隅，東南隅也。昏見此星，至此，則夜久矣。」

9 邂逅，音謝構，ㄒㄧㄝˋㄍㄡˋ，不期而遇，無意中互相遇見。本義是會合，引申為「喜悅」之意，這裡作名詞，指可愛的人。詳見程俊英、蔣見元《詩經注析》。胡承珙《毛詩後箋》：「邂逅，會合之意。《淮南·俶真》：『孰肯解構人間之事。』高（誘）注：『解構，猶會合也。』凡君臣、朋友、男女之會合，皆可言之。毛《傳》云：『解說（同「悅」）之貌。』即因會合，而心解意悅耳耳。」程俊英、蔣見元《詩經注析》：「這章是戲謔新婚夫婦喜悅相見之詞。」

原文 綢繆束楚[10]，三星在戶[11]。今夕何夕？見此粲者[12]！子兮
子兮！如此粲者何！

押韻 三章楚、戶、者、者，是 13（魚）部。

章旨 三章描寫新婚夫婦婚姻之不易，新婚之夜，驚喜的情形。

作法 三章兼有比喻（譬喻）、設問、感歎的興。

研析

　　全詩三章，皆是兼有比喻（譬喻）、設問、感歎的興。就篇章修
辭言，運用層遞中的遞升。

　　余培林《詩經正詁》：「三章之首句皆興也。束薪、束芻、束楚，
皆取義於綢繆。柴薪必經繩之綢繆而束，象徵男女亦必經情之綢繆而
成夫婦也。三星在天、在隅、在戶，寫時光之逝，而相知亦深也。一
章『良人』，寫其品德；二章『邂逅』，寫其個性；末章『粲者』，寫
其容貌。末二句寫其欣喜之情，與其失措之狀。三章皆一人之辭，所
寫者亦一人。」此闡析字、句、篇、章結構，縝密嚴謹，層次井然。
朱守亮《詩經評釋》：「詩人每以薪喻昏姻，如『翹翹錯薪，析薪如之
何』是也。此詩又加『綢繆』字，義尤顯明。詩則三章前兩句皆如此
起筆，並寫夜色之變化，由淺而深，極有層次（按：此乃修辭學層遞
中的遞升）。三、四兩句，寫欣喜慶幸之詞，溢於言表，與老杜
（甫）詩『今夕復何夕，共此燈燭光，夜闌更秉燭，相對如夢寐』四
語合參，尤知止詩之妙。末兩句乃親昵呼之，喜不自禁。而『如此良
人何』諸語，慶幸已極，口不能宣矣。」按：「口不能宣」，即「心照

10　楚，木名，即今荊楚。

11　戶，室戶。在戶，當戶。屈萬里《詩經詮釋》：「在戶，謂當戶也。」朱熹《詩集
　　傳》：「戶，室戶也。戶必南出，昏見之星，至此，則夜分矣。」朱守亮《詩經評
　　釋》：「此謂通夜纏綿也。」

12　粲，美。粲者，指新婦言。

不宣」。

　　陳子展《詩經直解》：「〈綢繆〉，蓋戲弄新夫婦通用之歌。此後世鬧新房歌曲之祖。」陳子展援引《抱樸子·疾謬》：「俗有戲婦之法，於稠眾之中，親屬之前，問以醜言，責其慢對，其為鄙黷，不可忍論。」又徵引《易·賁六四》：「賁如、皤如，白馬翰如。匪寇？婚媾？」再援引一九八二年二月二日《美洲華僑日報》雪人〈巴黎航訊〉一條，題為〈北京歌舞團在巴黎〉，特為介紹其〈揹新娘舞〉，闡明新婚喜慶之日，男家派出騎馬或步行的眾多「劫手」，敲鑼打鼓，前往女家「搶劫」新娘的經過，印證古有戲弄新夫婦之辭。此說獨特，以備一說，可資參考。

六　杕杜

　　有杕之杜，其葉湑湑。獨行踽踽，豈無他人？不如我同
父。嗟行之人，胡不比焉？人無兄弟，胡不佽焉？

　　有杕之杜，其葉菁菁。獨行睘睘，豈無他人？不如我同
姓。嗟行之人，胡不比焉？人無兄弟，胡不佽焉？

注釋　〈杕杜〉，取首章首句「有杕之杜」的「杕杜」為篇名，這是
　　　　修辭學的節縮。

篇旨　朱守亮《詩經評釋》：「朱熹《詩集傳》：『此無兄弟者，自傷其
　　　　孤特，而求助於人之辭。』然方玉潤《詩經原始》：『詩言不如
　　　　我同父，明明是有兄弟人語。』方之言是也。此當以方氏自傷
　　　　兄弟失好，而無助說為是，故用之焉。」陳子展《詩經直
　　　　解》：「〈杕杜〉，乞食者之歌。此亦《韓說》：『飢者歌其食』之
　　　　一例，猶之後世乞食者之蓮花落、順口溜、唱快板、告地
　　　　狀。」陳氏之說，可資參考。

原文　有杕之杜[1]，其葉湑湑[2]。獨行踽踽[3]，豈無他人？不如我

1　有杕之杜，當作「杜有杕」的倒裝，是兼有押韻的肯定句倒裝。詳見附錄：《詩
　　經》倒裝的三觀。之，結構助詞，無意義。杕，音第，ㄉㄧˋ。有杕，杕然，孤特
　　的樣子。按：屈萬里《詩經詮釋》：「《詩》中凡以『有』字冠於形容詞或副詞之上
　　者，等於加『然』字於形容詞或副詞之下。」（見〈桃夭〉）毛《傳》：「特貌。」
　　杜，木名，赤棠樹。毛《傳》：「赤棠也。」

2　其，代詞，指杜。湑湑，音ㄒㄩˇ ㄒㄩˇ，茂盛的樣子。就文法言，是疊字衍聲複
　　詞。蔡宗陽《國文文法》：「所謂疊字衍聲複詞，是指兩個字的音節重疊而構成的衍
　　聲複詞，古人稱為『重言』、『重字』。」孔穎達《毛詩正義》：「湑湑與菁菁，皆茂
　　盛之貌。」

3　踽踽，音矩矩，ㄐㄩˇ ㄐㄩˇ，無所親的樣子。朱熹《詩集傳》：「無所親之貌。」

同父⁴。嗟行之人⁵，胡不比焉⁶？人無兄弟⁷，胡不佽焉⁸？

押韻 一章杜、湑、踽、父，是 13（魚）部。比、佽，是 4（脂）部。

章旨 一章描述以杜之孤特，比喻自己之孤特，期盼兄弟和好如杜葉茂盛的情況。

作法 一章兼有比喻（譬喻）、設問的興。

原文 有杕之杜，其葉菁菁⁹。獨行睘睘¹⁰，豈無他人？不如我同姓¹¹。嗟行之人，胡不比焉？人無兄弟，胡不佽焉？

押韻 二章菁、睘、姓，是 12（耕）部。比、佽，是 4（脂）部。

---

4 「同父」與「同姓」，互文見義。「同父」與下文「兄弟」，當為互文，「同姓」與「兄弟」，亦當為互文。按：互文見義，是錯綜中的抽換詞面，義同而字異。互文，是上下文互相省略，如〈小雅・蓼莪〉：「父兮生我，母兮鞠我」，當為「父（母）兮生我，（父）母兮鞠我」。同父，當為「同父兄弟」。

5 嗟，表示呼喚、嘆惜的語氣，「唉」之意。陳霞村《古代漢語虛詞類解》：「『嗟』單獨使用，表示呼喚、嘆惜。」如《尚書・秦誓》：「嗟！我士！」「嗟行之人」，即上文「獨行踽踽」之人，單言「行」者，乃承上省略。「人無兄弟」之人，亦即「嗟行之人」。行，音杭，ㄏㄤˊ，道路。俞樾《群經平議》：「行，道也。行之人，猶言道之人。」

6 胡，為何。比，音必，ㄅㄧˋ，親近。焉，語末助詞，表示疑問語氣，「呢」之意。楊樹達《詞詮・卷七》：「焉，語末助詞，表疑問。如《詩・唐風・杕杜》：『嗟行之人，胡不比焉？』」

7 「兄弟」與上文「同父」，是互文，當是「同父兄弟」之意。

8 胡，為何。佽，音次，ㄘˋ，幫助、輔助。焉，語末助詞，表示疑問語氣，「呢」之意。詳見楊樹達《詞詮・卷七》。

9 菁菁，音精精，ㄐㄧㄥ ㄐㄧㄥ，茂盛的樣子。孔穎達《毛詩正義》：「茂盛之貌。」

10 睘睘，音瓊瓊，ㄑㄩㄥˊ ㄑㄩㄥˊ，無所依靠的樣子。毛《傳》：「無所依也。」

11 「同姓」與下文「兄弟」，是互文。馬瑞辰《毛詩傳箋通釋》：「女生曰姓。此詩同姓，對前章『同父』而言，又據下文『人無兄弟』而言。同姓，蓋謂同母生者。」

章旨　二章敘述以杜之孤特，比喻自己之孤特，期盼兄弟和睦如杜葉茂盛而互相依靠，不致踽踽獨行。

作法　二章兼有比喻（譬喻）、設問的興。

研析

　　全詩二章，皆是兼有比喻（譬喻）、設問的興。

　　余培林《詩經正詁》：「二章首句皆以杜之孤特，象徵自己之孤獨。唯杜雖孤特，猶有湑湑、菁菁之枝葉以為蔭蔽，而己獨行踽踽、睘睘，無親無依，比之猶不若也。四、五句言豈無他人同行，唯不如兄弟而已。以下四句皆求助之辭。〈常棣〉曰：『凡今之人，莫如兄弟。』作者之意，蓋在此耳。」此說精闢剖析，闡論入微。

　　劉勰《文心雕龍・情采》：「昔詩人什篇，為情而造文。……蓋〈風〉、〈雅〉之興，志思蓄憤，而吟詠情性，以諷其上，此為情而造文也。」按：〈杕杜〉為情而造文者也。作者以孤特之杜樹，尚有茂盛枝葉遮蔭，反喻自己獨行而無親無依，感嘆世人為何不孤獨者以真心相助。滕志賢《新譯詩經讀本》：「此既是求助，也是願望。」

七　羔裘

> 羔裘豹袪，自我人居居。豈無他人？維子之故。
> 羔裘豹褎，自我人究究。豈無他人？維子之好。

注釋　〈羔裘〉，取首章首句「羔裘豹袪」的「羔裘」為篇名。

篇旨　〈詩序〉:「〈羔裘〉，刺時也。晉人刺其在位，不恤其民也。」
朱守亮《詩經評釋》:「朱《傳》云:『此詩不知所謂，不敢強
解。』」傅斯年從之。糜文開、裴普賢《詩經欣賞與研究》:
「今按詩之本文體會，當係男女二人原本要好，後則男子發
達，不理舊情人，而女子卻仍念舊不忘，遂作此詩。」較〈詩
序〉說為勝，今從之。

原文　羔裘豹袪¹，自我人居居²。豈無他人？維子之故³。

押韻　一章袪、居、故，是 13（魚）部。

章旨　一章描述男子飛黃騰達，雖然欲拋棄我們，惟丈夫顧念舊日情
好，依依難捨的情況。

作法　一章兼有設問而睹物思人的興。

原文　羔裘豹褎⁴，自我人究究⁵。豈無他人？維子之好⁶。

1　袪，音驅，ㄑㄩ，衣袖。毛《傳》:「袂也。」按:袂，即衣袖。羔裘豹袪，羔作皮
　衣，而以豹作衣袖。鄭玄《箋》:「在位卿大夫之服也。」
2　自，對於。吾人，我們。居居，倨敖不遜。此句言對我們倨敖不遜，不體恤我們的
　困苦。毛《傳》:「居居，懷惡不相親比之貌。」《爾雅·釋訓》:「居居、究究，惡
　也。」與毛《傳》義合。
3　維，介詞，與「以」字用同。詳見楊樹達《詞詮·卷八》。子，你，指丈夫。之，
　連詞，與口語「的」字相通。詳見楊樹達《詞詮·卷五》。按:以，「因」之意。
4　褎，同「袖」。

押韻 二章裒、究、好，是 21（幽）部。

章旨 二章描寫男子發達，雖欲拋棄我們，惟丈夫顧念舊日情好，依依難捨的情形。

作法 二章兼有設問而睹物思人的興。

研析

全詩二章，皆是兼有設問而睹物思人的興。

朱守亮《詩經評釋》：「詩雖未有棄我明言，然細審『豈無他人』句，知中間發生事端頗多，承受委曲頗多，故發此憤恨激動之言也。其所以不與他人交往者，維子故舊之情是念，惟子是愛也。了了數語，情頗曲折，意亦深厚，自是佳構。」洵哉斯言。余培林《詩經正詁》：「細玩詩文，『自我』一詞，究竟晚出，仍當以『吾人』連續為是。『居居』、『究究』，《爾雅》、《毛傳》同其訓詁，絕非偶然，準此以解詩，當不致有大誤矣。」〈羔裘〉主題頗難解，朱熹《詩集傳》：「此詩不知所謂，不敢強解。」依余氏之說，或許可迎刃而解矣。

5　究究，猶居居也，傲慢不遜。郝懿行《爾雅集疏》：「此居居，猶倨倨，不遜之意。」故《詩・羔裘》毛《傳》：「居居，懷惡不相親比之貌。」

6　好，有二解：（一）情好，與上章「維子之故」為互文，言因子情好之故，所以不去也。詳見余培林《詩經正詁》。好，音浩，ㄏㄠˋ，喜好，但與「維子之故」語不聯貫而已。

八 鴇羽

　　肅肅鴇羽，集于苞栩。王事靡盬，不能蓺稷黍。父母何
怙？悠悠蒼天，曷其有所！

　　肅肅鴇翼，集于苞棘。王事靡盬，不能蓺黍稷。父母何
食？悠悠蒼天，曷其有極！

　　肅肅鴇行，集于苞桑。王事靡盬，不能蓺稻粱。父母何
嘗？悠悠蒼天，曷其有常！

注釋　〈鴇羽〉，取首章首句「肅肅鴇羽」的「鴇羽」為篇名。

篇旨　朱熹《詩集傳》：「民從征役，而不得養其父母，故作此詩。」
方玉潤《詩經原始》：「始則痛居處之無定，繼則念征役之何
極，終則恨舊樂之難復。民情至此，咨怨極矣。」朱守亮《詩
經評釋》：「三呼父母及悠悠蒼天，何等悲愴無奈！然無怨其上
語，疾其上語，此詩人之忠厚也。」綜觀三說，可洞悉〈鴇
羽〉篇旨矣。

原文　肅肅鴇羽[1]，集于苞栩[2]。王事靡盬[3]，不能蓺稷黍[4]。父

1　肅肅鴇羽，「鴇羽肅肅」的倒裝，是兼有押韻的肯定句倒裝。詳見附錄：《詩經》倒
　裝的三觀。鴇，音保，ㄅㄠˇ，鳥名。俗名野雁。朱熹《詩集傳》：「鴇，鳥名，似
　雁而大，無後趾。」肅肅，鴇急促飛翔所形成的羽毛聲音。毛《傳》：「鴇羽聲。」
　肅肅，是疊字衍聲複詞。詳見蔡宗陽《國文文法》。王靜芝《詩經通釋》：「肅肅鴇
　羽，集于苞栩者征人自為此也。」

2　集，止棲、棲息。于，於，在。楊樹達《詞詮‧卷九》：「于，介詞，表方所，在
　也。」苞，茂盛。《爾雅‧釋詁》：「苞、茂，豐也。」栩，音許，ㄒㄩˇ，杼、櫟，
　俗名橡子，即皂角，其殼為汁，可以染皂。余培林《詩經正詁》：「鴇無後趾，故雖
　止于苞栩，猶肅肅其羽，以為平衡也。」

3　王事，為王從事征伐之事。靡，非，不。盬，音古，ㄍㄨˇ，止息，停止休息。王
　引之《經義述聞》：「盬者，息也。王事靡盬者，為王事靡可止息也。」

母何怙[5]？悠悠蒼天[6]，曷其有所[7]！

押韻 一章羽、栩、盬、黍、怙、所，是13（魚）部。

章旨 一章描述征人苦於行役，而思念父母，自哀自嘆的情形。

作法 一章兼有比喻（譬喻）、設問的興。

原文 肅肅鴇翼[8]，集于苞棘[9]。王事靡盬，不能蓺黍稷[10]。父母何食[11]？悠悠蒼天，曷其有極[12]！

押韻 二章翼、棘、稷、食、極，是25（職）部。

章旨 二章描寫征人苦於行役，而思念父母，自怨自嘆的情況。

作法 二章兼有比喻（譬喻）、設問的興。

原文 肅肅鴇行[13]，集于苞桑。王事靡盬，不能蓺稻粱[14]。父

4　蓺，古「藝」字。蓺、藝，就訓詁學言，是古今字。就文字學言，蓺，是本字，藝是後起字。蓺，本是名詞，此當動詞，「種植」之意。鄭玄《箋》：「蓺，樹也。」稷黍，一類兩種。黏者為黍，不黏者為稷，皆是小黃米。

5　父母何怙，「父母怙何」的倒裝，這是兼有押韻的疑問句倒裝。詳見附錄：《詩經》倒裝的三觀。怙，音戶，ㄏㄨˋ，依靠。毛《傳》：「恃也。」按：恃，「依靠」之意。

6　悠悠蒼天，「蒼天悠悠」的倒裝，這是為詩文產生波瀾而倒裝。詳見附錄：《詩經》倒裝的三觀。蒼天，青天，即今語老天。悠悠，高遠的樣子，含有「憂愁」之意。

7　曷，何時。其，將，引申為「才」，時間副詞。楊樹達《詞詮·卷四》：「其，時間副詞，將也。」所，處所。此言何時才有安身立命的處所。

8　翼，翅膀。肅肅鴇翼，「鴇翼肅肅」的倒裝，這是兼有押韻的肯定句倒裝。

9　棘，酸棗。

10　黍稷，與上章「稷黍」，上章為押韻而倒裝，是肯定句倒裝。

11　父母何食，「父母食何」的倒裝，這是兼有押韻的疑問句倒裝。

12　曷，何時。其，將，引申為「才」。極，終了。鄭玄《箋》：「極，已也。」按：已，停止，引申為「終了」之意。

13　行，音杭，ㄏㄤˊ，翅膀。毛《傳》：「翮也。」按：翮，音河，ㄏㄜˊ，翅膀。高亨《詩經今注》：「行，鳥的羽莖。」

　　母何嘗[15]？悠悠蒼天，曷其有常[16]！

押韻　三章行、桑、粱、嘗、常，是 15（陽）部。

章旨　三章陳述征人苦於行役，而想念父母，自怨自艾的情形。

作法　三章兼有比喻（譬喻）、設問的興。

研析

　　全詩三章，皆是兼有比喻（譬喻）、設問的興。

　　余培林《詩經正詁》：「三章之首二句，皆以鴇之止息，而羽猶蕭蕭不止，象徵自己之遷徙無定，不得安寧。『王事靡盬』一語，為了解全詩之關鍵。……『父母何怙』，為詩人作此詩之動機。末二語呼天而問，充滿悲愴無奈之情。」研讀〈鴇羽〉，似猶聞其聲，猶感其情，歷歷在目。朱守亮《詩經評釋》：「平平敍敍，但音響節奏俱妙，且調高而情摯，故感人至深。」斯言甚諦。

14　粱，穀物名，粟之良者。朱熹《詩集傳》：「粟類也。」

15　嘗，古「嚐」字。就訓詁學言，嘗是古字，嚐是今字。嘗、嚐，古今字。就文字學言，嘗是本字，嚐是後起字。朱熹《詩集傳》：「食也。」按：食，動詞，「吃」之意。

16　曷，何時。其，將，引申為「才」之意。常，平常。朱熹《詩集傳》：「常，復其常也。」高亨《詩經今注》：「常，正常。」此言何時才能恢復正常的家居生活？

九　無衣

> 豈曰無衣？七兮，不如子之衣，安且吉兮！
> 豈曰無衣？六兮。不如子之衣，安且燠兮。

注釋　〈無衣〉，取首章首句「豈曰無衣」的「無衣」為篇名。

篇旨　朱熹《詩集傳》：「武公伐晉滅之，盡以其寶器賂周釐（僖）王，王以武公為晉君，列於諸侯，此詩蓋述其請命之意。」

原文　豈曰無衣？七兮¹，不如子之衣²，安且吉兮³！

押韻　一章七、子、吉，是 5（質）部。

章旨　一章描述晉大夫向天子之使者請命，請天子命武公為諸侯的情況。

作法　一章兼有設問、感歎的平鋪直敘寫作技巧。

原文　豈曰無衣？六兮⁴。不如子之衣，安且燠兮⁵。

1　「豈曰無衣？七兮」，此乃設問中自問自答的提問。七，毛《傳》：「侯伯之禮七命，冕服七章。」《周禮・大宗伯》：「一命受職，再命受服，三命受位，四命受器，五命賜則，六命賜官，七命賜國。」余培林《詩經正詁》：「晉本侯國，七命之服，舊已有之，然武公以曲沃奪晉，未得王命，心終不安。故請命於天子之使曰：我豈無七命之服哉？」此言是也。本章兩個「兮」，用在句末，表示感歎語氣，「啊」之意。詳見段德森《實用古漢語虛詞》。

2　子，有二解：（一）天子之使者。嚴粲《詩緝》：「子者，指天子之使言之。」（二）指賞賜或贈送衣服的人。高亨《詩經今注》：「子，指賞賜或贈送、衣服的人。」

3　安，舒服、舒適。吉，善、好。鄭玄《箋》：「武公初并晉國，心未安，故以得命服為安。」且，「又」之意。

4　六，毛《傳》：「天子之卿六命，車旗衣服以六為節。」鄭玄《箋》：「變七言六者，謙也。不敢必當侯伯，得受六命之服，列於天子之卿。」孔穎達《毛詩正義》：「車旗者，蓋謂卿從車六乘，旌旗六旒。衣服者，指冠弁也，飾則六玉，冠則六辟

押韻 二章六、懊，是 22（覺）部。

章旨 二章描寫晉大夫向天子之使者請命，請天子命武公為諸侯的情形。

作法 二章兼有設問、感歎的平鋪直敘寫作手法。

研析

全詩二章，皆是兼有設問的平鋪直敘寫作技法。

余培林《詩經正詁》:「七、六二字為全詩之關鍵，蓋有此二字，則知所言者為七命之服，若無此二字，則為平常衣裳矣。『豈曰』、『不如』四字，語氣似嫌驕橫（按：陳子展《詩經直解》):「請命封為晉侯要挾之詞。」)，然由此亦可見周室衰弱，王綱不振矣。」《詩經正詁》又云:「全詩字少而義明，語似委曲而意實剛健。」朱守亮《詩經評釋》:「在請命於天子，而竟自謂:『豈曰無衣，不如子之所命。』語氣驕橫，儼然傲睨無君面目可見。」

積，……，實無六章之衣。而云:『豈曰無衣？六』者，從上章之文，飾辭以請命耳，非實有也。」按：鄭玄《箋》言「六」者，蓋謙辭也。

5 且，「又」之意。燠，音玉，ㄩˋ，暖和。毛《傳》:「暖也。」

十 有杕之杜

　　有杕之杜，生于道左。彼君子兮，噬肯適我。中心好之，曷飲食之？

　　有杕之杜，生于道周。彼君子兮，噬肯來遊。中心好之，曷飲食之？

注釋　〈有杕之杜〉，取首章首句「有杕之杜」為篇名。

篇旨　余培林《詩經正詁》：「此心好君子而冀其來遊來助之詩。」朱守亮《詩經評釋》：「此自感孤特，切盼友人來過訪之詩。」

原文　有杕之杜¹，生于道左²。彼君子兮³，噬肯適我⁴。中心好之⁵，曷飲食之⁶？

1　有杕之杜，「杜有杕」的倒裝，為使詩文產生波瀾現象而倒裝。詳見附錄：《詩經》倒裝的三觀。俗諺云：「文如看山不喜平。」杕，音地，ㄉㄧˋ。有杕，杕然，孤特的樣子。之，結構助詞，無意義。杜，木名，赤棠樹。作者以「有杕之杜，生于道左」，比喻自己之孤特、無助。
2　道左，有三解：（一）路邊。詳見余培林《詩經正詁》。（三）道之僻地。詳見朱守亮《詩經評釋》。（三）道路的左邊，古人以東為左。詳見程俊英、蔣見元《詩經注析》。
3　彼，指遠者，「那」之意。兮，語末助詞，表示感歎語氣，「啊」之意。詳見段德森《實用古漢語虛詞》。
4　噬，音逝，ㄕˋ，語首助詞，無意義。楊樹達《詞詮·卷五》：「噬，語首助詞，無義。」如〈唐·有杕之杜〉：「彼君子兮，噬肯適我。」按：楊樹達誤以〈唐·有杕之杜〉為〈小雅·有杕之杜〉，特此更正。肯，心可之（按：之，往也。）也。詳見朱守亮《詩經評釋》。適，往，到……去。
5　好，音號，ㄏㄠˋ，喜愛。之，代詞，指君子。
6　曷，如何。飲，音印，ㄧㄣˋ，使動詞、役使動詞、致使動詞，詳見蔡宗陽《國文文法》。食，音四，ㄙˋ，使動詞、役使動詞、致使動詞。飲食之，使之飲食。此言如何盡禮款待，使之飲食呢？

押韻　一章左、我，是 1（歌）部。一、二章好，是 21（幽）部；
　　　　食，是 25（職）部；遙韻。

章旨　一章描述友人肯來，中心喜悅，以酒食款待，使之飲食的情
　　　　況。

作法　一章兼有比喻（譬喻）、設問的興。

原文　有杕之杜，生于道周[7]。彼君子兮，噬肯來遊[8]。中心好
　　　　之，曷飲食之？

押韻　二章周、遊，是 21（幽）部。

章旨　二章描寫友人惠然肯來，心中喜樂，以酒食款待，使之飲食。

作法　二章兼有比喻（譬喻）、設問的興。

研析

　　全詩二章，皆是兼有比喻（譬喻）、設問的興。

　　余培林《詩經正詁》：「二章之首二句為興，有杕之杜，已孤特
矣，又生於道之左右，則尤孤特矣，以此象徵己之無助也。三、四句
乃望君子之來遊來助，以解己之孤特。五、六句述其喜好君子，並欲
款以飲食，待以禮儀，盼其久留。」此剖析深入，如剝竹筍，層層遞
進，具有層次感、節奏感。朱守亮《詩經評釋》：「每章首兩句以杕然
之杜，生於道之僻地曲處，喻己之孤特，實須友人情誼勞慰寂寞，引
起三、四句切望好友來過訪、晤談、遨遊。」朱守亮又云：「肯守落
筆妙，心冀其來，然未敢期其中心肯之而必來也。末兩句兩章相同，
寫中心喜好切愛之情，汲汲如不及。而曷字又有無所措手足，欲言不
盡之妙也。」此遣詞用字，闡析精闢，美妙盡在字裡詞間。

7　周，有二解：（一）「右」的假借，右邊。陸德明《經典釋文》引《韓詩》作
　　「右」。（二）彎曲之處。毛《傳》：「周，曲也。」

8　遊，觀賞。毛《傳》：「遊，觀也。」

十一　葛生

葛生蒙楚，蘞蔓于野。予美亡此，誰與獨處？
葛生蒙棘，蘞蔓于域。予美亡此，誰與獨息？
角枕粲兮，錦衾爛兮。予美亡此，誰與獨旦？
夏之日，冬之夜。百歲之後，歸于其居。
冬之夜，夏之日。百歲之後，歸于其室。

注釋　〈葛生〉，取首章首句「葛生蒙楚」的「葛生」為篇名。

篇旨　高亨《詩經今注》：「這是男子追悼亡妻的詩篇。」嚴粲《詩緝》以為女子悼念亡夫之作。〈葛生〉是悼亡詩之祖。陳澧《讀詩日記》：「此詩甚悲，讀之使人淚下。」

原文　葛生蒙楚¹，蘞蔓于野²。予美亡此³，誰與獨處⁴？
押韻　一章楚、野、處，是 13（魚）部。

1　葛，蔓生植物。蒙，掩蓋、覆蓋。毛《傳》：「蒙，覆也。」楚，木名，馬瑞辰《毛詩傳箋通釋》：「今詩言蒙楚、蒙棘、蔓野、蔓域，蓋以喻婦人失其所依。」
2　蘞，音斂，ㄌㄧㄢˋ，草名，蔓生草。蔓，延。于，於，在。楊樹達《詞詮·卷九》：「于，介詞，表方所，在也。」《爾雅·釋地》：「郊外謂之牧，牧外謂之野。」
3　予，我。《爾雅·釋詁下》：「卬、吾、台、予、朕、身、余，言我也。」陳奐《詩毛氏傳疏》：「婦人稱夫謂予，猶稱夫謂良。」予美，鄭玄《箋》：「言我所美之人。」亡，死。嚴粲《詩緝》：「亡，死也。」馬瑞辰《毛詩傳箋通釋》：「亡，即去也。亡此，猶云去此。」余培林《詩經正詁》：「詩實言其死，然不曰死而曰亡者，不忍顯言其死耳。」此，代詞，指近者，即野。
4　誰與獨處，「與誰獨處」的倒裝，這是兼有押韻的疑問句倒裝，詳見附錄：《詩經》倒裝的三觀。與，共也。余培林《詩經正詁》：「言吾與誰共乎？惟獨自居此而已。」按：訓詁學「反訓」，獨處，即共處。誰與獨處，與誰共處？「反訓」，即「相反為訓」，詳見周何《中國訓詁學·第九章訓詁的方式》、陳新雄《訓詁學·第四章訓詁之方式》。

章旨 一章描述感慨時節，而產生哀思的情形。

作法 一章兼有比喻（譬喻）、設問而觸景生情的興。

原文 葛生蒙棘[5]，蘞蔓于域[6]。予美亡此，誰與獨息[7]？

押韻 二章棘、域、息，是 25（職）部。

章旨 二章描寫感慨時節，由哀思而至墓地悼念的狀況。

作法 二章兼有比喻（譬喻）、設問而觸景生情的興。

原文 角枕粲兮[8]，錦衾爛兮[9]。予美亡此，誰與獨旦[10]？

押韻 三章粲、旦，是 3（元）部。

章旨 三章敘述由墓地歸，夜寢哀傷的狀況。

作法 三章兼有比喻（譬喻）、設問而觸景生情的興。

原文 夏之日，冬之夜[11]。百歲之後[12]，歸于其居[13]。

---

5 棘，酸棗樹。

6 域，塋域，墓地。毛《傳》：「域，塋域也。」按：塋，音盈，一ㄥˊ，墳墓，葬地。許慎《說文解字》：「塋，墓地也。」

7 息，寢息。毛《傳》：「息，止也。」

8 角枕，高亨《詩經今注》：「角枕，方枕，有八角，所以說角枕。」粲，華美鮮明的樣子。朱熹《詩集傳》：「粲、爛，華美鮮明之貌。」本章兩個「兮」字，語末助詞，表示感嘆語氣，「啊」之意。詳見段德森《實用古漢語虛詞》。

9 衾，音欽，ㄑㄧㄣ，被。爛，華美鮮明的樣子。

10 獨旦，朱熹《詩集傳》：「獨處至旦也。」按：訓詁學「反訓」，即「相反為訓」，獨處，當作「共處」之意。

11 夏之日，冬之夜，朱熹《詩集傳》：「夏日永，冬夜永。」屈萬里《詩經詮釋》：「二句有度日如年之意。」朱守亮《詩經評釋》：「夏日遲遲，冬夜漫漫，哀思無已，度日如年也。」元稹〈悼亡詩〉：「惟將終夜長開眼，報答平生未展眉。」歐陽脩《六一詩話》引梅堯臣云：「含不盡之意，見於言外。」

12 百歲之後，謂死後。余培林《詩經正詁》：「人之常歲，不過百年，故古人以『百歲

押韻　四章夜，是 14（鐸）部。後，是 16（侯）部。居，是 13（魚）部。魚、鐸二部，對轉而押韻。魚、侯二部，旁轉而押韻。

章旨　四章陳述哀痛不已，期盼死後而同穴的心緒。

作法　四章兼有時間夸飾、比喻（譬喻）而抒情的寫作手法。

原文　冬之夜，夏之日[14]。百歲之後，歸于其室[15]。

押韻　五章日、室，是 5（質）部。

章旨　五章抒發寂寞淒涼，願死後合葬的情形。

作法　五章兼有比喻（譬喻）、夸飾而抒情的寫作技巧。

研析

　　全詩五章，前三章兼有比喻（譬喻）、設問而觸景生情的寫作技法。後二章兼有比喻（譬喻）、夸飾而抒情的寫作方法。

　　余培林《詩經正詁》：「《傳》以首句為『喻婦人外成於夫家』，故以為興。……獨處、獨息、獨旦，語極淒楚。三章首二句乃睹物思人，與一、二章首二句成鮮明對照。角枕猶粲，錦衾猶爛，而美人已去，益增痛楚之情。四、五章夏日、冬夜，似有日日夜夜，月月年年，思之不已之慨。此六字自然寫出，毫無斧鑿之跡，而感人之深，斯詩人之妙筆也。末二語『百歲之後，歸于其室』；以歸骨相許，其意益切，而其情則悽慘至極。」此將全詩縝密組織，條分縷析，一目了然。朱守亮《詩經評釋》：「鄭玄於『百歲之後，歸於其居』句下箋

　　後』或『百年後』，以喻死。

13　居，墳墓。鄭玄《箋》：「居，墳墓也。」余培林《詩經正詁》：「此句言死後將與之合葬。」

14　冬之夜，夏之日，即「夏之日，冬之夜」的倒裝，為押韻而倒裝，是肯定句倒裝。

15　室，墓室，墳墓、墓穴。鄭玄《箋》：「室，猶冢壙。」

曰：『婦人專壹，義之至，情之盡。』讀此詩不僅知為悼亡之祖，亦悼亡詩之絕唱也。」此言甚諦。

十二 采苓

采苓采苓，首陽之顛。人之為言，苟亦無信。舍旃舍
旃，苟亦無然。人之為言，胡得焉？

采苦采苦，首陽之下。人之為言，苟亦無與。舍旃舍
旃，苟亦無然、人之為言，胡得焉？

采葑采葑，首陽之東。人之為言，苟亦無從。舍旃舍
旃，苟亦無然。人之為言，胡得焉？

注釋 〈采苓〉，取首章首句「采苓采苓」的「采苓」為篇名。

篇旨 〈詩序〉：「〈采苓〉，刺晉獻公也。獻公好聽讒焉。」余培林
《詩經正詁》：「獻公聽驪姬之言，殺太子申生，逐群公子，信
讒無以過之。用以實此詩，極為契合。」

原文 采苓采苓¹，首陽之顛²。人之為言³，苟亦無信⁴。舍旃

---

1 采、採，就訓詁學言，是古今字。就文字學言，采是本字，採是後起字。苓，甘
草。毛《傳》：「大苦也。」采苓采苓，就修辭言，是類疊（複疊）的疊字。采苓，
細事。細事，喻小行。

2 首陽，幽僻。幽僻，喻無徵。詳見毛《傳》。首陽，山名。孔穎達《毛詩正義》：「首
陽之山，在河東蒲坂縣南。」又名雷首山，在今山西省永濟縣境。山顛，山頂。朱
熹《詩集傳》：「山頂也。」

3 之，連詞，與口語「的」字相當。詳見楊樹達《詞詮・卷五》。為言，即偽言，謠
言。孔穎達《毛詩正義》：「詐偽之言。」余培林《詩經正詁》：「人之為言，即〈沔
水〉之『民之訛言』（《說文》引作『民之譌言』）。」按：訛、譌，二字音義皆同，
音額，ㄜˊ，謠言、讒言。就文字學言，是形體異構，如萁、碁、棋，三字音義皆
同。陳奐《詩毛氏傳疏》：「古為、偽、譌三字同。《毛詩》本作為，讀作『偽』也。
為言，即讒言，所謂小行無徵之言也。」

4 苟、誠、實在。毛《傳》：「苟，誠也。」亦，語中助詞，無意義，詳見楊樹達《詞
詮・卷七》。無，勿，禁戒副詞。楊樹達《詞詮・卷八》：「無，禁戒副詞，莫也。」
陳奐《詩毛氏傳疏》：「苟亦無信，誠無信也。亦，為語助。」

舍旃[5]，苟亦無然[6]。人之為言，胡得焉[7]？

押韻 一章苓、巔、信，是 7（真）部。旃、旃、然、言、焉，是 3
（元）部。真、元二部，旁轉而押韻。

章旨 一章敘述勸人勿輕信不真實的讒言。

作法 一章兼有比喻（譬喻）、類疊（複疊）而抒情的興。

原文 采苦采苦[8]，首陽之下。人之為言，苟亦無與[9]。舍旃舍
旃，苟亦無然、人之為言，胡得焉？

押韻 二章苦、苦、下、與，是 13（魚）部。旃、然、言、焉，是 3
（元）部。

章旨 二章陳述勿輕信接納讒言。

作法 二章兼有比喻（譬喻）、類疊（複疊）、設問的寫作手法。

原文 采葑采葑[10]，首陽之東。人之為言，苟亦無從[11]。舍旃舍旃，
苟亦無然。人之為言，胡得焉？

押韻 三章葑、葑、東、從，是 18（東）部。旃、旃、然、言、

---

5 舍，捨棄。旃，音占，ㅂㄢ，之，代詞，指「人之為言」。毛《傳》：「旃，之也。」

6 苟，誠、實在。亦，語中助詞。無，勿，禁戒副詞。然，是、對。無信，勿以為
是，即勿信以為真。胡承珙《毛詩後箋》：「然者，是也。無然者，無是也。」

7 胡，如何。得，取。聞一多《風詩類鈔》：「得，取也，與『舍』對，言人之偽言不
足取也。」焉，疑問代名詞，人、事、方所皆用之。詳見楊樹達《詞詮·卷七》。
按：焉，代詞，指「人之為言」。

8 苦，苦菜。又名荼。陸璣《詩草木鳥獸蟲魚疏》：「苦菜生山田及澤中，得霜甜脆而
美。」「采苦」連用兩次，是類疊（複疊）。

9 無，勿，禁戒副詞。詳見楊樹達《詞詮·卷八》。無與，毛《傳》：「勿用也。」即勿
聽信（讒言）。

10 葑，音封，ㄈㄥ，菜名，蕪菁，又名須、蕦、芥、蕘，即大頭菜、荹藍、蘿蔔之類。
「采葑」連用兩次，是類疊（複疊）。

11 無，勿，禁戒副詞。無從，勿聽信（讒言）。

焉，是 3（元）部。

章旨 三章描述勿聽信讒言。

作法 三章兼有比喻（譬喻）、類疊（複疊）、設問的寫作技巧。

研析

全詩三章，皆是兼有比喻（譬喻）、類疊（複疊）、設問的寫作技法。

馬瑞辰《毛詩傳箋通釋》：「三者（苓、苦、葑）皆非首陽山所宜，而詩言採於首陽者，蓋故設為不可信之者，以證讒言之不可聽，即下所謂『人之偽言』也。」馬氏之說，此三種植物非山上所應有，而具有名實不副、美惡不分的特色，用來形容似是而非的讒言，是不可徵信的。誠如歐陽脩所云：「夫讒者，疏人之親，疑人之所信，奪人之所愛。」洵哉斯言。毛姆云：「一顆誠實的心，唯一缺憾的是輕信。」

秦

注釋 秦，國名，嬴姓之國，其地在〈禹貢〉雍州之城，即今陝西、甘肅兩省大部及青海、額濟納之地為古雍州之地。〈秦〉詩凡十篇，皆為東周時詩。

一 車鄰

　　有車鄰鄰，有馬白顛。未見君子，寺人之令。
　　阪有漆，隰有栗。既見君子，並坐鼓瑟。今者不樂，逝者其耋。
　　阪有桑，隰有楊。既見君子，並坐鼓簧。今者不樂，逝者其亡。

注釋 〈車鄰〉，取首章首句「有車鄰鄰」的「車鄰」為篇名，是修辭學的「節縮」。

篇旨 王靜芝《詩經通釋》：「此美秦之富而強，君能易近臣民而能和樂之詩。」這篇描述秦大夫與秦君共同和樂的詩歌。

原文 有車鄰鄰[1]，有馬白顛[2]。未見君子[3]，寺人之令[4]。

1　有，語首助詞，無意義。楊樹達《詞詮·卷七》：「有，語首助詞，用在名詞之前，無義。」鄰鄰，《魯詩》、《齊詩》皆作「轔轔」。毛《傳》：「鄰鄰，眾車聲也。」按：鄰鄰，狀聲詞、象聲詞，又是疊字衍聲複詞。詳見蔡宗陽《國文文法》。

押韻 一章鄰、顛、令，是6（真）部。

章旨 一章敘述入宮未見秦君以前的車馬之盛，侍御之好。

作法 一章平鋪直敘的賦。

原文 阪有漆⁵，隰有栗⁶。既見君子⁷，並坐鼓瑟⁸。今者不樂，逝者其耋⁹。

押韻 二章漆、栗、瑟、耋，是5（質）部。

章旨 二章陳述既見秦君，彼此燕飲之樂。

2　顛，額。朱熹《詩集傳》：「白顛，額有白毛，今謂之的顙。」孔穎達《毛詩正義》引《爾雅》舍人注曰：「的，白也。顙，額也。額有白毛，今之戴星馬。」

3　君子，指秦君。朱熹《詩集傳》：「指秦君。」

4　寺人，內小臣、閽人，後世的宦官。毛《傳》：「內小臣。」鄭玄《箋》：「欲見國君者，必先令寺人使傳告之。」《周官・內小臣》：「掌王后之命，掌王之陰事陰令。」鄭玄注：「陰事，君妃御見之事。」〈寺人〉：「掌王之內人及女宮之戒令。」之，是。令，使。朱熹《詩集傳》：「使也。」令，使動詞、致使動詞、役使動詞，詳見蔡宗陽《國文法》。余培林《詩經正詁》：「將欲見君子（指秦君），而使寺人通報之也。」之、是，係結構助詞，無意義，如「唯利是圖」是也。楊樹達《詞詮・卷五》：「之，句中助詞，無義，賓語倒置於外動詞之前時用，與『是』同。」

5　阪，音板，ㄅㄢˇ，不平坦的山坡，即今斜坡、山坡。漆，漆樹。毛《傳》：「陂者曰阪。」按：陂，音坡，ㄆㄛ，山坡。

6　隰，音席，ㄒㄧˊ，下溼的地方。《爾雅・釋地》：「下溼曰隰。」栗，木名。朱守亮《詩經評釋》：「言阪有漆樹生焉，隰有栗樹生焉，事物各得其宜，喻秦之君臣各盡其能也。」斯言是也。

7　既，已經。君子，指秦君。

8　並坐，同坐。鼓，彈奏。

9　逝，往後。俞樾《群經平議》：「逝，往也，猶言過此以往也。」其，將，時間副詞。楊樹達《詞詮・卷四》：「其，時間副詞，將也。」耋，音迭，ㄉㄧㄝˊ，八十曰耋。毛《傳》：「老也。八十曰耋。」按：《禮記・曲禮上》：「七十曰老，而傳。八十、九十曰耄（音冒，ㄇㄠˋ）。」屈萬里《詩經詮釋》：「耋，音迭，八十歲也。」朱守亮《詩經評釋》：「言今日再不歡樂之，則後日老之將至，欲為此樂，不可復得也。」

作法 二章兼有比喻（譬喻）有賦的興。

原文 阪有桑，隰有楊[10]。既見君子，並坐鼓簧[11]。今者不樂，逝者其亡[12]。

押韻 三章桑、楊、簧、亡，是 15（陽）部。

章旨 三章描寫秦國之富，國君之賢，以稱美亡。

作法 三章兼有比喻（譬喻）有賦的興。

研析

　　全詩三章，首章平鋪直敘的賦，二、三章皆兼有比喻（譬喻）有賦的興。

　　余培林《詩經正詁》：「一章首二句形容車馬之盛，三、四句則明示君子之身分，蓋寺人之官，天子、諸侯始有之，大夫不可有焉。……二、三章首二句阪有漆、桑，隰有栗、楊，暗示並坐鼓瑟、鼓簧者乃君與臣，非國君后妃也。……並坐鼓瑟、鼓簧，可見秦君臣相處之融洽。……末二句雖有及時行樂之意，而無些許頹廢之情。」嚴粲《詩緝》：「言貴生前得意，否則虛老歲月耳。」李白〈將進酒〉：「人生得意須盡歡，莫使金樽空對月。」李白及時行樂，與此詩互相印證，彼此注腳。

---

10 阪有桑，隰有楊，比喻秦國君臣各盡其能。

11 簧，笙。毛《傳》：「笙也。」朱熹《詩集傳》：「簧，笙中金葉，吹笙則鼓動之以出聲者也。」

12 亡，死亡。毛《傳》：「喪棄也。」朱守亮《詩經評釋》：「日月逝去，我將死亡矣。」李白〈將進酒〉：「古來賢者皆寂寞，惟有飲者留其名。」

二　駟驖

> 駟驖孔阜，六轡在手。公之媚子，從公于狩。
> 奉時辰牡，辰牡孔碩。公曰：「左之！」舍拔則獲。
> 遊于北園，四馬既閑。輶車鸞鑣，載獫歇驕。

注釋　〈駟驖〉，取首章首句「駟驖孔阜」的「駟驖」為篇名。

篇旨　這篇是描述秦君及其愛子打獵的詩歌。余培林《詩經正詁》：
　　　　「此寫秦君及其愛子田獵之詩。重心似不在公，而在其愛
　　　　子。」

原文　駟驖孔阜[1]，六轡在手[2]。公之媚子[3]，從公于狩[4]。

押韻　一章阜、手、狩，是 21（幽）部。

章旨　一章描述秦君及愛子打獵的情況。

作法　一章平鋪直敘的賦。

原文　奉時辰牡[5]，辰牡孔碩[6]。公曰：「左之！」[7] 舍拔則獲[8]。

1　駟，音四，ㄙㄟ。四馬。驖，音鐵，ㄊㄧㄝˇ，鐵色之馬。孔穎達《毛詩正義》：「言
　　其黑色如鐵也。」孔，甚，很。阜，高大。毛《傳》：「大也。」此言四馬都是黑色
　　如鐵一般而非常高大。

2　轡，音佩，ㄆㄟˋ，韁繩。孔穎達《毛詩正義》：「每馬有二轡，四馬當八轡矣。諸
　　文皆言六轡者，以驂馬內轡納之於觼，故在手者惟六轡耳。」按：觼，音決，
　　ㄐㄩㄝˊ，通「鐍」，音厥，ㄐㄩㄝˊ。許慎《說文解字》：「觼，環之有舌者。」置於
　　軾前，以繫軜。軜，音納，ㄋㄚˋ，驂內轡。毛《傳》：「軜，驂內轡也。」

3　公，指秦君。媚子，愛子。高亨《詩經今注》：「媚子，愛子。」

4　于，往。狩，打獵。毛《傳》：「冬獵曰狩。」

5　奉，奉獻。時，是，此。毛《傳》：「是。」辰，毛《傳》：「時也。」鄭玄《箋》：
　　「奉是時牡者，謂虞人也。」朱守亮《詩經評釋》：「祭祀之牲不用牝，皆以牡為
　　貴。獸人獻時節之獸，以供膳。故虞人亦驅時節之獸，以待射也。句謂虞人驅獸，

押韻 二章牡，是 21（幽）部。碩、獲，是 14（鐸）部。

章旨 二章敘述秦君教愛子打獵的情形。

作法 二章平鋪直敘的賦。

原文 遊于北園[9]，四馬既閑[10]。輶車鸞鑣[11]，載獫歇驕[12]。

押韻 三章園、閑，是 3（元）部。鑣、驕，是 19（宵）部。

章旨 三章描寫打獵完畢，遊園的狀況。

作法 三章平鋪直敘的賦。

研析

　　全詩三章，皆是平鋪直敘的賦。

　　余培林《詩經正詁》：「一章寫田獵之人，二章寫田獵之事，末章寫獵畢之狀。一章『公之媚子，從公于狩』，乃全詩之重心。……二

以供君射也。」

6　孔，甚、很。碩，肥大。朱熹《詩集傳》：「碩，肥大也。」

7　左之，從禽之左射之。朱熹《詩集傳》：「蓋射必中其左乃為中殺，五御所謂『逐禽左』者，為是故也。」余培林《詩經正詁》：「禽獸心臟在左，故射其左，乃能中殺也。此蓋公對媚子言之。」

8　舍，同捨，放，發箭。拔，矢末。朱守亮《詩經評釋》：「箭之發出，乃放開矢之末端也。句謂矢發出，即有所獲，狀射技之精也。」

9　北園，秦君狩獵的地方。陳奐《詩毛氏傳疏》：「古者田在園囿中，北園當即所田之地。」程俊英、蔣見元《詩經注析》：「狩獵既畢，便在北園遊玩。」

10　四馬，即首章首句「駟驖」。既，已經。閑，熟練、熟習。毛《傳》：「閑，習也。」

11　輶，音由，一ㄡˊ，輕便。鄭玄《箋》：「輶車，輕車，驅逆之車也。」程俊英、蔣見元《詩經注析》：「驅逆，即驅趕堵截野獸，所以車輛必須輕。」鸞，當作「鑾」，車鈴。鑣，音標，ㄅ一ㄠ，馬銜外鐵，即今馬嚼。鸞鑣，將車鈴掛在馬嚼兩旁。許慎《說文解字》：「人君乘車，四馬鑣，八鑾鈴。像鸞鳥之聲和，則敬也。」

12　載，以車載犬。朱熹《詩集傳》：「蓋以休其足力也。」獫，音險，ㄒ一ㄢˇ，長嘴巴的獵犬。歇驕，《齊詩》、《魯詩》皆作「猲獢」，短嘴巴的獵犬。《爾雅·釋畜》：「長喙獫，短喙猲獢。」按：喙，音會，ㄏㄨㄟˋ，動物的嘴部，叫做喙。

章『公曰左之』，即教之獵也。『舍拔則獲』，寫其射術之精也。三章
『遊于北園』，寫獵畢而遊觀；『四馬既閑』，寫四馬閑習田事；則人
之閑習也可知。末二句寫獵畢優游之狀，鸞聲與蹄聲齊響，獵人與獵
犬俱息，敘述獵事有始有終。」剖析絲絲入扣，層次井然。章法組織
縝密，闡論精微。按：此詩描繪田獵，栩栩如生，歷歷在目，如身臨
其境，耳聞其聲。駕御之善，射御之精，車馬閑熟，如親眼目睹。

三　小戎

　　小戎俴收，五楘梁輈，游環脅驅，陰靷鋈續，文茵暢
轂，駕我騏馵。言念君子，溫其如玉。在其板屋，亂我心
曲。

　　四牡孔阜，六轡在手。騏駵是中，騧驪是驂。龍盾之
合，鋈以觼軜。言念君子，溫其在邑。方何為期？胡然我念
之？

　　俴駟孔群，厹矛鋈錞。蒙伐有苑，虎韔鏤膺。交韔二
弓，竹閉緄縢。言念君子，載寢載興。厭厭良人，秩秩德
音。

注釋　〈小戎〉，取首章首句「小戎俴收」的「小戎」為篇名。

篇旨　余培林《詩經正詁》：「此秦大夫遠征西戎，其婦念之之詩。」

原文　小戎俴收¹，五楘梁輈²，游環脅驅³，陰靷鋈續⁴，文茵

1　小戎，兵車。毛《傳》：「小戎，兵車也。」孔穎達《毛詩正義》：「兵車，兵戎之
　　車。〈六月〉：『元戎十乘，以先啟行。』元，大也。先啟行之車，謂之大戎；從後
　　行者，謂之小戎，言群臣在元戎之後故也。」俴，音踐，ㄐㄧㄢˋ，淺。《爾雅·釋
　　言》：「俴，淺也。」收，毛《傳》：「軫也。」孔穎達《毛詩正義》：「軫者，前後兩
　　端之橫木也，所以收斂所載，故名收焉。」俴收，後車箱板稍低；詳見朱守亮《詩
　　經評釋》。

2　楘，音木，ㄇㄨˋ，交相纏繞、歷錄。胡承珙《毛詩後箋》：「歷錄皆圍繞纏束之名也。
　　梁輈以革縛之，又纏束以為固，謂之歷錄。」五楘，束有五處。輈，音舟，ㄓㄡ，
　　車轅。朱守亮《詩經評釋》：「大車謂之轅，兵車、田車、乘車謂之輈。輈前端上曲
　　如橋梁，故曰梁輈。梁輈纏束五處，故曰五楘梁輈。」

3　游環，活動的皮環。毛《傳》：「游環，靳環也。游在背上，所以禦出也。」鄭玄
　　《箋》：「游環在背上，無常處，貫驂之外轡，以禁其出。」脅驅，以皮為之。朱熹
　　《詩集傳》：「前繫於衡之兩端，後繫於軫之兩端，當服馬脅之外，所以驅驂馬，使

　　　　暢轂[5]，駕我騏馵[6]。言念君子[7]，溫其如玉[8]。在其板
　　　屋[9]，亂我心曲[10]。

押韻　一章收、輈、屋、曲，是 21（幽）部。驅、馵，是 16（侯）
　　　部。續、轂、玉，是 17（屋）部。侯、屋二部，是對轉而押
　　　韻。侯、幽二部，是旁轉而押韻。

章旨　一章敍述婦人思想丈夫遠征西犬，居宿板屋之苦，使婦人心亂
　　　不安的情形。

作法　一章兼有比喻（譬喻）而抒發情感的興。

原文　四牡孔阜[11]，六轡在手[12]。騏駵是中[13]，騧驪是驂[14]。龍

　　不得內入也。」
4　陰，輿軾下橫板。阮元《考工記車制圖解》：「陰者，輿前軾下板也。軌之為物，
　　蓋在輿前軫下正中，略如伏兔，為半規形，以圍軸身。」又曰：「陰，又名掩軌，
　　且為輿前容飾也。」靷，音引，ㄧㄣˇ，驂馬引車之皮條，有二，後端繫於軸，前
　　端繫於驂馬之頸。出於陰下，故曰陰靷。鋈，音沃，ㄨㄛˋ。鋈續，毛《傳》：
　　「鋈，白金也。續，續靷也。」《爾雅・釋器》：「白金謂之銀。」
5　文茵，有花紋的虎皮製造的車褥子。孔穎達《毛詩正義》：「茵者，車上之褥，用皮
　　為之。文茵，則皮有文采，故知是虎皮也。」暢，長。朱熹《詩集傳》：「大車之轂
　　一尺有半，兵車之轂長三尺二寸，故兵車曰暢轂。」
6　騏，音其，ㄑㄧˊ，青黑色花紋相間文如博棋的馬。許慎《說文解字》：「騏，馬青驪
　　文如綦也。」段玉裁注：「謂白馬而有青黑紋路相交如綦也。」馵，音住，ㄓㄨˋ，
　　左後腳白色的馬。許慎《說文解字》：「馬後左足白也。」
7　言，語首助詞，無意義。詳見楊樹達《詞詮・卷七》。君子，朱熹《詩集傳》：「婦
　　人目其夫也。」即乘小戎車者。
8　溫其，溫然，溫和柔順的樣子。板屋，以板為屋。朱熹《詩集傳》：「西戎之俗，以
　　板為屋。」溫其如玉，是明喻。鄭玄《箋》：玉有五德（指仁、義、禮、智、
　　信。）許慎《說文解字》：「潤澤以溫，仁之方也。」
9　亂我心曲，使我心曲亂。「亂」，是役使動詞、致使動詞，簡稱使動詞，攪亂之意。
10　心曲，心之深處，即心窩。
11　牡，雄馬。孔，甚。阜，高大。毛《傳》：「大也。」
12　轡，馬韁。孔穎達《毛詩正義》：「每馬有二轡，四馬當八轡矣。諸文皆言六轡者，

盾之合[15]，鋈以觼軜[16]。言念君子，溫其在邑[17]。方何為期[18]？胡然我念之[19]？

押韻 二章阜、手，是 21（幽）部。中，是 23（冬）部。驂，是 28（侵）部。合、軜、邑，是 27（緝）部。期、之，是 24（之）部。冬、幽二部，是對轉而押韻。侵、緝二部，是對轉而押韻。幽、之二部，是旁轉而押韻。

章旨 二章描述婦人思念丈夫，馬已行，車漸遠，不知何時丈夫將會回來的心情。

作法 二章兼有設問寫作手法而抒發情感的興。

原文 俴駟孔群[20]，厹矛鋈錞[21]。蒙伐有苑[22]，虎韔鏤膺[23]。交

以驂馬內轡納之於觼（置於軾前），故在手者唯六轡耳。」按：觼，音決，ㄐㄩㄝˊ，許慎《說文解字》：「觼，環之有舌者。」置於軾前以繫軜，字或作鐍、鐍，通作「觼」。軜，音納，ㄋㄚˋ。毛《傳》：「軜，驂內轡也。」

13 騮，音留，ㄌㄧㄡˊ，同「駵」，高亨《詩經今注》：「騮，與駵同。赤紅色的馬，今呼石榴紅……君子的車駕四馬：騏、騮、騧、驪。可見前章的騏就是騮。」騏騮是中，騏、騮是車駕四馬當中的兩匹服馬。鄭玄《箋》：「中，中服也。」

14 騧，音瓜，《ㄨㄚ，黑嘴的黃馬。毛《傳》：「黃馬黑喙曰騧。」驪，黑馬，又名驖。驂，駕車四馬兩邊的兩匹馬。鄭玄《箋》：「驂，兩驂也。」騧驪是驂，騧、驪是車駕四馬兩旁的兩匹驂馬。

15 龍盾，畫龍文在盾牌上。合，掛在一起，以備破毀。朱熹《詩集傳》：「畫龍於盾，合而載之，以為車上之衛。必載二者，備破毀也。」

16 鋈，音物，ㄨˋ，本是名詞「白銅」，此當動詞，鍍上某物。鋈以觼軜，「觼軜以鋈」的倒裝，是兼有押韻的肯定句倒裝，詳見附錄：《詩經》倒裝的三觀。觼，音決，ㄐㄩㄝˊ，環之有舌者。軜，音納，ㄋㄚˋ，驂內轡。

17 溫其，溫然，溫和柔順的樣子。邑，西戎的縣邑。毛《傳》：「在敵邑也。」朱熹《詩集傳》：「邑，西鄙之邑也。」

18 方，將。為，是。方何為期，「期方為何」的倒裝，是兼有押韻的疑問句倒裝。詳見附錄：《詩經》倒裝的三觀。此句言歸期將是何時？

19 胡，為何。然，如此。我念之，使我念之。之，代詞，指歸期。

20 俴駟，有二解：（一）不披甲的四匹馬。王先謙《詩三家義集疏》：「《韓詩》則訓俴

韔二弓[24]，竹閉緄縢[25]。言念君子，載寢載興[26]。厭厭良人[27]，秩秩德音[28]。

押韻 三章群、錞，是 9（真）部。苑，是 3（元）部。真、元二部，是旁轉而押韻。膺、弓、縢、興，是 26（蒸）部。音，是 28（侵）部。

章旨 三章描繪婦人思念丈夫，從兵器想起，意在作戰。思念君子，睡眠時不能釋懷，期盼良人平安，冀能回音。

作法 三章兼有類疊（複疊）修辭手法而睹物思人的興。

研析

全詩三章，每章前六句寫武事，後四句寫思念征夫之情。一章兼

為單，謂馬不著甲，以示其驍勇。」（二）披甲的四匹馬。毛《傳》：「四介馬也。」孔，甚、很。群，合群。余培林《詩經正詁》：「四馬甚能合群，謂其能調和。」

21 厹，音求，ㄑㄧㄡˊ。厹矛，武器名，或作「仇矛」、「酋矛」，三棱鋒刃的長矛。錞，音敦，ㄉㄨㄣ，亦作「鐓」，矛柄的下端。毛《傳》：「錞，鐏也。」鋈錞，白金的錞。

22 蒙，刻雜羽的花紋在盾上。伐，中等大小的盾牌。有苑，苑然，花紋秀麗的樣子。毛《傳》：「苑，文貌。」

23 韔，音暢，ㄔㄤˋ，弓袋。虎韔，用虎皮作成的弓袋。鏤，刻。膺，弓袋的正面。嚴粲《詩緝》：「鏤膺，鏤飾弓室之膺。弓以後為背，則以前為胸。故弓室之前，亦為膺耳。」韔，毛《傳》：「弓室也。」按：弓室，弓袋、弓囊。

24 交韔二弓，將兩把弓顛倒交叉地放在弓袋中。朱熹《詩集傳》：「顛倒安置之，必二弓，以備壞也。」

25 竹閉，以竹作成校正弓弩的工具。緄，音滾，ㄍㄨㄣˇ，繩。縢，音縢，ㄊㄥˊ，捆縈。此言將竹閉用繩子捆縈於需要校弓之弓上。

26 載，語首助詞，無意義。詳見楊樹達《詞詮·卷六》。寢，睡。興，起。

27 厭厭，文雅安靜的樣子。毛《傳》：「安靜也。」良人，善人、好人。孔穎達《毛詩正義》：「良人，善人。」

28 秩秩，有次序的樣子，指進退合乎禮節。蘇轍《詩集傳》：「秩秩，有序也。」德音，有二解：（一）好聲譽。程俊英、蔣見元《詩經注析》：「德音，好聲譽。」（二）對方之語言。嚴粲《詩緝》：「言語也。」

有比喻（譬喻）而抒發情感的興，二章兼有設問寫作手法而抒發情感的興，三章兼有類疊（複疊）修辭手法而睹物思人的興。三者雖是興，但運用修辭技巧各有不同。

余培林《詩經正詁》：「一章主寫車乘，二章主寫馬及其飾，末章寫兵器，井然不亂。三章皆有言念君子，則此一語當是全詩之重心。其寫思念之情，一章曰『亂我心曲』，似有『無那金閨萬里愁』；二章曰『胡然我念之』，似『不思量，自難忘』；末章曰『厭厭良人，秩秩德音』，則又似『東方千餘騎，夫婿居上頭』矣。前六句充滿殺伐之氣，後四句則又柔情萬種，如此一剛一柔，而以『言念君子』一語，貫通上下，融而為一，了無斧鑿之跡，的是奇筆。」條紛縷析，層次分明，架構週延，組織嚴謹，闡論精闢，扣人心弦，引人共鳴。嚴粲《詩緝》：「以婦人閔其君子，而猶有鼓勇之意，其真秦風也哉！」朱守亮《詩經評釋》：「詞濃氣勁，此其秦風之所以為秦風也歟？」此言甚諦！朱守亮又云：「由『亂我心曲』，而『胡然我念之』，而『秩秩德音』。似有一層輕一層，無奈之詞也。」此運用層遞中的遞降修辭手法，產生層次感、節奏感、漸層美的作用。

四 蒹葭

蒹葭蒼蒼，白露為霜。所謂伊人，在水一方。遡洄從
之，道阻且長；遡游從之，宛在水中央。

蒹葭淒淒，白露未晞。所謂伊人，在水之湄。遡洄從
之，道阻且躋；遡游從之，宛在水中坻。

蒹葭采采，白露未已。所謂伊人，在水之涘。遡洄從
之，道阻且右；遡游從之，宛在水中沚。

注釋 〈蒹葭〉，取首章首句「蒹葭蒼蒼」的「蒹葭」為篇名。

篇旨 余培林《詩經正詁》引姚際恆《詩經通論》曰：「此自是賢人
隱居水濱，而人慕而思見之詩。」〈詩序〉謂：「〈蒹葭〉，刺襄
公也。未能用周禮，將無以固其國焉。」余培林又曰：「似不
切詩旨，然禮之一字，則說中詩之重心。遡洄、遡游，喻順
禮、逆禮而已，豈有他哉？」

原文 蒹葭蒼蒼¹，白露為霜²。所謂伊人³，在水一方⁴。遡洄

---

1 蒹，音兼，ㄐㄧㄢ，荻。葭，音加，ㄐㄧㄚ，蘆。蒼蒼，深青色，形容盛多。屈萬里
《詩經詮釋》：「蒼蒼，深青之色，狀其盛多也。」按：蒼蒼，茂盛而眾多的樣子。
2 為，變為，凝結為。陳奐《詩毛氏傳疏》：「白露為霜，乃在九月已後。」按：九月
已後，已是深秋。
3 伊，是，指示形容詞。楊樹達《詞詮·卷七》：「伊，指示形容詞，是也。如〈秦
風·蒹葭〉：「所謂伊人，在水一方。」朱熹《詩集傳》：「猶言彼人也。」朱熹又
云：「所謂彼人，乃在水之一方，上下求之而皆不可得，然不知其何所指也。」朱
守亮《詩經評釋》：「所謂不知何所指者，蓋因伊人一詞，可指佳人，可指美人，可
指異性友人，亦可指同性友人；可指賢臣，亦可指明君，甚而有謂斥襄公者故也。
故或以為惜賢之詩，或以為訪賢之詩。亦有隱者自詠，追尋戀人之說也。都無不
可，故不知其所指也。要以若可望而不可即，實求之而不遠，思之而即至，有所愛
慕而不得之說為是。」朱守亮末句之說，即屈萬里《詩經詮釋》：「此有所愛慕而

從之⁵，道阻且長⁶；遡游從之⁷，宛在水中央⁸。

押韻 一章蒼、霜、方、長、央，是 15（陽）部。

章旨 一章敘述伊人幽居，可望而不可即之情形。王靜芝《詩經通釋》：「隱士自詠其幽居之情味，及外人不得尋致而中心自慰之意態。

作法 一章兼有比喻（譬喻）而觸景生情的興。

原文 蒹葭淒淒⁹，白露未晞¹⁰。所謂伊人，在水之湄¹¹。遡洄

不得近之之詩。」但屈萬里又云：「似是情歌。或以為訪賢之詩，亦近是。」此乃劉勰《文心雕龍・序志》所云：「鮮觀衢路，各照隅隙。」余培林《詩經正詁》：「『伊人』一詞，最為迷人，指男女、君臣、貴賤、仙俗、隱賢，無不可也。如何取捨，端視解詩者之氣質、態度，與其掌握全詩之意趣如何也。」按：就修辭言，「所謂伊人，在水一方」，即懸想示現手法，遠在天邊，近在眼前，所謂「思之而即至」。至於各家解詩，言之成理，持之有故，仁者見仁，智者見智，似見樹木而不見森林。莊子「不譴是非」之說，可備參閱。

4　在水一方，在河水一個旁邊。馬瑞辰《毛詩傳箋通釋》：「方、旁古通用，一方即一旁也。」余培林《詩經正詁》：「在水一方，喻遙不可及。」

5　遡，音素，ㄙㄨˋ。遡洄，《爾雅・釋水》作「泝洄」，云：「逆流而上曰泝洄。」鄭玄《箋》：「此言不以敬順往求之，則不能得見。」從之，求之。之，代詞，指伊人。

6　阻，險阻。且，又。

7　遡游，《爾雅・釋水》作「泝游」，云：「順流而下曰泝游。」鄭玄《箋》：「以敬順求之則近耳，易得見也。」俞樾《群經平議》：「洄者，迴也，旋流水。游者，流也，通流也。遡於回川，故曰逆流而上。遡於流水，故曰順流而下。」遡洄、遡游，皆托喻之詞，托喻雖多方，仍以喻禮為最切。」余培林又云：「禮之一字，則說中詩之重心。遡洄、遡游，喻順禮、逆禮而已。」〈詩序〉：「〈蒹葭〉，……未能用《周禮》，將無以固其國焉。」是其證也。

8　宛，若。王引之《經詞衍釋》：「宛，猶若也。」楊樹達《詞詮・卷八》：「宛，表態副詞，《廣韻》云宛然也。」如《詩經・秦・蒹葭》：「遡游從之，宛在水中央。」余培林《詩經正詁》：「已在水之中，言近而易得也。」按：宛然，好像、彷彿之意。

9　淒淒，有二解：（一）茂盛而眾多的樣子。毛《傳》：「猶蒼蒼也。」（二）溼潤的樣

從之，道阻且躋[12]；遡游從之，宛在水中坻[13]。

押韻 二章淒、晞、湄、躋、坻，是4（脂）部。

章旨 二章陳述伊人幽隱，外人不易尋致，可望而不可即的狀況。

作法 二章兼有比喻（譬喻）而觸景生情的興。

原文 蒹葭采采[14]，白露未已[15]。所謂伊人，在水之涘[16]。遡洄從之，道阻且右[17]；遡游從之，宛在水中沚[18]。

押韻 三章采、已、涘、右、沚，是24（之）部。

章旨 三章描寫伊人幽居，可望而不可即的狀況。

作法 三章兼有比喻（譬喻）而觸景生情的興。

研析

全詩三章，皆是兼有比喻（譬喻）而觸景生情的興。

姚際恆《詩經通論》：「於在字上添一『宛』字，遂覺點睛欲飛，入神之筆。」方玉潤《詩經原始》：「三章只一意，特換韻耳。其實首章已成絕唱。古人作詩，多一意化為三疊，所謂一唱三歎，佳者多有餘音。」余培林《詩經正詁》：「全詩音韻和諧，文字清新，意境悠

子。許慎《說文解字》：「淒，雲雨起也。」

10 晞，音希，乾。

11 湄，音眉，ㄇㄟˊ，岸邊。《爾雅·釋水》：「水草交曰湄。」

12 躋，音基，ㄐㄧ，登高、升高。毛《傳》：「躋，升也。」鄭玄《箋》：「升者，言其難至如升阪。」按：阪，音板，ㄅㄢˇ，山坡。

13 坻，音遲，ㄔˊ，水中小沙洲。毛《傳》：「坻，小渚也。」《爾雅·釋水》：「水中可居者曰洲。小洲曰渚，小渚曰沚，小沚曰坻。」

14 采采，猶淒淒，眾多而茂盛的樣子。

15 未已，未止，即未乾之意。

16 涘，音四，ㄙˋ，水邊。毛《傳》：「涘，厓也。」按：厓，音崖，一ㄞˊ，《爾雅·釋丘》邢昺疏：「厓，水邊也。」

17 右，迂迴，道路彎曲，即長遠之意。鄭玄《箋》：「右者，言其迂迴也。」

18 沚，水中小沙洲。《爾雅·釋水》：「小渚曰沚。」

遠，情味雋永。……〈秦風〉中，有此高逸之詩，令人嘖嘖稱奇，論其藝術成就，當為〈秦風〉十篇之翹楚。」滕志賢《新譯詩經讀本》：「本篇從頭至尾，籠罩在朦朧悠遠的情調中，堪得朦朧詩之祖。」朱熹《詩解頤》：「味其辭，有敬慕之意，而無褻慢之情。」王照圓《詩說》：「〈蒹葭〉一篇最好之詩。」按：通觀各家解詩者，一致讚美〈蒹葭〉高逸、清新、雋永而情韻濃郁，其藝術成就，在〈秦〉詩中，當首屈一指。但就詩論詩，難解處則闕疑。董仲舒《春秋繁露·精華》：「《詩》無達詁，《易》無達占，《春秋》無達辭。」既可作注腳，又可資印證。

五　終南

　　終南何有？有條有梅。君子至止，錦衣狐裘。顏如渥丹，其君也哉！

　　終南何有？有紀有堂。君子至止，黻衣繡裳。佩玉將將，壽考不亡。

注釋　〈終南〉，取首章首句「終南何有」的「終南」為篇名。

篇旨　朱熹《詩集傳》：「此秦人美其君之詩。」審其詩文，僅有讚美之語，而無勸戒之意。余培林《詩經正詁》：「一、二章之首二句皆為興，以終南凸出秦地，以條梅、紀堂象徵物富而才豐。」按：余氏之說，所謂「象徵」，多兼有比喻（譬喻）的興。

原文　終南何有¹？有條有梅²。君子至止³，錦衣狐裘⁴。顏如渥丹⁵，其君也哉⁶！

1　終南何有，「終南有何」的倒裝，不押韻的疑問句倒裝。詳見附錄：《詩經》倒裝的三觀。終南，山名，在今陝西省西安南邊。終南山，簡稱南山、中南，是秦嶺的主峰。何有，有何，有什麼？有條有梅，比喻物富而才豐。詳見余培林《詩經正詁》。

2　首二句是設問中自問自答的提問。條，木名，山楸。梅，木名，楠木。毛《傳》：「柟也。」按：柟，音南，ㄋㄢˊ，梅樹的一種，與「楠」同，俗作柟。常綠喬木，實紫黑，木材堅密，可作棟梁、器具等用。

3　君子，指其君，即秦君。止，語末助詞，表決定。詳見楊樹達《詞詮・卷七》。此句言秦襄公至終南山。

4　錦衣，采錦之衣。毛《傳》：「采衣也。」錦衣狐裘，指諸侯之服。陳奐《詩毛氏傳疏》：「錦衣狐裘，諸侯之服也。」按：《禮記・玉藻》鄭玄注：「君衣狐白毛之裘，則以素錦為衣覆之。」

5　顏如渥丹，形容臉色紅潤如厚漬之丹，這是比喻（譬喻）中的明喻。鄭玄《箋》：「渥，厚漬也。」按：渥，音握，ㄨㄛˋ，塗染。漬，音自，ㄗˋ，浸染。

押韻　一章梅、裘、哉，是 24（之）部。

章旨　一章描述讚美秦襄公的服飾、容貌舉止。

作法　一章兼有比喻（譬喻）而抒發情感的興。

原文　終南何有？有紀有堂[7]。君子至止，黻衣繡裳[8]。佩玉將
將[9]，壽考不亡[10]。

押韻　二章堂、裳、將、亡，是 15（陽）部。

章旨　二章描繪讚美秦襄公的服飾、容止，並祝福萬壽無疆。

作法　二章兼有比喻（譬喻）的興。

研析

全詩二章，皆兼有比喻（譬喻）的興。

余培林《詩經正詁》:「一章末語『其君也哉』，深美之也。二章
末語『壽考不亡』深祝之也。」朱守亮《詩經評釋》:「詩極雍容華
貴，剛毅質勁。」陳子展《詩經直解》:「〈終南〉，亦美襄公之美詩。
秦大夫從襄公入朝，而得賜服西歸，途徑終南山有作。〈詩序〉與詩
義合。」斯言得之。

6　其，代詞，指秦。其君，指秦襄公。「也哉」二字連用，表示加強感嘆語氣，「啊」
　　之意。詳見陳霞村《古代漢語虛詞類解》，如《左傳·襄公二十五年》:「九世之卿
　　族，一舉而滅之，可哀也哉！」但〈終南〉詩，是加強「讚美」語氣。就訓詁學
　　言，是反訓也。

7　有紀有堂，既有杞柳，又有甘棠。王引之《經義述聞》:「紀，讀為杞（音乞，
　　〈一ˇ）。堂，讀為棠（音唐，ㄊㄤˊ）。紀、堂，皆木名。」

8　黻，音弗，ㄈㄨˊ，青黑色相間的文彩。毛《傳》:「青與黑謂黻。」繡，五色完
　　備。毛《傳》:「五色備謂之繡。」黻衣繡裳，此指諸侯之禮服。

9　將將，《魯詩》作「鏘鏘」，佩玉互相撞擊的聲音。這是狀聲詞、象聲、疊字衍聲
　　複詞。

10　壽、考，二字義同，老。許慎《說文解字》:「考，老也。」亡，或作「忘」，義
　　同。不亡、不忘、不已，「長久」之意。壽考不亡，長生不老、萬壽無疆。

六　黃鳥

　　　　交交黃鳥，止于棘。誰從穆公？子車奄息。維此奄息，百夫之特。臨其穴，惴惴其慄。彼蒼者天，殲我良人。如可贖兮，人百其身。

　　　　交交黃鳥，止于桑。誰從穆公？子車仲行。誰此仲行，百夫之防。臨其穴，惴惴其慄。彼蒼者天，殲我良人。如可贖兮，人百其身。

　　　　交交黃鳥，止于楚。誰從穆公？子車鍼虎。維此鍼虎，百夫之禦。臨其穴，惴惴其慄。彼蒼者天，殲我良人。如可贖兮，人百其身。

注釋　　〈黃鳥〉，取首章首句「交交黃鳥」的「黃鳥」為篇名。

篇旨　　〈詩序〉：「〈黃鳥〉，哀三良也。國人刺穆公以人從死，而作是詩也。」《左傳・文公六年》：「秦伯任好卒，以子車氏之三子奄息、仲行、鍼（音針，ㄓㄣ）虎為殉，皆秦之良也。國人哀之，為之賦〈黃鳥〉。」《史記・秦本紀》：「繆公卒，葬雍。從死者百七十七人，秦之良臣子輿氏三人，名曰奄息、仲行、鍼虎，亦在從死之中，秦人哀之，為作歌〈黃鳥〉之詩。」從死者百七十七人，獨哀三子者，以三子皆秦之良也。

原文　　交交黃鳥¹，止于棘²。誰從穆公³？子車奄息⁴。維此奄

1　交交黃鳥，「黃鳥交交」的倒裝，這是為使詩文產生波瀾現象而倒裝，也是不兼押韻的肯定句倒裝。詳見附錄：《詩經》倒裝的三觀。黃鳥，黃雀。交交，古詩歌通作「咬咬」，詳見馬瑞辰《毛詩傳箋通釋》。鳥鳴聲，既是狀聲詞、象聲詞，又是疊字衍音複詞，詳見蔡宗陽《國文文法》。

2　止，棲息。于，於，在。棘，音吉，ㄐㄧˊ，酸棗樹。以黃鳥棲息棘上，是不得其

息⁵，百夫之特⁶。臨其穴⁷，惴惴其慄⁸。彼蒼者天⁹，殲我良人¹⁰。如可贖兮¹¹，人百其身¹²。

押韻 一章棘、息、息、特，是 25（職）部。穴、慄，是 5（質）

所；比喻子車奄息殉葬，是不得其死。

3 從，從死，即殉葬。穆公，秦穆公，姓嬴，名任好，春秋五霸之一。

4 子車奄息，子車是姓，奄息是名。毛《傳》：「子車，氏；奄息，名。」《左傳》、《史記》皆作「子輿」。

5 維，用在主語之後，引出謂語，含有確認、強調意味。詳見陳霞村《古代漢語虛詞類解》。此，代詞，指近者，此指子車奄息。

6 特，當、匹敵、抵得上。馬瑞辰《毛詩傳箋通釋》：「匹之言敵也，當也。」程俊英、蔣見元《詩經注析》：「奄息的才德，可以抵得上一百人。」之，結構助語，無意義。

7 穴，墓穴。臨其穴，秦人臨三良的墓穴。其，代詞，有二解（一）指三良，即奄息、仲行、鍼（音針，ㄓㄣ）虎。（二）或指秦人。

8 惴惴，音墜墜，ㄓㄨㄟˋㄓㄨㄟˋ，恐懼的樣子，這是疊字衍聲複詞。朱熹《詩集傳》：「惴惴，懼貌。」其，代詞，有二解：（一）指三良。（二）指秦人。《爾雅·釋詁》：「慄，懼也。」朱熹《詩集傳》：「臨穴而惴慄，蓋生納之壙中也。」程俊英、蔣見元《詩經注析》：「即今所謂活埋。」

9 彼，指示形容詞，指遠者，即蒼天。詳見柯旗化《新英文法》。者，指示代詞，兼代人物。代人可譯為「人」，代事物可譯為「的」，此指天，故譯為「的」。詳見楊樹達《詞詮·卷五》。彼蒼者天，此乃無可奈何的呼號。

10 殲，音尖，ㄐㄧㄢ，殺盡、滅盡、消滅。《爾雅·釋詁》：「殲，盡也。」良人，善人、好人。殲我良人，發自內心的哀嘆。

11 兮，語末助詞，表示感歎語氣。詳見段德森《實用古漢語虛詞》。贖，音叔，ㄕㄨˊ，相互交換。

12 人百其身，馬瑞辰《毛詩傳箋通釋》：「謂願以百人之身代之，言人百其身者，倒文也。」這是兼有押韻的肯定句倒裝。詳見附錄：《詩經》倒裝的三觀。按：上「之」字，是連詞，「的」之意；下「之」字，是代詞，代詞，指三良，即奄息、仲行、鍼（音針，ㄓㄣ）虎。詳見楊樹達《詞詮·卷五》。「以百人之身代之」，即修辭學的借代義。詳見蔡宗陽《文法與修辭探驪》。「百人之身」之「人」指秦人。鄭玄《箋》：「如此奄息之死，可以他人贖之者，人皆百其身，謂一身百死猶為之，惜善人之甚。」「百」，就修辭言，是數量夸飾（夸張）。就文法，是虛數，形容很多，如「百子千孫」之「百」。

部。天、人、身，是 6（真）部。質、真二部，是對轉而押韻。

章旨 一章描述秦人惜子車奄息殉葬，而哀悼之心情。

作法 一章兼有比喻（譬喻）、設問、夸飾（夸張）而抒發秦人哀悼之情的興。

原文 交交黃鳥，止于桑[13]。誰從穆公？子車仲行[14]。誰此仲行，百夫之防[15]。臨其穴，惴惴其慄。彼蒼者天，殲我良人。如可贖兮，人百其身。

押韻 二章桑、行、行、防，是 15（陽）部。穴、慄，是 5（質）部。天、人、身，是 6（真）部。質、真二部，是對轉而押韻。

章旨 二章敘述秦人惜子車仲行殉葬而哀傷之情。

作法 二章兼有比喻（譬喻）、設問、夸飾（夸張），而抒發秦人哀傷之情的興。

原文 交交黃鳥，止于楚[16]。誰從穆公？子車鍼虎[17]。維此鍼虎，百夫之禦[18]。臨其穴，惴惴其慄。彼蒼者天，殲我

---

13 交交黃鳥，止于桑，以黃鳥棲息桑上，是不得其所；比喻子車仲行殉葬是不得其死。

14 仲行，人名。行，音杭，ㄏㄤˊ。子車奄息之弟，名仲行。

15 防，當。鄭玄《箋》：「防，猶當也，言此一人當百夫。」

16 交交黃鳥，止于楚，以黃鳥棲息在楚上，是不得其所；比喻子車鍼虎殉葬，是不得其死。

17 鍼，音針，ㄓㄣ。子車，是姓。鍼虎，是名。子車鍼虎，是子車仲行之弟。

18 禦，當。毛《傳》：「禦，當也。」一章「特」、二章「防」、三章「禦」，皆「當」之意，此三者乃互文見義，是錯綜中的抽換詞面，字異而義同。

良人。如可贖兮，人百其身。

押韻 三章楚、虎、虎、禦，是 13（魚）部。穴、慄，是 5（質）
祁。天、人、身，是 6（真）部。質、真二部，是對轉而押
韻。

章旨 三章描寫秦人惜子車鍼虎殉葬，而哀悼之情。

作法 三章兼有比喻（譬喻）、設問、夸飾（夸張），而抒發秦人哀傷
之情的興。

研析

　　全詩三章，皆兼有比喻（譬喻）、設問、夸飾（夸張），而抒發秦
人哀傷之情的興。

　　余培林《詩經正詁》：「詩以黃鳥止非其所，象徵三良死非其宜。
三良先言奄息、次言仲行、末言鍼虎，當是依其長幼之序。」方玉潤
《詩經原始》：「古人封建國君，得以專制一方，生殺予奪，惟意所
欲。似此苛政惡俗，天子不能黜，國人不敢違，哀哉良善，其何以
堪！」古今中外冤獄者，屢見不鮮。如今雖曰民主，能否以民為主，
胥視領導人之一言一行。朱守亮《詩經評釋》：「全詩字字是血，句句
是淚，千古遺恨之作也。徐退山曰：『自有此詩，三良復生。』詩之
感人，有如此者，讀之泫然淚落。」感同身受者，不知凡幾？

七　晨風

　　鴥彼晨風，鬱彼北林。未見君子，憂心欽欽。如何如何？忘我實多！

　　山有苞櫟，隰有六駁。未見君子，憂心靡樂。如何如何？忘我實多！

　　山有苞棣，隰有樹檖。未見君子，憂心如醉。如何如何？忘我實多！

注釋　〈晨風〉，取首章首句「鴥彼晨風」的「晨風」為篇名。

篇旨　朱守亮《詩經評釋》：「解此詩者，或謂婦見棄於夫，或謂臣見棄於君，或謂士見棄於友，皆似有可能。」〈詩序〉：「〈晨風〉，刺康公也。忘穆公之業，始棄其賢臣焉。」朱熹《詩序辨說》：「此婦人念其君子之辭。」陳子展《詩經直解》：「明清間學者，於此詩毛、朱得失，訟言不休。戴震云：『詩之說無從定矣。苟非大遠乎義，兼收而並存之可也。』此可謂兩可之辭，解紛之論已。」方玉潤《詩經原始》：「男女情與君臣義原本相通，詩既不露其旨，人固難以意測。」按：通觀各家解詩者，見仁見智。一言以蔽之，莊子「不譴是非」者也。

原文　鴥彼晨風¹，鬱彼北林²。未見君子³，憂心欽欽⁴。如何

1　鴥，音玉，ㄩˋ，鳥疾飛的樣子。毛《傳》：「疾飛貌。」彼，代詞，指晨風。楊樹達《詞詮·卷一》：「彼，指示代名詞，此指物而言。」按：柯旗化《新英文法》，彼，指遠者。陳霞村《古代漢語虛詞類解》：「『彼』是遠指指示代詞，可以兼表他稱。」晨風，鸇（音沾，ㄓㄢ）。鳥名，猛禽類。陸璣《詩草木鳥獸蟲魚疏》：「鸇，似鷂，青黃色，燕頷勾喙，嚮風搖翅，乃因風飛疾。疾擊鳩、鴿、燕、雀食之。」晨，許慎《說文解字》作「鷐」。

如何⁵？忘我實多⁶！

押韻　一章風、林、欽，是 28（侵）部。一、二、三章何、何、多，是 1（歌）部，遙韻。

章旨　一章敘述婦人思其夫，雖有負己，願和好如初，但語多哀傷。

作法　一章兼有比喻（譬喻）、設問、類疊（複疊），而抒發情感的興。

原文　山有苞櫟⁷，隰有六駮⁸。未見君子，憂心靡樂⁹。如何如

2　鬱，草木茂盛的樣子。朱熹《詩集傳》：「鬱，茂盛貌。」彼，代詞，係遠指，指北林。北林，樹林名。毛《傳》：「北林，林名也。」首二句有二解：（一）北林，比喻人物薈萃，濟濟多士。晨風之疾投北林，比喻賢人之歸往。詳見余培林《詩經正詁》。（二）以鸇鳥尚知歸林，比喻自己丈夫不思歸家，人不如鳥。詳見程俊英、蔣見元《詩經注析》。

3　君子，有二解：（一）指其夫。朱熹《詩集傳》：「君子，指其夫也。」（二）指秦康公。余培林《詩經正詁》：「君子，指秦康公。」

4　憂心欽欽，余培林《詩經正詁》：「凡《詩》言『憂心』如何，『憂心』下之疊字，皆是狀憂之詞。」如〈召南・草蟲〉：「憂心忡忡。」《爾雅・釋訓》：「憂也。」即其證也。「欽欽」，憂心的樣子。按：朱熹《詩集傳》：「欽欽，憂而不忘之貌。」可資參考。又按：就文法言，「憂心」是主語，「欽欽」是表語。「欽欽」形容（修飾）「憂心」，「欽欽」是狀憂之詞，余說較勝。余培林又云：「賢人未見君子而憂。如《孟子・萬章上》：『不得於君，則熱中。』洵哉斯言。」

5　如何如何，有二解：（一）奈何、怎麼辦。陳奐《詩毛氏傳疏》：「如，猶奈也。」（二）設問之詞。朱守亮《詩經評釋》：「如何如何，此婦人設（問）（之）詞，自問其夫，何以竟有負我之事也。」

6　多，甚。日本竹添光鴻《詩經會箋》：「多，猶甚也。」朱守亮《詩經評釋》：「謂忘我之善，竟如是之過甚也。」

7　苞，音包，ㄅㄠ，茂盛的樣子。櫟，音力，ㄌㄧˋ，樹木名。又名枹，其實謂之橡子。

8　隰，音席，ㄒㄧˊ，低溼的地方。《爾雅・釋地》：「下溼曰隰。」六，是「蓼」的假借，長的樣子。聞一多《風詩類鈔》：「蓼，長貌。」駮，梓榆，樹皮斑駁。高亨《詩經今注》：「駮，即『駁』字。」按：上句「苞」字，當形容詞，茂盛的樣子。依上下文句法，下句「六」字，當形容詞，長的樣子，引申為茂盛。此乃「互文見

何？忘我實多！

押韻 二章櫟、駁、樂，是 20（藥）部。

章旨 二章描述婦人思念丈夫，雖然辜負自己，但願和好如初，而心中難免憂思。

作法 二章兼有比喻（譬喻）、設問、類疊（複疊），而抒發哀傷情感的興。

原文 山有苞棣[10]，隰有樹檖[11]。未見君子，憂心如醉[12]。如何如何？忘我實多！

押韻 三章棣、檖、醉，是 8（沒）部。

章旨 三章陳述婦人思念，雖被遺棄，但盼能和好如初，而心中憂思不已。

作法 三章兼有比喻（譬喻）、設問、類疊（複疊），而抒傷哀怨情愁的興。

研析

全詩三章，皆兼有比喻（譬喻）、設問、類疊（複疊），而抒發哀

義」者也。山有苞櫟，隰有六駁，比喻自己和丈夫的關係，不如山隰。詳見程俊英、蔣見元《詩經注析》。

9 靡，非，不。靡樂，不快樂。朱熹《詩集傳》：「靡樂，則憂之甚也。」按：如英文的比較級，加 er 或 more。

10 苞，本是名詞，此當形容詞，茂盛的樣子。棣，音弟，ㄉㄧˋ，樹木名，又名棠棣、唐棣、奧李、雀梅、車下李。毛《傳》：「棣，唐棣也。」《爾雅・釋木》：「唐棣，栘（音移，ㄧˊ）。」許慎《說文解字》：「栘，棠棣也。」

11 樹，本是名詞，此當形容詞，直立的樣子。詳見程俊英、蔣見元《詩經注析》。檖，音遂，ㄙㄨㄟˋ，木名，又名赤羅、山梨，今人謂之楊檖，實如梨，但小耳。詳見陸璣《詩草木鳥獸蟲魚疏》。

12 憂心如醉，這是比喻（譬喻）中的明喻。朱熹《詩集傳》：「如醉，則憂又甚矣。」按：其英文的最高級，加 est 或 most。

怨情愁的興。此外，三章描繪憂心，首章「欽欽」，次章「靡樂」，末
章「如醉」，此乃運用層遞修辭手法中的「遞升」。

　　余培林《詩經正詁》：「末二句『如何如何？忘我實多！』三章皆
同，此全詩之重心，刺意盡在其中。但語不激烈，此詩人之溫柔敦
厚，亦君臣之分際也。」按：《禮記・經解》：「溫柔敦厚，詩教
也。」朱守亮《詩經評釋》：「『如何如何，忘我實多』語，最耐人玩
味。既哀愁，又願負心人覺察之，而翻然改悔，重歸舊好也。用心之
苦，何人知之？」誠如吳闓生《詩義會通》：「末句醞藉。」

　　陳子展《詩經直解》：「依毛、鄭說，詩每章前四句言穆公求賢，
後二句言康公棄賢。」按：毛《傳》：「先君招賢人，賢人往之，駛疾
如晨風之入北林。」鄭玄《箋》：「山之櫟，隰之駮，皆其所宜有也。
以言賢者亦國家所宜有之。」

八　無衣

　　豈曰無衣？與子同袍。王于興師，脩我戈矛，與子同
仇。

　　豈曰無衣？與子同澤。王于興師，脩我矛戟，與子偕
作。

　　豈曰無衣？與子同裳。王于興師，脩我甲兵，與子偕
行。

注釋　〈無衣〉，取首章首句「豈曰無衣」的「無衣」為篇名。

篇旨　篇旨有三說：（一）王靜芝《詩經通釋》：「此秦人勤王從軍之
詩。」（二）余培林《詩經正詁》：「《後漢書・西羌傳》曰：
『及宣王立，四年，使秦仲伐戎，為戎所殺。王乃召秦仲子莊
公，與兵七千人伐戎，破之。』此詩即記此事也。」（三）陳
子展《詩經直解》：「三章一意，總謂國中勇士，慷慨從軍，同
心協力，殺敵至果耳。此蓋秦人善戰之軍歌。古者戎尚同。卒
衣有題識，取其軍容整肅。」綜觀眾說，則詩義更明矣。

原文　豈曰無衣¹？與子同袍²。王于興師³，脩我戈矛⁴，與子
同仇⁵。

1　豈，難道。豈曰無衣？此乃修辭學的激問，又名反詰。
2　袍，長衣。軍士日以為衣，夜以為被，猶今披風、斗篷。同，共。同袍，友愛之
　　意，共患難之心。
3　王，周天子，當指宣王。王夫之《詩經稗疏》：「于，曰也。」興師，出兵。毛
　　《傳》：「天下有道，則禮樂征伐自天子出。」此興師乃天子所命。
4　脩，同修，整修、修好。戈、矛，皆是古代兵器。
5　子，汝。同仇，共同的仇敵。

押韻 一章衣，7（微）部。袍、矛、仇，是 21（幽）部。興，是 4（脂）部。脂、微二部，是旁轉而押韻。

章旨 一章描述從軍者勇於殺敵，互相共勉的情形。

作法 一章兼有設問中的激問（反詰）而平鋪直敘的賦。

原文 豈曰無衣？與子同澤[6]。王于興師，脩我矛戟[7]，與子偕作[8]。

押韻 二章衣，是 7（微）部。澤、戟、作，是 14（鐸）部。師，是 4（脂）部。微、脂二部，是旁轉而押韻。

章旨 二章敘述從軍者勇敢赴敵，共同奮起而戰的情況。

作法 二章兼有設問中的激問（反詰）而平鋪直敘的賦。

原文 豈曰無衣？與子同裳[9]。王于興師，脩我甲兵[10]，與子偕行[11]。

押韻 三章衣，是 7（微）部。師，是 4（脂）部。微、脂二部旁轉而押韻。裳、兵、行，是 15（陽）部。

章旨 三章描寫從軍者勇於赴敵，共同奮起而戰的狀況。

作法 三章兼有設問中的激問（反詰）修辭手法而平鋪直敘的賦。

---

6 一、二句是運用修辭學設問中的激問，又名反詰。澤，《齊詩》作襗。澤是襗的假借，內衣、汗衣、汗衫。鄭玄《箋》作襗，曰：「襗，褻衣，近污垢。」許慎《說文解字》：「襗，絝也。」

7 戟，音幾，ㄐㄧˇ，古代兵器，長丈六尺，雙枝為戟，單枝為戈。

8 子，汝。偕，音ㄐㄧㄝˊ，共同。作，起身、出發。毛《傳》：「起也。」

9 一、二句是設問（反詰）的修辭手法。上曰衣，下曰裳。

10 甲，鎧甲。兵，兵器的總稱。

11 行，往。毛《傳》：「行，往。」偕行，陳奐《詩毛氏傳疏》：「言奉王師而偕往征之也。」

研析

　　全詩三章，皆是兼有設問（反詰）修辭技巧而平鋪直敘的賦。與子同袍、同澤、同裳，此乃夸飾（夸張）的修辭手法。

　　余培林《詩經正詁》：「『同袍』、『同澤』、『同裳』，蓋莊公新喪父，故宣王以此言慰之。『王于興師』，乃宣王召命莊公伐戎也。『與子同仇』，秦仲為戎所殺，故為莊公之仇人，然戎亦為周之仇敵，故曰『同仇』、『脩我甲兵，與子偕行』，即指宣王與兵七千人也。以此段史事證詩，無不合者。此詩氣勢雄渾，幽王以降東周諸王皆不能有，獨宣王乃中興之君，始有此氣象。」朱守亮《詩經評釋》：「詩則三章幾全同。首兩句寫其友愛之心，共患難之情。雖曰與爾同之，非爾真無衣也。下三句寫王正在興師，乃整頓武器裝備，軍士英勇赴敵，同仇敵愾決心。有不戒而孚，不令而從氣勢。此奮不顧身，好勇壯烈，尚功負氣行，固秦風之所宜有也。」此闡析秦國上下一心，軍民同德，所謂「得民者昌，失民者亡」是也。

九　渭陽

　　我送舅氏，曰至渭陽。何以贈之？路車乘黃。
　　我送舅氏，悠悠我思。何以贈之？瓊瑰玉佩。

注釋　〈渭陽〉，取首章二句「曰至渭陽」的「渭陽」為篇名。

篇旨　〈詩序〉：「〈渭陽〉，康公念母也。康公之母，晉獻公之女。文公遭麗姬之難，未反，而秦姬卒，穆公納文公，康公時為太子，贈送文公于渭之陽，念母之不見也。我見舅氏，如母存焉。」朱熹《詩集傳》：「時康公為太子，送至渭陽而作是詩。」

原文　我送舅氏[1]，曰至渭陽[2]。何以贈之[3]？路車乘黃[4]。

押韻　一章陽、黃，是 15（陽）部。

章旨　一章描述秦康公罃，為太子時，以車馬送舅氏的情況。

作法　一章兼有設問而平鋪直敘的賦。

原文　我送舅氏，悠悠我思[5]。何以贈之？瓊瑰玉佩[6]。

1　我，秦康公自稱。舅氏，指晉公子重耳。舅，《爾雅・釋親》：「母之昆弟曰舅。」此指晉公子重耳。舅氏，舅父。舅、甥姓氏不同，故稱舅氏。

2　曰，語首助詞，無意義。詳見楊樹達《詞詮・卷九》。渭陽，渭水之南。按：山北水南曰陽。山南水北曰陰。鄭玄《箋》：「渭，水名也。秦是時都雍，至渭陽者，藉東行送舅氏於咸陽之地。」此言送之遠也。

3　何以贈之，「以何贈之」的倒裝，這是不押韻的疑問句倒裝，詳見附錄：《詩經》倒裝的三觀。

4　路車，朱熹《詩集傳》：「諸侯之車也。」乘黃，四馬皆黃馬。朱熹《詩集傳》：「四馬皆黃也。」

5　悠悠我思，「我思悠悠」的倒裝，這是兼有押韻的肯定句倒裝。詳見附錄：《詩經》倒裝的三觀。

6　瓊瑰，石而次於玉。毛《傳》：「瓊瑰，石而次玉。」孔穎達《毛詩正義》：「佩玉之

押韻 二章思、佩，是 24（之）部。

章旨 二章敘述秦康公，以玉石贈送舅氏的情形。

作法 二章兼有設問而平鋪直敘的賦。

研析

全詩三章，皆兼有設問而平鋪直敘的賦。

姚際恆《詩經通論》：「悠悠我思句，情意悱惻動人，往後尋味，非惟思母，兼有諸舅存亡之感。」余培林《詩經正詁》：「『悠悠我思』一句，為全詩之重心，亦為全詩之最感人語。」方玉潤《詩經原始》：「詩格老當，情致纏綿，為後世送別之祖，令人想攜手河梁時也。」朱守亮《詩經評釋》：「母已亡，又別舅，骨肉情深，語雖平常，至足感人也。故孔穎達曰：『秦姬生存之時，望使文公反國。康公見舅得反，憶母宿心，故念母之不見，見舅如母存也。』能無悠悠我思！」通觀各家說詩，莫不以「悠悠我思」句最感人，此句亦為全詩之主題、重心。

制，唯天子用純，諸侯以下則玉名雜用。此贈晉侯，故知瓊瑰是美石次玉。」按：段玉裁《說文解字》注：「蓋瓊支為玉之最美者，故《廣雅》言『玉首瓊支。』因而引伸，凡玉石之美，皆謂之瓊。瑰，音歸，《ㄨㄟ，美石。玉佩，佩玉。按：陳奐《詩毛氏傳疏》：「此玉佩，猶佩玉。瓊瑰玉佩，猶佩玉瓊琚耳。」嚴粲《詩緝》：「曹氏曰：『玉佩，珩、璜、琚、瑀之屬』。」

十　權輿

　　於！我乎！夏屋渠渠；今也，每食無餘。于嗟乎！不承權輿！

　　於！我乎！每食四簋，今也，每食不飽，于嗟乎！不承權輿。

注釋　〈權輿〉，取首章末句末二字「權輿」為篇名。

篇旨　朱熹《詩集傳》：「此言其君始有渠渠之夏屋，以待賢者。而其後禮意寖衰，供意寖薄。至於賢者每食而無餘。於是嘆之，言不能繼其始也。」屈萬里《詩經詮釋》：「此自歎始受君王優渥，而終被涼薄之詩。」

原文　於！我乎¹！夏屋渠渠²；今也³，每食無餘。于嗟乎⁴！不承權輿⁵！

1　於，音烏，ㄨ，嘆詞。屈萬里《詩經詮釋》：「『於我乎』之『於』字，當讀如『烏』，為嘆詞。」楊樹達《詞詮·卷九》：「於，語首助詞，無義，有讀如『烏』，以為歎美之詞者，王引之皆讀如字。」

2　夏屋渠渠，大具勤勤。毛《傳》：「夏，大也。」鄭玄《箋》：「屋，具也。渠渠，猶勤勤也。言君始於我厚，設禮食大具以食我，其意勤勤然。」余培林《詩經正詁》：「詩刺有始無終，上言於我乎，謂始時；下言今也，謂其終時也。始則大具，今終則無餘。」

3　「今也」的「也」，語末助詞，但助詞。詳見楊樹達《詞詮·卷七》。

4　于，音虛，同「吁嗟」。于嗟，鄭玄《箋》：「美之也。」陳奐《詩毛氏傳疏》：「于、吁，古今字，美歎詞也。差歎曰嗟，傷嘆亦曰嘆。凡全《詩》歎詞有此二義。或言嗟，或言嗟嗟，或言猗嗟，或言于嗟。」朱守亮《詩經評釋》：「于嗟，同吁嗟，悲歎聲。」乎，語末助詞，助句，表示感歎。詳見楊樹達《詞詮·卷三》。陳霞村《古代漢語虛詞類解》：「于嗟乎，唉呀呀之意。」按：「于嗟乎」三字連用，以加深感歎語氣。

5　承，繼承。毛《傳》：「繼也。」權輿，初始。《爾雅·釋詁》：「權輿，始也。」此

押韻　一章乎、渠、餘、乎、輿，是 13（魚）部。

章旨　一章敘述始受禮遇，而終遭冷落的情況。

作法　一章兼有感歎修辭手法而平鋪直敘的賦。

原文　於！我乎[6]！每食四簋[7]，今也，每食不飽，于嗟乎[8]！不承權輿。

押韻　二章簋、飽，是 21（幽）部。乎、輿，是 13（魚）部。

章旨　二章陳述當初受禮遇，後來卻冷落的情形。

作法　二章兼有感歎修辭技巧而平鋪直敘的賦。

研析

全詩二章，皆兼有感歎修辭技法而平鋪直敘的賦。

余培林《詩經正詁》：「每章一、二句相對為言，今昔待遇之不同，已自然可見。一章曰『無餘』，二章曰『不飽』，頗有每下愈況之勢。末語『于嗟乎』語氣極重，蓋深嘆其『不承權輿』也。」析論精微，組織縝密，闡明周延。朱守亮《詩經評釋》：「『不承權輿』句，置諸『于嗟乎』歎詞下作結，最耐人玩味，含有多少委曲，是意不平而詞甚婉也。」此乃修辭學所謂「婉曲」者也。詳見沈謙《修辭學·第五章婉曲》。吳闓生《詩義會通》：「低佪無限。」是其證也。

言感嘆國君待己，不能繼其（當）初，始終如一。

6　於……乎，唉……呀！陳霞村《古代漢語虛詞類解》：「嘆詞連用，比起單獨使用，表達更為凸出的語調，抒發更為強烈的感情，可以表示讚美、痛惜、驚異、喝斥、感慨等等。」

7　簋，音軌，《ㄨㄟˇ，古代食器，外圓而內方。

8　于嗟乎，三字連用，以增強感嘆語氣，加重感嘆語氣。詳見陳霞村《古代漢語虛詞類解》。如〈召南·騶虞〉：「于嗟乎騶虞！」這是加強讚美的語氣，加深讚美的語氣。三字連用，比較罕見。

陳

注釋　陳，國名，太皥（音高，《ㄠ）伏羲氏之墟，在禹貢豫州之東。即今河南省舊開封府以東，南至安徽亳（音播，ㄅㄛ丶）州（即今河南省商邱縣一帶）。其地廣平，無名山大澤。〈陳〉詩凡十篇。

一　宛丘

子之湯兮，宛丘之上兮，洵有情兮，而無望兮。
坎其擊鼓，宛丘之下。無冬無夏，值其鷺羽。
坎其擊缶，宛丘之道。無冬無夏，值其鷺翿。

注釋　〈宛丘〉，取首章二句「宛丘之上兮」的「宛丘」為篇名。
篇旨　篇旨有四解：（一）朱熹《詩集傳》：「國人見此人常遊蕩於宛丘之上，故敘其事，以刺之。」（二）余培林《詩經正詁》：「此詩（〈宛丘〉）與下篇〈東門之枌〉詩似為男女互相戲謔之辭，此篇乃女贈男也，下篇乃男答女也。」（三）陳奐《詩毛氏傳疏》：「陳大夫之游蕩無度，習成風俗，由來久矣。」此乃刺陳國士大夫游蕩之詩。（四）高亨《詩經今注》：「陳國巫風盛行。這是一篇諷刺女巫的詩。」

原文　子之湯兮[1]，宛丘之上兮[2]，洵有情兮[3]，而無望兮[4]。

押韻　一章湯、上、望，是 15（陽）部。

章旨　一章敘述遊蕩之人有失德望。

作法　一章兼有「兮」字感嘆修辭技巧，而平鋪直敘的賦。

原文　坎其擊鼓[5]，宛丘之下。無冬無夏[6]，值其鷺羽[7]。

押韻　二章鼓、下、夏、羽，是 13（魚）部。

章旨　二章陳述遊蕩之人逸樂的情況。

1　本章四個「兮」字，用在句末，表示感嘆語氣。「啊」之意。詳見段德森《實用古漢語虛詞》。子，有二解：（一）指游蕩之人。（二）指跳舞的巫女。湯，有二解：（一）讀為「蕩」，音ㄉㄤˋ，游蕩。（二）湯、蕩，音義同，形容舞姿搖動的樣子。之，結構助詞，語中助詞，無意義。「湯」字，是全詩的重心、主題，即詩眼。

2　宛丘，陳國丘名。毛《傳》：「四方高，中央下曰宛丘。」《爾雅・釋丘》：「宛中，宛丘。」陳奐《詩毛氏傳疏》：「陳有宛丘，猶之鄭有洧淵。皆是國人游觀之所。」按：下篇〈東門之枌〉的「宛丘」，與此篇同。宛丘，在陳國都城（即今河南省淮陽縣東南）。

3　洵，音旬，ㄒㄩㄣˊ，確實、誠然。毛《傳》：「洵，信也。」

4　而，然而、但是。余冠英《詩經選》：「詩人自謂對彼女有情，而不敢抱任何希望。」俗諺云：「落花有意，流水無情。」余培林《詩經正詁》：「情，即《孟子・離婁下》：『聲聞過情』之情，實也。」

5　坎其，坎然，坎坎，擊鼓聲。就文法言，狀聲詞、象聲詞。詳見蔡宗陽《國文文法》。坎其擊鼓，「擊鼓坎其」的倒裝，這是兼有押韻的肯定句倒裝。詳見附錄：《詩經》倒裝的三觀。

6　無冬無夏，無論冬季夏季，不分冬季、夏季，指任何時間。就修辭言，是時間的夸飾（夸張）。

7　值，持、執、拿。其，代詞，指舞者。鷺羽，用鷺鷥羽毛作成的舞具。毛《傳》：「值，持也。鷺羽，鷺鳥之羽，可以為翳。」孔穎達《毛詩正義》：「持其鷺鳥羽，翳身而舞也。」按：翳，音亦，ㄧˋ，羽毛做成的傘蓋，用於舞蹈的裝飾。「翳身」的「翳」，本是名詞，此當動詞，「遮掩」之意。就文法言，是詞類活用。就修辭言，是轉品，又名轉類。

作法　二章兼有夸飾（夸張）修辭手法，而平鋪直敘的賦。

原文　坎其擊缶[8]，宛丘之道。無冬無夏，值其鷺翿[9]。
押韻　三章缶、道、翿，是21（幽）部。
章旨　三章描寫遊蕩之人逸樂的情形。
作法　三章兼有夸飾（夸張）修辭技巧，而平鋪直敘的賦。

研析

　　全詩三章，首章兼有「兮」字感嘆修辭手法而平鋪直敘的賦。
二、三章兼有夸飾（夸張）修辭技法，而平鋪直敘的賦。

　　方玉潤《詩經原始》：「此必陳君與其臣下不務政治，相與遊樂，
君擊鼓而臣舞翿，無冬無夏，威儀盡失，……然小民，未必敢輕君
上，故泛指游蕩人而言，使終日遊蕩者聞而知所警戒焉。」此〈詩大
序〉所謂「言之者無罪，聞之者足以戒」是也。

　　朱守亮《詩經評釋》：「或謂舞者為專務歌舞祭神之巫女，詩乃男
有情於女，而未敢奢望以得之之詩也，說亦可通。……『洵有情
兮』，令蕩子心折。而望字所謂民具爾瞻也。今不知約斂，以樹立形
象，則其風俗之敝可知矣。是以吳季札聞歌陳風，而曰：『國無主，
其能久乎』也。」解詩者見仁見智，因此董仲舒說：「《詩》無達
詁。」斯言甚諦。

8　坎其擊缶，「擊缶坎其」的倒裝，這是兼有押韻的肯定句倒裝。詳見附錄：《詩經》
　倒裝的三觀。缶，音否，ㄈㄡ˅，瓦器，即今瓦盆。古人扣之，用以節樂。《爾雅·
　釋器》：「盎謂之缶。」按：盎，音昂四聲，ㄤˋ，口小腹大的瓦器。
9　翿，音道，ㄉㄠˋ，羽毛做成的傘蓋，用於舞蹈的裝飾。許慎《說文解字》：「翿，
　翳也，所以舞也。」按：所以，以之，「用來」之意。詳見許世瑛《常用虛字用法
　淺釋》。

二　東門之枌

> 東門之枌，宛丘之栩。子仲之子，婆娑其下。
> 穀旦于差，南方之原。不績其麻，市也婆娑。
> 穀旦于逝，越以鬷邁。視爾如荍，貽我握椒。

注釋　〈東門之枌〉，取首章首句「東門之枌」為篇名。

篇旨　此詩篇旨有四解：（一）朱熹《詩集傳》：「此男女聚會、歌舞，而賦其事，以相樂也。」（二）余培林《詩經正詁》：「此男女相悅、男子戲謔女子之詩。」（三）高亨《詩經今注》：「這篇也是諷刺女巫的詩。」（四）朱守亮《詩經評釋》：「男女雜處相樂中，慕悅之情，必油然而生，此理之當然，似不可淫蕩無度說之。」朱氏之說，甚諦。

原文　東門之枌¹，宛丘之栩²。子仲之子³，婆娑其下⁴。
押韻　一章栩、下，是 13（魚）部。
章旨　一章敘述男女在枌、栩樹下，婆娑起舞。
作法　一章平鋪直敘的賦。

1　東門，陳國的城門，在宛丘附近。之，連詞，「的」之意。詳見楊樹達《詞詮·卷五》。枌，音墳，ㄈㄣˊ，白榆樹。毛《傳》：「白榆也。」

2　宛丘，陳國丘名。毛《傳》：「四方高，中央下曰宛丘。」《爾雅·釋丘》：「宛中，宛丘。」陳奐《詩毛氏傳疏》：「陳有宛丘，猶之鄭有洧淵，皆是國人游觀之所。」栩，音許，ㄒㄩˇ，櫟（音力，ㄌㄧˋ）樹，俗稱橡子。《爾雅·釋木》：「栩，杼。」按：陸璣《詩草木鳥獸蟲魚疏》：「徐州人謂櫟為杼，或謂之栩。」

3　子仲，陳國大夫姓氏。毛《傳》：「子仲，陳大夫氏也。」子仲之子，即陳國子仲氏大夫之女。

4　婆娑，音都梭，ㄆㄛˊ ㄙㄨㄛ，跳舞的姿態。毛《傳》：「婆娑，舞也。」此句謂在枌、栩的樹下婆娑起舞。其，代詞，指枌、栩。

原文 穀旦于差⁵，南方之原⁶。不績其麻⁷，市也婆娑⁸。

押韻 二章差、麻、娑，是 1（歌）部。原，是 3（元）部。歌、元二部，是對轉而押韻。

章旨 二章陳述男女廢其職事，而醉心於歌舞的狀況。

作法 二章平鋪直敘的賦。

原文 穀旦于逝⁹，越以鬷邁¹⁰。視爾如荍¹¹，貽我握椒¹²。

5　穀，善。穀旦，吉日、良辰、好日子。《爾雅・釋詁》：「穀，善也。」孔穎達《毛詩正義》：「旦謂早朝。」于，語中助詞，無意義。詳見楊樹達《詞詮・卷九》。《爾雅・釋詁》：「于，爰、曰也。」按：楊樹達《詞詮・卷九》：「爰，語中助詞，無義。」楊樹達《詞詮・卷九》：「曰，語中助詞，無義。」于、爰、曰，皆語中助詞，無意義。差，選擇。《爾雅・釋詁》：「差，擇也。」

6　原，高而平坦的地方。《爾雅・釋地》：「廣平曰原。」

7　不績，不績麻、不織麻。許慎《說文解字》：「績，緝也。」按：緝，音氣，ㄑㄧˋ，接續麻線。緝麻，即織麻。其，代詞，指男女。

8　市，音沛，ㄆㄟˋ，有二解：（一）形容舞動的疾速。屈萬里《詩經詮釋》：「市，當作芾。古市、芾、沛等字通。《漢書・禮樂志》：『靈之來，神哉沛。』注云：『沛，疾貌。』此狀其舞之疾速。」（二）女。王符《潛夫論・浮侈》引《詩》作「女」，此指子仲氏大夫之女。按：段德森《實用古漢語虛詞》：「『也』用在狀語後邊，表示頓宕。」段德森又云：「用在外位成分後邊，表示提頓，可譯為『呢』、『啊』、『呀』等。」一、二解，就文法虛詞而言，皆可通。余培林《詩經正詁》：「此處若再曰：『女也婆娑』，則是（與上文『子仲之中』）疊牀架屋矣。」此說允也，但《詩經》互文見義、疊詠章句，屢見不鮮，似無不可。

9　于，語中助詞，無意義。詳見楊樹達《詞詮・卷九》。逝，往。毛《傳》：「逝，往也。」

10　越，語首助詞，無意義。詳見楊樹達《詞詮・卷九》。以，介詞，因。楊樹達《詞詮・卷七》：「以，介詞，因也。表動作之所因。」鬷，音宗，ㄗㄨㄥ，總、眾、合。鄭玄《箋》：「總也。」邁，行。毛《傳》：「行也。」鬷邁，男女因結伴而行。

11　視爾如荍，男以錦葵花，比喻所愛之女。爾，你，代詞，指女。如，好像。荍，音喬，ㄑㄧㄠˊ，芘芣、錦葵、荊葵。毛《傳》：「荍，芘芣也。」李時珍《本草綱目》：「蜀葵，小者名錦葵，即荊葵也。」鄭玄《箋》：「我視女之顏色，美如芘芣之華然。」按：芘芣，音鼻罘，ㄅㄧˊ ㄈㄨˊ。許慎《說文解字》：「芘，草也。」《爾

押韻 三章逝、邁,是 2(月)部。茹、椒,是 21(幽)部。

章旨 三章描寫男女廢其職事,而沉醉於玩樂的情況。

作法 三章兼有比喻(譬喻)而平鋪直敘的賦。

研析

　　全詩三章,一、二章皆平鋪直敘的賦,末章兼有比喻(譬喻)而平鋪直敘的賦。

　　朱守亮《詩經評釋》:「『穀旦于差』、『穀旦于逝』句,行動擇取吉日,祭祀之意存焉。又『不績其麻,市也婆娑』,其醉心歌舞可知。而『視爾如茹,貽我握椒』,則慕悅之情見矣。詩中婆娑於『東門之枌,宛丘之栩』,明非一處也。『不績其麻』,明非一時也。」朱守亮又云:「黃櫄云:『今陳之風俗,至於男女不紡績其麻,市也婆娑。此所謂上有好者,下必有甚焉者也。』如此,則安全否定男女慕悅之情,則非是矣。牛運震曰:『風豔可挹,妙在以質直出之。』斯善說者也。」

雅・釋草》郭璞注:「荍,大葉長穗,江東呼為蝦蟆衣。」

12　貽,音宜,ㄧˊ,贈送。椒,音交,ㄐㄧㄠ,芬香。毛《傳》:「椒,芬香也。」鄭玄《箋》:「女乃遺我一握之椒,交情好也。」余培林《詩經正詁》:「椒多子,貽我握椒,喻為多生子女,此戲謔之語也。」孔穎達《毛詩正義》:「此二句皆是男辭。」

三　衡門

> 衡門之下，可以棲遲。泌之洋洋，可以樂飢。
> 豈其食魚，必河之魴？豈其取妻，必齊之姜？
> 豈其食魚，必河之鯉？豈其取妻，必宋之子？

注釋　〈衡門〉，取首章首句「衡門之下」的「衡門」為篇名。

篇旨　朱熹《詩集傳》：「此隱居自樂而無求者之辭。」方玉潤《詩經原始》：「此賢者隱居其貧，而無求於外之詩。陳之〈衡門〉，亦猶衛有〈考槃〉，秦之有〈蒹葭〉；是皆從舉世不為之中，而己獨為之。」按：朱、方之說，皆能得其詩者也。

原文　衡門之下¹，可以棲遲²。泌之洋洋³，可以樂飢⁴。

押韻　一章遲、飢，是 4（脂）部。

章旨　一章敘述隱士居無求安，食無求飽的安貧恬淡而自得其樂的情況。

作法　一章兼有比喻（譬喻）而平鋪直敘的賦。

1　衡，同「橫」。衡門，比喻房舍簡陋。毛《傳》：「橫木為門，言淺陋也。」孔穎達《毛詩正義》：「門之深者，有阿塾堂宇，此唯橫木為之。」按：塾，音叔，ㄕㄨˊ，古代在大門左右旁的堂屋。《韓詩外傳》：「衡門，賢者不用世而隱處也。」

2　棲遲，棲身、止息。《爾雅‧釋詁》：「棲遲，息也。」毛《傳》：「棲遲，游息也。」

3　泌，音必，ㄅㄧˋ，泉水。毛《傳》：「泌，泉水也。」洋洋，廣大的樣子。毛《傳》：「洋洋，廣大也。」之，語中助詞，又名結構助詞，無意義。

4　樂飢，治療飢餓。「樂」字，《魯詩》、《韓詩》皆作「療」。許慎《許文解字》：「癆，治也。或作療。」「療」是「癆」的或體字。鄭玄《箋》：「飢者見之（代詞，指泌、泉水），可飲，以癆飢。」

原文　豈其食魚⁵，必河之魴⁶？豈其取妻⁷，必齊之姜⁸？

押韻　二章魴、姜，是 15（陽）部。

章旨　二章陳述隱者自道毫無奢求，而自得其樂的心情。

作法　二章兼有設問中的激問（又名反詰）、借代，而平鋪直敘的
　　　　賦。

原文　豈其食魚，必河之鯉⁹？豈其取妻，必宋之子¹⁰？

押韻　三章鯉、子，是 24（之）部。

章旨　三章描寫隱者自樂而無所求的情形。

作法　三章兼有設問中的激問（又名反詰）、借代，而平鋪直敘的
　　　　賦。

研析

　　全詩三章，首章兼有比喻（譬喻）而平鋪直敘的賦，二、三章兼
有設問中的激問（又名反詰），而平鋪直敘的賦。

　　朱守亮《詩經評釋》：「前一章言居處飲食，不嫌簡陋，謙柔恬
易，有自足意。後二章言欲無奢求，隨遇而安，蕭曠高遠，有桀傲

5　豈，難道。其，代詞，指隱者。食，本是名詞，此當動詞，「吃」之意。就文法
　　言，詞類活用。就修辭，是轉品，又名轉類。

6　河，黃河。之，連詞，「的」之意。詳見楊樹達《詞詮・卷五》。魴，音防，ㄈㄤˊ，
　　魚名，即鯿魚。《埤雅》：「里語曰：洛鯉伊魴，貴於牛羊。」余培林《詩經正詁》：
　　「黃河魴、鯉皆美，故舉以為喻。」此二句為修辭學設問中的激問，又名反詰。

7　取、娶，就文字學言，取是本字，娶是後起字。就訓詁學，取、娶是古今字。

8　齊之姜，齊國姜姓之女。余培林《詩經正詁》：「姜姓之國有申、許、甫等，但以齊
　　為大國，故特舉之。」此二句也是修辭學設問中的激問，又名反詰（音潔，
　　ㄐㄧㄝˊ，「問」之意）。借「齊之姜」，代「貴族之女」。

9　此二句亦設問中的激問，又名反詰。

10　宋，商之後，子姓。余培林《詩經正詁》：「宋為公爵，於諸侯中爵最尊，故特舉
　　之。」按：古代諸侯五等爵位：公、侯、伯、子、男。公為最尊者。「宋之子」，借
　　代「貴族之女」。

態。是真能隱居、自樂、無求者也。兩『可以』字，四『豈其』字、『必』字，正反翻跌，呼應緊足，章法甚靈。」

張潮《幽夢影》：「傲骨不可無，傲心不可有。無傲骨，則近於鄙夫。有傲心，不得為君子。」呂自揚云：「傲骨是對自己的期許與擔當，傲心是對周遭人群的鄙夷。有傲心必有傲氣，有傲氣必有傲態，有傲態行事必敗。」呂氏之言，可作《幽夢影》之注腳。

四　東門之池

東門之池，可以漚麻。彼美淑姬，可與晤歌。
東門之池，可以漚紵。彼美淑姬，可與晤語。
東門之池，可以漚菅。彼美淑姬，可與晤言。

注釋　〈東門之池〉，取首章首句「東門之池」為篇名。

篇旨　朱熹《詩集傳》：「此亦男女會遇之詞。」朱守亮《詩經評
釋》：「此男子愛慕女子之情之詩。」王靜芝《詩經通釋》：「細
審其辭，但為男女約相晤見之語，不必務求深，則迎刃而解
矣。」按：〈東門之池〉，當是男子思慕女子之情詩。

原文　東門之池¹，可以漚麻²。彼美淑姬³，可與晤歌⁴。

押韻　一章麻、歌，是 1（歌）部。

章旨　一章敘述男女相會於漚麻池側而相對唱歌的情形。

作法　一章觸景生情的興。

1　東門，陳國的城門。之，連詞，「的」之意。詳見楊樹達《詞詮・卷五》。池，城
　池，指護城河。

2　漚，音嘔，ㄡ丶，久浸（音近，ㄐㄧㄣ丶）漬（音自，ㄗ丶）。許慎《說文解字》：
　「漚，久漬也。」朱守亮《詩經評釋》：「浸漬去其生麻之膠質，使之柔軟，且剝離
　麻幹也。」

3　彼，代詞，指遠者，即淑姬。鄭玄《箋》：「言淑姬賢女。」姬，姓。聞一多《風詩
　類鈔》：「姬、姜二姓是當時最上層的貴族，二姓的女子必最美麗而華貴，所以時人
　稱美女為叔姬、孟姜。」就修辭言，借「叔姬」代「美女」，是借代義。詳見蔡宗
　陽《文法與修辭探驪》。

4　可與晤歌，當作「可與（之）晤歌」。晤，音戊，ㄨ丶，有三解：（一）見面。
　（二）相對。（三）連續。晤歌，有二解：（一）對唱。詳見程俊英、蔣見元《詩經
　注析》。（二）連續唱歌。詳見余培林《詩經正詁》。

原文　東門之池，可以漚紵⁵。彼美淑姬，可與晤語⁶。

押韻　二章紵、語，是 13（魚）部。

章旨　二章陳述男女相會在漚紵池側而見面對話的情況。

作法　二章觸景生情的興。

原文　東門之池，可以漚菅⁷。彼美淑姬，可與晤言⁸。

押韻　三章菅、言，是 3（元）部。

章旨　三章描寫男女相會於漚菅池側而互相聊天的狀況。

作法　三章觸景生情的興。

研析

全詩三章，皆觸景生情的興。

余培林《詩經正詁》：「漚（今曰泡）之一字，為全詩精神所在，晤歌、晤語、晤言，皆所以漚也。麻愈漚而愈柔，情愈漚而愈濃。詞句清雅，全無輕狎之意，實宜乎諷誦也。」按：麻愈漚而愈柔，比喻情愈漚而愈濃。就全詩言，兼有比喻（譬喻）而觸景生情的興。又「晤歌」、「晤語」、「晤言」，此乃層遞修辭手法。因此，〈東門之池〉兼有比喻（譬喻）、層遞修辭技巧而觸景生情的興。

5　紵，音住，ㄓㄨˋ，苧麻，即今青麻。

6　晤語，對話、見面對話。〈大雅・公劉〉毛《傳》：「論難曰語。」此「語」，指「論難」，即見面互相討論。詳見程俊英、蔣見元《詩經注析》。

7　菅，音尖，ㄐㄧㄢ，草名。陸璣《詩草木鳥獸蟲魚疏》：「菅，似茅而滑澤，無毛，根下五寸中有白粉者，柔韌宜為索，漚乃尤善矣。」

8　晤言，直言，即談天、聊天。〈大雅・公劉〉毛《傳》：「直言曰言。」詳見程俊英、蔣見元《詩經注析》。

五　東門之楊

> 東門之楊，其葉牂牂。昏以為期，明星煌煌。
> 東門之楊，其葉肺肺。昏以為期，明星晢晢。

注釋　〈東門之楊〉，取首章首句「東門之楊」為篇名。

篇旨　朱熹《詩集傳》：「此亦男女期會，而有負約不至者，故因其所見，以起興也。」解詩者多從之。然陳子展《詩經直解》：「其（指朱熹）論此詩，似本鄭玄《箋》。有駁鄭玄《箋》者，如汪梧鳳《詩學女為》云：『按此詩乃泛指無信爽者，不必定指男女。』……此說與劉玉汝《詩纘緒》所云：『此只言其負期耳。』『不必為男女期會。』大旨相同。」按：見仁見智，言之有理。

原文　東門之楊[1]，其葉牂牂[2]。昏以為期[3]，明星煌煌[4]。

押韻　一章牂、煌，是 15（陽）部。

1　東門，陳國的城門，在宛丘附近。之，連詞，「的」之意。詳見楊樹達《詞詮‧卷五》。楊，木名。楊，柳之揚起者。朱熹《詩集傳》：「楊，柳之揚起者也。」

2　其，代詞，指楊。牂牂，音臧臧，ㄗㄤ ㄗㄤ，茂盛的樣子。毛《傳》：「牂牂然，盛也。」按：《齊詩》作「將將」。牂是將的假借，《毛詩》是假借義。《爾雅‧釋詁》：「將，大也。」大，引申為茂盛之意。牂牂，運用修辭學類疊（複疊）。

3　昏，黃昏。以為，有二解：（一）有「致使」（見於事實）和意謂（存於心中）兩種意思。「以為」既可以合用，又可以拆開。詳見許世瑛《常用虛字用法淺釋》。昏以為期，當作「以黃昏為期」，即白話「用黃昏當做約會日期。」這是意謂動詞。許慎《說文解字》：「期，會也。」。段玉裁注：「會者，合也。期者，要約之意，所以為會合也。」

4　明星，啟明星。朱熹《詩集傳》：「啟明星也。」按：啟明星，在黎明之時，出現於東方天空。煌煌，明亮的樣子，這是疊字衍聲複詞。詳見蔡宗陽《國文文法》。就修辭言，是類疊（複疊）。

章旨 一章敘述男女約會，而有爽約不至的情形。

作法 一章兼有類疊（複疊）而觸景生情的興。

原文 東門之楊，其葉肺肺⁵。昏以為期，明星晢晢⁶。

押韻 二章肺、晢，是2（月）部。

章旨 二章描述男女約會，而有爽約不來的情況。

作法 二章兼有類疊（複疊）而觸景生情的興。

研析

　　全詩二章，兼有類疊（複疊）而觸景生情的興。

　　余培林《詩經正詁》：「『東門之楊』，寫期會之地。『昏以為期』，寫期會之時。末語『明星煌煌』，既記相候之久，又示期而未至，而無奈之情，亦隱在其中，含意可謂豐富。」俗諺云：「男追女隔層紗，女追男隔層山。」就〈東門之楊〉言，當是「男追女隔層山，女追男隔層紗」。朱守亮《詩經評釋》：「本以黃昏為相見之期，然後至啟明已見，天將曉矣，猶未見來會，是終不至也。明星煌煌、晢晢，何等耀眼驚心！對方本負約，然取意高遠，未作負約怨恨語、責斥語，渾厚至極。蘇州民歌曰：『約郎約到月上時，看看等到月偏西，不知儂處山低月出早，還是郎處山高月上遲。』亦如是高遠渾厚也。或曰：『由黃昏候至天明，當必為男子。』故解為男女相期會，而女未至之詩，亦是。」此說允也。

5　其，代詞，指楊。肺肺，音沛沛，ㄆㄟˋ　ㄆㄟˋ，茂盛的樣子。毛《傳》：「猶牂牂也。」肺肺，就文法言，是疊字衍聲複詞。就修辭言，是類疊（複疊）。

6　晢晢，音哲哲，ㄓㄜˊ　ㄓㄜˊ，明亮的樣子。毛《傳》：「猶煌煌也。」按：「牂牂」與「肺肺」、「煌煌」與「晢晢」，皆是互文見義，係錯綜中的抽換詞面，即字異而義同。

六　墓門

　　墓門有棘，斧以斯之。夫也不良，國人知之。知而不
已，誰昔然矣。

　　墓門有梅，有鴞萃止。夫也不良，歌以訊之。訊予不
顧，顛倒思予。

注釋　〈墓門〉，取首章首句「墓門有棘」的「墓門」為篇名。

篇旨　〈詩序〉：「〈墓門〉，刺陳佗（音駝，ㄊㄨㄛˊ）也。陳佗無良
師傅，以至於不義，惡加於萬民焉。」蘇轍《詩集傳》：「桓公
之世，陳人知佗之不臣矣；而桓公不去，以及於亂。是以國人
追咎桓公，以為桓公之智不能及其後，故以〈墓門〉刺焉。」
方玉潤《詩經原始》：「詩非刺佗無良師傅，乃刺桓公不能去佗
耳。」按：通觀之說，詩義自明。

原文　墓門有棘¹，斧以斯之²。夫也不良³，國人知之⁴。知而

1　「墓門」有二解：（一）陳國的城門。馬瑞辰《毛詩傳箋通釋》：「〈天問〉王逸注：
　『晉大夫解居父聘吳，過陳之墓門。』」墓門，蓋陳之城門。（二）墓道之門。毛
　《傳》：「墓道之門。」余培林《詩經正詁》：「棘樹多刺，生於城門，有礙行人，故
　必去之。若生於墓道之門，則不必去之也。」棘，酸棗樹，有刺。以「棘」，比喻
　不良之人。

2　斧以斯之，當作「以斧斯之」，即用斧砍棘。以，用。斯，析、砍。毛《傳》：
　「斯，析也。」之，代詞，指棘。按：代名詞，即代詞。蔡宗陽《國文文法‧第三
　章術語的異稱表》。

3　夫，彼，指陳佗或桓公。楊樹達《詞詮‧卷一》：「夫，人稱代名詞，彼也。」也，
　楊樹達《詞詮‧卷七》：「也，語末助詞，但助詞。」段德森《實用古漢語虛詞》：
　「『也』，用在狀語後邊，表示頓宕。……一般放在句子開頭。」段說更明確、更詳
　盡。

4　國人知之，其（指陳佗或桓公）不良行為，國人皆知其惡。之，代詞，指「夫也不

不已[5]，誰昔然矣[6]。

押韻 一章斯、知，是 10（支）部。已、矣，是 24（之）部。

章旨 一章描述不良之人，為惡已久，國人皆知的情形。

作法 一章兼有比喻（譬喻）而觸景生情的興。

原文 墓門有梅[7]，有鴞萃止[8]。夫也不良，歌以訊之[9]。訊予不顧[10]，顛倒思予[11]。

押韻 二章萃，是 8（沒）部。訊，是 9（諄）部。沒、諄二部，是對轉而押韻。顧、予，是 13（魚）部。

良」。

5　而，轉接連詞，「卻」之意。楊樹達《詞詮・卷十》：「而，轉接連詞，可譯為『然』，及今語之『卻』，惟意較輕耳。」不已，不改。此言國人皆知其惡，卻不改過。孔子云：「過而不改，是謂過矣。」（《論語・衛靈公》）王陽明亦云：「不貴於無過，而過於能改過。」

6　誰，語首助詞，無意義。楊樹達《詞詮・卷五》：「誰，語首助詞，發聲，無義。如〈陳風・墓門〉：『知而不已，誰昔然矣。』按：《爾雅・釋言》云：誰昔，昔也。郭璞注云：誰，發語辭。」此言從前已如此矣。然，如此、這樣。矣，了。楊樹達《詞詮・卷七》：「矣，語末助詞，助句，表已然之事實。」

7　梅，山楸。毛《傳》：「柟也。」《魯詩》作「棘」。按：柟，梅樹的一種，與「楠」同。常綠喬木，實紫黑，木材堅密，可作棟梁、器具等用。

8　有，語首助詞，用在名詞之前，無意義。詳見楊樹達《詞詮・卷七》。鴞，音消，亦作「梟」，貓頭鷹。古人以貓頭鷹叫聲難聽，為不吉祥之鳥。以「鴞」，比喻不良之人。萃，音粹，ㄘㄨㄟˋ，聚集。毛《傳》：「集也。」止，語末助詞，表示決定。詳見楊樹達《詞詮・卷五》。

9　歌以訊之，當作「以歌訊之」。歌，鄭玄《箋》：「歌，謂作此詩也。」訊，《魯詩》、《韓詩》作「誶」，音碎，ㄙㄨㄟˋ，勸告。《爾雅・釋詁》：「誶，告也。」之，代詞，指「夫也不良」。

10　予不顧，當作「不顧予」的倒裝，這是兼有押韻的否定句倒裝。鄭玄《箋》：「予，我也。歌以告之，汝不顧念我言」。

11　顛倒，指國家顛覆、破滅。陳奐《詩毛氏傳疏》：「顛倒，亂也。」鄭玄《箋》：「至於破滅顛倒之急，乃思我之言。言其晚也。」

章旨 二章敘述以惡鳥比喻惡人，作歌規勸，仍不能改過遷，以致國
家將破滅，再思我的諫言，已晚矣。

作法 二章兼有比喻（譬喻）而觸景生情的興。

研析

全詩二章，皆兼有比喻（譬喻）而觸景生情的興。

陳奐《詩毛氏傳疏》：「比者，比方于物，蓋言興而比已寓焉
矣。」此乃兼比喻（譬喻）而觸景生情的興，最佳之注腳。

余培林《詩經正詁》：「一章之『棘』，二章之『鴞』，皆象徵所刺
之人，故主『斧以斯之』，以去棘驅鴞也。『夫也不良，國人知之』，
所刺之人，幾呼之欲出。數千年以下，固不知其人為誰；然當世之人
讀之，則當無不知也。然詩人猶不顯其姓名，蓋如此，『言之者無
罪，聞之者足以戒也』。否則，直告之可也，何必『歌以訊之』？
『知而不已，誰昔然矣』，詩人蓋深知其人也。『顛倒思予』，乃深警
之，非自誇其明也。」按：余氏之說，即《禮記・經解》所云：「溫
柔敦厚，詩教也。」王靜芝《詩經通釋》：「〈詩序〉之說，雖似亦相
近，然無實據。而行文之間，若以陳佗為惡，則是刺桓公（蘇轍《詩
集傳》、方玉潤《詩經原始》，皆『刺桓公』之說）。茲以為刺時君，
不專指某人，較為周嚴。」其說允矣。按：「周嚴」一詞，即「周密
嚴謹」之節縮，若就邏輯學言，以「周延」一詞亦可，兩詞諧音。就
修辭言，諧音析字者也。王以〈墓門〉為刺時君，其實亦可刺當今領
導人或有關主管，甚至於個人皆可警惕自我。俗諺云：「人非聖賢，
孰能無過？過而能改，善莫大焉。」陶淵明云：「及時宜自勉，歲月
不待人。」洵哉斯言。

七　防有鵲巢

> 防有鵲巢，邛有旨苕。誰侜予美？心焉忉忉。
> 中唐有甓，邛有旨鷊。誰侜予美？心焉惕惕。

注釋　〈防有鵲巢〉，取首章首句「防有鵲巢」為篇名。

篇旨　篇旨有二解：（一）〈詩序〉：「〈防有鵲巢〉，憂讒賊也。宣公多信讒，君子憂懼焉。」屈原〈卜居〉：「黃鐘毀棄，瓦釜雷鳴；讒人高張，賢士無名。吁嗟！默默兮，誰知吾廉貞？」即其證也。（二）朱熹《詩集傳》：「此男女之有私，而憂或間之之詞。」俗諺云：「謠言止於智者。」讒言、離間之言，多謠言。按：方玉潤《詩經原始》：「男女情與君臣義原本相通，詩既不露其旨，人固難以意測。」斯言甚諦。

原文　防有鵲巢¹，邛有旨苕²。誰侜予美³？心焉忉忉⁴。

1　防，堤防、堤壩。朱熹《詩集傳》：「防，人所築，以捍水者。」鵲本巢於木上，今集於堤防，乃不合理、不可信。以「防有鵲」，比喻讒言、離間之言不可信。

2　邛，音窮，ㄑㄩㄥˊ，土丘。毛《傳》：「邛，丘也。」旨，美。許慎《說文解字》：「旨，美也。」苕，音條，ㄊㄧㄠˊ，草名。蔓生植物，一名鼠尾、凌霄，生在低溼的地上。詳見程俊英、蔣見元《詩經注析》。以「邛有旨苕」，比喻讒言、離間之言不可信。《老子·第八十一章》：「信言不美，美者不信。」孔子云：「巧言、令色，鮮矣仁。」（《論語·學而》）即其證也。

3　侜，音舟，ㄓㄡ，欺誑、挑撥。《爾雅·釋訓》：「侜，張誑也。」郭璞注：「幻惑欺誑人者。」予，我。美，所美之人。《爾雅·釋詁下》：「卬、吾、台、予、朕、身、甫、余，言我也。」誰侜予美，既是設問中的激問，又名反詰；又是全詩之主題。

4　焉，用在主語、謂語之間，表示提頓、舒緩語氣。詳見段德森《實用古漢語虛詞》。忉忉，音刀刀，ㄉㄠ ㄉㄠ，憂心而恐懼的樣子。《爾雅·釋訓》：「忉忉，憂也。」

押韻 一章巢、苕、忉，是 19（宵）部。

章旨 一章以「防有鵲巢，邛有旨苕」，比喻讒言、離間之言，不可信的情形。

作法 一章兼有比喻（譬喻）、設問而觸景生情的興。

原文 中唐有甓[5]，邛有旨鷊[6]。誰侜予美？心焉惕惕[7]。

押韻 二章甓、鷊、惕，是 11（錫）部。

章旨 二章以「中唐有甓，邛有旨鷊」，比喻讒言、離間之言，不可信的狀況。

作法 二章兼有比喻（譬喻）、設問而觸景生情的興。

研析

　　全詩二章，皆兼有比喻（譬喻）、設問而觸景生情的興。

　　方玉潤《詩經原始》：「鵲本巢木，而今則曰防有鵲巢矣；苕生下溼，而今則曰邛有旨苕矣。而且中唐非甓瓴之所，高丘豈旨鷊所生？人皆可以偽造而為謠。」余培林《詩經正詁》：「以此四句為無根之言，欺誑之語，頗合詩義。『誰侜予美』，為全詩之重心，探求詩義，全從此語入手。」朱守亮《詩經評釋》：「裴普賢先生以為：『解此詩，從詩文本身看，為男女相悅，而有他人以造謠挑撥之。』但亦可

5　中，中庭。中唐，中庭的道路。毛《傳》：「中，中庭也。唐，堂塗也。」甓，音闢，ㄆㄧˋ，砌階的磚瓦。中唐有甓，中庭沒有階梯而言有磚瓦，比喻讒言、離間之言不可信。

6　邛，音窮，ㄑㄩㄥˊ，土丘。旨，美。鷊，音逆，ㄋㄧˋ，綬草。《爾雅·釋草》：「鷊，綬。」毛《傳》：「鷊，綬草也。」陸璣《詩草木鳥獸蟲魚疏》：「鷊，五色作綬文，故曰綬草。」邛有旨鷊，土丘有美麗五色的綬草，比喻讒言、離間之言不可信。

7　焉，用在主語、謂語之間，表示提頓、舒緩的語氣。惕惕，音替替，ㄊㄧˋ ㄊㄧˋ，憂心而恐懼的樣子。毛《傳》：「惕惕，猶忉忉也。」按：余培林《詩經正詁》：「忉忉、惕惕，寫詩人憂懼之深。」

進而託興於男女夫婦之情，通達於君臣主從之義之寓意詩讀。且美人一辭多次出現於《詩經》各篇，為後代詩歌中被喻為君王、為君子、為賢能等之先聲，而此篇亦可視為其濫觴也。」按：綜觀各家之言，有助於解詩者綦多，可謂集思廣益，博採眾議，能洞悉此詩矣。

八　月出

> 月出皎兮，佼人僚兮。舒窈糾兮，勞心悄兮。
> 月出皓兮，佼人懰兮。舒憂受兮，勞心慅兮。
> 月出照兮，佼人燎兮。舒夭紹兮，勞心慘兮。

注釋　〈月出〉，取首章首句「月出皎兮」的「月出」為篇旨。

篇旨　朱熹《詩集傳》：「此亦男女相悅而相念之辭。」王靜芝《詩經通釋》：「此詩但為月下思人，純為抒情之作耳。」朱守亮《詩經評釋》：「由每章末句之憂勞愁苦觀之，似非男女相悅，而係男子之單戀。」按：綜觀三家之說，詩義更明矣。

原文　月出皎兮[1]，佼人僚兮[2]。舒窈糾兮[3]，勞心悄兮[4]。

押韻　一章皎、僚、悄，是 19（宵）部。糾，是 21（幽）部。宵、幽二部，是旁轉而押韻。

章旨　一章以「月出皎兮」，比喻「佼人僚兮」，描述男子思念女子之

1　皎，月光潔白的樣子。許慎《說文解字》：「皎，月之白也。」本章四個「兮」，皆是語末助詞，詳見楊樹達《詞詮・卷四》。段德森《實用古漢語虛詞》：「兮，用在句末，表示感歎語氣，『啊』之意。」按：四個「兮」字，既是語末助詞，又是表示感歎語氣，皆有「啊」之意。陳霞村《古代漢語虛詞類解》：「『兮』，用在感歎句末，表示呼喚、詠歎等。『兮』在《楚辭》中，使用普遍。在《詩經》中，也較常見。」

2　佼，音絞，ㄐㄧㄠˇ。揚雄《方言》：「自關而東，河濟之間，凡好謂之佼。」按：高本漢《詩經注釋》：「古代字書總是把『好』字解作『美麗』，和『美』字同義。」美好，是同義複詞，詳見蔡宗陽《國文文法》。佼人，即美人。朱熹《詩集傳》：「佼人，美人也。」僚，音撩，美好的樣子。毛《傳》：「僚，好貌。」

3　舒，發語詞，無意義。詳見馬瑞辰《毛詩傳箋通釋》。窈糾，猶窈窕，美好的樣子。

4　勞心，憂心。悄，音巧，ㄑㄧㄠˇ，憂愁的樣子。朱熹《詩集傳》：「悄，憂也。」

心情。

作法　一章兼有比喻（譬喻）而觸景生情的興。

原文　月出皓兮[5]，佼人懰兮[6]。舒慢受兮[7]，勞心慅兮[8]。

押韻　二章皓、懰、受、慅，是21（幽）部。

章旨　二章以「月出皓兮」，比喻「佼人懰兮」，敘述男子懷念女子的
　　　　情緒。

作法　二章是兼有比喻（譬喻）而觸景生情的興。

原文　月出照兮[9]，佼人燎兮[10]。舒夭紹兮[11]，勞心慘兮[12]。

押韻　三章照、燎、紹、慘，是19（宵）部。

章旨　三章以「月出照兮」，比喻「佼人燎兮」，陳述男子思念女子的

5　皓，月光潔白的樣子。嚴粲《詩緝》：「皓，月光之白也。」皓，猶皎。皓、皎，是
　　互文見義，字異而義同，係修辭學錯綜的抽換詞面。

6　懰，音柳，ㄌㄧㄡˇ，美好的樣子。懰、僚，也是互文見義，字異而義同，係錯綜
　　中的抽換詞面。

7　慢，音有，ㄧㄡˇ。慢受與窈糾，互文見義，詞異而義同，錯綜中的抽換詞面。

8　慅，音草，ㄘㄠˇ，憂愁的樣子。慅與悄，互文見義，字異而義同，是錯綜中的抽
　　換詞面。

9　照，光明的樣子。許慎《說文解字》：「照，明也。」

10　燎，音料，ㄌㄧㄠˋ，通「嫽」。美好的樣子。滕志賢《新譯詩經讀本》：「燎，通
　　『嫽』。美好貌。」揚雄《方言》：「青、徐之間，謂好為嫽。」

11　紹，美好的樣子。余培林《詩經正詁》：「紹，亦美好之貌。」

12　「慘」字，據《十三經注疏》本作「慘」，音草，ㄘㄠˇ，憂愁的樣子。毛《傳》：
　　「慘，愁也。」顧炎武《詩本音》：「『慘』，當作『慘』，誤作『慘』。」慘，音草，
　　ㄘㄠˇ，憂愁不安的樣子。許慎《說文解字》：「慘，愁不安也。」按：慘，是 19
　　（宵）部，與照、燎、紹是 19（宵）部，可押韻。慘，是 28（侵）部。侵、宵二
　　部，既不旁轉，又不對轉，就押韻言，當作「慘」。顧炎武《詩本音》十卷，就
　　《詩經》所用之韻，互相參稽，證以他書，明古音原作斯讀，非由遷就，故曰本
　　音。詳見陳新雄《聲韻學·第四編古音·第二章古韻研究》。即其證也。

情形。

作法　三章是兼有比喻（譬喻）而觸景生情的興。

研析

全詩三章，皆兼有比喻（譬喻）而觸景生情的興。

余培林《詩經正詁》：「每章首句皆寫月色。詩人抒寫相思，往往兼及明月，一以溶情於景，托月寄情；一以增強思念之情味，以收感人之效果，而以之襯托美人，更相得而益彰。二、三句寫美人容貌神態之美！」方玉潤《詩經原始》：「其用字聱牙，句句用韻，已開晉唐幽峭一派。」按：首、末二章皆 19（宵）部。次章是 21（幽）部。宵、幽二部，是旁轉而押韻。

程俊英、蔣見元《詩經注析》：「用詞上，除了『月』、『人』、『心』三個名詞、『出』一個動詞和『兮』一個語氣詞之外，其餘都是形容詞，而且這些形容詞在《詩經》中多不經見，可能是較多地保留了陳國方言的痕跡。」此說俞矣。

九　株林

胡為乎株林？從夏南。匪適株林，從夏南。
駕我乘馬，說于株野。乘我乘駒，朝食于株。

注釋　〈株林〉，取首章首句「胡為乎株林」的「株林」為篇名。

篇旨　〈詩序〉：「〈株林〉，刺靈公也。淫乎夏姬，驅馳而往，朝夕不休息焉。」鄭玄《箋》：「夏姬，陳大夫妻，夏徵舒之母，鄭女也。徵舒，字子南，夫字御叔。」余培林《詩經正詁》：「〈序〉說與詩文、史實俱合，信而有徵，後之說詩者無不從之。」朱熹《詩序辨說》：「〈陳風〉獨此篇為有據。」此說俞也。

原文　胡為乎株林¹？從夏南²。匪適株林，從夏南³。
押韻　一章林、南、林、南，是28（侵）部。

1　胡，何、什麼。楊樹達《詞詮·卷三》：「胡，疑問代名詞，與『何』同。」乎，於、在。楊樹達《詞詮·卷三》：「乎，介詞，與『於』同。」胡為乎株林，當作「乎株林為何」，言靈公在株邑野外做什麼？這是陳國人民互相提出問題。株，夏氏之食邑。鄭玄《箋》：「夏氏邑也。」在今河南省柘城縣。林，野外。《爾雅·釋地》：「邑外謂之郊，郊外謂之牧，牧外謂之野，野外謂之林。」

2　從，跟從。夏南，夏徵舒。毛《傳》：「夏南，夏徵舒也。」孔穎達《毛詩正義》：「徵舒祖字子夏，故為夏氏。徵舒，字子南，以氏配字，謂之夏南。……實從夏南之母，言從夏南者，婦人夫死從子，夏南為其家主，故以夏南言之。」余培林《詩經正詁》：「夏姬，夏徵舒之母。本鄭穆公之女，姬姓，嫁於陳大夫夏御叔，故曰夏姬。陳靈公淫乎夏姬，詩言『從夏南』者，朱熹《詩集傳》曰：『詩人之忠厚』也。竊意此欲蓋而彌彰，即所謂『刺』也。並無所謂忠厚之意。」按：不言夏姬，而言夏南，是運用委婉修辭技巧。

3　匪，非、不。鄭玄《箋》：「匪，非也。」適，往，到……去。此二句言不是到株邑野外，而是跟從夏南（實指夏姬）。這是陳靈公的回答。二、四句反覆使用「從夏南」，是運用類疊（複疊）修辭手法。

章旨 一章敘述陳靈公至夏氏家會見夏姬，而不言其母，但言其子夏，呈現含蓄婉曲。

作法 一章兼有設問、類疊（複疊）、婉曲而平鋪直敘的賦。

原文 駕我乘馬[4]，說于株野[5]。乘我乘駒[6]，朝食于株[7]。

押韻 二章馬、野，是 13（魚）部。駒、株，是 16（侯）部。魚、侯二部，是旁轉而押韻。

章旨 二章描述陳靈公株野的情況，而不明言其事。

作法 二章兼有婉曲、避複修辭手法而平鋪直敘的賦。

研析

　　全詩二章，首章兼有設問、類疊（複疊）、婉曲而平鋪直敘的賦。末章兼有婉曲、避複修辭手法而平鋪直敘的賦。

　　余培林《詩經正詁》徵引方玉潤《詩經原始》：「〈詩序〉云：『朝夕不休。』二章『說于株野』是朝不休也；『朝食于株』，是夕不休也。曰『株林』、曰『株野』、曰『株』，只是一地，三異其辭，以避複耳。曰『駕』、曰『乘』，同其意也。曰『馬』、曰『駒』，異其辭

---

4 我，其，指陳靈公。鄭玄《箋》：「我，國人我君也。」裴學海《古書虛字集釋・卷五》：「我，猶其也。如〈陳株林〉：『駕我乘馬。』」乘，音剩，ㄕㄥˋ。乘馬，四匹馬。陳奐《詩毛氏傳疏》：「我，我靈公也。」這是詩人假託陳靈公的口脗。

5 說，音稅，ㄕㄨㄟˋ，舍息、止息。于，於，在。株，夏氏邑名。野，牧外。《爾雅・釋地》：「邑外謂之郊，郊外謂之牧，牧外謂之野。」

6 上「乘」字，音呈，ㄔㄥˊ，當動詞，「駕車」之意。此「乘」字與首句「駕」字，字異而義，互文見義，是錯綜中的抽換詞面。下「乘」字，音勝，ㄕㄥˋ，名詞，古代計算戰車的單位。駒，毛《傳》：「馬五尺以上曰駒。」駒與馬，互文見義，此為避複而易字。乘駒，四匹駒。

7 朝食于株，此言連夜奔馳，至株而朝食。朝食，吃早餐。王先謙《詩三家義集疏》：「靈公初往夏氏，必託為遊株林。自株林至株野，乃稅其駕。（舍馬乘駒。《傳》：『大夫乘駒』，《箋》『變易車乘』。）然後微服入株邑，朝食于株邑。此詩乃實賦其事也。」

也。曰『胡為乎株林』、曰『匪適株林』，上句不言『適』，而於下句
見之。凡此皆見詩文之生動變化而多姿也。詩寫靈公淫行，『不必更
露淫字，而宣淫無忌之行，已躍然紙上，毫無遁行，可謂神化之
筆。』（詳見方玉潤《詩經原始》）」劉勰《文心雕龍‧諧讔》：「讔
者，隱也。通辭以隱意，譎譬以指事也。」此即修辭學婉曲寫作手
法。

十　澤陂

　　彼澤之陂，有蒲與荷。有美一人，傷如之何？寤寐無
為，涕泗滂沱。

　　彼澤之陂，有蒲與蕑。有美一人，碩大且卷。寤寐無
為，中心悁悁。

　　彼澤之陂，有蒲菡萏。有美一人，碩大且儼。寤寐無
為，輾轉伏枕。

注釋　〈澤陂〉，取首章首句「彼澤之陂」的「澤陂」為篇名。這是
　　　　運用修辭學「節縮」手法。

篇旨　朱熹《詩集傳》：「此詩之旨，與〈月出〉相類。」按：〈月
　　　　出〉之篇旨，即男女相悅而相念之詩。朱守亮《詩經評釋》：
　　　　「此男子熱戀一美女，不得親近，因作此以抒其憂之詩。」綜
　　　　觀二朱之說，詩義更清淅，更有助於更細緻地理解詩的意境。

原文　彼澤之陂¹，有蒲與荷²。有美一人³，傷如之何⁴？寤寐

1　彼，遠指指示代詞，「那」之意。詳見柯旗化《新英文法》。澤，湖澤、水澤、池
　　塘。之，連詞，「的」之意。詳見楊樹達《詞詮・卷五》。陂，音坡，ㄆㄜ，水澤的
　　堤岸。毛《傳》：「陂，澤障也。」余培林《詩經正詁》：「荷蒲生澤中，非生陂上。
　　言陂者，協韻而已。」

2　蒲，菖蒲。朱熹《詩集傳》：「水草，可為蓆者。」荷，荷花、荷葉。余培林《詩經
　　正詁》：「以蒲、荷，象徵美人。」程俊英、蔣見元《詩經注析》：「蒲喻男，荷喻女
　　（從鄭玄《箋》說）。」按：鄭玄《箋》：「蒲，以喻所說男之性。荷，以喻所說女
　　之容體也。」

3　有美一人，當指美人、美女。程俊英、蔣見元《詩經注析》：「在我國古代，存在著
　　以豐滿壯碩為美和以婀娜苗條為美的兩種不同的審美觀，而在《詩經》時代，顯然
　　是前一種審美觀占上風，如〈衛風〉以『碩人』稱莊姜，〈小雅・車舝〉以『碩
　　女』稱季女。」按：〈澤陂〉次章「有美一人，碩大且卷」、末章「有美一人，碩大

無為⁵，涕泗滂沱⁶。

押韻　一章陂、荷、何、沱，是1（歌）部。

章旨　一章描述男子懷念美女苦楚的情況。

作法　一章兼有比喻（譬喻）、夸飾（夸張）、設問修辭技法，而觸景
　　　　生情的興。

原文　彼澤之陂，有蒲與蕑⁷。有美一人，碩大且卷⁸。寤寐無
　　　　為，中心悁悁⁹。

押韻　二章蕑、卷、悁，是3（元）部。

章旨　二章敘述男子思念美女憂悶的心情。

　　且儼」，皆描繪豐肌高大的女子形象，因此「有美一人」，當指美人、美女。

4　傷，思念。鄭玄《箋》：「傷，思也。我思此美人當如之何而得見之。」傷如之何，
　　思念而憂傷，不知如何是好。這是運用設問修辭手法。之，代詞，指「有美一
　　人」。段德森《實用古漢語虛詞》：「『如……何』等，中間插進代詞『之』，可以解
　　釋為『把他怎麼辦』，通常是把它作為一個固定詞組來理解，『之』失去稱代作用，
　　就是『怎麼辦』的意思，帶有強烈的語氣。」「有美一人，傷如之何」，是全詩的重
　　心。

5　寤，音誤，ㄨˋ，睡醒。寐，音妹，ㄇㄟˋ，入睡。無為，無所作為，形容日夜無心
　　作事，只有憂傷而已。

6　涕泗，音悌四，ㄊㄧˋ ㄙˋ，眼淚、鼻涕。毛《傳》：「自目曰涕，自鼻曰泗。」滂
　　沱，音磅駝，ㄆㄤ ㄊㄨㄛˊ，本義是雨下得很大的樣子，這裡引申為眼淚、鼻涕很
　　多的樣子。涕泗滂沱，這是運用夸飾（夸張）、比喻（譬喻）的修辭技巧。按：「涕
　　泗如雨下」、「涕泗縱橫」，可以詮釋「涕泗滂沱」。

7　蕑，音奸，ㄐㄧㄢ，荷。孔穎達《毛詩正義》：「以上下皆言蒲、荷，則此章亦當為
　　荷，不宜別據他章。」按：就修辭言，一章「荷」、二章「蕑」、三章「菡萏」，互
　　文見義，即錯綜中的抽換詞面，字異而義同。孔氏以為「不宜別據他章」，其實依
　　據修辭學「互文見義」詮釋之，詩義更明確、更翔實。

8　碩大，是同義複詞。碩，大也。高亨《詩經今注》：「碩大，身體高大。」且，又。
　　卷，音權，ㄑㄩㄢˊ，美好的樣子。毛《傳》：「卷，好貌。」

9　中心，當作「心中」。悁悁，音娟娟，ㄐㄩㄢ ㄐㄩㄢ，憂悶的樣子。高亨《詩經今
　　注》：「悁悁，憂悶貌。」悁悁，疊字衍聲複詞，詳見蔡宗陽《國文文法》。

作法　二章兼有比喻（譬喻）而觸景生情的興。

原文　彼澤之陂，有蒲菡萏[10]。有美一人，碩大且儼[11]。寤寐
　　　無為，輾轉伏枕[12]。

押韻　三章萏，是 30（添）部。儼，是 32（談）部。枕，是 28
　　　（侵）部。侵、添、談三部，既是雙脣音，又是陽聲韻尾，是
　　　旁轉而押韻。

章旨　三章描寫男子思念美女，既深且久的心緒。

作法　三章兼有比喻（譬喻）而觸景生情的興。

研析

　　全詩三章，首章兼有比喻（譬喻）、夸飾（夸張）、設問修辭手
法，而觸景生情的興。次章、末章皆兼有比喻（譬喻）而觸景生情的
興。

　　〈澤陂〉多以男子思念女人之憂傷之詩。陳子展《詩經直解》：
「全篇寫一美婦人之憂思悲傷，始而涕泗滂沱，繼而中心悁悁，終乃
輾轉伏枕。憂愈深，而人轉靜矣。」按：「涕泗滂沱」、「中心悁悁」、
「輾轉伏枕」，是修辭學層遞中的遞升，具有漸層美、節奏感。余培
林《詩經正詁》與陳子展《詩經直解》，有相同觀點。朱守亮《詩經
評釋》：「援引范處義：『詩人以蒲配荷、配蘭、配菡萏，所謂男女相

10　菡萏，音汗旦，ㄏㄢˋ ㄉㄢˋ，荷花的異稱。高亨《詩經今注》：「菡萏，荷花的別
　　稱。」毛《傳》：「菡萏，荷華也。」按：就文字學言，華是本字，花是後起字。高
　　鴻縉《中國字例・第二篇象形》：「六朝人又另造『花』字，日久而『華』字為借意
　　所專。」就訓詁學言，「華」是古字，「花」是今字，因此「華」、「花」是古今字。

11　儼，音掩，ㄧㄢˇ，端莊、莊重自制。毛《傳》：「儼，矜莊貌。」高亨《詩經今
　　注》：「端莊。」

12　輾轉伏枕，朱熹《詩集傳》：「臥而不寐，思之深且久也。」朱守亮《詩經評釋》：
　　「輾轉不寐，伏枕思念，既深且久也。」

悅也。其未得之也，則既思其人而感傷，又思其人髮之卷，又思其人貌之儼。』今就每章末二句觀之，似未至男女相悅地步，而為一男子熱戀一美女，而不得親近之悲苦也。」按：綜觀各家之說，約有三端：（一）男女相悅而相念。（二）男子熱戀美女。（三）「有美一人」憂傷之狀。仁者見仁，智者見智，惟有莊子「不譴是非」、董仲舒「《詩》無達詁」，可以迎刃而解矣。

檜

注釋 檜，一作鄶，國名，相傳為祝融之後，妘姓。檜城故址，在今河南省密縣東北。〈檜〉詩凡四篇。

一　羔裘

羔裘逍遙，狐裘以朝。豈不爾思？勞心忉忉。
羔裘翱翔，狐裘在堂。豈不思爾？我心憂傷。
羔裘如膏，日出有曜。豈不爾思？中心是悼。

注釋 〈羔裘〉，取首章首句「羔裘逍遙」的「羔裘」為篇名。

篇旨 此詩篇旨有二解：（一）〈詩序〉：「〈羔裘〉，大夫以道去其君也。國小而迫，君不用道，好絜其衣服。逍遙遊燕，而不能自強於政治，故作是詩。」後人多從之。（二）余培林《詩經正詁》：「此思念某大夫，而憂其逍遙遊樂，不助君治政之詩。」余氏提出三項可疑之處，並援引王闓運《詩經補箋》以羔裘為卿大夫之服，狐裘為諸侯之服，分指檜大夫與檜君，得其正解。按：詩旨爭議，在於「羔裘」、「狐裘」指一人？抑指二人？有待商榷。

原文 羔裘逍遙¹，狐裘以朝²。豈不爾思³？勞心忉忉⁴。

1　羔裘，本義是小羊皮製作的皮衣，此指大夫的服裝。遊樂時，穿羔裘；進朝時，穿

押韻　一章遙、朝、切，是 19（宵）部。

章旨　一章描述檜君以燕服臨朝，不得體而令人憂心的情形。

作法　一章兼有設問、類疊（複疊），而睹物思人的興。

原文　羔裘翱翔[5]，狐裘在堂[6]。豈不思爾？我心憂傷。

押韻　二章翔、堂、傷，是 15（陽）部。

章旨　二章敘述檜君遊樂而不理朝政，令人憂心忡忡。

作法　二章兼有設問、互文見義，而睹物思人的興。

原文　羔裘如膏[7]，日出有曜[8]。豈不爾思？中心是悼[9]。

　　狐裘。毛《傳》：「羔裘以遊燕，狐裘以適朝。」宋應星《天工開物》：「古者，羔裘為大夫之服。」逍遙，遊戲宴樂、遊樂。《楚辭・九章》王逸注：「逍遙，遊戲也。」

2　狐裘，本義是狐皮製作的皮衣，此指諸侯的服裝。《禮記・玉藻》：「錦衣狐裘，諸侯之服也。」余培林《詩經正詁》：「《詩經》中，凡言狐裘，皆謂諸侯之服。」此二句，朱守亮《詩經評釋》：「謂遊宴時，著理朝辦公之法服；臨朝時，著燕居之便服。服非所宜，近於戲謔，故詩人憂勞不已也。」王靜芝《詩經通釋》：「衣朝服以遊宴，是過於好潔衣服也。今以朝天子之服以適朝，是過於好潔衣服也。好潔衣服，其事不大。詩人以此象其一意，美飾衣著，樂於遊宴，而忘治事。蓋恃險而驕，侈急慢也。」王靜芝以為「此檜人傷其君驕侈急慢，忘於治事，故作是詩」。

3　豈不爾思，「豈不思爾」的倒裝，這是不兼押韻的疑問句兼否定句的倒裝。既是語文的正則，又是隨語倒裝、文法倒裝。詳見附錄：《詩經》倒裝的三觀。豈，難道。爾，有二解：（一）指檜君。（二）指「羔裘」之大夫。思，想念。就修辭言，這是設問中的激問，又名反詰。

4　忉忉，音刀刀，ㄉㄠ ㄉㄠ，憂勞的樣子。《爾雅・釋訓》：「忉忉，憂也。」就文法言，這是疊字衍聲複詞。就修辭言，這是類疊（複疊）。

5　翱翔，遊樂。鄭玄《箋》：「翱翔，猶逍遙也。」「翱翔」與「逍遙」，互文見義，字異而義同，是錯綜中的抽換詞面。

6　堂，公堂。毛《傳》：「堂，公堂。」在堂，在朝治事。

7　羔裘如膏，是比喻（譬喻）中的明喻。羔裘如油膏一般光澤亮麗。孔穎達《毛詩正義》：「言羔裘衣色潤澤如脂膏然。」膏，油膏。如，好像。

押韻　三章膏，是 19（宵）部。曜、悼，是 20（藥）部。宵、藥二部，是對轉而押韻。

章旨　三章陳述檜君羔裘亮麗，日照有光澤，令人哀傷的情狀。

作法　三章兼有比喻（譬喻）、設問而睹物思人的興。

研析

　　全詩三章，首章兼有設問、類疊（複疊）而睹物思人的興，次章兼有設問、互文見義而睹物思人的興，末章兼有比喻（譬喻）、設問而睹物思人的興。

　　余培林《詩經正詁》：「一章二句為全詩之重心，欲知此詩之旨，必先知此二句中之『羔裘』、『狐裘』指一人？抑指二人？其人身分如何？此二詞語，前人解說雖多，但大多數以為合指一人檜君。其以為分指二人者，則以『羔裘』指檜君，『狐裘』指檜之大夫。」按：〈羔裘〉詩旨有二解。《周易・繫辭上》所謂「仁者見仁，智者見智」。董仲舒《春秋繁露・精華》：「《詩》無達詁。」一言以蔽之，毛《傳》、孔穎達《毛詩正義》皆指檜君一人，俞正燮〈檜・羔裘義〉、王闓運《詩經補箋》、余培林《詩經正詁》皆指二人。孰是孰非，惟有莊子「不譴是非」，可以迎刃而解。

8　有曜，曜然，光亮的樣子。此二句當作「日出有曜，羔裘如膏」，謂太陽出來，照耀羔裘，使羔裘如油膏一般光澤亮麗。按：屈萬里《詩經詮釋》：「《詩經》中，凡以『有』字冠於形容詞或副詞之上者，等於加『然』字於形容詞或副詞之下；故『有賁』，猶『賁然』也。」

9　悼，哀傷。「中心是悼」，「悼中心」的倒裝，是兼有押韻的肯定句倒裝，詳見附錄：《詩經》倒裝的三觀。「中心」，當作「心中」。

二　素冠

　　庶見素冠兮，棘人欒欒兮，勞心慱慱兮。
　　庶見素衣兮，我心傷悲兮，聊與子同歸兮。
　　庶見素韠兮，我心蘊結兮，聊與子如一兮。

注釋　〈素冠〉，取首章首句「庶見素冠兮」的「素冠」為篇名。

篇旨　〈素冠〉篇旨有四解：（一）〈詩序〉：「〈素冠〉，刺不能三年
　　　　也。」朱熹《詩集傳》從之。姚際恆《詩經通論》舉十證，闡
　　　　明其不可信。（二）屈萬里《詩經詮釋》：「此當是女子思慕男
　　　　子之詩。」朱守亮《詩經評釋》從之。（三）余培林《詩經正
　　　　詁》：「此詩當是大夫去國，其友人念之之詩。」（四）王靜芝
　　　　《詩經通釋》：「此是婦人思君子之詩。」

原文　庶見素冠兮[1]，棘人欒欒兮[2]，勞心慱慱兮[3]。
押韻　一章冠、欒、慱，是 3（元）部。

1　庶，庶幾，含希望之意。陳奐《詩毛氏傳疏》：「單言庶，絫（音累，ㄌㄟ∨，古
　　「累」字）言庶幾。」素冠，白色帽子。《禮記·曲禮下》：「大夫、士去國，踰
　　竟，為壇位，向國而哭，素衣、素裳、素冠。」余培林《詩經正詁》：「大夫、士去
　　國，著素冠、素衣。下文曰：『聊與子同歸兮。』足證詩之素冠、素衣、素韠，乃
　　指去國之大夫或士也。」本章三個「兮」字，用在句末，表示感嘆語氣，「啊」之
　　意。詳見段德森《實用古漢語虛詞》。
2　棘，瘦。惠棟《九經古義》：「棘，古『瘠』字。」按：瘠，音脊，瘦弱，是「膌」
　　的異體字。棘人，瘦弱的人，指作者。余培林《詩經正詁》：「棘人，瘦瘠之人，作
　　者自謂也。舊解為居喪之人，非是。」欒欒，音鸞鸞，ㄌㄨㄢ╱ ㄌㄨㄢ╱，瘦弱的樣
　　子。毛《傳》：「欒欒，瘠貌。」欒欒，就修辭言，是類疊（複疊）。就文法言，是
　　疊字衍聲複詞。按：朱守亮《詩經評釋》：「欒欒，瘦貌，女子為思念而憔悴也。」
3　勞心，憂心。慱慱，音團團，ㄊㄨㄢ╱ ㄊㄨㄢ╱，憂心的樣子。《爾雅·釋訓》：「慱
　　慱，憂也。」毛《傳》：「慱慱，憂勞也。」

章旨 一章描述女子思念男子的心情。

作法 一章兼有類疊（複疊）而平鋪直敘的賦。

原文 庶見素衣兮[4]，我心傷悲兮[5]，聊與子同歸兮[6]。

押韻 二章衣、悲、歸，是 7（微）部。

章旨 二章敘述女子思慕男子，期盼一同回去成親。

作法 二章平鋪直敘的賦。

原文 庶見素韠兮[7]，我心蘊結兮[8]，聊與子如一兮[9]。

押韻 三章韠、結、一，是 5（質）部。

章旨 三章陳述女子思慕男子，願與男子同生共死。

作法 三章平鋪直敘的賦。

---

4 素衣，白色衣服。「素衣」有二指：（一）指大夫、士去國之衣。（二）指男子之衣。

5 傷悲，當作「悲傷」，為押韻而倒裝。詳見附錄：《詩經》倒裝的三觀。

6 聊，有二解：（一）姑且。（二）願望。子，指著素衣、素冠之男子。同歸，有二解：（一）同歸鄉里。（二）一同回去成親。歸，指女子結婚而有歸宿。

7 韠，音畢，ㄅㄧˋ，蔽膝。朱熹《詩集傳》：「韠，蔽膝也。以韋為之。韠從裳色，素衣、素裳，則韋韠矣。」《禮記・玉藻》：「韠，君朱，大夫素。」素韠，有三解：（一）是大夫之服。（二）居喪者穿白色。高亨《詩經今注》：「韠，即蔽膝。古代官服上的裝飾，革製，長方形，上窄下寬，縫在肚下膝上，大官紅色，小官青黑色，居喪者白色。」按：王靜芝《詩經通釋》：「素冠、素衣、素韠之文，從未於喪禮中見之。」（三）男子之服。朱守亮《詩經評釋》：「韠，音畢，ㄅㄧˋ，蔽膝也，亦男子所服。」

8 蘊結，憂思不解。朱熹《詩集傳》：「思之不解也。」余培林《詩經正詁》：「即鬱結也。」按：蘊結，有心事鬱結於胸中，而不能解開。

9 如一，如一人，有二解：（一）余培林《詩經正詁》：「如一，如一人也。言齊心合意也。」（二）朱守亮《詩經評釋》：「如一，如一人也。言相與能如一人，同生共死也。」朱熹《詩集傳》：「與子如一，甚於『同歸』矣。」

研析

全詩三章，首章兼有類疊（複疊）而平鋪直敘的賦，次章、末章皆平鋪直敘的賦。

余培林《詩經正詁》：「首句曰『庶見』，希冀見之而實未見也。因尚未見，故『勞心慱慱』、『我心傷悲』、『我心蘊結』也。『棘人欒欒』，頗有『為伊消得人憔悴』之慨。『與子同歸』、『與子如一』，皆願望之詞也。全詩九句，句末皆有『兮』，語緩而味長。」姚際恆《詩經通論》：「此詩不知指何事何人，但『勞心』、『傷悲』之詞，『同歸』、『如一』之語，或如諸篇以為思君子可，以為婦人思男亦可；何必泥『素』之一字，遂迂其說以為『刺不能三年』乎！」朱守亮《詩經評釋》：「今據以為女子思慕男子之詩。詩則通篇傳神，全在一起手一『庶』字，此一『庶』字，中含有無限希冀，無限屬望。希望見其素冠、素衣、素韠之人而不得，故心悲傷，蘊結，欒欒然而瘦也。至慱慱、同歸、如一，身心憔悴，或言同歸好，一如往昔；或言永不分離，同生共死也。金谷詩：『白首同所歸。』河梁詩：『與子如一身。』當自此出。」斯言甚諦。

就部分言，即字句修辭言，「欒欒」、「傷悲」、「蘊結」，是層遞，具有漸層美、節奏感。「慱慱」、「同歸」、「如一」，也是層遞，更具漸美美、節奏感。

三　隰有萇楚

隰有萇楚，猗儺其枝。夭之沃沃，樂子之無知。
隰有萇楚，猗儺其華。夭之沃沃，樂子之無家。
隰有萇楚，猗儺其實。夭之沃沃，樂子之無室。

注釋　〈隰有萇楚〉，取首章首句「隰有萇楚」為篇名。

篇旨　朱熹《詩集傳》：「政煩賦重，人不堪其苦，歎其不如草木之無知而無憂也。」陳子展《詩經直解》：「〈隰有萇楚〉，此痛感有知、有家、有室之苦者，轉羨草木無知、無家、無室之樂，悲觀厭世之詩。」余培林《詩經正詁》：「此蓋女子樂其所愛者無家室之詩。」綜觀三說，詩義更明確、更詳盡。

原文　隰有萇楚¹，猗儺其枝²。夭之沃沃³，樂子之無知⁴。

1　隰，音習，ㄒㄧˊ，低溼之地。《爾雅·釋地》：「下溼曰隰。」萇楚，羊桃、獼猴桃。陸璣《詩草木鳥獸蟲魚疏》：「萇楚，今羊桃是也。葉長而狹，華紫赤色，其枝莖弱，過一尺，引蔓於草上。」作者將自己轉化為無知、無家、無室的人。

2　猗儺，音阿娜，ㄜ ㄋㄨㄛˊ，有二解：（一）美盛的樣子。王引之《經義述聞》：「猗儺，乃美盛之貌。（二）毛《傳》、鄭玄《箋》、胡承珙《毛詩後箋》：「猗儺，有柔順之意。猗儺其枝，「其枝猗儺」的倒裝，兼有押韻的肯定句倒裝。詳見附錄：《詩經》倒裝的三觀。其，代詞，指萇楚。前二句，將萇楚轉化為無知、無家、無室的人。羊桃枝美盛，轉化為人則為柔順。

3　夭，少好的樣子。朱熹《詩集傳》：「少好之貌。沃沃，光潤貌。」余培林《詩經正詁》：「朱子《集傳》、呂氏《樂記》、嚴氏《詩緝》，皆以『夭之沃沃』為形容萇楚生意之盛。」按：余氏之說，皆指萇楚之少好而柔潤。毛《傳》釋為年少、壯佼，指人而言，此乃轉化義。這是將人轉化為物，即將有知、有家、有室的人轉化為無知、無家、無室的萇楚，屬於物性，係轉化義，全章兼有轉化而觸景生情的興。詳見附錄：《詩經》比與興的辨析，又詳見蔡宗陽《文法與修辭探驪》。之，是語中助詞，又名結構助詞，無意義。詳見楊樹達《詞詮·卷五》。段德森《實用古漢語虛詞》：「之，結構助詞。用在主語、謂語之間加『之』，取消句子的獨立性，結構上使上下聯繫更緊密。」按：王力《古代漢語》（修訂本）第二冊458頁：「所謂取消

押韻 一章枝、知，是 10（支）部。

章旨 一章敘述傷時痛楚，感物思悲的情況。

作法 一章兼有比擬（轉化）而觸景生情的興。

原文 隰有萇楚，猗儺其華[5]。夭之沃沃，樂子之無家[6]。

押韻 二章華、家，是 13（魚）部。

章旨 二章陳述感慨時局，感物吟志的情形。

作法 二章兼有比擬（轉化）而觸景生情的興。

原文 隰有萇楚，猗儺其實[7]。夭之沃沃，樂子之無室[8]。

押韻 三章實、室，是 5（質）部。

章旨 三章描述感傷時勢，感物吟志的狀況。

作法 三章兼有比擬（轉化）而觸景生情的興。

研析

　　全詩三章，皆兼有比擬（轉化）而觸景生情的興。但就全詩三章

　　句子的獨立性，就是使句子在形式上詞組化，意思上不完整，如果不依賴一定的上下文，就不能獨立存在。」

4　樂，音要，一ㄠˋ，本是名詞，此當動詞，「喜愛」之意。子，代詞，指萇楚。之，語中助詞，結構助詞，無意義。知，有二解：（一）匹。《爾雅・釋詁》：「知，匹也。」（二）知識之知。陳奐《詩毛氏傳疏》：「知，讀如『不識不知』之知。」朱守亮《詩經評釋》：「無知，不知愁苦也。又無知與下無家、無室，皆無妻室意。」

5　華、花，是古今字。就訓詁學言，華是古字，花是今字。就文字學言，華是本字，花是後起字。

6　無家，無家室之累。家，指妻室。鄭玄《箋》：「謂無夫婦室家之道。」朱熹《詩集傳》：「言無累也。」

7　實，果實。胡承珙《毛詩後箋》：「華實皆附於枝，枝既柔順，則華實亦必從風而靡，雖概稱猗儺不妨。」

8　無室，猶無家。朱熹《詩集傳》：「無室，猶無家也。」按：二章「無家」、三章「無室」，是互文見義，字異而義同，屬於錯綜中的換詞面。

三句「夭之沃沃」，連用三次，是類疊（又名複疊、反覆）的修辭手法。

歐陽脩〈秋聲賦〉：「嗟乎！草木無情，有時飄零。人為動物，惟物之靈。百憂感其心，萬物勞其形。有動於中，必搖其精。而況思其力之所不及，憂其智之所不能。」女子之情，其智力之所不能及，以比擬（轉化）修辭手法，產生移情作用，將所愛慕無知、無家、無室之人，轉化在「萇楚」上，抒發其愛慕之情。

希臘哲學家亞里斯多德〈靈魂階梯學說〉：「植物被認為具有生長之靈魂，動物具有生長與感覺之靈魂，而人則具有生長、感覺與理性之靈魂。此謂人之靈魂最高。」陳子展《詩經直解》：「〈隰有萇楚〉詩人告哀，轉以植物，但有生長靈魂為樂邪？」陳子展援引法國生物學家屈費爾《十九世紀歐洲思想史》：「動物之性情，亦與人類無以大異。強者好欺凌，弱者好卑屈。……吾人只見其（指植物）華美而不見其憂愁，並不令人追想人類之情感憂慮與諸不如意之事。植物世界中，只有戀愛而無妒忌，有美麗而無炫耀，有強力而無橫暴，有死亡而無痛楚，與人類絕不相同。」一言以蔽之，動物、植物與人類，大相逕庭。此有助於洞悉〈隰有萇楚〉詩義。身為萬物之靈人類，應該多學習植物的優點、特點，但其優點、特點，常被人類漠視，豈不哀哉？

陳子展《詩經直解》：「〈隰有萇楚〉詩『樂子之無知』，此知字可用《老子》無知無欲之說解之，詩人殆有類似道家一流之頹廢主義、消極思想。」按：《老子‧第七十章》：「夫唯無知，是以不我知。」「無知」，即「天子莫能知」。「我」，指老子本身。而非一般所謂「一竅不通」之「無知」。老子思想並非頹廢主義、消極思想，而是「正言若反」（〈第七十八章〉）：「天下莫柔弱於水，而攻堅強者莫之能勝。」）。「無欲」見於《老子‧第三十四章》：「常無欲，可名於小；

萬物歸焉而不為之，可名為大。」又〈第一章〉：「無，名天地之始；有，名萬物之母。」〈隰有萇楚〉深具道家思想，但並非頹廢主義、消極思想，而是自然思想。

四　匪風

> 匪風發兮，匪車偈兮。顧瞻周道，中心怛兮。
> 匪風飄兮，匪車嘌兮。顧瞻周道，中心弔兮。
> 誰能亨魚？溉之釜鬵。誰將西歸？懷之好音？

注釋　〈匪風〉，取首章首句「匪風發兮」的「匪風」為篇名。

篇旨　朱熹《詩集傳》：「周室衰微，賢人憂歎而作此詩。」屈萬里《詩經詮釋》：「此當是檜人憂國思周之詩。」糜文開、裴普賢《詩經欣賞與研究》：「犬戎作亂，幽王被殺，鎬京淪陷，檜國詩人循周道流亡東返，賦此詩，以抒其憂傷。」朱守亮《詩經評釋》：「此檜將滅於鄭，人民流離道路，痛苦悲愴，望周興以救之之詩。」綜觀眾說，詩義自明。

原文　匪風發兮[1]，匪車偈兮[2]。顧瞻周道[3]，中心怛兮[4]。

1　匪，彼，那個。王念孫《廣雅疏證》：「『匪』當為『彼』。『匪風發兮，匪車偈兮』，猶言彼風之動發發然，彼車之驅偈偈然。」楊樹達《詞詮·卷一》：「匪，指示形容詞，亦與『彼』同。惟位在名詞之上。」發，有三解：（一）飄揚的樣子。朱熹《詩集傳》：「發，飄揚貌。」（二）猶發發，風之吹颭疾厲聲。詳見朱守亮《詩經評釋》。（三）疾的樣子。陳奐《詩毛氏傳疏》：「發，猶發發也。」〈蓼莪〉：「飄風發發。」毛《傳》：「發發，疾貌。」按：朱守亮《詩經評釋》：「以風之發飄，車之偈嘌，一以喻政亂心危，一以寫流離途中實景實情。」

2　偈，音傑，ㄐㄧㄝˊ，疾馳的樣子。朱熹《詩集傳》：「偈，疾驅貌。高亨《詩經今注》：「偈，疾馳貌。」

3　顧，回頭看。鄭玄《箋》：「迴首曰顧。」瞻，向遠處看。周道，余培林《詩經正詁》：「『周道』當是自周來時之道，非適用之道也。其道雖一，而其義則有別。」按：歐陽脩《詩本義》：「嚮周之道。」朱熹《詩集傳》：「適周之路也。」當從余培林《詩經正詁》之說。

4　中心，當作「心中」。怛，音達，ㄉㄚˊ，憂傷。朱熹《詩集傳》：「怛，傷也。」

押韻　一章發、偈、怛，是 2（月）部。

章旨　一章敘述檜國人民流離失所，觸景生情的狀況。

作法　一章兼有比喻（譬喻）而觸景生情的興。

原文　匪風飄兮[5]，匪車嘌兮[6]。顧瞻周道，中心弔兮[7]。

押韻　二章飄、嘌、弔，是 19（宵）部。

章旨　二章陳述檜國人民流離失所，觸景生情的憂傷。

作法　二章兼有比喻（譬喻）而觸景生情的興。

原文　誰能亨魚[8]？溉之釜鬵[9]。誰將西歸[10]？懷之好音[11]？

押韻　三章鬵、音，是 28（侵）部。

---

5 飄，有二解：（一）疾的樣子。陳奐《詩毛氏傳疏》：「飄，猶飄飄也。飄飄，猶發發也。」按：毛《傳》：「發發，疾貌。」（二）迴風、旋風。毛《傳》：「迴風為飄。」程俊英、蔣見元《詩經注析》：「飄，飄風，即旋風。這裡用來形容風勢迅猛旋轉。」

6 嘌，音飄，ㄆㄧㄠ，快速的樣子。許慎《說文解字》：「嘌，疾也。《詩》曰：『匪車嘌兮』。」

7 弔，悲傷。毛《傳》：「弔，傷也。」

8 亨，音烹，ㄆㄥ，古借為「烹」，燒煮。陸德明《經典釋文》：「煮也。」亨魚，比喻治國。朱守亮《詩經評釋》：「亨，古同『烹』。古言治國每次烹魚為喻。」毛《傳》：「烹魚煩則碎，治國煩則散，知烹魚則知治民矣。」按：《老子・第六十章》：「治大國，若烹小鮮。」鮮，魚。誰能亨魚，運用設問兼比喻（譬喻）。

9 溉，音概，ㄍㄞˋ，洗滌。毛《傳》：「滌也。」之，代詞，指魚。詳見陳霞村《古代漢語虛詞類解》。溉之釜鬵，當作「溉之（於）釜鬵」。釜，鍋。鬵，音尋，ㄒㄩㄣˊ，大釜。許慎《說文解字》：「鬵，大釜也。」按：釜鬵，同義複詞。渾言之則同，析言之則異。釜，小鍋。鬵，大鍋。釜、鬵，皆指鍋。

10 誰將西歸，這是設問中的激問，又名反詰。鄭玄《箋》：「檜在周之東，故言西歸。」朱熹《詩集傳》：「歸於周也。」此句言誰將西歸於周乎？

11 懷，本義是懷念，引申為盼望、希望。之，代詞，指西歸之事。音，音信。好音，好消息。屈萬里《詩經詮釋》：「懷，念也，猶言盼望也。好音，猶今語好消息之謂。」此言我希望有人能為我帶來周室已安寧的好消息。

章旨 三章描述期盼有人能帶來周室安寧好消息的心情。

作法 三章兼有比喻（譬喻）、設問的興。

研析

　　全詩三章，首章、次章皆兼有比喻（譬喻）而觸景生情的興，末章兼有比喻（譬喻）、設問而睹物抒情的興。

　　余培林《詩經正詁》：「一、二章首句示周室之危亂。二句示逃亡之急迫。其身分為貴族，亦於此句中見之。此二句頗有『驚心動魄』之效果。三句『顧瞻周道』中之『顧』字，最為吃緊。……四句寫心中之憂傷。卒章『誰能亨魚』，意在下句『溉之釜鬵』，《傳》以老子治國之道釋之，殊失詩人之意。末二句為全詩之重心，『西歸』一詞，為大多數說詩者所忽略，遂使詩旨與作者身分俱模糊不清，殊為可惜。」闡析詩義，十分詳盡。

　　朱守亮《詩經評釋》：「一、二章嘆其衰微也。三章則祈彼善治其國者，能若烹小鮮，得其時宜，不致於亂，使大局挽回，恢復西周之盛。如此，則政出天子，強不凌弱，以振救我小國之衰亂也。著一『懷』字，兩『誰』字，一『西』字。風景依然，舉目則有江山異色之感。」此說甚諦。朱氏點出檜人之心聲、冀望，堪為畫龍點睛之妙。

曹

注釋 曹，國名，姬姓，周武王弟振鐸所封之國。其封城約當今山東省菏澤、定陶一帶。曹都故址，在今定陶縣。傳二十四世至曹伯陽，於魯哀公八年，為宋景公所滅。〈曹〉詩凡四篇，其年代大約西元前六六○年至五一六年間。

一　蜉蝣

蜉蝣之羽，衣裳楚楚。心之憂矣，於我歸處！
蜉蝣之翼，采采衣服。心之憂矣，於我歸息！
蜉蝣掘閱，麻衣如雪。心之憂矣，於我歸說！

注釋 〈蜉蝣〉，取首章首句「蜉蝣之羽」的「蜉蝣」為篇名。

篇旨 朱熹《詩集傳》：「此詩蓋以時人有玩細娛而忘遠慮義者，故以蜉蝣為比而刺之。」朱守亮《詩經評釋》：「詩亦無玩細娛而忘遠慮義。後之解者或謂：『競誇浮華，不務實務。』或謂：『人無遠慮，必有近憂。』皆由〈詩序〉、朱《傳》而來。實則此詩祇是以蜉蝣之朝生暮死，而嘆人生短促也。蘇子瞻〈赤壁賦〉：『寄蜉蝣於天地。』即用此詩。」洵哉斯言。

原文 蜉蝣之羽¹，衣裳楚楚²。心之憂矣³，於我歸處⁴！

1　蜉蝣，蟲名，渠略，又名聶蟍（音略，ㄌㄩせㄟ），又作「蟰」、「蟍」。《爾雅·釋

押韻 一章羽、楚、處,是 13(魚)部。

章旨 一章以蜉蝣之無知,比喻眾生之愚昧,競誇浮華,不務實際。

作法 一章兼有比喻(譬喻)而睹物抒情的興。

原文 蜉蝣之翼[5],采采衣服[6]。心之憂矣,於我歸息[7]!

押韻 二章翼、服、息,是 25(職)部。

章旨 二章以蜉蝣朝生暮死,比喻人生短促,抒發憂心忡忡的情緒。

作法 二章兼有比喻(譬喻)而抒發情感的興。

　蟲》:「蜉蝣,渠略。」毛《傳》:「蜉蝣,渠略也。朝生夕死,猶有羽翼,以自修
　飾。」之,連詞,「的」之意。詳見楊樹達《詞詮·卷五》。

2 楚楚,鮮明整潔的樣子。毛《傳》:「鮮明貌。」首二句有二解:(一)蜉蝣之羽
　(如)衣裳楚楚。(二)衣服楚楚,如蜉蝣之羽。前者指蜉蝣。後者指人。即余培
　林《詩經正詁》:「此刺檜國君臣僅重服飾,而輕朝政之詩也。作者亦當為在位
　者。」前者指蜉蝣,即朱守亮《詩經評釋》:「此以蜉蝣之朝生暮死,而嘆人生短促
　之詩。」按:此二說,見仁見智,《詩》無達詁,莊子不譴是非,公孫龍「堅白
　論」,皆言之有理,持之有故,理無虛發,不游談無根。

3 心之憂矣,心裡十分憂傷啊!「之」,語中助詞,又名結構助詞,詳見段德森《實
　用古漢語虛詞》。矣,語末助詞,表示感嘆,「啊」之意。詳見楊樹達《詞詮·卷
　七》。

4 於,音烏,ㄨ,嘆詞。陳霞村《古代漢語虛詞類解》:「『於』單獨使用,表示讚
　美、稱頌、感嘆,在先秦典籍《尚書》、《詩經》等書中出現。如《詩經·大雅·靈
　臺》:『於論鼓鍾!於樂辟雝!』」我,詩人自謂。歸處,有二解:(一)死。朱守亮
　《詩經評釋》:「歸處,謂死也。句謂噫!我將大歸以死矣。」(二)歸而止息。余
　培林《詩經正詁》:「嗚呼!我將歸而止息也。」

5 翼,音亦,一ˋ,翅膀。

6 采采衣服,當作「衣服采采」,這是兼有押韻的肯定句倒裝。采采,華美盛飾的樣
　子。余培林《詩經正詁》:「采采,即美盛貌。」此二句有二解:(一)「采采衣服
　(如)蜉蝣之翼」。此言刺檜國君臣重服飾,而輕朝政。(二)人生短暫如蜉蝣,勿
　浮華,要務實際。

7 歸息,猶歸處。有二解:(一)舍息、休息。毛《傳》:「息,止也。」(二)死也。
　朱守亮《詩經評釋》:「亦謂死也。」

原文 蜉蝣掘閱[8]，麻衣如雪[9]。心之憂矣，於我歸說[10]！

押韻 三章閱、雪、說，是2（月）部。

章旨 三章以蜉蝣朝生暮死，比喻人生短暫，而抒發憂心不已。

作法 三章兼有比喻（譬喻）而抒發情感的興。

研析

　　全詩三章，皆兼有比喻而抒發情感的興。但三章第三句「心之憂矣」間隔使用三次，是類疊（複疊）中的類句修辭手法。

　　余培林《詩經正詁》：「檜國君臣在其位應行其事，居其職應盡其責，今僅求衣服楚楚、璀璨、鮮潔，是務於外而忽於內，重其華而輕其實。其衣服如蜉蝣之羽翼，其人則如蜉蝣，其國祚則將亦如蜉蝣之生命不能久長矣。此詩人之所以憂傷，此詩人之所以慨嘆而欲歸息也。三、四句乃詩之重心。三句詩人寫其憂心，末句寫其歸鄉里而止息，暗示國將危亂也。」詩義剖析精微，但就檜國君臣僅重服飾而輕朝政而加以闡論。另一說，以蜉蝣之朝生暮死，而嘆人生短暫而析論，詳見朱守亮《詩經評釋》。此二說見仁見智，蓋董仲舒云：「《詩》無達詁。」

8　掘，音絕，ㄐㄩㄝˊ，穿。胡承珙《毛詩後箋》：「『掘』常訓『穿』。」閱，讀為「穴」。戴震《詩經小學》：「古閱、穴通。」掘閱，穿穴。蜉蝣的幼蟲，在陰雨中，穿穴而出地面，變為成蟲。詳見陸璣《詩草木鳥獸蟲魚疏》。

9　麻衣如雪，是比喻（譬喻）中的明喻。劉勰《文心雕龍‧比興》：「麻衣如雪，兩驂如舞，若斯之類，皆此類也。」麻衣，有二解：（一）借代蜉蝣的羽翼。如雪，形容蜉蝣羽翼鮮潔好像白雪一般。毛《傳》：「如雪，言鮮潔。」（二）麻衣，諸侯之朝服。鄭玄《箋》：「麻衣、深衣。諸侯之朝服，諸侯朝夕則深衣也。」

10　說，音稅，ㄕㄨㄟˋ，舍息、止息、休息。鄭玄《箋》：「說，猶舍息也。」歸說，死。朱守亮《詩經評釋》：「歸說，亦謂死也。」

二　候人

彼候人兮，何戈與祋，彼其之子，三百赤芾。
維鵜在梁，不濡其翼。彼其之子，不稱其服。
維鵜在梁，不濡其咮。彼其之子，不遂其媾。
薈兮蔚兮，南山朝隮。婉兮孌兮，季女斯飢。

注釋　〈候人〉，取首章首句「彼候人兮」的「候人」為篇名。

篇旨　朱守亮《詩經評釋》：「此刺曹君遠君子而近小人之詩。」余培林《詩經正詁》：「此寫某候人之詩。候人為下士，而竟服赤芾，居大夫之位，可見曹君用人之無常道，故此詩亦以刺曹共公用人之不以其道。」

原文　彼候人兮¹，何戈與祋²，彼其之子³，三百赤芾⁴。

1　彼，代詞，指候人。彼，是遠指代詞。楊樹達《詞詮・卷一》：「彼，人稱代名詞，與今語『他』字相當。」陳霞村《古代漢語虛詞類解》：「『彼』是遠指指示代詞。用作主語、賓語，一般較少作定語。」候人，官名。毛《傳》：「道路送迎賓客者。」兮，語末助詞，表示感嘆，「啊」之意。段德森《實用古漢語虛詞》：「兮，主要是用在感嘆句末，表示感嘆語氣。」按：代詞、代名詞、指稱詞、稱代詞，字異而實同，詳見蔡宗陽《國文文法・第三章術語的異稱稱表》。

2　何，音賀，ㄏㄜˋ，《齊詩》作「荷」，肩負。何、荷，是古今字。毛《傳》：「何，揭也。」按：揭，音皆，ㄐㄧㄝ，舉起。祋，音奪，ㄉㄨㄛˊ，殳（音抒，ㄕㄨ），兵器名。毛《傳》：「祋，殳也。」按：殳，古代用竹子或木頭做成的兵器。

3　彼其之子，此指「候人」。余培林《詩經正詁》：「其，音記，ㄐㄧˋ，己之借字，姓也。或作『己』。彼己之子，彼己姓之人。此當指『候人』而言。若非指「候人」，則『彼候人兮，何戈與祋』二語將成贅文。」彼，代詞，指候人。彼，是遠指代詞。

4　三百，形容很多，是數量夸飾（夸張）。芾，音扶，ㄈㄨˊ，蔽膝。毛《傳》：「芾，韠也。一命緼芾，黝珩；再命赤芾，黝珩；三命赤芾，蔥珩。大夫以上，赤芾，乘軒。」孔穎達《毛詩正義》：「《僖二十八年・左傳》謂：『晉文公入曹，數之，以其

押韻　一章被、芾，是 2（月）部。

章旨　一章敘述君子不能得意，祇為候人之官，而小人反而居高位。

作法　一章兼有數量夸飾（夸張）而觸景生情的興。

原文　維鵜在梁[5]，不濡其翼[6]。彼其之子，不稱其服[7]。

押韻　二章翼、服，是 25（職）部。

章旨　二章以鵜鶘在魚梁上，而不沾溼翅膀，比喻小人不應居高位的情形。

作法　二章兼有比喻（譬喻）的興。

原文　維鵜在梁，不濡其咮[8]。彼其之子，不遂其媾[9]。

　　不用僖負羈，而乘軒者三百人也。且曰：獻狀。』杜預注曰：『軒，大夫之車也。言其無德而居位者多，故責其功狀。』彼正當共公之時，與此三百文同。故《傳》言乘軒，以為共公近小人之狀。」余培林《詩經正詁》：「詩之『赤芾』，乃大夫之服。《左傳》之『乘軒』，乃乘大夫之車。故《正義》以《左傳》曹共公『乘軒者三百人』，當詩之『三百赤芾』。據《周禮・夏官》：天子之候人為上士，諸侯之候人為下士，以一下士之候人，而服大夫之赤芾，是僭也，故下文言其『不稱其服』也。『三百赤芾』者，服亦芾者三百，候人居此三百赤芾之一也。」

5　維，語首助詞、發語辭。楊樹達《詞詮・卷八》：「維，語首助詞。」《爾雅・釋詁下》：「伊，維也。」邢昺《疏》：「維，發語辭。」鵜，音啼，ㄊㄧ／，鵜鶘，俗名洶河。《爾雅・釋鳥》郭璞注：「今之鵜鶘也。好群飛，入水食魚。」梁，魚梁、堵魚壩。

6　濡，音儒，ㄖㄨ／，沾溼、漬溼。鄭玄《箋》：「鵜在梁當濡其翼，今不濡者非其常也。」其，代詞，指鵜。歐陽脩《詩本義》：「鵜當居泥水中，以自求魚而食；今乃邈然高處漁梁之上，竊人之魚以食，而得不濡其翼、咮（音宙，ㄓㄡ丶，鳥的嘴巴），如彼小人竊祿於高位，而不稱其服也。」按：小人不該得高位，比喻鵜不該在魚梁。

7　稱，音襯，ㄔㄣ丶，適合。其，代詞，指小人。余培林《詩經正詁》：「服，即上文『赤芾』而言。士而服大夫之服，故云『不稱』。按：鵜鶘在魚梁上，但卻不沾溼翅膀，這是不正常的現象，比喻小人居高位，也是不正常的現象。

8　其，代詞，指鵜。咮，音宙，ㄓㄡ丶，鳥的嘴巴。毛《傳》：「咮，喙也。」按：

押韻 三章唻、媾，是 16（侯）部。

章旨 三章以鵜鶘用長嘴捕魚，而不沾溼嘴巴，比喻小人欲與大夫，
季女結婚而不能的情況。

作法 三章兼有比喻（譬喻）的興。

原文 薈兮蔚兮[10]，南山朝隮[11]。婉兮孌兮[12]，季女斯飢[13]。

押韻 四章隮、飢，是 4（脂）部。

章旨 四章以「薈蔚朝隮」，比喻小人眾多，而氣燄旺盛；「季女婉

喙，音惠，ㄏㄨㄟˋ，鳥獸尖長的嘴。

9 遂，適合。朱熹《詩集傳》：「遂，稱。遂之為稱，猶今人謂遂意為稱意。」按：陳
新雄《訓詁學·第七章訓詁之術語》：「『之言』與『之為言』則為『推因』之術
語，釋詞與釋詞之間，具有某種聲韻關係。」林尹《訓詁學概要·第七章訓詁的術
語》：「凡言『之言』或（為言）者，必得音義全通。」遂，是定母；稱，是透母，
同屬舌音，相當於雙聲。又按：同音多同義，因此「遂」與「稱」，音義全通。
其，代詞，指小人。媾，音夠，《ㄡˋ，原指姻親間互締良緣的婚事，今泛稱婚
事，即婚媾、婚姻。歐陽脩《詩本義》：「媾，婚媾也。」又云：「不遂其媾者，婚
媾之義，貴賤匹偶，各有其類。彼在朝之小人，不下從群小居卑賤，而越高位，處
非其宜，而失其類也。」

10 薈、蔚，音會尉，ㄏㄨㄟˋ ㄨㄟˋ，本義是草木茂盛的樣子，此指雲氣興起的樣子。
毛《傳》：「薈、蔚，雲興貌。」本章四個「兮」，語末助詞，表示感嘆語氣，
「啊」、「呀」之意。

11 南山，曹國山名，在今山東曹州濟陰縣東二十里。隮，音躋，ㄐㄧ，虹。劉熙《釋
名》：「虹，……朝日始昇而出見也。」「朝隮」有二解：（一）雲氣升騰。朱熹《詩
集傳》：「朝隮，雲氣升騰也。」（二）彩虹昇起。詳見劉熙《釋名》。朱熹《詩集
傳》：「薈蔚、朝隮，言小人眾多而氣燄盛也。」

12 婉，年少的樣子。毛《傳》：「婉，少貌。孌，音攣三聲，ㄌㄩㄢˇ，美好的樣子。
毛《傳》：「孌，好貌。」

13 季女，少女，有二解：（一）比喻賢者。（二）指候人之女。朱熹《詩集傳》：「季女
婉孌自保，不妄從人，而反飢困，言賢者守道，而反貧賤也。」斯，結構助詞，用
在主謂結構之間。陳霞村《古代漢語虛詞類解》：「『斯』用于主謂結構之間，強調
主語和謂語的關係，凸出謂語，延宕語氣，使用較少。如《詩經·大雅·桑柔》：
『於乎有哀，國步斯頻。』」

變」，比喻賢者安貧樂道的情況。易言之，小人得志，賢者失意。屈原〈卜居〉：「黃鐘毀棄，瓦釜雷鳴。讒人高張，賢士無名。」斯言甚諦。

作法 四章兼有比喻（譬喻）的興。

研析

全詩四章，首章兼有數量夸飾（夸張）而觸景生情的興。二、三、四章皆兼有比喻（譬喻）的興。

余培林《詩經正詁》：「一章之『候人』，乃詩之主角，『何戈與祋』乃是其職責，賢與不賢固不知也。……此詩每章之末句皆是此章之重心，而此四末句又有其先後因果關係。」朱守亮《詩經評釋》：「曹君之遠君子，近小人，昭昭明著。詩則以三百赤芾作主，不稱不遂，則有辜負知遇。無功受祿，徒具衣冠。結黨營私，爭寵倖進，置國家大計於腦後，捫心自問，能無愧乎？姚舜牧曰：『候人雖一職之微，然皆各供其事，任其勞。彼赤芾者，優游於朝著之間，不稱不遂；但比同為黨，薈萃如南山之朝隮，何怪婉孌自少者之不得其食哉！蓋深恨而痛刺之詞。』……輕描閒寫，曹君用人顛倒處自現。」

三　鳲鳩

　　鳲鳩在桑，其子七兮。淑人君子，其儀一兮。其儀一兮，心如結兮。

　　鳲鳩在桑，其子在梅。淑人君子，其帶伊絲。其帶伊絲，其弁伊騏。

　　鳲鳩在桑，其子在棘。淑人君子，其儀不忒。其儀不忒，正是四國。

　　鳲鳩在桑，其子在榛。淑人君子，正是國人。正是國人，胡不萬年？

注釋　〈鳲鳩〉，取首章首句「鳲鳩在桑」的「鳲鳩」為篇名。

篇旨　朱熹《詩集傳》：「詩人美君子之用心，均平專一。」朱守亮《詩經評釋》：「此曹人美在位者之詩。」余培林《詩經正詁》：「此詩當是曹人頌美天子之公卿之詩。」

原文　鳲鳩在桑¹，其子七兮²。淑人君子³，其儀一兮⁴。其儀

1　鳲鳩，音ㄕ ㄐㄧㄡ，ㄕ ㄐㄧㄡ，鳥名，布穀鳥。朱熹《詩集傳》：「鳲鳩，亦名戴勝，今之布穀也。」毛《傳》：「鳲鳩之養其子，朝從上下，莫（暮）從下上，平均如一。」

2　其，代詞，指鳲鳩。七，形容很多，是數量夸飾（夸張）。本章四個「兮」字，語末助詞，表示感嘆，「啊」之意。段德森《實用古漢語虛詞》：「兮，主要是用在感嘆句末，表示感嘆語氣。」

3　淑，善。毛《傳》：「淑，善也。」程俊英、蔣見元《詩經注析》：「詩人以鳲鳩平均撫養其幼鳥，興『淑人君子』的德行專一。」

4　其，代詞，指淑人君子。儀，禮儀、態度。一，專一、均一不變。其儀一，指淑人君子之行為、態度，永遠專一而不變。「其儀一兮」，連用兩次，是類疊（複疊）中的疊句，具有加強語勢，渲染氣氛。

一兮，心如結兮[5]。

押韻 一章七、一、一、結，是 5（質）部。

章旨 一章敘述鳲鳩均養七子，比喻淑人君子之美德。

作法 一章兼有比喻（譬喻）、類疊（複疊）的興。

原文 鳲鳩在桑，其子在梅[6]。淑人君子，其帶伊絲[7]。其帶伊絲，其弁伊騏[8]。

押韻 二章梅、絲、絲、騏，是 24（之）部。

章旨 二章以鳲鳩之子在梅，比喻淑人君子之其帶用素絲，其冠用玉飾之有成就的情形。

作法 二章兼有比喻（譬喻）、類疊（複疊）的興。

---

5 心如結，淑人君子之心好像物之堅固而不散。如結，毛《傳》：「言執義一，則用心固也。」心如結，朱守亮《詩經評釋》：「言不二三其德，朝更暮改也。」程俊英、蔣見元《詩經注析》：「君子的言行是一致的，他的用心又是很堅定的。」

6 其，代詞，指鳲鳩。梅，梅樹。程俊英、蔣見元《詩經注析》：「作者以鳲鳩的小鳥長大後，飛到梅樹上，興『淑人君子』的德澤廣被。」

7 其，代詞，指淑人君子。帶，大帶。鄭玄《箋》：「帶，謂大帶也，大帶用素絲。」伊，是。裴學海《古書虛字集釋》：「伊，是也。一為『此』字之義。一為『是非』之『是』。如〈小雅・蓼莪〉：『匪莪伊蒿。』按：此『伊』，『是』之意。「其帶伊絲」，連用兩次，是類疊（複疊）中的疊句，旨在增強語勢，渲染氣氛。

8 其，代詞，指淑人君子。弁，音便，ㄅㄧㄢˋ，皮帽。騏，當作「璂」，弁飾，以玉為之。鄭玄《箋》：「騏，當作『璂』，以玉為之。」陸德明《經典釋文》：「騏，《說文》作『璂』，云：『弁飾也，往往置玉也。』或亦作『璂』。」《周禮・弁師》：「王之皮弁，會五采玉璂。」鄭玄注：「皮弁之縫中，每貫結五采玉十二以為飾，謂之綦。」余培林《詩經正詁》：「璂者，弁之玉飾也。字應作『璂』，或作『璂』。作『綦』、『騏』者，假借字也。」這是本有其字的假借。假借有三變：（一）本無其字的假借。（二）本無其字的假借。（三）譌（音訛，ㄜˊ，錯誤），字冒為假借。段玉裁《說文解字》注：「大氐假借之始，始於本無其字；及其後也，既有其字矣，而多為假借；又其後也，譌字亦得自冒於假借：博綜古今，有此三變。」

原文 鳲鳩在桑，其子在棘[9]。淑人君子，其儀不忒[10]。其儀不忒，正是四國[11]。

押韻 三章棘、忒、忒、國，是 25（職）部。

章旨 三章以「鳲鳩在桑，其子在棘」，比喻其儀不忒之淑人君子可作為天下領導人。

作法 三章兼有比喻（譬喻）、類疊（複疊）的興。

原文 鳲鳩在桑，其子在榛[12]。淑人君子，正是國人[13]。正是國人，胡不萬年[14]？

押韻 四章榛、人、人、年，是 6（真）部。

章旨 四章以「鳲鳩在桑，其子在榛」，比喻淑人君子可以領導全國人民。

作法 四章兼有比喻（譬喻）、類疊（複疊）的興。

---

9 棘，音吉，ㄐㄧˊ，酸棗樹。

10 忒，音特，ㄊㄜˋ，有二解：（一）差錯。朱熹《詩集傳》：「忒，差忒也。」（二）改變。許慎《說文解字》：「忒，更也。」段玉裁注：「凡人有過失改革，謂之忒。」

11 正，有二解：（一）匡正，引申為領導。如《論語·憲問》：「一匡天下」之「匡」。（二）長官，指領導人。毛《傳》：「正，長也。」是，此，代詞，有二解：（一）指其儀不忒之淑人君子。（二）指此，這個，近指代詞。四國，四方之國，即天下。此句有二解：（一）領導這個天下。（二）（曹人）以是（此，指其儀不忒之淑人君子。）為四國（天下）之領導人。按：綜觀言之，曹人以其儀不忒之淑人君子，作為天下之領導（人）。正，是意謂動詞。正是，以此（其儀不忒之淑人君子）作為四國（天下）之領導（人）。

12 榛，音真，ㄓㄣ，木名，樺木科的落葉喬木，葉互生，緣有鋸齒，春日開花，果實為堅果，有包殼。果實叫榛子，果皮堅硬，果仁可食。

13 國人，指曹國人民，即全國人民。

14 胡，為何。萬年，即長壽，指萬壽無疆。這是曹國人民祝其君萬壽無疆。

研析

全詩四章，皆兼有比喻（譬喻）、類疊（複疊）的興。

余培林《詩經正詁》：「一章為全詩之重心，首二句言鳲鳩之子有七，而其心則一，以象徵淑人君子雖有四國之子民，而其儀則一，其心如結，公正而無偏私，故能為四國之人之法則也。二章以下，述鳲鳩之子，或在梅，或在棘，或在榛，正象徵君子之子民遍及四國也。二、三章之後四句，為『其儀一兮』之注腳，『其帶』、『其弁』即『儀』也；『不忒』即『一』也。末章末句頌美之意畢現，亦此詩寫作之目的也。」洵哉斯言。朱守亮《詩經評釋》：「此詩須從四個『淑人君子』著眼。或美其儀一，其美其心結，或美其誠於中之形於外，或美其四國之人之以為法，最後除『美』之外，並順祝其『胡不萬年』也。牛運震曰：『平易和雅，變風中少有此格。』斯言得之。」按：綜觀各家之說，詩義更明確、更翔實。

四　下泉

　　洌彼下泉，浸彼苞稂。愾我寤嘆，念彼周京。
　　洌彼下泉，浸彼苞蕭。愾我寤嘆，念彼京周。
　　洌彼下泉，浸彼苞蓍。愾我寤嘆，念彼京師。
　　芃芃黍苗，陰雨膏之。四國有王，郇伯勞之。

注釋　〈下泉〉，取首章首句「洌彼下泉」的「下泉」為篇名。

篇旨　王靜芝《詩經通釋》：「此傷晉之侵，乃念周之衰，無以制霸
也。……愚意以為此晉人入曹，曹人傷晉之侵，而念周室衰
微，無力以制晉扶曹，故念周而懷郇伯也。下泉之洌，是喻晉
也。寒洌是言其侵入之厲也。苞稂喻曹人生命之所繫。是先感
其國之辱，其人之危。然後思外援之不濟，王室之今非昔比
者。是先由本身之感受而興辭。」

原文　洌彼下泉¹，浸彼苞稂²。愾我寤嘆³，念彼周京⁴。

1　洌，音列，ㄌㄧㄝˋ，寒涼。嚴粲《詩緝》：「列旁三點者，從水也，清也，潔也。
　　旁二點，從冰也，寒也。」毛《傳》：「洌，寒也。」彼，代詞，是遠指代詞，指下
　　泉。下泉，泉從高處流下者。程俊英、蔣見元《詩經注析》：「下泉，出自地下的泉
　　水。亦名狄泉。」
2　浸，音近，ㄐㄧㄣˋ，受水滲透而漸溼。余培林《詩經正詁》：「浸，潤漬也。」
　　彼，代詞，指稂根。苞，有二解：（一）叢生。《爾雅・釋詁》邢昺疏：「苞者，草
　　木叢生也。」（二）豐茂。按：馬瑞辰以為叢生茂盛意，高本漢證實之。稂，音
　　郎，ㄌㄤˊ，草名，又名狼尾草。《爾雅・釋草》：「稂，童梁。」糜文開、裴普賢
　　《詩經欣賞與研究》：「童梁，莠草之屬。」鄭玄《箋》：「稂當作涼，涼草，蕭蓍之
　　屬。何楷以稂為狼尾草，與莠之狗尾草相類。」
3　愾，音慨，ㄎㄞˋ，歎息之聲。朱熹《詩集傳》：「歎息之聲。」寤，連續。愾我寤
　　嘆，連續嘆息不已。
4　念，懷念。彼，遠指代詞，指那個。陳霞村《古代漢語虛詞類解》：「『彼』是遠指

押韻 一章泉、嘆，是 3（元）部。粮、京，是 15（陽）部。

章旨 一章敘述周天子衰弱，不能制霸的情況。

作法 一章兼有比喻（譬喻）的興。朱熹《詩集傳》：「王室陵夷，而小國困弊，故以寒泉下流，而苞粮見傷為比，遂興有愾然，以念周京。」即其證也。

原文 洌彼下泉，浸彼苞蕭[5]。愾我寤嘆，念彼京周[6]。

押韻 二章泉、嘆，是 3（元）部。蕭、周，是 21（幽）部。

章旨 二章陳述周天子衰微，不能制霸的狀況。

作法 二章兼有比喻（譬喻）的興。朱熹《詩集傳》：「比而興也。」

原文 洌彼下泉，浸彼苞蓍[7]。愾我寤嘆，念彼京師[8]。

押韻 三章泉、嘆，是 3（元）部。蓍、師，是 4（脂）部。

章旨 三章以寒泉流下，浸彼叢粮，喻晉之侵曹，而曹既無力，王室今亦衰微，無能扶曹制晉的情形。

作法 三章兼有比喻（譬喻）的興。朱熹《詩集傳》：「比而興也。」

指示代詞，可以兼表他稱。用作主語、賓語，一般較少作定語，相當于『他』、『他們』，或那個人、那些人。」周京，周天子所住的京城。此蓋指西周鎬京。朱熹《詩集傳》：「周京，天子之所居也。」

5　蕭，蒿草。《爾雅·釋草》：「蕭，蒿也。」郝懿行《爾雅義疏》：「今人所謂萩蒿也。或云牛尾蒿。」

6　京周，猶周京。朱熹《詩集傳》：「猶周京也。」余培林《詩經正詁》：「倒文以協韻耳。」按：這是有押韻的肯定句倒裝。詳見附錄：《詩經》倒裝的三觀。

7　蓍，音詩，ㄕ，筮草。朱熹《詩集傳》：「蓍，筮草也。」古人以其莖為占筮之用。

8　京師，周京。《公羊傳·桓公九年》：「京師者何？天子之居也。京者何？大也。師者何？眾也。天子之居，必以眾大言之。」孔穎達《毛詩正義》：「周京與京師一也，因異章而變文耳。」按：周京、京周、京師，既是互文見義，字異而義同，又是錯綜中的抽換詞面，更是為押韻而錯綜。

原文　芃芃黍苗[9]，陰雨膏之[10]。四國有王[11]，郇伯勞之[12]。

押韻　四章苗、膏、勞，是 19（宵）部。

章旨　四章陳述往者周天子興盛而今衰微的情懷。

作法　四章兼有比喻（譬喻）的興。朱熹《詩集傳》：「比而興也。」

研析

　　全詩四章，皆兼有比喻（譬喻）的興。

　　余培林《詩經正詁》：「每章之前二句為興，象徵天子澤及下國也。『下泉』、『陰雨』，象徵王室之恩澤，『苞稂』、『苞蕭』、『苞蓍』、『芃芃黍苗』，則象徵『四國』。『浸』即四章之『膏』，易字避複而已，並無侵害之意。前三章之後二句似流水對，寫我之所以癙歎，正因念彼京師之顛覆。無窮感傷，盡在八字之中，此亦作此詩之旨也。卒章之末二句『四國有王，郇伯勞之』，正寫京師當年盛況，此所以念念不忘也。如今不復，此所以『愾我癙歎』也。全詩重心，即在『念彼京師』一語，若能緊握此語，則上下詩文如網之在綱矣。」泂

9　芃芃黍苗，當作「黍苗芃芃」，這是兼有押韻的肯定句倒裝。詳見附錄：《詩經》倒裝的三觀。芃芃，音朋朋，ㄆㄥˊ ㄆㄥˊ，茂盛的樣子。毛《傳》：「美貌。」朱守亮《詩經評釋》：「芃芃，茂盛貌。」

10　膏之，使之膏，致使動詞、役使動詞，簡稱使動詞。詳見蔡宗陽《國文文法》。膏，潤澤、滋潤。之，代詞，指黍苗。

11　四國，指四方諸侯。鄭玄《箋》：「有王，謂朝聘於天子也。」《孟子·梁惠王下》：「天子適諸侯曰巡狩。巡狩者，巡所狩；諸侯朝於天子曰述職，述職者，述所職也。」余培林《詩經正詁》：「有王即述職。」即其證也。

12　郇，音旬，ㄒㄩㄣˊ。郇伯，郇侯。毛《傳》：「郇伯，郇侯也。」鄭玄《箋》：「郇侯，文王之子。為州伯，有治諸侯之功。」勞，音澇，ㄌㄠˋ，此當動詞，「慰勞」之意。之，代詞，指郇伯。天子應該派人慰勞他們。朱熹《詩集傳》：「四國既有王，而又有郇伯以勞之，傷今之不然也。」聞一多《風詩類鈔》：「四方諸侯之所以有王者，以郇伯勤勞之之故也。」《周禮·大行人》：「上公三勞，諸侯再勞，子男一勞」。〈小行人〉：「凡諸侯入王，則逆勞于畿，及郊，勞眡館。」按：眡，音低，ㄉㄧ，視貌。

哉斯言。朱守亮《詩經評釋》:「前三章起二句有荒原曠野,蓬蒿滿目
景象。一『洌』字有不寒而慄意,一『浸』意有終歲沮洳意,一
『苞』字有稊稗叢生,根深難拔意,而『愾我寤嘆』四字沈憂,景象
如繪。末一句『念彼周京』,懷昔盛時,當不致如此也。第四章『芃
芃黍苗』,是憶往昔各國康樂之象也。『陰雨膏之』,是王室能扶小國
之象也。由此以憶起四國有王,王室強大之事,而又有郇伯以勞之。
蓋郇伯有治諸侯,使各國康樂,而無侵害之功,故念之也。」按:通
觀各說,使人更洞悉詩義,更了解全詩組織縝密,結構周延,層次嚴
謹。

豳

注釋 豳,音邠,ㄅㄧㄣ,亦作「邠」,國名。在〈禹貢〉雍州岐山以北,原隰之野(今陝西省栒(音旬,ㄒㄩㄣˊ)邑縣西)。〈豳〉詩凡七篇。

一 七月

七月流火,九月授衣。一之日觱發,二之日栗烈;無衣無褐,何以卒歲?三之日于耜,四之日舉趾。同我婦子,饁彼南畝,田畯至喜。

七月流火,九月授衣。春日載陽,有鳴倉庚。女執懿筐,遵彼微行,爰求柔桑。春日遲遲,采蘩祁祁。女心傷悲,殆及公子同歸。

七月流火,八月萑葦。蠶月條桑,取彼斧斨,以伐遠揚,猗彼女桑。七月鳴鵙,八月載績。載玄載黃,我朱孔陽,為公子裳。

四月秀葽,五月鳴蜩。八月其穫,十月隕蘀。一之日于貉,取彼狐狸,為公子裘。二之日其同,載纘武功。言私其豵,獻豜于公。

五月斯螽動股,六月莎雞振羽。七月在野,八月在宇,九月在戶,十月蟋蟀入我牀下。穹窒熏鼠,塞向墐戶。嗟我婦子,曰為改歲,入此室處。

六月食鬱及薁，七月亨葵及菽，八月剝棗，十月穫稻。為此春酒，以介眉壽。七月食瓜，八月斷壺，九月叔苴。采荼薪樗，食我農夫。

九月築場圃，十月納禾稼。黍稷重穋，禾麻菽麥。嗟我農夫，我稼既同，上入執宮功。晝爾于茅，宵爾索綯；亟其乘屋，其始播百穀。

二之日鑿冰沖沖，三之日納于凌陰，四之日其蚤，獻羔祭韭。九月肅霜，十月滌場。朋酒斯饗，曰殺羔羊。躋彼公堂，稱彼兕觥：「萬壽無疆」。

注釋 〈七月〉，取首章首句「七月流火」的「七月」為篇名。

篇旨 余培林《詩經正詁》：「此詩人寫豳國農人生活及上下協和之詩。」崔述《豐鎬考信錄》：「此詩當為大王以前豳之舊詩，蓋周公述之以戒成王，而後世因誤為周公所作耳。」方玉潤《詩經原始》：「〈豳〉僅〈七月〉一篇所言，皆農桑稼穡之事。非躬親隴畝，久於其道者，不能言之親切有味也如此。周公生長世冑，位居冢宰，豈暇為此？」綜觀眾說，篇旨更洞悉矣。

原文 七月流火[1]，九月授衣[2]。一之日觱發[3]，二之日栗烈[4]；

---

1 七月，豳曆七月，亦是夏曆七月，殷曆八月，周曆九月。朱熹《詩集傳》：「斗建申之月，夏之七月也。」高亨《詩經今注》有夏、殷、周、豳四曆對照表，茲迻錄於後，以資洞悉夏曆與豳曆之對照。流，下趨。毛《傳》：「下也。」火，星名。朱熹《詩集傳》：「火，大火，心星也。」《禮記・月令》：「季夏之月，昏，火中。」余培林《詩經正詁》：「火星於六月昏中，至七月昏則西沉，故曰『流火』，此句謂天氣漸寒也。」按：高亨《詩經今注》夏曆與豳曆相較，則四月至十月，二者皆同，其餘不同者，與本詩相關者再闡明之。夏曆、殷曆、周曆與豳曆相關者，兼陳述之。高亨《詩經今注》：七月流火，《左傳・昭公七年》：「梓慎曰：『火出於夏為三月，於商為四月，於周為五月。』」可見周代及其以前確有過不同的曆法。豳曆又是一

無衣無褐[5]，何以卒歲[6]？三之日于耜[7]，四之日舉趾[8]。

種，由此篇觀察，豳曆是用十個數目記十二個月份，因而在記月上不得不採用兩種形式：一種是「某之日」，如「一之日」、「二之日」等；一種是「某月」如「四月」「五月」等。這是很特殊的很古拙的一種記月方法。豳曆的歲始是「一之日」，歲終是「十月」，一歲的始終與周曆相當，可能是周曆的前身，但我們不能根據這一點斷定〈七月〉是武王滅殷以前的作品，因為周曆頒行以後，各地方的別種曆法，還是長期存在著。現列夏殷周豳四曆對照表如下：

月建	夏曆	殷曆	周曆	豳曆
寅	正月	二月	三月	三之日
卯	二月	三月	四月	四之日
辰	三月	四月	五月	蠶月
巳	四月	五月	六月	四月
午	五月	六月	七月	五月
未	六月	七月	八月	六月
申	七月	八月	九月	七月
酉	八月	九月	十月	八月
戌	九月	十月	十一月	九月
亥	十月	十一月	十二月	十月
子	十一月	十二月	正月	一之日
丑	十二月	正月	二月	二之日

2 九月，夏曆與豳曆相同，但周曆十一月。朱熹《詩集傳》：「九月霜降始寒，而蠶績之功亦成，故授人以衣，使禦寒也。」余培林《詩經正詁》：「此謂豳政府授與人民寒衣也。」授衣，授與寒衣。

3 一之日，就豳曆而言，相當於夏曆十一月，殷曆十二月，周曆正月。毛《傳》：「一之日，周正月也。」觱，音畢，ㄅㄧˋ。觱發，風寒。

4 二之日，就豳曆而言，相當於夏曆十二月，殷曆正月，周曆二月。栗烈，寒氣。毛《傳》：「寒氣也。」許慎《說文解字》引《詩》作「凓冽」，是正字。

5 褐，音何，ㄏㄜˊ，毛布，貧賤者之服。鄭玄《箋》：「褐，毛布也。」按：褐，粗毛或粗麻布之衣服，貧賤所穿之衣服。

6 何以，如何。卒，終。卒歲，過冬。歲，年。《爾雅·釋天》：「載，歲也。夏曰歲，商曰祀，周曰年，唐、虞曰載，歲名。」朱守亮《詩經評釋》：「二句言無衣無

同我婦子[9]，饁彼南畝[10]，田畯至喜[11]。

押韻　一章火、衣，是 7（微）部。發、烈、褐、歲，是 2（月）
部。耜、趾、子、畝、喜，是 24（之）部。

章旨　一章敘述豳曆與夏曆同是七月，天候漸涼，準備衣服過冬，俟
春來始耕。

作法　一章兼有層遞而平鋪直敘的賦。

原文　七月流火，九月授衣。春日載陽[12]，有鳴倉庚[13]。女執

褐，則何以度歲末而過新邪？」即貧賤者無衣服可穿，如何度過冬天，而過新年
呢？

7　三之日，就豳曆而言，相當於夏曆正月，殷曆二月，周曆三月。于，修整、修理。
耜，音似，ㄙˋ，農具。于耜，毛《傳》：「始修耒耜也。」馬瑞辰《毛詩傳箋通
釋》：「于，猶為也。為與修同義。于耜，即為耜也；為耜，即修耜也。」余培林
《詩經正詁》：「耜，農具，耒之下端也，古以木，後世以金，略似今之鐵鍬，其柄
謂之耒。」按：先修理農具，再舉足下田，開始耕田。

8　四之日，就豳曆而言。相當於夏曆二月，殷曆三月，周曆四月。趾，足。舉足踏
耜，即開始耕田。按：「一之日」、「二之日」、「三之日」、「四之日」，運用修辭學的
層遞中的遞升。

9　同，偕同，一同。我，詩人自稱。婦子，農人之婦與子。朱熹《詩集傳》：「少者既
皆出而在田，故老者率婦子而饁之。」同我婦子，我邀約婦人與子女一同去田地。

10　饁，音葉，一ㄝˋ，送飯。《爾雅・釋詁》：「饁，饋也。」按：饋，音愧，ㄎㄨㄟˋ，
進食於人，即送飯。朱熹《詩集傳》：「饁，餉田也。」餉田，即送飯到田野。彼，
代詞，遠指代詞，此指南畝。詳見段德森《實用古漢語虛詞》。南畝，南方的田
畝。胡承珙《毛詩後箋》：「古之治田者，大抵因地勢、水勢而為之。其在南者，謂
之南畝。」程俊英、蔣見元《詩經注析》：「這裡泛指田地。」

11　畯，音俊，ㄐㄩㄣˋ。毛《傳》：「田大夫也。」田畯，古代掌管田事之官。《周禮・
籥章》：「擊土鼓以樂田畯。」即田大夫至田地，看見農夫辛勤耕田，因此極為喜
樂。至，有二解：（一）到。（二）極，非常。喜，有二解：（一）喜樂。（二）酒
食。鄭玄《箋》：「喜，讀為饎。饎，酒食也。」按：就文法言，田畯至喜，是表態
句。田畯，是主語。至喜，是表語。喜，是形容詞。至，修飾「喜」，是副詞。
至，極、非常之意。喜，喜樂。

12　載，有二解：（一）則，鄭玄《箋》：「載之言則也。」裴學海《古書虛字集釋》：

懿筐[14]，遵彼微行[15]，爰求柔桑[16]。春日遲遲[17]，采繁祁祁[18]。女心傷悲[19]，殆及公子同歸[20]。

「載，猶則也。」（二）始。裴學海：「載，或作哉。哉，始。」《爾雅・釋詁上》：「初、哉、首、基肇、祖、元、胎、俶、落、權輿，始也。」陽，溫暖。

13　有鳴倉庚，當作「倉庚有鳴」。有，陳霞村《古代漢語虛詞類解》：「『有』用于單音節形容詞、動詞之前，只在《詩經》中使用。」屈萬里《詩經詮釋》：「《詩經》中，凡以『有』字冠於形容詞或副詞之上者，等於『然』字於形容詞或副詞之下；故『有賁』，猶『賁然』也。」按：有，另一解，音又，一ㄡˋ，「又」之意。如《論語・為政》：「吾十有五，而志於學。」「有」，音義同「又」。倉庚，黃鶯，又名商庚、楚雀、離黃。毛《傳》：「離黃也。」「有鳴」有二解：（一）有，又之意。黃雀又開始唱歌（鳴叫）。（二）有鳴，鳴然。黃雀鳴叫的樣子。

14　執，持、拿。懿筐，深筐。毛《傳》：「深筐也。」

15　遵，循、沿著。朱熹《詩集傳》：「循也。」微，小。微行，小徑、小路。朱熹《詩集傳》：「小徑也。」按：《孟子・盡心上》：「五畝之宅，樹牆下以桑，匹婦蠶之，則老者足以衣帛矣。」毛《傳》：「微行，牆下徑也。五畝之宅，樹之以桑。」《孟子》之語，即其證也。

16　爰，於是，即在此。段德森《實用古漢語虛詞》：「爰，指示代詞，當『（在）這裡』、『（在）這兒』解，用在動詞前邊，指代處所。」按：求，是動詞，「採」之意。柔桑，嫩桑葉。鄭玄《箋》：「穉桑也。」按：穉、稚，音義相同。短小禾苗叫做穉（稚）。

17　春日，春天、春季。遲遲，舒緩的樣子。毛《傳》：「舒緩也。」春日遲遲，形容嫩桑葉春天逐漸長大。遲遲，就文法言，是疊字衍聲複詞。就修辭言，是類疊（複疊）。

18　繁，白蒿。毛《傳》：「繁，白蒿也。」《爾雅・釋草》：「繁，皤蒿。」朱守亮《詩經評釋》：「繁，白蒿也。蠶始生未可食桑，故以此白蒿喂之。」祁祁，眾多的樣子。毛《傳》：「祁祁，眾多也。」按：祁祁，既是類疊（複疊），又是疊字衍聲複詞。

19　女心傷悲，當作「女心悲傷」，這是為押韻而倒裝的肯定句。詳見附錄：《詩經》倒裝的三觀。

20　殆，將。裴學海《古書虛字集釋》：「殆，猶將也。」及，與。公子，諸侯之子，此指豳公之子。孔穎達《毛詩正義》：「諸侯之子稱公子。」余培林《詩經正詁》：「公子，《傳》、《箋》、《正義》、《集傳》，皆謂豳公之子，是也。」此說甚諦。及公子同歸，蓋欲嫁與公子。鄭玄《箋》：「有與公子同歸之志，欲嫁焉。」朱守亮《詩經評釋》：「言將與豳公同歸，女思自己之終身，已許嫁公子，將歸其家，則遠父母，故

押韻　二章火、衣，是 7（微）部。陽、庚、筐、行、桑，是 15
　　　　（陽）部。遲、祁，是 4（脂）部。悲、歸，是 7（微）部。
　　　　脂、微二部，是旁轉而押韻。

章旨　二章描寫女子春日采桑、采蘩的狀況，並陳述未來婚事。

作法　二章兼有類疊（複疊）而平鋪直敘的賦。

原文　七月流火，八月萑葦[21]。蠶月條桑[22]，取彼斧斨[23]，以伐
　　　　遠揚[24]，猗彼女桑[25]。七月鳴鵙[26]，八月載績[27]。載玄載

而悲也（指「女心傷悲」）。其說俞矣。

21　萑，音完，ㄨㄢˊ。就萑而言，初生為菼（音坦，ㄊㄢˇ），長大為薍（音亂，
　　ㄌㄨㄢˋ），成則名為萑（音完，ㄨㄢˊ），又名雚（音椎，ㄓㄨㄟ），一物四名。萑
　　葦，毛《傳》：「薍為萑，葭（音加，ㄐㄧㄚ）為葦。」就葭而言：初生曰葭，未秀
　　曰蘆，長成曰葦，又名華，一物四名。萑、葭，一物四名，詳見嚴粲《詩緝》。

22　蠶月，就豳曆而言。就夏曆而言，三月；就殷曆而言，四月；就周曆而言，五月。
　　詳見高亨《詩經今注》「夏殷周豳，四曆對照表，一目了然。」孔穎達《毛詩正
　　義》：「蠶月，養蠶之月。」條桑，有二解：（一）桑葉茂盛。俞樾《群經平議》：
　　「條桑，言桑葉茂盛也。」（二）挑取桑葉。顧野王《玉篇》引《詩》作「挑桑」，
　　即挑取桑葉。

23　取，拿。彼，代詞，遠指代詞，此指斧斨。陳霞村《古代漢語虛詞類解》：「『彼』
　　是遠指指示代詞。」斨，音槍，ㄑㄧㄤ，斧屬。斧斨，是伐木析薪之工具，也是兵
　　器。余培林《詩經正詁》：「受柄之孔，橢者曰斧，方者曰斨。」

24　以，拿（斧斨）、用（斧斨）。詳見許世瑛《常用虛字用法淺釋》。以伐遠揚，當作
　　「以（之）伐遠揚」。之，代詞，指斧斨。伐，砍伐。遠揚，遠伸而揚起的枝條。
　　朱熹《詩集傳》：「遠揚，遠枝揚起者也。」

25　猗，音倚，ㄧˇ，偏引。彼，代詞，指女桑，桑之小者。俞樾《群經平議》：「猗，
　　乃掎之假借。《說文・手部》：『掎，偏引也。』女桑乃桑之小者，故以手引而采之
　　也，並無以繩束之義。」胡承珙《毛詩後箋》：「蓋女桑枝弱，不伐其條，但牽引使
　　曲而采之。」

26　七月，就豳曆而言，與夏曆同是七月。相當於殷曆八月、周曆九月。鵙，音決，
　　ㄐㄩㄝˊ，鳥名，伯勞，又名子規、杜鵑。《爾雅・釋鳥》：「鵙，伯勞也。」

27　八月，就豳曆而言，與夏曆同是八月，相當於殷曆九月、周曆十月。載，連詞，
　　「就」之意。段德森《實用古漢語虛詞》：「載，連詞。『載』用作『則』，在句中起

黃²⁸，我朱孔陽²⁹，為公子裳³⁰。

押韻　三章火、葦，是 7（微）部。桑、斨、揚、桑，是 15（陽）
　　　　部。鵙、績，是 11（錫）部。黃、陽、裳，是 15（陽）部。

章旨　三章描繪女子先采桑、采蘩，再紡之、染之、治之，以為公子
　　　　做衣裳的情形。

作法　三章兼有類疊（複疊）而平鋪直敘的賦。

原文　四月秀葽³¹，五月鳴蜩³²。八月其穫³³，十月隕蘀³⁴。一

　　　　承上啟下的作用，可譯為『就』。」績，紡織。朱熹《詩集傳》：「績，緝也。」
　　　　按：緝，音器，ㄑㄧˋ，接續麻線，即紡織。

28　載……載……，助詞，又……又。段德森《實用古漢語虛詞》：「載……載……，成
　　　對用在並列兩個動詞或形容詞之間，有一定的關聯作用，可譯為『又……又……，
　　　或一邊……一邊……』。」玄，黑色。《周易・坤卦・文言》：「夫玄黃者，天地之雜
　　　也，天玄而地黃。」載玄載黃，又染黑色的絲，又染黃色的絲。載……載……，運
　　　用類疊（複疊）修辭手法。

29　朱，紅色。孔，甚，非常。陽，鮮明。毛《傳》：「陽，明也。」此句言我所染的紅
　　　色最鮮明。

30　為，活。為公子裳，當作「為（之）（以）公子裳」，之，代詞，指我朱孔陽。以，
　　　用來。此句言我染紅色的絲最亮麗，用來替公子做衣裳。

31　四月，就幽曆而言，與夏曆同是四月，相當於殷曆五月，周曆六月。秀，不開花而
　　　結果實。毛《傳》：「不榮而實曰秀。」葽，音腰，ㄧㄠ，草本植物，又名遠志。

32　五月，就幽曆而言，與夏曆同是五月，相當於殷曆六月、周曆七月。蜩，音條，
　　　ㄊㄧㄠˊ，蟬，俗名知了。毛《傳》：「蜩，螗也。」揚雄《方言》：「楚謂蟬為蜩，
　　　宋、衛謂之螗蜩，陳、鄭謂之蜋蜩，秦、晉謂之蟬。」

33　八月，就幽曆而言，與夏曆同是八月，相當於殷曆九月，周曆十月。其，將，時間
　　　副詞。楊樹達《詞詮・卷四》：「其，時間副詞，將也。」穫，收穫。毛《傳》：「禾
　　　可穫也。」孔穎達《毛詩正義》：「八月其穫者，唯有禾耳，故知其穫，謂禾可穫
　　　也。」余培林《詩經正詁》：「八月可穫者極多，如『八月萑葦』、『八月剝棗』、『八
　　　月斷壺』，皆是也。唯禾最重要，故知『八月其穫』，謂穫禾也。」

34　十月，就幽曆而言，與夏曆同是十月，相當於殷曆十一月，周曆十二月。隕，音
　　　允，ㄩㄣˇ，墜落。《爾雅・釋詁》：「隕，墜也。」蘀，音拓，ㄊㄨㄛˋ，木名。高亨
　　　《詩經今注》：「蘀，借為檡，木名，質堅硬，落葉晚。」許慎《說文解字》：「艸木

之日于貉[35]，取彼狐狸[36]，為公子裘[37]。二之日其同[38]，載纘武功[39]。言私其豵[40]，獻豜于公[41]。

押韻 四章夔，是 19（宵）部。蜩，是 21（幽）部。宵、幽二部，

凡皮葉落隆地為蘀。」按：隆，音舵，ㄊㄨㄛˋ，落。《廣韻》：「蘀，落也。」落隆，是同義複詞。按：四月、五月、八月、十月，是層遞中的遞升。

35 一之日，就豳曆而言，相當於夏曆十一月、殷曆十二月、周曆正月。于，往。貉音賀，ㄏㄜˋ，兵祭。于貉，正在進行兵祭，或往獵貉。余培林《詩經正詁》：「此句謂農事既畢，十一月乃行貉祭，田獵以習武事也。」按：段德森《實用古漢語虛詞》：「于，介引動作行為發生的處所，可譯為『在』。」又云：「介引動作行為到達的處所，可譯為『到』、『往』。」

36 彼，代詞，遠指代詞，指狐狸。

37 為公子裘，女子替男子整治皮衣。裘，皮衣。

38 二之日，就豳曆而言，相當於夏曆十二月、殷曆正月、周曆二月。其，將，時間副詞。詳見楊樹達《詞詮·卷四》。同，會合，謂冬獵大會合眾人而行之。馬瑞辰《毛詩傳箋通釋》：「同之言會合也。」按：周何《中國訓詁學·第十章訓詁的用語》：段玉裁《說文解字》注：「凡云『之言』者，皆通其音義以為詁訓」」。「所謂『通其音義』，實即『推因』探求語源的特定訓詁用語。」陳新雄《訓詁學·第七章訓詁之術語》：段玉裁《說文解字》注：「凡云『之言』者，皆通其音義以為詁訓，非如讀為之易其字，讀如之定其音。……段氏〈周禮漢讀考〉云：『凡云之言者，皆就其雙聲疊，以得其轉注、假借之用。』」

39 載，語首助詞，無意義。楊樹達《詞詮·卷六》：「載，語首助詞，無義。」段德森《實用古漢語虛詞》：「載用于句首。有引出話題的作用，近似乎『蓋』，沒有相當的詞對譯。」許世瑛《常用虛字用法淺釋》：「『蓋』是文言中的一個語氣詞，用在句首，表示測度的語氣，和白話『大概』相當。」纘，音纂，ㄗㄨㄢˇ，繼續。毛《傳》：「纘，繼也。」武功，武事。毛《傳》：「功，事也。」余培林《詩經正詁》：「二句謂十二月則會合眾人，舉行冬獵，以繼續習武之事。」按：武功，指田獵之事。

40 言，語首助詞，無意義。詳見楊樹達《詞詮·卷七》。私，朱熹《詩集傳》：「私之以為己有。」按：私其，即私之，私人占有。楊樹達《詞詮·卷四》：「其，指示代名詞，用同『之』用於賓語。」豵，音宗，ㄗㄨㄥ，本義是一歲小豬，此指小獸。毛《傳》：「豕一歲曰豵。」

41 豜，音肩，ㄐㄧㄢ，三歲大豬，此指大獸。于，往，到……去。公，指豳公。此句言大獸奉獻到豳公那兒去。

是旁轉而押韻。穫、蘀，是 14（鐸）部。貍、裘，是 24
（之）部。同、功、縱、公，是 18（東）部。

章旨 四章先敘述四月至十月耕蠶，再描寫冬獵習武的情況。

作法 四章兼有層遞而平鋪直敘的賦。

原文 五月斯螽動股[42]，六月莎雞振羽[43]。七月在野[44]，八月在
宇[45]，九月在戶[46]，十月蟋蟀入我牀下[47]。穹窒熏鼠[48]，
塞向墐戶[49]。嗟我婦子[50]，曰為改歲[51]，入此室處[52]。

---

42 五月，就豳曆而言，與夏曆同是五月，相當於殷曆六月、周曆七月。斯螽，蟲名，
今名蚱蜢。即《周南‧螽斯》：「螽斯羽」之「螽斯」。揚雄《方言》：「江東呼為蚱
蜢。」姚際恆《詩經通論》：「螽斯之斯，語辭；猶鹿斯、鶯斯也。〈豳風〉斯螽動
股，則又以斯居上，猶斯干、斯稈也。不可以螽斯二字為名。」動股，以股磨翅作
聲。朱熹《詩集傳》：「以股鳴也。」

43 六月，就豳曆而言，與夏曆同是六月，相當於殷曆七月、周曆八月。莎，音梭，
ㄙㄨㄛ。莎雞，蟲名。即紡織娘，俗稱紅娘子。振羽，振動其（指莎雞）翅羽而擦
出聲。

44 七月，就豳曆而言，與夏曆同是七月，相當於殷曆八月、周曆九月。野，此指屋外
空地。《爾雅‧釋地》：「邑外謂之郊，郊外謂之牧，牧外謂之野，野外謂之林。」

45 八月，就豳曆而言，與夏曆同是八月，相當於殷曆九月、周曆十月。宇，屋簷下。
朱熹《詩集傳》：「宇，簷下也。」

46 九月，就豳曆而言，與夏曆同是九月，相當於殷曆十月、周曆十一月。戶，門。

47 十月，就豳曆而言，與夏曆同是十月，相當於殷曆十一月、周曆十二月。十月蟋蟀
入我牀下，蟋蟀為避寒，進入牀下而過冬。就修辭言，五月、六月、七月、八月、
九月、十月，是層遞中的遞升。「野」、「宇」、「戶」、「牀下」，是層遞中的遞降。
「七月在野」至「十月蟋蟀入我牀下」，當作「七月（蟋蟀），八月（蟋蟀）在宇，
九月（蟋蟀）在戶，十月蟋蟀入我牀下」，這是修辭學互文中的探下省略。此亦闡
明天氣逐漸寒冷，蟋蟀由遠而近的避寒情況。方玉潤《詩經原始》：「其體物微妙，
又何精緻乃爾。」

48 穹，音窮，ㄑㄩㄥˊ，空穴。毛《傳》：「穹，窮也。」窒，音質，ㄓˋ，堵塞。《爾
雅‧釋言》：「窒，塞也。」穹窒，堵塞屋中的空際，以免寒氣侵入。熏鼠用煙火熏
鼠穴，趕走老鼠。

49 塞向，堵塞朝北的窗。許慎《說文解字》：「向，北出牖也。」按：牖，音友，

押韻　五章股、羽、野、宇、戶、下、鼠、戶、處，是 13（魚）
　　　　部。

章旨　五章描述蟋蟀移動，呈現天氣漸寒，塞穴墐戶，以保居室溫
　　　　暖，準備度歲迎新的狀況。

作法　五章兼有層遞、互文而平鋪直敘的賦。

原文　六月食鬱及薁[53]，七月亨葵及菽[54]，八月剝棗[55]，十月穫

一ㄡˇ，窗戶。冬天北風寒冷，塞北窗，以禦寒。墐，音謹，ㄐㄧㄣˇ，用泥塗抹。
毛《傳》：「墐，塗也。庶人篳戶。」按：《禮記·儒行》鄭玄注：「篳門，荊竹織門
也。」古代北方農民多編柴竹作門，冬天必須塗泥塞縫，以禦冷風。

50　嗟，表示呼喚、嘆惜。陳霞村《古代漢語虛詞類解》：「『嗟』單獨使用，表示呼
　　喚、嘆惜。」

51　曰，語首助詞，無意義。楊樹達《詞詮·卷九》：「曰，語首助詞，無義。如〈豳
　　風·七月〉：『曰為改歲。』」為，將。改歲，更改年歲，指過年。此言舊年將盡，
　　新年即至。從一章「二之日」至「卒歲」，即知此謂豳曆，即夏曆。豳曆與夏曆相
　　同，惟稱謂稍異。夏曆正月，即豳曆三之日；夏曆二月，即豳曆四之日；夏曆三
　　月，即豳曆蠶月；夏曆十一月，即豳曆一之日；夏曆十二月，即豳曆二之日。

52　處，居住。鄭玄《箋》：「入所穹窒墐戶之室而居之。」馬瑞辰《毛詩傳箋通釋》：
　　「聿為改歲，猶言歲之將改，乃先時教戒之語，非謂改然後入室也。……《漢書·
　　食貨志》：『春令民畢出於野，冬則畢入於邑。』引〈豳〉詩為證。蓋以詩『同我婦
　　子，饁彼南畝』，此春畢出在野也。『嗟我婦子，曰為改歲，入此室處』，此冬則畢
　　入於邑也。」

53　食，本是名詞，食物，此當動詞，吃。鬱、薁，皆是植物名。鬱，唐棣，又名郁
　　李。毛《傳》：「鬱，棣屬。」孔穎達《毛詩正義》：「是唐棣之屬。」薁，音玉，
　　ㄩˋ，野葡萄。

54　亨，古「烹」字。亨、烹，是古今字。就訓詁學言，亨是古字，烹是今字。就文字
　　學言，亨是本字，烹是後起字。葵，菜名。許慎《說文解字》：「葵，菜也。」菽，
　　豆名。朱熹《詩集傳》：「菽，豆也。」

55　剝，敲打。毛《傳》：「剝，擊也。」剝，是「撲」的假借。余培林《詩經正詁》：
　　「棗樹多刺，故擊之使落也。」杜甫〈又呈吳郎〉：「堂前撲棗任西鄰，無食無兒一
　　婦人。」按：「撲棗」，即「剝棗」。

稻⁵⁶。為此春酒⁵⁷，以介眉壽⁵⁸。七月食瓜⁵⁹，八月斷
壺⁶⁰，九月叔苴⁶¹。采荼薪樗⁶²，食我農夫⁶³。

押韻 六月薁、菽，是 22（覺）部。棗、稻、壽，是 21（幽）部。
瓜、壺、苴、樗、夫，是 13（魚）部。覺、幽二部，是對轉
而押韻。

章旨 六章敘述農圃飲食的情況。

作法 六章兼有層遞而平鋪直敘的賦。

---

56 稻，指稻之黏者，如秫、糯之屬，可以為酒，下句云「為此春酒」也。詳見陳啟源
《毛詩稽古編》。按：六月、七月、八月、十月，是層遞中的遞升。

57 為，釀造。此，代詞，近指代詞，指春酒。陳霞村《古代漢語虛詞類解》：「此，指
示代詞，表示近指，在句子中充當主語、賓語、定語。」春酒，毛《傳》：「凍醪
也。」余培林《詩經正詁》：「冬日釀之，故稱凍醪；新春飲之，故稱春酒。」按：
醪，音勞，ㄌㄠˊ，含有渣滓的濁酒。

58 以，用來，表示目的。楊樹達《詞詮·卷七》：「以，外動詞，用也。」介，音丐，
《ㄐㄧㄞˋ，有二解：（一）求。屈萬里《詩經詮釋》：「介，與匃聲同義通，求也。全文
多用匃字。」（二）幫助。鄭玄《箋》：「介，助也。」眉壽，長壽。孔穎達《毛詩
正義》：「人年老者必有豪毛秀出。」

59 食，本是名詞，此當動詞，「吃」之意。這是修辭學的轉品，又名轉類。就文法
言，是詞類活用。瓜，瓜果。

60 斷，採摘。壺，瓠。毛《傳》：「壺，瓠也。」按：壺，是瓠的假借，葫蘆。斷壺，
孔穎達《毛詩正義》：「就蔓斷取而食之。」余培林《詩經正詁》：「折斷其蒂而取之
也。」

61 叔，拾取。毛《傳》：「叔，拾也。」苴，音居，ㄐㄩ，麻子。毛《傳》：「苴，麻子
也。」叔苴，余培林《詩經正詁》：「謂取麻子，以供食也。」按：七月、八月、九
月，是層遞。

62 采，採的古字。采、採，是古今字。荼，音塗，ㄊㄨˊ，苦菜。朱熹《詩集傳》：
「荼，苦菜也。」薪，本是名詞，此當動詞，「燒」之意。樗，音書，ㄕㄨ，惡
木、臭椿。毛《傳》：「樗，惡木。」余培林《詩經正詁》：「句謂以荼（乾荼）為
菜，以樗為薪，言農夫生活之苦也。」按：以……為……，是意謂動詞，可譯為
「拿……當作……」，詳見許世瑛《常用虛字用法淺釋》。

63 食，音飼，ㄙˋ，拿食物給人吃。

原文 九月築場圃[64]，十月納禾稼[65]。黍稷重穋[66]，禾麻菽麥[67]。嗟我農夫[68]，我稼既同[69]，上入執宮功[70]。畫爾于茅[71]，宵爾索綯[72]；亟其乘屋[73]，其始播百穀[74]。

押韻 七章圃、稼，是 13（魚）部。穋，是 22（覺）部。麥，是 25

---

64 築場圃，築場於圃。築，修築。場，打穀場。圃，菜圃。毛《傳》：「春夏為圃，秋冬為場。」余培林《詩經正詁》：「場圃，是一地而二用：春夏作圃，以種菜茹；秋冬為場，以治穀物。」九月築場圃，孔穎達《毛詩正義》：「九月之時，築場於圃之中，以治穀也。」

65 納，收藏。鄭玄《箋》：「納，內也。治於場，而內之（於）囷倉也。」按：囷，音ㄐㄩㄣ，圓形的穀倉。倉，方形的穀倉。禾，穀連稈稭的總名。稼，穀類所結的果實。禾稼，五穀的通稱。

66 重，音蟲，ㄔㄨㄥˊ，先種後熟。穋，音陸，ㄌㄨˋ，後種先熟。毛《傳》：「後熟曰重，先熟曰穋。」陸德明《經典釋文》：「重，又作『種』。穋，又作『稑』。」《周禮・內宰》鄭司農云：「先種後熟謂之重，後種先熟謂之穋。」余培林《詩經正詁》：「蓋指所有穀類，非徒黍稷也。」

67 二句「禾稼」之禾，是穀的統稱，四句「禾麻」之禾，是穀的專名，皆指稻而言。詳見余培林《詩經正詁》。孔穎達《毛詩正義》：「禾稼、禾麻，再言禾者，以禾是大名也，非徒黍、稷、重、穋四種而已，其餘稻秫苽梁之輩，皆名為禾。麻與菽麥，則無禾稱，故於麻、麥之上，更言禾字，以總諸禾也。此文所不見者，明其皆納之也。」

68 嗟，單獨使用，表示呼喚、嘆惜。詳見陳霞村《古代漢語虛詞類解》。

69 既，已經。同，收聚、集中。稼既同，稼已收聚完畢。鄭玄《箋》：「言已聚也。」

70 上，同「尚」，還要。執，執行、服役。功，事。宮功，幽公宮室之事。俞樾《群經平議》：「上入執宮功，言野功既畢，尚入而執宮中之事也。」

71 畫，白天。爾，相當於「者」、「而」。段德森《實用古漢語虛詞》：「爾用在時間的名詞後邊，相當於『者』、『而』，有提示、停頓的作用。」于，為、治。于茅，治理茅草、拾取茅草。

72 宵，夜晚。毛《傳》：「宵，夜也。」爾，相當於「者」、「而」，具有提示、停頓的作用。索，本是名詞，此當動詞，「搓製」之意。綯，音陶，ㄊㄠˊ，繩。王引之《經義述聞》：「索者，糾繩之名。綯，即繩也。索綯，猶言糾繩。」

73 亟，音急，ㄐㄧˊ，急、趕快。其，將，時間副詞。楊樹達《詞詮・卷四》：「其，時間副詞，將也。」乘，音成，ㄔㄥˊ，覆蓋。許慎《說文解字》：「乘，覆也。」乘屋，以茅草覆蓋房屋。

（職）部。覺、職二部，是旁轉而押韻。同、功，是 18
（東）部。茅、綯，是 21（幽）部。屋、穀，是 17（屋）
部。東、屋二部，是對轉而押韻。

章旨 七章陳述農事之餘，並服役宮事的情形。

作法 七章兼有夸飾（夸張）而平鋪直敘的賦。

原文 二之日鑿冰沖沖[75]，三之日納于凌陰[76]，四之日其蚤[77]，
獻羔祭韭[78]。九月肅霜[79]，十月滌場[80]。朋酒斯饗[81]，曰

---

74 其，將，時間副詞。始，開始。播，播種。百穀，穀類之總稱。百，就文法言，是
虛詞。就修辭言，是數量夸飾（夸張）。此二句言快速地覆蓋屋頂，新年將來臨，
春天將要開始播種百穀，忙於耕種。

75 二之日，就豳曆而言，相當於夏曆十二月，殷曆正月，周曆二月。沖沖，鑿冰的聲
音。毛《傳》：「沖沖，鑿冰之意。」陸德明《經典釋文》：「沖，聲也。」沖沖，就
文法言，是狀聲詞、象聲詞，又名疊字衍聲複詞。就修辭，是類疊（複疊）的疊字。

76 三之日，就豳曆而言，相當於夏曆正月，殷曆二月，周曆三月。納，藏。于，於，
在。凌陰，藏冰的地窖，即冰窖、冰室。毛《傳》：「凌陰，冰室也。」

77 四之日，就豳曆而言，相當於夏曆二月，殷曆三月，周曆四月。其，將，時間副
詞。詳見楊樹達《詞詮·卷四》。蚤，古「早」字。蚤、早，古今字。就訓詁學，
蚤是古字，早是今字。就文字學言，蚤是本字，早是後起字。按：「二之日」、「三
之日」、「四之日」，就修辭學言，是層遞中的遞升。

78 獻羔祭韭，獻羔羊、韭菜，以祭司寒之神，這是開啟冰室之禮。鄭玄《箋》：「祭司
寒而藏之，獻羔而啟之。」《禮記·月令》：「仲春之月，天子乃鮮（獻）羔開
冰。」藏冰、開冰，皆有祭禮。

79 肅霜，有二解：（一）氣肅而降霜。朱熹《詩集傳》：「氣肅而霜降也。」（二）肅
爽，形容秋天氣候清朗。詳見王國維《觀堂集林·肅霜滌場說》。

80 滌場，有二解：（一）清掃場地。朱熹《詩集傳》：「農事畢，而掃場地也。」余培
林《詩經正詁》：「場，即『場圃』之場，禾稼既納，農事已畢，乃清掃場地，以饗
朋酒也。」（二）滌蕩，形容深秋樹木蕭瑟狀。詳見王國維《觀堂集林·肅霜滌場
說》。

81 朋酒斯饗，當作「饗朋酒」，兼有押韻的肯定句倒裝。詳見附錄：《詩經》倒裝的三
觀。斯，句中助詞，又名結構助詞。楊樹達《詞詮·卷六》：「斯，句中助詞，外動
詞賓語倒裝時用之。如〈豳風·七月〉：『朋酒斯饗。』」陳霞村《古代漢語虛詞類

殺羔羊[82]。躋彼公堂[83]，稱彼兕觥[84]：「萬壽無疆[85]」。

押韻　八章沖、陰，是 28（侵）部。蚤、韭，是 21（幽）部。霜、
場、饗、羊、堂、觥、疆，是 15（陽）部。

章旨　八章描繪藏冰燕飲，升公堂祝福的狀況。

作法　八章兼有層遞而平鋪直敘的賦。

研析

　　全詩八章，首章、四、五、六、八皆兼有層遞，而平鋪直敘的
賦。二、三章皆兼有類疊（複疊），而平鋪直敘的賦。七章兼有夸飾
（夸張），而平鋪直敘的賦。

　　余培林《詩經正詁》：「全詩八章，每章十一句，為十五〈國風〉
中之最長者。全詩以寫衣食為主。前四章多言衣，後四章多言食。一
章兼言衣食，為一詩之『綱領』。二、三、四章或言採桑，或言績

解》：「斯，結構助詞，用于主謂結構之間，強調主語和謂語的關係，凸出謂語延宕
語氣。如《詩經·小雅·斯干》『朱芾斯皇』。」饗，宴，在一起飲酒。毛《傳》：
「饗者，鄉人飲酒也。」孔穎達《毛詩正義》：「鄉人飲酒而謂之饗者，鄉飲酒禮尊
事重，故以饗言之。」朋酒，兩壺酒。毛《傳》：「兩樽曰朋。」姚際恆《詩經通
論》：「朋酒，當是朋儕為酒，乃『歲時伏臘，田家作苦』之意耳。」余培林《詩經
正詁》：「今農家往往於農事既畢，群聚宴飲歌舞，以慶豐收，謂之『豐年祭』。
《詩》『朋酒斯饗，曰殺羔羊』，有類於是。」

82 曰，語首語詞，無意義。詳見楊樹達《詞詮·卷九》。羔，小羊。

83 躋，音基，ㄐㄧ，升、登。朱熹《詩集傳》：「躋，升也。」公堂，有二解：（一）
學校。毛《傳》：「公堂，學校也。」程俊英、蔣見元《詩經注析》：「古代的學校，
又稱鄉學，不但用於教育，也是公眾集會、舉行儀式的場所。」（二）君之堂。朱
熹《詩集傳》：「君之堂也。」余培林《詩經正詁》：「《詩》中『公』字，皆指豳
公，此『公堂』，當指豳公之堂。」

84 稱，舉取，兩手並舉。朱熹《詩集傳》：「稱，舉也。」兕觥，音四工，ㄙˋ ㄍㄨㄥ，
用犀牛角製作的酒器。毛《傳》：「角爵。」朱熹《詩集傳》：「以兕角為爵也。」

85 萬壽，萬歲。疆，境。毛《傳》：「疆，竟（境）也。」言長壽無止境、無窮盡。余
培林《詩經正詁》：「此祝福之語，然非豳公不足以當之。陳奐謂是致祝於大夫，或
謂農人互祝之辭，皆非是。」

麻，或言為裳，或言為裘，皆寫衣事也。五章言居。六章以下，則皆言食事矣。」朱守亮《詩經評釋》：「首章衣食雙起，為農民重務。下四章則多言衣，或養蠶，或績麻，或染色，或造裳，或為裘，或從衣之外為禦寒之法，兼及於住。末章總論農功既畢，田家之樂，此其大略也。……《詩》為十五國風最長者，描寫農民四時生活詳備而生動。」姚際恆《詩論通論》：「鳥語蟲鳴，草榮木實，似月令；婦子入室，茅綯升屋，似風俗書；流火寒風，似五行志；養老慈幼，躋堂稱觥，似庠序禮；田官染織，狩獵藏冰，祭獻執功，似國家典制書。其中又有似採桑圖、田家樂圖、穀譜、酒經。一詩之中無不具備，洵天下之『至文』也。」朱守亮《詩經評釋》引牛運濟云：「凡詩皆專一性情，此詩兼各種性情。一派古風，滿篇春風，斯為詩聖大作手。」方玉潤《詩經原始》：「此詩之佳，盡人能言。……今玩其辭，有樸拙處，有疏落處，有風華度，有典核處，有蕭散處，有精緻處，有淒婉處，有山野處，有真誠處，有華貴處，有悠揚處，有莊重處。無體不備，有美必臻。晉、唐後，陶、謝、王、孟、韋、柳田家諸詩，從未見臻此境界。」王靜芝《詩經通釋》：「凡鳥語蟲鳴，草榮木實之象；婦人入室，茅綯升屋之俗；養老慈幼，躋堂稱觥之樂；田官狩獵，冰祭獻之制；采桑、績染、播穀、納禾之事；春日、秋霜、冬寒、卒歲之情，無不俱備。真為田家樂居之活動圖畫；情詞並茂，景物生動，若在眼前；誠真善且美之文也。」按：眾說見仁見智，嘉許〈七月〉有加，言之有理，持之有故，斯言甚諦。綜觀各家，研讀〈七月〉，詩義更洞悉、更翔實矣。

二 鴟鴞

鴟鴞鴟鴞！既取我子，無毀我室！恩斯勤斯，鬻子之閔斯。

迨天之未陰雨，徹彼桑土，綢繆牖戶。今女下民，或敢侮予！

予手拮据，予所捋荼，予所蓄租，予口卒瘏，曰予未有室家。

予羽譙譙，予尾翛翛，予室翹翹，風雨所漂搖。予維音嘵嘵。

注釋 〈鴟鴞〉，取首章首句「鴟鴞鴟鴞」的「鴟鴞」為篇名。

篇旨 〈詩序〉：「〈鴟鴞〉，周公救亂也。成王未知周公之志，公乃為詩以遺王，名之曰〈鴟鴞〉焉。」朱熹以為最為有據而從之，《詩集傳》：「武王克商，使弟管叔鮮、蔡叔度，監于紂子武庚之國。武王崩，成王立，周公相之，而二叔以武庚叛，且流言于國曰：『周公將不利于孺子。』故周公東征二年，乃得管叔、武庚而誅之，而成王猶未知周公之意也，公乃作此詩以貽王。」此據《尚書‧金縢》為說也。

原文 鴟鴞鴟鴞[1]！既取我子[2]，無毀我室[3]！恩斯勤斯[4]，鬻子

1　鴟鴞，音痴消，ㄔ ㄒㄧㄠ；貓頭鷹。王逸《楚辭》注：「鴟鴞，貪鳥也。」就部分言，以鴟鴞，比喻武庚。就整體言，將武庚轉化為鴟鴞。連用「鴟鴞」兩次，是修辭學的類疊（複疊），具有加強語勢，渲染氣氛。詳見蔡宗陽《應用修辭學》。歐陽脩《詩本義》：「鳥之愛其巢者，呼鴟鴞而告之。」

2　既，已經。就部分言，我子，比喻管叔、蔡叔。就整體言，將管叔、蔡叔轉化為鴟鴞之子。

之閔斯[5]。

押韻 一章子，是 24（之）部。室，是 5（質）部。勤、閔，是 9（諄）部。

章旨 一章描述將自己轉化為鳥，保護鳥巢，其艱苦辛勞的情況。

作法 一章兼有比擬（轉化）、互文而觸景生情的興。

原文 迨天之未陰雨[6]，徹彼桑土[7]，綢繆牖戶[8]。今女下民[9]，或

3　無，勿，含有禁止、警戒之意。楊樹達《詞詮・卷八》：「無，禁戒副詞，莫也。」就部分言，室，王室，比喻周國。就整體言，將周國轉化為室。朱熹《詩集傳》：「室，鳥自名其巢也。鳥之愛巢者，呼鴟鴞而謂之曰：『爾既取我之子矣，無更毀我之室也。』以比武庚既敗管、蔡，不可更毀我王室也。」

4　恩，愛。毛《傳》：「恩，愛也。」斯，語末助詞，表示感嘆，「啊」之意。楊樹達《詞詮・卷六》：「斯，語末助詞，為形容詞或副詞之語尾。」段德森《實用古漢語虛詞》：「斯，用在句末，表示感嘆。可譯為『啊』。」勤，勞苦。恩斯勤斯，余培林《詩經正詁》：「恩斯勤斯，猶曰：『鬻子之恩斯，鬻子之勤斯』，與下『鬻子之閔斯』語句一律，省去『鬻子之』三字而已。」余說甚諦。按：三、四句是互文。所謂互文，上下文的結構相同或相似，上下文互相補充，合在一起共同表達一個完整意義，經過綜合而見的一種修辭手法，具有語言精煉，語義含蓄的作用。詳見蔡宗陽《應用修辭學・第三章・第八節互文的解說與活用》。

5　鬻，音育，ㄩˋ，稚。鬻子，稚子，指成王。毛《傳》：「鬻子，稚子，成王。」閔，憐憫。就部分言，是比喻。就整體言，是轉化（物性化）。將成王轉化為鬻子，是物性化。

6　迨，音待，ㄉㄞˋ，等到，今語「趁著」。毛《傳》：「迨，及也。」之，語中助詞，結構助詞，使上下文聯繫更緊密。楊樹達《詞詮・卷五》：「之，語中助詞，無義。」段德森《實用古漢語虛詞》：「主語謂語之間加『之』，取消句子的獨立性，結構上使上下文聯繫更緊密。」陳霞村《古代漢語虛詞類解》：「之，結構助詞，用在前置賓語和動詞之間，幫助賓語前置，構成『前置賓語＋助詞＋動詞』格式。」

7　徹，通「撤」，剝取。毛《傳》：「徹，剝也。」《孟子・公孫丑上》趙岐注：「徹，取也。」彼，代詞，係遠指，「那些」之意，指桑土。詳見楊樹達《詞詮・卷一》。陳霞村《古代漢語虛詞類解》：「彼，是遠指指示代詞……相當于『那些』。」桑土，毛《傳》：「桑根也。」徹彼桑土，《孟子》趙岐注：「取桑根之皮。」

8　綢繆，音愁謀，ㄔㄡˊ ㄇㄡˊ，本是纏綿，比喻修築使之堅固。牖，音有，一ㄡˇ，

敢侮予[10]！

押韻 二章兩、土、戶、予，是 13（魚）部。

章旨 二章敘述將「自己」轉化「鳥之為巢」，預作未雨綢繆，期盼
無後患產生。

作法 二章兼有比擬（轉化）而觸景生情的興。

原文 予手拮据[11]，予所捋荼[12]，予所蓄租[13]，予口卒瘏[14]，曰
予未有室家[15]。

押韻 三章据、荼、租、瘏、家，是 13（魚）部。

章旨 三章陳述將「自己」轉化「鳥之為巢」，闡明辛勤勞苦，手足

窗。戶，門。朱熹《詩集傳》：「牖，巢之通氣處。戶，其出入處也。」

9 女，同「汝」，代詞，指下民。鄭玄《箋》：「巢下之民。」按：「巢下之民」，即修
辭學比擬（轉化）。

10 或，有二解：（一）有人。段德森《實用古漢語虛詞》：「或，肯定性無指代詞，
『或』和『有』相通。位於句首，作主語，或泛指某人或某物，稱代一個假設的對
象，可譯為『有人』。」（二）誰。劉淇《助字辨略》：「或，誰也。」或敢侮予，孔
穎達《毛詩正義》：「寧或敢侮慢我，欲毀我巢室乎！」朱熹《詩集傳》：「誰敢侮予
者，亦以比己深愛王室，而預防其困難之意。」予，我。《爾雅・釋詁下》：「卬、
吾、台、予、朕、身、甫、余，言我也。」

11 予，我。《爾雅・釋詁下》：「予，言我也。」本章間隔連用五個「予」字，是類疊
（複疊）的類字，具有加強語勢的作用。拮据，音結居，ㄐㄧㄝˊ ㄐㄩ，手病。顧
野王《玉篇》：「拮据，手病也。」余培林《詩經正詁》：「此謂兩手因勞苦而屈如鉤
戟之形。」

12 所，結構助詞。段德森《實用古漢語虛詞》：「所，結構助詞。和動詞、動詞性詞組
構成『所』結構。」捋，音勒，ㄌㄨㄛˋ，取。荼，音徒，ㄊㄨˊ，蘆荻之穗。

13 蓄，積。租，通作「苴」，草。朱守亮《詩經評釋》：「積草亦鋪巢之用。」

14 卒，病。馬瑞辰《毛詩傳箋通釋》：「卒，當讀為顇。《爾雅》：『顇，病也。』」瘏，
音圖，ㄊㄨˊ，病。毛《傳》：「瘏，病也。」

15 曰，語首助詞，無意義。楊樹達《詞詮・卷九》：「曰，語首助詞，無義。」余培林
《詩經正詁》：「此句言其所以辛勞如此者，以予未有室家之故。以喻王室新造而未
安也。」

皆生病的情形。

作法 三章兼有比擬（轉化）、類疊（複疊）而抒情的興。

原文 予羽譙譙[16]，予尾翛翛[17]，予室翹翹[18]，風雨所漂搖[19]。予維音嘵嘵[20]。

押韻 四章譙、翹、搖、嘵，是 19（宵）部。翛，是 21（幽）部。宵、幽二部，是旁轉而押韻。

章旨 四章描繪將周公轉化為鳥，闡述羽殺尾敝，而危殆不安，抒發、恐懼哀鳴之心聲。

作法 四章兼有比擬（轉化）、類疊（複疊）而抒發情感的興。

研析

全詩四章，首章兼有比擬（轉化）、互文而觸景生情的興，二章兼有比擬（轉化）而觸景生情的興，三、四章兼有比擬（轉化）、類疊（複疊）而抒發情感的興。

朱守亮《詩經評釋》：「詩係周公所述，詩中大鳥以自比，鴟鴞比

---

16 予，我。《爾雅·釋詁下》：「予，言我也。」譙譙，音樵樵，ㄑㄧㄠˊ ㄑㄧㄠˊ，脫落減少的樣子。毛《傳》：「殺也。」

17 翛翛，音消消，ㄒㄧㄠ ㄒㄧㄠ，凋敝、衰敝。毛《傳》：「敝也。」余培林《詩經正詁》：「羽譙尾翛，皆因勤勞王家而形容枯槁衰敝也。」按：「周公」轉化為「鳥」，闡明勤勞王室，而顏色憔悴，形容枯槁。

18 室，指王室。翹翹，音喬喬，ㄑㄧㄠˊ ㄑㄧㄠˊ，高危的樣子。《爾雅·釋訓》：「翹翹，危也。」

19 所，結構助詞。段德森《實用古漢語虛詞》：「所，結構助詞。於動詞、動詞性詞組構成『所』結構。」漂屬雨，搖屬風。漂搖，沖擊動盪而危險不安。

20 予維，當作「維予」。予，我。《爾雅·釋詁下》：「予，言我也。」維，是。楊樹達《詞詮·卷八》：「維，不完全內動詞，是也。」嘵嘵，音消消，ㄒㄧㄠ ㄒㄧㄠ，恐懼哀訴的聲音。就文法言，是狀聲詞，象聲詞、疊字衍聲複詞，詳見蔡宗陽《國文文法》。就修辭學，是類疊（複疊），詳見蔡宗陽《應用修辭學》。鄭玄《箋》：「音嘵嘵然，恐懼告愬（同『訴』）之意。」

殷武庚，子比管叔、蔡叔，鬻子比成王，室家比周國（室）。詩則通
篇皆作鳥語，情哀詞切。開首連呼鴟鴞、鴟鴞，悲鳴而起；中連用
『予』字，其聲悲，其詞苦，末以嘵嘵哀音結之。詩義雖盡，似仍有
難言之隱也。」其言甚諦。所謂「言有盡，而意無窮。」「通篇皆作
鳥語」，全篇運用比擬（轉化）中的擬物化（物性化），一般誤以為
「比喻」，其實是「比擬」。詳見附錄：《詩經》比與興的辨析。

　　余培林《詩經正詁》：「首章『無毀我室』一語，為全詩之重
心。」朱熹《詩解頤》：「鴟鴞之於眾鳥，有攫其子而食之矣，而鳥
不廢其生育之勤也。有毀其巢而破之者矣，而鳥不廢其補葺之勞也。
蓋子之殘而室之毀者，禍患之不測也。養育之勤而補葺之勞者，己
分之當為也。豈可以禍患之或至，而遂廢其室家嗣續之常理也哉！」
其說允矣。吳闓生《詩義會通》：「通篇哀痛返切，俱託鳥言，長沙
〈鵬賦〉所祖。」按：長沙〈鵬賦〉，即賈誼〈鵬鳥賦〉。所謂「俱託
鳥言」，就修辭言，運用比擬（轉化）中的擬物化（物性）。

三　東山

　　我徂東山，慆慆不歸。我來自東，零雨其濛。我東曰歸，我心西悲。制彼裳衣，勿士行枚。蜎蜎者蠋，烝在桑野。敦彼獨宿，亦在車下。

　　我徂東山，慆慆不歸。我來自東，零雨其濛。果臝之實，亦施于宇。伊威在室，蠨蛸在戶。町畽鹿場，熠燿宵行。不可畏也，伊可懷也。

　　我徂東山、慆慆不歸。我來自東，零雨其濛。鸛鳴于垤，婦嘆于室。洒埽穹窒，我征聿至。有敦瓜苦，烝在栗薪。自我不見，于今三年。

　　我徂東山，慆慆不歸。我來自東，零雨其濛。倉庚于飛，熠燿其羽。之子于歸，皇駁其馬。親結其縭，九十其儀。其新孔嘉，其舊如之何？

注釋　〈東山〉，取首章首句「我徂東山」的「東山」為篇名。

篇旨　余培林《詩經正詁》：「此東征之士，既歸之後，述其於歸途所見所思及其既歸之樂也。」王靜芝《詩經通釋》：「此東征之士，記歸途及到家情狀之詩。」

原文　我徂東山¹，慆慆不歸²。我來自東³，零雨其濛⁴。我東

1　徂，往。到……去。《爾雅·釋詁上》：「如、適、之、嫁、徂、逝，往也。」季本《詩說解頤》：「東山，即魯之東山。魯蓋古之奄國。《書》所謂『王來自奄』，即東征而歸之事也。」陳奐《詩毛氏傳疏》：「東山，魯東蒙山，在今山東省沂州府蒙陰縣南。周公所誅之奄國，在魯境內。」按：《孟子·盡心上》：「孔子登東山而小魯，登太山而小天下。」《孟子》之「東山」，即「我徂東山」之「東山」。《論語·季氏》：「夫顓臾，昔者先王以為東蒙主，且在邦域之中矣。」《論語》之「東蒙」，

曰歸[5]，我心西悲[6]。制彼裳衣[7]，勿士行枚[8]。蜎蜎者
蠋[9]，烝在桑野[10]。敦彼獨宿[11]，亦在車下[12]。

即陳奐所謂「東蒙山」。詳見余培林《詩經正詁》。

2　慆慆，音滔滔，ㄊㄠㄊㄠ，言時間之久。毛《傳》：「慆慆，言久也。」慆慆，就文
　　法言，是疊字衍聲複詞。就修辭言，是類疊（複疊）。

3　來，來歸。自，從。嚴粲《詩緝》：「來，來歸也。」我來自東，當作「我自東
　　來」，即我從東方來歸。

4　零，落。零，即〈鄘·定之方中〉：「靈雨既零」之「零」，毛《傳》：「零，落
　　也。」其濛，濛濛、濛然，微雨的樣子、細雨的樣子。許慎《說文解字》：「濛，微
　　雨貌。」嚴粲《詩緝》引錢氏云：「濛濛，細雨貌。」

5　曰，語中助詞，無意義。楊樹達《詞詮·卷九》：「曰，語中助詞，無義。如《詩·
　　豳風·東山》：『我東曰歸。』」我東回歸，我由東而歸。

6　我心西悲，我心思念西方的故鄉而憂心哀傷。悲，憂心、思念、哀傷。

7　「裳衣」，當作「衣裳」，為押韻而倒裝，是肯定句倒裝。制、製，是古今字。就訓
　　詁學言，制是古字，製是今字。就文字學言，制是本字，製是後起字。彼，是遠指
　　代詞。指東征之士。馬瑞辰《毛詩傳箋通釋》：「蓋制其歸途所服之衣，非謂兵
　　服。」朱熹《詩集傳》：「裳衣，平居之服也。」

8　勿，否定副詞，不。楊樹達《詞詮·卷八》：「勿，否定副詞，不也。」士，本是名
　　詞，同「事」，此當動詞，從事。毛《傳》：「士，事也。」勿士，不必從事或不用
　　之意。行，音杭，ㄏㄤˊ，行陣，指打仗。枚，銜枚。朱守亮《詩經評釋》：「句言
　　勿再從事於戰陣而銜枚疾走也。」如歐陽脩〈秋聲賦〉：「如赴敵之兵，銜枚疾走，
　　不聞號令，但聞人馬之行聲。」鄭玄《箋》：「無行陣銜枚之事。」余培林《詩經正
　　詁》：「枚狀如箸，兩端有繩，使人銜之，繫於頭後，所以止語也。」

9　蜎蜎，音娟娟，ㄐㄩㄢ ㄐㄩㄢ，蠕動的樣子。朱熹《詩集傳》：「蜎蜎，動貌。」
　　者，指示代詞，「的」之意。楊樹達《詞詮·卷五》：「者，指示代名詞，兼代人
　　物。代人可譯為『人』，代事物可譯為『的』。」蠋，音蜀，ㄕㄨˇ，桑蟲。毛
　　《傳》：「蠋，桑蟲。」朱熹《詩集傳》：「蠋，桑蟲如蠶者也。」

10　烝，有二解：（一）眾多。余培林《詩經正詁》：「烝，下文『烝在栗薪。』毛
　　《傳》：『烝，眾也。』此『烝』字，當亦訓『眾』。」（二）烝，久。鄭玄《箋》：
　　「久在桑野，有似勞苦者。」程俊英、蔣見元《詩經注析》：「這是詩人觸物起興，
　　不免產生三百征戰勞苦的感慨。」按：東征之士在車下，比喻蜎蜎者蠋，在桑野。

11　敦，有二解：（一）蜷曲的樣子。滕志賢《新譯詩經讀本》：「敦，蜷曲貌。」（二）
　　團。糜文開、裴普賢《詩經欣賞與研究》：「敦，團也，獨宿者畏寒蜷其身團團
　　然。」彼，「那些人」之意，是遠指指示代詞。陳霞村《古代漢語虛詞類解》：

押韻 一章一、二、三、四章山，是 3（元）部，遙韻。一、二、三、四章歸，是 7（微）部，遙韻。東、濛，是 18（東）部。歸、悲、衣、枚，是 7（微）部。蠋，是 17（屋）部。宿，是 22（覺）部。覺、屋，是旁轉而押韻。野、下，是 13（魚）部。

章旨 一章陳述東征之士，歸途中所見之情景。

作法 兼有比喻（譬喻）、類疊（複疊）而觸景生情的興。

原文 我徂東山，慆慆不歸。我來自東，零雨其濛。果臝之實[13]，亦施于宇[14]。伊威在室[15]，蟏蛸在戶[16]。町畽鹿

「『彼』是遠指指示代詞……相當於『那些人』。」那些人，指獨宿者。

12 亦，語首助詞，無意義；但具有協調音節、舒緩語氣的作用。段德森《實用古漢語虛詞》：「亦，用在句首，只起協調音節、舒緩語氣的作用。」楊樹達《詞詮‧卷七》：「亦，語首助詞，無義。」車下，指臥在兵車下。

13 臝，音裸，ㄌㄨㄛˇ。果臝，栝樓，又名瓜蔞，俗名天花粉。毛《傳》：「果臝，栝樓。」李時珍，《本草綱目》：「栝樓，果臝、瓜蔞、天瓜、黃瓜、地樓、澤姑，根名白藥、天花粉、瑞雪。主治胸痹，悅澤人面，潤肺燥，降火，治咳嗽，滌痰結，利咽喉，止消渴，利大腸，消癰腫瘡毒。」果臝，象徵勤於修德者。

14 亦，語首助詞，無意義；但具有協調音節、舒緩語氣的功用。楊樹達《詞詮‧卷七》：「亦，語助詞，無義。」段德森《實用古漢語虛詞》：「亦，用在句首，只起協調音節、舒緩語氣的作用。」施，音異，ㄧˋ，蔓延。朱熹《詩集傳》：「施，延也。」于，往，到……去。宇，屋簷。

15 伊威，前人以為蟲而今非是者，甲殼綱之伊威，詳見邱靜子《詩經蟲魚意象研究》（余培林教授指導）。《詩經》言「伊威」者，僅一見，象徵荒涼景象。如〈豳風‧東山〉：「伊威在室。」伊威，又名鼠婦、鼠負。陸璣《毛詩草木鳥獸蟲魚疏》：「伊威，一名委黍，一名鼠婦，在壁根下，生似白魚者也。」《爾雅‧釋蟲》：「伊威，甕器底蟲，形似白魚而大，因溼化生之，俗謂之溼生。」

16 蟏蛸，音蕭稍，ㄒㄧㄠ ㄕㄠ，前人以為蟲而今非是者，蟏蛸是蛛形綱，詳見邱靜子《詩經蟲魚意象研究》。《爾雅‧釋蟲》：「蟏蛸，長踦。」郭璞注：「小鼅鼄長腳者，俗呼喜子。」陸璣《毛詩草木鳥獸蟲魚疏》：「蟏蛸，長踦，一名長腳，荊州河內人謂之喜母。此蟲來著人衣，常有親客至，有喜也。幽州人謂之親客，亦如蜘蛛

場[17]，熠燿宵行[18]。不可畏也[19]，伊可懷也[20]。

押韻 二章東、濛，是 18（東）部。實、室，是 5（質）部。宇、
　　　 戶，是 13（魚）部。場、行，是 15（陽）部。畏、懷，是 7
　　　 （微）部。東、陽二部，是旁轉而押韻。魚、陽二部，是對轉
　　　 而押韻。

章旨 二章敘述東征之士，到家所見淒涼荒廢的景象。

作法 二章兼有類疊（複疊）、示現、映襯（對比）而睹物抒發情感
　　　 的興。

原文 我徂東山、慆慆不歸。我來自東，零雨其濛。鸛鳴于
　　　 垤[21]，婦嘆于室[22]。洒埽穹窒[23]，我征聿至[24]。有敦瓜

為網羅居之。」蠨蛸，象徵荒涼景象。蠨蛸，即蜘蛛一類，屬蛛形綱，蜘蛛目，常
為人誤認是昆蟲。按：程俊英、蔣見元《詩經注析》：「詩人想象家中喜蛛出現，曲
折而細膩地表達了歸心如箭的心情。唐朝權德輿詩：『昨夜裙帶解，今朝蟢子飛。
鉛華不可棄，莫是薰砧歸。』與此詩同意。」

17 町畽，音挺疃，ㄊㄧㄥˇ ㄊㄨㄢˇ，有禽獸踐跡痕跡的空地。毛《傳》：「町畽，鹿跡
　 也。」鹿場，鹿群棲息之地。

18 熠燿，音異耀，ㄧˋ ㄧㄠˋ，閃動發光的樣子。朱熹《詩集傳》：「明不定貌。」宵
　 行，有二解：（一）蟲名。朱熹《詩集傳》：「宵行，蟲名，如蠶，夜行，喉下有光
　 如螢也。」（二）螢火蟲。高本漢謂係一種發光之蟲，見《本草綱目》。蓋即螢火
　 蟲。詳見糜文開、裴普賢《詩經欣賞與研究》。程俊英、蔣見元《詩經注析》：「這
　 二句是詩人想象家鄉田園荒蕪的景象。」

19 也，語末助詞，主要用於表示肯定和確認。詳見陳霞村《古代漢語虛詞類解》。

20 伊，語首助詞，無意義。楊樹達《詞詮・卷七》：「伊，語首助詞，無義。《爾雅》
　 云：伊，維也。郭注云：發語詞。如〈豳風・東山〉：『不可畏也，伊可懷也。』」
　 懷，思念、懷念。鄭玄《箋》：「懷，思也。」也，語末助詞，表示決定。楊樹達
　 《詞詮・卷七》：「也，語末助詞，表決定，句意於此結束。」朱守亮《詩經評
　 釋》：「二句言如此淒涼之景，並不可畏，乃維可懷念耳。」按：不可畏也，伊可懷
　 也，是運用映襯（對比）修辭手法。

21 鸛，音灌，ㄍㄨㄢˋ，水鳥名，鸛雀，俗名老等。朱熹《詩集傳》：「鸛，水鳥似鶴
　 者也。」垤，音迭，ㄉㄧㄝˊ，蟻塚。毛《傳》：「垤，蟻塚也。」朱守亮《詩經評

苦²⁵，烝在栗薪²⁶。自我不見²⁷，于今三年²⁸。

押韻 三章東、濛，是 18（東）部。垤、室、窒、至，是 5（質）部。薪、年，是 6（真）部。質、真二部，是對轉而押韻。

章旨 三章描述婦人等待丈夫歸來，丈夫見家中苦瓜栗薪而抒發情感。

作法 三章兼有類疊（複疊）、示現而睹物抒情的興。

原文 我徂東山，慆慆不歸。我來自東，零雨其濛。倉庚于

釋》：「蟻聚土隆起，有高大如塚者。或謂小丘。」程俊英、蔣見元《詩經注析》：「垤，土堆。」

22 婦，有二解：（一）征人之妻。（二）指詩人的妻子。余培林《詩經正詁》：「思夫行役久，且勞苦，故嘆于室。」「婦嘆于室」至「于今三年」，程俊英、蔣見元《詩經注析》：「詩人想象妻子深閨盼夫歸的情景。」這是修辭學的懸想示現手法。

23 洒，音灑，ㄙㄚˇ，灑。埽，掃。穹，音瓊，ㄑㄩㄥˊ，窮極究竟，空隙。室音智，ㄓˋ，窒塞，阻礙不通。

24 我，有三解：（一）征人自謂。（二）征人之妻自稱。（三）詩人自謂。征，行。聿，音玉，ㄩˋ，有二解：（一）語中助詞，無意義。詳見楊樹達《詞詮‧卷九》。（二）已。裴學海《古書虛詞集釋》：「聿，猶『已』也。」至，到。抵家。余培林《詩經正詁》：「聿至，爰至、且至也。」

25 有敦，猶敦然，團團然。瓜苦，有三解：（一）苦瓜。詳見朱守亮《詩經評釋》。（二）苦匏。詳見日本竹添光鴻《毛詩會箋》。（三）瓠瓜。詳見滕志賢《新譯詩經讀本》。

26 烝，眾多。毛《傳》：「烝，眾也。」栗薪，栗木為薪。陳奐《詩毛氏傳疏》：「栗木為薪，故曰栗薪。」按：滕志賢《新譯詩經讀本》：「栗薪，劈柴。栗，通『裂』。」

27 我，有三解：（一）征人自謂。（二）征人之妻自稱。（三）詩人自謂。

28 于，在，引申為至。段德森《實用古漢語虛詞》：「介引動作行為發生時間，可譯為『在』。」按：糜文開、裴普賢《詩經欣賞與研究》：「于今三年，與《孟子‧滕文公》：『伐奄三年』、《尚書大傳》：『周公攝政，一年救亂，二年克殷，三年踐奄』、《史記》：『管、蔡叛周，周公討之，三年而畢定』均相符。」毛《傳》：「言我心苦，事又苦也。」

飛²⁹，熠燿其羽³⁰。之子于歸³¹，皇駁其馬³²。親結其
縭³³，九十其儀³⁴。其新孔嘉³⁵，其舊如之何³⁶？

押韻 四章東、濛，是 18（東）部。飛、歸，是 7（微）部。羽、

---

29 倉庚，黃鶯。黃鶯體大，喜食果；黃鳥，又名黃雀、黍雀，體小，喜食穀。詳見裴
普賢《詩經研讀指導》。于，在。于飛，正在飛行。按：段德森《實用古漢語虛
詞》：「于，行為在一定的時間裡進行，也有發生、歸趨，這『于』組成的介詞結構
作補語，也作狀語。」此作「狀語」。

30 熠燿，音泹耀，一ㄟˋ 一ㄠˋ，形容倉庚羽毛閃動不定，因此有鮮明的樣子。毛
《傳》：「熠燿，羽鮮明也。」其，代詞，指倉庚。

31 之子，此子，指征人之妻。于，往。歸，出嫁。此言追憶往事，征人回憶其妻初嫁
時之事。

32 皇，黃白色的馬。駁，音薄，ㄅㄛˊ，赤白的馬。其，代詞，指征人。朱守亮《詩
經評釋》：「馬之黃白者曰皇。馬之赤白者曰駁。」

33 親，母親。其，代詞，征人之妻。縭，音離，ㄌㄧˊ，褘、佩巾，又名蔽膝。《爾
雅・釋器》：「婦人之褘，謂之縭。」毛《傳》：「縭，婦人之褘也。母戒女施衿結
帨。」余培林《詩經正詁》：「縭，一名帨，一名市，一名佩巾，所以蔽前也。女嫁
時，母為之結縭，故曰『親結其縭』。」

34 九十，形容結婚儀式繁多，這是數量夸飾（夸張）。其，代詞。其儀，指征人及其
妻結婚之儀式。朱熹《詩集傳》：「九其儀，十其儀，言其儀之多也。」「九十其
儀」，當作「其儀九十」的倒裝，這是兼有押韻的肯定句倒裝。詳見附錄：《詩經》
倒裝的三觀。

35 其，代詞，指征人夫婦。新，新婚。孔，甚、很、非常。嘉，善、美滿。鄭玄
《箋》：「善也。」

36 其，代詞，指征人夫婦。「舊」與「新」，正反對比，修辭的映襯。舊，長久，指長
久分別以後而言。崔述《讀風偶識》：「此當夫婦重逢之樂矣，然此樂最難寫，故借
新婚以形容之。……凡其極力寫新婚之美者，皆非為新婚言之也，正以極力形容舊
人重逢之可樂耳。新者，猶且如此，況於其舊者乎？一句點破，使前三章之意至此
醒出，真善於行文者。」此乃運用修辭學追述的示現。如之何，奈之何？段德森
《實用古漢語虛詞》：「如……何，用作全句謂語，詢問辦法。如……何，中間插進
代詞『之』，可以解釋為『把他（們）怎麼樣』，通常把它作為一個固定詞組理解，
『之』失去稱代作用，就是『怎麼樣』的意思，帶有強烈的語氣。」余培林《詩經
正詁》：「謂昔日新婚甚善，今分別三年，亦已舊矣，將如之何哉？頗有『小別勝新
婚』之意。蓋戲謔之語也。」其說允矣。

馬，是 13（魚）部。縭、儀、嘉、何，是 1（歌）部。

章旨　四章描寫征人夫婦久別重逢，緬懷昔日婚禮儀式，戲謔之語，
以為樂之情形。

作法　四章兼有類疊（複疊）、示現、夸飾（夸張）而睹物抒情的
興。

研析

全詩四章，首章兼有比喻（譬喻）、類疊而觸景生情的興，次章
兼有類疊（複疊）、示現、映襯（對比）而睹物抒情的興，三章兼有
類疊（複疊）、示現而睹物抒情的興，末章兼有類疊（複疊）、示現、
夸飾（夸張）而睹物抒情的興。

朱守亮《詩經評釋》：「龍仿山曰：『通篇一『悲』字作線索。首
章之『悲』，『悲』中有喜。二章之畏，畏亦『悲』也。前六句皆畏
景，即『悲』景也。三章之嘆，婦之『悲』也。方縭灑掃，而征人聿
至，則又當『喜』。四章之嘉，有『喜』無『悲』矣。因此時之熱
鬧，思前日之荒涼，可喜可賀，皆反對『悲』字著筆，不致以衰颯了
局。』……首章班師遇雨也，次章長途遇雨也，三章抵家遇雨也，四
章相聚雨也。」全詩既以一「悲」字作線索，貫穿全詩；又以一
「雨」字為重心，牽一「雨」動全詩。朱、龍二說，見地卓越，觀微
知著，可謂闡論精闢，剖析入裡。

四　破斧

　　既破我斧，又缺我斨。周公東征，四國是皇。哀我人斯，亦孔之將。

　　既破我斧，又缺我錡。周公東征，四國是吪。哀我人斯，亦孔之嘉。

　　既破我斧，又缺我銶。周公東征，四國是遒。哀我人斯，亦孔之休。

注釋　〈破斧〉，取首章首句「既破我斧」的「破斧」為篇名。這是運用「節縮」的修辭手法。就文法言，是「省稱」或「簡稱」。

篇旨　王靜芝《詩經通釋》：「此豳人隨周公東征之士，美周公伐罪救民之詩。」聞一多《風詩類鈔》：「〈破斧〉，東征士卒喜生還也。」陳子展《詩經直解》：「〈破斧〉，周公東征勝利以後，兵卒慶幸生還之作。……全詩連下九個『我』字，極言我人之慶幸生還。」余培林《詩經正詁》：「此東征之士美周公，成弔民伐罪大業且自慶助成此功之詩。」綜觀眾說，詩義更明矣。

原文　既破我斧¹，又缺我斨²。周公東征³，四國是皇。⁴哀我

1　既，已經。斧，本是伐木析薪的工具，此作兵器。朱守亮《詩經評釋》：「破斧言征戰既久，斧已破缺也。」程俊英、蔣見元《詩經注析》：「破斧缺斨，表現了戰爭的激烈。」

2　斨，音槍，ㄑㄧㄤ，斧屬。受柄之孔，橢者曰斧，方者曰斨。缺斨，言征戰既久，斧已破缺。

3　周公，名旦，武王弟、成王叔，諡號文公。東征事，既平武庚、管蔡之亂。

4　四國是皇，「皇四國」的倒裝，是兼有押韻的肯定句倒裝。四國，四方之國，指天下。是，結構助詞。表示強調、著重的語氣。段德森《實用古漢語虛詞》：「用在動

人斯[5]，亦孔之將[6]。

押韻　一章斨、皇、將，是15（陽）部。

章旨　一章敘述東征之士，自述其征戰既久且艱，終於獲勝。

作法　一章兼有倒裝而睹物思人的興。

原文　既破我斧，又缺我錡[7]。周公東征，四國是吪[8]。哀我人斯，亦孔之嘉[9]。

押韻　二章錡、吪、嘉，是1（歌）部。

章旨　二章陳述東征之士，雖備極辛勞，然周公為國勤勞，終獲勝利。

作法　二章兼有倒裝而睹物思人的興。

詞謂語前邊，有著重、強調的作用。」陳霞村《古代漢語虛詞類解》：「是，結構助詞，用在前置賓語和動詞之前，幫助賓語前置，構成『前置賓語＋助詞＋動詞』格式。」皇，匡正。毛《傳》：「皇，匡也。」

5　哀，可憐。我人，即吾人，我們，此指從征者自謂。斯，語末助詞。楊樹達《詞詮·卷六》：「斯，語末助詞。」段德森《實用古漢語虛詞》：「斯，用在句末，表示感嘆。可譯為『啊』、『呀』。」陳子展《詩經直解》：「詩稱我，皆作者我同伍，重在集體共同情感。如云：哀我人斯，亦孔之將。」

6　亦，語首助詞，無意義。楊樹達《詞詮·卷七》：「亦，語首助詞，無義。」孔，甚，很。之，語中助詞，無意義。《詞詮·卷五》：「之，語中助詞，無義。」將，大、美。毛《傳》：「將，大也。」《廣雅》：「將，美也。」黎錦熙〈詩經之字研究〉：謂前人都解釋這句為歌頌周公之大德，但聯繫上句，這裡應解釋為慶幸生還之詞，即今日所謂「命大福大大得很」。詳見《燕京學報》。

7　錡，音奇，ㄑㄧˊ，有二解：（一）鑿屬之器。毛《傳》：「鑿屬曰錡。」據高本漢考證，錡是一種曲鑿。（二）有三齒的鋤。陳喬樅《詩三家遺說考》：「釜之有足者，多錡。鏵之有齒者，亦名錡。今世所用鋤，猶有三齒、五齒者，蓋即是物。」

8　四國是吪，「吪四國」的倒裝，是兼有押韻的肯定句倒裝。吪，音訛，ㄜˊ，感化。毛《傳》：「吪，化也。」

9　嘉，善、美。鄭玄《箋》：「嘉，善也。」

原文　既破我斧，又缺我錡[10]。周公東征，四國是遒[11]。哀我人斯，亦孔之休[12]。

押韻　三章錡、遒、休，是 21（幽）部。

章旨　三章描述東征兵卒既戡亂，又慶生還的情形。

作法　三章兼有倒裝而睹物思人的興。

研析

　　全詩三章，皆兼有倒裝而睹物思人的興。

　　余培林《詩經正詁》：「每章之首句以破斧缺斨、錡、錡等示戰役之長久。次二句美周公成匡正四國，鞏固周室之大業。末句慶自身無恙，且喜助成此大功。故曰：『亦孔之將』、『亦孔之嘉』、『亦孔之休』也。」朱守亮《詩經評釋》：「揆其詩文，乃豳人隨周公東征，自述其久戰艱苦，而終獲勝利也。詩則每章首一句之破缺，言征戰既久，金屬兵器已殘缺不全。而肉體之軀，將何以堪！其征戰之苦，由『哀我人斯』句之『哀』，可以推知。次二句周公東征，匡正斂固四國，使之改變對周之舊有態度，而完成安定大業，從征之士，與有榮焉。一旦勝利，解甲歸國，重獲家庭生活，將是何等幸福。故每章末

10　錡，音求，〈ㄑㄧㄡˊ〉，有二解：（一）鑿屬之器。陸德明《經典釋文》引《韓詩》云：「鑿屬也。」（二）矛屬，又名酋矛。高亨《詩經今注》：「錡，矛屬，三面有鋒，又名酋茅。」

11　四國是遒，「遒四國」的倒裝，兼有押韻的肯定句倒裝。遒，音酋，〈ㄑㄧㄡˊ〉，收斂、鞏固、安定、順服。即收斂天下民心，鞏固天下，安定天下，使天下人民順服。鄭玄《箋》：「遒，斂也。」毛《傳》：「遒，固也。」滕志賢《新譯詩經讀本》：「遒，安定也。」高亨《詩經今注》：「遒，順服。」

12　休，美。一章「將」、二章「嘉」、三章「休」，互文見義，皆有大、美、善之意。毛《傳》：「將，大也。」《廣雅》：「將，美也。」鄭玄《箋》：「嘉，善也。」程俊英、蔣見元《詩經注析》：「嘉，美好。」毛《傳》：「休，美也。」《孟子・盡心下》：「充實之謂美，充實而有光輝之謂大。」即其證也。按：高亨《詩經今注》：「嘉，慶幸。」慶幸，即美好之意。高亨又云：「休，美也。士兵們經歷百戰，九死一生，此身還在，自然覺得『孔將、孔嘉、孔休』了。」

句著一『將』字、『嘉』字、『休』字，以道出心中之所感也。」二氏
之說，有助於洞悉詩義。

五　伐柯

伐柯如何？匪斧不克？取妻如何？匪媒不得。
伐柯伐柯，其則不遠。我覯之子，籩豆有踐。

注釋　〈伐柯〉，取首章首句「伐柯如何」的「伐柯」為篇名。

篇旨　篇旨眾說紛紜，歸納其說，約有兩端。（一）〈詩序〉：「〈伐柯〉，美周公也。周大夫刺朝廷之不知也。」余培林《詩經正詁》：「所謂『刺朝廷之不知』，詩中並無此義。」陳子展《詩經直解》：「〈伐柯〉，大夫願望成王以禮迎歸周公而作。據〈序〉、《傳》、《箋》之意，蓋如此。」（二）屈萬里《詩經詮釋》：「此當是詠結婚之詩。」朱守亮《詩經評釋》：「此詠周代婚姻禮俗之詩。」王靜芝《詩經通釋》：「其所言者，皆媒聘、婚禮之語，當是詠婚宜合於禮之詩也。」此兩說，見仁見智，《詩》無達詁之故。

原文　伐柯如何¹？匪斧不克²？取妻如何³？匪媒不得⁴。

1　伐，砍。按：砍伐，是同義複詞。柯，斧柄。毛《傳》：「柯，斧柄也。」伐柯，砍樹本作斧柄。鄭玄《箋》：「伐柯之道，唯斧乃能之。此以類求其類也。」

2　匪，非，不。按：匪，有「非」之聲，諧聲字偏旁相同，意義皆相通。許慎《說文解字》：「匪，從匚、非聲。」匚，音方，匸尢，受物之器。克，能。鄭玄《箋》：「克，能也。」此二句為自問自答的設問，又名提問。匪……不，二者數學負負得正，兩個否定，變成一個肯定。此乃以數理式語文教學法。

3　取，娶。取、娶，古今字。就文字學言，取是本字，娶是後起字。就訓詁學，取是古字，娶是今字。

4　得，能夠。此二句，亦自問自答的設問，又名提問。但就全章言，是倒裝式的比喻（譬喻），當作「取妻如何？匪媒不得；（如）伐柯如何？匪斧不克」。將「柯」比作「妻」；「斧」比作「媒」，這是比喻（譬喻）義。詳見蔡宗陽《文法與修辭探驪》。

押韻 一章克、得，是 25（職）部。

章旨 一章以「伐柯須斧」，比喻「娶妻須媒妁」。

作法 一章運用比喻（譬喻）的寫作技巧。

原文 伐柯伐柯，其則不遠[5]。我覯之子[6]，籩豆有踐[7]。

押韻 二章遠、踐，是 3（元）部。

章旨 二章描述結婚初見之禮。

作法 二章運用比喻（譬喻）的寫作手法。

研析

全詩二章，皆運用比喻（譬喻）的寫作技法。

糜文開、裴普賢《詩經欣賞與指導》：「憑媒說合的禮俗，實最初見之於《詩經》，其禮俗東起黃河下游濱海的齊國，西至黃河上游陝西的邠州，一致採用，所以『取妻如何？匪媒不得』會成為當時流行的習語。……舊時男女婚嫁須憑『媒妁之言』，實出於《詩經》所記當時禮俗的傳統，並非《周禮》所硬性規定。」

姚際恆《詩經通論》：「首章是比，次章『比而賦也。』」「『之子』

5　其，代詞，指伐柯。則，法則、楷模、榜樣、標準。余培林《詩經正詁》：「手執斧柄伐木以為斧柄，其法則即在手中，不必遠求，故曰『其則不遠』。以喻『我覯之子，之子足可以為楷模也。』」

6　覯，音構，《ㄡˋ》，見。鄭玄《箋》：「覯，見也。」之子，指其妻。朱熹《詩集傳》：「之子，指其妻而言也。」鄭玄《箋》：「之子，是子也，斥周公也。」按：之子，指周公。余培林《詩經正詁》：「《箋》訓周公，義似較勝。」

7　籩，音邊，ㄅㄧㄢ，形如豆的竹器。豆，形如豆的木器。《爾雅·釋器》：「竹豆謂之籩，木豆謂之豆。」邢昺《疏》：「籩，盛棗、栗、桃、梅……之屬，祭祀享燕所用。豆，其實韭、菹、醓、醢之類……以供祭祀燕饗。」有踐，踐然，行列的樣子。毛《傳》：「有踐，行列貌。」按：屈萬里《詩經詮釋》：「《詩》中，凡以『有』字冠於形容詞或副詞之上者，等於『然』字於形容詞或副詞之下；故『有賁』，猶『賁然』也。」依此類推，「有踐」，猶「踐然」。

指周公也。『籩豆有踐言』，言周公歸，其待之之禮如此也。通篇正旨
在此二句。」按：「我覯之子，籩豆有踐」，是全詩之重心、主題、正
旨。朱守亮《詩經評釋》：「首章言娶妻必經媒妁，次章言我乃經媒妁
之言，行同牢共食之婚禮。」糜文開、裴普賢《詩經欣賞與研究》：
「我國舊時男女婚姻，要憑『父母之命，媒妁之言』來結合，是本之
周代的禮俗，此二語初見於《孟子‧滕文公下》。……《禮記‧坊
記》稱『男女無媒不交』，也引《詩經》『匪媒不得』之語為證。」

六　九罭

　　九罭之魚，鱒魴。我覯之子，袞衣繡裳。

　　鴻飛遵渚，公歸無所，於女信處。

　　鴻飛遵陸，公歸不復，於女信宿。

　　是以有袞衣兮，無以我公歸兮，無使我心悲兮。

注釋　〈九罭〉，取首章首句「九罭之魚」的「九罭」為篇名。

篇旨　姚際恆《詩經通論》：「此詩東人以周公將西歸，留之不得，心
　　　　悲而作。」陳子展《詩經直解》：「朱子《集傳》、《辨說》、《語
　　　　類》，皆從鄭玄《箋》，以為此東人願留周公之詩。詩義已自明
　　　　其為周公東征勝利，以上公冕服西歸，東人惜別之作也。」余
　　　　培林《詩經正詁》：「此周公僚屬，聞公將西歸，所作惜別之詩
　　　　也。」

原文　九罭之魚¹，鱒魴²。我覯之子³，袞衣繡裳⁴。

1　罭，音域，ㄩˋ，魚網。九，形容網眼很多，這是數量夸飾（夸張）。九罭，密
　　網，即網眼細密的魚網。屈萬里《詩經詮釋》：「九罭，密網也。孔穎達《毛詩正
　　義》引孫炎云：『九罭，謂魚之所入有九囊也。』」程俊英、蔣見元《詩經注析》：
　　「九罭，網眼細密的魚網。」毛《傳》：「九罭，緵罟小魚之網也。」按：緵罟，音
　　宗古，ㄗㄨㄥ ㄍㄨˇ，細密的魚網。
2　鱒魴，音忖防，ㄘㄨㄣˇ ㄈㄤˊ，都是大魚。程俊英、蔣見元《詩經注析》：「用細密
　　的網去捕大魚，它們就逃脫不了。主人以此表示留客之殷勤。」按：這是比喻（譬
　　喻）中的借喻。當作「（主人留客人）（如）九罭之魚，鱒魴」。之，往，動詞。楊
　　樹達《詞詮・卷五》：「之，關係內動詞，往也。」魚，當作「漁」，動詞，捕魚。
3　覯，音構，ㄍㄡˋ，見。鄭玄《箋》：「覯，見也。」之子，此子，指周公。此，即
　　近指。楊樹達《詞詮・卷五》：「之，指示形容詞，此也。」段德森《實用古漢語虛
　　詞》：「『之』在甲骨文裡就用作指示代詞。表近指，可指代人，也可指代事物。根
　　據指代的不同內容，可譯為『這』、『這個』、『這兒』等，常作定語、賓語。」之

押韻 一章魴、裳，是 15（陽）部。

章旨 一章以小網捕大魚，比喻慰留周公之殷勤。

作法 一章兼有比喻（譬喻）的興。

原文 鴻飛遵渚[5]，公歸無所[6]，於女信處[7]。

押韻 二章渚、所、處，是 13（魚）部。

章旨 二章以鴻飛遵渚，比喻周公將歸，東國之人依依不捨之情。

作法 二章兼有比喻（譬喻）的興。

原文 鴻飛遵陸[8]，公歸不復[9]，於女信宿[10]。

　　子，當指這（個）位周公。一般「這（個）位」，詮釋時省略。

4　袞，音滾，《ㄍㄨㄣˇ》。袞衣，畫龍圖案在上衣。毛《傳》：「袞衣，卷龍也。」孫詒
　　讓《周禮正義》：「卷龍者，謂畫龍於衣，其行卷曲。」繡裳，繡五色彩文在裳上。
　　袞衣繡裳，畫衣五章，繡裳四章，即上公之服飾。此指周公所服者。

5　鴻，有二解：（一）雁之最大者。毛《傳》：「大曰鴻，小曰雁。」（二）鴻鵠。段玉
　　裁《毛詩小箋》：「鴻鵠，即黃鵠也。黃鵠一舉知山川之紆曲，再舉知天地之圜方，
　　最為大鳥。」遵，循、沿。渚，水中小洲。《爾雅·釋水》：「水中可居者曰洲。小
　　洲曰渚。」毛《傳》：「鴻不宜遵渚也。」程俊英、蔣見元《詩經注析》：「這是以大
　　鳥不宜沿著小沙洲飛，興下句『公歸無所』。」按：以「鴻不宜遵渚」，比喻「周公
　　不留止於東國」。

6　公，指周公。所，本是名詞，此當動詞，處、止。無所，猶言不止。屈萬里《詩經
　　詮釋》：「所，處也；處，止也。無所，猶言不止，謂不留止於東國也。」

7　於，音烏，ㄨ，嘆詞。楊樹達《詞詮·卷九》：「於，歎詞，讀與『烏』同。」女，
　　同汝。就文字學言，女是本字，汝是後起字。就訓詁學言，女、汝是古今字。女，
　　汝，指周公。處，留止。住兩個晚上叫做信。毛《傳》：「再宿曰信。」余培林《詩
　　經正詁》：「此望其多留幾日也。」

8　陸，高平之地。《爾雅·釋地》：「高平曰陸。」毛《傳》：「陸非鴻所宜止。」

9　復，再。不復，不再返來。朱熹《詩集傳》：「不復，言將留相王室，而不復來東
　　也。」按：以「鴻飛遵陸」，比喻「周公將留相室，而不復來東國」。

10　宿，留止。宿，本是名詞，此當動詞，處、止、留止。就文法言，是詞類活用。就
　　修辭言，是轉品，又名轉類。毛《傳》：「宿，猶處。」二章「處」與三章「宿」，

押韻　三章陸、復、宿，是 22（覺）部。

章旨　三章以「鴻飛遵陸」，比喻「周公將留相王室，而不復來東
　　　國」。

作法　三章兼有比喻（譬喻）的興。

原文　是以有袞衣兮[11]，無以我公歸兮[12]，無使我心悲兮[13]。

押韻　四章衣、歸、悲，是 7（微）部。

章旨　四章敘述東人以周公欲西歸，東人心悲而依依不捨的情形。

作法　四章睹物思人而抒發憂傷的興。

研析

　　全詩四章，前三章兼有比喻（譬喻）的興，末章睹物思人而抒發
憂傷的興。

　　余培林《詩經正詁》：「一章首二句以小網不能得大魚，以象徵周
公不克久留東土下國。末句『袞衣繡裳』，寫『之子』之上公身分，
以顯其威儀之盛。二、三章首句之鴻，亦猶首章之鱒、魴，象徵周公
心志遠大，非燕雀可比。……末句『信處』、『信宿』，僅望其少留，

是互文見義，字異而義同。就修辭言，是錯綜中的抽換詞面。

11　是，此，代詞，指東土。朱守亮《詩經評釋》：「是，此也，指東土。」以，因。楊
　　樹達《詞詮・卷七》：「以，介詞，因也。表動作之所因。」是以有袞衣，周公因東
　　土之征，而能有袞衣之服。朱守亮《詩經評釋》：「言此東土因周公之征，而得有服
　　袞之人，實與有榮焉也。」本章三個「兮」字，語末助詞，表示感嘆，「啊」之
　　意。段德森《實用古漢語虛詞》：「兮，主要是用在感嘆句末，表示感嘆語氣。」

12　無，勿，含有禁止警戒之意。楊樹達《詞詮・卷八》：「無，禁戒之詞，莫也。如
　　《論語・學而》：『無友不如己者。』」二句「無以」與三句「無使」，互文見義，錯
　　綜中的抽換詞，字異而義同。程俊英、蔣見元《詩經注析》：「以，使。《戰國策・
　　秦策》：『向欲以齊事王。』以齊，即使齊。無以，猶今言『不讓』。」無以我公
　　歸，東土之人不讓周公西歸，欲留之於東土。

13　無，勿，含有禁止警戒之意。無使，即今語「不讓」。我，指東人。姚際恆《詩經
　　通論》：「此詩東人以周公將西歸，留之不得，心悲而作。」

於此足見詩人對周公眷戀之深。末章語氣忽變，語勢凸緩，每句不僅
增為六字，且句尾皆用『兮』字，頗為悽惻感人。」此言闡論精微
矣。

　　朱守亮《詩經評釋》：「其（指〈九罭〉）所以入〈豳風〉者，乃
東人送周公西歸時所作，而豳人於歸後傳之也。詩則首言九罭細網，
不克網鱒魴大魚，知著袞衣繡裳之周公勢必西歸也。故接言『公歸無
所』、『公歸不復』也。我等既無挽回，仍留止東土之策，不使之西歸
不復返，於無可奈何下，期其再事小留一宿，東人惜別留止之情，於
此可見。末章終言『是以有袞衣兮』，其欣仰何至！『無以我公歸
兮』，其懷念何深！『無使我心悲兮』，其離情何堪！語極曲折纏
綿。」此說俞矣。

七　狼跋

　　狼跋其胡，載疐其尾。公孫碩膚，赤舄几几。
　　狼疐其尾，載跋其胡。公孫碩膚，德音不瑕。

注釋　〈狼跋〉，取首章首句「狼跋其胡」的「狼跋」為篇名。

篇旨　〈詩序〉：「〈狼跋〉，美周公也。周公攝政，遠則四國流言，近則王不知，周大夫美其不失其聖也。」朱熹《詩集傳》：「周公雖遭疑謗，然所以處之不失其常，故詩人美之。」王靜芝《詩經通釋》：「此未必為周大夫作，亦豳人所作也。」朱守亮《詩經評釋》：「詩人究誰屬？則王靜芝先生『豳人所作』者是也。」

原文　狼跋其胡¹，載疐其尾²。公孫碩膚³，赤舄几几⁴。

1　跋，踐踏。《爾雅·釋言》：「跋，躐也。」余培林《詩經正詁》：「躐，足有所踐踏也。」其，代詞，指狼。胡，頸下垂肉。朱熹《詩集傳》：「胡，頷下懸肉也。」按：頷，音漢，ㄏㄢ丶，下巴。

2　載，則、就。段德森《實用古漢語虛詞》：「『載』用作『則』，在句中起『承上啟下』的作用，可譯為『就』。」疐，音至，ㄓ丶，《韓詩》作「躓」，二字相通，腳踏。詳見程俊英、蔣見元《詩經注析》。許慎《說文解字》：「疐，礙不行也。」其，代詞，指狼。毛《傳》：「老狼有胡，進則躐其胡，退則跲其尾。進退有難，然而不失其猛。」余培林《詩經正詁》：「二句謂老狼進則踐其胡，退則踏其尾，喻進退兩難也。」

3　公孫，本義是公侯之子孫，此指周公。馬瑞辰《毛詩傳箋通釋》：「公孫，當指周公。」碩，大。毛《傳》：「碩，大也。」膚，肥胖。馬瑞辰《毛詩傳箋通釋》：「『膚』當讀如『膚革充盈』之『膚』。碩膚者，心廣體胖之象。」按：膚，亦「大」之意。碩膚，同義複詞，詳見蔡宗陽《國文文法》。

4　赤，紅色。舄，音細，ㄒㄧ丶，複底鞋。赤舄，上公之服。周公是上公。朱熹《詩集傳》：「冕服之舄也。」按：冕服，是大夫至天子之禮服。几几，音己己，ㄐㄧ∨ㄐㄧ∨，有三解：（一）盛貌。王念孫《廣雅·疏證》：「〈豳風·狼跋〉云『赤舄几

押韻 一章。

章旨 一章以狼之跋前躓後，比喻周公雖遭流言，亦能處變不驚的情況。

作法 一章兼有比喻（譬喻）、類疊（複疊）的興。

原文 狼疐其尾，載跋其胡[5]。公孫碩膚，德音不瑕[6]。

押韻 二章胡、瑕，是 13（魚）部。

章旨 二章以狼之跋前躓後，比喻周公雖遭疑謗，不失其常的情形。

作法 二章兼有比喻（譬喻）、倒裝的興。

研析

　　全詩二章，首章兼有比喻（譬喻）、類疊（複疊）的興，末章兼有比喻（譬喻）、倒裝的興。

　　余培林《詩經正詁》：「每章首二句寫其境遇之艱困，然並不直說，而以狼之跋前躓後以為象徵，既含蓄不露，以免招禍；又情味雋永、令人解頤。三句寫周公之形貌，亦寫其處困境而猶安也。前章末句寫其服飾之盛，後章末句寫其聲譽之隆。所謂美之者，即此也，故此二句為全篇之精神。」按：一、二章末二句，是全詩之重心、主題。孔穎達《毛詩正義》：「作〈狼跋〉詩者，美周公也。進退有難，

几。』是几几為盛貌也。」（二）安重貌。朱熹《詩集傳》：「几几，安重貌。」（三）步履聲。糜文開、裴普賢《詩經欣賞與研究》：「几几，步履聲。」几几，就修辭言，是類疊（複疊）；就文法言，是疊字衍聲複詞。

5　首二句與一章首二句顛倒，一者為押韻而倒裝，二者為使詩文產生波瀾的現象，這是修辭倒裝，呈現藝術之美。詳見附錄：《詩經》倒裝的三觀。

6　德音，聲譽、聲名。嚴粲《詩緝》：「德音，聲名也。」不忘，不已。屈萬里《詩經詮釋》：「不忘，猶已也。」余培林《詩經正詁》：「此句謂其聲名不止，即聲譽日盛之意。」朱熹《詩集傳》：「德音不瑕，言其賢也。」綜觀眾說，詩義更明確、更翔實。

而聖德著明，終無愆過。」按：周公雖遭疑謗，但《荀子・大略》
云：「流言止於智者。」誠哉斯言。

附錄

《詩經‧周南‧關雎》分章與詮詁的辨析

❀ 摘 要 ❀

　　《詩經‧周南‧關雎》分章，古今說法，各有異同，孰是孰非？或見仁見智？莫衷一是，以押韻言，可見分曉。除押韻外，並以用字、訓詁、文法、修辭、篇章結構為旁證，更可確定分章，以誰為較勝？

關鍵詞：《詩經》、〈周南〉、〈關雎〉、分章、押韻、詮詁

一　前言

　　古今研究《詩經》學者，將〈關雎〉分為三章或四章、五章，見仁見智，各有千秋，但何者分章比較合理？這是我們要探研的關鍵所在，也是癥結所在？

　　〈關雎〉的分章，以毛亨《毛詩故訓傳》分為三章，是最早的。朱熹《詩集傳》、屈萬里《詩經詮釋》（原作《詩經釋義》）、陳子展《詩經直解》[1]、朱守亮《詩經評釋》[2]從之。鄭玄《毛詩傳箋》將〈關雎〉分為五章，是最早的。高亨《詩經今注》、李辰冬《詩經通釋》、余培林《詩經正詁》[3]從之。將〈關雎〉分四章，是王靜芝《詩經通釋》獨特的真知灼見。

二　分章

　　〈關雎〉的分章，首先以押韻為主，加以詮析。原文以五章為主，裨便剖析。毛亨、朱熹、陳子展、屈萬里、朱守亮的分章，是首章保留，二、三章合併為一章，四、五章合併為一章。王靜芝分為四

1　朱熹：《詩集傳》（臺北市：蘭臺書局公司，1979 年 1 月初版），頁 1-2。屈萬里：《詩經詮釋》（臺北市：聯經出版事業公司，1983 年 2 月初版），頁 4。原作《詩經釋義》（臺北市：華岡出版部，1967 年 10 月新 1 版），頁 2。陳子展：《詩經直解》（上海市：復旦大學出版社，1983 年 10 月初版），頁 2-4。

2　朱守亮：《詩經評釋》（臺北市：臺灣學生書局，1984 年 10 月初版），頁 39-42。

3　高亨：《詩經今注》（新北市：漢京文化事業公司，2004 年 3 月初版），頁 1-2。李辰冬：《詩經通釋》（臺北市：水牛出版社，1971 年 8 月初版），頁 190-195。余培林：《詩經正詁》（臺北市：三民書局公司，1993 年 10 月初版，2005 年 5 月修訂 2 版），頁 4-6。

章,是將二、三章合併為一章[4]。鄭玄、高亨、李辰冬、余培林分為五章,依押韻、詮詁析論,以此說較勝。但就篇章結構而言,分為三章、五章,二者皆可。

三 押韻

有人說:「真理是要經過檢驗」。逸盧也說:「理論透過力行,才是真實的理論;力行依據理論,才是真知的力行。」茲依據陳師伯元（新雄）《聲韻學·第十五節古韻三十二部之諧聲表》[5],解析〈關雎〉每章押韻的廬山真面目。茲移錄陳師古韻三十二部,分為韻尾、陽、陰、入,製表如下,以利闡析。

陳師伯元（新雄）三十二部

	一	二	三	四	五	六	七	八	九	十	十一	十二
韻尾	舌	尖		舌			根			雙	唇	
陰	歌1	脂4	微7	支10	魚13	侯16	宵19	幽21	之24			
入	月2	質5	沒8	錫11	鐸14	屋17	藥20	覺22	職25	緝27	盍31	怗29
陽	元3	真6	諄9	耕12	陽15	東18		冬23	蒸26	侵28	談32	添30

首章:鳩、洲、逑,是21（幽）部。
次章:流、求,是21（幽）部。
三章:得、服、側,是25（職）部。

---

4 王靜芝:《詩經通釋》（新北市:輔仁大學文學院,1968年7月初版）,頁36-38。
5 陳新雄:《聲韻學》（臺北市:文史哲出版社,2005年9月初版）,頁825-853。

四章：采、友，是 24（之）部。

五章：芼，是 19（宵）部。

　　　樂，是 20（藥）部。

五章的「芼」、「樂」押韻，是章炳麟《文始‧成均圖》稱為對轉[6]，孔廣森《詩聲類‧自序》稱為通韻[7]，同是舌尖音；陳師新雄〈毛詩韻譜、通韻譜、合韻譜〉：「凡陰陽入相成之韻部相押韻者，定為通韻譜；非相成之韻部而彼此押韻者，今定名為合韻譜。」[8]其餘首章至四章，皆獨立押韻。不論全篇，分為三、四、五章，首章意見雷同。但就篇章結構而言，以章為單位，分為五章較勝；以篇為單位，分為三章或五章，皆見仁見智。就內容而言，分為三章較勝。

　　就篇章結構而言，〈關雎〉凡五章：首章描繪淑女是君子的嘉偶，次章敘述君子追求淑女的勤懇，三章描述君子追求淑女而追求不到的痛苦，四章陳述君子再用琴瑟追求淑女，末章敘述君子以「鍾（鐘）鼓樂之」，終成眷屬。〈關雎〉的詩旨，屈萬里以為「此祝賀新婚之詩。」[9]王靜芝[10]、朱守亮[11]皆認為「此為詠君子求淑女，終成婚姻之詩。」余培林也以為「此詠君子求淑女之詩。」[12]〈詩序〉云：「〈關雎〉，后妃之德也。」[13]又云：「〈關雎〉，樂得淑女，以配君子，愛在進賢，不淫其色。哀窈窕，思賢才，而無傷善之心焉。」[14]

6　章炳麟：《文始》（臺北市：臺灣中華書局，1970 年臺 1 版），頁 6-9。

7　陳新雄：《聲韻學》，頁 598。

8　陳新雄：〈毛詩韻譜、通韻譜、合韻譜〉，詳見《中國學術年刊》第 10 期，頁 37。

9　屈萬里：《詩經詮釋》，頁 4。

10　王靜芝：《詩經通釋》，頁 36。

11　朱守亮：《詩經評釋》，頁 39。

12　余培林：《詩經正詁》，頁 5。

13　《毛詩注疏》，嘉慶二十年江西南昌府學開雕，頁 12。

14　《毛詩注疏》，頁 19。

余培林《詩經正詁》云：「驗之詩文，既與『后妃之德』無關，亦與『進賢』，『思賢才』無涉。」[15]洵哉此言。

四　詮詁的辨析

　　首章是興，由「關關雎鳩，在河之洲」是「景」，聯想「窈窕淑女，君子好逑」是「情」。易言之，觸景生情。至於前二句是否兼「比」，或主張有「兼比」，或主張無「兼比」，何者較勝？茲就訓詁闡析之。關關，《爾雅‧釋詁》：「關關，音聲和也。」[16]毛亨《毛詩故訓傳》：「和聲也。」[17]朱熹《詩集傳》：「雌雄相應之和聲也。」[18]高亨《詩經今注》：「關關，鳥鳴聲。雎鳩，一種水鳥名，即魚鷹，雌雄有固定的配偶，古人稱為貞鳥。」[19]《爾雅‧釋鳥》：「雎鳩，王鳩。」[20]郭璞注：「雕類，今江東呼之為鶚，好在江渚山邊食魚。」[21]陳子展《詩經直解》：「雎鳩、王雎；魚鷹、猛禽；蓋象徵權力。」[22]桂林當地人稱為鸕鷀。河，指黃河。屈萬里《詩經詮釋》：「《詩經》中，凡言河者，皆謂黃河。」[23]《爾雅‧釋水》：「水中可居者，曰洲。」許慎《說文解字》：「水中可居者，曰州。」段玉裁注：「《詩》曰：『在河之州。』〈關雎〉文證，州之本義也。」[24]陳子展《詩經直

---

15 余培林：《詩經正詁》，頁 5。
16 《爾雅注疏》，嘉慶二十年江西南昌府學開雕，頁 21。
17 《毛詩注疏》，頁 20。
18 朱熹：《詩集傳》，頁 1。
19 高亨：《詩經今注》，頁 2。
20 《爾雅注疏》，頁 183。
21 《爾雅注疏》，頁 183。
22 陳子展：《詩經直解》，頁 4。
23 屈萬里：《詩經詮釋》，頁 4。
24 漢朝許慎撰、清朝段玉裁注、鍾宗憲主編：《新添古音說文解字注》（臺北市：洪

解》：「三家（指齊、魯、韓），『洲』作『州』。」[25]按：「州」是本字，「洲」是後起字。窈窕，高本漢《詩經注釋》：「《魯詩》（《楚辭》注引）：窈窕，好也（美麗）。古代字書總是把『好』字解作『美麗』，和『美』字同義。那麼這一句詩就可以講作『這美而好的女孩子。』」[26]按：「美好」，就文法而言，是同義複詞。淑，品德善良。《爾雅・釋詁》：「淑，善也。」君子，屈萬里《詩經詮釋》：「《詩經》中之君子，多指有官爵者言。與後世專指品德高尚之人言者，異。」[27]逑，音ㄑㄧㄡˊ，毛《傳》：「逑，匹也。」高本漢《詩經注釋》：「毛《傳》：逑，匹也（匹配）。因此，『君子好逑』這一句就是『君子的好匹配』。⋯⋯《魯詩》（《列女傳》引）、《齊詩》（《禮記・緇衣》引）都作『君子好仇』，『仇』訓為『匹』。『仇』，本來的意思是『對』，所以一方面可以當『敵對』講，一方面又可以當作『伴侶，匹配』講。」[28]按：逑、仇，音義相通。「好逑」或「好仇」，皆「嘉偶」之意。首章之「關關雎鳩」，依據朱熹《詩集傳》：「雌雄（指魚鷹）相應之和聲也。」[29]高亨《詩經今注》：「雎鳩，一種水鳥名，即魚鷹，雌雄有固定的配偶，古人稱為貞鳥。」[30]是兼比的興。「比」是「比喻」，又叫「譬喻」。「關關」。就文法而言，是疊字衍聲複詞，也是狀聲詞。就修辭而言，是類疊中的疊字，也是聽覺的摹寫。

葉文化事業公司，1998 年 10 月初版），頁 574。

25 陳子展：《詩經直解》，頁 2。

26 高本漢：《詩經注釋》（臺北市：國立編譯館中華叢書編審委員會，1960 年 7 月初版），頁 1-2。

27 屈萬里：《詩經詮釋》，頁 4。

28 高本漢：《詩經注釋》，頁 3。

29 朱熹：《詩集傳》，頁 1。

30 高亨：《詩經今注》，頁 2。

　　次章「參差」，長短不整齊的樣子。朱熹《詩集傳》：「參差，長短不齊之貌。」[31]就文法而言，是雙音節衍聲複詞。就詞彙學，是聯綿詞，又稱為聯縣字。荇，ㄒㄧㄥˋ。荇菜，是一種水草，其葉可食，又稱為接余、金蓮子。流，《爾雅・釋言》：「流，求也。」[32]高本漢《詩經注釋》：「流，可能是留或罶的假借字。左右流之，就是向左向右去捕捉它（飄浮的植物）。」[33]寤寐：醒著叫寤，音ㄨˋ。睡著叫寐，音ㄇㄟˋ。「思服」的「思」有二解：一是無意義，語助詞。二是有意義。就文法而言，無意義的「思」字，「思服」是偏義複詞；有意義的「思」字，「思服」是同義複詞。「服」，「思」之意。二者皆可通，但一般專家學者側重偏義複詞，如《論語・為政》：「《詩》三百，一言以蔽之，曰：思無邪。」「思」字是無意義。悠，朱熹《詩集傳》：「長也。」悠哉悠哉，形容思念非常深長。輾轉，朱熹《詩集傳》：「輾者，轉之半。轉者，輾之周。反者，輾之過，側者，轉之留。皆臥不安席之意。」[34]換言之，睡不著。就內容而言，二、三章，似是連接；但就押韻而言，卻是各章獨立。就文章學而言，起、承、轉、合。首章是起，二章是承，三章是轉，四、五章是合。這是就文章而言，〈關雎〉分為四章，與王靜芝《詩經通釋》分為四章，內容卻迥異，這是另一種分章。〈關雎〉不論三章或四章、五章，皆有其理據，自圓其說。如公孫子〈堅白論〉，一說石頭是白色，另一說石頭是堅硬。前者，就視覺而言；後者，就觸覺而言。二者孰是孰非？莊子的「不譴是非」，良有以也。學術論文，有時末下結論，也是最佳的結論，所謂「無言的結局」，也是「最好的結局」。

31　朱熹：《詩集傳》，頁2。
32　《爾雅注疏》，頁38。
33　高本漢：《詩經注釋》，頁4。
34　朱熹：《詩集傳》，頁2。

此乃樵夫野人之見也。二章末句「寤寐求之」，三章首句「求之不得」，同用「求之」。就修辭而言，是頂針，又叫頂真。「悠哉悠哉」，就修辭而言，是類疊中的疊詞。「輾轉」，就文法而言，既是雙聲又是疊韻的雙音節衍聲複詞。

　　四章「采」字是本字，後人用「採」字是後起字。友之，使之友。「友」，就文法而言，是致使動詞，又叫役使動詞，簡稱使動詞。「之」，既是代詞，又是外位賓語，指窈窕淑女。二章末二句，「窈窕淑女，寤寐求之」的「之」，既是代詞，也是外位賓語。指「窈窕淑女」。五章末句「鍾（鐘）鼓樂之」的「樂之」，「使之樂」的「之」，既是代詞，又是外位賓語，指「窈窕淑女」。樂，是使動詞，音ㄧㄠˋ，20（藥）部，與二句「芼」是 19（宵）部，同是舌根韻尾，發音部位相同，是對轉，又叫韻轉、合韻。五章二句「芼之」的「之」，同二章「左右流之」的「之」、四章「左右采之」的「之」，皆是代詞，指「參差荇菜」，也是外位賓語。「芼」，音ㄇㄠˋ，《爾雅・釋言》：「芼，搴也。」[35]高亨《詩經今注》：「搴，即撨字。《說文》：『撨，拔取也。』」[36]「芼」與二章之「流」有別，高亨《詩經今注》：「《爾雅・釋詁》：『流，擇也。』荇菜有好有差，所以先選而後采。」[37]鍾（鐘）鼓，余培林《詩經正詁》：「王國維《觀堂集林・一冊・釋樂次》曰：『凡金奏之樂，用鐘鼓，天子、諸侯同用之。大夫、士，鼓而已。』以鍾（鐘）鼓樂之，此君子之身分高貴可知。」[38]天子、諸侯用「鍾（鐘）」，大夫、士用「鼓」。由此可證，屈萬里

---

35 《爾雅注疏》，頁 45。
36 高亨：《詩經今注》，頁 4。
37 高亨：《詩經今注》，頁 4。
38 余培林：《詩經正詁》，頁 5。

《詩經詮釋》：「《詩經》中之君子，多指有官爵者言。」[39]良有因也。

五　結語

余培林《詩經正詁》：「此詩（指〈關雎〉）毛（亨）公分三章，鄭（玄）氏分五章。……就內容、文字、用韻等觀之，鄭氏分五章為是，今從之。（上海博物館藏《戰國楚竹書‧孔子詩論》論〈關雎〉之詩曰：『其四章則俞矣。以琴瑟之攷……』，『琴瑟』一詞今在〈關雎〉之四章，足證五章是其原貌。）」[40]誠哉斯言。〈關雎〉分章，雖有分三章或四章之說，可資參閱，但就押韻、訓詁、文字、內容等各方面而言，以五章之說，最為精確。

徵引文獻

朱　熹《詩集傳》，臺北市：蘭臺書局有限公司印行，一九七九年一月初版。

屈萬里《詩經詮釋》，臺北市：聯經出版事業股份有限公司，一九八三年二月初版。

陳子展《詩經直解》，上海市：復旦大學出版社，一九八三年十月初版。

朱守亮《詩經評釋》，臺北市：臺灣學生書局，一九八四年十月初

---

39 屈萬里：《詩經詮釋》，頁4。
40 余培林：《詩經正詁》，頁6。

版。

高　亨《詩經今注》，新北市：漢京文化事業有限公司，二〇〇四年
　　五月初版。

余培林《詩經正詁》，臺北市：三民書局股份有限公司，一九九三年
　　十月初版。

王靜芝《詩經通釋》，新北市：輔仁大學文學院出版，一九六八年七
　　月初版。

陳新雄《聲韻學》，臺北市：文史哲出版社，二〇〇五年九月初版。

章炳麟《文始》，臺北市，臺灣中華書局，一九七〇年臺一版。

毛詩注疏，嘉慶二十年江西南昌府學開雕。

爾雅注疏，嘉慶二十年江西南昌府學開雕。

鍾宗憲主編《新添古音說文解字注》，臺北市：洪葉文化事業有限公
　　司印行，一九九八年十月初版。

高本漢《詩經注釋》，臺北市：國立編譯館中華叢書編審委員會，一
　　九六〇年七月初版。

《詩經》比與興的辨析

∞ **摘　要** ∞

　　《詩經》的比興之說，眾說紛紜，見仁見智。本論文擬以比、興為經，修辭為緯，闡析其異同。比與興之說，易於混淆。捈其主因有二：（一）比，含有比喻、比擬之意。一般偏重於比喻。（二）興，含有無比有賦（即不兼比，僅有賦）、有比有賦（即半比半賦）之意，皆是修辭學的象徵。「無比有賦的興」，側重象徵中的「暗徵」，「有比有賦的興」，側重象徵中的「明徵」。比喻側重於字句修辭，象徵側重於篇章修辭；比喻比較明確，象徵比較曖昧。[1]比喻，係本體、喻詞、喻體三者具備的一種修辭手法。象徵，係由具體景或物聯想抽象的事理或抒發情的一種修辭手法。比喻，側重具體說明抽象，具體的喻體可以多項，但抽象的本體僅有一項。如人生如朝露，人生如白駒過隙，人生如夢。象徵，係由一項具體物象，聯想抽象的事理，或抒情。如結婚禮車掛甘蔗，聯想白頭偕老，甜蜜家庭，代表節操。象徵，具體是一項，抽象是多項。比喻側重「說明」，象徵側重「聯想」。

★　蔡宗陽，現任國立臺灣師範大學國文系兼任教授，中國修辭學會榮譽理事長，曾任中國經學研究會第三、四屆理事長，臺灣師大副校長、文學院院長、國文系所主任。

1　沈謙：《修辭學》（新北市：國立空中大學，1995 年修訂版），頁 253-254。又見蔡宗陽：《文法與修辭》（臺北市：三民書局公司，2001 年 1 月初版一刷），頁 12。

一　前言

　　一般修辭分為字句修辭、篇章修辭。字句修辭的「比」，含有比喻的比（即譬喻）、比擬的比（即轉化）；篇章修辭的「興」，除無比有賦的興外，尚有兼有比喻（即譬喻）有賦的興，兼有比擬（即轉化）有賦的興兩種。茲分為比喻的比、比擬的比、無比有賦的興、兼有比喻有賦的興、兼有比擬有賦的興五項，各舉二例，逐項闡論之。

二　比喻的比

　　字句修辭比喻的比，以往大陸稱為比喻，臺灣稱為譬喻。如今大陸多用比喻、少用譬喻，臺灣多用譬喻、少用比喻。「比喻」一詞，最早見於明朝謝榛《四溟詩話・卷二》：「比喻多而失于難解，故假物之然否以彰之。」「譬喻」一詞，最早見於漢朝王符《潛夫論・釋難》：「夫譬喻也者，生於直告之不明，故假物之然否以彰之。」

　　比喻的比，臺灣修辭專家多半稱為譬喻，有關《詩經》譬喻的分類、析論，李麗文 2006 年東吳大學中文所碩士論文「《詩經》修辭研究」，將譬喻分為明喻、隱喻、略喻、借喻、詳喻五類[2]，以闡析之、詮證之。本文擬補充尚未分類的博喻、合喻。

　　（一）博喻：又叫複喻，也叫聯比。所謂博喻，是指運用一個本體，兩個或兩個以上的喻體的譬喻，喻詞或有或無，本體有時省略的譬喻，喻旨或有或無。博喻分為詳喻式博喻、明喻式博喻、隱喻式博

2　黃慶萱：《修辭學》（臺北市：三民書局公司，1986 年 1 月初版，2002 年 10 月增訂 3 版 1 刷），頁 377。

喻、略喻式博喻、借喻式博喻五種[3]。《詩經》運用詳喻式博喻者，如〈小雅‧天保〉：

> 天保定爾，以莫不興，如山如阜，如岡如陵，如川之方至，以莫不增。

「天保定爾，以莫不興」，是本體。五個「如」字，是喻詞。「山」、「阜」、「岡」、「陵」、「川」，是喻體。「以莫不增」，是喻旨，又叫喻解[4]。運用明喻式博喻者，如〈衛風‧淇奧〉：

> 有匪君子，如金如錫，如圭如璧。

「有匪君子」是本體。四個「如」字，是喻體。「金」、「錫」、「圭」、「璧」，是喻體。又如〈淇奧〉：「有匪君子，如切如磋，如琢如磨。」也是明喻式博喻。又如〈大雅‧常武〉：「王奮厥武，如震如怒。」也是明喻式博喻。運用隱喻式博喻者，如〈小雅‧正月〉：

> 謂山蓋卑，為岡為陵。

「謂山蓋卑」，是本體。兩個「為」，是隱喻的喻詞。「岡」、「陵」，是「喻體」，因此是隱喻式博喻。又如〈大雅‧瞻卬〉：「懿厥哲婦，為

---

3 黃慶萱：《修辭學》，頁 399；蔡宗陽：《應用修辭學》（臺北市：萬卷樓圖書公司，2001 年 12 月初版，2006 年 3 月初版 5 刷），頁 45-46。

4 黎運漢、張維耿：《現代漢語修辭學》（臺北市：書林出版公司，1993 年 6 月初版），頁 102。被比的事物叫做本體，用做比喻的事物叫做喻體，聯繫本體和喻體的輔助詞語叫做喻詞，本體和喻體之間的相似點叫做喻解，臺灣修辭學多半稱為喻旨。

梟為鴟。」也是隱喻式博喻。

（二）合喻：所謂合喻，是指運用兩個或兩個以上詳喻或明喻、隱喻、略喻、借喻的譬喻。運用詳喻式合喻，如〈小雅・天保〉：

> 如南山之壽，不騫不崩。如松柏之茂，無不爾或承。

「天保定爾」，是本體，省略。兩個「如」字，是喻詞。「不騫不崩」、「無不爾或承」，是喻旨。因此，這是詳喻式合喻。又如〈王・采葛〉：

> 彼采葛兮，一日不見，如三月兮。
> 彼采蕭兮，一日不見，如三秋兮。
> 彼采艾兮，一日不見，如三歲兮。

「一日不見」，係本體。三個「如」字，係喻詞。「三月」、「三秋」、「三歲」，既是喻體，又是層遞。這是三句明喻組成的合喻，兼有層遞，也是兼格修辭。辨析修辭手法有四項原則：一是整體內容，二是部分內容，三是整體形式，四是部分形式。就整體內容言，「一日不見，如三月兮」，是夸飾。就整體形式言，是比喻（譬喻）。就部分內容言，「三月」、「三秋」、「三歲」，是層遞中的遞升。又如〈小雅・大東〉：「周道如砥，其直如矢。」也是明喻式合喻。又如〈小雅・天保〉：「如月之恆，如日之升。」這是省略本體的明喻式合喻。略喻式合喻，如〈周南・螽斯〉：「螽斯羽，詵詵兮，宜爾子孫，振振兮。螽斯羽，薨薨兮，宜爾子孫，繩繩兮。螽斯羽，揖揖兮。宜爾子孫，蟄蟄兮。」這是三句略喻組成的合喻。借喻式合喻，如〈鄭・山有扶蘇〉：「山有扶蘇，隰有荷華。」「扶蘇」，比喻狡童。「荷華」，比喻子

都[5]。這是二句借喻組成的合喻。

三　比擬的比

　　比擬、比喻，皆有「比」字，易於混淆。因此，黃慶萱《修辭學》採用于在春的轉化，陳望道的譬喻[6]，加以區別。轉化、譬喻的相同，在於都由兩件不同事物之間，採用修辭的原則。轉化、譬喻的不同，在於譬喻從本體與喻體之間的相似點著筆，用喻體闡明本體，是觀念內容的修辭，其作用側重「喻」；轉化從兩件不同的可變處著筆，將甲事物獨有的稱謂、動作、性態等，用來描述乙事物，是觀念形態的改變，其作用側重「化」。比喻（譬喻），可以還原本體、喻詞、喻體三項。比擬（轉化），不能還原本體、喻詞、喻體三項，是直接轉化，如朱自清〈春〉：「東風來了，春天的腳步近了。」將抽象的「春天」轉化為具體「人的腳步近了」。

　　比擬既可強調諷刺幽默，又可增強文學的感染力，《詩經》運用比擬（轉化）者，一般以為是比喻（譬喻），如〈魏‧碩鼠〉：

　　　　碩鼠碩鼠，無食我黍！三歲貫女，莫我肯顧。逝將去女，適彼
　　　　樂土。樂土樂土，爰得我所。
　　　　碩鼠碩鼠，無食我麥！三歲貫女，莫我肯德。逝將去女，適彼
　　　　樂國。樂國樂國，爰得我直。

5　陳子展：《詩經直解》（上海市：復旦大學出版社，1983年10月初版），頁117。

6　黃慶萱：《修辭學》，頁377。于在春〈轉化論〉，收錄於洪北江主編《修辭學論叢》。陳望道《修辭學發凡》，係現代漢語修辭學之父。宋朝陳騤《文則》，既是第一部修辭學的專書，又是古代漢語修辭之父。陳望道曾任上海復旦大學校長二十五年，享壽八十七歲。2010年復旦大學主辦陳望道一百二十歲誕辰暨修辭國際學術研討會，鄙人發表論文〈陳望道《修辭發凡》對臺灣修辭學界的影響〉。

碩鼠碩鼠，無食我苗。三歲貫女，莫我肯勞。逝將去女，適彼
樂郊。樂郊樂郊，誰之永號？

作者將「重斂賦稅之執政者」轉化為「碩鼠」，諷刺執政者，食黍、
食麥、食苗，莫我肯顧、肯德、肯勞，闡明「苛政猛於虎」，屬於擬
物化（物性化），以加強諷刺作用。朱守亮《詩經評釋》：「以碩鼠喻
重斂之執政者。」[7]此就字句修辭言，是比喻（譬喻）；但就篇章言，
是比擬（轉化）。易言之，就部分言，是比喻（譬喻）；就整體言，是
比擬（轉化）。又如〈鄘・相鼠〉：

相鼠有皮，人而無儀。人而無儀，不死何為？
相鼠有齒，人而無止。人而無止，不死何俟？
相鼠有體，人而無禮。人而無禮，胡不遄死？

作者將「寡廉鮮恥的人」轉化為「鼠」，闡明人而無儀、無止、無
禮，「不死何為」、「不死何俟」、「胡不遄死」，以諷刺「寡廉鮮恥的
人」。「不死何為、何俟」，「胡不遄死」的層層逼進，令人難以喘息。
余培林《詩經正詁》：「三章皆以鼠為喻，鼠乃至卑汙之物。」[8]此就
字句修辭言，是比喻（譬喻）；但就篇章修辭言，是比擬（轉化）。易
言之，就部分言，是比喻（譬喻）；就整體言，是轉化。此外，如
〈檜・隰有萇楚〉一章：「隰有萇楚，猗儺其枝。夭之沃沃，樂子之
無知。」陳子展《詩經直解》：「此痛感有知有家有室之苦者，轉羨草

---

7 朱守亮：《詩經評釋》（臺北市：臺灣學生書局，1984 年 10 月初版），頁 312。
8 余培林：《詩經正詁》（臺北市：三民書局公司，1993 年 10 月初版，2005 年 5 月修訂
2 版），頁 99。

木無知無家無室之樂，悲觀厭世之詩[9]。」

四　無比有賦的興

有關《詩經》比興學位論文，有蘇伊文 1981 年 5 月國立臺灣師範大學國文研究所碩士《詩經》比興研究，林奉仙 1998 年 5 月國立臺灣師範大學國文研究所博士論文。林奉仙將《詩經》興的類型，分為以草木為興、以鳥獸為興、以蟲魚為興、以天象地文為興、以事為興、以物為興六類。蘇伊文將《詩經》全書運用賦、比、興，暨十四家不同看法，製為總表[10]。林奉仙亦將《詩經》歷代注家標注賦、比、興，凡十八家不同看法[11]，真是後出轉精。茲以修辭學為主，分為無比有賦的興、有比喻的興、有比擬的興三項。

《詩經》運用無比有賦的興，如〈周南‧關雎〉：

> 參差荇菜，左右采之。窈窕淑女，琴瑟友之。參差荇菜，左右芼之。窈窕淑女，鍾鼓樂之。

無比有賦的興，是觸景生情。看到「參差荇菜，左右采之」的景象，抒發「窈窕淑女，琴瑟友之」、「窈窕淑女，鍾鼓樂之」的情感。就部分言，「參差荇菜，左右采之」，是無比的賦。就整體言，一、二章，皆是興。「窈窕淑女，琴瑟友之」「窈窕淑女，鍾鼓樂之」，也是無比

9　陳子展：《詩經直解》（上海市：復旦大學出版社，1983 年 10 月初版），頁 447。

10　蘇伊文：《詩經比興研究》（臺北市：國立臺灣師範大學國文研究所碩士論文，1981 年 5 月），頁 125-160。

11　林奉仙：《詩經興詩研究》（臺北市：國立臺灣師範大學國文研究所博士論文，1998 年 5 月），頁 277-294。

的賦。所謂賦，《文心雕龍・詮賦》：「賦，鋪也，鋪采摛文，體物寫志也。」易言之，一般所謂平鋪直敘。又如〈小雅・蓼莪〉：

> 南山烈烈，飄風發發。民莫不穀，我獨何害？
> 南山律律，飄風弗弗。民莫不穀，我獨不卒！

先描繪南山冬天寒冷景象，作者獨不得終養父母，這也是無比有賦的興，觸景生情。就部分言，是賦。就整體，是興。「南山烈烈，飄風發發」、「南山律律，飄風弗弗」，皆沒有「比」。是描述景象的賦。「民莫不穀，我獨何害」、「民莫不穀，我獨不卒」，是抒發情感的賦。

五　有比喻有賦的興

有比喻有賦的興，這是兼有比喻的景象產生的興。《詩經》運用兼有比喻的景象產生的興者，如〈周南・關雎〉：

> 關關雎鳩，在河之洲。窈窕淑女，君子好逑。

作者由「關關雎鳩，在河之洲」的景象，聯想「窈窕淑女，君子好逑」之情，這是觸景生情的興。朱熹《詩集傳》：「關關雎鳩，雌雄相應之和聲也。[12]」高亨《詩經今注》：「關關，鳥鳴聲。雎鳩，一種水鳥名，即魚鷹，雌雄有固定的配偶，古人稱為貞鳥。[13]」張次仲《待

12　朱熹：《詩集傳》（臺北市：蘭臺書局公司，1979 年 1 月初版），頁 1。
13　高亨：《詩經今注》（新北市：漢京文化事業公司，2004 年 3 月初版），頁 2。

軒詩記》：「此以雎鳩和鳴相興，與淑女、君子令德相匹。[14]」因此，「雎鳩」兼有比喻淑女、君子。就部分言，是比喻（譬喻）。就整體言，是有比喻有賦的興。又如〈周南・桃夭〉：

> 桃之夭夭，灼灼其華。之子于歸，宜其室家。
> 桃之夭夭，有蕡其實。之子于歸，宜其家室。
> 桃之夭夭，其葉蓁蓁。之子于歸，宜其家人。

三章前二句之景，兼有比喻，全篇是兼有比喻有賦的興。朱守亮《詩經評釋》：「首章以桃花鮮豔，喻少女美麗。[15]」「次章以桃實碩大，喻少女內在美。」鄙人以為喻少女懷孕，大腹便便，祝福早生貴子。「三章以桃葉茂密，喻家族昌大和諧。」三章以「五世其昌」祝福，古代農業社會需要人力，至盼多子、多孫、多福氣。就部分言，一、二、三章一、二句皆兼有比喻（譬喻）。三、四句皆是抒發情感的賦。就整體言，是有比喻（譬喻）有賦的興。

六　有比擬有賦的興

《詩經》運用有比擬有賦的興者，如〈召南・行露〉：

> 誰謂雀無角？何以穿我屋？誰謂女無家？何以速我獄？雖速我獄，室家不足。
> 誰謂鼠無牙？何以穿我墉？誰謂女無家？何以速我訟？雖速我訟，亦不女從。

14　張次仲：《待軒詩記》，卷一（臺北市：臺灣商務印書館），《欽定四庫全書》，頁4。
15　朱守亮：《詩經評釋》，頁51-53。

屈萬里《詩經詮釋》:「此女子拒婚之詩。[16]」余培林《詩經正詁》:
「此女子拒與已有室家之男子重婚之詩。[17]」作者將「強暴之人」轉
化為「雀」、「鼠」,以諷刺強暴男子雖強而有力,可以「穿我屋」、
「穿我墉」,促我獄訟,但女子仍然不畏獄訟,堅拒與蠻橫男子重
婚。王靜芝《詩經通釋》:「以雀之有角,而興起強暴之人,促我獄訟
之事。……故我亦決不因為獄訟而從汝也。[18]」「室家不足」,余培林
《詩經正詁》:「室家不足,即不足室家之倒文,謂不與汝室家也。亦
即下章『亦不女從』之意。[19]」王、余之說,更加印證女子拒婚之堅
決。又如〈小雅・蓼莪〉:

> 蓼蓼者莪,匪莪伊蒿。哀哀父母,生我劬勞。
> 蓼蓼者莪,匪莪伊蔚。哀哀父母,生我勞瘁。

余培林《詩經正詁》:「以莪喻美材,蒿喻劣材。」[20]此就字句修
辭而言,是比喻(譬喻);但就篇章修辭而言,是比擬(轉化)。其
實,就整體言,是有比擬(轉化)有賦的興。父母望子成龍,自己無
法實現理想。作者將自己轉為「蒿」、「蔚」,而不是「莪」,闡明無法
實現父母的心願,但父母生我、鞠我、拊我、畜我、長我、育我、顧
我復我,出入腹我,令作者哀傷,只好以吟詩自責,這也是自我諷刺
的詩。

---

16 屈萬里:《詩經詮釋》(臺北市:聯經出版事業公司,1983 年 2 月初版),頁 30。
17 余培林:《詩經正詁》,頁 35。
18 王靜芝:《詩經通釋》(新北市:輔仁大學文學院,1968 年 7 月初版),頁 65。
19 余培林:《詩經正詁》,頁 35。
20 余培林:《詩經正詁》,頁 431。

七 結語

　　《周易‧繫辭上》:「仁者見仁,謂之仁;智者見智,謂之智。」公孫龍「堅白論」,同樣一顆石頭,甲以視覺看之,認為是「白色」;乙以觸覺摸之,卻認為是「堅硬」,孰是孰非?角度不同,觀點自然不同。《詩經》的「比」,多以「比喻」解析之,殊不知猶有「比擬」。《詩經》的「興」,多以「有比有賦」的興、「無比有賦」的「興」解之,殊不知「比」有「比喻」、「比擬」。渾言之,二者皆兼有「比」。析言之,「比」有「比喻」、「比擬」之別。是以將「比」分為「比喻」的比、「比擬」的比;「興」分為無比有賦的「興」、兼有「比喻」有賦的「興」、兼有「比擬」有賦的「興」。

徵引文獻（以徵引先後為序）

沈　謙《修辭學》,新北市:國立空中大學印行,1995 年修訂版。

蔡宗陽《文法與修辭》,臺北市:三民書局股份有限公司印行,2001 年 1 月初版 1 刷。

黃慶萱《修辭學》,臺北市:三民書局印行,1986 年 1 月初版,2002 年 10 月增訂 3 版 1 刷。

蔡宗陽《應用修辭學》,臺北市:萬卷樓圖書股份有限公司印行,2001 年 12 月初版,2006 年 3 月初版 5 刷。

黎運漢、張維耿《現代漢語修辭學》,臺北市:書林出版有限公司印行,1993 年 6 月初版。

陳子展《詩經直解》,上海市:復旦大學出版社印行,1983 年 10 月

初版。

蘇伊文《詩經比興研究》，1981 年 5 月國立臺灣師範大學國文研究所
　　碩士論文。

林奉仙《詩經興詩研究》，1998 年 5 月國立臺灣師範大學國文研究所
　　博士論文。

朱熹《詩集傳》，臺北市：蘭臺書局股份有限公司印行，1979 年 1 月
　　初版。

高亨《詩經今注》，新北市：漢京文化事業有限公司印行，2004 年 3
　　月初版。

張次仲《待軒詩記》，臺北市：臺灣商務印書館，卷一，頁 4，《欽定
　　四庫全書》。

朱守亮《詩經評釋》，臺北市：臺灣學生書局印行，1984 年 10 月初
　　版。

屈萬里《詩經詮釋》，臺北市：聯經出版事業股份有限公司印行，
　　1983 年 2 月初版。

余培林《詩經正詁》，臺北市：三民書局股份有限公司印行，1993 年
　　10 月初版，2005 年 5 月修訂 2 版。

王靜芝：《詩經通釋》，新北市：輔仁大學文學院出版，1968 年 7 月
　　初版。

《詩經》倒裝的三觀

∽ 摘 要 ∽

　　《詩經》倒裝的探析，或從修辭，或從格律，莫衷一是，眾說紛紜。但多半是各照隅隙，鮮觀衢路。本文擬振葉尋根，觀瀾索源，惟有從微觀的文法、中觀的修辭、宏觀的章法，闡論倒裝的盧山真面目。

關鍵詞：《詩經》、倒裝、微觀的文法、中觀的修辭、宏觀的章法

一　前言

　　《詩經》是先秦著名的典籍，因此押韻不能以《詩韻集成》或《詩府韻粹》析論。臺灣研究《詩經》多半採用陳師新雄《聲韻學‧第十五節古韻三十二部之諧聲表》[1]，茲迻錄陳師新雄古韻三十二部，分為韻尾、陽、陰、入，製表如下,裨便闡析。

　　陳師伯元（新雄）古韻三十二部

	一	二	三	四	五	六	七	八	九	十	十一	十二
韻尾	舌尖			舌根						雙脣		
陰	歌 1	脂 4	微 7	支 10	魚 13	侯 16	宵 19	幽 21	之 24			
入	月 2	質 5	沒 8	錫 11	鐸 14	屋 17	藥 20	覺 22	職 25	緝 27	盍 31	怗 29
陽	元 3	真 6	諄 9	耕 12	陽 15	東 18		冬 23	蒸 26	侵 28	談 32	添 30

　　大陸研究《詩經》多半採用王力《詩經》韻讀二十九部[2]。沈約發明四聲八病，唐朝始有平仄的律詩、絕句，但在《詩經》中，無所謂平仄協調，只有押韻。但修辭的倒裝，兼有平仄、押韻，因此必先釐清《詩經》僅採用格律中的押韻。《詩經》每章獨立押韻，多半是一章

1　陳新雄：《聲韻學》（臺北市：文史哲出版社，2005 年 9 月初版），頁 825-853。

2　王力：《詩經韻讀》（北京市：中國人民大學出版社，2012 年 4 月初版），頁 130-372。陳新雄與王力是黃季剛同門的弟子。黃季剛古韻二十九部、陳新雄古韻三十二部，陳氏多三部，係源自黃季剛所增添、怗二部，孔廣森所增冬部；陳氏後出轉精。研究《詩經》學者，臺灣多用陳氏三十二部，大陸多用王氏二十九部。二氏在古韻韻目，大同小異。唯有陳氏沒部，王氏做物部；陳氏諄部，王氏做文部。黃季剛獨立添、怗二部，詳見董同龢：《上古音音韵表稿》（臺北市：中央研究院歷史語言研究所，1994 年 12 月初版；1997 年 6 月 5 版），頁 108-111。冬部獨立，是孔廣森的創見，詳見陳新雄《聲韻學》頁五九一至五九五。

一韻，但有時有換韻或對轉（通韻）、旁轉（韻轉）的現象[3]。

　　一般研究《詩經》多誤以為「文法倒裝」，是文章產生波瀾的現象。其實，這是語文的正則。因此，「文法倒裝」，是陳望道《修辭學發凡》所謂的「隨語倒裝」；「修辭倒裝」，是陳望道所謂的「變言倒裝」[4]。《詩經》中有產生文章波瀾的現象，但比較罕見，本文也舉例詮證。茲分為隨語倒裝、變言倒裝兩大類，再細分若干小類，舉例詮析之。

二　隨語倒裝

　　所謂隨語倒裝，是文法倒裝，也是語文的正規法則。隨語倒裝分為兼有押韻、不兼押韻兩種。

（一）兼有押韻，又分為肯定句、否定句、疑問句三類。

1 肯定句的倒裝

　　《詩經》兼有押韻的肯定句倒裝者，如〈邶・日月〉次章：

> 日居月諸，下土是冒。乃如之人兮，逝不相好。胡能有定？寧
> 不我報。

「下土是冒」，係「冒下土」的倒裝。「冒」、「好」、「報」，係 21

3　章炳麟：《文始》（臺北市：臺灣中華書局，1970 年臺 1 版），頁 6-9。陳新雄：
　　《聲韻學》，頁 598。
4　陳望道：《修辭學發凡》（上海市：上海人民出版社，1976 年 7 月初版），頁 193-
　　195。

（幽）部，一韻到底。就文法言，「下土是冒」，係肯定句的倒裝。又如〈鄘‧君子偕老〉首章：

> 君子偕老，副笄六珈。委委佗佗，如山如河，象服是宜。子之
> 不淑，云如之何？

「珈」、「佗」、「河」、「宜」、「何」，係 1（歌）部。「象服是宜」，係「宜象服」的倒裝。就文法言，係肯定句的倒裝。余培林《詩經正詁》：「象服是宜，謂其宜於象服，稱其妃后之位也。」[5] 又如〈小雅‧鹿鳴〉首章：

> 呦呦鹿鳴，食野之苹。我有嘉賓，鼓瑟吹笙。吹笙鼓簧，承筐
> 是將。人之好我，示我周行。

「鳴」、「苹」、「笙」，係 12（耕）部。「簧」、「將」、「行」，係 15（陽）部。「耕」、「陽」押韻，係旁轉。「呦呦鹿鳴」，係「鹿鳴呦呦」的倒裝。就文法言，是肯定句的倒裝。「承筐是將」，係「將承筐」的倒裝。就文法言，是肯定句的倒裝。又如〈商頌‧長發〉首章：

> 濬哲維商，長發其祥，洪水芒芒，禹敷下土方。外大國是疆，
> 幅隕既長。有娀方將，帝立子生商。

「商」、「祥」、「芒」、「方」、「疆」、「長」、「將」、「商」，係 15（陽）

5　余培林：《詩經正詁》（臺北市：三民書局公司，1993 年 10 月初版），頁 90。

部。「外大國是疆」，係「疆外大國」的倒裝。就文法言，係肯定句的倒裝。

2 否定句的倒裝

《詩經》兼有押韻的否定句倒裝者，如〈周南‧汝墳〉次章：

> 遵彼汝墳，伐其條肄。既見君子，不我遐棄。

「肄」、「棄」，係 5（質）部。「不我遐棄」，係「不遐棄我」的倒裝。就文法言，是否定句的倒裝。又如〈召南‧行露〉二、三章：

> 誰謂雀無角，何以穿我屋？誰謂女無家？何以速我獄？雖速我獄，室家不足。
> 誰謂鼠無牙？何以穿我墉？誰謂女無家？何以速我訟？雖速我訟，亦不女從。

次章「角」、「屋」、「獄」、「獄」、「足」，係 17（屋）部。「室家不足」，係「不足室家」的倒裝。就文法言，是否定句的倒裝。

三章「牙」、「家」，係 13（魚）部。「訟」、「訟」、「從」，係 18（東）部。13（魚）部、18（東）部，既不能旁轉，又不能對轉，是換韻。「亦不女從」，係「亦不從女」的倒裝。就文法言，是否定句的倒裝。又如〈召南‧江有汜〉：

> 江有汜，之子歸。不我以；不我以，其後也悔。
> 江有渚，之子歸，不我與；不我與，其後也處。
> 江有沱，之子歸，不我過；不我過，其嘯也歌。

首章「汜」、「以」、「以」、「悔」，係 24（之）部。次章「渚」、
「與」、「與」、「處」，係 13（魚）部。末章「沱」、「過」、「過」、
「歌」，係 1（歌）部。三章皆獨立押韻。「不我以」，係「不以我」
的倒裝。「不我與」，係「不與我」的倒裝。「不我過」，係「不過我」
的倒裝。就文法言，三者皆是否定句的倒裝。

3 疑問句的倒裝

《詩經》兼有押韻的疑問句倒裝者，如〈鄘‧載馳〉末章：

> 我行其野，芃芃其麥。控于大邦，誰因誰極？大夫君子，無我
> 有尤，百爾所思，不如我所之。

「麥」、「極」，係 25（職）部。尤、思、之，是 24（之）部。職之二
部，是對轉。「誰因誰極」，係「因誰極誰」的倒裝。就文法言，是疑
問句的倒裝。因，親也。極，正也。「誰因誰極」，意謂親我者是誰？
支持正義者是誰？又如〈唐‧有杕之杜〉：

> 有杕之杜，生于道左。彼君子兮，噬肯適我。中心好之，曷飲
> 食之？
> 有杕之杜，生于道周。彼君子兮，噬肯來遊。中心好之，曷飲
> 食之？

首章「左」、「我」，係 1（歌）部。一、二章好，係 21（幽）部，遙
韻；一、二章「食」，係 25（職）部，也是遙韻；這是《詩經》特有
的現象。末章「周」、「遊」，係 21（幽）部。「曷飲食之」，係「曷使
之飲食」的倒裝。「飲食」，是致使動詞，也稱為役使動詞，簡稱使動
詞。就文法言，是疑問句的倒裝。又如〈小雅‧蓼莪〉三章：

> 餅之罄矣，維罍之恥。鮮民之生，不如死之久矣。無父何怙？
> 無母何恃？出則銜恤，入則靡至。

「恥」、「久」、「恃」，係 24（之）部。「恤」、「至」，係 5（質）部。24（之）部、5（質）部，既不能對轉，又不能旁轉，因此是換韻。「無母何恃」，係「無母恃何」的倒裝。就文法言，是疑問句的倒裝。

（二）不兼押韻

不兼押韻的隨語倒裝，又分為否定句、疑問句兩種。

1 否定句的倒裝

《詩經》不兼押韻的否定句倒裝者，如〈王・大車〉一、二、三章：

> 大車檻檻，毳衣如菼。豈不爾思？畏子不敢。
> 大車啍啍，毳衣如璊。豈不爾思？畏子不奔。
> 穀則異室，死則同穴。謂予不信，有如皦日。

首章「檻」、「菼」、「敢」，係 32（談）部。次章「啍」、「璊」、「奔」、係 9（諄）部。三章「室」、「穴」、「日」，係 5（質）部。「豈不爾思」，係「豈不思爾」之倒裝。就文法言，是否定句兼疑問句的倒裝。「謂予不信」，係「謂不信予」的倒裝。就文法言，是否定句的倒裝。又如〈鄭・褰裳〉云：

> 子惠思我，褰裳涉溱。子不我思，豈無他人？狂童之狂也且！
> 子惠思我，褰裳涉洧。子不我思，豈無他士？狂童之狂也且！

首章「溱」、「人」，係6（真）部。一、二章「狂」，是15（陽）部，係遙韻。次章「洧」、「士」，係24（之）部。「子不我思」，係「子不思我」的倒裝。就文法言，是否定句的倒裝。

2 疑問句的倒裝

《詩經》不兼押韻的疑問句倒裝者，如〈邶‧簡兮〉末章：

> 山有榛，隰有苓。云誰之思？西方美人。彼美人兮，西方之人兮。

「榛」、「苓」、「人」、「人」、「人」，係6（真）部。「云誰之思」，余培林《詩經正詁》：「云，發語詞，無義。之，是也。云誰之思，即思誰也。」[6]「云誰之思」，係「云之思誰」的倒裝。就文法言，是疑問句的倒裝。又如〈鄘‧桑中〉：

> 爰采唐矣，沬之鄉矣。云誰之思？美孟姜矣。期我乎桑中，要我乎上宮，送我乎淇之上矣。
> 爰采麥矣，沬之北矣。云誰之思？美孟弋矣。期我乎桑中，要我乎上宮，送我乎淇之上矣。
> 爰采葑矣，沬之東矣。云誰之思？美孟庸矣。期我乎桑中，要我乎上宮，送我乎淇之上矣。

---

6 余培林：《詩經正詁》，頁77。

首章「唐」、「鄉」、「姜」，係 15（陽）部。「中」、「宮」，係 28（侵）部。一、二、三章「上」，係 15（陽）部，是遙韻。次章「麥」、「北」、「弋」，係 25（職）部。「中」、「宮」，係 28（侵）部。末章「菽」、「東」、「庸」，係 18（東）部。「中」、「宮」，係 28（侵）部。15（陽）部與 28（侵）部，既不旁轉，又不對轉，因此三者皆是換韻。「云誰之思」，係「云之思誰」的倒裝。就文法言，是疑問句的倒裝。

三　變言倒裝

所謂變言倒裝，是修辭倒裝。變言倒裝又分為兼有押韻、不兼押韻兩種。

（一）兼有押韻

兼有押韻的變言倒裝，又分為肯定句、疑問句兩類。

1 肯定句的倒裝

《詩經》兼有押韻的肯定句倒裝者，如〈召南·羔羊〉：

　　羔羊之皮，素絲五紽。退食自公，委蛇委蛇。
　　羔羊之革，素絲五緎。委蛇委蛇，自公退食。
　　羔羊之縫，素絲五總。委蛇委蛇，退食自公。

首章「皮」、「紽」、「蛇」，係 1（歌）部。次章「革」、「緎」、「食」，係 25（職）部。末章「縫」、「總」、「公」，係 18（東）部。三章皆獨

立押韻。朱守亮《詩經評釋》:「退食委蛇兩句,往復變換,上下顛倒換韻,以生往後申詠作用,變化奇妙。」[7]就文法言,這是肯定句的倒裝。就修辭言,是為押韻而倒裝。就章法言,三章上下顛倒,以致產生為押韻而倒裝的現象。又如〈鄘‧柏舟〉:

> 汎彼柏舟,在彼中河。髧彼兩髦,實維我儀,之死矢靡它。母也天只!不諒人只!
> 汎彼柏舟,在彼河側。髧彼兩髦,實維我特。之死矢靡慝。母也天只!不諒人只!

首章「河」、「儀」、「它」,係 1(歌)部。一、二章「天」、「人」,係 6(真)部,是遙韻。末章「側」、「特」、「慝」,是 25(職)部。就章法言,一、二章第二句比較之,可見「在彼中河」,係「在彼河中」的倒裝。就修辭言,是為押韻而倒裝。又如〈鄭‧丰〉三、四章:

> 衣錦褧衣,裳錦褧裳。叔兮伯兮,駕予與行。
> 裳錦褧裳,衣錦褧衣。叔兮伯兮,駕予與歸。

三章「裳」、「行」,係 15(陽)部。四章「衣」、「歸」,係 7(微)部。就章法言,三、四章一、二句的上下顛倒,以致產生倒裝的押韻。就修辭言,是押韻而倒裝。又如〈鄭‧子衿〉一、二章:

> 青青子衿,悠悠我心。縱我不往,子寧不嗣音?

7　朱守亮:《詩經評釋》(臺北市:臺灣學生書局,1984 年 10 月初版),頁 82。

青青子佩，悠悠我思。縱我不往，子寧不來？

首章「衿」、「心」、「音」，係 28（侵）部。次章「佩」、「思」、「來，」係 24（之）部。「悠悠我心」，係「我心悠悠」的倒裝。「悠悠我思」，係「我思悠悠」的倒裝。就修辭言，是為押韻而倒裝。

2 疑問句的倒裝

《詩經》兼有押韻的疑問句倒裝者，如〈邶‧式微〉：

式微！式微！胡不歸？微君之故，胡為乎中露？
式微！式微！胡不歸？微君之躬，胡為乎泥中？

首章「微」、「歸」，係 7（微）部。「故」、「露」，係 13（魚）部。7（微）部、13（魚）部，既不對轉，又不旁轉，是換韻。末章「微」、「歸」，係 7（微）部。「中露」，是「露中」的倒裝，這是疑問句的倒裝。「躬」、「中」，係 23（冬）部。7（微）部、23（冬）部，既不對轉，又不旁轉，是換韻。又如〈召南‧采蘩〉一、二章首句：「于以采蘩」，係「采蘩于以」的倒裝。「以」，「何處」之意。又如〈召南‧采蘋〉首章一句：「于以采蘋」，係「采蘋于以」的倒裝。三句「于以采藻」，即「采藻于以」的倒裝。「以」，「何處」之意。

（二）不兼押韻

不兼押韻的變言倒裝，即一般稱為文章產生波瀾而倒裝的現象。《詩經》不兼押韻的變言倒裝者，僅見肯定句，如〈召南‧羔羊〉首章：

羔羊之皮，素絲五紽。退食自公，委蛇委蛇。

「皮」、「紽」、「蛇」，係 1（歌）部。「退食自公」，係「自公退食」
的倒裝。就章法言，二章末句「自公退食」與此比較，可見首章第三
句是倒裝。就修辭言，是為文章波瀾而倒裝。又如〈小雅‧鹿鳴〉
二、三章：

呦呦鹿鳴，食野之蒿。我有嘉賓，德音孔昭。視民不恌，君子
是則是傚，我有旨酒，嘉賓式燕以敖。
呦呦鹿鳴，食野之芩。我有嘉賓，鼓瑟鼓琴。鼓瑟鼓琴，和樂
且湛。我有旨酒，以燕樂嘉賓之心。

二章「蒿」、「昭」、「恌」、「傚」、「敖」，係 19（宵）部。末章
「芩」、「琴」、「湛」、「心」，係 28（侵）部。「呦呦鹿鳴」，係「鹿鳴
呦呦」的倒裝，就修辭言，不兼押韻，是為文章波瀾而倒裝。

四　結語

先秦著名典籍《論語》已有隨語倒裝，即文法倒裝，也是語文的
正則。肯定句如《論語‧為政》：「道之以政，齊之以刑」，即「以政
道之」、「以刑齊之」的倒裝。否定句如《論語‧學而》：「不患人之不
己知」，即「不患人之不知己」的倒裝。又如〈學而〉：「未之有也」，
即「未有之也」的倒裝。疑問句如《論語‧顏淵》：「何哉，爾所謂達
者」即「爾所謂達者，何哉」的倒裝。又如《論語‧子罕》：「吾誰
欺」，係「吾欺誰」的倒裝。讚美句如《論語‧泰伯》：「大哉，堯之
為君也」，係「堯之為君也，大哉」的倒裝。又如〈子罕〉：「大哉孔

子！」即「孔子大哉」的倒裝。感歎句如〈論語・述而〉：「甚矣吾衰也」，即「吾衰也甚矣」的倒裝。又如〈述而〉：「久矣，吾不復夢見周公」，即「吾不復夢見周公，久矣」的倒裝。《詩經》比較罕見讚美句、感歎句的倒裝。讚美句，如〈周南・樛木〉一、二、三章三句「樂只君子」，即「君子樂只」的倒裝。又如〈邶・谷風〉二章七句：「宴爾新昏」，即「新昏宴爾」的倒裝。感歎句，如〈邶・雄雉〉二章三、四句「展矣君子，實勞我心」中的「展矣君子」，即「君子展矣」的倒裝。又如〈邶・泉水〉四章二句：「茲之永歎」，即「永歎茲之」的倒裝。《詩經》肯定句、否定句、疑問句的倒裝綦多，皆屬於隨語倒裝。一般誤以為為文章波瀾而倒裝，係修辭倒裝，其實，是文法倒裝。一言以蔽之，欲洞悉《詩經》倒裝的原貌，必須以文法觀、修辭觀、章法觀闡析之，才能振葉尋根、觀瀾索源，否則只有各照隅隙，鮮觀衢路。

徵引文獻

陳新雄《聲韻學》，臺北市：文史哲出版社印行，二〇〇五年九月初版。

王　力《詩經韻讀》，北京市：中國人民出版社印行，二〇一二年十月初版。

章炳麟《文始》，臺北市：臺灣中華書局印行，一九七〇年臺一版。

余培林《詩經正詁》，臺北市：三民書局股份有限公司印行，一九九三年十月初版。

朱守亮《詩經評釋》，臺北市：臺灣學生書局印行，一九八四年十月初版。

萬卷樓新書推薦

0501 經學研究叢書・經學史研究叢刊

現代學術視域中的民國經學
以課程、學風與機制為主要觀照點

車行健　　258頁／18開／NT$320元

本書嘗試以現代學術視域來觀察民國以來的經學發展，集中在課程、學風與學術機制三個面向，對經學的未來走向及定位做較深入的省思。

宋元明清四書學編年

周春健　　356頁／18開／NT$480元

本書按照時代順序，逐次考證宋元明清四書學史上的代表性事件、人物、著述，實際是一部「編年體」的「四書學通史」。

經史散論
從現代到古典

周春健　　310頁／18開／NT$400元

本書有屬於「經」的方面、屬於「史」的方面、最後二篇，則是將「經史」乃至「四部」之學放到一起討論，帶有一些綜合性質。

尚書周書牧誓洪範金縢呂刑篇義證

程元敏　　437頁／18開／NT$600元

本書作者程元敏教授曩從屈先生受業，恭讀屈先生書，粗識治書門徑。又因鄞縣戴先生靜山指點，略涉宋儒之書。嘗有志撰作一書，詳解《尚書》全經，擬其題曰「尚書義證」，以補前修之未備，發皇《書》經之奧義。

韓國朝鮮時期詩經學研究

金秀炅　　　280 頁／18 開／NT$360 元

《詩經》為中國重要經典之一，對後代造成極大的影響，對友邦韓國亦是。韓國歷史中，朝鮮時期是關注儒學的頂峰時期，本書以此時期為基底，以東亞詩經學為範疇，勾勒出韓國詩經學的全貌，為研究經學者開創經學史上另一面貌。

日本詩經學史

張文朝　　　514 頁／18 開／NT$560 元

本書以日本的詩經學為研究對象，討論《詩經》自流傳入日本後，如何被接受及發展。各時代關於《詩經》的書籍，是在何時、經由何人傳入日本、以及使用的方法等，並以政治、教育、文學等項目進行畫分、討論。還統計分析現存關於《詩經》的書籍資料，並詳細記錄，使《詩經》在日本的傳播情形更加明確。

中國經學研究的新視野

林慶彰　　　232 頁／18 開／NT$360 元　榮登中央研究院重要研究成果專刊

本書收錄十篇論文，是林慶彰教授近二十年來研究經學的論文選集。每篇論文均處理到目前為止，還未有學者研究的經學問題，卓具前瞻與創見。由於本書有開拓視野的作用，所以命名為「中國經學研究的新視野」。本書榮登中央研究院重要研究成果專刊。

文革時期評朱熹

林慶彰、姜廣輝主編　　　全二冊／共 953 頁／18 開／1200 元

在文革時期有兩個儒家人物落難了，一位是所謂的「孔老二」，一位是「可惡的朱熹」。一九八〇年以來，孔老二逐漸變成偉大的思想家，朱熹的會議在國內外開過十多次，可想而知朱熹也被平反了。本書收集文革時期批判朱熹的專書四種，報刊文章九十多篇，反映了當時批朱的全部面貌。

義疏學衰亡史論

喬秀岩　　　288 頁／18 開／360 元

作者分析《論語義疏》、《禮記子本疏義》、《周禮疏》、《儀禮疏》、《禮記疏》，討論南北朝舊義疏學的基本方法；分析《書》、《詩》、《春秋》疏及《孝經述議》，討論劉炫、劉焯與舊義疏學截然不同的學術方法。根據這些分析討論，介紹劉炫、劉焯摧毀舊義疏學的實際情況，又論孔穎達、賈公彥等在劉炫、劉焯的強烈影響下，只能因襲舊義疏進行小調整而已。本書在義疏學研究上有突破性的發現！

北京讀經説記

喬秀岩　　　308 頁／18 開／400 元

本書收錄作者自二〇〇四年至二〇一二年八年之間在北京所寫有關經學史、經學文獻的文章共十七篇。八年時間，作者的主要時間都投入到整理文獻的工作上，而在這過程中，也沒忘記思考「經學是什麼？」的問題。本書收錄文章，代表作者這段時間的研究成果與重大發現！尤其是在鄭玄的研究方面！

0502　經學研究叢書・臺灣高等經學研討論集叢刊

首屆國際《尚書》學學術研討會論文集

林慶彰、錢宗武編　　　575 頁／18 開／NT$760 元

本書前兩組是會議致辭和會議主題發言。其餘為臺灣、大陸兩岸學者的《尚書》學的研討論文，是兩岸緊密合作的第一本《尚書》學論文集。

正統與流派　　歷代儒家經典之轉變

林慶彰、蘇費翔主編　　　656 頁／18 開／NT$920 元

本書為中央研究院中國文哲研究所和德國慕尼黑大學漢學系合作舉辦「正統與流派——歷代儒家經典之轉變」國際學術會議的論文集。計收中英文論文二十二篇，內容包括各代經學史問題的探討。包含中文、英文論文，各篇論文都有作者自己的觀點，足供研究經學與經學史之學者參考之用，本書更具體呈現海內外學者對儒家經典研究的新看法和新見解。

訂購方式

請洽萬卷樓圖書公司　宋小姐

電話　02-23216565 分機 10　　　　電郵　L3216565@ms81.hinet.net

傳真　02-23944113　　　　　　　　網址　www.wanjuan.com.tw

經學研究叢書・經學史研究叢刊 0501011

詩經纂箋

作　　者　蔡宗陽

責任編輯　吳家嘉、游依玲

發 行 人　林慶彰

總 經 理　梁錦興

總 編 輯　張晏瑞

編 輯 所　萬卷樓圖書股份有限公司

　　　　　臺北市羅斯福路二段 41 號 6 樓之 3

　　　　　電話 (02)23216565

　　　　　傳真 (02)23218698

發　　行　萬卷樓圖書股份有限公司

　　　　　臺北市羅斯福路二段 41 號 6 樓之 3

　　　　　電話 (02)23216565

　　　　　傳真 (02)23218698

　　　　　電郵 SERVICE@WANJUAN.COM.TW

香港經銷　香港聯合書刊物流有限公司

　　　　　電話 (852)21502100

　　　　　傳真 (852)23560735

ISBN 978-986-478-761-6

2022 年 9 月再版

定價：新臺幣 780 元

如何購買本書：

1. 劃撥購書，請透過以下郵政劃撥帳號：

　帳號：15624015

　戶名：萬卷樓圖書股份有限公司

2. 轉帳購書，請透過以下帳戶

　合作金庫銀行　古亭分行

　戶名：萬卷樓圖書股份有限公司

　帳號：0877717092596

3. 網路購書，請透過萬卷樓網站

　網址 WWW.WANJUAN.COM.TW

大量購書，請直接聯繫我們，將有專人為您

服務。客服：(02)23216565　分機 610

如有缺頁、破損或裝訂錯誤，請寄回更換

版權所有・翻印必究

Copyright©2022 by WanJuanLou Books CO., Ltd.

All Rights Reserved　　　　　Printed in Taiwan

國家圖書館出版品預行編目資料

詩經纂箋/蔡宗陽著. -- 再版. -- 臺北市：萬卷

樓圖書股份有限公司, 2022.9

　面；　公分. -- (經學研究叢書. 經學史研究

叢刊；501011)

ISBN 978-986-478-761-6(平裝)

1.CST: 詩經　2.CST: 注釋

831.12　　　　　　　　　　　　111015310